Teufelsbande

Die Autoren

Andreas Franz' große Leidenschaft war von jeher das Schreiben. Bereits mit seinem ersten Erfolgsroman *Jung, blond, tot* gelang es ihm, unzählige Krimileser in seinen Bann zu ziehen. Seitdem folgt Bestseller auf Bestseller, die ihn zu Deutschlands erfolgreichstem Krimiautor machten. Seinen ausgezeichneten Kontakten zu Polizei und anderen Dienststellen ist die große Authentizität seiner Kriminalromane zu verdanken. Andreas Franz starb im März 2011. Er war verheiratet und hatte fünf Kinder.

Daniel Holbe, Jahrgang 1976, lebt mit seiner Familie in der Wetterau unweit von Frankfurt. Insbesondere Krimis rund um Frankfurt und Hessen faszinieren den lesebegeisterten Daniel Holbe schon seit geraumer Zeit. So wurde er Andreas-Franz-Fan – und schließlich selbst Autor. Als er einen Krimi bei Droemer-Knaur anbot, war Daniel Holbe überrascht von der Reaktion des Verlags: Ob er sich auch vorstellen könne, ein Projekt von Andreas Franz zu übernehmen? Daraus entstand die »Todesmelodie«, die zu einem Bestseller wurde. Nach zwei weiteren Krimis, in denen er Julia Durant und ihr Kommissariat weiterleben ließ, war »Giftspur« Daniel Holbes erster eigenständiger Kriminalroman.

Andreas Franz
Daniel Holbe

Teufelsbande

Kriminalroman

Weltbild

Besuchen Sie uns im Internet:
www.weltbild.de

Genehmigte Lizenzausgabe für Weltbild GmbH & Co. KG,
Steinerne Furt, 86167 Augsburg

Ein Unternehmen der Droemerschen Verlagsanstalt
Th. Knaur Nachf. GmbH & Co. KG, München
Umschlaggestaltung: *zeichenpool, München
Umschlagmotiv: www.shutterstock.com (© TSpider, © Daniiel, © Ensuper)
Gesamtherstellung: GGP Media GmbH, Pößneck

Printed in the EU
ISBN 978-3-95569-935-2

2018 2017 2016
Die letzte Jahreszahl gibt die aktuelle Lizenzausgabe an.

Nur der Tod entscheidet über den Ruf eines Menschen.
Diese Weisheit ist als Wandgraffito einer Gefängniszelle in *Easy Rider* zu sehen.

Doch die Zeiten von *Easy Rider* sind lange vorbei.

Internationale Polizeibehörden sind sich einig:
Von allen Gruppierungen der organisierten Kriminalität geht von den Outlaw-Motorcycle-Gangs derzeit die größte und am schnellsten wachsende Gefahr aus.

PROLOG

Michael schwitzte unter seiner Sturmhaube. Das synthetische Gewebe spannte unangenehm unter dem Kinn und rieb kratzend über die Bartstoppeln seiner Wangen. Völliger Schwachsinn, eine solche Maske zu verwenden, dachte er mürrisch. Ein schwarzer Nylonstrumpf, der auch die Augen bedeckte, wäre weitaus effektiver gewesen. Aber Michael hatte nichts zu melden, er musste gehorchen, wenn er dazugehören wollte.

»Mike?«

»Hm?«

»Trödel nicht rum. Bist du bereit?«

»Ja.«

»Dann los, alles wie besprochen. Hast du dir eine Pille eingeworfen?«

»Nein.«

»Warum nicht? Es war doch abgemacht, dass du ...«

»Ich krieg das schon hin, bleib mal locker.«

»Dann los, es ist fünf vor.«

Lutz, sein deutlich älterer Kumpan, stellte den Kragen seiner Jacke hoch. Er brauchte keine Maske, schließlich konnte er seine Dockermütze so tief ins Gesicht ziehen, dass man kaum mehr etwas erkannte. Und außerdem würde er ja auch draußen stehen bleiben. Mit einem Mal überkam Mike die unbändige Sehnsucht, zu Hause in seinem Zimmer zu sitzen und Musik zu hören oder am Computer zu spielen.

Doch Lutz' Befehlston erstickte einen solchen Wunsch im Keim. »Bloß keine Mätzchen, ich sag's dir! Ich behalte dich genau im Auge, und in zehn Minuten ist hier Schluss. Also trödel nicht rum.«

Mike faltete die Hände ineinander und prüfte, ob seine schwarzen, seidenen Handschuhe gut saßen. Die Handflächen waren feucht und klebrig, überhaupt schwitzte er am ganzen Körper. War es das Adrenalin? Oder Ekel? Oder war es am Ende schlicht und ergreifend die blanke Angst?

Doch bevor sich die Zweifel erneut breitmachen konnten und sein Begleiter ihn mit einem unsanften Stoß in die Rippen anspornen musste, nahm Mike allen Mut zusammen. Er wand seinen schlanken Körper um die Hausecke, glitt an dem schmalen, von Backsteinen ummauerten Schaufenster vorbei und drückte die zum Großteil aus Strukturglas bestehende, vergitterte Tür des Geschäftes nach innen.

Die junge Frau fuhr erschrocken herum, als der elektronische Gong des Türkontaktschalters ihr noch vor dem obligatorischen Schaben der Gummilippe auf dem unebenen Laminatboden verriet, dass ein später Kunde das Geschäft betreten hatte. Mein Gott, es ist doch schon kurz vor sechs, dachte sie und richtete sich mit einem leisen Seufzen auf. In der rechten Hand hielt sie eine Illustrierte, die sie erschrocken zu Boden fallen ließ, als sie den maskierten Mann erblickte, der wie angewurzelt in der Mitte des kleinen Verkaufsraums stand.

Auch Mike schluckte, das Herz schlug ihm bis zum Hals, als wollte es ihm aus der Kehle springen. Der kalte Schweiß rann seinen Rücken hinab, und er wäre am liebsten umgekehrt und gerannt und gerannt, bis ans Ende der Stadt.

Aber zwischen ihm und dieser Phantasie befanden sich eine vergitterte Tür und der zwei Zentner schwere Lutz, dessen stechenden Blick er bei jeder Bewegung auf sich haften spürte.

»Wo ist die andere, die Alte?«, fragte Mike tonlos.

»Mei... meine Mutter?«, stammelte die junge Frau unsicher und biss sich sofort auf die Unterlippe.

»Wo ist sie?«, zischte Mike.

»Sie h... hat einen Termin außer Haus«, antwortete die junge Frau, eher noch ein Mädchen, denn sie war kaum älter als er selbst. »Es ist niemand da außer mir, Ehrenwort«, sprach sie weiter. Ihre Stimme zitterte, die Pupillen waren geweitet, und ein panischer Ausdruck verzerrte ihr Gesicht, das eigentlich recht hübsch war, wie Mike in den Sinn kam. Verdammt.

Gedanken rasten in seinem Kopf umher und schienen von innen mit Hämmern und Spitzhacken an seine Schädeldecke zu trommeln. Verdammt!

»In den Hinterraum, Schlampe, aber schnell!«, stieß er zwischen aufeinandergepressten Zähnen hervor.

Um seinen Worten Nachdruck zu verleihen, zog er ein silbern glänzendes Stilett aus der Tasche und ließ es mit einem Fingerdruck aufschnappen. Der Bruchteil der Sekunde, in dem das Klicken ertönte, wirkte auf beide wie eine Ewigkeit.

Zitternd und mit den Händen tastend trat das Mädchen zurück, erst nur einen Schritt, dann folgte ein zweiter. Sie ließ Mike nicht für einen Moment aus den Augen. Ihr Mund formte tonlose Buchstaben, bis es ihr endlich gelang, einen Satz zu formulieren.

»B… bitte«, kam es flehend, »die Kasse ist nicht voll, aber Sie können …«

»Schnauze!«, rief Mike und hob das Messer.

Er näherte sich ihr mit zwei großen Schritten, griff sich mit der Linken an den Hosenbund und suchte das obere Ende der Knopfleiste.

»Hinlegen!«, befahl er dann, als sie das enge Hinterzimmer erreichten, dessen wenige Quadratmeter größtenteils von einem Tisch, einem fleckigen Drehstuhl und einem blechernen Karteischrank eingenommen wurden. In einem Wandregal stand eine blaue Kaffeemaschine, deren leere Glaskanne unzählige Kalkringe aufwies.

Die Frau keuchte und stolperte beinahe rückwärts über den Stuhl. Mike trat an sie heran, so dicht, dass sich ihre Nasenspitzen beinahe berührten, und presste ihr die Messerklinge an die Rippen.

»Je mehr du dich wehrst, umso mehr tue ich dir weh«, zischte er. »Hinlegen, sage ich, und mach die Beine breit.«

Mit diesen Worten drückte er sie zu Boden. Als er sich mit der Linken die Knopfleiste aufriss und seine Hose einige Zentimeter herunterließ, vernahm er ein Schluchzen.

»Bitte, nein«, wimmerte es. Verzweifelt drückte sie die Knie aneinander, in der schwindenden Hoffnung, noch abzuwenden, was gleich geschehen würde.

»Muss ich dich knebeln oder hältst du endlich dein Maul?«

»Ich bin still, nein, bitte …«

Doch Mike hatte längst eine Rolle Gewebeband aus seiner Tasche gezogen. Den verzweifelten Aufschrei unterdrückte er mit einem zehn Zentimeter langen Stück des festklebenden Tapes und entschied sich spontan, auch die Hände der jungen Frau zu fixieren.

»Warum zappelst du nicht?«, fragte er. »Gefällt's dir etwa auf die harte Tour?«

Doch die Augen der Kleinen sprachen eine andere Sprache.

Er stieß sie rücklings auf den abgewetzten Teppich und machte sich an ihrer Hose zu schaffen. Wie lange noch?, dachte er bei sich. Lutz hatte zehn Minuten vorgegeben, wie viele waren davon bereits verstrichen?

Er kniete sich vor sein Opfer und fuhr sich mit der Hand in die Boxershorts. Was zum Teufel ...? Völlig schlaff und wie blutleer hing sein Genital zwischen den Beinen. Komm schon, dachte er verzweifelt und wagte kaum, seinen Blick wieder in Richtung des Mädchens zu richten. Er wusste nicht mit Bestimmtheit, ob sie ihn sehen konnte, ihr Kopf lag regungslos auf dem Boden, und ihr Brustkorb hob und senkte sich in kurzem, schnellem Wechsel.

Mike fiel das Viagra ein, auf welches Lutz vorhin angespielt hatte. Doch wer dachte schon in diesem Alter daran, so etwas einzuwerfen? Andererseits, in einer *solchen* Situation ... Verdammt, schalt sich Mike, hätte ich nur diese verdammte Pille geschluckt. Er rieb sich mit der Hand in der Hose hin und her, zog sich den linken Handschuh aus, versuchte es erneut. Doch nichts geschah, Beklemmung stieg in ihm auf.

»Hast du's bald?«, unterbrach Lutz' Stimme das Geschehen, und erschrocken richtete die Kleine ihren Oberkörper ein Stück weit auf. Sofort schlug Mike ihr mit dem Handrücken ins Gesicht. »Gottverdammte Schlampe!«, fauchte er sie an. »Du elendes Miststück.«

Dann richtete er sich auf.

»Schon fertig«, antwortete er mit halb nach hinten gedrehtem Kopf und fester Stimme.

»Dann mach hin, Kleiner«, kam es sofort zurück. »Leer die Kasse aus, und wir hauen ab. Zeit ist um.«

Als Mike sich die Hose zuknöpfte und den Handschuh überstreifte, glaubte er, in den Augen des Mädchens eine gewisse Erleichterung zu erkennen. Möglicherweise war es nur Einbildung, denn sie lag schließlich noch immer wehrlos, gefesselt und geknebelt auf dem Boden. Eine Wunde auf der Wange ließ darauf schließen, dass sie die Blessuren des heutigen Abends noch einige Tage mit sich herumtragen würde, aber immerhin war ihr Schlimmeres erspart geblieben.

Ob sie nun erleichtert war oder nicht, Mike war es jedenfalls, wenngleich er es in diesem Moment weder zeigen noch spüren durfte. Das Adrenalin blockierte sein Denkvermögen, draußen wartete Lutz, und hinzu kam trotz allem die Scham, die ihm ununterbrochen vorzuhalten schien, dass ihn im entscheidenden Moment die Manneskraft im Stich gelassen hatte.

»Du hast mehr Glück, als du ahnst«, murmelte er leise in Richtung der Frau, aus deren Augen nun Tränen kullerten. Im Hinausgehen ließ er das Stilett fallen und stupste es mit der Fußspitze so an, dass es in ihre Reichweite schlitterte. Verdammt, dachte er erneut. Verdammt!

SAMSTAG

SAMSTAG, 22. SEPTEMBER 2012, 22:45 UHR

Torkelnd näherte sich Martin Kohlberger der hölzernen Schwingtür am Ende des schmalen Flures. Die Musik dröhnte im hinteren Bereich des Hauses nur halb so laut, aber noch immer ziemlich kräftig. Iron Maiden, Motörhead, Rammstein; zu späterer Stunde, wenn nur noch der harte Kern versammelt war, kam aus den Boxen selten etwas Sanfteres. Kohlberger, von den meisten hier nur »Matty« oder »Maddie«genannt, war ein beinahe eins neunzig großer und über zwei Zentner schwerer Koloss, der durch seine bloße Anwesenheit Respekt erzielte. Nicht ohne Grund gehörte er zu den gefragtesten Türstehern in der Hanauer und Offenbacher Clubszene. Früher einmal hatte er sich außerdem noch im Frankfurter Rotlichtmilieu verdingt, doch dieses Pflaster war ihm vor ein paar Jahren zu heiß geworden. Eine Hälfte der Läden wurde mittlerweile von Türken oder Osteuropäern kontrolliert, die zweite Hälfte teilten sich diverse andere Volksgruppen. Früher war das anders gewesen, da hatten die *Black Wheels* das Sagen gehabt, ein Motorradclub, den Kohlberger bis aufs Blut hasste. Und doch waren es bessere Zeiten gewesen; die Konkurrenz eindeutig erkennbar, die Kämpfe hart, aber auch von einem gewissen Respekt bestimmt.

»Jenseits des Mains gedeiht nur Übles«, pflegte Kohlberger

heutzutage zu sagen, was verlässlich und regelmäßig immer dann zitiert wurde, wenn in den Lokalnachrichten die Rede von Prozessen gegen Biker-Gangs, Drogenrazzien im Milieu oder ganz allgemein von der Frankfurter Mafiaszene war. Das Revier war penibel abgesteckt, keiner überquerte den Fluss in nördlicher Richtung, jenen tiefblauen Einschnitt, der wie gottgewollt die Stadtgebiete von Frankfurt und Hanau zerschnitt und die südlichen Stadtteile und Offenbach davon abtrennte. Und es war ebenfalls schon lange niemand mehr über die Gegenrichtung in das Gebiet seiner eigenen Gang, der *Mogin Outlaws*, eingedrungen.

Mit einer fahrigen Bewegung stieß Kohlberger das hölzerne Türblatt nach innen, krachend schlug es an die Wand und schwang anschließend knarrend in seinen Scharnieren hin und her. Er trat an das Pissoir heran und griff Halt suchend nach einer der verchromten Metallstangen, die neben jedem der drei Porzellanbecken angebracht waren. Langsam und konzentriert öffnete er zuerst den Ledergürtel und anschließend die Knopfleiste seiner löchrigen Jeans, nestelte sein Geschlechtsteil aus der Boxershorts und richtete den Strahl so zielgenau er konnte in das Becken. Er blinzelte benommen und verfluchte mit träger Zunge den Wodka, der an diesem Abend wieder literweise geflossen war. Er schloss seine Faust noch fester um den Halter, dankbar, jene Bügel vor ein paar Jahren genau zu diesem Zweck angebracht zu haben.

Das dumpfe Dröhnen der Anlage übertönte das sich nähernde Stampfen der schweren Stiefel, und erst als die Tür erneut aufschwang, realisierte der benebelte Kohlberger, dass er nicht mehr allein war. Er fuhr unbeholfen herum, da er das Geschehen nur in Zeitlupe wahrnahm, und lallte Unverständliches. Urin spritzte auf seine Hosenbeine und seine abgewetzten ledernen Stiefelspitzen.

»Was verdammt ...«

Seine Reflexe waren nicht schnell genug, um zu realisieren, was sich in den folgenden Sekunden abspielte. Erst als sich zwei Hände mit erbarmungsloser Kraft um seinen Hals legten und zudrückten, wurde ihm gewahr, dass sein Kopf in einer knisternden, nach Weichmachern riechenden Plastiktüte steckte. Panik, einer der wenigen menschlichen Überlebensinstinkte, die sich durch Rauschmittel zwar betäuben, nicht aber ausschalten lassen, ergriff Kohlberger, und er begann verzweifelt, um sich zu rudern. Er konnte nichts sehen, und seine Angreifer – es schien noch mindestens ein zweiter hinzugekommen zu sein – auch nicht identifizieren, denn sie tauschten nur knappe, zischende Anweisungen aus, und einer fluchte: »Verdammt, selbst im Suff hat der Kraft wie ein Bulle.«

Doch seine Kraft reichte nicht aus. Der rechte Arm wurde ihm auf den Rücken gedreht, stechender Schmerz durchzuckte Bizeps und Schultergelenk, und auch den anderen Arm vermochte er nicht in die Nähe der tödlichen Plastiktüte zu bekommen, in deren Innerem der Sauerstoff durch das schnelle, stoßweise Atmen langsam ausging. Als Nächstes spürte Kohlberger, wie ihm die Knie weich wurden und er in sich zusammensackte. Der plötzliche Schmerz in der Nierengegend, als seine Hüfte schmerzhaft auf den unteren Rand des Pissoirs schlug, war das Letzte, was er wahrnahm. Danach schwanden ihm die Sinne.

SONNTAG

SONNTAG, 23. SEPTEMBER 2012, 5:20 UHR

Julia Durant, Hauptkommissarin bei der Frankfurter Mordkommission, tastete schlaftrunken nach dem vibrierenden Handy, dessen Resonanz durch den hölzernen Nachttisch zu einem unangenehmen Schnarren verstärkt wurde. Parallel zu der Vibration des Akkus erklang lautstarke Musik, der Standardklingelton, den sie sich stets für ihre Bereitschaftsdienste einstellte.

»Fünfmal klingeln? Respekt«, ertönte die rauchige Stimme von Alice Marquardt, einer Kollegin des KDD.

»Was?«

»Vergessen Sie's. Tut mir leid, Ihre Tiefschlafphase zu unterbrechen, aber es gibt einen Zwischenfall auf der Kaiserleibrücke.«

»Einen Zwischenfall?«, wiederholte Durant ungeduldig. Längst hatte sie sich aufgesetzt, fuhr sich mit der Hand durch das vom Schlaf zerzauste Haar und presste das Handy fest ans Ohr. »Ich bin wach genug für Details, also schießen Sie los.«

Marquardt räusperte sich. »Autobahn 661, in südlicher Richtung. Sie können's nicht verfehlen. Ein toter Motorradfahrer auf der Brücke, aber kein Unfall, viel mehr habe ich noch nicht. Die Meldung kam von der Autobahnpolizei, und die warten jetzt auf jemanden von der Kripo. Offenbar hat das Motorrad gebrannt, eine ziemlich große Nummer also, denn sie mussten die rechte Fahrspur sperren.«

»Hm, okay. Haben Sie Spusi und so weiter schon informiert?« »Wir sind dran. Aber beeilen Sie sich besser.«

»Mache ich«, erwiderte Julia. »An Schlafen ist jetzt ohnehin nicht mehr zu denken.«

Es war der übliche Fluch von Bereitschaftsdiensten. Drei, vier Wochenenden ohne nennenswerte Vorkommnisse, und ausgerechnet heute, wo sie gerade einmal vier Stunden Schlaf abbekommen hatte, musste sie schon wieder raus.

»Noch etwas«, fügte Marquardt hastig hinzu, bevor die Kommissarin das Gespräch wegdrücken konnte, um sich anzuziehen.

»Ja?«

»Sie können über die Autobahn direkt hingelangen, haben die Kollegen gesagt, aber es ist dort bereits ein recht großer Andrang. Wenn Sie sich im Hafenviertel einigermaßen auskennen, parken Sie vielleicht besser unter der Brücke und nehmen die Fußgängertreppe.«

»Überleg ich mir«, sagte Julia und unterdrückte ein Gähnen. Sie zog die zerwühlte Bettdecke glatt und schüttelte das Kissen kurz auf, weil sie geschwitzt hatte. Danach trottete sie ins Badezimmer, wo sie ihre Morgentoilette erledigte und sich anzog. Ein prüfender Blick in den Spiegel verriet Julia, dass sie zum einen dringend eine neue Haartönung brauchte, denn das schulterlange, kastanienbraune Haar wurde von einigen lästigen hellen Strähnchen durchzogen. Julia Durant mied das Wort Grau gewissenhaft, fand aber auch die verharmlosende

Bezeichnung Silberfäden ziemlich lächerlich. Du bist eben nicht mehr fünfundzwanzig, dachte sie ein wenig trotzig. Nein, ganz und gar nicht mehr. Nächstes Jahr bist du schon doppelt so alt.

Julia stellte sich auf die Zehenspitzen, denn der Spiegel hing ein wenig zu hoch für Personen unter eins achtzig, und zu diesen Maßen fehlten ihr beinahe zwanzig Zentimeter. Mit den Zeigefingern zog sie sich die feinen Krähenfüße an den Augenwinkeln glatt, die bei weitem nicht so ausgeprägt waren wie bei anderen Frauen ihres Alters. Im Gegenteil. Julia Durant war noch immer eine ausgesprochen attraktive Frau, die regelmäßig Sport trieb und zumindest meistens versuchte, ihren harten Job bei der Mordkommission vor der Haustür abzulegen. Trotzdem spürte sie, dass sie nicht mehr über dieselben Kräfte verfügte wie in den frühen neunziger Jahren, als sie von München nach Frankfurt gewechselt war.

Mit dem Föhn trocknete sie sich kurz die im Nacken noch immer etwas feuchten Haare und zog sie mit der Bürste einigermaßen in Form. Kaum zehn Minuten nachdem sie der Anruf erreicht hatte, verließ sie eilig ihre Wohnung im Nordend und entschied, quer durch die Stadt zu fahren, die in den frühen Morgenstunden noch verschlafen dalag und ihr ein zügiges Durchkommen versprach.

Nur weitere zehn Minuten später erreichte Julia Durant die Autobahnauffahrt am Ratsweg und nahm kurzentschlossen den direkten Weg. Bereits kurz nach dem Auffahren blitzten ihr durch die Dunkelheit die blauen Blinklichter der Einsatzfahrzeuge entgegen. Noch zeichnete sich keine Morgendämmerung ab, nur finstere Nacht, durchflutet von den Bremslichtern der wenigen Autos, die sich zweihundert Meter vor der Kaiserleibrücke auf die mittlere und die linke Spur einfädeln mussten, weil ein Einsatzwagen und eine grell glühende Warnfackel die rechte Fahrbahnspur und den schmalen Standstreifen absperrte.

»Meine Güte«, murmelte Julia, während sie ihre Fahrt verlangsamte. Ein großer Löschwagen der Feuerwehr rangierte gerade bedächtig hin und her, dahinter parkte ein roter Kombi, schätzungsweise der Einsatzleiter oder jemand von der Brandwache. Notarzt und Rettungswagen standen weiter hinten, außerdem eine zusätzliche Streife. Die Kommissarin vermutete das Motorrad inmitten der hin- und hereilenden Menschen, dort, wo ein großer Standscheinwerfer flammend weißes Licht auf einen bestimmten Bereich am Rand der Fahrbahn konzentrierte. Als sie ihren Wagen in der Nähe des Brückenbogens hinter dem Streifenwagen abstellte, näherte sich sofort ein Beamter.

»Guten Morgen«, grüßte er freundlich, als Julia ausstieg. Er hatte sie offenbar als Kollegin erkannt, doch die Kommissarin erinnerte sich nicht, sein Gesicht schon einmal gesehen zu haben.

»Guten Morgen. Durant vom K 11. Klären Sie mich auf?«

»Aufgeklärt sind Sie sicher längst«, schmunzelte der Beamte, und Durant rollte mit den Augen, »aber ich kann Ihnen anbieten, Sie zum Tatort zu bringen.«

»Tatort oder Fundort?«

»Gute Frage, aber es heißt, es könnte auch der Tatort sein.« Die Tür ihres kleinen Peugeots schnappte ins Schloss, und Julia folgte dem Beamten in Richtung der Leitplanke, die zusammen mit einem hüfthohen Geländer den Standstreifen von einem schmalen Gehweg trennte, der ihr zuvor noch nie aufgefallen war.

»Hier können Fußgänger drüber?«, fragte sie ein wenig ungläubig.

»Und Radfahrer, ja«, nickte der Kollege und stieg mit einem kurzen Ächzen über die Leitplanke. Julia folgte ihm und war insgeheim froh, ihre bequeme Jeans vom Vortag angezogen zu haben, denn das scharfe, schmutzige Metall der Leitplanke schabte unheilverkündend an ihrem Hosenbein.

Sie schritten unter zwei runden, durch einen schmalen Steg miteinander verbundenen Stahlröhren hindurch, die sich in einem weitläufigen Bogen nach oben streckten. Blau, erinnerte Julia sich; es waren blau lackierte Metallbögen, die den Main an einem der wichtigsten Knotenpunkte der Stadt zweihundert Meter weit überspannten.

Ein Mord?, dachte sie. Ausgerechnet hier?

Als sie die Brückenmitte passierten, warf die Kommissarin einen Blick auf die beleuchtete Skyline, die zu ihrer Rechten in einiger Entfernung funkelte. Sie klappte den Kragen ihrer Jacke nach oben und fröstelte. Für den Spätsommer war es frühmorgens bereits höllisch kalt, vielleicht bildete sie sich das aber auch nur ein, denn übermüdete Menschen, die aus dem warmen Bett gescheucht werden, sind kälteempfindlich, wie sie wusste. Außerdem blies ein kalter, unangenehmer Wind.

»Da vorn steht die Maschine«, deutete der Beamte mit dem Zeigefinger, »aber ich sag's Ihnen: kein schöner Anblick.«

»Machen Sie sich darüber mal keine Gedanken, ich habe schon einiges gesehen.«

Julia schob sich an ihm vorbei und kniff die Augen zusammen. Das grelle Licht war nun zum Greifen nahe, der Boden war bedeckt von einer hellen Schicht getrockneten Löschschaums, möglicherweise war es auch ein Pulver. Linker Hand, jenseits des Geländers auf dem Standstreifen, befand sich ein bulliges Motorrad in leichter Schräglage, offenbar lehnte es auf dem Seitenständer. Es war einer jener Chopper, auf denen man aufrecht sitzt, die Beine nach vorne gestreckt, während die Arme waagerecht den hohen Lenker fassen. Darauf saß ein Mensch. Julia traute ihren Augen kaum, denn sie hatte damit gerechnet, dass Feuerwehr oder Ersthelfer die Person von der Maschine gezogen hatten oder aber der Fahrer selbst hinabgesprungen wäre. Erst auf den zweiten Blick erfasste sie den Grund, weshalb die verkohlte Leiche sich noch immer auf ihrer Maschine befand. Die Handgelenke waren mit Handschellen an den Lenker gefesselt, und es sah so aus, als seien auch die Beine an dem Motorrad fixiert.

»Heilige Scheiße«, entfuhr es ihr, und sie beugte sich so weit nach vorn, wie das verschmierte Geländer es ihr erlaubte.

»Unglaublich oder?«, erklang es aus dem Hintergrund. »Drauf gefesselt und abgefackelt, das werde ich mein Lebtag nicht vergessen. Selbst die Maschine ist angekettet, das ist schon fast wie in 'nem Western, wo Indianer und Pferd aufeinander sitzend bestattet werden.«

»Wie?« Julia fuhr herum, weil sie nur halb zugehört hatte.

»Na, diese Inszenierung«, wiederholte der Beamte. »Ich bin gespannt, was da hinterher bei rauskommt.«

»Lassen Sie uns erst einmal unsere Arbeit machen, bitte.« Julia versuchte unter der Schicht aus Löschmittel, Leder und verkohltem Metall Hinweise zu erkennen, was sich hier zugetragen haben könnte. Der Kollege hatte recht, nicht die Beine waren an die Maschine gebunden, sondern das Motorrad mittels einer schweren Kette an der Leitplanke fixiert. Vermutlich sollte das Fahrzeug gegen Umfallen gesichert werden. Ohne jeden Zweifel hatte sich hier Schreckliches zugetragen, an dem mindestens eine weitere Person beteiligt war.

»Fundort und Tatort«, murmelte sie anerkennend. »Da haben Sie wohl gar nicht so falschgelegen.«

»Danke«, lächelte der Beamte. »Ich geh dann mal wieder zurück und warte auf die Nächsten. Sie bringen doch die Kavallerie mit, hoffe ich?«

»Spurensicherung und so weiter sind informiert, ja. Wäre gut, wenn Sie die Kollegen dann zügig hierherführen. Haben Sie da vorne auch jemanden?« Julia deutete auf den herabführenden Bogen am Südende der Brücke. »Wenn jemand von der Rechtsmedizin anrückt, werden die sicher von dort unten kommen.«

»Nein, da drüben haben wir nichts verloren«, grinste der Beamte schief. »Außerdem steht unten eine Streife und riegelt den Zugang ab. Die werden sich dann schon drum kümmern.«

»Wieso haben Sie da nichts verloren?«

»Offenbach«, entgegnete er knapp und deutete auf die Mitte des Flusses unter ihnen. »Die Stadtgrenze verläuft hier auf dem Main. Muss ich noch mehr sagen?«

Julia Durant schüttelte den Kopf und seufzte. »Nein, schon klar«, sie rollte erneut mit den Augen, »ich habe verstanden.« Frankfurt am Main und Offenbach – man konnte dies wohl nur als Einheimischer verstehen. Sie waren so unterschiedlich, wie zwei Städte nur sein konnten, und doch konnte niemand so recht sagen, an welchen Faktoren man diese Unterschiede festmachen sollte. Für gebürtige Offenbacher war Frankfurt ein Moloch, eine Stadt, die sich wie ein Virus in alle Richtungen ausbreitete und die umliegenden Gebiete einfach schluckte. Dabei gab man sich weltmännisch und zukunftsorientiert, aber in der Praxis waren es eher Herablassung und Überheblichkeit.

Offenbach war viel mehr als ein unbedeutender Vorort der Mainmetropole, mehr als nur das Arbeiter- und Ausländerviertel, mehr als das Industriegebiet der eleganten Stadt. Doch wer in Frankfurt aus dem Fenster blickte, der sah auf der anderen Mainseite eben nur Fabrikschlote, Hafenarbeiter, und in den Nachrichten las man aus Offenbach – wenn überhaupt – Meldungen über Kriminalität anstatt über Kultur. Julia Durant konnte an einer Hand abzählen, wie oft sie sich mit dem benachbarten Stadtbezirk auseinandergesetzt hatte, den gemeinsamen Fall mit ihrem Kollegen Peter Brandt vor einigen Jahren mal außen vor gelassen. Doch sie hegte auch keine Animositäten und favorisierte keinen der bitter rivalisierenden Fußballvereine. Sie verstand nicht einmal, warum diese Rivalität überhaupt noch bestand, denn die Eintracht und die Kickers spielten längst in verschiedenen Ligen, doch diese Tatsache würde sie kaum mit Peter Brandt diskutieren wollen. Durant war eine gebürtige Münchnerin, was ihr den Zwang ersparte, sich für eine Seite entscheiden zu müssen. Julia liebte Frankfurt, wo sie seit rund zwanzig Jahren lebte und arbeitete und Anschluss gefunden hatte, und sie liebte auch ihren Job, immerhin leitete sie Mordermittlungen im größten und modernsten Polizeipräsidium Hessens.

Die Kommissarin ließ ihren Blick prüfend über den toten Körper wandern, der in unnatürlich lässig scheinender Haltung auf dem Sattel der Harley saß. Er trug einen offenen Motorradhelm – mehr ein Deckel als eine sichere Kopfbedeckung, wie Julia dachte. Kein Visier, kein Schutz für Nacken, Gesicht und Kinn, aber andererseits hätte ein geschlossener Helm ihm heute Nacht auch nicht das Leben gerettet. Die Gesichtshaut war verkohlt, der Mund weit geöffnet, von den Augen nicht mehr zu sehen Als schwarzbraune Verkrustungen in den Höhlen. Das Gleiche galt für die Hände. Diese waren wie der Rest des Körpers zum Teil mit Rückständen des Löschmittels bedeckt. Während der Oberkörper offenbar in einer Lederjacke steckte, hatte der Tote an den Beinen vermutlich eine Jeans getragen. Diese war mit der Haut verschmolzen und bildete eine undefinierbare Masse, von der ein äußerst unangenehmer Geruch ausging, wie die Kommissarin beim Hinabbeugen bemerkte.

»Andrea wird ihre Freude haben«, murmelte sie mehr zu sich selbst. Doch dann bemerkte sie einen Feuerwehrmann, der sich ihr von der Fahrspur her näherte.

»Durant, Mordkommission«, stellte sie sich kurz vor. »Waren Sie am Einsatz beteiligt?«

»Jepp«, kam es kurz angebunden zurück.

Julia fuhr mit dem Finger einen Halbkreis über den mit einem hellen Schmierfilm bedeckten Asphalt.

»Hat das alles gebrannt, als Sie hier eintrafen?«

»Lichterloh, wir hatten kaum 'ne andere Chance, als einfach draufzuhalten. Ein Autofahrer ist um das Motorrad herumgehüpft wie ein aufgescheuchtes Huhn, der hatte mit einem dieser kleinen Löscher sein Glück probiert. Wenn Sie mich fragen: So viel Herz fasst sich heutzutage kaum noch einer, und das, obwohl wir alle einmal die Ersthelferausbildung gemacht haben.« »Hm. Aber es fährt ja auch nicht jeder einen Feuerlöscher spazieren.«

»Das stimmt. Doch es werden immer mehr, und im Notfall kann man es ja auch mit einer Decke oder einem Mantel versuchen. Wie auch immer, für den Fahrer gab es offenbar keine Rettung mehr, als wir eintrafen. Aber selbst wenn er mit den Armen gefuchtelt oder geschrien hätte, ohne Löschmaßnahme hätten wir niemals zu ihm gelangen können. Das Gummi der Reifen, Benzin, Öl, Kleidung; das brennt unglaublich heiß, und die Dämpfe sind hochgiftig.«

»Okay, ich verstehe«, nickte Julia, deren nächste Frage damit bereits beantwortet war. »Bitte halten Sie sich bereit, damit Sie den Kollegen der Spurensicherung und der Rechtsmedizin genau benennen können, welche Löschmittel Sie verwendet haben, und eventuell werden wir später noch einmal auf Details zurückkommen.«

Es würde die Arbeit der Rechtsmedizin ungemein behindern, dass die ganze Szenerie derart verunreinigt war, um es mit den Worten des leitenden Forensikers Platzeck auszudrücken. Julia konnte sich sein Gesicht schon vorstellen, aber auf der anderen Seite galt bei einem augenscheinlichen Verkehrsunfall nun mal das Prinzip, erst Leben zu retten und danach über alles andere nachzudenken.

»Okay, ich bin ja noch ’ne Weile hier«, sagte der Feuerwehrmann und tastete seine Taschen ab, bis er gefunden hatte, was er suchte. Er wird doch wohl keine Zigaretten herausholen, dachte Julia, aber dann sah sie, dass es sich um eine Packung Kaugummi handelte.

»Auch einen?«, fragte er, als er ihren Blick registrierte. »Hilft gegen den süßen Röstgeschmack und den Ölfilm auf der Zunge.«

»Danke, lieber nicht«, lehnte die Kommissarin ab und richtete ihren Blick wieder auf die schätzungsweise zwei Meter lange Kette, die den Rahmen des Motorrades an die Leitplanke fesselte. Etwas Teuflisches musste sich hier zugetragen haben, so viel war sicher.

Als sie von rechts schlurfende Schritte vernahm, wandte sie sich langsam um, in der Erwartung, Andrea Sievers zu sehen, die toughe Rechtsmedizinerin, die, soweit Julia informiert war, ebenfalls übers Wochenende Bereitschaft hatte. Gemeinsam mit Andrea, die einige Jahre jünger, aber nicht minder erfahren war, hatte die Kommissarin schon so manchen vertrackten Fall lösen können, denn dem scharfen Auge der Ärztin entging kaum ein Detail. Doch statt eines weißen Kittels und des obligatorischen Lederkoffers, in dem Andrea ein akribisch sortiertes Sammelsurium von teurem medizinischem Besteck hortete, bekam Julia etwas anderes zu sehen.

Es war die untersetzte Gestalt eines Mannes, Mitte fünfzig, markantes Kinn. Er stapfte leicht gebückt und hielt sich den im kalten Wind flatternden Stoffmantel mit der Faust zusammen. Seine Haare waren zerzaust, und irgendwie, obwohl sein Mantel weder verknittert noch beigefarben war, musste Julia unvermittelt an Inspektor Columbo denken. Dann lächelte sie und richtete sich mit einem freundlichen Nicken vollständig auf.

»Peter Brandt!«, sagte sie dann. »Was verschafft mir dieses unerwartete Vergnügen?«

»Frau Durant?« Brandts Stimme klang ebenfalls verwundert. »Das Gleiche könnte ich Sie fragen. Wer hat Sie denn herbestellt?«

»Die Autobahnpolizei. Und Sie?«

»Es gab eine Meldung über verdächtige Aktivitäten am Aufgang der Brücke. Dort, wo ich grad herkomme.« Brandt deutete mit dem Daumen über die Schulter hinter sich. »Eine Streife ist hingefahren, doch da war nichts mehr zu sehen. Na, und dann ist hier oben das Chaos ausgebrochen, und prompt hat bei mir das Telefon geklingelt.«

»Verstehe.«

»Glauben Sie mir, ich dränge mich hier nirgendwo rein, ganz im Gegenteil«, betonte Brandt und machte eine abwehrende Geste mit den Händen.

»Ich reiß mich auch nicht darum«, erwiderte Julia kühl, denn ihr missfiel die ruppige Art ihres Kollegen, »aber die A661 ist nun mal bis zum Offenbacher Kreuz runter noch unsere Spielwiese.«

»Wobei wir genau genommen auf dem Fuß- und Radweg stehen. Die ganze Brücke gehört Ihnen also nicht«, warf Brandt mürrisch ein. Es gab kaum etwas, was er mehr hasste als den für Frankfurter so typischen Eroberungsdrang und die überhebliche Tendenz, alles an sich reißen zu wollen. Eine Eigenschaft, die zumindest der gebürtige Offenbacher den Städtern jenseits des Mains nur allzu gerne zuschrieb.

»Trotzdem möchte ich sonntags vor Sonnenaufgang nicht wirklich über Zuständigkeiten diskutieren. Wir leben immerhin nicht mehr in den Achtzigern und stehen nicht auf dem Randstreifen der Transitautobahn Hamburg–Berlin, sondern haben hier einen Toten, der allem Anschein nach nicht freiwillig abgetreten ist. Und«, lenkte Durant dann mit einem verstohlenen Zwinkern ein, »seine Maschine hat Offenbacher Kennzeichen. Riskieren Sie also ruhig mal einen Blick.«

»Hm«, meinte Brandt nachdenklich, während er den Toten von Kopf bis Fuß musterte. »Es stimmt also, was man sich so erzählt.«

Julia sah ihn fragend an, und er fügte erklärend hinzu: »Die Uniformierten haben davon gesprochen, dass er angekettet und angezündet wurde. Mir kam das spanisch vor, aber es stimmt ja offensichtlich. Haben Sie eine Idee dazu?«

»Nicht die leiseste«, gab Julia achselzuckend zu. »Aber ich baue auf Andreas Erkenntnisse, haben Sie sie nicht zufällig anrauschen sehen?«

»Wieso sollte ich?« Brandts Miene verdüsterte sich. Vor einigen Jahren hatte er eine romantische Beziehung mit Andrea Sievers gehabt, die etliche Jahre jünger war als er. Obwohl sie blendend miteinander ausgekommen waren und Andrea auch mit Brandts heranwachsenden Töchtern nicht das geringste Problem gehabt hatte, war ihre Partnerschaft auseinandergebrochen. Nicht dass es heute noch wie ein Damoklesschwert über ihnen hing, aber Brandt konnte nicht vergessen, dass Andrea ihn recht kalt abserviert hatte, nachdem sie sich ihm Jahre zuvor regelrecht an den Hals geworfen hatte. Aber er wusste auch, dass das seine ganz persönliche Sicht der Dinge war, vielleicht hatte er sogar durch seine dauernde Sorge, dass er zu alt für eine solch junge, blendend aussehende Partnerin sei, eine selbsterfüllende Prophezeiung geschaffen. Andererseits war Peter Brandt längst wieder glücklich gebunden, und die private Vergangenheit mit der Pathologin belastete das professionelle Verhältnis kaum mehr.

»Nur so, ich gehe davon aus, dass Andrea von Ihrer Mainseite her anrücken wird. Immerhin ist das Institut in Sachsenhausen«, antwortete die Kommissarin, die um die Vergangenheit der beiden wusste, ihre Frage allerdings überhaupt nicht darauf bezogen hatte.

»Schon gut, nehmen Sie mir meine Laune nicht übel. Ich werde nur ungern eine Stunde vor dem Aufstehen aus dem Schlaf gerissen.«

»Als stünden Sie sonntags schon um sieben auf«, kommentierte Julia grinsend. »Aber mir geht's da ähnlich«, nickte sie dann, »glauben Sie mir. Wer wird schon gerne so früh geweckt.«

»Sie haben aber meines Wissens keine erwachsene Tochter, oder?«

»Nein, davon wüsste ich wohl.«

»Sehen Sie. Ich hätte es kaum für möglich gehalten, aber seit die Mädchen erwachsen sind und ihr eigenes Leben führen, mache ich mir noch mehr Sorgen um sie. Verrückt, oder?«

»Ich glaube, das ist ganz normal«, gab Julia zurück und versuchte, sich Situationen aus ihrer Jugend in Erinnerung zu rufen. »Väter und ihre Töchter, das ist wohl eine ganz spezielle Verbindung.«

»Hm, wie auch immer«, sagte Brandt. »Aber obwohl Michelle für ihre einundzwanzig wirklich vernünftig ist und mir keinen Grund zur Sorge gibt, liege ich manchmal nachts wach und bekomme Panik, wenn sie nicht heimkommt.«

»Sie wohnt noch bei Ihnen?«

»Ja, wieso auch nicht? Seit meine Älteste nach Spanien gegangen ist, ist doch Platz. Sarah studiert dort Romanistik, aber Michelle geht vorerst hier an die Uni.«

»Ich wusste gar nicht, dass man in Offenbach studieren kann«, antwortete Julia spitzzüngig und mit einem koketten Zwinkern.

»Pff, da sage ich jetzt mal besser nichts dazu«, brummelte Peter Brandt.

»Na, habt ihr auch Spaß miteinander?«, erklang Andrea Sievers' Stimme ein wenig heiser, und die Kommissare fuhren herum.

»Hey, guten Morgen«, lächelte Julia, und auch Brandt nickte freundlich.

»Andrea.«

»Darf man fragen, was ihr beiden hier zusammen treibt? Gab es eine Reform der Präsidien, von der mir keiner was gesagt hat, oder wie muss ich das verstehen?« Andrea legte grübelnd den Kopf zur Seite. Dabei stachen ihre Augen in

Brandts Richtung, was diesem unangenehm war. Er deutete mit dem Finger in Richtung Main und antwortete knapp: »Zuständigkeitsgrenze.«

»Hm. Und das muss ausgerechnet oberirdisch sein, bei dieser Kälte?«, entgegnete Andrea und hüstelte. »Ihr hättet euch lieber mal einen warmen U-Bahn-Tunnel oder so ausgesucht, denn so werde ich meinen Frosch im Hals nie los.«

»Nimm dir doch eines der Ganzkörperkondome von Platzeck, wenn seine Truppe endlich mal hier aufläuft«, schlug Julia grinsend vor. »Garantiert winddicht.«

»Nein, ich baue lieber darauf, schnell ins Institut zu kommen«, wehrte die Pathologin ab und stellte ihren Lederkoffer neben sich. Sie wandte sich wieder an Brandt und zwinkerte ihm zu. »Noch immer der Gentleman? Dann hilf mir mal bitte beim Drübersteigen und reiche mir anschließend den Koffer.«

Elegant schwang sie sich über das Geländer und die Leitplanke, nahm mit einem dankenden Lächeln den Koffer entgegen und betrachtete die Leiche.

»Offenbar männlich, trägt seine Rundungen an den Hüften und nicht auf der Brust«, murmelte sie. »Verbrannt, wobei der Grad der Verbrennung unter der Kleidung noch nicht einzuschätzen ist. Im Gesicht aber dritter, wenn nicht sogar vierter Verbrennungsgrad, da muss ich mit der Feuerwehr sprechen, um die Temperatur der Flammen zu erfahren. Für euch von Interesse ist wahrscheinlich eher, ob der Mann an den Verbrennungen gestorben ist, korrekt?«

»Ja, das wäre die wichtigste Frage«, bestätigte Brandt.

»Kannst du in so einem Fall eigentlich den Todeszeitpunkt über die Körpertemperatur bestimmen?«, erkundigte Julia sich.

»Nicht damit allein, aber Körper und Zellen, insbesondere die inneren Organe, sind ja nicht vollständig verkohlt. Da geht schon noch was, doch ich werde mich nicht an Ort und Stelle von euch darauf festnageln lassen. Ich mache hier zunächst eine grobe Leichenschau und nehme ihn mir anschließend auf dem Seziertisch in Ruhe vor. Na ja«, sie zog die Augenbrauen nach oben, »einen faulen Sonntag vor dem heißen Ofen hatte ich mir etwas anders vorgestellt, aber gut.«

»Verdammt, Andrea!«, schalt Julia, die sich immer wieder aufs Neue über den morbiden Humor ihrer Kollegin wundern musste. Andererseits wusste sie, dass der tagtägliche Kontakt mit zum Teil grausam entstellten Leichen ein ungemein dickes Fell erforderte. Wenn Humor oder – besser – Sarkasmus eine geeignete Abwehrmechanik der Psyche waren, dann bitte. Andrea Sievers zumindest erweckte nie den Anschein, wachse ihr der Job über den Kopf. Im Gegenteil, meistens versprühte sie Energie für zwei, eine Eigenschaft, um die sie Julia Durant insgeheim manchmal etwas beneidete. Endlich näherte sich über die Autobahn auch der Wagen von Platzeck. Er steuerte ihn zielstrebig in die große Lücke, die der Löschzug freigemacht hatte, und stieg mit zwei Kollegen aus. Julia Durant winkte ihn zu sich, und er begrüßte zuerst Andrea, dann die beiden Kommissare.

»Toll, hier brauchen wir ja überhaupt nicht erst auszupacken«, kommentierte er anschließend mit gerümpfter Nase. »Feuer und Löschmittel haben den Großteil der Spuren garantiert vernichtet.«

»Wir haben's uns weiß Gott nicht ausgesucht«, erwiderte Brandt.

»Aber irgendjemand hat sich das ausgesucht«, warf Durant ein. »Die Position der Leiche, dann das Anketten, und jemand hat ihn schließlich auch angezündet. Wir sind auf jede Erkenntnis dringend angewiesen.«

»Schon klar«, gab Platzeck zurück. »Wir tun unser Bestes. Ich fordere noch zwei Mann an, damit wir die Fahrbahn nicht länger als nötig blockieren. Die Jungs von der Autobahnpolizei werden schon unruhig.«

»Ist mir egal«, sagte Durant. »Es ist schließlich Sonntag, die Sperrung bleibt so lange wie nötig bestehen.«

»Dann lass uns mal loslegen, ich werfe mich jetzt in Schale«, sagte Platzeck und wandte sich in Richtung seiner Mitarbeiter, die bereits in ihre Schutzanzüge stiegen. Einer der beiden gab einem Beamten zu verstehen, welcher Bereich mit Absperrband gesichert werden musste, und dieser nickte.

Julia Durant und Peter Brandt beschlossen, die Kollegen ungestört ihre Arbeit verrichten zu lassen, und sammelten bei den Beamten der Autobahnpolizei die noch relativ dürftigen Informationen.

Zwanzig Minuten später wandte Julia sich im Vorübergehen an ihren Kollegen: »Zeit für uns, vorerst die Biege zu machen, wie?«

Brandt nickte. »Gönnen wir uns noch einen Kaffee und fassen die Fakten zusammen?«

»Ja, wieso nicht. Bei mir oder bei Ihnen?«, fragte die Kommissarin dann lächelnd und deutete mit Daumen und Zeigefinger abwechselnd auf beide Uferseiten des Mains.

»Sie bestimmen, ich zahle.«

»Aha, es steckt also doch ein Gentleman unter der harten Schale«, neckte Durant, und sie verließen kurz darauf die Brücke in Richtung Süden.

SONNTAG, 7:15 UHR

In einem McDonald's unweit des Kaiserleikreisels, einem der wichtigsten Knotenpunkte der Stadt, dessen Name man wöchentlich meist mehrmals im Verkehrsfunk zu hören bekam, bestellte Peter Brandt zwei große Tassen Kaffee. Sie suchten sich einen ruhigen Platz, Julia gönnte sich außerdem ein Laugenbrötchen und brachte Butter und Marmelade mit.

»Ach, so eine Portion Rührei würd ich mir ja auch noch gönnen«, überlegte Brandt, blickte dann hinab auf seinen Bauchansatz und stand auf. »Was soll's, leerer Bauch studiert nicht gern. Bin gleich wieder da.«

»Nur zu«, lächelte Julia und warf einen Blick auf ihr Handy. War es zu früh, Hellmer aus dem Bett zu klingeln? Sie beschloss, ihm noch ein wenig Zeit zu geben, schließlich gab es in diesem Moment noch nicht viel zu tun, zudem war ja noch zu klären, welches Präsidium sich denn nun um den Fall kümmern würde. Die Kommissarin steckte das Gerät zurück in die Tasche und ließ ihren Blick durch das Restaurant wandern, in dem sich für einen frühen Sonntagmorgen erstaunlich viele Menschen befanden. Darunter waren ein Grüppchen übernächtigter Teenies, denen man nur wünschen konnte, besser nicht in eine Polizeikontrolle zu geraten, und einige Männer mittleren Alters, mit müdem Blick und unrasiertem Gesicht. Lkw-Fahrer vielleicht, überlegte Julia gerade, als Brandt mit einem Tablett zurückkehrte. Er wirkte äußerst zufrieden, während er zwei kleine Papiertütchen mit Pfeffer und Salz aufriss und deren Inhalt gleichmäßig über dem unnatürlich leuchtenden Gelb des Rühreis ausstreute.

»So kalt, wie es draußen ist, könnte man ja beinahe schon wieder drüber nachdenken, sich Winterspeck zuzulegen«, kommentierte er, als er sich die Gabel zum ersten Mal großzügig füllte.

»Ganz meine Meinung«, grinste Julia, die sich beide Brötchenhälften geschmiert und bereits zweimal genussvoll abgebissen hatte. »Wobei Sie ja nicht übergewichtig sind.«

»Danke, aber ich habe nicht nach Komplimenten gefischt. Mein Arzt wäre überglücklich, wenn ich zehn Kilos runter hätte, und ich habe mir auch selbst vorgenommen, ihm diesen Gefallen zu tun. Na ja, wenigstens auf halbem Weg werde ich versuchen, ihm entgegenzukommen«, seufzte er und fügte rasch hinzu, obwohl er insgeheim alles andere als überzeugt davon war: »Mehr halte ich ohnehin nicht für notwendig.«

»Nun, dann lassen Sie sich's schmecken.« Sie aßen ein paar Minuten schweigend, dann zog die Kommissarin ein Notizbuch heraus.

»Ich bin mal so frei und beginne«, sagte sie, denn Brandt stocherte noch eifrig zwischen Rührei und Bacon herum. »Wir haben ein relativ genaues Zeitschema, da der Notruf punktgenau registriert wurde. Beginnen wir also mit dem Tathergang, in Ordnung?«

»Klar.«

»Gegen kurz vor halb fünf entdeckt ein Autofahrer ein brennendes Motorrad auf der Brücke. Er hält an, verlässt seinen Wagen und versucht, mit einem Feuerlöscher, den er mit sich führte, zu löschen. Er betätigt außerdem den Notruf, dies geschah um 4:32 Uhr, nach seinem erfolglosen Löschversuch. Feuerwehr, Notarzt und Autobahnpolizei sind jeweils in wenigen Minuten vor Ort. Der Motorradfahrer hat bereits beim Löschversuch unseres Ersthelfers keine Anzeichen gemacht, dass er noch lebte. Schreie oder Bewegungen wurden von keinem der Beteiligten beobachtet. Doch andererseits hatte der Mann Handschellen, und das Motorrad war ebenfalls fixiert. Irgendjemand muss es also gegen Viertel nach vier in Brand gesteckt haben. Stimmen Sie dem so weit zu?«

»Worauf basiert die Einschätzung mit Viertel nach vier?«

»Nur ein grober Wert«, erläuterte Julia. »Fast jeder Autofahrer hat heutzutage ein Handy, und selbst zu dieser frühen Tageszeit ist auf der A661 ausreichend Verkehr, dass ein brennendes Fahrzeug wohl kaum länger als ein paar Minuten ungemeldet bliebe.«

»Das denke ich auch«, nickte Brandt. »Die Feuerwehr hat mir zudem bestätigt, dass das Feuer nicht viel länger als ein paar Minuten gebrannt haben könne. Öl und Benzin sind zwar größtenteils verdampft und verbrannt, aber in so ein Motorrad passt ja auch nicht viel rein. Das Reifengummi ist zum Teil verbrannt, und für die Verbrennungen am Körper braucht es keine lange Feuereinwirkung. Es spricht allerdings einiges dafür, dass Körper und

Maschine von oben bis unten mit Brandbeschleuniger übergossen wurden. Schätzungsweise Benzin, das wäre zumindest logisch. Insofern kommen wir mit 4:15 Uhr wohl ganz gut hin.«

»Haben Sie mit dem Augenzeugen gesprochen?«, wollte Julia wissen, denn sie hatte am Tatort vergeblich Ausschau nach ihm gehalten.

»Er wurde zur Beobachtung in die Klinik gebracht, wegen Rauch und so. Ich habe mich auch gewundert, aber mit Ärzten und Sanitätern am Unfallort lege ich mich schon lange nicht mehr an. Wir haben ja seine Personalien«, Brandt grinste, »und seinen Wagen möchte er bestimmt auch irgendwann wiederhaben.«

»Okay, damit kann ich leben. Welches Krankenhaus?«

»Klinikum Offenbach. Das hat schon beinahe etwas Ironisches. Wussten Sie, dass wir dort eines der führenden Verbrennungszentren des Landes haben?«

»Nein, das war mir nicht bewusst«, gab Julia zu. »Hat der Mann denn selbst Verbrennungen davongetragen?«

»Weiß ich nicht.« Brandt zuckte mit den Schultern. »Kann schon passieren, dass man sich beim Löschversuch selbst die eine oder andere Blase holt. Aber falls ja, ist er dort in guten Händen.«

»Ich würde gerne möglichst bald zu ihm fahren, machen wir das gemeinsam?«

»Ja, wieso nicht? Jemand anderen haben wir ja nicht zu befragen derzeit. Aber ich habe die Kollegen der Autobahnpolizei mal auf die Webcams hingewiesen.«

»Welche Webcams denn?« Julia runzelte die Augenbrauen und kratzte sich am Kinn.

»Verkehrsüberwachung«, erwiderte Brandt triumphierend. »Sagen Sie bloß, das gibt es im modernen Frankfurt nicht?«

»Ist mir vollkommen wurscht«, konterte Julia, »jedenfalls war es für mich bislang nicht von Interesse. Ich habe das Präsidium in Laufweite und bin nur selten auf Verkehrsmeldungen angewiesen.«

»Schon gut, war nicht so gemeint«, lachte Brandt versöhnlich. »Es gibt eine Kamera über dem Offenbacher Kreuz, die ist vermutlich etwas weitab vom Schuss, aber seit einiger Zeit wird auch der Kaiserleikreisel elektronisch überwacht. Verkehrsflussanalyse, Sie wissen schon, irgendwelche Statistiker setzen sich zusammen und überlegen, wie sie den alltäglichen Stau aus der Welt schaffen können. Wenn Sie mich fragen, braucht es dazu keine Mathegenies, sondern die A66 muss endlich erweitert werden. Aber das passt euch Frankfurtern ja nicht.«

»Ich bin Münchnerin«, warf Julia trocken in.

»Wie? Ach, sei's drum. Jedenfalls besteht zumindest eine geringe Chance, dass wir für das Zeitfenster der Tat einige Aufnahmen der Gegend bekommen. Von irgendwoher muss der Fahrer ja gekommen sein und, was noch viel spannender ist, von irgendwoher auch seine Mörder.«

»Klingt nach einem Strohhalm, aber prinzipiell ein guter Ansatz. Kümmert sich schon jemand drum?«

Brandt bejahte, und Julia Durant überlegte einen Augenblick, dann notierte sie sich etwas auf ihrem Notizblock. »Wir gehen also von 4:15 Uhr aus«, wiederholte sie, »stockfinstere Nacht, wenig Verkehr. Die Brücke ist ein recht prominenter Platz für einen Mord, und so wie es aussieht, ist die Tat ja nicht nur geplant, sondern auch ganz bewusst in Szene gesetzt worden.«

»Richtig. Es ist, als sollte eine ganz bestimmte Botschaft ausgesendet werden. Die Frage ist nur, an wen? Und was soll die Botschaft zum Ausdruck bringen?«

»Sobald wir wissen, um wen es sich handelt, wissen wir hoffentlich mehr«, schloss Julia. »Das Kennzeichen war kein Treffer?«

»Nein, es ist nirgends registriert. Keine TÜV-Plakette, keine Fahndungsmeldung, aber es ist auch definitiv kein neues. Beulen, Lackschäden, alte Bohrungen – wir lassen es am besten gezielt auf frühere Verwendung checken. Außerdem gibt es doch die Datenbank der Zulassungsstelle, wo Kennzeichen reserviert werden können. Auch das sollten wir prüfen. Ich habe allerdings das ungute Gefühl, als entpuppe sich dies als eine Sackgasse, möglicherweise ist es sogar eine gezielte Irreführung.«

»Na gut, dann schlage ich vor, wir suchen unseren Augenzeugen auf. Mit ein wenig Glück erhalten wir noch ein paar Eindrücke von dem, was er bei seinem Eintreffen vorgefunden hat. Die Täter konnten zu diesem Zeitpunkt ja noch nicht weit gekommen sein.«

»Kommt drauf an, ob sie zu Fuß oder über die Autobahn unterwegs waren«, gab Brandt zu bedenken, »vielleicht waren das ja auch die verdächtigen Aktivitäten am Fuße unserer Brückenseite.«

»Was waren das denn überhaupt für ominöse Aktivitäten?«, erkundigte sich Durant.

»Ein Anrufer hat gemeldet, dass ihm ein dunkler Lieferwagen und einige Personen aufgefallen seien. Leider ist das

Mainufer in dieser Ecke eine Gegend, in der man häufig auf geheimnisvolle Fahrzeuge und zwielichtige Gestalten trifft«, seufzte Brandt. »Ebenso wie auf Falschmeldungen. So richtig weiter bringt uns das wohl kaum.«

Einige Minuten später verließen sie das Schnellrestaurant.

SONNTAG, 8:22 UHR

Die Sonne war längst aufgegangen, und obwohl es noch immer recht kühl war, ließ der Himmel auf einen halbwegs angenehmen Tag hoffen. Peter Brandt fröstelte dennoch, als er aus seinem Alfa stieg; für seinen Geschmack hätte es ruhig noch ein paar Grad wärmer sein können. Der diesjährige Sommer war der absolute Hohn gewesen, ständig unterkühlte Temperaturen, und die richtig warmen Tage konnte man an einer Hand abzählen. Für die zahllosen Schüler, deren Sommerferien im wahrsten Sinne des Wortes ins Wasser gefallen waren, war es wohl der enttäuschendste Sommer ihres Lebens gewesen. Erst in der zweiten Augusthälfte hatte sich langsam Besserung eingestellt, aber da drückten sie längst wieder die Schulbank.

Julia Durant parkte mit ihrem Wagen einige Meter hinter ihm, und gemeinsam betraten sie nun den beeindruckend großen Gebäudekomplex des Klinikums Offenbach.

»Nicht dass Sie es jetzt wieder als Angriff werten«, durchbrach Julia kurz darauf das Schweigen, »aber ich hätte niemals damit gerechnet, hier auf eine so große Klinik zu treffen.«

»Das geht vielen so«, sagte Brandt. »Aber wenn es um Verbrennungen geht, kommen sie trotzdem alle zu uns – aus der Wetterau, aus dem Taunus und aus dem Spessart. Das ist wie mit der Kinderklinik in Hanau, die hat auch einen gewissen Bekanntheitsgrad, aber solange man es nicht braucht, ist der Rest der Stadt uninteressant für einen.«

»Dafür haben Sie eine wachsende Aufklärungsquote«, warf Julia ein, als die beiden gerade um die Ecke in einen langen Gang einbogen, an dessen Ende sich ihr Zeuge Albert Manstein befinden sollte. So zumindest hatte die Information der diensthabenden Schwester gelautet.

»Das stimmt, auf die sind wir stolz. Obwohl es natürlich auch weniger Verbrechen gibt, so ehrlich muss man diese Zahlen schon betrachten. In dieser Hinsicht möchten wir nicht mit Ihnen tauschen.«

»Kann ich gut nachvollziehen«, seufzte Julia. Das vergangene Jahr hatte gleich am ersten Tag mit einem Paukenschlag begonnen und war danach nicht unbedingt ruhiger geworden. Die Kommissarin hatte nur mit Mühe und Not einen dreiwöchigen Urlaub antreten können. Bis kurz vor dem Abflug hatte sie noch darum bangen müssen, und ihr Begleiter mit ihr. Doch daran wollte Julia im Augenblick nicht denken, und sie schob die Erinnerungen schnell beiseite. Dafür kam ihr etwas anderes in den Sinn.

»Sagen Sie, ich habe von der Sache mit Nicole Eberl gehört, Ihrer Partnerin …«

Peter Brandt blieb abrupt stehen, und seine Miene verfinsterte sich.

»Ich weiß, dass sie meine Partnerin war«, erwiderte er mit tonloser Stimme. »Sie war aber noch viel mehr als das, ich möchte, dass Sie das wissen, bevor wir uns weiter unterhalten. Was haben Sie denn gehört?«

»Entschuldigung, ich wollte nicht pietätlos sein«, wehrte Julia ab, die nicht mit einer so heftigen Reaktion gerechnet hatte. Nicole Eberl, die für Brandt weitaus mehr gewesen als nur eine Teamkollegin, war vor einiger Zeit nach kurzem, aber heftigem Krankheitsverlauf gestorben. Viel zu jung hatte sie an einer seltenen Form von multipler Sklerose gelitten und eine trauernde Familie hinterlassen. Nicole hatte Brandt schon vor seiner Scheidung gekannt, ihm in schweren Zeiten beigestanden, und es gab wohl kaum jemanden, dem er so bedingungslos vertraut hatte. Und dann dieser plötzliche Ausbruch, besser gesagt, das viel zu späte Erkennen und Deuten von Symptomen. Gerne hätte Peter Brandt seiner Partnerin in den letzten Wochen und Monaten ihres Lebens etwas von der Kraft zurückgegeben, die sie ihm einst gab, doch es war alles viel zu schnell gegangen. Und Nicole hatte keinen Beistand gewollt, keine trauernden Freunde und keine Mitleidsbekundungen. Nun war sie fort, für immer gegangen; bei ihrer Bestattung, auf der auch die Kollegen aus Frankfurt ihr die letzte Ehre erwiesen hatten, wurde die Hoffnung geschürt, dass sie nun an einem besseren Ort sei. Auf grüner Aue, am frischen Wasser, so in etwa hatte der Pfarrer es ausgedrückt, doch all dies hatte den unerträglichen Schmerz des Verlustes nicht lindern können. Nicole Eberl hatte eine Lücke hinterlassen, wohl mehr eine Wunde, die man nicht so einfach schließen konnte, und möglicherweise lag hierin auch der Grund, warum es bislang keinen dauerhaften Ersatz für ihre Stelle gab.

»Was wollen Sie denn nun wissen?«, fragte Brandt, dessen Blick noch immer leer wirkte.

»Ich wollte mich nur erkundigen, wie es um Ihr Team bestellt ist«, antwortete Julia mitfühlend. »Glauben Sie mir, ich habe selbst schon Verluste erfahren, ich hatte Sie da nicht an einem wunden Punkt treffen wollen. Ich habe nur überlegt, wie es weitergeht mit dem Fall.«

»Wieso, wir wollten das doch später entscheiden. Was hat Nicole damit zu tun?«

»Nichts direkt«, wehrte Julia ab, »aber wenn das eine große Nummer wird, brauchen wir eine Menge Leute. Wie ist es personell bestellt bei Ihnen?«

»Wir kommen schon klar«, murrte Brandt, in dessen Tonfall nun wieder die übliche Ablehnung mitschwang, die Julia nur allzu gut von ihm kannte.

»Ich sag ja nichts mehr.« Julia sah ihn nachdenklich an und fügte mit Nachdruck hinzu: »Lassen Sie aber bitte, wenn wir jetzt da reingehen, diese Frankfurt-Offenbach-Geschichte vor der Tür.«

Albert Manstein war ein einundvierzigjähriger Immobilienmakler, den Julia Durant jünger geschätzt hätte. Vermutlich lag es an der Glatze, die, zusammen mit der dunklen, auffällig geformten Brille, keine Hinweise auf das Alter gab. Zudem war seine Haut praktisch faltenfrei, von gleichmäßigem Teint, und selbst jetzt, übermüdet und zweifelsohne schockiert von der Unfallszene, strahlten seine blauen Augen eine unbeschwerte Jugendlichkeit aus. All dies machte Manstein zu einem attraktiven, nicht aber puppenhaften Menschen, der eine gewisse Vertrauenswürdigkeit ausstrahlte. Wie musste er erst auftreten, wenn er nicht an den Armen bandagiert und mit einem Kittel bekleidet im Krankenhausbett läge? Die Kommissarin kam zu dem Ergebnis, dass sie von einem Makler wie ihm auch guten Gewissens eine Immobilie gekauft hätte. »Guten Morgen, mein Name ist Durant von der Frankfurter Kriminalpolizei, das ist mein Offenbacher Kollege, Peter Brandt.«

»Morgen«, entgegnete Manstein mit leiser Stimme, die angenehm tief und vertrauenerweckend klang.

»Vermutlich haben unsere Kollegen Ihnen bereits angekündigt, dass wir kommen«, fuhr Brandt fort, und Manstein nickte. »Es gibt noch einiges zu klären, wir vernehmen Sie als Zeuge einer Straftat, denn wie Sie vielleicht schon erfahren haben, wurde der Motorradfahrer allem Anschein nach ermordet.«

»Ermordet?« Manstein richtete sich ungläubig auf und stöhnte auf.

»Haben Sie Schmerzen?«, erkundigte sich Durant.

»Ja, in den Armen. Es war schrecklich heiß, aber ich musste dieses verdammte Teil ja in Richtung der Flammen halten.«

»Den Feuerlöscher?«

»Genau. Scheißteil, im Katalog hieß es, dass man damit einen Motorbrand löschen könne. Aber erstens ist das Ding binnen Sekunden leer, und zweitens ist die Reichweite ein Witz.«

»Hm. Es ehrt Sie, dass Sie angehalten haben«, nickte Brandt ihm zu.

»Dafür hab ich jetzt verbrannte Unterarme«, seufzte Manstein. »Die anderen drei vor mir, die nicht angehalten haben, liegen jetzt zu Hause im warmen Bett oder sind schon im nächsten Bundesland und frühstücken, während ich hier in einem schmuddeligen Zimmer liege.«

»Sie meinen drei Fahrzeuge?«, erkundigte sich Julia.

»Ja, sag ich doch. Allesamt rüber auf die Linke und Gas gegeben. Da musste ich ja anhalten, oder?«

»Wo kamen Sie denn überhaupt her? Ihrem Personalausweis nach wohnen Sie in Egelsbach, also ganz in der Nähe.«

»Kassel. Ich war auf einem Jahrgangstreffen.«

»Oha, und dann fahren Sie nachts noch zurück?«

»Ja, wieso nicht? Genügend Koffein kann man unterwegs ja tanken.«

»Nur Koffein?«, fragte Brandt dazwischen und dehnte die Worte ungläubig.

»Ja, testen Sie's doch«, erwiderte Manstein patzig. »Glauben Sie, wenn ich gesoffen hätte, wäre ich ausgestiegen? Abgesehen davon, dass ich dann überhaupt nicht erst gefahren wäre. Für mich gilt die Null-Promille-Grenze, ich fahre vierzigtausend Kilometer im Jahr, da kann ich mir einen Verlust des Führerscheins nicht leisten.«

»War nur eine Frage«, beschwichtige Julia ihn mit einem Lächeln. »Wurden Sie getestet?«

»Blut abgenommen, ja, aber wofür, weiß ich nicht. Mir war flau, vermutlich, weil ich einiges von dem Qualm geschluckt habe. Bevor ich diese Cortisonwickel gekriegt habe«, er hob mit einem schiefen Lächeln die Arme an, »haben die mich besser untersucht, als mein Hausarzt es bei der Vorsorge macht.«

»Müssen Sie hierbleiben?«

»Keine Ahnung, hab noch keinen Arzt zu Gesicht bekommen. Aber ich möchte hier so bald wie möglich raus. Was passiert eigentlich mit meinem Auto?«

»Zunächst bräuchten wir noch einige Details von Ihnen. Danach machen wir uns Gedanken, wie wir Ihren Wagen von der Brücke bekommen. Ich verspreche Ihnen, wir werden ihn nicht in den Main fallen lassen.« Julia lächelte.

»Na gut. Was möchten Sie wissen?«

»Erinnern Sie sich an die genaue Uhrzeit, als Sie das Feuer bemerkt haben?«

»Nein, so gegen halb, denke ich. Nachts kann man sich ja nicht auf Nachrichten und Verkehrsfunk verlassen, also gibt's da keinen Anhaltspunkt. Außerdem habe ich CD gehört. Das habe ich aber schon zu Protokoll gegeben.«

»Wissen wir. Für uns ist es trotzdem sehr wichtig, den Zeitpunkt möglichst genau zu bestimmen. Wie steht es denn mit den Kennzeichen oder Wagentypen dieser drei Fahrzeuge? Haben Sie da noch irgendwelche Erinnerungen dran?«

»Nein. Allerdings bin ich mir relativ sicher, dass es Nummernschilder von hier gewesen sind. Ich achte unterwegs nämlich auf fremde Kürzel, müssen Sie wissen. Bei so vielen Kilometern muss man sich ja mit irgendwas die Zeit vertreiben.«

»Also keine echte Hilfe, leider«, nickte Brandt, dem spontan fünf Kürzel in den Sinn kamen. Offenbach, Frankfurt, Hanau, Main-Kinzig-Kreis, Bad Homburg, Darmstadt und Aschaffenburg; es waren sogar sieben. »Dann konzentrieren wir uns auf den Zeitraum zwischen Ihrem Anhalten und dem Notruf. Diese Zeit haben wir ja, er ist um 4:32 Uhr eingegangen. Können Sie uns sagen, wie lange Sie außerhalb Ihres Fahrzeugs waren? Der Löschvorgang hat Ihrer Aussage nach nur wenige Sekunden gedauert.«

»Nein, bedaure.« Manstein schüttelte resigniert den Kopf. »Ich kann mich da nicht festlegen, es können Minuten, aber auch nur Sekunden gewesen sein.«

»Versuchen wir es doch schrittweise«, schlug Julia vor. »Wo befanden Sie sich, als Sie das Feuer bemerkt haben?«

»Hm, wohl Nähe Eissporthalle, wenn Sie so fragen. Die Strecke verläuft ja kerzengerade ab da.«

»Wie schnell sind Sie gefahren?«

Manstein grinste müde. »Nicht schneller als achtzig. Aber das sage ich nicht wegen der Geschwindigkeitsbegrenzung, sondern diese nervige Baustelle macht es einfach unbequem, mit über hundert da entlangzuholpern. Also achtzig kommt wohl hin.«

»Gut, dann rechnen wir eine halbe Minute bis zum Unfallort, eventuell etwas mehr«, überlegte Julia. »Haben Sie abgebremst?« »Ja, ziemlich heftig sogar. Als ich gesehen habe, wie die anderen ausgewichen sind, bin ich erst mal in die Eisen gestiegen.« »Dann gehen wir mal von einer Minute bis zum Anhalten aus. Ihr Wagen steht am Brückenausgang, das bedeutet, Sie haben die Stelle erst passiert.«

»Ja, ich wollte zunächst schauen, was los ist. Glauben Sie mir, aus dem Alter, in dem man freudig auf ein loderndes Feuer zurennt, bin ich schon ein paar Jährchen draußen. Außerdem neige ich nicht dazu, vorschnell nachts auf den Seitenstreifen zu fahren. Schwups, ist man sein Auto los und liegt abgestochen im Graben, na, Ihnen brauche ich ja nicht zu erzählen, wie schlecht die Welt da draußen ist.«

»Trotzdem haben Sie angehalten«, beharrte Julia. »Was geschah dann?«

»Ich habe gesehen, dass sich in den Flammen ein Motorrad mit einer Person drauf befindet. Also greife ich den Feuerlöscher unterm Sitz. Zuerst habe ich noch überlegt, die Jacke anzuziehen, aber das hätte Zeit gekostet. Also bin ich zur Brandstelle gerannt und habe draufgehalten.«

»Fünfzig Meter, ich schätze, Sie sind ein guter Sprinter«, dachte Brandt laut. »Zwanzig Sekunden?«

»Inklusive der Fummelei am Feuerlöscher, ja«, lächelte Manstein. »Früher hatte ich da weitaus bessere Zeiten.«

»Und das Handy?«, erkundigte sich Julia Durant. »Hatten Sie das bei sich?«

»Nein, das hatte ich natürlich am Ladekabel hängen. Also bin ich, nachdem der Löscher leer war, wieder zurück zum Auto geeilt.«

»Was sicher länger gedauert hat als auf dem Hinweg«, schloss Brandt. »Immerhin waren Sie ja außer Atem und hatten Rauch abbekommen.«

»Mag sein. Aber ich bin gerannt wie der Teufel.«

»Rechnen wir also für den Löschversuch und den Rückweg insgesamt zwei Minuten?«, fragte Julia.

»Nein, weniger«, beharrte Manstein und wollte ausladend abwinken, was ihm ein schmerzverzerrtes Gesicht einbrachte. »Ich habe einfach draufgehalten, das waren nur Sekunden. Hinterher hab ich gedacht, man soll besser stoßweise sprühen, aber in so einer Extremsituation schaltet das Gehirn wohl einfach ab.«

»Das ist aber doch alles relativ präzise«, nickte Julia. »Ich komme auf etwa drei Minuten bis zum Anruf, wenn wir von einem schnellen Ablauf ohne Pausen ausgehen.«

»Pausen?«, wiederholte Manstein gereizt. »Glauben Sie denn, ich hätte mir unterwegs ein Nickerchen gegönnt?«

»Nein, doch es gibt Zeiträume, in denen ein Mensch unentschieden ist, verharrt oder auch kurzzeitig handlungsunfähig ist. Diese Momente kann man hinterher nicht mehr benennen, aber es könnte zum Beispiel sein, dass Sie zwischen dem Absetzen des Feuerlöschers und dem Rückweg zum Auto einige Sekunden fassungslos dagestanden haben. Eine völlig normale psychische Reaktion.«

»Von Psychokram halte ich nichts.« Manstein schüttelte heftig den Kopf. »Und ich habe garantiert nicht tatenlos in die Flammen gestarrt. Auto, Handy, dort dann nach dem Anruf die Jacke gegriffen und zurückgeeilt. Ich wollte die Flammen ausschlagen, hatte daran gedacht, runter ans Wasser zu gehen und sie nass zu machen und solchen Kram. Aber ich war mit Sicherheit nicht untätig.«

»Herr Manstein, das war keineswegs ein Vorwurf«, schaltete Brandt sich ins Gespräch. »Sie haben uns weitergeholfen, vielen Dank. Möglicherweise kontaktieren wir Sie im Verlauf der Ermittlungen noch einmal.«

»Hm, meinetwegen.«

»Herr Manstein, hier ist meine Karte, falls Ihnen noch etwas einfällt«, sagte Julia Durant und legte eine ihrer Visitenkarten auf die Tischfläche des Rollwagens neben dem Bett. »Und obwohl Sie das in diesem Moment vielleicht als unnötig empfinden, sollten Sie sich überlegen, ob Sie mit jemandem über Ihr Erlebnis sprechen möchten. Jemand Professionelles, meine ich.«

»Ein Seelenklempner?«, rief Manstein spöttisch. »Wieso das denn?«

»Immerhin haben Sie heute jemanden grausam sterben sehen«, warf Brandt ein.

»Wieso? Ich dachte, er war längst tot?« Manstein klang irritiert. »Wer hat das gesagt?«

»Na, einer der Feuerwehrleute, glaube ich«, erwiderte er schnell. »Aber da wurde so viel durcheinandergeredet, ich kann es jetzt nicht beschwören. Kann auch ein Sanitäter gewesen sein.«

»Tot oder nicht«, schloss Julia Durant das Gespräch, »es liegt jedenfalls ein traumatisches Erlebnis vor, und glauben Sie mir, diese Bilder kommen wieder. Man kann es verdrängen oder versuchen zu bearbeiten, deshalb mein Rat, es mit Letzterem zu versuchen.«

»Mal sehen. Was ist denn jetzt mit meinem Auto?«

»Haben Sie den Schlüssel?«, erkundigte sich Brandt.

»Nein, ich habe ihn einem Ihrer Kollegen gegeben, als klarwurde, dass ich mit ins Krankenhaus fahren muss.«

»Dann werde ich veranlassen, dass man Sie anruft«, versicherte Brandt ihm. »Ihr Handy haben Sie hier?«

»Ja, und sogar mit vollem Akku. Aber verraten Sie es nicht der Schwester«, grinste Manstein.

Dann verabschiedeten sie sich, und die beiden Kommissare verließen die Klinik.

SONNTAG, 11:20 UHR

Polizeipräsidium Frankfurt.

Kommissariatsleiter Berger rieb sich angestrengt die Schläfen.

Er saß zurückgelehnt in seinem orthopädischen Sessel, den er seit einem schweren Bandscheibenvorfall sein Eigen nannte, und ließ den Blick durch das unpersönlich eingerichtete Büro wandern.

»Bitte nur die Kurzfassung«, seufzte er in Durants Richtung, die neben dem mannshohen Gummibaum in einem Stuhl saß und den dritten Becher Kaffee dieses Vormittags in Händen hielt. »Mein Kopf explodiert gleich, ich weiß nicht, woher das schon wieder kommt.«

»Ich habe Ihnen am Telefon gesagt, Sie können zu Hause bleiben«, betonte die Kommissarin. »Solange wir keine Ergebnisse haben ...«

»Jetzt bin ich aber nun mal hier!«, unterbrach ihr Chef sie unwirsch. »Zu Hause herumhängen kann ich noch früh genug.«

Daher wehte also der Wind. Berger steuerte zielstrebig auf Mitte sechzig zu, und die Pensionierung zeichnete sich schon recht deutlich am Horizont ab. Angeblich war in zwei Jahren Schluss, Berger ließ sich da nicht in die Karten sehen, aber rechnerisch durfte man von 2014 ausgehen.

»Erklären Sie mir lieber, wieso noch keiner Ihrer Kollegen hier ist«, fuhr Berger fort und klang nun wesentlich entspannter.

»Wie gesagt, es liegen noch keine Ergebnisse vor, daher habe ich Frank nicht zur Eile angetrieben«, erklärte Julia.

»Außerdem bleibt ja noch zu klären, welches Präsidium den Fall nun übernehmen soll. Die Spurensicherung und Rechtsmedizin laufen auch ohne uns. Nur die Ergebnisse müssen dann irgendwohin kommuniziert werden, vorerst habe ich mit Brandt vereinbart, dass wir beide benachrichtigt werden oder uns gegebenenfalls austauschen.«

»Das ist wirklich eine etwas vertrackte Situation«, murmelte Berger. »Können Sie mir das noch mal Schritt für Schritt erklären? Ich habe am Telefon kaum die Hälfte verstanden. Der Motorradfahrer kommt aus Offenbach und steht auf der Frankfurter Seite der Brücke? Oder wie war das jetzt?«

»Nein, nicht ganz. Der Motorradfahrer war unterwegs in südlicher Richtung, seine Maschine steht im letzten Drittel der Brücke auf dem Standstreifen. Angekettet wurde das Motorrad an der Leitplanke, und seine Hände wurden zudem mit Handschellen an den Lenker fixiert. Offenbar hat ihn jemand mit Benzin übergossen und angezündet. Das Kennzeichen ist aus Offenbach, aber nicht registriert. Einer anonymen Meldung zufolge wurden zur angenommenen Tatzeit verdächtige Personen und ein Lieferwagen am südlichen Aufgang der Brücke gesehen, mehr gibt die Meldung leider nicht her.«

»Hm. Die Autobahn ist unser Revier, ganz klar«, sagte Berger. »Ich möchte einen derart spektakulären Fall auch ungern den Offenbachern überlassen, dies behalten Sie aber bitte für sich.«

»Schon klar.«

»Es ist mein Ernst, ich möchte nicht, dass dieser Brandt oder sein Chef den Eindruck bekommen, als würden wir ihnen das nicht zutrauen. Zumal sie sich darauf berufen können, dass das Verbrechen von der Offenbacher Seite her verübt wurde und auch das Opfer wohl daher stammte. Bernhard Spitzer, Brandts Vorgesetzter, ist auch so ein alter Haudegen, na, Sie kennen ihn ja.«

Julia Durant erinnerte sich, es war schon ein wenig her, aber Berger hatte recht. Sie musste unwillkürlich schmunzeln.

»Ein alter Haudegen wie wer?«, fragte sie schelmisch.

»Werden Sie bloß nicht unverschämt«, lächelte Berger schief. »Aber mal im Ernst, und auch das müssen Sie den Kollegen dort nicht auf die Nase binden: Die Offenbacher sind eine gute Truppe und haben eine Quote, die sich sehen lassen kann. Wir müssen heute noch keine Entscheidung treffen, wie es weitergeht, aber holen Sie sich Hellmer dazu und bleiben Sie an den Ergebnissen dran. Ich kümmere mich morgen früh um die Zuständigkeiten, schließe mich außerdem mit der Staatsanwaltschaft kurz und halte die Bürokraten außen vor. Wir dürfen uns da auch nichts vormachen. Es hat wahrlich nicht nur Vorteile, wenn zwei Teams sich auf denselben Fall stürzen. Erstens gibt es Rivalität, zweitens wird die Kommunikation verlangsamt, und drittens wird sich die Öffentlichkeit auf diese Geschichte stürzen. Im Radio kam schon was, und ich freue mich jetzt schon auf die wilden Spekulationen im Internet.«

»Spekuliert haben wir auch schon ein wenig«, nickte Julia, »aber rausgekommen ist noch nicht viel.« Sie nippte an ihrem Kaffee, der nicht nur kalt geworden war, sondern auch scheußlich schmeckte. Sie überlegte kurz, ob sie den Rest des Bechers in den Topf des Ficus entleeren sollte, doch

Bergers Blick war fragend auf sie gerichtet und schien auf eine weiterführende Erklärung zu warten.

»Na, dann erzählen Sie mal Ihre Theorien«, forderte er mit einer entsprechenden Handbewegung.

»Es ist reine Spekulation. Eher Gedankenspiele.«

»Mir egal. Besser von Ihnen als von irgendwelchen Hobbydetektiven.«

»Okay, erstens: Wie steht es um die hiesigen Motorradclubs? In Sachen Bandenkriminalität bin ich nicht auf dem neuesten Stand, aber ich hatte den Eindruck, es wäre etwas ruhiger geworden.«

»Wie man's nimmt«, sagte Berger. »Gibt es Hinweise auf eine Zugehörigkeit des Toten zu einem der einschlägigen Clubs?« »Bis jetzt noch nicht. Aber der Gedanke liegt nahe, denn für eine derart gestellte Szenerie braucht es ein hohes Maß an Organisation und mindestens zwei Leute. Eher mehr, denke ich. *Inszenierung* ist überhaupt ein Begriff, der sich dafür aufdrängt. Die Täter müssen gewusst haben, wann und wo sich ihr Opfer aufhält.«

»Oder er wurde dort nur plaziert«, warf Berger ein.

»Richtig. Doch auch hierzu braucht es mehrere Personen. Die ganze Tat musste minutiös geplant werden. Also lautet unsere oberste Frage, was die Täter mit dieser Tat ausdrücken möchten und wie viel ihnen das Risiko, entdeckt zu werden, wert war. Abgesehen natürlich von den üblichen Fragen, wer die Täter und das Opfer sind.«

»Untersucht die KTU das Motorrad nach der Fahrgestellnummer?«

»Klar, aber die Patina muss zuvor noch auf den Brandverlauf überprüft werden. Wir haben aufgrund der Zeugenaussage zwar eine ungefähre Ahnung, wie lange die Maschine in Flammen gestanden hat, aber die Feinheiten sind noch unklar, etwa, welcher Brandbeschleuniger verwendet wurde. Benzin, aller Wahrscheinlichkeit nach, aber unter dem ganzen Löschmittel ist es keine beneidenswerte Arbeit, nach Details zu suchen. Doch wie ich Platzeck kenne, wird er uns, so schnell es geht, mit den wichtigsten Infos versorgen. Er weiß ja, worauf es ankommt.«

Julia Durant warf einen Blick in Richtung Handgelenk, doch sie hatte am frühen Morgen vergessen, ihre Armbanduhr anzulegen. Also reckte sie den Kopf in Richtung der Wanduhr, halb zwölf, es wurde langsam Zeit.

»Haben Sie's eilig?«, erkundigte sich Berger, dem ihr Blick nicht entgangen war.

»Nein, ich warte nur auf Frank. Außerdem wollte ich mal in der Rechtsmedizin anklingeln. Andrea hat den Toten jetzt immerhin schon eine ganze Weile in der Mangel.«

»Rufen wir sie einfach an«, schlug Berger vor und hielt der Kommissarin auffordernd den Hörer seines Telefons entgegen.

»Nein, ich warte noch einen Moment. Wenn Frank eintrifft, müssen wir sonst alles noch mal wiederkäuen, zudem schätzt Andrea es nicht, wenn man ihr auf den Wecker fällt. Geben wir ihr noch ein paar Minuten.«

Als hätte er auf sein Stichwort gewartet, näherten sich Sekunden später schwere Schritte, und kurz darauf schob sich Frank Hellmer durch die halb offene Tür von Bergers Büro.

»Hallo«, keuchte er außer Atem, vermutlich hatte er anstelle des Aufzugs die Treppe genommen.

Berger nickte und erwiderte die Begrüßung, Julia zwinkerte und lachte Hellmer an. »Komm, setz dich schnell, bevor du einen Kollaps kriegst. Ein Toter reicht fürs Wochenende.«

»Pff, ich halte mich eben fit«, erwiderte Hellmer mit aufgesetztem Trotz. »Kann ja keiner ahnen, dass man sein Wochenende im muffigen Präsidium verbringen muss anstelle mit der Familie irgendwo im Taunus. Also dachte ich mir, steigst du wenigstens die Etagen hoch, wenn dir schon kein Wanderpfad vergönnt ist.«

Frank Hellmer war nur einige Monate jünger als Julia und seit dem ersten Tag ihres Dienstes in Frankfurt ihr Kollege. Achtzehn Jahre waren es mittlerweile, eine Zeit, in der die beiden Kommissare sich von Seiten kennengelernt hatten, die nur wenige Menschen miteinander teilen. Vor ein paar Jahren hatte Frank ein schweres Alkoholproblem gehabt, das er ohne Julias Hilfe wohl kaum überwunden hätte. Ebenfalls einige Jahre zurück lag Julias Entführung, ein traumatisches Erlebnis, aus dem Frank sie befreit hatte.

Hellmer war ein Brummbär, gutmütig und ehrlich, konnte aber auch ein verbissener Ermittler sein. Von allen Kollegen war er Julias vertrautester und engster Partner, und das, obwohl seine zweite Ehe mit einer wohlhabenden Frau ihn finanziell in die Lage versetzte, nicht arbeiten zu müssen. Doch so hart manche Fälle auch waren, Frank Hellmer liebte seinen Job, genau so, wie Julia Durant es tat. Vielleicht war es nicht zuletzt diese gemeinsame Leidenschaft, welche die beiden Kommissare zu so einem engen Team zusammenschweißte.

»Bringst du mich mal schnell auf den Stand der Dinge?«, bat Hellmer, als er sich den zweiten Stuhl herbeigezogen und schnaufend darauf Platz genommen hatte.

»Toter Motorradfahrer, abgefackelt, Identität und Motiv noch völlig im Dunklen«, fasste Julia knapp zusammen. »Er war an seine Maschine gekettet und die Maschine an die Leitplanke auf der Kaiserleibrücke. Südliche Fahrtrichtung. Irgendeine Idee dazu?«

»Uff.« Hellmer kratzte sich am Kopf. »Das klingt ziemlich abgedreht, oder? Steckt da eventuell eine Gang dahinter?«

»So weit waren wir auch schon«, nickte Berger.

»Zumindest hat sich bei mir der Gedanke an zwei rivalisierende Banden sofort aufgedrängt«, fügte Hellmer hinzu. »Was sonst könnte jemanden dazu bewegen, eine Leiche so offensichtlich zu plazieren? Vor allem in dieser Ecke, also Kaiserlei, Osthafen und so weiter. Wenn man da jemanden diskret zu entsorgen hat, wirft man ihn gleich in den Main – und dann auf Nimmerwiedersehen, so würde ich das zumindest erledigen.«

»Aha, interessant, sprich nur weiter«, kommentierte Julia mit einem Grinsen. »Aber mal im Ernst. Ich stimme diesem Gedanken vorbehaltlich zu, solange wir noch nichts Konkretes haben. Die Idee mit den rivalisierenden Banden passt ja sogar doppelt gut, wie mir gerade auffällt.«

»Inwiefern?«, fragte Hellmer, und auch Berger kniff seine Augen neugierig zusammen und hob das Kinn.

»Na, wegen Brandt und mir«, sagte Julia schnell. »Ausgerechnet ich als Zugereiste muss euch das erklären. Im Moment hängen zwei Reviere an dem Fall, Frankfurt und Offenbach, mehr Rivalität kann man sich wohl kaum vorstellen, oder?«

SONNTAG, 11:35 UHR

Polizeipräsidium Offenbach.

Bernhard Spitzer rollte zwei Bleistifte zwischen seinen Fingern, während er mit zusammengekniffenen Augen der blechernen Stimme lauschte, die aus dem Telefon klang. Peter Brandt, sein Freund, mit dem er schon vor Jahrzehnten die Polizeiakademie besucht hatte, saß ihm gegenüber und hatte die Arme hinter dem Kopf verschränkt. Es sah so aus, als würde er jeden Moment die Füße auf den Schreibtisch heben, aber dieser Schein trog natürlich.

Auch Brandt richtete seine Konzentration voll und ganz auf die von leichtem Rauschen und Knacksen begleitete Frauenstimme, die ihm nur allzu vertraut war. Andrea Sievers hielt gerade einen ihrer medizinischen Monologe, doch selbst dieser Materie verlieh sie einen sinnlichen Klang. Es war nicht so, dass Brandt ihr noch immer nachtrauerte, auch wenn er manchmal das Gefühl hatte, dass Bernhard ihm das insgeheim unterstellte. Das verunsicherte Brandt, denn wenn sein Chef solche Gedanken hegte, taten dies vielleicht auch andere. Elvira zum Beispiel, Peter Brandts derzeitige Partnerin, mit der er praktisch noch während der Trennungsphase von Andrea zusammengekommen war.

»Es bleibt also ganz klar festzuhalten, dass der Mann noch lebte, als er zu brennen begann«, schloss die Rechtsmedizinerin ihre Analyse.

Brandt richtete sich ruckartig auf. »Wie bitte? Ist das sicher?« »Wenn ich's doch sage«, erwiderte Andrea ein wenig pikiert. »Er hat Rauch eingeatmet, nicht Unmengen davon, aber die Rückstände sind eindeutig. Die Beschädigung des Lungengewebes lässt dabei auch keinerlei Zweifel, dass es sich nicht etwa um Zigarettenrauch oder Holzkohlefeuer handeln könnte, nur, um das gleich klarzustellen.«

»Dann reden wir hier von einer Hinrichtung«, murmelte Brandt, noch nicht ganz sicher, wie er diese Erkenntnis bewerten sollte.

»Geht es denn noch präziser?«, erkundigte sich Spitzer. »Ich meine, ist der Mann an dem Qualm gestorben? Sie haben eben gesagt, es sei nicht viel.«

»Okay, zunächst zwei Fakten zu dem Rauch«, führte Andrea aus. »Die Zusammensetzung spricht dafür, dass Öl und Gummi verbrannt sind. Schmieriger schwarzer Qualm also, wie es die Feuerwehr bestätigt hat und wie er an Unfallstellen völlig normal ist. Reifen, Benzin, Öl – so heizt selbst der abgedrehteste Typ keinen Grill an. Viel wichtiger ist aber die Temperatur. Die Atemwege sind förmlich geräuchert, durchgegart, ich würde es euch ja einfach mal zeigen, aber es ist nicht unbedingt appetitlich. Die eingeatmete Luft war demnach nicht nur giftig, sondern vor allem unglaublich heiß. Da ist bis in die letzte Spitze der Lungenflügel alles verschmort. Ich erzähle da sicher nichts Neues, wir waren ja alle schon bei mindestens einer betrieblichen Fortbildung zum Brandschutz. Brandschutz«, sie kicherte kurz, aber niemand reagierte auf das Wortspiel, also fuhr sie fort: »Gut, also man weiß heutzutage in der Regel, dass bei einem Feuer nicht die äußeren Verbrennungen, sondern meist die Inhalation des Rauchs – sei es nun wegen des Giftes oder

der Temperatur – tödlich ist. Das hat sich von den Scheiterhaufen bis zum Wohnungsbrand nicht geändert.«

»Prima«, unterbrach Peter sie ungeduldig, »und jetzt kommst du mal bitte zum Kern der Sache und verrätst uns, ob nun letzten Endes der Rauch oder die Flammen die Todesursache waren.«

»Herrje, immer wenn man mal ein wenig Eifer entwickelt«, seufzte Andrea. »Ich hatte noch so schöne Anmerkungen in petto, aber meinetwegen. Gestorben wäre er in jedem Fall, ich kann das nicht prozentual gewichten. Wenn ich darauf wetten müsste, würde ich sagen, dass er relativ schnell gestorben ist, sonst hätte er im Todeskampf weitaus mehr eingeatmet. Gerade wenn man am Ersticken ist und sich außerdem in einer Zwangslage befindet, in diesem Fall festgekettet, beginnt das Herz zu rasen, und man keucht so heftig wie ein Hochleistungssportler. Also müssen die Verbrennungen ihren Teil zum schnellen Ableben beigetragen haben. Eine Fraktur, die darauf schließen ließe, ob er eventuell k. o. geschlagen wurde, habe ich an den typischen Stellen nicht ausmachen können. Blutergüsse und Ähnliches brauche ich nicht erst zu suchen, eine Blutanalyse auf Betäubungsmittel läuft.«

»Okay, bleibt bitte am Ball«, schloss Brandt das Gespräch.

Spitzer stand auf, warf einen prüfenden Blick aus dem Fenster und sagte dann, den Rücken noch immer zu Brandt gewendet: »Wer inszeniert einen solchen Mord?«

»Worauf willst du hinaus?«

Spitzer drehte sich wieder um und stellte sich hinter seinen Stuhl. Er umklammerte die Lehne und antwortete:

»Ich überlege, wer dazu bereit wäre, ein solches Risiko einzugehen und warum. Wenn der Typ ohnehin schon ohnmächtig oder zumindest wehrlos war, warum ihn dann derart präsentieren? Das Thema Hexenverbrennungen ist bei uns ja nun wirklich schon seit ein paar Jahrhunderten passé.«

»Aber es hat sie gegeben«, erwiderte Brandt. »Erinnerst du dich, letztes Jahr muss das gewesen sein, da haben Bauarbeiter drüben am Wilhelmsplatz eine alte Gruft mit Knochen ausgehoben.«

»Hm. Und?« Spitzer nahm wieder Platz.

»Seit Menschengedenken wird gequält und hingerichtet, darauf will ich hinaus«, erklärte Brandt, »und manch einer möchte mit seinen Morden eben Aufmerksamkeit erregen. Dieser Gedanke geht mir nicht mehr aus dem Kopf, seit ich heute Morgen meinen Fuß auf diese bescheuerte Brücke gesetzt habe. Als Nächstes will ich also verdammt noch einmal wissen, worin die Botschaft besteht und an wen sie gerichtet ist. Denn das wird uns zum Täter führen, da geb ich dir Brief und Siegel drauf.«

»Das sehe ich nicht viel anders«, nickte Spitzer. »Wie willst du es angehen?«

»Ich informiere jetzt erst mal die Durant über Andreas Anruf. Danach hoffe ich, etwas von Platzeck zu hören. Hast du ihre Durchwahl?«

»Nein, aber ihre Karte«, antwortete Spitzer und machte eine bedeutungsschwangere Pause. Dann erst fuhr er fort: »Bevor wir da nun anklingeln, sollten wir noch etwas klären.«

»Was denn?«, fragte Brandt mit Unschuldsmiene.

»Komm schon, tu nicht so. Früher oder später werde ich mich der Frage stellen müssen, wer von euch beiden denn nun die Ermittlung übernimmt. Wir können nicht so mir nichts dir nichts eine überregionale Soko ins Leben rufen, und das weißt du auch ganz genau.«

»Mir geht es nicht ums Prinzip, mir geht es allein um den Fall«, wich Brandt aus, obwohl er wusste, dass Spitzer ihm zu Recht kein Wort glaubte.

»Es ist dir also egal? Gut zu wissen«, nahm sein Chef ihn beim Wort.

»Nein, Scheiße«, rief Brandt und sprang auf. »Ich gebe den Fall garantiert nicht ab, so war das nicht gemeint! Wenn der Tote aus Offenbach stammt, werde ich den Frankfurtern nicht einfach die Ermittlungen überlassen. Die sollen ihren eigenen Hof kehren. Nichts gegen die Durant und ihr Team, aber das hier ist immer noch mein Revier, oder?«

»Das wollte ich hören«, lächelte Spitzer mit sanfter Miene, aber Brandt wusste, dass er sich nun angreifbar gemacht hatte, und in ihm stieg eine sehr konkrete Vorstellung darüber auf, in welche Richtung Spitzer das Gespräch nun lenken würde. Und tatsächlich fuhr sein Chef unmittelbar darauf fort: »Es wäre für mich natürlich einfacher zu argumentieren, wenn ich einen verlässlichen Stab von Kommissaren vorzuweisen hätte. Also nicht nur du und irgendwelche Kollegen, die gerade greifbar sind.«

»Ja, prima, da hast du die Gelegenheit ja prächtig am Schopf gepackt«, unterbrach Brandt ihn unwirsch.

»Es liegt mir fern, dich zu bevormunden, und das solltest du auch wissen«, beharrte Spitzer. »Aber du kannst nicht ewig als Einzelkämpfer losziehen, das ist dir schon klar, oder?«

»Hm.«

»Komm schon. Meinst du, die Lücke, die Nicole Eberl hinterlassen hat, tut nur dir weh?«

»Darum geht es doch überhaupt nicht«, widersprach Brandt. »Doch, ganz genau darum geht es. Du hast Angst, sie zu ersetzen und einen neuen Kollegen an ihre Stelle treten zu lassen. Aber machst du es dir damit nicht ein bisschen zu einfach?«

»Niemand kann Nicole ersetzen. Nicht als Kollegin und schon gar nicht menschlich.«

»Siehst du, das finde ich auch«, nickte Spitzer mit einem schmalen Lächeln, und Brandt neigte fragend den Kopf.

»Es geht nämlich nicht darum, Nicole zu ersetzen, zu überpinseln oder gegen ein anderes Gesicht auszutauschen. Wie auch immer man es nennen mag«, Spitzer zuckte mit den Schultern, »der Mensch Nicole Eberl wird in unseren Herzen stets genau den Platz einnehmen, den sie verdient hat. In deinem Herzen wird dieser Platz sicher eine Ecke größer sein als in meinem, ich weiß ja, wie nah ihr euch gestanden habt. Aber das Leben als Kommissar, der Job, dieses ganze Hamsterrad – das dreht sich eben weiter, und irgendwann, wenn wir diesen ganzen Kram einmal hinter uns lassen, übernehmen andere diesen Posten. Doch bis dahin wünsche ich mir ein funktionierendes Team, ein paar verlässliche Zahnrädchen, auf die ich mich verlassen kann. Und von dir wünsche ich mir, dass du wenigstens mal darüber nachdenkst, ob nicht einer oder zwei unserer Kandidaten eine Chance verdient hätten.«

»Super, das hast du ja toll hingebogen«, gab Brandt klein

bei. »Erst das Wort im Munde umgedreht, und jetzt bin ich für alles verantwortlich.« Er zwang sich, das aufkeimende Lächeln zu verbergen, aber Spitzer hatte sich Brandts Anerkennung verdient. Wieder einmal hatte er ihn als Freund und nicht als Vorgesetzter behandelt, ohne dabei seine Pflicht aus dem Auge zu verlieren. Insgeheim wusste Brandt nämlich längst, dass es ohne einen festen neuen Kollegen nicht mehr weitergehen konnte. Oder eine Kollegin.

»Es ist ja nicht so, dass das K 11 völlig alleine dasteht«, warf er dennoch ein.

»Das ist richtig«, nickte Spitzer. »Wir haben einige gute Köpfe, aber ich möchte wieder ein verlässliches Team, gut aufeinander eingespielt, du verstehst schon. Du bist mein bestes Pferd im Stall, zugegeben, aber das sage ich dir jetzt auch nur so direkt, weil du es ohnehin schon weißt und wir uns einander nichts vormachen müssen. Deshalb hattest du auch mehr Zeit, als jeder andere sie bekommen hätte. Aber künftig möchte ich wieder wissen, wie es um meine Truppe bestellt ist. Die Betonung liegt dabei auf Truppe, die Zeiten als ›Lone Ranger‹ sind vorbei.«

»Habe ich Zeit bis nach der laufenden Ermittlung?«, fragte Brandt leise.

»Klar.« Spitzer richtete sich auf, und seine Stimme klang nun wieder ganz geschäftsmäßig. »Und jetzt klingeln wir besser mal die vom anderen Ufer an, bevor die sich übervorteilt fühlen.«

Brandt grinste, während Spitzer die Nummer eintippte. Es dauerte nur wenige Sekunden, bis sich die Stimme der Kommissarin meldete.

»Ich wollte Sie auch eben anrufen, aber dann fangen Sie

mal an«, sagte Julia, nachdem sich alle begrüßt hatten. Im Frankfurter Präsidium hörte Berger mit, ein Kollege, den Brandt zu schätzen gelernt hatte, außerdem Frank Hellmer. Er schilderte knapp, was Andrea Sievers ihm vor wenigen Minuten berichtet hatte, und die Frankfurter Kollegen schienen nicht weniger davon beeindruckt zu sein, als er selbst es gewesen war.

»Das macht die ganze Sache erst recht kaltblütig«, kommentierte Julia mit düsterer Miene. »Eine Leiche auf einem Motorrad zu plazieren ist eine Sache. Einen Menschen aber lebendig zu verbrennen, das Ganze so zu inszenieren, als säße er auf einer Art metallenem Scheiterhaufen, das ist wahrlich perfide ... Haben Sie schon eine Theorie?«

»Nur Ideen, aber jetzt spannen Sie mich nicht auf die Folter«, forderte Brandt sie ungeduldig auf. »Was haben Sie denn an Infos?«

»Platzeck hat die Fahrgestellnummer der Harley freigelegt, und wir haben sogar schon einen Namen. Die Besitzerin ist demnach eine gewisse Marion Kühne, wohnhaft in der Konstanzer Straße in Fechenheim.«

»Moment, eine *Frau?*«, wiederholte Brandt ungläubig.

»Ist das so ungewöhnlich für Sie? Frauen gibt es doch auch auf Ihrer Mainseite, oder?«, fragte Durant spöttisch.

»Sehr witzig, ich lache ein anderes Mal darüber«, murrte Brandt verärgert. »Ihnen ist aber schon aufgefallen, dass wir es mit einem recht bulligen Mann zu tun hatten, der dort auf der Maschine saß, oder? Seine Rundungen saßen deutlich zu weit unten, als dass wir ihn mit einer Frau hätten verwechseln können, das erkenne sogar ich.«

»Gönnen Sie mir doch das Überraschungsmoment und

nehmen Sie nicht gleich alles persönlich«, sagte Julia versöhnlich. »Frau Kühne hat nämlich einen Bruder, Martin Kohlberger, klingelt da etwas bei Ihnen?«

»Martin Kohlberger?« Spitzer legte angestrengt die Stirn in Falten. »Moment, der Kohlberger?«, fragte er, hellhörig geworden.

»Wenn Sie auf den Rockerboss Kohlberger anspielen, dann liegen Sie jedenfalls goldrichtig«, bestätigte die Kommissarin, und auch Brandt wusste nun, wer gemeint war. Martin »Matty« Kohlberger, der Chef der berüchtigten Motorradbande *Mogin Outlaws*.

»Ist denn dann der Tote ... Ich meine, können wir davon ausgehen, dass es sich bei dem Motorradfahrer um Kohlberger handelt?«, fragte Brandt.

»Das bleibt abzuwarten.«

Kohlbergers Konterfei war Julia aus der Tagespresse bekannt, denn in den vergangenen Monaten war immer wieder über die Bandenkriminalität im Rockermilieu berichtet worden. Statur und Größe – das Gesicht des Toten war ja bis zur Unkenntlichkeit verbrannt – schienen jedenfalls zu passen. Der typische schmerbäuchige, in Leder und zerfranste Jeans gekleidete Mittvierziger eben; dieses Bild jedenfalls spiegelte die recht klischeehafte Vorstellung der Kommissarin von Motorradfahrern wider. Da gab es zum einen die schlanken, in eng anliegendes, farbenfrohes Leder gekleideten Raser, die wie Jockeys auf ihren Sätteln klebten und mit permanent überhöhter Geschwindigkeit über die Straßen brausten. Das andere Extrem waren jene dickbäuchigen, meist glatzköpfigen und mit zerzausten Bärten im Konvoi umherfahrenden Biker, die nach außen hin die

Ideale von *Easy Rider* verkörperten, aber deren Clubs nicht selten ihre Finger in Prostitution, Drogen- und Waffenhandel hatten. Etwas einseitig, das musste sie sich eingestehen, aber wenn sie Martin Kohlberger in diese Schublade sortieren wollte, so passte er dort wunderbar hinein.

»Ja, ich denke, das könnte hinkommen«, beantwortete sie Brandts Frage. »Wir müssen es natürlich abgleichen, denn allein vom Körperbau her gibt es in der Szene sicher eine Menge Treffer, aber naheliegend ist es durchaus. Haben Sie Kohlbergers Adresse?«

»Ja, er ist in Hainburg gemeldet«, bestätigte Brandt. »Wie wollen wir weiter vorgehen? Soll ich nach Fechenheim kommen?«

»Nicht unbedingt. Ich würde mit Hellmer bei der Schwester vorbeischauen und versuchen, etwas herauszufinden. Würden Sie sich so lange um Kohlberger kümmern?«

»Einverstanden. Wir versuchen ihn zu erreichen und verschaffen uns nötigenfalls Zugang zu seiner Wohnung. Wir halten uns gegenseitig via Handy auf dem Laufenden. Haben Sie denn etwas, was Sie der Schwester vorlegen wollen?«

»Nein, bislang nicht. Wir drucken ein Foto der Lederjacke aus, auch wenn man darauf nichts mehr erkennt, und eventuell ein Bild des Helms. Vielleicht kann sie uns ja wenigstens erklären, was es mit dem falschen Kennzeichen auf sich hat. Sollte die Identifizierung nicht die gewünschte Eindeutigkeit haben«, schloss Julia, »werden wir wohl über DNA-Abgleich gehen müssen. Falls Sie also in der Wohnung etwas finden ...«

»Schon klar. Kamm, Zahnbürste, Zigarettenfilter; wir sind ja nicht von gestern, nur weil wir in der Provinz leben.«

»Das bayrische Kaff, aus dem ich stamme, ist mit Sicherheit mehr Provinz als Ihr Offenbach«, entgegnete Julia augenzwinkernd und verabschiedete sich.

»Mein Gott«, stöhnte sie anschließend mit einem Augenrollen in die Runde. »Wenn das jetzt den ganzen Fall über so weitergehen soll, trete ich die Ermittlung freiwillig an Offenbach ab. Das geht mir tierisch auf den Keks.«

»Kann ich verstehen«, lachte Hellmer. »Ein echtes Original, der Typ, aber nach allem, was man so hört, auch ein begnadeter Ermittler.«

»Habe ich denn irgendetwas an mir, was ihn glauben lässt, ich würde ihn bevormunden wollen?«, fragte Julia und blickte zuerst Hellmer und dann Berger fragend an. Beide schüttelten den Kopf, aber für ihren Geschmack etwas zu energisch.

»Schon gut«, murrte sie. »Ich will's gar nicht wissen. Diese beknackte Rivalität, ich dachte, das wäre hauptsächlich wegen des Fußballs. In München zumindest ist das so, aber da bin ich wohl nicht die richtige Ansprechpartnerin.«

»Bei uns ist das derzeit auch kein allzu großes Thema«, grinste Hellmer. »In Sachen Fußball sollten die Offenbacher wohl mittlerweile sehr genau wissen, dass wir da in Frankfurt außer Konkurrenz stehen. Aber sprich ihn lieber nicht drauf an.«

»Ich werde mich hüten!«

»Kommen wir mal bitte zurück von der Bundesliga zu unseren Motorradclubs«, mahnte Berger, der selbst noch die Mundwinkel amüsiert nach oben gezogen hatte. Dann aber trübte sich seine Miene ein: »Fahren Sie mal rüber nach Fechenheim und schauen dort bei dieser Frau Kühne, was Sie herausfinden können. Ich setze ein paar Leute darauf an, uns

Hintergründe zu diesem Club zu beschaffen, insbesondere weitere Namen. Damit sind wir auch schon bei einem weiteren Punkt, den ich vorab noch geklärt haben möchte.«

Fragend sah Julia Durant ihren Vorgesetzten an, und dieser fuhr in mahnendem Ton fort: »Ich warne Sie lieber vor, dass Sie sich nicht zu sehr an den Gedanken einer gemeinsamen Ermittlung mit dem Kollegen Brandt gewöhnen sollten. Wenn wir es hier nämlich tatsächlich mit einem Krieg der Rocker zu tun bekommen«, schloss Berger, »dann wandert der gesamte Fall früher, als uns lieb ist, ans LKA – und wir sind raus. Klappe zu, Affe tot, da dreh ich dann überhaupt nichts mehr dran.«

SONNTAG, 13:10 UHR

Mit einem gekonnten Schwung parkte Julia Durant den kleinen Peugeot rückwärts in eine enge Lücke. Hellmer nickte anerkennend, sagte zwar nichts, aber Julia wusste genau, was er dachte.

»Und das alles ohne Hecksensoren und Bordcomputer«, kommentierte sie trocken. »Wobei dir der ganze Luxuskram deines Porsches bei dieser engen Bucht auch nichts genutzt hätte.«

»Ja, du bist einzigartig«, gab Hellmer grinsend zurück, »und mir bleibt es erspart, den nächsten freien Tag mit dem Staubsauger durch meinen Innenraum kriechend zu verbringen.«

Er spielte dabei auf den mit Frischkäse, Schinken und Tomate belegten Bagel an, dessen Oberseite zudem mit

Sesam bestreut gewesen war. Wie Schnee waren die Krümel bei jedem Bissen hinabgerieselt, den seine Partnerin davon genommen hatte, und auch er selbst hatte mit einem Croissant und einer Pizzatasche nicht weniger dazu beigetragen.

»Ich sehe schon, dir gehen nie die Argumente aus«, lächelte Julia, warf einen Blick hinter sich und öffnete dann die Tür. Sie stieg aus, klopfte sich die Hose ab und musterte anschließend die Häuser.

»Hier möcht ich nicht wohnen«, murmelte Hellmer. »Riechst du das?«

»Was denn?«

»Industrie, Verkehr, Hafen – auf allen Seiten nur Beton. Da liegt einem so ein schwerer Geschmack auf der Zunge, merkst du das nicht?«

»Das ist das Fett vom Croissant und das verbrannte Pizzateil«, gab Julia grinsend zurück, nickte kurz darauf aber. »Ja, jetzt weiß ich, was du meinst. Das liegt jedoch auch an der Witterung, komm, lass uns mal den Eingang suchen. Wie war die Hausnummer noch mal?«

»Dort drüben, das Mehrfamilienhaus.«

Sie überquerten die Straße und näherten sich einer breiten Front aneinandergebauter Mehrfamilienhäuser, dreigeschossig und mit ausgebleichtem grünlich gelbem Putz. Einige Wohnungen hatten Balkons, in den unteren Etagen waren teilweise die Rollläden heruntergelassen, helle Flecke verrieten, dass dort Graffiti übermalt worden waren. An anderen Stellen kroch ein dunkelgrauer Schleier an den Wänden hinauf, ein deutlicher Hinweis darauf, dass hier seit Jahren nichts mehr in die Bausubstanz investiert worden war. Eine bunte Decke baumelte aus dem Fenster des ersten Stocks über der Haustür, die Klingelschilder waren größtenteils mehrfach überklebt, und nicht überall waren die Namen lesbar. Ein Briefkasten schien schon seit Wochen nicht mehr geleert worden zu sein, eine feuchte, zusammengerollte Zeitung ragte zur Hälfte hinaus.

»Da, M. K., das dürfte es wohl sein«, sagte Hellmer, nachdem er die Schilder studiert hatte, und drückte auf den schwarzen Klingelknopf. Die beiden Kommissare verharrten, doch es tat sich nichts. Julia nickte auffordernd, und Hellmer läutete erneut. Als wieder nichts geschah, zog Julia den Zettel hervor, auf dem sie Marion Kühnes Telefonnummer notiert hatte. Sie tippte diese in ihr Handy, trat einige Schritte zurück und beobachtete die Fenster, während das Freizeichen erklang. Vier-, fünfmal tutete es, die Kommissarin fragte sich gerade, ob im dritten Stock die Vorhänge sanft hin und her schwangen, als es endlich knackste und eine zarte Stimme antwortete: »Ja?«

»Frau Kühne?«, erkundigte sich die Kommissarin.

»Mit wem spreche ich denn?«

»Mein Name ist Durant, ich bin von der Kriminalpolizei.«

»Kriminalpolizei?«, hauchte es verunsichert.

»Ja, ich stehe unten vor der Haustür. Wir hätten einige Fragen an Sie, die ich Ihnen gerne persönlich stellen würde.«

»Haben Sie einen Ausweis?«

»Ja, natürlich. Soll ich Ihnen damit winken, können Sie mich von Ihrem Fenster aus sehen?« Julia zog mit der freien Hand ihren Dienstausweis hervor und machte sich bereit, diesen hochzuhalten.

»Schon in Ordnung. Ich mache Ihnen auf. Sind Sie alleine?«

»Nein, ich habe einen Kollegen dabei.«

»Okay. Ich öffne Ihnen.«

Sekunden später ertönte das Schnarren des Summers, und Hellmer drückte die Tür nach innen. Der Flur roch muffig, irgendwo briet jemand Fleisch an, und es herrschte eine bedrückende Stille. Die beiden Kommissare stiegen die Treppe nach oben, bis sie die dritte und letzte Etage erreichten. Zu jeder Seite befand sich eine Wohnung, die linke Eingangstür war einen Spalt weit geöffnet. Hinter der Kette bewegte sich etwas, dann öffnete sich die Tür ganz, und in dem dahinterliegenden Flur stand eine blasse Frau von zierlicher Statur. Ihre nackenlangen, glatten Haare waren schwarz gefärbt, doch an ihrem Scheitel erkannte Julia sehr deutlich einen dunkelblonden Ansatz, der bereits einige Millimeter nachgewachsen war. »Frau Kühne? Das ist mein Kollege Frank Hellmer, guten Tag«, begrüßte Julia die Frau, die sie auf Anfang dreißig schätzte. Ihr Teint war blass, sie trug keine Schminke, und der schmale Mund war freudlos verschlossen. Als Kontrast hierzu wirkten die großen grünen Augen tiefgründig und geheimnisvoll.

»Ja, ich bin Marion Kühne. Was wollen Sie von mir?«

»Dürfen wir hineinkommen?«

»Natürlich, bitte.« Marion Kühne wies mit der Handfläche in Richtung des am Ende des Flures liegenden Zimmers. Die Wohnung war schlicht eingerichtet, günstige Sperrholzmöbel, keine Markenkleidung an der Garderobe, ein abgewetzter Teppich, auf dem Julia aber zwei Paar teure Schuhe erkannte. Billig und funktional eingerichtet war auch die Küche, in die sie im Vorbeigehen einen Blick warf. Es roch nach Waffeln oder Pfannkuchen, die Küchenmöbel waren bunt zusammengewürfelt, auf dem Tisch standen Wasser und Cola in Plastikflaschen. Das Wohnzimmer dagegen war ein relativ heller, modern eingerichteter Raum mit großer Schrankwand, in der eine Menge Bücher und DVDs standen. Auch Fotos in silbern schillernden Bilderrahmen unterschiedlicher Größe waren dort plaziert, und während Julia sich zu Frau Kühne auf die Couch setzte, durchschritt Hellmer den Raum und betrachtete die Aufnahmen.

»Frau Kühne«, begann Julia Durant nun zielstrebig das Gespräch, »wir kommen wegen Ihres Bruders zu Ihnen.«

»Wegen Martin? Was ist mit ihm? Hat er wieder Ärger?« Ihre Stimme zitterte, und ihre Finger spielten nervös miteinander.

»Das wissen wir noch nicht. Wir haben heute Vormittag ein, hm, verunglücktes Motorrad identifiziert, welches auf Ihren Namen eingetragen war.«

»Ja?«, kam es gedehnt und in fragendem Ton zurück.

»Fahren Sie die Maschine nicht selbst?«, erklang Hellmers Stimme aus dem Hintergrund.

»Äh, nein. Ich habe zwar einen Führerschein, aber ich fahre nicht damit. Die ist mir zu groß und zu schwer.«

»Wer fährt sie denn?«, übernahm wieder Julia, während Hellmer sich auf den Sessel neben sie setzte.

»Na ja, mein Bruder eben. Er wollte damals, dass die Maschine über mich läuft, das ist aber momentan wohl eher nebensächlich. Was ist denn nun mit Martin?«

»Frau Kühne, auf dem Motorrad saß ein Mann, den wir bislang nicht identifizieren konnten.«

»Was, ein Mann? Etwa Martin? Oh Gott ...« Marions Brust begann zu beben, und sie hielt sich die Hand vor den aufgerissenen Mund.

»Ob es Ihr Bruder ist, wissen wir nicht«, betonte Julia, »aber vielleicht können Sie uns dabei helfen?«

»Ja, äh, nein, ich weiß gar nicht, wie«, stammelte die Frau und schnappte nach Luft. In ihren Augenwinkeln sammelten sich Tränen, suchend wanderte ihr Blick umher, doch er schien nicht zu finden, wonach sie Ausschau hielt.

»W... was ist denn überhaupt passiert?«

Julia warf einen Blick in Franks Richtung, dieser nickte nur knapp, und sofort wandte sie sich wieder der Frau zu.

»Es gab ein Feuer, der Fahrer ist auf dem Motorrad verbrannt. Fühlen Sie sich dazu in der Lage, eine Aufnahme des Helms und der Kleidung anzusehen, um uns zu sagen, ob es sich eventuell um die Kleidung Ihres Bruders handelt?«

Marion Kühne nickte stumm. Offensichtlich nahm sie all ihre Kraft zusammen, um vor den Kommissaren nicht in Tränen auszubrechen, sie schluckte schwer und hauchte: »In Ordnung.«

»Wir haben Helm und Lederjacke sichergestellt. Hier.« Die Kommissarin legte zwei Farbausdrucke auf den niedrigen Holztisch, auf dessen glänzender Oberfläche sich neben einer Pappschachtel mit Kleenex-Tüchern nur ein einzelnes Longdrinkglas mit goldbraunem Bodensatz befand. Helm und Jacke waren jeweils in zwei Ansichten fotografiert, der Helm von oben und seitlich, die Jacke von vorn, eine Seite aufgeklappt, und dann von hinten.

»Ich weiß nicht«, sagte Frau Kühne unschlüssig. »Helme

hat Martin mehrere, aber die Jacke? Vom Schnitt her sind diese Lederjacken alle gleich, doch seine hat überall diese Aufnäher.«

»Aufnäher?«, fragte Julia zurück und nahm die Fotografie hoch. Die Jacke war gleichmäßig schwarz, keine Spur von Aufnähern, wobei diese natürlich auch restlos verbrannt sein konnten.

»Na, diese Clubaufnäher. Sie wissen doch sicher, dass Martin einem Motorradclub angehört. Ohne seine Kutte mit den ganzen Abzeichen wäre er niemals auf seine Harley gestiegen. Warten Sie.«

Marion stand auf, trappelte hinüber zur Schrankwand und griff eines der Fotos, die auch Hellmer nicht entgangen waren. Sie kehrte zurück, hielt es Julia entgegen und lächelte schmal.

»Das sind Martin und ich, ein paar Jahre ist's schon her, aber da hat er das Teil an. Sehen Sie hier«, sie deutete auf zwei runde weiße Aufnäher, deren Schrift Julia nicht lesen konnte. »Das große ist auch auf dem Rücken zu finden, außerdem hat er Tätowierungen auf dem Hals und an den Händen. Hat Ihr Toter Tätowierungen?«

Der Kommissarin entging nicht die Hoffnung, die in ihrer Stimme mitschwang.

»Das können wir leider weder bejahen noch verneinen«, musste sie eingestehen. »Der Tote hat schwere Verbrennungen, da sind solche Dinge nicht ohne weiteres nachzuweisen.

Ich möchte Ihnen auch keine Ängste machen, die ungerechtfertigt wären, aber Statur und Erscheinungsbild Ihres Bruders passen zu denen unseres Toten. Gibt es denn außer den bereits genannten Merkmalen noch irgendwelche körperlichen Besonderheiten, die Ihren Bruder kennzeichnen?«

Frau Kühne überlegte kurz und schüttelte dann den Kopf. Sie ging zurück an das Regal und zog dort eine Packung Zigaretten unter einem Stapel Papier hervor.

»Ah, da seid ihr ja«, murmelte sie. Sie öffnete die Pappschachtel, entnahm ein kleines Feuerzeug und eine Zigarette und entzündete diese. Genussvoll sog sie einige Züge Rauch in ihre Lungen und stieß diesen wieder aus.

»Tut mir leid, aber da fällt mir momentan überhaupt nichts zu ein«, sagte sie dann schulterzuckend.

»Hatte Ihr Bruder Feinde?«

»Na klar, was denken Sie denn?«, lachte Marion kehlig auf und ließ sich zurück auf die Couch fallen.

Julia neigte fragend den Kopf. »Können Sie das präzisieren?«

»Was glauben Sie denn, womit sich so ein Motorradclub den lieben langen Tag beschäftigt? Allein in den umliegenden und verfeindeten Clubs gibt es da schon Dutzende Neider und Rivalen. Das meiste sind zwar Mitläufer, aber in der Szene heißt es einer für alle.«

»Und auf persönlicher Ebene?«, fragte Julia weiter.

»Da muss ich nachdenken.« Marion Kühne stutzte. »Aber wieso ist das überhaupt wichtig?«

»Wir haben Grund zu der Annahme, dass es sich um ein Gewaltverbrechen handelt«, antwortete die Kommissarin so ruhig und sachlich wie möglich. Dabei beobachtete sie die Reaktion ihres Gegenübers ganz genau, und tatsächlich verkrampfte diese sich für einen kurzen Augenblick, atmete ruckartig, lehnte sich dann aber rasch in einer betont lässigen Pose zurück.

»Na ja«, winkte sie fahrig ab, »wer sagt denn schon, dass es sich um Martin handelt. Bestimmt klärt sich das alles ganz anders auf, Sie werden schon sehen.«

»Ich hoffe es für Sie«, erwiderte Julia, die ahnte, dass Frau Kühne einen Schutzschild aufbaute, der im Augenblick nicht zu durchbrechen war. Dieses Verhalten von Angehörigen war psychologisch betrachtet völlig normal, und auch wenn es der Kommissarin manchmal schwerfiel, dies zu akzeptieren, so wusste sie dennoch, dass es sich nicht lohnte, dagegen anzukämpfen. Der Schmerz, den Marion Kühne letzten Endes zu ertragen haben würde, war zwar nur aufgeschoben, und dieses verzweifelte Klammern an Hoffnung würde den Verlust ihres Bruders möglicherweise noch schmerzhafter machen, als es ohnehin schon war, doch Julia würde ihr diese Last nicht abnehmen können.

»Wissen Sie, was Ihr Bruder in den letzten Tagen vorhatte? Gab es wichtige Termine, Dinge, die ihn beschäftigten, oder dergleichen?«

»Nein. Habe ihn nicht oft zu Gesicht bekommen in letzter Zeit.«

»Gab es dafür einen besonderen Grund?«

»Der Club«, seufzte Marion und verdrehte die Augen, »immer nur der Club.«

»Wie würden Sie Ihr Verhältnis zueinander beschreiben?«, fragte Julia weiter.

»Ach«, erwiderte Marion unschlüssig, »das war mal gut, mal weniger gut.«

»Und momentan?«

»Nicht so.« Dann fügte sie hastig hinzu: »Aber es gab keinen Streit oder so.« Sie riss die Augen weit auf, als wolle sie ihren Worten Nachdruck verleihen.

»Okay, dann müssen wir es über einen DNA-Abgleich versuchen«, warf Hellmer ein. »Würden Sie dem zustimmen?«

»Äh, ja, wenn's sein muss.«

»Es wäre für uns sehr hilfreich, vor allem dann, wenn wir in der Wohnung Ihres Bruders keine eindeutigen Proben erhalten. Wir würden Ihnen im Laufe des Tages jemanden vorbeischicken, es sei denn, Sie möchten aufs Präsidium kommen.«

»Hm. Ich möchte heute eigentlich nicht mehr weg«, sagte Frau Kühne gedehnt, »und ich bin außerdem krankgeschrieben.« Sie verschränkte die Arme.

»Oh. Darf ich fragen, was Sie haben?«, erkundigte die Kommissarin sich.

»Nicht so wichtig«, blockte die Frau ab und verzog den Mund. »Ist ja kein Problem«, fuhr Hellmer fort, »Sie müssen der Untersuchung und vorläufigen Speicherung Ihres genetischen Fingerabdrucks nur formell zustimmen, aber das erklären Ihnen dann die Kollegen. So haben Sie in absehbarer Zeit die Gewissheit, ob Ihr Bruder tatsächlich das Opfer ist.«

»Oder ob nicht«, ergänzte die Frau Hellmers letzten Satz trotzig. »Für mich ist der Tote erst Martin, wenn es hundertprozentig bewiesen ist.«

»Das ist Ihr gutes Recht«, sagte Julia verständnisvoll und wollte nach dem Arm der jungen Frau greifen, doch diese zog ihn rasch zur Seite.

»Eine Sache gibt es, die für uns etwas unklar ist«, übernahm Hellmer. »An dem Motorrad war ein Offenbacher Kennzeichen, aber keines, was aktuell angemeldet ist. Haben Sie hierzu eine Idee?«

»Wie? Nein.« Marion Kühne schüttelte den Kopf. »Ich kenne nicht mal das Kennzeichen, mit dem Martin momentan fährt. Aber irgendwo in den Versicherungsunterlagen müsste das ja wohl stehen.«

»Das richtige Kennzeichen zu ermitteln ist nicht das Problem«, winkte Hellmer ab. »Aber wieso ein falsches? Diese Frage bereitet uns momentan Kopfzerbrechen. Hier, warten Sie«, Hellmer kritzelte die Kennung auf ein Stück Papier, welches er aus seinem Notizbuch trennte, und schob es in ihre Richtung. »Sagt Ihnen das etwas?«

»Nein, bedaure.«

»Schade, trotzdem danke. Unsere Kollegen aus Offenbach kümmern sich derzeit um die Wohnung Ihres Bruders«, sagte Julia Durant, während sie sich erhob. »Ich lasse Ihnen meine Karte da, falls Ihnen noch etwas einfällt, von dem Sie uns berichten wollen. Wir werden Sie natürlich ebenfalls kontaktieren, falls wir etwas Konkretes herausfinden. Verbleiben wir so?«

»Ja, in Ordnung.«

Die Stimme der Frau klang wieder leise und sanft.

»Sie sagten eben, dass Sie krankgeschrieben sind, habe ich das richtig verstanden?«

»Hm.«

»Gilt das auch noch für die kommenden Tage, also treffen wir Sie im Regelfall hier zu Hause an?«

»Ja.«

»Gut, dann soll es das fürs Erste gewesen sein.«

Ein echtes Mauerblümchen, dachte die Kommissarin im Hinausgehen. Doch in ihrem Inneren regte sich ein mulmiges Gefühl, eine mahnende Stimme, die ihr immer lauter werdend zurief, dass sich unter Marion Kühnes Fassade noch eine Menge verbarg, was sich zu entdecken lohnte.

SONNTAG, 19:10 UHR

Staatsanwältin Elvira Klein erreichte das Restaurant mit Verspätung, sie hatte keinen Parkplatz gefunden und war außerdem einmal falsch abgebogen. Ein Fehler, der in den verwinkelten Nebenstraßen Offenbachs enorm viel Zeit und Nerven kosten konnte, wie sie verärgert feststellte. Andererseits waren das Bahnhofsviertel in Frankfurt oder einige Ecken in Sachsenhausen auch nicht besser. Zügig eilte sie mit laut klappernden Absätzen über das schmale Trottoir und hielt dabei das Stofftuch fest, welches sie sich um den Hals geworfen hatte. Es war kalt, eine unangenehm feuchte und alles durchdringende Witterung. Genau die richtige Zeit für warme Gedanken, dachte sie angespannt, ein Feuer im Kamin oder einfach mal wieder für ein langes, warmes und vor allem dienstfreies Wochenende im Grünen.

Elvira Klein war die Tochter eines bekannten Anwalts, hatte sich ihre Karriere daher hart erarbeiten müssen, denn sie wurde stets davon angetrieben, ihrem Vater zu zeigen, wozu sie als junge Juristin fähig war, und hatte außerdem das Gefühl gehabt, ihren Kommilitonen und Kollegen beweisen zu müssen, dass sie ihren Erfolg nicht dem Herrn Papa und seinen Beziehungen verdankte, sondern ihrer eigenen Leistung. Dies prägte bis heute ihr Verhalten gegenüber Vorgesetzten wie Untergebenen. Doch in ihrer harten Schale, die sie manchmal etwas zu sehr zeigte, wohnte, gut geschützt durch ihre kühle und manchmal auch bissige Art, eine weitere Elvira Klein. Eine verletzliche, humorvolle und, was kaum einer glauben mochte, der sie nur aus dem Job kannte, warmherzige Frau. Eine ganz natürliche Frau, die es allerdings auch im Privatleben verabscheute, unpünktlich zu sein, was sie dazu antrieb, noch einen Schritt schneller zu laufen.

»Neuer Italiener«, murmelte sie für sich, als sie das leuchtende Schild über dem Restaurant las, welches sie weder vom Design noch vom Namen her ansprach. Italiener gibt es doch wie Sand am Meer, dachte sie weiter, als sie die Tür aufzog, na, ich bin gespannt. Sie hängte ihren Mantel an die Garderobe und sah sich um. Das Restaurant war in warmen Pastellfarben gehalten, damit kontrastierten angenehm dunkle Holztische und Stühle. Dezent, nicht kitschig, waren landestypische Bilder aufgehängt, und zwei Deckel großer, ovaler Weinfässer zierten den Bereich zwischen Tresen und Küche, als befände man sich in einer Bodega. Nein, es müsste eher »Cantina« heißen, korrigierte Elvira ihren Gedanken, denn »Bodega« war spanisch. Sie schaltete das Handy stumm, stopfte das Tuch in den Ärmel ihres Mantels und fuhr sich mit der Hand durchs Haar. Ihr Herz klopfte schnell, und auch ihr Atem kam nur langsam zur Ruhe. Außerdem war sie hungrig, sie hätte am liebsten eine ganze Pizza zusammengerollt und verschlungen, aber das würde sie sich nicht um alles in der Welt anmerken lassen. Ihre Verabredung würde schon wissen, weshalb es ausgerechnet dieses kleine, ungünstig gelegene Restaurant hatte sein müssen. Immerhin floss in seinen Adern ein Teil italienischen Blutes.

Es dauerte nicht lange, da hatte sie ihn entdeckt und steuerte durch den kaum halb besetzten Gastraum auf einen etwas abseits gelegenen Tisch zu.

»Hey, da bist du ja«, lächelte Peter Brandt sie an und erhob sich, um ihr einen zärtlichen Kuss auf die Wange zu geben.

»Hi, tut mir leid«, begrüßte sie ihn mit einem matten Lächeln und wedelte sich mit der Hand Luft zu. »Jetzt bin ich ganz schön außer Atem, ich hoffe, die Speisekarte hält, was du mir versprochen hast.«

»Vertrau mir nur«, lächelte er, und die beiden nahmen Platz. »Mir genügt fürs Erste, dass meine Mutter mich hierauf gebracht hat«, erklärte er weiter, »aber frag mich bloß nicht, welche Art von Verwandtschaft zwischen ihr und dem Besitzer besteht.« Er seufzte kurz auf und schüttelte den Kopf. »Diese ganzen familiären Bande werde ich wohl nie durchschauen.«

Peter Brandts Mutter war gebürtige Italienerin, lebte jedoch seit den 1950er Jahren in Offenbach, wo sie seinen Vater kennengelernt und schließlich geheiratet hatte. Wie seinerzeit üblich, waren nicht selten halbe Dörfer aus den armen Regionen Italiens nach Deutschland ausgewandert. Während einige der Gastarbeiter nur kurz verweilten, entschlossen sich andere mit der Zeit, ihre Familien nachzuholen, oder gründeten in der neuen Heimat eine eigene. Freundschaftliche und verwandtschaftliche Beziehungen, aber auch Fehden wurden auf diese Weise mit importiert und waren für die deutschen Kollegen oder Freunde nur schwer zu begreifen.

Selbst Peters Vater, der ebenfalls eine Karriere bei der Polizei hinter sich hatte, war nie vollkommen durch die alten Geschichten gestiegen, wenn seine Ehefrau aus dem Nähkästchen plauderte. »Hauptsache, du kannst dich auf ihren Geschmack verlassen, wenn's ums Essen geht«, lächelte Elvira Klein. »Und so, wie ich deine ehrenwerte Mama kenne, ist es nicht leicht, in dieser Hinsicht bei ihr zu punkten.«

»Finden wir es heraus«, erwiderte Peter und erwiderte ihr Lächeln, doch der Staatsanwältin entgingen nicht die Falten auf seiner Stirn und seine Müdigkeit, obgleich er sich die größte Mühe gab, diese zu verbergen.

»Du machst mir jetzt aber bitte keinen Antrag oder so etwas?«, flachste sie, um die Atmosphäre ein wenig aufzulockern.

»Wie? Nein, Quatsch. Einfach nur ein schöner Abend nach einem viel zu kurzen Wochenende. Ich hatte keine Lust, auf der Couch aus dem Karton zu essen. Nichts gegen Pizza, aber ich glaube, ich wäre beim Essen eingeschlafen. Das sollte hier wohl nicht passieren.«

»Na, dann ist ja gut«, zwinkerte sie und sah sich kurz um. »Ist hübsch hier drinnen.«

»Hm.«

»Hattest einen beschissenen Tag, wie?«

»Kann man sagen.«

»Na, dann erzähl mal, was dich bedrückt«, forderte Elvira Peter sanft, aber bestimmt auf. »Ich sehe es dir doch an, dass dir nicht allein der vergeudete Sonntag an die Nieren geht. Abgesehen davon«, sie schürzte spitzbübisch die Lippen und neigte den Kopf leicht zur Seite, »bekomme ich es morgen früh ohnehin brühwarm auf den Schreibtisch.«

»Aber es ist *unser* Abend«, wehrte sich Brandt, der zwar nur zu gerne über den Fall gesprochen hätte, doch noch nicht gänzlich dazu bereit war, die laufende Ermittlung mit hinein in das wenige Privatleben zu ziehen, was ihnen vergönnt war. Elvira Klein hatte nicht nur eine steile Karriere hingelegt und war bald nach dem Studium zur jüngsten Staatsanwältin der Stadt geworden, sie war auch dementsprechend ausgelastet und brütete oft spätabends und an den Wochenenden über fausthohen Akten. Peter Brandt akzeptierte das, denn er wusste, dass eine Frau an der Seite eines Polizisten genau dieselbe Toleranz aufzubringen hatte. Das beste Beispiel war dieses ausklingende Wochenende. Freitagabend hatte das Telefon geläutet, und Elvira hatte sich bei ihm gemeldet.

»Hör zu, bist du mir böse, wenn ich noch zwei Stunden Büroarbeit dranhänge und mich dann direkt in die Federn haue?«

»Nein, ich bin selbst ziemlich k. o. Dieses Wetter macht mich fertig. Erst wird es ewig lang nicht richtig warm, dann zwischendurch diese Hammerhitze und jetzt schon bald wieder Nachtfrost. Verrückt, wenn du mich fragst, aber ich bin einfach rundherum groggy.«

Brandts Antwort war aufrichtig gewesen, wenngleich er natürlich enttäuscht war. Aber es hatte keinen Zweck, sich gegenseitig Vorwürfe zu machen, und eine ordentliche Portion Schlaf hatte schließlich noch niemandem geschadet. Unter der Woche kam er ohnehin viel zu selten dazu.

Am Samstag schließlich hatte das übliche Programm auf dem Plan gestanden, jeder hatte schließlich seine Verpflichtungen. Peter Brandt hatte ausgeschlafen und die Hausarbeit erledigt, bis Michelle sich endlich dazu bequemt hatte, aus den Federn zu kriechen und mit verschlafenen Augen in die Küche zu schlurfen.

»Ich sehe schon, das Studium fällt dir nicht leicht«, hatte Brandt mit einem ironischen Unterton gesagt und seiner Tochter zwei Scheiben Toast geröstet. Nach drei großen Tassen Kaffee hatte seine Tochter danach mit ihm über Bafög-Unterlagen und verschiedenen Formularen gebrütet. Trotz Scheidung und komplizierten Sorgerechtsvereinbarungen wollte das Studentenwerk dem Antrag nicht stattgeben und Michelles Studium finanzieren. Ihre Mutter sei zu wohlhabend, hieß es in dem kurzen, aber dennoch verschachtelt formulierten Begründungsschreiben. Dass sie mit ihrem neuen Lover in Spanien lebte, schien niemanden zu interessieren. Außerdem war Michelle beziehungsweise ihr Vater noch kindergeldberechtigt, aber bei welchem Studienanfänger traf das nicht zu?

»Dieser blöde Verein«, motzte sie. »Paula bekommt es, obwohl ihr Vater einen dicken Benz fährt und ein Haus im Taunus hat. Und Marlene kriegt es nicht, du weißt schon, die sitzt mit ihrer Mutter ganz alleine da. Ohne zwei Jobs bekommt die das Studium nicht finanziert, aber bei *den* Präsenzzeiten, die wir leisten müssen, ist das von vornherein zum Scheitern verurteilt.«

»Die ersten Anträge werden doch meistens abgelehnt, oder?«, murmelte Brandt. »Das wird schon, keine Sorge. Es ist ja nicht so, dass wir völlig mittellos dastehen.«

»Marlene schon.«

»Hm. Aber wenn es mit dem Bafög nicht hinhaut, kann sie doch noch dieses Ding bei der KfW-Bank machen. Den

Studienkredit, meine ich. Die Zinsen sind nicht so heftig, wenn man nicht gerade die höchste Förderung benötigt. Die hessischen Studiengebühren wurden ja zum Glück wieder gekippt, von der Seite hat sie also auch nichts zu befürchten. Entweder klappt es so, oder aber ...« Peter unterbrach sich und kratzte sich am Kinn. »Wenn ich mich richtig erinnere, hat Marlene doch ein glattes Einser-Abi hingelegt, stimmt's?«

»Jaa«, antwortete Michelle gedehnt, argwöhnisch, denn sie selbst hatte nicht gerade den allerbesten Schnitt bekommen. Doch seit ihrer Ehrenrunde in der Zehnten hatten sich ihre Leistungen durchaus gesteigert, und sie beharrte darauf, dass ein Abitur nicht zwangsläufig nur mit einer Eins vor dem Komma taugte. Doch Peter Brandt wollte auf etwas anderes hinaus.

»Mit einem solchen Abi hat sie auch gute Chancen auf ein Stipendium. Das soll sie sich mal ansehen. Ich bin mir sicher, Elvira wird gerne einen Blick auf den entsprechenden Antrag werfen. Aber dein Engagement in aller Ehre, jetzt kümmern wir uns zunächst einmal um deinen Papierkram.«

Michelle war daraufhin näher gerückt und hatte den Kopf an die Schulter ihres Vaters geschmiegt, eine Geste, die Brandt sehr genoss, zumal sie selten geworden war, seit seine Mädchen die Pubertät durchlaufen hatten.

»Ach, Papa«, hatte sie geseufzt. »Ich will eben nicht Mama fragen, findest du das sehr schlimm?«

»Nein, überhaupt nicht. Solange du nicht vergisst, dass wir dich mit allem unterstützen – euch beide, meine ich natürlich –, dann weiß ich dein Engagement, auf eigenen Füßen zu stehen, durchaus zu schätzen.«

»Gut«, lächelte Michelle erleichtert und richtete sich wieder auf. »Dann können wir uns ja später auch wieder ganz frei über die kommende Semesterparty unterhalten.«

So war der Samstag verstrichen, an dessen Nachmittag Brandts Rufbereitschaft begann, die ihn dann in der Nacht zum Sonntag so jäh in eine neue Arbeitswoche befördert hatte. All das, bevor er Elvira auch nur ein Mal zu Gesicht bekommen hatte, und aus diesem Grund wehrte sich seine innere Stimme so vehement dagegen, sie heute schon in den Fall einzubeziehen.

»Na los«, zwinkerte sie hartnäckig, »es brennt dir doch auf der Seele, und mir ist es lieber, wenn wir kurz darüber sprechen, als wenn du den ganzen Abend darüber grübelst. Deal?«

»Hm. Du hast den Nagel auf den Kopf getroffen«, murmelte der Kommissar und gab sich geschlagen.

»Wie meinst du das?«

»Du hast eben gesagt, es brenne mir auf der Seele. Es hat heute tatsächlich gebrannt, und dementsprechend mau sieht es auch an der Spurenfront aus.«

»Was hat gebrannt?«

»Na, dieser Motorradfahrer auf der Kaiserleibrücke. Es wundert mich, dass du es noch nicht im Radio gehört hast.«

»Sie berichten über einen Tatort im Radio?« Elvira zog die Stirn in Falten. »Komm, erzähl am besten Mal von vorn.«

Ein schmaler, in schwarze Hose und weißes Hemd gekleideter Kellner mit schwarzen Haaren und ebenso dunklen Augen legte mit einem höflichen »Prego« zwei Speisekarten auf den Tisch, erst zu Elvira, dann zu Peter. Dieser nickte dankend und schilderte dann in kurzen Sätzen, was in den frühen Morgenstunden auf der Brücke geschehen war. Zwischenzeitlich kam der junge Italiener erneut und reichte ihnen ein Schälchen Weißbrot und stellte eine Karaffe mit Wein zwischen sie. Bevor Elvira fragen konnte, erklärte ihr Gegenüber rasch, dass er sich um den Wein bereits gekümmert habe, bevor sie eingetroffen sei.

»Okay, noch mal zum Mitschreiben«, nutzte Elvira diese Pause. »Du und Julia Durant seid gleichzeitig auf der Brücke eingetroffen? Das ist ja witzig. Die Grenze zu Offenbach verläuft doch genau mittig über dem Main, nicht wahr?«

»Na ja, witzig ...«, wiederholte Brandt zweifelnd. »Aber es stimmt. Genau genommen ist das Terrain unter der südlichen Brücke bereits Offenbach, aber die Autobahn nicht. Das ist letztlich aber unerheblich, denn wir ermitteln ohnehin zusammen, zumindest vorläufig, denn ich sehe da ein ganz anderes Problem auf uns zukommen.«

»Und das wäre?«

»Wir haben eine Vermutung bezüglich des Opfers, es scheint sich um einen Anführer der *Mogin Outlaws* zu handeln, dieser Biker-Gang. Ich habe vorhin noch mal mit der Durant telefoniert, es könnte passieren, dass sich das LKA den ganzen Fall unter den Nagel reißt.«

»Verstehe. Und das passt dir nicht?«

»Nein«, betonte Brandt energisch, »und ich sage dir auch, warum. Die Durant war bei der Schwester des Opfers in Fechenheim, derweil habe ich die KTU in seine Wohnung in Hainburg bestellt. Es gibt noch keinen finalen Beweis, ob es sich bei dem Toten nun tatsächlich um Martin Kohlberger handelt, aber wir sind uns da relativ sicher. Andrea dürfte bis morgen Mittag die Gewissheit haben, wir prüfen anhand Fotos und DNA, aber das ist Detailkram. Der springende Punkt ist, dass das LKA eine ganz andere Geschichte draus machen wird. Die interessieren sich viel mehr für das Netzwerk, die Prostitution, die Drogen, die Handlanger und so weiter.«

»Was nicht unwichtig ist«, warf Elvira Klein ein.

»Natürlich nicht«, winkte Brandt rasch ab. »Aber die Mordermittlung geht uns dabei völlig flöten. Hier ist ein Kapitalverbrechen verübt worden, vorsätzlich, von mindestens zwei Personen, eher sogar mehreren. Denn einer allein kann das nicht inszeniert haben. Der Mann ist grausam verbrannt, es steckt also ein ganz niederes Motiv dahinter, total kaltblütig. Schau doch mal nach, wie viele Verurteilungen das LKA mit seinen Ermittlungen in den letzten fünf Jahren erreicht hat. Das zähle ich dir an einer Hand ab, ohne dabei sämtliche Finger bewegen zu müssen, wetten? Das LKA beobachtet alle möglichen Biker-Gangs schon seit Jahren, und bei manchen Banden, die bundesweit agieren, ist das BKA mit im Boot inklusive V-Männern etc. pp. Aber was bringt es denn unterm Strich? Gar nichts, außer ab und an mal eine vorläufige Festnahme!«

Brandt war lauter geworden, ein unweit sitzendes Pärchen sah irritiert von seinem Essen auf, und er dämpfte seine Stimme daraufhin wieder etwas.

»Hör zu, Elvira, und das ist das Letzte, was ich heute zu dem Fall sagen möchte. Ich teile mir diese Chose meinetwegen mit der Durant, wir haben ja schon mal zusammengearbeitet, und es gibt weiß Gott Schlimmeres. Aber solange ich ein Opfer, die trauernden Angehörigen und auch die Täter in meinem Bezirk wähne, lasse ich mir diese Ermittlung nicht einfach wegnehmen. Verstehst du das?«

Elvira Klein überlegte einige Sekunden lang und nickte dann. »Okay, das kann ich nachvollziehen. Die Arbeit des LKA halte ich zwar für wichtiger, als du es dargelegt hast, aber ich sehe auch die Gefahr, dass der laufende Fall bei denen unter die Räder gerät. Ich kann dir anbieten, dass ich mich vor euch stelle, und das tue ich nicht, weil ich mit dem ermittelnden Beamten ins Bett gehe«, zwinkerte sie schelmisch.

»Ich hätte dich morgen früh ohnehin ganz formell darum ersucht«, grinste Brandt. »Und in der Vergangenheit konntest du meinem Charme nur selten widerstehen, wie du weißt.«

»Pff, hör dir das an«, erwiderte Elvira lachend. »Du müsstest dich mal reden hören. Deine Alleingänge hätten dir schon mehr als ein Mal beinahe ein Disziplinarverfahren eingebracht. Ohne mich als Schutzengel ...«

»... hätten wir keine so gute Ermittlungsquote«, wiegelte Brandt ihren Kommentar schnell ab und lachte ebenfalls. Dann wurde er wieder ernst. »Okay, aber ich ahne, die Sache hat einen Haken. Verrätst du ihn mir?«

»Klar. Solange ich gute Argumente habe, dass es sich in erster Linie um einen Mord aus Leidenschaft handelt, platt gesagt, werde ich bei den entsprechenden Stellen vertreten, dass es unsere Sache bleibt. Ich kenne genügend Leute, da setze ich mich guten Gewissens für euch ein. Aber«, sie hob den Zeigefinger, »wenn sich herauskristallisieren sollte, dass wir es mit einer Club-Sache zu tun bekommen, wirst du mir diese Informationen weder vorenthalten noch meutern, wenn ich das Päckchen dann ans LKA abtrete. Ein Rocker-Krieg ist nichts für die Kripo, daran ändern auch die besten Argumente nichts.« Sie trank einen Schluck Wein und fuhr fort: »Das Gleiche gilt übrigens auch für einen Auftragsmord, wenn dessen Motiv in kausaler Verbindung mit der Clubzugehörigkeit des Opfers steht.«

»Wieso denn das? Mord bleibt Mord!«

»Eben. Nur dass ein Club-Mord nicht lange ungesühnt bleiben wird, und ehe man sich's versieht, entwickelt sich die Sache zu einem handfesten Bandenkrieg. Quod erat demonstrandum, und damit wären wir wieder beim vorherigen Punkt.«

»Hm. Wohl eher quod esset demonstrandum.« Brandt runzelte die Stirn, »denn ein Beweis steht noch völlig aus. An einen Bandenkrieg glaube ich jedenfalls erst, wenn er losbricht.« »Hoffen und beten wir, dass dem nicht so ist«, nickte Elvira. »Aber unsere Vereinbarung steht?«

»Einverstanden. Danke.«

»Bedank dich lieber nicht zu früh«, sagte Elvira und zog die Augenbrauen nach oben. »Aber jetzt lass uns mal endlich einen Blick in die Karte werfen, sonst verhungere ich hier!«

»Wohl kaum«, grinste Brandt. »Du hast mittlerweile fast den ganzen Brotkorb leergefuttert.«

Während des Abendessens mieden die beiden nun sämtliche Themen rund um ihren Job, was ihnen anfangs nicht leichtfiel. Doch dann fand der so ungut begonnene

Sonntag für die beiden zu einem angenehmen Ausklang, der darin endete, dass Peter Brandt Elvira Klein nach Hause begleitete und auch die Nacht dort verbrachte. Es war wie so oft, wenn die beiden einander nah waren. Alle Sorgen waren für ein paar Stunden beiseitegeschoben, und Brandt musste im Gegensatz zu früher nicht einmal mehr Sorge dafür tragen, dass seine Eltern sich um die beiden Mädchen kümmerten. Nicht alles wurde schlechter mit fortschreitendem Alter, gestand Peter sich ein, bevor er einschlief. Elviras Kopf ruhte in seinem Arm, und er lauschte ihrem Atem, bis sich sein Rhythmus dem ihren angeglichen hatte. Das gleichmäßige Heben und Senken des Brustkorbs eines Schlafenden war die beste Entspannungshilfe, wie Peter wusste, und tatsächlich dauerte es nicht lange, bis auch er trotz aller Sorgen ins Land der Träume wechselte.

SONNTAG, 22:17 UHR

Mike war vor dem Dröhnen der Musikanlage nach draußen entflohen und saß nun auf der verbeulten Motorhaube eines ausgeschlachteten BMW und blinzelte in die Dunkelheit. Die Nacht war klar, und die Luft schmeckte frostig. Er bildete sich ein, seinen Atem kondensieren zu sehen, aber war es dafür nicht noch viel zu früh? Mit zitternden Fingern zupfte er ein Papier aus dem schmalen Karton und befüllte es mit Tabak, den er einer breiten Packung entnahm. Filter benutzte Mike keine, auch wenn es mittlerweile brauchbare gab, das war etwas für Pussys. So zumindest hatte Lutz es einmal kommentiert, das Gleiche hielt er von Drehmaschinen und anderen Hilfsgeräten.

»Eine Fluppe muss man selbst bauen können, und nur selbst gebaute schmecken richtig gut.«

Lutz, der mehr als doppelt so alt war wie Mike und gewissermaßen als Stimmungsmacher ihrer Gruppe auftrat, hatte zu vielen Dingen eine feste Meinung, die es zu akzeptieren galt. Wer damit ein Problem hatte, konnte jederzeit gehen, das hatte Mike allzu oft miterlebt.

Seine Zunge fuhr über den Klebestreifen, dessen Geschmack leicht süßlich war, was er sich jedoch auch einbilden mochte. Genau genommen erwartete seine Zungenspitze wohl nur das bittersüße Aroma, welches sich nach dem Befeuchten eines Briefkuverts im Mundraum breitmachte. Bei Zigarettenpapier wurde ein anderer Klebstoff verwendet, das zumindest behauptete Lutz, und von daher musste es wohl stimmen. Mit einem Klack schnappte der Deckel des Benzinfeuerzeugs zurück, und die Flamme entzündete sich im gleichen Moment. Zufrieden hob Mike das Zippo in Richtung der Zigarettenspitze und sog knisternd an dem entflammten Tabak. Ein Zippo mit einem einzigen Schwung aus dem Handgelenk zu entzünden hatte er schon mit dreizehn Jahren gelernt. Der erste Zug schmeckte nach verbranntem Benzin, doch das war Mike egal. Er sog einige Male und schloss die Augen.

»Hier bist du.«

Lutz. Mike zuckte zusammen.

»Äh, ja«, sagte er schnell, sah auf die Zigarette, die zu zwei Dritteln aufgeraucht war, und schnippte diese weg. »Dieser Hip-Hop-Scheiß geht mir auf'n Sack.«

»Hm. Nicht die beste Wahl, das stimmt. Nun, die Zeiten ändern sich. Es könnte noch schlimmer sein, Gangsta-Rap zum Beispiel. Aber ich wollte nicht über Musik reden.«

»Sondern?«

»Es gibt was zu tun. Genauer gesagt: Was zu tun für dich.«

»Wieso für mich?«, seufzte Mike und rollte die Augen.

»Denk mal scharf nach«, zischte Lutz mit eisigem Tonfall, dann wurde seine Stimme wieder freundlicher. »Du hast noch etwas zu erledigen, vergiss das nicht. Heute Nacht wäre eine prima Gelegenheit, um für klare Verhältnisse zu sorgen.«

»Okay, ist ja schon gut. Worum geht's?«

»Sag ich dir unterwegs«, erwiderte Lutz knapp. »Schnapp dir deine Sachen, dann geht's los.«

Sie verließen das Gelände im Frankfurter Osthafen in Lutz' tiefergelegtem Opel Calibra, rasten ein Stück über die Autobahn und hatten wenig später ihr Ziel erreicht.

»Alles klar?«, erkundigte sich Lutz und drehte den Kopf schief in Mikes Richtung.

»Hm.«

Lutz steuerte den Wagen in die dunkelste Ecke eines Wendehammers und parkte vor einer unbeleuchteten Werbetafel.

»Wieso ausgerechnet hier?«, wollte Mike wissen.

»Schau dich doch mal um!« Lutz deutete mit dem Daumen in Richtung Fenster. »Hierher verirrt sich nachts keine Sau. Und die Bullen schon gleich gar nicht. Drüben, ab der Autobahnbrücke, da beginnt für die der interessante Teil der Stadt. Bonames, das Ghetto, da ist immer was zu holen. Aber selbst wenn da drüben eine Observierung liefe, bekämen die nichts von dem mit, was hier auf unserer Seite der A661 abgeht. Als wenn sie Scheuklappen hätten«, grinste er und hielt sich demonstrativ die Handflächen an die Schläfen.

»Der Golfplatz und das Industriegebiet sind denen völlig schnuppe. Alles tote Hose, deshalb sind wir ja schließlich hier.« Er sah auf die Uhr. »Gönnen wir uns 'ne Tüte? Ist ja noch Zeit.«

»Klar«, antwortete Mike erleichtert. Er hätte es sich nicht getraut zu fragen, aber sein Herz pochte beinahe schmerzhaft vor Anspannung, und sein Atem ging schwer.

»Das ist kein Kinderfasching, das weiß ich selbst«, sagte Lutz ernst. »Aber man verlässt sich auf uns, insbesondere auf dich. Das ist dir doch klar, oder?«

Mit flinken Griffen zog er ein abgenutztes Silberpapier aus einem kleinen Hohlraum im Teppich unterhalb seines Sitzes, öffnete es und bröselte etwas von der dunklen Substanz in seine Handfläche. Ebenso geschickt wie schnell drehte er einen dicken Joint und ließ das Päckchen wieder verschwinden. »Raus hier, sicher ist sicher«, sagte er, und die beiden verließen den Wagen. Mike stieg zuerst aus und wollte hinter das Werbeschild treten, als Lutz ihn zu sich winkte.

»Hier, nimm die mit.« Der matte Stahl der Pistole glänzte im fahlen Licht des Mondes, und Lutz erschauderte. »Na los, lass dich nicht wieder 'ne Ewigkeit belatschern«, forderte Lutz. »Steck sie dir in den Gürtel, wie besprochen, wir müssen vorsichtig sein.«

Widerwillig griff Mike nach der Waffe, die schwerer als erwartet in seiner Rechten lag, und prüfte sie. Es war nicht zum ersten Mal, dass er eine Handfeuerwaffe hielt. Mit einem alten Revolver hatte er im vergangenen Winter ziemlich erfolgreich auf Verkehrsschilder geschossen, sechs Schuss, vier Treffer. Immerhin.

»Die roten Dreiecke oder die runden Schilder sind etwa so, wie wenn du einen Brustkorb treffen willst«, erinnerte er sich an Lutz' Worte. Aus dem fahrenden Wagen hatten sie geschossen, mitten in der Nacht, irgendwo auf einer einsamen Landstraße bei Bad Homburg. »Erwischst du erst mal ein Überholverbotsschild bei hundert Sachen, bist du auch fit für den finalen Schuss aus dem Stand, genau in die Zwölf.« Die Erinnerung an das kaltblütige Tippen von Lutz' knöchernem Zeigefinger auf die Stirn verursachte Mike noch immer mächtiges Unbehagen. Besonders heute, gerade in diesem Moment, als er die geladene und entsicherte Waffe in den Bund seiner Hose steckte und das Metall über seine nackte Haut rieb. Heute war also die Nacht, vor der er sich seit jenem Ausflug gefürchtet hatte.

Minuten später hatten sie die Tüte abwechselnd aufgeraucht und den dunkelbraunen, nur noch wenige Millimeter langen Stummel in einem Kanalschacht entsorgt. Da vernahmen sie das Brummen eines Motors, eindeutig kein Auto, sondern der schnarrende Klang eines hochtourigen Zweizylinders. Lutz warf Mike einen vielsagenden Blick zu, und Mike nickte mit schmalen, aufeinandergepressten Lippen. Kurz darauf erblickten sie den einzelnen Scheinwerfer eines sich nähernden Motorrades.

Offenbar hatte der Fahrer sie ebenfalls gesehen, denn er erhöhte die Geschwindigkeit und erreichte den Wendehammer am Ende der langen, kerzengeraden Zufahrtsstraße binnen Sekunden. In einem eleganten Bogen umrundete er die kreisförmige Asphaltfläche entlang des Rinnsteins und kam mit einer ruckartigen Bremsung direkt neben dem Calibra zum Stehen. Der Lenker federte ein, und das Heck der schweren Maschine, dessen Marke Mike nicht auf Anhieb zu erkennen vermochte, hob sich gleichzeitig nach oben. Dann balancierten sich die Kräfte wieder aus, und der in Schwarz gekleidete Fahrer setzte den rechten Fuß auf den Boden. Er nickte und klappte das Helmvisier nach oben, was im Dunkel der Nacht einen vagen Blick auf Augen und Nasenrücken freigab.

»Arschkalt«, sagte er mit heiserer Stimme.

»Hm«, nickte Lutz nur.

»Also, was liegt an?«, wollte der Unbekannte wissen. »Ich frier mir hier nicht umsonst den Arsch ab, verdammt. Ist die Saison schon wieder vorbei?«

Lutz nickte Mike auffordernd zu und fügt ein fragendes »Mike?« an. Dieser zuckte leicht zusammen, was der Fremde jedoch nicht sah. Sekunden später gellten drei Schüsse durch die Stille der Nacht.

Wie von einer unsichtbaren Schnur gezogen bog sich der Oberkörper des Motorradfahrers nach hinten, ein Ächzen entfuhr seiner Kehle, und im nächsten Augenblick kippte er mitsamt seiner Maschine um. Dumpf krachten zuerst sein Helm, dann, begleitet von helltönig berstendem Kunststoff, das Motorrad auf den Asphalt.

»Saison vorbei«, äffte Lutz verächtlich schnaubend die letzten Worte des Fremden nach.

»Was'n los, hast etwa die Hosen voll?«

Lutz klatschte seine Handfläche mit einer solchen Wucht zwischen Mikes Schulterblätter, dass dieser sich hustend vornüberbeugte und ins Taumeln geriet.

»Prüfung bestanden, würde ich sagen, du bist jetzt einer von uns«, vernahm er Lutz' Stimme, doch noch bevor dieser seinen Satz vollenden konnte, war Mike bereits losgerannt. Er trieb seinen Körper zur Höchstleistung an, bloß nicht nach hinten sehen, immer schneller preschte er davon, die Waffe noch in der Hand, und er hörte nicht mehr auf zu laufen, bis er erschöpft in sich zusammensackte.

MONTAG

MONTAG, 8:40 UHR

Lagebesprechung in Bergers Büro.

Doris Seidel, Peter Kullmer und Sabine Kaufmann warteten bereits, als Julia Durant und Frank Hellmer den Raum betraten.

Die Kommissarin war nicht böse drum, sich verspätet zu haben, denn so musste sie nicht die ganze zähe Einleitung erneut wiederkäuen, sondern die Kollegen waren bereits auf dem neuesten Stand.

Das Gleiche dachte wohl auch Hellmer, wenn Julia seinen Blick richtig deutete.

»Entschuldigung, ich war noch am Telefon«, grüßte sie in die Runde. »Andrea Sievers, das dürfte für uns alle von Interesse sein.«

»Kommen Sie erst mal an.« Berger begrüßte auch Frank mit einem Nicken. »Ich habe die Kollegen schon einmal ins Bild gesetzt, auch was den Kollegen Brandt betrifft. Wir waren gerade bei der Befragung von Frau Kühne, hat sich da seit gestern noch etwas ergeben?«

»Nichts mehr, nein.« Julia hatte Berger am Vortag noch von Fechenheim aus von dem Gespräch berichtet. Seitdem hatte es zu Frau Kühne keinen Kontakt mehr gegeben.

»Gut, dann sagen Sie uns bitte etwas zu den Untersuchungen seitens der Offenbacher«, forderte Berger. »Sie haben Frau Sievers erwähnt?«

»Ja, ich beginne am besten einmal damit«, schlug Julia vor, und Berger widersprach nicht. »Die DNA-Analyse braucht noch ihre Zeit, weil das Vergleichsmaterial noch nicht vorliegt. Aber vielleicht genügt uns auch die neueste Erkenntnis, ganz klassisch, so wie man das schon lange vor der Entdeckung der Gene praktiziert hat.«

»Gibt es etwa Fingerabdrücke?«, fragte Kullmer stirnrunzelnd.

»Quatsch, wovon denn?«, widersprach Seidel, und Hellmer grinste. Peter und Doris waren ein Paar, schon seit Jahren, und hatten eine zweijährige Tochter. Sie traten damit sozusagen den Gegenbeweis an, dass Beziehungen unter Polizisten nicht langlebig sein konnten, wenngleich die beiden sich im Dienst gelegentlich bissige Wortgefechte lieferten. Doch vielleicht gehörte auch das zu einer gesunden Beziehung, wenn man Heim und Arbeitsplatz teilte.

»Nein, bedaure«, übernahm Julia wieder das Wort, »ich rede zwar von Abdrücken, aber nicht von den Fingern, sondern vom Gebiss. Andrea hat den Kiefer untersucht und zwei recht auffällige Goldzähne entdeckt. Oben links«, sie deutete auf den eigenen Mund, »man sieht sie wohl nicht, wenn man es nicht weiß, beziehungsweise wenn unser Opfer nicht das breiteste Julia-Roberts-Lächeln aufgelegt hat.«

»Dass du bei dem Typen ausgerechnet auf Julia Roberts kommst«, kommentierte Hellmer und kratzte sich an der Schläfe.

»Na, auf Hugh Grant oder Richard Gere jedenfalls nicht ...« Julia grinste. »Es besteht allerdings die Hoffnung, dass seine Schwester ihn hierüber identifizieren kann. Falls sie dazu bereit ist.«

»Wieso sollte sie nicht dazu bereit sein?«, erkundigte sich Sabine Kaufmann.

»Ich habe bei der Kühne ein ungutes Gefühl«, erläuterte Julia. »Sie wirkt auf mich äußerst zerbrechlich, und da ist noch etwas. Ich vermag es nur nicht zu benennen.«

»Da helfe ich Ihnen dabei«, meldete sich Berger zu Wort und fing sich einen fragenden Blick von Julia ein.

Berger hob einen Papierausdruck hoch und wedelte damit hin und her. »Hier, das habe ich heute früh in meinem E-Mail-Eingang gefunden.« Er streckte den Arm mit dem Papier in Julias Richtung. »Dürfte Ihnen cc zugegangen sein. Marion Kühne ist aktenkundig. Der Vorfall liegt etwa fünfzehn Jahre zurück, das genaue Datum ist vermerkt.«

»Jetzt spannen Sie uns nicht auf die Folter«, forderte Kullmer, der am weitesten von Berger entfernt saß.

»Habe ich nicht vor. Frau Kühne wurde Opfer eines sexuellen Übergriffs, Vergewaltigung, um es zu präzisieren. Über den genauen Tathergang und vor allem den Täter ist allerdings nichts weiter bekannt.«

Pfeifend ließ Julia Durant den Atem entweichen. »Das passt«, hauchte sie und überflog rasch die Zeilen. »Ich wusste, da schlummern böse Geister.« Sie sah auf und nickte. »Frau Kühne zeigt, wenn man's weiß, einige typische Verhaltensmuster. Graues Mäuschen, bloß nicht auffallen, nicht an die Tür gehen und so weiter. Als wollte sie sich um jeden Preis davor schützen, dem männlichen Geschlecht aufzufallen.«

»Aber die Vergewaltigung war in den Neunzigern«, warf Hellmer ein, der Julia über die Schulter gelugt hatte und nun auf die betreffende Stelle das Blattes deutete. »Schau mal, sie war erst siebzehn, jetzt haben wir 2012.«

»Und?«, entgegnete Julia frostig. »Du meinst, die Zeit heilt alle Wunden? Sicherlich nicht.«

»Nein, entschuldige ...«, wand Frank sich, dem ganz plötzlich äußerst unangenehm in seiner Haut wurde. »Aber sie wird doch Hilfe bekommen haben.« Es war ein verzweifelter Versuch, sich aus der Klemme zu befreien, aber Julia ließ nicht locker.

»Hilfe bekommt man nicht einfach so aufs Auge gedrückt«, widersprach sie kühl, »und falls doch, so ist sie von vornherein zum Scheitern verurteilt. Hilfe sucht man sich, und zwar dann, wenn man dazu bereit ist. Ob eine siebzehnjährige Marion damals dazu bereit war, kann ich diesem Wisch hier nicht entnehmen, aber ich werde sie fragen, da kannst du dich drauf verlassen.«

»Ich muss Frank recht geben, dass es schon etwas ungewöhnlich wäre, wenn dieser Vorfall alleine sie heute noch dermaßen labil machen würde«, warf Sabine ein. »Zugegeben, ein solches Trauma bleibt, das wissen alle, die mal bei der Sitte gearbeitet haben, nur zu gut. Die Kunst wird darin bestehen, herauszufiltern, welcher Anteil ihrem Bruder dabei zukommt.«

»Wieso ausgerechnet der Bruder?«, fragte Frank stirnrunzelnd.

»Laut Unterlagen war er der Erste, der sich damals um sie gekümmert hat«, erläuterte Julia und tippte mit dem Finger aufs Papier. »Das und die unzähligen Fotos von ihm in der Wohnung«, fuhr sie fort »legen den Verdacht nahe, dass die beiden ein sehr vertrautes Verhältnis zueinander hatten.

Welche Bedeutung ich dem beimessen soll, weiß ich noch nicht, aber ich möchte sie unbedingt noch einmal gezielt befragen. Am liebsten mit dir, Sabine«, lächelte Julia matt.

Sabine Kaufmann zuckte leicht zusammen und richtete sich auf. »Okay. Kein Problem.«

»Nichts gegen dich, Frank«, wandte die Kommissarin sich dann zur Seite, »aber ich glaube, da braucht es ein Frauenhändchen.«

»Ist mir recht«, gab Hellmer gleichmütig zurück.

»Was hat Kollege Brandt denn nun eigentlich in der Wohnung dieses Bruders herausgefunden?«, leitete Berger zum nächsten Punkt über.

»Kaum etwas Hilfreiches«, antwortete die Kommissarin. »Er hat am Telefon nur gesagt, dass es eine typische Rockerbude sei, so wie man sich das wohl vorstelle. Um ehrlich zu sein, habe ich mir das noch nie vorstellen wollen oder müssen, aber es ist wohl eine recht schäbige Bude in einem dieser Reihenhochhäuser in Hainburg. Nicht, dass ich mich dort auskenne«, fügte sie rasch hinzu. »Wie gesagt, ich gebe nur Brandts Äußerungen wieder. Unordentlich, seit einer halben Ewigkeit nicht mehr durchgewischt, aber dafür ein teurer Flachbildschirm und jede Menge anderer Angeberkram. Im Nachttisch eine unregistrierte Pistole, außerdem fanden sich ein paar Messer und Einzelrationen diverser Betäubungsmittel. Hauptsächlich Gras und etwas Koks, aber schon allein das würde genügen, um Kohlberger, falls er wider Erwarten quicklebendig auftauchen sollte, erst mal einzubuchten. Hinweise auf gewaltsames Eindringen gab es keine, für einen Einbruchsdiebstahl fanden sich auch zu viele Wertgegenstände in der Wohnung, außerdem ein

Bündel Geld. Die Wahrscheinlichkeit, dass Kohlberger sich abgesetzt hat, erscheint auch eher gering, denn sein Reisepass war ebenfalls noch da. «

»Es sei denn, er hat seinen Ausstieg exakt so geplant«, warf Kullmer ein, und alle im Raum wussten, worauf er anspielte. Der letzte Fall mit irreführender DNA und einem vorgetäuschten Tod lag erst anderthalb Jahre zurück und hatte ziemliche Wellen geschlagen, da es sich um eine recht prominente Persönlichkeit aus dem Finanzsektor gehandelt hatte.

»So etwas ist zum Glück nicht die Regel«, gab Sabine zu bedenken, und Julia stimmte ihr mit einem Nicken zu. Sie glaubte nicht daran, dass Kohlberger noch lebte, auch wenn sie die Möglichkeit natürlich noch nicht gänzlich ausschließen durfte.

»Wie verfahren wir nun weiter?«, fragte Doris Seidel und nahm damit Berger die Worte aus dem Mund. »Ihr fahrt zu dieser Schwester, und dann?«

»Ich werde mich später mit Brandt treffen und hoffe, dass wir bis dahin Gewissheit über die Identität des Toten haben«, seufzte Julia. »Zudem müssen wir unsere Ergebnisse mit den Offenbacher Ermittlern abgleichen, vielleicht gibt es dort ja ein Mitgliederverzeichnis dieses komischen Clubs. Wir benötigen Aussagen von Personen, mit denen Kohlberger verkehrte, denn irgendwie muss sein Tagesablauf ja rekonstruiert werden. Ich werde auch die Schwester hierzu noch einmal befragen, wenn sie sich darauf einlässt. Ich werde das Gefühl nicht los, dass sie mehr weiß, als sie vorgibt. Außerdem muss sich jemand um das Kennzeichen kümmern: Wer waren die Besitzer, war es überhaupt schon einmal registriert, solche Dinge eben. Und ich würde gerne noch ein wenig über diesen Zeugen am Tatort erfahren, Albert Manstein, vielleicht wäre das ja etwas für dich, Frank? Mich würde deine Meinung zu ihm interessieren, so lange halte ich meine eigene und die von Brandt mal zurück.«

»Okay.« Hellmer nickte.

»Doris, an dich hätte ich die Bitte, einmal gezielt nach dem Vergewaltigungsfall Kühne zu schauen«, schloss Julia ihre Anweisungen. »Da müsste ja noch mehr zu finden sein als diese knappe Aktennotiz. Sollte sich etwas ergeben, melde dich bitte sofort bei mir, damit ich weiß, woran ich bei dieser Frau bin.«

Sie beendeten die Besprechung und verließen nacheinander den Raum.

MONTAG, 8:45 UHR

Peter Brandt hatte auf dem Weg ins Präsidium seinen üblichen Zwischenstopp beim Kiosk eingelegt. Mit einem müden Lächeln nickte er dem Inhaber zu, einem alten, gebückt stehenden Mann, der sich, wenn überhaupt, nur einmal die Woche rasierte und außerdem einen dichten grauen Schnauzbart trug. Die langen, leicht welligen und ebenfalls grauen Haare hatte er mit einem Haargummi zusammengezurrt. Georg, den alle Stammgäste nur Schorschi nannten, war eine Institution. Brandt konnte sich darauf verlassen, dass es für ihn immer ein druckfrisches Exemplar der *Bild* und der *Offenbach Post* gab, wobei das nicht schwer war, denn von Schorschis Kunden interessierten sich die wenigsten für Politik und Zeitgeschehen. Auch heute – die frühen Sonnenstrahlen erreichten den freien Platz vis-à-vis des Kiosks erst seit wenigen Minuten – waren die Bänke und der einzelne, fleckige Stehtisch bereits von traurigen Gestalten bevölkert, meist Männer mittleren Alters, aber auch einige, die deutlich jünger waren als Brandt. Für sie hielt das Leben nicht mehr viel Positives bereit; der Suff am frühen Morgen half ihnen, ihre Trostlosigkeit abzuschalten, und irgendwann verschwanden sie sang- und klanglos von der Bildfläche. Doch es waren nicht nur Leute, die der Volksmund gemeinhin als asozial bezeichnete, wie Brandt wusste. Vor vielen Jahren hatte es einen seiner Kollegen erwischt, jung, eine hervorragende Karriere noch vor sich, aber dennoch war sein Leben dem Untergang geweiht, seit der Alkohol die Macht über ihn erlangt hatte. Und es handelte sich dabei nicht um einen Einzelfall, auch das war kein Geheimnis. Die Schreibtische, in deren Schubladen tief vergrabene Wodka- oder Doppelkornflaschen lagerten, gab es überall und oft dort, wo man es auf den ersten Blick niemals vermutet hätte.

Doch Schluss damit, sagte Brandt sich und schüttelte den Kopf, als wolle er die trüben Gedanken durch Leugnen verjagen.

»Sonst noch was?«, erkundigte sich Schorschi. »Brezel, Brötchen, Schokoriegel?«

»Nein, nur die Zeitungen, danke«, verneinte Brandt und zählte den Betrag, den er längst auswendig kannte und oftmals abgezählt im Auto bereithielt, auf den Tresen.

»Ist mir nicht entgangen, dass du heute aus der anderen Richtung gekommen bist«, grinste Schorschi. »Dein Leben möcht ich haben«, fuhr er fort und seufzte lauthals. »Gleich drei Haushalte, in denen nur jemand darauf wartet, dir ein Frühstück zu servieren.«

»Sei vorsichtig mit dem, was du dir wünschst«, lachte Peter. »Die eine steht erst zum Mittagessen auf, bei Muttern esse ich besser nicht so oft, es sei denn, ich möchte irgendwann so eine Wampe haben«, er hielt sich die Hand vierzig Zentimeter vor den herausgestreckten Bauch, eher ein Bäuchlein, denn Peter Brandt war nicht unbedingt in schlechter Form, »und über die Dritte, mein Lieber, da kannst du dich drehen und wenden, wie du willst, werde ich mit dir nicht reden.«

»Ja, ja, schon gut.«

Brandt verabschiedete sich, stieg in seinen Alfa Romeo und fuhr weiter in Richtung Präsidium, wo er um zwei Minuten vor halb neun auf dem Parkplatz eintraf. Er klappte den Innenspiegel hinunter und betrachtete sein Gesicht. »Junge, du musst dich rasieren«, murmelte er leise, aber ansonsten war er zufrieden. In Elviras Badezimmer hatte er eine Zahnbürste und einige Pflegeprodukte plaziert, außerdem hingen dort stets ein, zwei Hemden und Wechselkleidung. Genau genommen hatte Georg nicht unrecht, dachte Brandt, als er ausstieg und das Auto abschloss. Er hatte es nicht schlecht getroffen, sogar besser als die meisten, vermutete er. Seine Eltern lebten in der Nähe und waren zwar alt, aber noch relativ rüstig. Sarah und Michelle begannen, ihr eigenes Leben zu leben, schlossen ihn aber nicht davon aus. Und die Beziehung zu Elvira Klein lief blendend, vor allem deshalb, so Brandts Theorie, weil beide auf derselben Seite des Gesetzes arbeiteten und sich mit ihren ungünstigen Arbeitszeiten eben arrangieren mussten. Dennoch, obgleich es weder während des Abendessens noch später am Abend neuerlich zum Thema geworden war, beschäftigte den Kommissar ein Gedanke, der ihm, einmal gedacht, nicht mehr aus dem Kopf gehen wollte: Warum um alles in der Welt hatte Elvira vom Heiraten gesprochen? Es war zwar nur ein flapsiger Kommentar gewesen, aber trotzdem ... »Hey, Peter!«, unterbrach Spitzers Ruf sein Grübeln, und er blickte auf.

»Morgen, Bernie«, erwiderte er, als dieser mit schnellen Schritten zu ihm aufgeschlossen hatte.

»Na, sinnierst du schon vor deinem ersten Kaffee über deinen Toten?«

»Ob es mein Toter bleibt, werden wir ja sehen«, meinte Brandt missmutig, denn plötzlich überkam ihn ein ungutes Gefühl. Ein ungeklärter Mord, eine unklare Zuständigkeit der Präsidien, dazu das Bandenmilieu – das alles erschien ihm mit einem Mal wie ein Golem, der ihm größtes Unbehagen bereitete. Brandt versuchte, den Gedanken zu verjagen, grinste und ergänzte mit einem ironischen Unterton: »Aber sehr rührend, dass sich jeder um mich sorgt. Ich hatte im Übrigen schon einen Kaffee, genau genommen sogar zwei. Doch wenn ich es mir recht überlege, sollte ich mir bald einen dritten gönnen, denn ich habe die Befürchtung, dass wir einen langen Tag vor uns haben.«

»Zu Recht«, bestätigte Spitzer.

Kurz darauf betraten die beiden ihre Büros. Stirnrunzelnd registrierte Brandt, dass sein Telefon drei Anrufe auf dem Zähler verzeichnete, jedoch keine Nachricht auf dem Anrufbeantworter hinterlassen war. Zwei Nummern waren intern, die dritte offensichtlich unterdrückt gewesen. Der Kommissar rief seine E-Mails ab und klingelte die beiden Abteilungen an, um zu erfahren, was man von ihm gewollt hatte. Doch sämtliche Informationen und Anfragen bezogen sich auf andere Ermittlungen. Flugs kehrte die schlechte Laune zurück, und er erhob sich mit missmutiger Miene, um einen Kaffee holen zu gehen.

»Kommst du mal rüber?«, vernahm Brandt auf dem Rückweg die Stimme seines Vorgesetzten, und er trottete langsam in dessen Büro, vorsichtig darauf bedacht, die übervolle Tasse nicht überschwappen zu lassen.

»Klar, was liegt an?« Er nahm Platz und schlürfte mit spitzen Lippen von der heißen Flüssigkeit.

»Wir haben eine Liste von Mitgliedern dieses Clubs. Jetzt ist mir auch endlich klargeworden, was es mit diesem Namen auf sich hat.«

»Outlaws?«

»Mogin Outlaws«, betonte Spitzer. »Mogin ist ein altes Wort für den Main, das hatte ich nicht auf dem Schirm. Es ist keltischen Ursprungs, die Römer nannten ihn ja Moenus.«

»Den römischen Namen hab ich schon gehört«, nickte Brandt. Als gebürtiger Offenbacher und Lokalpatriot betrachtete er einige Dinge als Grundwissen, die manch Zugezogener nur müde belächeln würde. »Um ehrlich zu sein, hätte ich bei einem Club, dem es ums Motorradfahren oder um irgendwelche Saufgelage geht, allerdings nicht so viel Wissen vorausgesetzt.«

»Na ja, man muss sich schon abgrenzen«, gab Spitzer zu bedenken. »Gesetzlose und Banditen, Söldner und Krieger, das sind doch beliebte Images, mit denen man vor allem bei jungen Leuten Eindruck schinden kann. Den Traum von Freiheit kennen doch alle Jungs, oder ist dir das etwa entfallen, nur weil du zwei Töchter hast?«

»Für mich war der Inbegriff von Freiheit Huckleberry Finn«, sagte Peter Brandt, »und später gab's dann Marlboro und irgendwann den Führerschein. Aber was tut das überhaupt zur Sache?«

»Dir werden die Ohren schlackern, wenn du einen Blick in das Mitgliederverzeichnis wirfst«, antwortete Spitzer und hob ein Blatt Papier an, auf dem eine Liste mit Namen stand. »Viele von denen sind zwar nur kleine Fische, aber ausnahmslos jeder ist bei uns aktenkundig. Das Geringste dabei ist Drogenkriminalität, die zahlreichen Verkehrsdelikte klammere ich gleich von vornherein aus, denn es kommt noch viel dicker. Prostitution, Körperverletzung, Schutzgeld«, er pfiff durch die Zähne, »mein lieber Scholli. Nicht gerade das Bild, was man von einem keltischen Krieger hat.«

»Sie nennen sich ja auch Gesetzlose«, entgegnete Brandt knapp und nahm die Liste an sich.

»Der Begriff ›Outlaw‹ hat in der Motorradszene aber einen etwas anderen Ursprung«, warf Spitzer ein. »Mehr wie Außenseiter oder Rebell, aber nicht im strafrechtlichen Sinne. Damals, zur Zeit von *Easy Rider* zumindest, handelte es sich wohl eher um eine politische Bewegung, ich habe das im Internet recherchiert. Die heutigen Strukturen gleichen allerdings manchmal schon denen der Mafia. Aber wem sag ich das. Die Medien sind ja voll davon«, seufzte er.

»Allerdings«, murmelte Brandt.

Spitzer ließ ihn für einen Moment schweigend die Liste studieren.

»Dettmann, Hufenstuhl, Kowalsky, Nagel, Rieckhoff«, murmelte Brandt kurz darauf in Gedanken vertieft. Manch einer der Namen kam dem Kommissar vertraut vor. Andererseits konnte er sich auch irren, denn keiner dieser Familiennamen war für die bunt gemischte Population Offenbachs ungewöhnlich. Im Gegenteil. Wenn überhaupt etwas auffällig war, dann, dass es weder südländische noch explizit auf die ehemaligen Sowjetgebiete deutende Namen gab.

»Alles Deutsche, wie?«, sprach er seinen Gedanken laut aus.

»Scheint so.«

»Und diese Liste stammt woher?«, wollte Brandt wissen. »Ich gehe ja nicht davon aus, dass man solche Informationen im Internet oder gar im Vereinsregister findet.«

»Ich dachte mir schon, dass du das sofort wissen willst«, erwiderte Spitzer nach einer etwas zu langen Pause, was Brandt hellhörig werden ließ. Misstrauisch hob er den Blick und war in diesem Moment froh, dass sein Freund ihm so viele Jahre lang vertraut war. »Komm schon, Bernie«, forderte er, »ich sehe es dir an der Nasenspitze an, dass da ein dicker Haken dran ist. Hat das LKA die Sache schon an der Angel? Dann sollen die sich mal schleunigst mit Elvira Klein in Verbindung setzen, denn sie wird mir …«

»Nein, nein«, wehrte Spitzer mit einer raschen Handbewegung ab. »Ich weiß nicht, ob's für dich besser oder schlechter ist, aber diese Zusammenstellung kommt vom Rauschgiftdezernat.«

»Hm, Rauschgiftdezernat. Also von Ewald und seinen Leuten. Mit Ewald kommen wir doch gut aus, worin besteht das Problem?«

Hauptkommissar Ewald, der Leiter des Rauschgiftdezernats, führte seine Abteilung bereits seit vielen Jahren mit regelmäßigen, ab und an sogar aufsehenerregenden Ermittlungserfolgen.

»Ich rede nicht von Ewald«, erläuterte Spitzer nun unmissverständlich und in festem Tonfall. »Ich rede von Dieter Greulich.«

»Greulich?« Brandt zuckte zusammen und griff sich dann an die Stirn. Stöhnend legte er den Kopf zurück in den Nacken und rieb sich mit Daumen und Zeigefinger die Augenbrauen. Bis vor etwa zehn Jahren – es mochten auch ein oder zwei Jahre mehr oder weniger sein – hatte Dieter Greulich ebenfalls zur Mordkommission gehört. Ein junger Kerl, zumindest damals, dessen ganzes Gehabe etwas Unangenehmes hatte. Brandt hätte nicht einmal zu sagen gewusst, welche Seite an Greulich ihm am meisten Unbehagen bereitete, es war vermutlich das Gesamtbild, seine ganze Art und Weise, die ihn und den Kommissar als völlig inkompatibel erscheinen ließen. Wie ein Segen hatte Brandt es damals empfunden, als Ewald ihm signalisiert hatte, dass im Rauschgiftdezernat eine Stelle offen sei und Greulich binnen kürzester Zeit dorthin gewechselt hatte. Das hatte Peter eine Menge Ärger erspart und dem unliebsamen Kollegen früher oder später ein Disziplinarverfahren. Denn Dieter Greulich war einer jener Kollegen, denen im Laufe einer zähen Vernehmung schon einmal die Hand ausrutschen konnte. Auch bei Verhaftungen war er nicht zimperlich gewesen, dafür umso schleimiger gegenüber Vorgesetzten oder der Staatsanwaltschaft.

»Ausgerechnet Greulich«, seufzte Brandt erneut, als er sich wieder aufrichtete. »Na gut, es bleibt einem halt nichts erspart im Leben. Ist das alles, oder kommt da noch mehr?«

»Nein, das war's schon«, sagte Spitzer schmallippig, »zumindest so gut wie. Greulich erwartet natürlich, in die Ermittlung einbezogen zu werden, sobald Rauschgift ins Spiel kommt.«

Verdammt, dachte Brandt. »Hätte ich mir ja denken können. Umsonst ist nur der Tod.«

»Na, jetzt komm, sei doch froh, dass du auf die Kollegen zurückgreifen kannst«, versuchte Spitzer ihn aufzumuntern. »Oder wäre es dir lieber, zwei Dutzend dieser Typen im Alleingang zu vernehmen?«

»Frag mich hinterher noch mal«, murmelte Brandt zerknirscht und griff im Aufstehen nach seiner Kaffeetasse. Er hatte es ja kommen sehen. Der Golem war erwacht. Nur dass sein Name ausgerechnet Dieter Greulich war, damit hatte Brandt nicht gerechnet.

MONTAG, 9:30 UHR

»Hoffentlich ist sie zu Hause«, sagte Sabine Kaufmann mit kritischem Blick, als Julias Wagen zwischen den Autohäusern und deren riesigen Schaufenstern auf der Hanauer Landstraße entlangfuhr.

»Sie erwartet ja die Spurensicherung wegen der DNA-Probe«, antwortete Julia Durant, »außerdem hat sie gestern gesagt, sie sei krankgeschrieben. Sie wirkt jedenfalls nicht wie eine Frau, die sich ohne Grund stundenlang von zu Hause fortbewegt, aber das ist ja nur mein erster Eindruck. Ich bin gespannt auf deinen.«

»Hat es einen besonderen Grund, warum du Frank nicht dabeihaben wolltest?«

»Nein, eigentlich nicht«, gab Julia nach kurzem Nachdenken zurück. »Aber er ist nun mal ein Mann ...«

»Stimmt, das ist mir auch schon aufgefallen«, kicherte Sabine, »doch das allein ist ja sicher nicht der Grund, nehme ich an.«

»Ach, es ist kompliziert«, seufzte Julia und fuhr sich durchs Haar. »Frank ist klasse, wir verstehen uns ohne Worte, er ist ein Partner, wie man ihn sich nicht besser wünschen könnte, und ich würde ihm mein Leben anvertrauen. Aber manchmal hat er so ein paar Macho-Sprüche drauf, mit denen ich einfach nicht klarkomme. Nicht mehr jedenfalls. Früher ist das nie ein Problem zwischen uns gewesen. Ach, ich sage es ja, es ist kompliziert.«

»Hast du mal mit ihm darüber gesprochen?«

»Hm, nein. Nicht direkt jedenfalls.«

»Vielleicht würde das helfen. Nicht alles kann ohne Worte transportiert werden, und wenn du sagst, dass es früher nie ein Problem war, hat sich einer von euch verändert. Entweder Frank, was bedeuten würde, dass er früher keine Männersprüche draufhatte, oder eben du. Möchtest du meine Meinung dazu hören?«

»Ich weiß nicht.« Julia rümpfte unentschlossen die Nase, denn sie glaubte, Sabines Standpunkt längst zu kennen.

»Damals, als ich neu ins Team kam, bin ich mit Frank

unterwegs gewesen«, fuhr diese bereits unbeirrt fort. »Wenn ich mich recht entsinne, saßen wir in seinem Porsche, und plötzlich ging es um meine Oberweite. Eine total konfuse Situation, es ging darum, ob mir etwas rausrutscht, und ich sagte, dass ich grundsätzlich einen BH trage. Prompt hat er auf meinen Busen geschaut und irgendwas in der Richtung gesagt, dass er sich schon gefragt habe, ob das alles Natur ist. Das kam mir schon irgendwie seltsam vor, aber ich bin da nicht sonderlich empfindlich, zumal ich ja angefangen hatte. Für jemand anderen wäre das womöglich schon haarscharf an der sexuellen Belästigung gewesen, aber diese Grenzen muss man voneinander kennen. Ich schätze, deine Sensibilität hat sich seit damals einfach verändert.«

»Mit Sicherheit«, gestand Julia ein. »Aber es ist auch nicht diese Art Sprüche, die ich meine. Ich bin vermutlich prinzipiell hypersensibel, wenn männliche Kollegen über Frauen sprechen, denen sexuelle Gewalt widerfahren ist. Da rückt sofort der Mann als Täter in den Vordergrund.« Sie zuckte seufzend mit den Schultern. »Damit muss ich wohl klarkommen. Im Zweifelsfall aber führe ich Befragungen, so wie unsere jetzige, lieber mit einer Partnerin durch.«

»Völlig verständlich«, nickte Sabine.

»Dabei ist Frank ein absolut einfühlsamer Mensch«, lächelte Julia leise, »und die Kühne hat ihn gestern sicher nicht als Bedrohung wahrgenommen. Aber wir gehen lieber auf Nummer sicher. Sie hat, wenn man den Hintergrund kennt, doch einige typische Gesten und Reaktionen gezeigt, Augenblicke, in denen man ihr die Unsicherheit oder sogar Angst förmlich ansehen konnte. Aber so ist es ja oft, hinterher ist man immer klüger. Zum Beispiel die Sache mit der Haustür: Es gibt weitaus schlimmere Viertel in Frankfurt, und trotzdem hat sie sich förmlich verschanzt.«

»Denkst du, ihr Bruder hat sie beschützt?«

»Möglich. Aber er wohnte in Hainburg, wie weit ist das entfernt? Doch bestimmt zwanzig Kilometer. Laut ihrer Aussage war der Kontakt mal mehr, mal weniger intensiv. In letzter Zeit eher weniger.«

»Obwohl er ihr Motorrad fährt?«

»Hm. Das liegt mir auch noch quer«, nickte die Kommissarin. »Ob das steuerliche Gründe hat? Oder wegen der Versicherung vielleicht?«

»Fragen wir sie. Aber beide Faktoren haben genau genommen eher was mit der Zulassung zu tun und nicht mit dem Fahrzeugbrief, oder?«

»Auch wahr. Jedenfalls beobachtest du bitte genau ihre Reaktionen. Und falls du das Gefühl hast, ich komme nicht weiter, übernimmst du die Gesprächsführung. Wir spielen guter Bulle, guter Bulle, anders kommen wir da, glaube ich zumindest, nicht weiter.«

Sabine Kaufmann nickte zustimmend. Fünf Minuten später näherten sich die beiden der Eingangstür, als Julias Handy klingelte.

»Mist, was ist denn nun schon wieder«, knurrte sie verärgert und fischte das schrill tönende und vibrierende Gerät aus ihrer Tasche. Es war Berger.

»Sind Sie schon bei der Kühne?«, erkundigte er sich direkt.

»Gerade angekommen, aber noch nicht drinnen.«

»Wir haben einen weiteren Tatort. Das neue Gewerbegebiet am Homburger Kreuz, sagt Ihnen das was?«

»Bei Ikea?«

»Ja, aber auf der anderen Seite. Am Martinszehnten. Ich schicke Kullmer und Hellmer los.«

»Warum unser Team?«, wollte die Kommissarin wissen. Schließlich bestand das K 11 aus weitaus mehr Mitarbeitern, und Julia stellte nur ungern ihre engsten Kollegen einem zweiten Mordfall zur Verfügung, solange der erste noch keine Aussicht auf Klärung hatte.

»Ach ja, das habe ich noch gar nicht erwähnt, Verzeihung. Es handelt sich ebenfalls um einen Motorradfahrer. Zwei Schüsse in die Brust, die Maschine und der Tote lagen wie auf dem Präsentierteller in einem Wendehammer. Ein holländischer Lkw-Fahrer hat die Meldung gemacht.«

»Mist!«, entfuhr es Julia. »Dann setzen Sie die beiden darauf an. Sobald es eine Identifizierung gibt, sollen sie den Fokus auf eine eventuelle Clubzugehörigkeit setzen, eben alles, was in diese Richtung geht. Wenn die beiden Morde in Verbindung stehen, müssen wir das unbedingt wissen. Bitte teilen Sie mir Ergebnisse umgehend mit, ich würde den Namen des Toten eventuell Frau Kühne gegenüber erwähnen und sehen, wie sie darauf reagiert.«

Damit endete das Telefonat, Julia ließ das Handy wieder verschwinden und informierte ihre Kollegin in knappen Sätzen. Anschließend klingelten sie bei Marion Kühne, und Julia trat ein paar Schritte nach hinten, damit diese sie von ihrem Fenster aus sehen konnte.

»Guten Tag«, begrüßte die junge Frau ihre beiden Besucherinnen matt, als diese schließlich in ihren Flur traten.

»Das ist meine Kollegin Sabine Kaufmann«, stellte Julia ihre Begleiterin vor, und Frau Kühne nickte wortlos. Im

Wohnzimmer nahmen sie Platz, auf dem Tisch lagen eine Illustrierte und ein aufgeklapptes Buch, offenbar ein Fachbuch. Ansonsten schien sich seit gestern kaum etwas verändert zu haben, es roch nur diesmal deutlich nach frischem Zigarettenrauch.

»Gibt es etwas Neues?«, erkundigte Frau Kühne sich.

»Wie man's nimmt.« Julia presste die Lippen aufeinander. »DNA-Proben brauchen ihre Zeit, das hat man Ihnen ja bestimmt gesagt, oder?«

»Ja.«

»Aber wir haben aus der Rechtsmedizin eine andere Information bekommen, die uns vielleicht weiterhelfen kann.«

»Und die wäre?«

»Wie gut kennen Sie sich bei Ihrem Bruder in Sachen Zahnbehandlungen aus?«, erkundigte Julia sich, und Sabine reichte ihr einen kleinen, farbigen Bildausdruck, den die Kommissarin mit einem knappen Nicken an sich nahm, aber noch nicht auf den Tisch legte. »Wissen Sie von Kronen, Zahnersatz oder solchen Geschichten?«

»Weiß nicht genau.« Marion Kühnes Blick haftete neugierig auf dem kleinen Stück Papier in Julias Hand. »Martin hatte schlechte Zähne«, fuhr sie unschlüssig fort. »Aber was heißt das schon? Wir hatten in unserer Kindheit weiß Gott andere Probleme als Zahnvorsorge. Warum fragen Sie?«

Julia reichte ihr das Papier, auf dem Foto war ein Teil der oberen Zahnleiste zu erkennen, in deren Mitte die beiden auffälligen Goldzähne prangten.

Plötzlich ging Marion Kühnes Atem schneller, und ungläubig zog sie das Foto zu sich und hielt es sich nahe vors Gesicht.

»Oh Gott«, keuchte sie, und ihre Stimme zitterte, »ja, verdammt, oh nein ...« Sie schluchzte und drehte den Kopf zur Seite, während das Papier zu Boden segelte.

»Martin«, hauchte sie und vergrub das Gesicht zwischen den Händen, »Martin, oh Gott, nein, nein, nein.«

Julia warf Sabine einen vielsagenden Blick zu. Diese nickte kaum merklich. Marion Kühnes Gefühlsausbruch war echt, zumindest war er sehr überzeugend, und die beiden Ermittlerinnen trafen diese Beurteilung nicht ohne Grund. Natürlich gingen Julia die üblichen Zweifel durch den Kopf, sie hatte in ihrem Leben einfach schon zu viel erlebt, als dass sie sich bei einem Menschen zu hundert Prozent sicher sein konnte, aber ihr Instinkt sprach eine deutliche Sprache: Für die ohnehin sehr zurückgezogene, schüchterne und offenbar von Grund auf verängstigte Frau, die ihr gegenüber in der Ecke des Sofas kauerte, war soeben eine Welt zusammengebrochen.

»Frau Kühne«, sagte Sabine leise und suchte mit raschem Blick vergeblich nach Papiertüchern. Daher zog sie eine Packung Taschentücher aus ihrem dunklen Blazer, der sie schick, aber nicht overdressed kleidete. Sie öffnete die Plastikfolie und zupfte die Ecke eines der Papiertücher heraus, wartete, bis die junge Frau eine Bewegung in ihre Richtung machte, und hielt ihr das Päckchen mit einem milden Lächeln entgegen.

»Danke«, schniefte Frau Kühne, schneuzte sich und trocknete mit einem zweiten Tuch ihre Tränen. »Ich habe es irgendwie gestern schon gewusst, als Sie mit Ihrem Kollegen bei mir saßen«, murmelte sie in Julias Richtung, »aber ich wollte, nein, ich konnte es einfach nicht wahrhaben.«

»Ihr Bruder hat Ihnen viel bedeutet, nicht wahr?«, fragte Sabine mitfühlend, und Marion Kühne nickte wortlos. Erneut stiegen Tränen in ihre Augen, und sie schluckte schwer.

»Auch wenn es Ihnen nun sehr schwerfallen wird, aber wir müssen Ihnen einige Fragen stellen«, schaltete Julia sich ein. »Wir beschränken uns dabei auf das Nötigste, in Ordnung?«

»Ich kann Ihnen doch sowieso nichts sagen«, entgegnete ihr Gegenüber achselzuckend, und ihre Stimme klang hilflos.

»Hatten Sie ein enges Verhältnis zu Ihrem Bruder?«

»Nein, na ja, wie man's nimmt. Früher war es besser, denke ich.«

»Was hat sich geändert?«

»*Er* hat sich geändert. Nein, das stimmt nicht ganz«, fügte Marion rasch hinzu, »dieser beschissene Club hat ihn verändert.« Ein erneutes Beben durchfuhr ihren Körper, sie atmete schwer und ergänzte dann: »Sie sehen ja, was der Club ihm eingebracht hat. Und mir.«

»Er hat Ihnen den Bruder genommen, meinen Sie das?«, wiederholte Sabine Kaufmann, und Marions Miene verdüsterte sich, wurde grimmig. Sie nickte, offenbar voller Abscheu, und sagte dann: »Das meine ich. Verdammt, ja, genau das meine ich.«

»Welche Rolle spielte Ihr Bruder denn in diesem Club?«, erkundigte sich Julia.

»Vizechef, glaube ich. So etwas wie der zweite Vorsitzende in einem Verein, aber das ist wohl kein wirklich treffender Vergleich. In einem Verein geht es nämlich menschlich zu, wenn Sie verstehen.«

»Nein, um ehrlich zu sein, verstehe ich noch nicht so ganz.« Julia Durant schüttelte den Kopf. »Können Sie uns das vielleicht genauer beschreiben?«

»Wohl kaum.« Marion Kühnes Stimme bekam einen verächtlichen Klang. »Der Club und ich hatten nichts miteinander zu schaffen, und das ist auch gut so. Eine Horde von wilden Tieren, machtgeil, rücksichtslos, mit solchen Typen habe ich nichts am Hut.«

»Das war doch schon sehr präzise«, lächelte Sabine, »vielen Dank. Aber Ihr Bruder schien sich in dieser Gruppe ja in gewisser Weise, hm, wohl zu fühlen. Nein, das ist vielleicht die falsche Wortwahl ...«

»Im Gegenteil«, platzte es aus Marion heraus, »für ihn war diese Gruppe das Ein und Alles. Ich begreife es nicht, ich kenne eine völlig andere Seite von Martin, aber in diesem gottverdammten Club war er einer der harten Macker.«

»Wir hatten bislang sogar die Information, dass er selbst die Leitung innehatte«, warf Julia ein, denn sie meinte sich zu erinnern, dass Brandt so etwas erwähnt hatte.

»Präsident?« Kühne runzelte die Stirn. »Nein, das hätte er mir gesagt. Ich meine, jeder von denen möchte gerne Präsident sein, da herrscht das pure Machtgerangel und permanente Missgunst. Zumindest habe ich das aus Martins Worten herausgehört, wenn er überhaupt mal was erzählt hat. Aber was im Club geschieht, bleibt für gewöhnlich auch dort. Ich befürchte, da werde ich Ihnen keine große Hilfe sein.«

»Unsere Offenbacher Kollegen kümmern sich bereits um diesen Teil der Ermittlung«, antwortete Julia. »Wenn Sie davon überzeugt sind, dass jemand aus dem Club für den Tod Ihres Bruders verantwortlich ist …«

»Nein, das habe ich nicht gesagt«, wurde die Kommissarin harsch unterbrochen, und sie sah die junge Frau fragend an.

»Ich habe gesagt, dass der Club meinen Bruder das Leben gekostet hat, nicht aber, dass es jemand aus dem Club war.«

»Hm. Haben Sie denn eine konkrete Vorstellung, aus welchem Personenkreis die Tat stattdessen verübt worden sein könnte?«, erkundigte sich Sabine.

»Das müssen Sie schon selbst herausfinden«, sagte Frau Kühne leise und klang dabei resigniert, beinahe so, als habe sie keine Hoffnung darauf, dass überhaupt jemand für die Tat zur Rechenschaft gezogen würde.

Julias Handy piepte, eine SMS. Gerade rechtzeitig, dachte sie und erhob sich. »Bitte entschuldigen Sie mich kurz.«

Zwei Minuten später kehrte sie zurück, Sabine Kaufmann saß noch immer am Couchtisch, während Frau Kühne mit einer halb aufgerauchten Zigarette in der Hand am Fenster stand und schweigend in die Ferne blickte. Sabine schüttelte kurz den Kopf und gab Julia damit zu verstehen, dass keine weitere Unterhaltung stattgefunden hatte, jedenfalls nichts, was von Relevanz wäre.

»Muss ich eigentlich in die Gerichtsmedizin, um Martin zu identifizieren?«, fragte Marion kleinlaut, und man sah ihr an, dass allein der Gedanke daran ihr deutliches Unbehagen bereitete.

»Nein, das müssen Sie nicht«, beruhigte Sabine sie, doch damit schien die Frau noch nicht zufrieden zu sein.

»Warum nicht? Ich bin doch die einzige Angehörige.«

»Frau Kühne, ich möchte Ihnen diese Details gerne ersparen ...«

»Nein, reden Sie schon.« Sie wandte sich wieder ihren beiden Besucherinnen zu, griff im Umdrehen einen kleinen Porzellanbecher, in dem sie ihre Zigarette ausdrückte. Fordernd haftete ihr Blick auf Sabine Kaufmann.

»Na gut«, gab diese sich geschlagen und versuchte, ihre folgende Erklärung so sachlich und schnell wie möglich herunterzuspulen. »Es ist so, dass der Leichnam völlig verkohlt ist. Da ist nicht viel zu sehen, es tut mir leid, wenn ich das so direkt sagen muss. Aber wir haben die Blutgruppe, welche aus einem alten Impfausweis hervorging, sowie die beiden auffälligen Goldzähne, die Sie identifiziert haben. Das lässt sich bei Bedarf zahnärztlich abgleichen. Ich habe außerdem die Info, dass unsere Pathologin wider Erwarten den Teilabdruck eines kleinen Fingers auswerten konnte. Diese Faktoren zusammen mit dem biologischen Alter sowie den äußeren Merkmalen Geschlecht, Statur und Kopfform genügen uns vorerst, um sicher zu sein. Die genetische Analyse wird das Ergebnis letzten Endes nur untermauern.«

»Hm.« Gefasster als erwartet lief Frau Kühne, den Aschenbecher in der Hand, hinüber zum Regal, wo ihre Zigaretten lagen. Ohne einen weiteren Kommentar entzündete sie sich einen weiteren Glimmstengel, diesmal legte sie die frisch angebrochene Packung nicht zurück, sondern brachte sie mit an den Tisch. Im Setzen hielt sie den aufgeklappten Karton mit einem auffordernden Nicken in Richtung der beiden Kommissarinnen.

»Danke, nein«, erwiderte Sabine lächelnd.

»Für mich auch nicht«, lehnte Julia mit einem raschen Winken ebenfalls ab. Dabei konzentrierte sie sich auf ihr verborgenes Ich, die innere Raucherin, die es an manchen Tagen so sehr nach dem Geschmack und dem Aroma einer Gauloise gelüstete, und auf das zweite Ich, welches dieser Angewohnheit vor über einem Jahr endgültig abgeschworen hatte. Die beiden Stimmen kämpften gelegentlich miteinander, aber zu Julias großer Erleichterung hatte sich die vernünftige Stimme bislang stets als die lautere erwiesen.

»Haben Sie noch weitere Fragen oder könnten Sie mich nun bitte alleine lassen?«, fragte Marion Kühne unvermittelt. Ihre Mimik war nicht abweisend, aber es war kaum zu übersehen, dass sie im Begriff war, sich zu verschließen. Selbstschutz, ein völlig natürlicher Prozess, sagte sich Julia, insbesondere bei einer Frau mit ihrem Hintergrund. Nur allzu gerne hätte sie mehr über die Hintergründe der Vergewaltigung vor fünfzehn Jahren erfahren, doch sie spürte, dass sie da im Moment wohl nicht weit käme. Außerdem gab es noch etwas anderes, derzeit möglicherweise Wichtigeres, zu hinterfragen.

»Natürlich, wir werden Sie nicht länger in Anspruch nehmen als nötig«, versicherte Sabine, während Julia noch in Gedanken war.

»Ich hätte noch etwas«, klinkte sich die Kommissarin nun ins Gespräch ein. »Sie haben vorhin erwähnt, Probleme in Ihrer Kindheit gehabt zu haben. Würden Sie mir erklären, was genau Sie damit gemeint haben?«

»Das ist schnell gesagt«, erwiderte Frau Kühne und sog ein weiteres Mal gierig an dem weißen Filter, auf dem ihre ungeschminkten Lippen keine Färbung hinterließen. »Unsere Erzeuger«, sie betonte das zweite Wort abfällig, »haben sich nicht sonderlich für uns interessiert. Das ist wohl noch geschmeichelt, aber für all die traurigen Details damals bin ich noch zu jung gewesen. Meine Erinnerungen setzen erst in unserer ersten Pflegefamilie ein, später gab es dann noch zwei weitere.« Sie seufzte. »Jedenfalls war es alles andere als eine rosige Kindheit mit einem Häuschen im Grünen und Sommerurlaub am Meer, so wie Sie das kennen.«

»Täuschen Sie sich da mal bloß nicht«, murmelte Sabine schwermütig, was sie sofort bereute, aber Marion Kühne reagierte zu ihrer Erleichterung nicht darauf.

»Danke«, sagte dann auch schon Julia Durant, »damit ist Ihre Aussage etwas klarer. Haben Sie und Ihr Bruder die Kindheit in derselben Familie verbracht?«

»Meistens, ja.«

»Gut, dann habe ich noch einen weiteren Punkt, der sich eben erst ergeben hat. Kennen Sie einen Johannes Grabowski?«

Aus den Augenwinkeln erkannte Julia, dass ihre Kollegin im Kopf zu puzzeln begann. Sabine Kaufmann brauchte nur Sekunden, um zu dem Schluss zu kommen, dass es sich um das Telefonat handeln musste, das Julia eben geführt hatte. Beide Kommissarinnen konzentrierten ihre Aufmerksamkeit auf Marion Kühne, die bei der Erwähnung des Namens für den Bruchteil einer Sekunde innegehalten hatte, als seien all ihre Körperfunktionen eingefroren, nun aber sofort eine unschuldige Miene aufsetzte und den Kopf fragend zur Seite neigte.

»Johannes wie?«, erkundigte sie sich.

»Johannes Grabowski«, wiederholte Julia Durant überdeutlich, obgleich sie überzeugt davon war, dass Frau Kühne den Namen bereits beim ersten Mal verstanden hatte.

Nun hob diese die Augenbrauen. »Doch nicht Hanno?«, fragte sie ungläubig, »*der* Johannes Grabowski?«

»Johannes Grabowski, ja«, nickte Julia geduldig. Irgendetwas hatte offenbar Klick gemacht bei ihrem Gegenüber. »Sie kennen diesen Mann also?«

»Wer kennt den nicht«, antwortete Marion. »Hanno ist von allen Typen in der Motorradszene der größte Feind von Martin.« Sie stockte kurz. »Ich meine, er war es. Das würde natürlich einiges erklären. Hanno!« Sie lachte spitz auf, es klang hysterisch, dann aber beruhigte sie sich wieder und fragte unsicher: »Hat er etwa mit Martins Tod ... also, ist Hanno ...«

»Grabowski wurde tot im Norden der Stadt aufgefunden«, unterbrach Julia sie knapp, und ihr Gegenüber schluckte.

»Tot?«, hauchte sie tonlos.

»Hm.«

»Was ist passiert? Wer hat ihn umgebracht?«, stammelte Marion.

»Ich habe es selbst eben erst erfahren«, antwortete Julia wahrheitsgemäß, »aber da es sich bei ihm ebenfalls um einen toten Motorradfahrer handelt, liegt der Verdacht nahe, dass die beiden Fälle zusammenhängen. Ich darf das Ihnen gegenüber streng genommen nicht erwähnen, aber ich hielt es für angemessen. Weitere Ermittlungsdetails allerdings werde ich nicht preisgeben. Also habe ich Sie richtig verstanden: Sie halten diesen Hanno für einen Feind Ihres Bruders?«

»Sie waren Todfeinde, ja, Erzfeinde. Martin hat Hanno bis aufs Blut gehasst, und das war in der Szene auch kein Geheimnis. Glauben Sie denn ...«

»Ich glaube in diesem Stadium noch gar nichts, tut mir leid«, erwiderte Julia. »Dafür muss ich mir erst einige Zusammenhänge erschließen. Falls es einen Zusammenhang zwischen den beiden Morden gibt, werde ich es herausfinden. Daher würde ich von Ihnen gerne wissen, ob Sie noch mehr über das Verhältnis zwischen Ihrem Bruder und diesem Grabowski wissen. Jeder Hinweis könnte hilfreich sein. Warum waren die beiden denn Erzfeinde?«

»Hm, nun, sie waren früher mal im selben Club«, begann Frau Kühne, überlegte kurz und fuhr fort: »Irgendwann hat es Stunk gegeben, ich weiß aber nicht genau, weswegen, jedenfalls hat sich der Club aufgelöst, und die Mitglieder haben sich auf zwei neue verteilt.«

»Das ist aber nicht so eine Frankfurt-Offenbach-Geschichte, oder?«, warf Julia mit gerümpfter Nase ein.

»Nun, die Grenzen verliefen schon zwischen den beiden Städten, zumindest war das mal so«, nickte Marion. »Aber der Auslöser wird's wohl nicht gewesen sein. Da fragen Sie jedoch die Falsche, ich habe ja gesagt, dass ich mit diesem ganzen Clubkram nichts am Hut habe.«

»Wen könnten wir denn Ihrer Meinung nach fragen?«

»Niemanden von Martins Kumpels jedenfalls. Eine goldene Regel unter ihnen lautet, dass mit Bullen nicht gesprochen wird. Entschuldigen Sie«, Marion hielt sich die Hand vor den Mund, »aber so haben sie es immer ausgedrückt.«

»Hm. Wir werden sehen. Dann beantworten Sie mir bitte noch die Frage, wo Sie gestern Abend beziehungsweise heute Nacht waren. Danach verschwinden wir.«

»Frau Durant, bin ich jetzt plötzlich eine Verdächtige?«, empörte Marion Kühne sich, und ihre Gesichtszüge verhärteten sich wieder.

»Unsere Standardfrage«, klinkte sich Sabine vermittelnd ein, »das kennen Sie doch bestimmt aus dem Fernsehen. Diese Frage werden wir in den folgenden Tagen jedem stellen, der in irgendeiner Weise mit dem Fall zu tun hat.«

»Ist ja schon gut«, murmelte Frau Kühne. »Ich bin die ganze Zeit über hier gewesen. Bezeugen kann das aber keiner, das ist im Fernsehen doch immer die nächste Frage, stimmt's? Da brauchen Sie auch nicht bei den Nachbarn zu klingeln. Hier achtet keiner auf den anderen, jeder macht sein Ding, verstehen Sie? Und nun muss ich Sie wirklich dringend bitten zu gehen«, ergänzte sie überraschend bestimmt. »Ich habe gerade meinen Bruder verloren, lassen Sie mir ein wenig Raum zum Trauern und zum Durchatmen.«

»Nun gut«, lächelte Sabine warmherzig und warf Julia einen fragenden Blick zu. »Was meinst du, vertagen wir uns?«

»Ja, aber wir werden in Kürze noch einmal auf Sie zukommen müssen.«

»Meinetwegen«, nickte Marion.

»Darf ich noch fragen, welchem Beruf Sie nachgehen?«

»Erzieherin, eigentlich Sozialpädagogin. Aber ich bin ja krankgeschrieben, das sagte ich doch, also finden Sie mich hier. Wenigstens bis Ende der Woche, danach mal sehen. Aber darüber möchte ich mich jetzt nicht unterhalten.«

»Haben Sie jemanden, an den Sie sich wenden können?«, fragte die Kommissarin im Hinausgehen. »Oftmals tut es gut, mit jemandem über alles reden zu können. Falls nicht …«

»Ich rufe eine Freundin an, bevor mir die Decke auf den Kopf fällt, danke«, wehrte Frau Kühne schnell ab, bevor Julia die Visitenkarte von Alina Cornelius, einer befreundeten Therapeutin, aus ihrer Tasche ziehen konnte. Damit war das Gespräch beendet.

MONTAG, 11:57 UHR

Dieter Greulich saß abseits der voll besetzten Tische der Kantine. Peter Brandt reckte den Hals, bevor er ihn endlich entdeckte, und beschloss, sich nicht in die Schlange vor der Essensausgabe einzureihen. Greulich hatte zwar ein Tablett vor sich stehen, aber der Kommissar verspürte nicht die geringste Lust, mit seinem ehemaligen Kollegen zu Mittag zu essen. Im Gegenteil, dachte Brandt, als er sich einen schwarzen Kaffee und ein Nuts holte. Abgesehen davon, dass Greulichs unangenehme Ausstrahlung ihm ohnehin den Appetit verdorben hätte, würde ein Essen sie viel zu lange aneinanderbinden. Brandt suchte nach dem passenden Kleingeld. Er wollte den Informationsaustausch so kurz wie möglich abhandeln und war den Dialog innerlich bereits mit all seinen Möglichkeiten durchgegangen. Entweder, und das hoffte er inständig, das Rauschgiftdezernat würde der Mordkommission alle Infos überlassen und sich den haufenweise anderen Fällen widmen, oder, und das war Brandts größte Sorge, Greulich würde die Angelegenheit nutzen, um ihre offene Rechnung zu begleichen. Es war ein offenes Geheimnis, dass Bernie die rasche Versetzung damals in erster Linie aus Gefälligkeit gegenüber Peter durchgesetzt hatte. Zumindest konnte man das so sehen, wenn man wollte, andererseits hatte das Rauschgiftdezernat dringend einen weiteren Mann gebraucht.

»Na, wenn das mal kein Zufall ist«, grinste Dieter Greulich ihn an, als er sich, noch immer grübelnd, dessen Tisch näherte. »Dass es ausgerechnet uns beide noch mal an dieselbe Front verschlägt.«

»Ja, damit hätt ich nicht gerechnet.« Peter rang sich ein flüchtiges Lächeln ab. Er stellte seinen Becher auf den Tisch, zog einen Stuhl nach hinten und nahm Greulich gegenüber Platz. Danach öffnete er bedächtig den Schokoriegel und mied den Blickkontakt, so lange es ging.

»Hören Sie zu ...«, wollte Brandt gerade ansetzen, als Dieter Greulich ihm ins Wort fiel.

»Lassen wir die alten Geschichten mal beiseite, okay?«

Peter nickte überrascht. »Hm.«

»Das K 11 ist seit neun Jahren passé«, fuhr Greulich fort, »und ich habe mich nicht unbedingt verschlechtert seither. Hat uns beiden also nicht geschadet, damit ist das für mich Schnee von gestern. Es kann halt nicht jeder mit jedem, und ich sag's mal so: Sie waren mir damals genauso unangenehm, wie ich es wohl Ihnen war. Alles geklärt?«

»War unmissverständlich.« Brandt nickte und musterte seinen ehemaligen Kollegen aus zusammengekniffenen Augen.

Er war älter geworden, zweifelsohne, aber für einen Vierzigjährigen hätte Greulich es schlechter treffen können. Die hervorstechenden Augen – etwas zu groß im Verhältnis zu der spitzen Nase, von der markante Falten hinab zu seinem Mund liefen – hatten noch immer diesen bohrenden Blick. Glotzaugen, kam Brandt es in den Sinn, wie ein Fisch, so zumindest hatte er dessen Gesichtsausdruck seinerzeit insgeheim bezeichnet. Doch er war erleichtert, dass Greulich ihm offenbar keine Steine in den Weg legen wollte. »Für mich ist's auch okay, aber ich muss sagen, ich bin heute früh trotzdem erschrocken, als Bernie mir ausgerechnet Ihren Namen präsentiert hat.«

»Ging mir nicht anders«, grinste Greulich.

»Dann legen wir mal los, ich habe nachher noch einen Termin.«

Das war nicht einmal gelogen, in etwa einer Stunde wollte Peter Brandt sich mit seinen Frankfurter Kollegen im dortigen Präsidium treffen, um das weitere Vorgehen zu planen. Ein Telefonat mit Julia Durant hatte ihn unter anderem darüber informiert, dass aus einem toten Motorradfahrer mittlerweile zwei geworden waren. Höchste Zeit also für Ergebnisse.

Greulich klang völlig entspannt, als er fragte: »Was wollen Sie wissen?«

»Eigentlich alles«, gestand Brandt ein. Vielleicht würde es ja tatsächlich gesittet zugehen zwischen ihnen, denn er hatte weder Lust noch Kraft für internes Gerangel. »Was wichtig ist oder nicht«, fuhr er fort, »kann ich leider noch nicht beurteilen. Beginnen wir doch mal mit unserem Toten, Martin Kohlberger. Darüber wurden Sie ja sicher bereits informiert.«

»Klar«, nickte Greulich, »immerhin war er in unserer

Ecke der Mann, wenn es um die kriminellen Machenschaften seines Clubs ging.«

»Ohne jemals dafür belangt zu werden, nehme ich an«, ergänzte Brandt. »Aber das ist ja überall so, die Chefs kommen immer fein raus am Ende.«

»Wie man's nimmt. Matty war ja nur der Vizechef.«

»Ernsthaft? Ich hätte schwören können, dass er der Obermacker war. Sein Konterfei tauchte doch immer auf, wenn es um den Club ging.«

»Na ja«, erwiderte Greulich mit einem Schulterzucken, »so ein König sitzt halt auf 'nem wackeligen Thron. Aber es stimmt ja auch zum Teil, denn Ruben Boeckler, der eigentliche Präsident des Clubs, ist weg. Spurlos verschwunden, dürfte etwa ein halbes Jahr her sein, ich schätze, er hat sich entweder in die Südsee abgesetzt oder er liegt irgendwo am Kinzigbogen in einem der Fundamente. Das Gelände vom Gleisbauhof, na, Sie wissen schon.«

»Echt? Ach so ein Quatsch, das glaube ich nicht.« Brandt kratzte sich am Kinn, die unrasierten Stoppeln schabten an seinem Daumen.

»Ich würd's nicht von der Hand weisen, aber Fakt ist, dass Matty seitdem das Sagen hat.«

»Hatte«, korrigierte Peter.

»Stimmt«, grinste Greulich. »Matty kontrollierte indirekt zwei dieser Spielhöllen, wie sie jetzt überall zu finden sind. Er hat außerdem einige Mädchen am Laufen, wobei der Club sich offiziell aus Prostitution raushält.«

»Zwischen offiziell und der Realität liegen aber Welten, nehme ich an?«

»Na ja, es gibt natürlich Hinweise darauf, dass Mitglieder

sich als Zuhälter verdingen. Aber ich schätze, dass man aufgrund der zahlreichen Clubverbote quer durchs Land, bei denen illegale Prostitution immer eine Rolle spielt, vorsichtig geworden ist. Mattys Verein geht da subtiler vor, das sind keine Hohlköpfe, auch wenn man das auf den ersten Blick vielleicht annehmen mag. Einige von denen haben eine Inkassoagentur, nach außen hin blütenweiß, aber jeder von uns weiß, dass dort und in den Casinos Geld gewaschen wird. Schutzgeld, Drogengeld, suchen Sie sich was aus. Nur zu gerne würd ich denen mal auf die Füße treten oder einen davon einkassieren und ihn ein wenig triezen.« Greulich seufzte, und Peter fragte sich, ob dieser nun eine Reaktion von ihm erwartete. Die Erinnerung an den körperlichen Übergriff bei einer Vernehmung hatte wohl keiner von beiden vergessen. Auch Jahre später packte Brandt bei diesem Gedanken noch der Ekel, aber wie musste es erst für Greulich sein? Wer einmal eine Grenze überschritten hatte, einmal Blut geleckt ...

»Aber bis es so weit kommt«, fuhr sein Gegenüber derweil fort, »bauen die ihr Netzwerk ungehindert weiter aus. Sie werden sehen, durch Mattys Tod wird alles noch viel komplizierter.«

»Müssen Sie ihn eigentlich die ganze Zeit über Matty nennen?«, fragte Brandt stirnrunzelnd. »Er ist doch kein Schoßhündchen oder Schuljunge.«

»Glauben Sie mir, das assoziiert in den einschlägigen Kreisen auch niemand mit diesem Namen«, gab Greulich zurück. »Wer im Dunstkreis der *Mogin Outlaws* diesen Namen hörte, der verband damit nichts Gutes. Im Grunde können wir froh sein, dass uns jemand die Arbeit abgenommen hat.«

»Jetzt aber mal halblang!«, polterte Brandt und hätte am liebsten mit der Handfläche auf den Tisch geschlagen, doch er riss sich zusammen. »Selbstjustiz bringt uns hier nicht weiter, auch nicht als Gedankenspiel.«

»Sie sehen ja selbst, wie weit die normale Justiz bisher gekommen ist«, sagte Greulich trotzig.

Nichts hat sich geändert, dachte Brandt grimmig, entschied sich aber, nicht weiter darauf einzugehen. Vorerst jedenfalls nicht.

»Bislang nicht viel Neues«, murmelte er also nachdenklich. »Was ist denn mit Kohlbergers Vita?«

»Die liest sich wie ein Krimi, wobei ich keine Krimis lese. Aber Sie verstehen schon. Zerrüttete Familie, schwierige Kindheit, Jugendarrest, na ja, und dann der Einstieg in die Szene. Es hätte für ihn jedenfalls weitaus schlechter laufen können, als in die Rockerszene zu geraten. Das war sein Ticket nach oben, Schutzgeld, Prostitution, er hat seine Finger überall drinnen gehabt, wo man schnelles Geld machen kann. Er hatte sich dann auch relativ schnell einen Namen als Türsteher gemacht, alles Sachen, die gerade so am Rande der Legalität entlangschrammten, dass er bis auf ein paar Kleinigkeiten unbehelligt blieb. Aber Sie kennen ja die Kollegen drüben im Milieu, da gibt es nicht wenige, die die Hand aufhalten und ein Auge zudrücken.«

»Drüben?«, hakte Brandt nach.

»Na Frankfurt eben«, betonte Greulich mit einem abfälligen Unterton, und sein Daumen schnellte in die Richtung, wo er den Main vermutete. »Bahnhofsviertel, neunziger Jahre, als die Rocker den Bezirk ordentlich aufgemischt haben.«

»Aber der Club ist doch hier«, widersprach Brandt. »Was hat Kohlberger also da drüben zu schaffen gehabt?«

»Das wussten Sie nicht?«, wiederholte Greulich mit aufgesetzt ungläubiger Miene. Er kostete seinen Triumph einige Sekunden lang aus und beugte sich nach einer für Brandt endlos erscheinenden Zeit nach vorn und raunte: »Matty und seine Jungs waren die Kings im Rotlichtbezirk. Aber irgendwann wurde es plötzlich ruhig um den Club, und ein paar Monate später gab es ihn nicht mehr.«

»Wir reden also nicht von den *Mogin Outlaws*?«

»Iwo.« Greulich winkte ab und lehnte sich wieder zurück.

»Das war damals noch ein anderer Verein, die *Black Wheels*. Typischer Clubname, typische Machenschaften und letzten Endes erging ein Clubverbot. Das LKA rückt natürlich nichts Offizielles raus, aber Fakt ist, dass Matty und einige seiner Jungs von dieser Mainseite die *Mogin Outlaws* gründeten, und drüben in Frankfurt war etwa zur gleichen Zeit Schicht im Schacht. Trotz Clubverbot sind von den Mitgliedern aber kaum welche in den Knast gewandert, na, so wie es eben meistens läuft.«

»Sie kennen sich aber gut aus«, kommentierte Brandt mit einer gewissen Anerkennung.

»Wir müssen die Strukturen im Kopf haben«, erklärte Greulich schulterzuckend. »Wenn wir die Vergangenheit dieser Typen nicht kennen, können wir keine Rückschlüsse auf künftige Schachzüge schließen.«

»Und das LKA funkt Ihnen nicht dazwischen?«

»Nein, eigentlich nicht.« Greulich schüttelte den Kopf. »Nicht, solange wir es mit Drogen zu tun haben jedenfalls.

Wir arbeiten dafür mit den Kollegen vom organisierten Verbrechen zusammen, also ab und an mal eine Zivilstreife, Observierung, Durchsuchung. Aber unterm Strich ist nie viel dabei rausgekommen«, seufzte er dann.

»Und wenn wir nun die Liste durchgehen«, fragte Brandt und tippte auf den Ausdruck, den er vor sich auf den Tisch gelegt hatte, »können Sie mir dann ein paar Namen sagen, bei denen sich das Nachbohren lohnen könnte?«

»Ich gebe Ihnen die Namen, von denen ich weiß, dass es Mattys alte Truppe war, aber das sind nicht mehr viele. Feinde werden Sie da keine finden, zumindest wird sich keiner als solcher zu erkennen geben. Das ist überhaupt ein Problem, über das Sie sich vorher im Klaren sein sollten.«

»Wie meinen Sie das?«

»Innerhalb eines Clubs herrscht absolute Loyalität. Mit Bullen redet man nicht, es sei denn, man hat einen kleinen Beamten in der Tasche, von dem man sich einen Nutzen erhofft. Aber gegenseitig anschwärzen? Vergessen Sie's.«

»Hm. Nicht mal, wenn es ehemalige Mitglieder wären, also aus dem verfeindeten Lager drüben in Frankfurt?«

»Da bin ich mir nicht ganz sicher«, antwortete Greulich unschlüssig. »Aber versuchen Sie's, ein paar Namen könnte ich Ihnen da organisieren. Einer davon wäre wohl Hanno Grabowski.«

»Johannes Grabowski?«, rief Brandt wie von einer Tarantel gebissen aus und schüttelte anschließend verzweifelt den Kopf.

»Ja, wieso, was ist los?«

»Was los ist? Ich sag's Ihnen«, keuchte Brandt. »Grabowski wurde heute Nacht erschossen.«

MONTAG, 12:00 UHR

Das schrille, durchdringende Piepen und die gleichzeitige Vibration des Akkus zerrissen die verzerrten Traumbilder. Benommen tasteten seine schmerzenden Finger entlang des Oberkörpers, dann hinab auf die Matratze und stießen wenige Zentimeter später an eine hölzerne Kommode.

»Scheiße«, lallte er mit schwerer Zunge. Das Handy thronte offenbar oben auf der Platte, er konnte es von seiner auf dem Boden liegenden Bettstatt nicht greifen. Höhnisch fiepte und brummte es weiter und beraubte ihn seines Schlafes, den er so dringend nötig gehabt hätte. Es war deutlich nach fünf Uhr früh gewesen, und das die zweite Nacht in Folge. Immerhin war er keine zwanzig mehr. Doch es half alles nichts, trotz seines Dämmerzustands wusste er nur allzu gut, dass der Handyalarm nicht einfach aufhören würde. Er hatte ihn selbst so programmiert, mit dem ekligsten Piepton und der lautesten Vibration. Der übliche angenehme Singsang, wenn ein Anruf kam und der Refrain von Paul Simons ›You can call me Al‹ gespielt wurde, hätte es nicht zuverlässig vermocht, ihn aus dem Vollrausch zu erwecken, sei er nur durch Alkohol oder härteren Stoff herbeigeführt. Al, wie er seit Jahren gerufen wurde – daher auch der markante Klingelton –, nahm alle Kraft zusammen und stemmte sich nach oben. Eine Weile verharrend, musterte er den ihn umgebenden Raum, ein enges Zimmer, in dem es säuerlich nach Erbrochenem stank. Drei weitere Matratzen lagen auf dem Boden, auf einer ruhte der nackte Körper eines blutjungen Mädchens mit kindhaften Gesichtszügen. Sie war vermutlich keine achtzehn, vielleicht nicht mal sechzehn, dachte Al, und wirkte wie eine Leiche. Neben ihrem Kopf befand sich Erbrochenes, doch der Brustkorb unter den bloß daliegenden, apfelsinengroßen Brüsten hob und senkte sich langsam, aber regelmäßig. Verdammtes Komasaufen, dachte Al, dann endlich bekam er sein Handy zu fassen und schaltete den nervigen Apparat auf lautlos.

»12 Uhr«, mahnte das Display. Es war nicht nötig, weitere Details in dem elektronischen Kalender zu hinterlegen.

»Um zwölf Uhr ist der halbe Tag rum, wer bis dahin nicht ausgepennt hat, ist fürs Scheißhaus zuständig.«

Diese Maxime war ungeschriebenes Gesetz im Clubhaus, und wer hier nur ein einziges Mal eine Nacht durchgesoffen und sich vollgedröhnt hatte, wusste, dass die Kloräume und der dorthin führende Gang der widerlichste Ort auf Erden war. Besonders, wenn man selbst noch halb betrunken und jede Minute kurz vorm Übergeben war.

Al zog einen fleckigen Kolter zwischen den herumliegenden Kleidungsstücken hervor und warf diesen über das Mädchen, die seine Geste nur mit einem kurzen Zucken der Nase bedachte. Ihr Kopf war nach außen geneigt, keine Gefahr also, an Erbrochenem zu ersticken, wie Al im Stillen dachte, während er in seine schwarzgraue Lederhose stieg.

Habe ich sie etwa gebumst?, überlegte er dann und versuchte sich krampfhaft daran zu erinnern, wie die vergangene Nacht zu Ende gegangen war. Die letzte Erinnerung war, dass er an beiden Armen ein Mädchen hängen gehabt hatte, aber selbst dieses Bild, so angenehm es auch sein mochte, war nur äußerst blass. Und wennschon, dachte Al mürrisch, Scheiße, dann änderst du's jetzt auch nicht mehr. Verdammt. Die Kleine könnte vom Alter her meine Tochter sein.

Er schob den Gedanken beiseite und griff nach seinen Motorradstiefeln. Ächzend zog er die langen Schäfte über die Fersen, danach richtete er sich auf und warf einen Blick in den schief hängenden, in den Ecken matt angelaufenen Spiegel, dessen Oberseite ein orange-schwarzes Harley-Davidson-Logo zierte. Das Gesicht, in das er blickte, sah müde aus, tiefe Furchen durchschnitten es, und überall breiteten sich grauschwarze Bartstoppeln aus. Ansonsten war der Kopf kahl, und selbst die Augenbrauen waren licht. Ein schwerer, silbern glänzender Ohrring in Form eines Totenkopfs mit großen, dunklen Augenhöhlen baumelte an seinem Ohrläppchen und lenkte den Blick des Betrachters ab von den grauen Augen, die auf unheimliche Art und Weise denen eines Wolfes ähnelten.

Schweren Schrittes schlurfte Al in Richtung der vorderen Räume, bog allerdings noch einmal zu den Pissoirs ab, um seine drückend volle Blase zu entleeren. Er fummelte eine gequetschte Packung Lucky Strike aus seinem Flanellhemd und suchte seine Taschen fluchend nach einem Feuerzeug ab. Fehlanzeige. Missmutig betrat er daraufhin den geräumigen Bereich, in dem die berüchtigten Partys des Clubs abgehalten wurden, einer Art Bar mit einer seitlich erhöhten Bühne, auf deren Stühlen, Sitzbänken und Hockern vereinzelt Männer saßen, denen es augenscheinlich kaum besserging als ihm selbst. Suchend wanderte als Blick durch den Raum, er erkannte Rico, einen Casinobesitzer aus Langen, in dessen Laden nicht wenige illegale Einnahmen aus

Drogen- und Bordellgeschäften gewaschen wurden. Rico, ein Mittdreißiger, der bekannt war für seinen kühlen Kopf und sein schnelles Auffassungsvermögen, schien auch jetzt von allen Anwesenden der fitteste zu sein. Die nicht glimmende Zigarette zwischen den Lippen balancierend, trat Al an seinen Tisch und ließ sich mit einem geplagten Stöhnen auf den Rico gegenüberstehenden Holzstuhl sinken. Ein unheilvolles Knirschen und Knacken erklang, und Rico grinste schief.

»Wenn's schon bei dir so kracht, bin ich gespannt, wann's einen unserer Fetten mal zerlegt, wenn er sich draufsetzt.«

»Hm«, murrte Al nur, denn ihm war nicht nach Smalltalk.

»Ich glaub, heute kommen die Bullen«, knurrte Rico nach einigen Sekunden der Stille abfällig.

»Woher weißt'n das?«

»Zähl doch mal eins und eins zusammen. Gestern früh in Mattys Bude, die hätten genauso gut gleich hinterher rüberfahren können zu uns.«

»Hm. Sind sie aber nicht.«

»Sonst wär's wohl auch nur halb so heftig geworden gestern«, grunzte Rico.

Al rülpste laut und grinste dann schief. »Scheiße, ich glaub, ich hab zwei von den Tussis gleichzeitig abgeschleppt, aber bin ins Delirium gefallen, bevor der Spaß losgehen konnte. Eine von denen lungert noch da hinten herum.«

»Sei froh, wer weiß, was du dir eingefangen hättest.«

Mit einem angestrengten Stöhnen erhob Al sich und nickte in Richtung Ausgang.

»Scheiße, ich bin total am Arsch. Kein guter Zeitpunkt,

mir von Bullen auf den Sack gehen zu lassen, ich mach mich vom Acker.« Er warf noch einen Blick in die Runde, ein halbes Dutzend weitere Clubmitglieder hingen im Raum herum, rauchend, ins Leere glotzend, aber immerhin alle wach. »Hört mal!« Al hob seine Stimme an, obwohl es ihm genau genommen gleichgültig war, wer ihm nun zuhörte und wer nicht. Einige glasige Augenpaare erhoben sich, andere verharrten regungslos. »Wer noch Stoff bunkert, ab in den Kanal damit. Bullenalarm. Wer Stoff hortet und erwischt wird, für den können wir nichts tun. Wer Leine ziehen will, nur zu. Ich hau jetzt ab. Aber das mit dem Stoff gilt auch für eure Wohnungen. Die Bullen werden alles dransetzen, jemanden einzubuchten. Sobald es eine Leiche gibt ... Na, wem sag ich das. Alle die, die hierbleiben: Lasst euch nicht einschüchtern. Die Hampelmänner haben rein gar nichts gegen uns in der Hand, sonst wären sie längst aufgekreuzt. Mattys Tod ist unser Verlust, er war ein Bruder. Wir stehen hier also auf der Opferseite, vergesst das nicht. Trotzdem, seid wachsam, sie werden auch bei euch zu Hause klingeln. Wer also lieber in der Gruppe bleiben will, hier ist unser Boden, hier haben wir die Kontrolle. Ich komme später wieder. Und schmeißt die Gören raus, die hier noch herumlungern. Wenigstens die, die noch keinen Perso haben.«

Niemand widersprach, keiner reagierte überstürzt, aber Al vernahm ein zustimmendes Raunen.

Idioten, dachte er, ihr habt euer Hirn total zerschossen, weil es das ist, wofür ihr den Club haltet. Eine Opiumhöhle, ein Sündenpfuhl, wo es Stoff und kostenlose Ficks gibt, weil sich immer genügend willige Mädchen finden, die euch im realen Leben da draußen nicht mal von der Seite anschauen würden. Doch war er selbst nicht genauso tief gesunken? Er verdrängte diesen Gedanken schnell wieder, trat ins Freie und sog die kühle, klare Luft tief zwischen seine bebenden Nasenflügel. Ein plötzliches Stechen in den Nebenhöhlen trieb ihm Tränen in die Augen und signalisierte seinem Gehirn, dass die Sauerstoffversorgung nun wieder deutlich ansteigen würde. Bloß raus aus dem Mief, dachte Al, als er den Reißverschluss seiner Lederjacke zuzog, den Helm vom Lenker nahm und den Sicherheitsverschluss unter seinem Kinn zuklipste. Er zog sich das Fleecetuch zurecht, welches ihn zwischen Kragen und Helmpolster vor Zugluft schützte, und schloss anschließend sein Visier. Mit offenem Helm fahren war nichts für ihn. Und das lag nicht nur an der Temperatur. Er kannte genügend Fälle von zerschmetterten Kieferpartien, die selbst der beste Zahnchirurg nicht mehr rekonstruieren konnte. Was die Jungs dort drinnen, hinter ihm, machten, war Al völlig egal. Sollten sie sich um den nächsten Baum wickeln mit ihren Boliden. Clubanwärter gab es wie Sand am Meer. Aber seine persönliche Sicherheit würde er niemals aufs Spiel setzen; noch nicht jedenfalls.

Der elektrische Anlasser heulte auf, und kurz darauf erdröhnte der hubraumstarke Motor von als Chopper. Dicke Rauchschwaden stoben aus dem chromglänzenden Doppelauspuff, als er zweimal kräftig am Gas drehte. Zufrieden lächelnd kuppelte er mit dem linken Fuß krachend in den ersten Gang und fuhr Sekunden später vom Gelände der *Mogin Outlaws* in Richtung Norden.

MONTAG, 13:20 UHR

Polizeipräsidium Frankfurt, Konferenzzimmer.

Berger, Kullmer und Seidel saßen an einem der rautenförmigen Tische, die in dem modernen Raum in die verschiedensten Formationen gerückt werden konnten. Der Presse präsentierte man diesen Konferenzsaal gerne, dabei bot der hochmoderne Gebäudekomplex noch deutlich spannendere Räume. Das Kriminalmuseum beispielsweise oder die moderne Abteilung für Computerforensik. Julia Durant, die soeben in den Raum trat und am Mülleimer ein mit Salami und Käse belegtes Brot auspackte, ließ ihren Blick wandern. Wie so vieles in dieser Etage war der Saal für ihren Geschmack zu steril, er hatte keinen Charme. Vielleicht lag es aber auch einfach daran, dass das gesamte Präsidium noch viel zu jung war. Das alte Polizeipräsidium in der Nähe des Hauptbahnhofs, das war etwas anderes gewesen. Zugegeben, im direkten Vergleich nur eine verrauchte, schäbige und viel zu beengte Unterbringung für einen Ermittlungsapparat, dessen Aufgaben inmitten der Mainmetropole vielschichtiger waren als sonst irgendwo, die Landeshauptstadt Wiesbaden inbegriffen. Aber trotzdem. Alle spektakulären Fälle, die den Frankfurtern unauslöschlich ins Gedächtnis gebrannt waren, wurden mit dem ansehnlichen Altbau assoziiert, etwa der Mordfall Nitribitt. Wenn man aktuellen Gerüchten Glauben schenken durfte, würden in naher Zukunft wohl Hotelgäste in dem noch immer leerstehenden Gebäude residieren, in den kühlen, beklemmenden Zellen würden dann Lebensmittel gelagert oder Haustechnik untergebracht werden.

Seufzend fischte die Kommissarin ein Blatt Salat zwischen den Brotscheiben hervor und entsorgte das durchgeweichte Blatt im Abfall. Einer Gurkenscheibe wäre sie nicht abgeneigt gewesen, aber manchmal musste man die Dinge eben nehmen, wie sie kommen. Herzhaft biss sie in das Brot, näherte sich ihren Kollegen und nickte ihnen stumm kauend zu. Frank Hellmer und Peter Brandt, die in der anderen Ecke des Raumes beisammenstanden, unterbrachen nun ihr Gespräch und nahmen ebenfalls Platz.

»Okay, fangen wir an«, sagte Berger. »Wieder einmal begrüße ich Herrn Brandt in unserem Hause. Sie kennen sich ja alle bereits oder haben das mittlerweile nachgeholt. Wo ist Frau Kaufmann?«, erkundigte er sich mit einem fragenden Blick in Julias Richtung.

»Musste weg, es ging nicht anders«, sagte Julia knapp, und Berger nickte nur kurz.

»Hm. Dann schießen Sie mal los, was gibt's Neues? Möchten Sie beginnen, Herr Brandt?«

Der Offenbacher Kollege nickte kurz und berichtete, was er von Dieter Greulich erfahren hatte. Er schloss mit den Worten: »Die Kollegen koordinieren sich derzeit, um einige Befragungen durchzuführen, Hausbesuche zu machen, eben, um etwas Staub aufzuwirbeln. Wie viel dabei rumkommt, werden wir sehen.«

»Okay«, kommentierte Julia, »dann haben wir also bislang die übereinstimmende Info, dass unsere beiden Toten so etwas wie Erzfeinde waren. Verbitterte Rivalen, die früher einmal beste Freunde waren, und zwei Clubs, von denen es einen nicht mehr gibt.«

»Genau genommen drei Clubs«, korrigierte Peter, »denn zuerst war es einer, danach spaltete er sich auf. Der Frankfurter Teil wurde verboten und aufgelöst, der Offenbacher Teil, wenn ich das mal so bezeichnen darf, hat es als einziger überdauert.«

»Die Frage ist, was nun wird«, warf Kullmer ein.

»Da machen die Kollegen sich keine Illusionen«, gab Brandt zurück. »Das ist wie mit der Hydra, der für jeden Kopf, den man ihr abschlägt, zwei neue wachsen. So zumindest deute ich die Aussagen meines Kollegen aus dem Rauschgiftdezernat.«

»Die Frage bleibt, wer der Hydra den Kopf abgeschlagen hat«, warf Hellmer ein. »Handelt es sich nun um eine persönliche Geschichte zwischen den beiden? Dann wäre es spannend, herauszufinden, wer diesen Grabowski erschossen hat. Oder ist es eine Clubgeschichte, dann ist die Frage, welche Motive dahinterstehen. Die Frankfurter ermorden Kohlberger, die Offenbacher rächen sich an Grabowski?«

»Erzählen Sie mir bitte noch einige Details über den zweiten Mord«, erwiderte Brandt, »denn ich hatte vorhin nur ein recht kurzes Telefonat mit Frau Durant.«

»Okay«, übernahm Kullmer, »Folgendes: männliche Leiche, zwei Schüsse in den Oberkörper, wobei einer durch die Schulter ging und der andere durch das Brustbein. Dass es sich um Grabowski handelt, wissen Sie ja bereits, die Identität ließ sich anhand des Kennzeichens und der mitgeführten Papiere zweifelsfrei feststellen. Tatortuntersuchung und Obduktion laufen noch. Grabowski hatte eine Verlobte, die wir bereits informiert haben. Das Alibi ist schwammig, sie habe geschlafen, aber so wie die auf uns reagiert hat, zählen wir sie nicht unbedingt zum engsten Kreis möglicher Verdächtiger. Noch was?« Kullmer drehte den Kopf in Hellmers Richtung, der verneinte.

»Apropos Kennzeichen«, ergriff Kullmer erneut das Wort, und alle Blicke richteten sich auf ihn. »Ich habe die Sache mit Kohlbergers ominösem Nummernschild mal genauer checken lassen. Es war tatsächlich einmal auf ihn registriert, und zwar damals, als er sein erstes Motorrad hatte. Seine erste Zulassung zumindest«, korrigierte Kullmer sich schnell, denn wer konnte schon wissen, ob Kohlberger nicht vor Erlangen des Führerscheins bereits gefahren war.

Brandt und Durants Blicke trafen sich, und sie mussten unwillkürlich lächeln. Ob Kullmer da aus eigener Erfahrung sprach? Julia entschloss sich, bei Gelegenheit mal danach zu fragen.

»Was bedeutet das konkret für uns?«, erkundigte sie sich dann. »Abgesehen von der Tatsache, dass jemand Kohlberger offenbar sehr gut gekannt hat.«

»Vor allem sehr lange«, betonte Brandt. »So ein Kennzeichen trägt man ja nicht mit sich herum. Entweder befand es sich im Clubhaus oder in Kohlbergers persönlichem Besitz. Persönlich drangeschraubt haben wird er es ja wohl kaum, oder?«

»Ich gehe nicht davon aus«, stimmte Julia zu.

»Ich auch nicht«, schaltete sich Kullmer wieder ein, »vor allem, weil Kohlberger jahrelang unter Frankfurter Nummer gefahren ist. Aber das Beste kommt noch. Nachdem Kohlberger nach Hainburg gezogen war und sich entsprechend umgemeldet hat, musste er wieder ein neues Kennzeichen anmelden. Und ratet mal, welches er genommen hat.«

»Etwa dasselbe wie damals?«

»Exakt«, grinste Kullmer nickend. »Das war Ende der Neunziger, also vor Online-Reservierungen und all den heutigen Möglichkeiten. Vermutlich war eine ordentliche Portion Glück dabei.«

»Na. Glück gebracht hat es ihm ja letzten Ende keines«, murmelte Brandt. »Aber aktuell ist er unter anderem Kennzeichen gefahren?«

»Da gab es einige, ja«, bestätigte Kullmer.

»Hm, aber es deckt sich mit der Clubgeschichte«, konstatierte Brandt, lehnte sich zurück und rieb sich den Nacken. »Kann das sein? Frankfurter Club, Frankfurter Nummer und nach der Abspaltung dann wieder Offenbach?«

»Möglich. Dazu soll uns die Kühne noch mal was sagen«, sagte Hellmer.

»Zu Marion Kühne gibt es ja auch noch einiges«, warf Doris Seidel ein. »Darf ich, oder kommt da noch mehr in Sachen Zulassung?«, lächelte sie ihren Lebensgefährten Kullmer an.

»Nein, du darfst«, grinste dieser zurück.

»Die Vergewaltigungsgeschichte liegt fünfzehn Jahre zurück«, setzte Doris an, »und wurde seinerzeit fallengelassen, weil Frau Kühne, damals ein blutjunges Ding von siebzehn Jahren, ihre Aussage geändert hat. Zurückziehen wäre wohl das passendste Wort, denn nach Aktenlage ist ein nicht einvernehmlicher sexueller Übergriff erfolgt. Ein Arzt hat das zweifelsfrei festgestellt, Frau Kühne war nicht in der Verfassung, einer Untersuchung zu widersprechen, da sie am Rande eines Kollapses war. Im Zuge der ärztlichen Versorgung wurde sie, weil ihre Kleidung an den entsprechenden

Stellen zerrissen war oder fehlte, im Genitalbereich untersucht. Eine Aussage konnte nicht sofort aufgenommen werden, sie hat aber angeblich dem medizinischen Personal gegenüber von Vergewaltigung gesprochen. Als sie das später zu Protokoll geben sollte, leugnete sie jedoch, dass es zu einem solchen Übergriff gekommen sei. Zwischenzeitlich, und jetzt hört gut zu, hatte sie Kontakt zu ihrem Bruder gehabt, der sich umgehend ins Krankenhaus begeben hatte und nicht mehr von ihrer Seite wich. Was auch immer damals also geschehen ist«, schloss Doris, »wissen nur Frau Kühne und derjenige, der ihr das angetan hat. Sie schweigt bis heute. Ob ihr Bruder ebenfalls etwas wusste, kann er uns nun leider nicht mehr sagen. Mehr gibt die Akte nicht her, da sonst keine Beteiligten vermerkt sind. Sperma und DNA negativ, doch der medizinische Befund spricht eine eindeutige Sprache.«

»Den schaue ich mir mal an«, meinte Durant, »aber zuerst will ich die Partnerin dieses Grabowski befragen.«

»Da wäre ich gerne dabei«, sagte Brandt und sah zuerst Julia und anschließend Berger an.

»Für mich wäre es in Ordnung«, gab Hellmer schnell zu verstehen, denn er wusste genau, dass seine Partnerin als Nächstes ihn anschauen würde, und er wollte es dem Kollegen aus Offenbach so leicht wie möglich machen. Hellmer kannte Brandt von allen am wenigsten, aber er war ihm sympathisch und schien sich in der Materie auszukennen. »Fahrt ihr nur dahin. Es gibt auch so noch eine Menge Arbeit, Andrea wird sich bald melden, dann steht ja mit Grabowskis Maschine mittlerweile das zweite Motorrad im Labor und so weiter. Außerdem würden wir gerne zwei Typen auf die Füße treten, die so etwas wie Vertraute für Grabowski waren. Die Namen haben wir von seiner Tussi.«

»Klingt gut«, nickte Julia. »Tussi?«, wiederholte sie dann stirnrunzelnd.

»Schaut sie euch an, dann werdet ihr verstehen«, grinste Kullmer, und Doris warf ihm einen tadelnden Blick zu.

»Um was für Typen handelt es sich denn?«, erkundigte sich Berger.

»Von einem haben wir auch nur den Namen«, antwortete Hellmer nach einem prüfenden Blick auf eine verknitterte Notiz. »Tim Hasselbach, Kleinganove, mehrfach aktenkundig. Der andere besitzt einen Schrottplatz, wo sich angeblich viele ehemalige Clubmitglieder herumtreiben. Sein Name ist Lutz Wehner.«

»Diesen Hasselbach könnt ihr euch wohl sparen«, sagte Doris, und Kullmer warf ihr einen fragenden Blick zu.

»Wieso?«

»Die Mail kam kurz vor der Besprechung rein, ich erinnere mich auch nur wegen des Nachnamens. Aber es war von Tim Hasselbach die Rede, kein Zweifel. Der sitzt in U-Haft, kann also mit den Morden nichts zu tun haben. Nicht als Täter jedenfalls.«

»Hm. Danke«, murmelte Kullmer. »Dann bleibt nur dieser Lutz Wehner.«

»Tja, manchmal sind wir Tussis eben doch zu was nütze, wie?«, neckte Doris ihn. Peter Kullmer erhob sich, küsste seine Partnerin auf die Stirn und raunte: »Du bist mir die allerliebste Tussi auf der Welt, das weißt du hoffentlich.«

Zehn Minuten später, als sie wieder an ihren Schreibtischen saßen, reckte Kullmer den Hals und warf seiner Partnerin einen Blick zu, der ihr zu verstehen gab, dass sie zu ihm rüberkommen sollte.

»Schau mal«, sagte er mit gedämpfter Stimme und tippte mit der Fingerkuppe auf den Monitor, während Doris' Kopf eng neben seinem lag. Doris erkannte eine Galerie mit verschiedenen Motorrädern, den Text vermochte sie nicht mehr zu lesen, so schnell scrollte und klickte Peter hin und her.

»Moment mal«, sie knuffte ihn sanft in die Seite, »so bekomme ich nur Kopfschmerzen. Was ist das denn für eine Seite?« »Hier kann man in einer Woche Intensivkurs den Motorradführerschein machen«, erklärte Kullmer, »irgendwo oben in der Ecke von Münster. Die haben eine alte Kaserne und ...«

»Du spinnst ja wohl«, unterbrach Doris ihn rüde und funkelte ihn an, während sie die Fäuste in die Taille stemmte. »Wir haben ein Kleinkind, und du willst dich totfahren? Sorry, aber nicht mit mir.«

»Würde dir auch Spaß machen«, sagte Kullmer kleinlaut, denn er hatte nicht mit einem solch herben Widerstand gerechnet. »Es muss ja auch nicht gleich sein. Aber zu einem Schnuppertag könnten wir schon mal fahren irgendwann. Ist viel zu lange her, dass ich auf 'nem Bock saß.«

»Hm, irgendwann, aber nicht jetzt.« Doris winkte ab und kehrte an ihren Platz zurück. Damit war das Thema vorläufig beendet, und Kullmer wusste, dass es keinen Zweck hatte, zu drängen.

Etwa zur gleichen Zeit stieg Julia Durant in Brandts Alfa Romeo und sank mit einem erschöpften Stöhnen in den Beifahrersitz.

»Ich hoffe, ich bin Ihrem Kollegen vorhin nicht auf die Füße getreten«, sagte der Kommissar, als er den Wagen startete.

»Wie? Ach nein«, erwiderte Julia fahrig. »Bei uns geht's immer etwas chaotisch zu, aber auch locker. Das zweite Gespräch mit der Kühne habe ich ebenfalls mit einer anderen Partnerin geführt. Es kommt immer auf die Situation an, wer weiß, wie viele Halbstarke da rumlungern, wo die beiden Jungs jetzt hinfahren. Da kann ich getrost drauf verzichten.« »Sie und Hellmer stehen sich aber schon recht nahe, oder?«

»Klar«, lächelte Julia. »So viele Jahre, das schweißt zusammen.«

»Hm.«

»Wenn Frank nicht mehr dabei wäre ...«

Plötzlich wurde der Kommissarin klar, in welche Richtung sich das Gespräch bewegt hatte, und sie hätte sich am liebsten auf die Zunge gebissen. »Entschuldigung«, sagte sie hastig, »das war nicht pietätlos gemeint. Der Verlust Ihrer Partnerin ...«

»Schon gut«, wehrte Brandt ab. »Ich hatte überhaupt nicht darauf abgezielt. Aber mir gefällt Ihr Umgang miteinander, auch wenn ich es kaum glauben kann, dass eine Beziehung wie zwischen Kullmer und Seidel tatsächlich funktionieren kann.«

»Na ja, sie haben sogar eine Tochter hinbekommen«, lächelte Julia, erleichtert, dass die Konversation sich so schnell wieder entspannt hatte. »Und Sie haben schließlich auch im eigenen Revier gejagt, wenn man's genau nimmt.«

»Sogar zwei Mal. Aber lassen wir's gut sein. Vielleicht findet sich auch in Offenbach wieder ein Team zusammen, was so gut eingespielt ist wie das Ihre.«

»Wer weiß?«, neckte Julia. »Wenn unsere Präsidien schlussendlich doch noch zu einem fusionieren, gehören Sie bald enger dazu, als Ihnen lieb sein dürfte.«

»Im Leben nicht!«, widersprach Brandt energisch. »Die Strukturreform ist purer Blödsinn, und das wissen die Verantwortlichen hoffentlich auch. Aber falls es in ferner Zukunft tatsächlich dazu kommen sollte, meinetwegen, dann habe ich längst den Hut genommen. Das erlebe ich in meiner Laufbahn jedenfalls nicht mehr. Sie hingegen ...« Er wandte sich seiner Beifahrerin zu und musterte sie prüfend.

»Ich auch nicht, ganz gewiss nicht«, gab Julia mit wippendem Zeigefinger zurück. »Dafür mahlen die Mühlen viel zu langsam.«

»Nun ja«, schmunzelte Brandt, »ein Mann sollte so etwas zwar nicht tun, aber darf ich Sie fragen, wie alt Sie jetzt sind? Schon vierzig?«

»Schlechter Versuch«, gab Julia zurück. »Vierzig war ich schon bei unserem letzten Fall, und zwar dicke. Die nächste Null kommt nächstes Jahr.«

»Fünfzig, echt?« Brandt wirkte tatsächlich ungläubig, und Julia kam nicht umhin, sich geschmeichelt zu fühlen.

»Ja, und manchmal fühle ich mich auch so, egal, was Sie nun an charmanten Sprüchen auf Lager haben«, seufzte die Kommissarin.

»Ich sag ja gar nichts mehr«, grinste er, und Julia Durant schaute schweigend aus dem Fenster. Die schmutzigen Fassaden der Häuserblocks zogen an ihr vorbei, auf dem Gehsteig eilten Menschen. Die Sonne hatte sich eine freie Stelle zwischen den Wolken erkämpft, doch die Stadt strahlte heute dennoch etwas Fahles, Trostloses aus. Schwere, feuchte und von Abgasen gesättigte Luft, die nicht besser wurde, je tiefer der Alfa in die Innenstadt steuerte. Die Heizung im Wageninneren war nur auf geringer Stufe eingestellt, und auch aus dem Gebläse drang nur ein sanfter Luftstrom. Trotzdem stieg Hitze in ihr auf, und die Kommissarin räkelte sich beklommen unter ihrem Anschnallgurt.

Du wirst doch nicht etwa Hitzewallungen kriegen?, fragte sie sich argwöhnisch, und dieser Gedanke gefiel ihr überhaupt nicht.

MONTAG, 14:17 UHR

»Hast du keine Angst um deine Karre?«, erkundigte sich Peter Kullmer, als Frank mit einem Daumendruck die Zentralverriegelung des Porsche aktivierte.

»Nicht mehr als sonst«, sagte dieser und warf den Kopf nach hinten. »Das Porsche-Zentrum ist doch gleich um die Ecke, daneben BMW und Audi. Auch wenn man's der Gegend weiß Gott nicht ansieht, aber teure Autos kurven hier reichlich herum.«

»Wenn du meinst.«

»Jedenfalls steh ich lieber hier in einer Parkbucht, als diesen Typen direkt aufs Gelände zu fahren«, ergänzte Hellmer mit einem Grinsen und deutete mit dem Zeigefinger quer über die Straße.

»Da stimme ich dir wiederum zu«, grinste Kullmer.

Zwischen dem Ostbahnhof, dem alten Gelände der Großmarkthalle und den Hafenanlagen waren allerlei heruntergekommene Bauten vorzufinden, die in deutlichem Kontrast zu den protzigen Fassaden der Hanauer Landstraße standen. Viele Gelände waren verlassen, überwuchert mit Dickicht, zahlreiche Werbeschilder unterschiedlichster Unternehmen versprachen günstige Preise und erstklassigen Service. Autoteile, Lebensmittelgeschäfte, Kleinbetriebe, ein verrammelter Saunaclub und am Ende der Straße eine verlotterte Kleingartensiedlung. Dazwischen die Zufahrt zur »Autoverwertung Wehner« neben einer großen Plakatwand, deren letztes Werbeplakat längst von der Witterung ausgeblichen war und in Fetzen herunterhing. Ein Sattelschlepper mit in die Jahre gekommenen Gebrauchtwagen rangierte am Ende der Straße, vom Schrottplatz her drangen metallenes Hämmern und das Kreischen einer Trennscheibe zu ihnen.

Als die Kommissare durch das rostbraune, zwei Meter hohe Metalltor traten, welches zur Hälfte aufgezogen war, stellte sich ihnen ein bulliger Mann in Lederhose und -weste in den Weg. Er maß gut und gerne eins achtzig, schob eine beachtliche Wampe vor sich her, und die Bizepse seiner verschränkten Arme spannten unter dem verwaschenen Jeansstoff seiner Ärmel. Dazu kamen hohe Bikerstiefel und seine aufgerichtete Haltung, in der er Kullmer und Hellmer deutlich überragte. Mit einem abschätzigen und selbstgefälligen Grinsen sah er auf die beiden herab und knurrte: »Was gibt's?«

Kullmer tat unbeeindruckt, er hielt seinen Dienstausweis bereits in der Hand und bedeutete Hellmer, bloß nicht in seine Jacke zu langen. »Peter Kullmer, Kriminalpolizei«, sagte er mit einem gleichgültigen Nicken und wedelte mit seinem Ausweis. Dann deutete er mit dem Daumen neben sich. »Kollege Frank Hellmer, vom gleichen Verein.«

Keine weitere Erklärung, keine Frage, keine Aufforderung. Hellmer ahnte, worauf Kullmer hinauswollte, und spielte mit. Er setzte ebenfalls eine gelangweilte und unbeeindruckte Miene auf und betrachtete die Fingernägel seiner Rechten, als gäbe es im Moment nichts Wichtigeres zu tun.

»Und?«, kam es prompt von ihrem Gegenüber.

»Nichts und. Haben Sie etwa ein Problem mit der Kripo?«, fragte Kullmer zurück.

»Hä? Scheiße, nein.«

Kullmers Strategie schien zu funktionieren, denn sein Gegenüber wirkte bereits verunsichert.

»Gut. Wir haben auch kein Problem mit Ihnen«, lächelte der Kommissar in angenehmem Bariton, »und das soll sich unseretwegen auch nicht ändern.«

»Was wollen Sie denn überhaupt?«

»Nur kurz mit Ihrem Boss sprechen, Lutz Wehner. Keine Handschellen, keine Probleme, einfach nur miteinander sprechen, okay?«

»Lutz ist nicht da«, erwiderte der andere knapp, aber bestimmt. »Wo soll er denn sonst sein?«, fragte Kullmer sofort und dehnte seine Worte wie Kaugummi, um dem zweifelnden Unterton Nachdruck zu verleihen. »Würden wir etwa hier stehen, wenn wir wüssten, dass er nicht drinnen ist? Oder hat er am Ende etwas zu verbergen?«

»Quatsch, ich sage doch ...«

»Er ist also drinnen, prima«, unterbrach Kullmer ihn und wandte sich zu Hellmer. »Siehst du, Frank, du schuldest mir ’nen Fuffi.«

»Was? Ach so, ja«, murmelte Hellmer.

»Er hat gewettet, Lutz hätte die Biege gemacht, aber ich hab gesagt, so blöd wird der bestimmt nicht sein. Melden Sie uns jetzt also bei ihm an?«

»Nein, Scheiße!«, empörte sich der Bullige. »Haben Sie überhaupt einen Durchsuchungsbefehl?«

»Wozu?«, fragte Kullmer kopfschüttelnd. »Wir wollen nichts durchsuchen, wir möchten uns nur unterhalten. Nicht mal Handschellen haben wir dabei, oder, Frank, hast du Silberringe am Gürtel baumeln?«

»Nö.«

»Sehen Sie«, sagte Kullmer mit einem entwaffnenden Lächeln. »Und wenn Sie uns jetzt freundlicherweise bei Herrn Wehner ankündigen oder ihn meinetwegen zu uns herausbitten, dann werden wir unseren Kollegen von der Streife im Gegenzug ausrichten, dass sie heute Nacht nicht so genau hinsehen, wenn sie hier ihre Runde drehen. Deal?«

»Ich kann ihn fragen, aber Sie rühren sich nicht vom Fleck«, murrte es, »sonst bekommen Sie eine Klage wegen Hausfriedensbruch.«

»Werden wir nicht riskieren«, sagte Kullmer und hob kapitulierend die Hände. »Sie sind der Boss.«

Hellmer konnte sich das Lachen kaum verkneifen und hielt sich schützend die Hand vor den Mund, als der bullige Türsteher davontrottete und ein flaches Smartphone aus der Gesäßtasche fischte. Er entfernte sich gerade so weit, dass er die Kommissare noch sehen, sie ihn aber nicht hören konnten. Dann brüllte er etwas Unverständliches in Richtung des hinteren Geländes, was von der Straße aus nicht einsehbar war, und kurz darauf verstummte der Lärm der Trennscheibe. Einige Worte wurden gewechselt, zwischendurch drehte er argwöhnisch seinen Blick in Richtung der Ermittler, danach schien das Telefonat beendet, und er kehrte zurück.

»Da vorne rein«, sagte er und deutete auf eine graue Metalltür, die außen von zwei quer aufgeschweißten Beschlägen verstärkt wurde. Ein brennendes Rad war mit einer Graffiti-Schablone darübergesprüht, es ähnelte dem Symbol der *Black Wheels*, war aber nicht identisch. Kullmer war bei seinen Nachforschungen über ein Foto der alten Kutten gestolpert, die alle Mitglieder jenes verbotenen Frankfurter Motorradclubs einst getragen hatten. Vor zwei Jahren, es war der Fall mit den Snuff-Videos gewesen, war ihm das Symbol auch bei einem zwielichtigen Videotheken-Betreiber aufgefallen. Der Club agiert also in der Illegalität, dachte er und fragte sich, ob Vereinsverbote tatsächlich ein wirksames Mittel gegen Bandenkriminalität waren. Die Mafia, so überlegte er, ist auch verboten. Juckt das wen?

»Lutz macht gleich auf«, verabschiedete sich der Bullige und schickte sich an, zum Tor zurückzugehen.

»Eins noch«, raunte Hellmer ihm zu, denn er konnte sich diesen Kommentar beim besten Willen nicht verkneifen.

»Hm?«

»Es heißt Durchsuchungsbeschluss. Notfalls auch Anordnung. Aber Befehle«, er schüttelte milde lächelnd den Kopf und zwinkerte dabei, »die gibt's nur in der Armee.«

Ein metallisches Schaben und Knirschen ertönte, als die Tür nach innen gezogen wurde. Auf dem kahlen, unebenen Boden waren zwei deutliche Schleifspuren zu sehen, die sie dort im Laufe der Zeit hinterlassen hatte. Im Halbdunkel wartete ein schlanker Mann in grauem Langarm-Shirt und Bluejeans, Kullmer schätzte ihn auf Ende dreißig, hätte sich aber nicht festlegen mögen. Die schmale Brust, die strubbeligen dunkelblonden Locken, darunter eisblaue Augen: Der Mann mochte auch durchaus einige Jahre älter oder jünger sein.

»Herr Lutz Wehner?«, fragte Hellmer, während er in den Flur trat, der einmal quer durch das Gebäude reichte, zwei Türen auf jeder Seite, und am Ende in einen offenen Durchgang mündete.

»Das bin ich«, bestätigte die sonore, ein wenig kratzende Stimme des Mannes mit einem kurzen Nicken. »Gehen wir nach hinten.«

Im Gehen entzündete er sich eine Zigarette, und Hellmer griff sich in die Innentasche seines Mantels. Er hielt Kullmer die Packung grinsend hin, dieser hob sofort ablehnend die Hand.

»Hör mir bloß auf, Doris würde mir die Hölle heißmachen«, scherzte er, doch in Hellmers Ohren klang es nach mehr als nur einem lockeren Kommentar. Nur allzu gerne hätte auch seine Frau Nadine, die er über alles liebte, es gesehen, wenn er das üble Laster endlich ablegen würde. Doch solange er diesen verdammten Job machte, war Hellmers Standpunkt – und er liebte den Job viel zu sehr, um zu kündigen –, so lange würde er nicht damit aufhören.

»Sie haben irgendwelche Fragen an mich?«, kam Wehner zur Sache, nachdem er den Kommissaren einen Sitzplatz angeboten hatte und einen Aschenbecher in die Mitte des Tisches geschoben hatte. Sie saßen auf Klappstühlen um einen runden Glastisch, der von einem offenbar selbst geschweißten Rahmen getragen wurde. Unter der Platte stand auf einem verspiegelten Unterbau das graue Spritzgussmodell eines V-förmigen Motors. Auch der Rest des Raumes war mit allerlei Motorradzubehör geschmückt, an den Wänden hingen Lenker, Auspuffrohre und einige Helme. Unter manchen waren Namen vermerkt.

»Ist Ihr Allerheiligstes, wie?«, fragte Hellmer und stieß mit einem anerkennenden Pfeifen den inhalierten Rauch aus. »'ne ganze Menge Andenken.«

»Andere knien sich vor Kreuze, na und?« Lutz Wehner lehnte sich zurück, fuhr sich durch die Haare und schlug das rechte Bein übers Knie.

»Das war nicht abwertend gemeint«, erwiderte Hellmer ruhig, »im Gegenteil. Wie lange ist der Club jetzt verboten, fünf, sechs Jahre?« Er kratzte sich am Kinn und tat nachdenklich.

»Wieso Club?« Wehner wippte wieder nach vorn und kniff argwöhnisch die Augen zusammen.

»Na, die *Black Wheels*. Verkaufen Sie uns doch nicht für dumm«, knurrte Kullmer mürrisch, »glauben Sie, wir hätten das Symbol über der Tür nicht erkannt?«

»Selbst wenn es so wäre, das geht Sie nichts an«, kam es sofort, und Hellmer registrierte mit Genugtuung, dass der Tonfall Wehners etwas Rechtfertigendes an sich hatte. Genau das hatten sie beabsichtigt.

»Es ginge uns etwas an, wenn Sie einen verbotenen Verein am Leben hielten, täuschen Sie sich mal nicht ...«

»Ha, von wegen!«, platzte Wehner heraus. »Mein Bruder ist nämlich Anwalt, und ein brennendes Rad als Symbol ist überhaupt kein Beweis. Haben Sie hier irgendwo 'ne Kutte gesehen? *Das* wäre vielleicht etwas, das Sie angehen würde. Aber das werden Sie hier nicht finden.«

»Ich wollte eigentlich nur sagen, dass wir uns für Ihr Clubleben überhaupt nicht interessieren«, grinste Hellmer breit.

»Aber danke für die Infos. Was uns viel mehr interessiert, sind die Toten, genau genommen zwei ganz bestimmte. Wir sind nämlich von der Mordkommission.«

»Scheiße.«

»Warum?«

»Haben Sie einen Haftbefehl?«

»Brauchen wir denn einen?«

Lutz Wehner erhob sich und lief durch den Raum. Aus einem Spind entnahm er eine halb volle Flasche Jack Daniel's, und seine Augen suchten den Raum offenbar vergeblich nach einem Glas ab. Kurzentschlossen setzte Wehner den Flaschenhals kurz an seine Lippen, legte den Kopf zurück und kippte einen großen Schluck, bevor er an den Tisch zurückkehrte.

»Wir möchten nichts, danke«, kommentierte Kullmer.

»Hä? Sie dürfen doch überhaupt nicht.«

»Wenn Sie meinen. Sie kennen sich ja offenbar recht gut aus«, fuhr Hellmer fort und musterte sein Gegenüber. Feine Schweißperlen standen auf Wehners Stirn, und seine Gesichtsmuskeln zuckten unregelmäßig.

»Was wollen Sie denn jetzt? Ich hab hier 'nen Betrieb zu führen.« »Die Erwähnung von ein beziehungsweise zwei

Leichen hat Sie eben ganz schön aufgeschreckt. Wir würden gerne wissen, wieso.«

»Blödsinn.«

»Möchten Sie nicht wissen, um welche Toten es sich handelt?«

»Na, um den Matty wird's wohl gehen, das weiß doch mittlerweile jeder in der Szene.«

»Kunststück, den konnten Sie von hier unten ja fast brennen sehen, oder?«, sagte Kullmer. »Die Kaiserleibrücke ist doch nur einen Steinwurf entfernt.«

»Hab ich aber nicht, Scheiße!«

»Haben wir Ihnen auch nicht unterstellt«, sagte Hellmer beschwichtigend. »Aber was ist mit der zweiten?«

»Leiche?«

»Ja, was sonst?«

»Werden Sie mir schon verraten.«

»Oder Sie wissen es bereits.«

»Nein, verdammt, wieso sollte ich das wissen?« Wehner atmete schnell, und auch seine Hände waren nun schweißnass, wie zwei feuchte Abdrücke auf dem Shirt den Kommissaren verrieten.

»Weil es sich um einen Ihrer Vereinsbrüder handelt«, kam Kullmer nun auf den Punkt, und sein Blick bohrte sich förmlich in Wehners Stirn. Dieser rutschte hin und her, hielt dem Blick aber schweigend stand.

»Das Wissen um einen Toten allein macht einen aber noch nicht zum Tatverdächtigen«, warf Hellmer nach einigen Sekunden ein und bot Wehner damit einen offenbar heiß ersehnten Strohhalm.

»Klar wissen wir hier von Hannos Tod«, murmelte er

und gab sich sofort kleinlaut, »so was spricht sich doch herum.«

»Weil Grabowski der Boss Ihres Vereins war?«, fragte Kullmer.

»Nein, wie oft soll ich Ihnen noch sagen ...«

»So oft, bis wir davon überzeugt sind, dass Sie die Wahrheit sagen«, unterbrach Kullmer ihn sogleich. »Wann haben Sie von Grabowskis Tod gehört?«

»Heute früh irgendwann, keine Ahnung.«

»Und von wem?«

»Geht Sie nichts an.«

»Hatten Sie Kontakt zu Grabowskis Verlobter?«

»Zu wem?«

»Seiner Verlobten. Frau Mitrov, glaube ich, heißt sie.«

»Pff, Verlobte.« Wehner winkte verächtlich ab. »Falls Sie damit diese Alte aus Moldawien meinen, die für ihn derzeit die Beine breitmacht, damit sie's nicht mehr für jeden dahergelaufenen Freier tun muss, dann meinetwegen.«

»Wie auch immer«, sagte Hellmer achselzuckend, »von wem haben Sie es denn nun?«

»Kein Kommentar.«

»Wo waren Sie gestern Nacht zwischen 22:30 Uhr und Mitternacht?«, übernahm Kullmer wieder.

»Kein Kommentar.«

»Aber nicht zufällig bei dieser Moldawierin, oder?«, fragte er ins Blaue hinein. Wehner spannte sich unwillkürlich an und hob abwehrend beide Hände.

»Scheiße, nein! Wie kommen Sie denn auf so etwas?«

»Wir spekulieren nur ein wenig. Was bleibt uns anderes

übrig?« Hellmer zuckte mit den Achseln. »Wenn Sie uns nichts verraten, dann raten wir eben.«

»Hören Sie, behalten Sie das mal lieber für sich«, zischte Wehner verärgert, aber es schwang auch noch etwas anderes in seiner Stimme mit, was Hellmer als Angst oder zumindest als Unsicherheit deutete.

»Geben Sie uns was Besseres und schwups«, er fuhr sich mit der Hand vor der Stirn vorbei, »ist es schon wieder vergessen.« »Marion Kühne«, murmelte Lutz Wehner und bekam dabei kaum die Zähne auseinander. »Bei der waren Sie ja auch schon, wie man hört.«

»Die Schwester von Kohlberger?«, fragte Kullmer ungläubig. »Ja, genau die«, nickte Wehner.

Auch Frank Hellmer musste seine Überraschung überspielen. Wehner und die Kühne, dachte er stirnrunzelnd. Die Sozialpädagogin und der Schrotthändler? Mauerblümchen meets Motorradrocker? Zugegeben, es mochte die seltsamsten Konstellationen geben, aber allein die Vorstellung, dass eine scheue und unscheinbare Frau wie Marion Kühne, die immerhin einen FH-Abschluss hatte, sich an einen tätowierten Feinripp-Typen hängte, passte einfach nicht ins Gesamtbild. Hatte sie nicht sogar ihre Ablehnung gegenüber der ganzen Szene geäußert?, grübelte Hellmer.

»Sie und Frau Kühne sind demnach, ähm, Partner?«, fragte er schließlich.

»Der Gentleman genießt und schweigt« grinste Wehner breit. Dabei fiel auf, dass in seiner oberen Zahnleiste ein Eckzahn fehlte, was ihn noch verwegener wirken ließ.

Kullmer beugte sich nach vorn und tippte mit dem Zeigefinger auf die Glasplatte. »Herr Wehner, wir werden das überprüfen, da können Sie Gift drauf nehmen. Und ein echter Gentleman, um darauf zurückzukommen, würde wohl kaum hier herumlungern, während seine Lady alleine zu Hause hockt und um ihren Bruder trauert. Das nur mal am Rande.« »Ts, als ginge Sie das was an«, murrte Wehner und fügte dann hinzu, während er die Arme hinter dem Kopf verschränkte: »Überprüfen Sie das nur, umso schneller bin ich Sie wieder los. Marion wird Ihnen auch nichts anderes sagen als ich. Suchen Sie lieber den Mörder ihres Bruders, wenn Sie ja ach so besorgt um sie sind.«

»Zerbrechen Sie sich nicht unseren Kopf«, erwiderte Hellmer. »Aber jetzt, wo Sie es sagen, wie lautet denn Ihr Alibi für die Nacht von Grabowskis Tod? Zwischen Mitternacht und dem Morgengrauen, sagen wir vier Uhr früh?«

»Dasselbe in Grün. Ich war bei Marion.«

»Nun gut, wie Sie meinen. Aber wir werden das prüfen«, mahnte Hellmer. »Wir sind ein großes Team, ziemlich groß sogar, und zur Not gibt's ja auch noch das LKA. Man sagt, die warten schon seit Jahren darauf, die Bikerszene endlich mal wieder aufmischen zu können, stimmt's, Peter?«

»Ja, hab ich auch gehört«, nickte Kullmer und zwinkerte verstohlen. Die beiden Kommissare erhoben sich, und bevor sie sich in Richtung Ausgang wandten, deutete Hellmer noch einmal in Wehners Richtung. Dieser wich sogleich einige Zentimeter nach hinten, eine reflexhafte Geste, die er mit einem lässigen Grinsen auszugleichen versuchte.

»Falls Sie es interessiert«, schloss Hellmer das Gespräch, »dann sage ich Ihnen dasselbe, was wir auch Frau Kühne bereits gesagt haben.«

»Und das wäre?«

»Wir finden den Mörder von Martin Kohlberger, es gibt derzeit nichts, an dem wir intensiver arbeiten. Das Gleiche gilt für Johannes Grabowski, und das sagen wir besonders Ihnen in aller Deutlichkeit. Ich bin fest davon überzeugt, dass Sie um einiges mehr wissen, als Sie uns heute preisgegeben haben, aber wir hängen Ihnen von nun an der Wade wie der sprichwörtliche Pitbull. Es liegt an Ihnen.« Hellmer zog seine Visitenkarte hervor und ließ sie auf den Tisch segeln. »Tun Sie sich einen Gefallen und melden Sie sich bei uns, solange wir hier noch das Sagen haben. Sie haben damals mitbekommen, wie rigoros das LKA vorgeht, sobald es eine Clubsache wird. Ihre Entscheidung. Wir finden allein raus.«

Ohne eine weitere Reaktion abzuwarten, verließen Kullmer und Hellmer den Raum und wandten sich auch nicht mehr um.

MONTAG, 14:22 UHR

»Für eine Schickimicki-Stadt gibt's hier eine Menge übler Ecken«, sagte Brandt, während er seinen Alfa in eine enge Parklücke zwängte. Das Hinterrad schabte am Bordstein, er fluchte leise und setzte noch einmal vor und zurück. Sie standen unweit der Kreuzung Elbestraße und Taunusstraße, mitten im Sündenviertel. Die Glasfassaden der Hochhäuser schillerten vor dem immer blauer werdenden Himmel in der Sonne und blickten auf die nur einen Steinwurf entfernt liegenden alten, teilweise stark heruntergekommenen Häuser des Rotlichtviertels hinab.

»Wo helles Licht ist, findet man nun mal die tiefsten Schatten«, erwiderte Julia Durant schnippisch, fügte nach einer Weile jedoch leise hinzu: »Aber Sie haben ja recht. Das Schlimme ist, dass die wirklichen Verbrechen im großen Stil dort drüben begangen werden. Davon will nur keiner der Stadtherren etwas wissen.«

»Jedenfalls nicht, wenn Sie nicht ordentlich aufräumen«, grinste Brandt und hob das Kinn in Richtung Bankentürme. »Der Fall vom letzten Winter hat auch in Offenbach Beachtung gefunden, es ist ja nicht so, dass wir uns völlig abkapseln.« »Stichwort abkapseln«, entgegnete die Kommissarin, »wie wollen wir dieser Verlobten denn gegenübertreten?«

»Weiß nicht, mal sehen, wie sie so drauf ist. Ich finde es jedenfalls hilfreich, dass die Benachrichtigung bereits überbracht wurde. Nicht gerade mein Lieblingsjob, muss ich zugeben.«

»Meiner auch nicht«, gestand Julia ein.

Der Grund, warum sie Brandt diese Frage gestellt hatte, war jedoch ein anderer. Damals, bei ihrer gemeinsamen Ermittlung, hatte sie ihn als Taktiker kennengelernt, der nicht gerade zimperlich vorgegangen war bei der Vernehmung von Verdächtigen. Der Erfolg hatte für sich gesprochen, keine Frage, aber anders als bei ihren langjährigen Kollegen wusste Julia nicht, wie gut sie sich im Verlauf eines Gesprächs auf ihn einstellen konnte. Diese Ungewissheit bereitete ihr Schwierigkeiten, denn sie wollte sich mit ihrer Empathie auf die Frau konzentrieren und nicht auf ihren Kollegen.

»Ich schlage vor, Sie übernehmen den Anfang, weil es Ihr Revier ist«, sagte Brandt unvermittelt. »Wenn sie sich Ihnen gegenüber nicht kooperativ zeigt, mische ich mich ein. Ob sanft oder hart, sehen wir dann, es kommt immerhin darauf an, in welcher Trauerphase sie sich befindet, und nicht zuletzt, was für ein Typ sie ist. Gewöhnlich ergibt sich meine Strategie aus dem Bauch heraus, je nachdem, ob Papa Bär oder der böse Schuldirektor gefragt ist.« Brandt zwinkerte grinsend.

»Rollenspiele also.« Erleichtert hob Julia die Augenbrauen. »Na, dafür sind Sie hier ja im richtigen Viertel.«

Ruslana Mitrov empfing die Kommissare mit einem aufgesetzten Lächeln und erkannte offensichtlich sofort, dass es sich bei den beiden nicht um potenzielle Kunden handelte. Der Laden – ein schmales, unauffälliges Geschäftshaus, eingequetscht zwischen einer Spielhölle und einem Club – war eine Kombination aus Tätowierstube und Nagelstudio. In Nebenräumen summten die Nadeln, irgendwo stöhnte eine gequälte Stimme, und aus einem anderen Winkel, hinter einem zur Hälfte geschlossenen Vorhang, bewunderte eine junge Frau mit üppiger Dauerwelle und riesigen Ohrringen gerade ihre neu gestalteten Fingernägel. Einer Hinweistafel zufolge gab es im oberen Geschoss Sonnenbänke und Massagestudio, wobei jener letzte Hinweis mit einem dunklen Marker durchgestrichen war. Den fragenden Blick der Kommissarin auf das Schild durchschauend, kommentierte die attraktive, wenn auch etwas zu auffallend gestylte und geschminkte Mittvierzigerin: »Massage verstehen hier viele falsch. In anderen Häusern steht das für einen schnellen Fick, doch so etwas gibt es hier nicht. Wir sind ein anständiges Etablissement.«

Ihre Aussprache hatte einen eindeutig osteuropäischen Einschlag, die Grammatik jedoch war tadellos. Der Klang ihrer Stimme war tief und rauchig, Peter Brandt empfand sie als angenehm sinnlich, Julia hingegen musste unwillkürlich an eine der Telefonsex-Stimmen aus späten Werbespots denken, die einem beim Zappen im Spätprogramm auf manchem Sender begegneten. Im Hinterzimmer bat Frau Mitrov ihre Besucher, sich zu setzen, und bot ihnen etwas zu trinken an, was beide dankend ablehnten.

»Ich habe Ihren Kollegen bereits alles gesagt.«

Ruslana zuckte mit hilflosem Gesichtsausdruck die Schultern und zupfte sich anschließend an ihrer Bluse herum, obgleich diese wohl kaum einen Millimeter mehr rutschen konnte. Unter dem durchsichtigen Weiß zeichnete sich ein dunkler Spitzen-BH ab, und die darin verborgenen Brüste waren prall und von beachtlicher Dimension. Ein üppiges Dekolleté lag unter den weit auseinanderstehenden oberen Knöpfen der Bluse, und die Kommissarin vermutete, dass bei dieser Oberweite chirurgisch nachgeholfen worden war. Hierfür fehlte Julia jedes Verständnis. Doch solange es Männer gab, die ausreichend Geld besaßen und genügend Macht, um die Schönheitsideale von Frauen nach ihrem Wohlgefallen zu definieren, würde es auch Frauen geben, die sich diesen Torturen unterzogen. Und Ärzte, die ihr Berufsethos den Bankkonten ihrer Patienten anpassten. Sie ließ ihren Blick über die weichen Gesichtskonturen der attraktiven Brünetten wandern, sie hatte eine schmale Nase, ausgeprägte Wangenknochen, kleine, anliegende Ohren und einen natürlichen Mund, dessen volle Lippen ein wenig geöffnet waren. Das Gesicht schien in seinem ursprünglichen Zustand zu sein; wenigstens etwas, dachte die Kommissarin.

»Frau Mitrov«, sagte sie langsam, doch diese winkte sofort ab.

»Rosi, bitte, einfach nur Rosi. Alle hier nennen mich so.«

»Hm, in Ordnung«, murmelte Julia. »Rosi?«

»Mit ›Ruslana‹ habe ich abgeschlossen. Reden wir doch einmal ganz offen, in Ordnung? Ich stamme aus Moldawien, habe dort einen guten Schulabschluss gemacht und sogar, wie heißt das hier, Lehramt studiert. Ich habe keinen Abschluss, das Geld hat nicht gereicht, aber selbst wenn ...« Sie seufzte. »Wissen Sie, was Frauen aus Osteuropa blüht, die mit ihrem Abschluss nach Deutschland gehen, weil es zu Hause sowieso keine Stellen gibt? Wir gehen putzen oder anschaffen. Ruslana, pff«, spie sie verächtlich, »das ist in meiner Heimat ein schöner Name, aber hierzulande sieht jeder in dir nur eine Russenhure. Bitte, verzeihen Sie diesen Ausbruch, aber vielleicht verstehen Sie jetzt, warum ich mich einfach Rosi nennen lasse. Das war die nächstliegende Abkürzung, Hanno kam auf die Idee ...« Sie schluckte schwer und rieb sich die Nase.

»Wir bedauern Ihren Verlust aufrichtig.«

Julia Durant sprach ihre Worte langsam und mitfühlend aus, denn sie wollte nicht, dass sie wie eine Floskel wirkten.

»Das bringt ihn mir leider nicht zurück.«

»Frau Mitrov«, setzte Julia erneut an, »Rosi«, korrigierte sie sich sogleich, »wir setzen alles daran, diesen Mord aufzuklären. Das verspreche ich Ihnen, und nur deshalb sind wir noch einmal hier.«

»Hm.« Rosi schniefte kurz, zog dann ihren Mund nach

unten und spannte die Nase, während sie gleichzeitig die weit geöffneten Augen nach oben verdrehte, wohl in der Hoffnung, dass sie auf diese Weise die Tränen unterdrücken konnte. Es schien zu funktionieren, ihr Blick war zwar noch immer verklärt, aber sie weinte nicht. »Was möchten Sie wissen?«

»Auch wenn sich das eventuell mit den Fragen unserer Kollegen doppelt«, begann Julia, »aber hatte Herr Grabowski irgendwelche Feinde?«

»Kommt darauf an, wie Sie Feinde definieren. Ich werde nichts Schlechtes über Hanno sagen, nur dass Sie's wissen!«

»Wie meinen Sie das?«

Rosi Mitrov zögerte kurz, antwortete dann aber: »Na, hier im Viertel ist Schutzgeld ein großes Thema. Mehr sage ich dazu nicht. Und außerdem gibt's natürlich immer Konkurrenz. Wenn Sie das als Feinde betrachten ...«

»Und was ist mit der Motorradszene?«

»Wie? Ach *das*.« Rosi winkte ab. »Dieser ganze Scheiß mit dem Club ist doch Schnee von gestern.«

»Da haben wir anderes gehört«, mischte Brandt sich ein.

»Wieso?« Rosi zog argwöhnisch ihre feinen, mit Kajal nachgezogenen Augenbrauen hoch.

Julia war sich nicht sicher, ob die Frage ehrlich oder aufgesetzt war. Die Körpersprache deutete darauf hin, dass ihr Gegenüber keine plötzliche Unsicherheit verspürte, Rosi hatte die Hände entspannt auf den Oberschenkeln liegen, trommelte nicht mit den Fingern und bewegte auch die Waden nicht nervös auf und ab.

»Wissen Sie von dem anderen Motorradfahrer, der ermordet wurde?«, fragte Brandt zurück und blieb ihr eine Antwort schuldig.

»Äh, nein«, kam es einen Tick zu spät für Julias Empfinden.

»Frau Mitrov«, sagte sie daher mahnend und schüttelte dabei langsam den Kopf.

»Was denn?« Rosi breitete schützend die Hände vor ihrer Brust aus, eine eindeutige Abwehrhaltung.

»Sie wissen davon, stimmt's?«, sagte Julia und sprach rasch weiter: »Das können Sie uns gegenüber ruhig zugeben. Ich habe zuerst nur geraten, aber Sie haben ein wenig zu lange gezögert. Bleiben Sie ehrlich, dann neigen wir dazu, Ihnen auch alles andere zu glauben.«

»Aber ich belaste Hanno nicht«, bekräftigte Rosi trotzig.

»Das klingt für uns so, als hätte Ihr Hanno mit dem Tod Kohlbergers zu tun«, konterte Julia.

»Neiiin«, rief Rosi spitz.

»Selbst wenn, was soll's ihm denn noch schaden?«, warf Brandt ein. »Wenn wir es aber sowieso herausfinden und Sie seine Mitwisserin wären, ist's Pech für Sie.«

»Stopp, stopp, hören Sie auf!«

Rosi atmete schnell und fuchtelte hektisch mit der Linken.

»Das war doch alles ganz anders.«

»Na, dann erzählen Sie es uns in aller Ruhe«, forderte Julia, wieder ganz ruhig und freundlich, aber bestimmt. »Was auch immer Ihr Verlobter damit zu tun hatte, er wird sich außer vor Gott vor niemandem rechtfertigen müssen.«

»Er hat ja nichts damit zu tun«, widersprach Rosi. »Hanno und ich waren die ganze Nacht über zusammen. Das habe ich Ihren Kollegen auch schon gesagt, denn die haben gefragt, warum er gestern Abend so spät auf der Maschine unterwegs war. Um ehrlich zu sein, ich habe keine Ahnung, denn er schläft immer bei mir, also er schlief ...«

Sie stockte, und unmittelbar lösten sich einige Tränen aus ihren Augen, kullerten die Wangen hinab und fielen vom Gesicht auf das Dekolleté, wo sie schließlich verschwanden. Brandts Blick folgte einer Träne, dann aber zwang er sich wieder zur Konzentration und vernahm im selben Moment die nächste Frage seiner Kollegin.

»Sie waren also verlobt und haben auch zusammengelebt, ist das so korrekt?«

»Hm.«

»Was hat Herr Grabowski denn gearbeitet?«

»Er ist der Chef von dem Laden hier, hat die Buchhaltung gemacht, war oft unterwegs. So genau weiß ich das nun auch wieder nicht, aber er kannte eine Menge Leute, und wie gesagt, manche Sachen möchte ich nicht sagen, aber er hat eben mal hier, mal da ausgeholfen.«

»Und er war auch spätabends unterwegs?«

»Manchmal. Aber er ist immer nach Hause gekommen, hat nie auswärts übernachtet. Selbst wenn er getrunken hatte, doch das möchte ich auch nicht im Detail sagen.«

»Verkehrsdelikte interessieren uns nicht«, versicherte Brandt trocken. Beinahe wäre etwas ganz anderes aus ihm herausgeplatzt: Wegen Verkehrsdelikten werden wir ihn sicher nicht mehr belangen. Zum Glück hatte er sich unter Kontrolle. Aber es nervte ihn ungemein, dass die Mitrov ihre Informationen nur scheibchenweise preisgab und ständig aufs Neue betonte, nichts zu sagen, was das Ansehen ihres heiligen Johannes trübte. Für wen hält die uns?, dachte Brandt. Wir leben nicht hinterm Mond. Doch er ließ seine

Frankfurter Kollegin gewähren, denn sie schien einen gewissen Draht zu der Frau gefunden zu haben.

»Da muss ich meinem Kollegen recht geben«, lächelte Julia. »Außerdem hat selbst von uns sicher jeder schon mal über die Stränge geschlagen. Hat Herr Grabowski Ihnen untersagt, über seine Aktivitäten zu reden?«

»Nein, wie kommen Sie denn darauf? Ich habe es doch gesagt, es geht mir darum, nicht schlecht von ihm zu reden. So etwas gehört sich nicht, außerdem war er ein guter Mensch.«

»Er hat Sie nach Deutschland geholt?«, erkundigte sich Julia. »Nein. Aber er hat mich in das Deutschland gebracht, von dem so viele Mädchen in Moldawien träumen. Die meisten lernen nämlich nur ein ganz anderes Deutschland kennen. Dunkles Hinterzimmer, ein Dutzend Männer am Tag, keine Feiertage, kein Arzt, nur eine Dose Vaseline. Und von Gummis will da keiner was wissen, es sei denn, einer der Freier hat Angst, sich zu infizieren, und benutzt freiwillig eines. Soll ich weiter ins Detail gehen?«

»Nicht nötig«, erwiderte Julia Durant leise. »Ich kenne von diesem Deutschland mehr, als mir lieb ist.«

»Aber Sie kennen es trotzdem nicht von derselben Seite«, beharrte Rosi und deutete über sich. »Zweite Etage, fast genau über uns«, murmelte sie mit vielsagendem Blick. »Da war mein Verschlag, rundherum mindestens fünf weitere Mädchen. Hanno hat das ganze Haus gekauft und den Laden dichtgemacht, anschließend unten eine Weile eine Wettstube betrieben, bis wir uns irgendwann das Studio eingerichtet haben. Das war übrigens noch zu Zeiten des Clubs, also fragen Sie mich nicht, ob ich die Motorradtypen oder Hanno mit irgendwelchen Geschichten belasten will«, schloss Rosi. »Für mich waren das die rettenden Engel, egal, wie wenig sie sonst mit den himmlischen Gestalten zu tun haben mögen.«

»Hm, okay«, nickte Peter Brandt, denn während des letzten Satzes hatte Durants Handy zu vibrieren begonnen, und sie hatte des Gespräch, nachdem sie die Nummer auf dem Display identifiziert hatte, entgegengenommen.

»Verstehen Sie das nicht falsch«, fuhr er fort, »aber unsere Ermittlungsakten zeichnen in der Regel nur die schlechten Seiten eines Menschen auf. Der Name Grabowski ist im Laufe der Jahre immer wieder in Zusammenhang mit verschiedensten Delikten aufgetaucht, und diese, ähm, Dinge, von denen Sie uns eben berichtet haben, bekommt man in der Regel nicht mit.«

»Sehen Sie«, empörte sich Rosi und versteifte sich, doch Brandt unterbrach sie sofort wieder.

»Bitte, lassen Sie mich zu Ende sprechen. Worauf ich hinauswill, ist, dass Aussagen wie die Ihre zu einem deutlicheren Bild beitragen, und wir werden positive Aspekte genauso in die Waagschale legen wie die weniger schönen Dinge. Daher betone ich noch einmal, dass uns die Vergangenheit Ihres Verlobten nicht deshalb interessiert, um ihm möglichst viele Vergehen zuzuschreiben, sondern um seine Persönlichkeit zu verstehen. Denn wenn Sie mich fragen, auch wenn das natürlich nur eine Momentaufnahme ist, dann starb Herr Grabowski nicht wegen seines – ich formuliere das jetzt einmal so – kriminellen Hintergrunds, sondern aus sehr persönlichen Gründen.«

»Wie meinen Sie das?«, hauchte Rosi Mitrov.

»Zwei Schüsse in die Brust aus einer Entfernung von maximal zwei Metern«, antwortete Brandt. »Das lässt darauf schließen, dass er seinen Mörder gekannt hat und ihm wahrscheinlich sogar mit einem gewissen Vertrauen gegenübergetreten ist.«

»Finden Sie das Schwein!«, wimmerte Rosi, den Kopf zwischen den Händen vergraben, deren Fingernägel zweifellos erst vor kurzem von einer der Angestellten neu in Form gebracht worden waren. »Finden Sie dieses gottverdammte Schwein, das mir meinen Hanno genommen hat.«

Einige Minuten später verließen die Kommissare das Studio. Trotz dichtem Verkehr war die klare Luft frisch, und Brandt sog einige Atemzüge durch die Nase.

»Ganz schöner Mief, wie?«, fragte Julia Durant, die dasselbe tat und für einen kurzen Moment die Augen geschlossen hatte.

»Allerdings. Ich dachte, für solche Läden gilt das allgemeine Rauchverbot ebenfalls.«

»Grauzonen gibt's genügend«, murmelte die Kommissarin, »aber ich habe in Tattoo-Läden immer den Geruch von verbranntem Fleisch in der Nase. Sie nicht auch?«

»Na ja, manche bieten ja auch diese Brandings an. Das stinkt erbärmlich, und man bekommt den Duft nur sehr schwer wieder raus. Aber ich denke, wir haben den Geruch nach Abgasen und verbrannter Haut von vorletzter Nacht noch viel zu frisch in Erinnerung. Die Nase merkt sich solche Dinge. Bei mir ist es so, dass ich bei extrem kalter Luft und wenn Schnee liegt, ganz oft den Geruch von Sonnencreme in der Nase habe. Eine Erinnerung ans Skifahren, zudem schon dreißig Jahre alt, aber da sieht man mal, was für eine tolle Nase ich habe«, lachte er.

»Was sagt Ihnen Ihre Nase denn über unsere werte Dame da drinnen?«

»Sie spielt ihre Opferrolle recht gut«, meinte Brandt nachdenklich, »aber ich glaube ihr zumindest, dass Grabowski für sie von großer Bedeutung war. Sie glorifiziert ihren Retter, das ist bei ihrer Vergangenheit legitim. Alle anderen Verfehlungen blendet sie aus, leugnet diese aber auch nicht. Das macht es schwer, sie zu knacken. Ich würde die Vergangenheit gerne einmal durchleuchten, also die Jahre, bevor aus der hilflosen Ruslana die selbstbewusste Rosi wurde.«

»Sehe ich auch so«, stimmte Julia zu. »Ich kann Doris oder Sabine darauf ansetzen, es sei denn, Sie haben jemanden.«

»Nur zu. Apropos Sabine. Was ist mit ihr? Sie war doch heute Mittag plötzlich verschwunden, wenn ich das richtig mitbekommen habe?«

»Nichts gegen Sie«, wehrte Julia ab, »aber das ist eine komplizierte Geschichte und sehr privat, wie ich finde. Ich möchte Sabines Vertrauen nicht missbrauchen, okay? Fragen Sie sie bei Gelegenheit selbst mal, sie ist bei weitem nicht mehr so verschlossen, wie sie es in ihrer Anfangszeit war.«

»Verstehe. Ist auch nicht so wichtig. Aber von Doris Seidel können Sie was rüberwachsen lassen, ja?«

»Allerdings«, nickte Julia. Der Anruf vorhin war von Doris gewesen, und sie hatte mit einer höchst interessanten Neuigkeit aufgewartet. »Wir haben doch im Präsidium über den alten Vergewaltigungsfall von Kohlbergers Schwester gesprochen.«

»Ja.«

»Der behandelnde Arzt, dessen Bericht eindeutig belegt, dass es sich damals um einen brutalen sexuellen Akt gehandelt haben muss, ist noch immer in Frankfurt tätig, mittlerweile aber mit eigener Praxis, drüben, in Sachsenhausen.«

»Jaa«, drängte Brandt, »jetzt machen Sie's nicht so spannend!« »Nun, sein Name, und jetzt kommt's«, grinste die Kommissarin triumphierend, »ist Alexander Kühne.«

Brandt schluckte.

»Kühne?«, wiederholte er ungläubig. »So wie Marion Kühne?«

»Korrekt. Und bevor Sie mir damit kommen, dass es in Frankfurt und Umgebung sicherlich drei Dutzend Kühnes gibt: Er ist Marions Exmann. Dasselbe hat sich Doris nämlich auch gefragt und daraufhin die Personalien entsprechend überprüft.«

»Wow«, erwiderte Brandt nur. »Das sollten wir ihr dann wohl doch mal aufs Brot schmieren, oder?«

»Würde ich nur zu gerne«, sagte Julia kopfschüttelnd, »aber ich möchte nicht schon wieder bei ihr auf der Matte stehen. Ich könnte mir in den Arsch beißen, dass ich sie nicht längst auf die alte Geschichte angesprochen habe, aber wir haben diese Gelegenheit heute Morgen einfach versäumt. Wenn Sie sie kennenlernen, werden Sie verstehen, warum. Eine seelisch total zerbrechliche Persönlichkeit. Da braucht es eine Menge Fingerspitzengefühl.«

Brandt warf einen Blick auf seine Armbanduhr, danach prüfte er das Display seines Handys, doch es waren keine Anrufe oder Nachrichten eingegangen.

»Gut, dann könnten wir doch rein theoretisch mal bei diesem Arzt, dem die Frauen vertrauen, auflaufen, oder?«, fragte er mit gehobenen Augenbrauen. »Ich versuche zwar, meine Kontakte mit Ihrem Moloch hier weitestgehend gering zu halten, aber soweit ich mich erinnere, liegt Sachsenhausen ja auf der guten Seite des Mains. Dürfte also nur ein Katzensprung sein, richtig?«

»Fünf Minuten Fahrt, schätze ich«, antwortete Julia, ohne auf die spitzzüngigen Bemerkungen einzugehen.

»Na dann.«

MONTAG, 15:09 UHR

Nachdenklich lehnte Al in seinem grün gepolsterten Ohrensessel. Er hielt eine alte, mit Goldrand verzierte Kaffeetasse in der Hand und spielte mit einem der beiden Zuckerwürfel, bevor er sie nacheinander in der tiefschwarzen Flüssigkeit versenkte, in deren Mitte ein goldbrauner Fleck verriet, dass sich unter der Oberfläche einige Milliliter Kaffeesahne verbargen. Klappernd, mit einem silbernen Löffel, dessen Ende mit einem Rosenornament verziert war, in dessen Struktur sich schwarzer Beschlag gebildet hatte, vermischte er die Flüssigkeiten und den zerfallenen Zucker.

Er hatte seine Harley, nachdem er den Club verlassen hatte, in die Garage gefahren, die zu seiner Mietwohnung am Rande Offenbachs gehörte. Das klobige Gebäude, in dem Dutzende Mieter lebten, ohne einander zu kennen, war heruntergekommen, aber im Inneren einigermaßen behaglich. Nur die Heizung bereitete ihm derzeit allerhand Ärger, die Thermostate funktionierten nur zur Hälfte, und ständig ließ der Wasserdruck nach. So auch heute, ausgerechnet, denn bevor er sich umzog, hatte Al eine ausgiebige Dusche genommen. Beim Abwaschen der Seife schließlich war das Wasser eisig kalt geworden, was einen aufweckenden Effekt gehabt hatte, aber mittlerweile hatte er seine Sinne auch ohne fremde Hilfe wieder beisammengehabt. Fluchend hatte er den Duschvorhang beiseitegerissen und war hinausgesprungen, rubbelte sich mit einem kratzigen Handtuch trocken und ging danach hinüber in Richtung Kleiderschrank. Für die Wohnung eines Mannes, den andere als alleinstehenden Motorradrocker wahrnahmen, herrschte weitaus geringeres Chaos als erwartet, allerdings waren die Einrichtung und die persönlichen Gegenstände spartanisch und funktional. Außer Stapeln von Motorradzeitschriften, die er abonniert hatte, und einem Playboy-Kalender gab es nicht viel. Gebrannte DVDs, meist Pornos, hier und da eine Stange Zigaretten und eine Menge Kleidung. An der Wand hingen drei Helme verschiedenen Typs, der eine offen mit Kinnbügel, zwei andere geschlossen in Silber und in Mattschwarz. Drei Paar Lederstiefel, Sommer- und Winterhandschuhe und natürlich, an einem Ehrenplatz an einem separat aufgehängten Bügel, die schwere Lederkutte mit dem Schriftzug der *Mogin Outlaws*. Die Zahl 1315 war blutrot daruntergestickt, auf den ersten Blick eine Jahreszahl, auf den zweiten Blick die beiden Buchstabenwerte für M und O. Eine simple Symbolzeichnung, die schwarz-weiß auf ein rundes Feld gestickt war, stellte den Main dar und ein keltisches Schwert.

Sich vergewissernd, dass ihm keine neugierigen Blicke folgten, hatte Al einige Zeit später das Haus verlassen und war auf einem schmalen Betonweg, der die Grundstücke angrenzender Wohnhäuser durchquerte, in eine schmale Seitenstraße eingebogen. Von dort wechselte er auf einen Fußweg. Die Motorradkleidung hatte er abgelegt und den Helm zu den anderen gehängt. Nun trug er graue Jeans, einen dünnen, dunkelblauen Wollpullover und darüber einen schwarzen Stoffmantel. Auf dem Kopf hatte er eine Wollmütze, denn auch heute Nacht versprach es wieder ausgesprochen kalt zu werden. Achtzig Meter lang begegnete ihm niemand, und es folgte ihm auch keiner. Spätestens jetzt hätte ein eventueller Verfolger sich unwillkürlich bemerkbar gemacht, wenn er sein Ziel nicht aus den Augen verlieren wollte. Lächelnd trat Al am anderen Ende des Weges zwischen den dicht gewachsenen Hecken und hohen Holzzäunen heraus ins Freie, beschleunigte seinen Schritt und stieg zwei Minuten später hinab in den S-Bahnhof.

Vor zwanzig Minuten schließlich war er dann hier eingetroffen, hatte seinen Mantel an die Garderobe gehängt, war sogleich zielstrebig in die Küche geschritten und verrichtete dort seine üblichen Handgriffe, nachdem er ein gedämpftes »Schatz, ich bin zu Hause!« ausgerufen hatte. »Ich war auf dem Friedhof«, murmelte er, nachdem er seine Kaffeetasse auf den kleinen runden Beistelltisch neben seinem Sessel abgesetzt hatte. Leonie, mit der er seit beinahe zwei Jahrzehnten verheiratet war, saß ganz in seiner Nähe, in den braunen Cordpolstern des Sofas, welches schätzungsweise seit den sechziger Jahren keinen neuen Bezug mehr gesehen hatte. Aber sie hatten das Unikum, wie Leonie es einmal lächelnd genannt hatte, irgendwie ins Herz geschlossen, genau so, wie es war.

Nun war ihr Blick leer, sie sah ihn nicht an, starrte nur auf einen festen Punkt am anderen Ende des Raumes. Sie weinte nicht, so wie sie in den vergangenen Jahren ohnehin nur selten eine Träne vergossen hatte, aber in ihren Augen lag tiefe Trauer.

»Vierzehn weiße Rosen, ich habe mit dem Handy ein Foto gemacht, willst du's mal sehen?«

Ohne ihre Antwort abzuwarten, zog Al sein Smartphone heraus, tippte zweimal auf das Display und drehte es anschließend quer. Ein Grabstein war zu erkennen, davor ein Strauß cremeweißer Rosen, mit einer blauen Schleife zusammengebunden und mit Pflanzengrün, hauptsächlich feinblättrigem Farn, und einigen Vergissmeinnicht angereichert.

»Es würde ihr gefallen.«

Ganz bestimmt würde es ihr gefallen.

»Ich wollte noch etwas anderes mit dir besprechen«, murmelte Al nach einigen Sekunden der Stille. Er hatte das Telefon wieder eingesteckt und spielte nachdenklich mit dem Silberlöffel. »Wir hatten ja vereinbart, dass wir hier zu Hause, in unserem Refugium, nicht über diese Dinge sprechen. Aber es wird ohnehin bald in aller Munde sein. Kohlberger und Grabowski sind tot.«

Keine Reaktion. Nicht einmal ein Zucken, oder wenn, dann nur so minimal, dass Al es nicht wahrnahm. Er seufzte schwer. Leonies Depression hatte mal wieder ein Stadium erreicht, in dem ihre Katatonie nicht mehr durchbrochen werden konnte. »Armer Schatz«, flüsterte Al und beugte sich nach vorn, um ihr durch das goldbraune Haar zu streichen, in dessen Fülle sich kaum eine graue Strähne fand. Trotz aller Bürden sieht sie noch wunderschön aus, dachte er und fuhr dann fort: »Was ich sagen wollte vorhin, ist«, er stockte kurz, denn er bekam Angst, seine Frau mit den folgenden Worten zu verletzen, »dass ich in den kommenden Tagen möglicherweise nicht so oft hierherkommen kann. Es ist einfach zu riskant, verstehst du? Wir dürfen nicht riskieren, jetzt entdeckt zu werden. Das verstehst du doch, oder? Es ist nur noch eine Frage von Tagen, dann ist der ganze Spuk endlich vorbei. Glaub mir, niemand wünscht sich das sehnlicher als ich.«

Al erhob sich und griff zum Kuchenmesser. »Wie viele Stücke Kuchen soll ich denn noch schneiden?«

Er musterte den Apfelkuchen, der auf dem Esstisch stand. »Ich schneide alles auf, ist ja nicht mehr viel«, beantwortete er seine Frage murmelnd selbst und lehnte sich kurz darauf mit einem Teller, auf den er ein großes Stück Kuchen gelegt hatte, zurück in den Sessel. Kauend und von einer plötzlichen Trägheit befallen, verfiel er in Schweigen. Doch es war kein unterkühltes Schweigen, wie man es bei Ehepaaren erlebt, die sich nach Jahren der Routine nichts mehr zu sagen haben. Es war nicht einmal nur eine traurige Stille, obgleich das Thema Tod zwischen den beiden stets eine Rolle spielte. Tatsächlich verspürte Al in diesem Moment fast so etwas wie den sonntäglichen Frieden, der in kleinbürgerlichen Haushalten an den Wochenenden zwischen Kaffeezeit und Sportschau herrscht, nach dem Kehren der Straße und dem

Hereinholen der Betten, oder wenn nach dem Spaziergang die Füße ruhen, bevor man sich der Tagesschau zuwendet. Spazierengehen war ja leider nicht drin, dachte Al, aber umso gemütlicher und liebevoller gestalteten sie dafür ihre wenige Zeit, die sie miteinander verbrachten. Der Club forderte seine ganze Aufmerksamkeit, und auch später am Abend war sein Besuch im Clubhaus unumgänglich. Besonders jetzt, wo die Bullen sich ein Stelldichein gaben.

Al stellte den Teller, auf dem nur noch Krümel lagen, zurück auf den Tisch. Dann trat er an das Unikum heran, jenes alte Sofa, an dessen linken Rand er seine Frau gesetzt hatte, damit sie wenigstens einmal am Tag aus ihrem trostlosen Rollstuhl herauskam. Denn Leonie war querschnittsgelähmt, und jegliche Hoffnung auf eine Rehabilitation oder zumindest auf die teilweise Wiederherstellung ihrer Mobilität war längst gestorben.

»Wollen wir?«, fragte er leise mit einem warmherzigen Lächeln. Dann fuhr er sanft mit den Armen unter Leonies Achseln und richtete sie vorsichtig auf. Die Handgriffe hatte ihm ein junger Zivildienstleistender erklärt, der im Auftrag des Pflegedienstes jeden Tag vorbeigeschaut hatte, bis seine Ersatzdienstzeit zu Ende gegangen war. Mittlerweile gab es keine Zivis mehr, zwischenzeitlich hatten Polinnen und Langzeitarbeitslose einen Teil der Arbeit übernommen, Menschen, die viel zu viel mit ihren eigenen Problemen belastet waren, als sich ausreichend sensibel um Fremde zu kümmern. Umso wichtiger waren seine persönlichen Besuche, so gefährlich sie auch sein mochten, wusste Al. Im Club teilte man möglichst wenig, am besten gar nichts von seinem Privatleben, denn wenn es hart auf hart kam, waren Angehörige die Ersten, die unter Druck gesetzt wurden. Dieser Gefahr durfte er Leonie nicht aussetzen. Ohne großen Kraftaufwand hievte Al sie in den bereitstehenden Rollstuhl. Ein weiterer Grund, um die alte Couch mit ihren hässlich abgewetzten Bezügen zu schätzen. Es lag zwar nicht an den Polstern, sondern an der Sitzhöhe des Möbels, aber neben den harten Holzstühlen am Esstisch oder in der Küche war es das einzige bequeme Sitzmöbel, in das er seine Frau ohne übermäßige Anstrengung setzen konnte.

Al vergewisserte sich, dass das Pillendosett, welches der Pflegedienst mit Leonies Namen und einem Dosierungsvermerk beschriftet hatte, ordnungsgemäß an seinem Platz stand. Nicht zu übersehen, wenn man den Raum betrat, weit genug von der Tischkante entfernt, dass es nicht hinabfallen und unter ein Möbel rollen konnte, aber zugleich so, dass Leonie es von ihrem Rollstuhl aus erreichen konnte, ohne gegen ein Tischbein zu fahren. Ordnung muss sein, es gab gewisse Dinge, die sich im Laufe der Jahre so gut eingespielt hatten, dass man sie nun nicht mehr zu ändern brauchte. In der Küche räumte Al das Geschirr in die Spülmaschine, stellte diese jedoch noch nicht an, da sie kaum zur Hälfte gefüllt war. Gegen Viertel vor fünf schloss er die Eingangstür ab, stieg die Treppen hinunter und verriegelte nach ihrem Durchqueren auch die Pforte des dunkelbraunen Jägerzauns, der an zahlreichen Stellen einen grünen Moosbeschlag hatte. Prüfend wandte er sich noch einmal um, vergewisserte sich, dass die Fensterläden im Untergeschoss alle verschlossen waren, und stapfte anschließend über den mit nassem Laub bedeckten Waldweg zurück in

Richtung Bahnhof Dreieich-Buchschlag, den er ohne Hast gerade rechtzeitig erreichte, um in die S4 zu steigen, die ihn zurück nach Offenbach brachte.

MONTAG, 15:33 UHR

Julia Durant beendete das Telefonat und blickte danach hinüber zu Peter Brandt, der ebenfalls sein Handy in der Hand hielt, aber noch sprach. Sie hörte ihn den Namen »Elvira« sagen und beschloss, nicht zu lauschen, um festzustellen, ob er mit ihr oder von ihr sprach. Sie schätzte die Staatsanwältin Elvira Klein aufgrund ihrer Geradlinigkeit und Zielstrebigkeit, und andersherum war es nicht anders. Zugegeben, Julia ging mit den Vorstellungen, die in den klobig eingerichteten Büros der Staatsanwälte meist herrschte, nicht immer konform, aber Brandt hatte ihr versichert, dass sie für ihre laufende Ermittlung in Elvira Klein keine Gegenspielerin zu befürchten hatten.

Soeben hatte auch er sein Gespräch beendet und ließ das Telefon in seiner Lederjacke verschwinden.

Er ging einige Schritte in Julias Richtung. »Sind wir so weit?«

»Klar. Wollen Sie was hören, worauf Sie im Leben nicht kommen würden?«, grinste Durant kess.

»Raus damit. Sonst erfahren Sie nie, ob ich eben mit Elvira beruflich oder privat geredet habe.«

»Das können Sie meinetwegen für sich behalten, solange es nicht ermittlungsrelevant ist«, gab Julia sich gelassen.

»Also?«

»Kullmer und Hellmer waren bei Lutz Wehner, er hat eine Autoverwertung und Werkstatt im Osthafen, ganz in der Nähe der Kaiserleibrücke übrigens.«

»Weiß ich doch längst«, drängte Brandt ungeduldig.

»Dass man von dort auf die Brücke steigen kann, wusste ich nicht, nur dass das Viertel nicht weit entfernt ist«, gab Julia zurück. »Aber gut. Er hat den beiden ein äußerst interessantes Alibi genannt, angeblich ist er die ganze Nacht über bei Marion Kühne gewesen.«

»Kühne?«, rief Brandt ungläubig.

»Ja. Nur, was soll das? Sie hat behauptet, sie sei zu Hause gewesen, was niemand bezeugen könne. Auch wenn die erste Hälfte damit bestätigt scheint, hat sie zumindest in der Hinsicht gelogen, dass es keinen Zeugen gebe. Das sollten wir ihr ruhig noch einmal vorhalten.«

»Aber warum sollte sie uns das verschweigen?«

»Gute Frage.«

»Moment, hat sie das für die Nacht gesagt, in der es ihren Bruder erwischt hat, oder für die Nacht, in der Grabowski erschossen wurde?«, hakte Brandt nach.

»Hm, stimmt, das sind zwei Paar Schuhe. Fakt ist, dass sie betont hat, alleine zu sein und niemanden zu haben. Kein Sterbenswort von Lutz Wehner.«

»Glauben Sie ihr das denn?«

»Ich kenne diesen Wehner nicht. Aber warum sollte er lügen? Sie hat es verheimlicht, er sagt die Wahrheit, das ist die eine Möglichkeit. Die andere wäre, dass sie ihm ein Alibi gibt, aber warum haben sie das dann nicht für die Nacht davor auch getan? Verstehen Sie, worauf ich hinauswill?«

»Logisch«, nickte Brandt. »Warum ein gegenseitiges Alibi

auf eine Nacht beschränken und es durch einseitiges Verschweigen in ein unglaubwürdiges Licht rücken. Das schreit ja förmlich nach einem weiteren Besuch bei der Kühne. Ich möchte mir die Frau unbedingt auch mal ansehen, wenn Sie nichts dagegen haben.«

»Quatsch, wieso sollte ich. Aber erst mal fühlen wir dem Arzt, dem die Frauen vertrauen, auf den Zahn. Da dürfen gerne Sie erst mal das große Wort führen, mir brummt gerade ziemlich der Schädel.«

»Mache ich. Mit Frauenärzten hat man es ja sonst nicht so oft zu tun«, grinste Brandt.

»Wir dafür mehr, als uns lieb ist«, kommentierte Julia. »Aber heiraten würde ich meinen mit Sicherheit nicht. Und die Kühne hat ihren ja zudem durch einen sehr unglücklichen Umstand kennengelernt. Wurde da aus Fürsorge Liebe? Das ist mir alles recht schleierhaft. Ich bin gespannt, welche Geschichte er uns dazu auftischen wird.«

Die Praxis war hell und freundlich eingerichtet, an den Wänden hingen moderne, rahmenlose Bilder von jungen Künstlern aus der Region, die mit Namensschildern vorgestellt wurden. Die Sprechstundenhilfe, eine stimmgewaltige und sympathische Frau, die Brandt auf Anfang vierzig schätzte, verkündete lautstark, dass Dr. Kühne gerade eine Ultraschalluntersuchung durchführte und sie ihn dabei nicht einfach stören könne.

»Ein paar Minuten wird das noch dauern. Nehmen Sie im Wartezimmer Platz, ich rufe Sie dann rein.«

»Bitte sagen Sie ihm, es ist dringend«, beharrte Brandt.

»Ist es bei den meisten, die unangemeldet hier auftauchen«, gab die Frau schlagfertig zurück. »Er kann sich trotzdem nicht zerreißen.«

»Wie ist er denn so?«, nutzte Julia die Gelegenheit, denn es waren keine Patientinnen in Hörweite.

»Wer, Dr. Kühne?«

»Hm.«

»Toller Chef, was soll ich schon sagen? Ich arbeite hier vom ersten Tag an, seit es die Praxis gibt, und wenn Sie mich fragen, sind die meisten unserer Patientinnen äußerst zufrieden.«

»Und vorher?«, fragte Julia.

»Wie meinen Sie das?«

»Na ja, ich möchte gerne wissen, was er vor dieser Praxis gemacht hat, welche Erfahrungen er hat und so. Das interessiert mich bei Ärzten allgemein. Es gibt welche, die machen ihren Abschluss und benutzen zwanzig Jahre später noch dieselbe Literatur, ungeachtet dessen, was sich in der Forschung derweil getan hat. Und dann eben andere, die viele Arbeitsgebiete kennengelernt haben, Austausch mit Kollegen, Erfahrung gesammelt, solche Dinge. Stimmt es, dass er länger im Krankenhaus gearbeitet hat?«

»Ach Gott, ja. Daher kenne ich ihn übrigens.«

Volltreffer, dachte Julia und warf einen Blick in Brandts Richtung, der ihr anerkennend zulächelte.

»Sie kennen Dr. Kühne schon länger?«

»Er hat mich, hm, mitgenommen, könnte man sagen. Das heißt, als er weggegangen ist, hat er einige Monate gebraucht, danach übernahm er diese Praxis und warb mich ab. Ich habe als Arzthelferin auf Station gearbeitet, also war es für uns beide gut.«

»Wie meinen Sie das?«

»Er bekam eine qualifizierte Kraft und ich einen guten Chef«, schmunzelte die Frau kess.

»Sie haben eben von einer mehrmonatigen Phase gesprochen, wie meinten Sie das?«

»Eine Praxis zu übernehmen braucht eben Vorlauf«, erwiderte die Angestellte, deren Namensschild sie als Frau Ludwig auswies, wie Julia eben erst bemerkte, da es zur Hälfte unter ihrem Kittelkragen verborgen gelegen hatte. Doch ihre Antwort war zu rasch gekommen.

»Das ist alles?«, hakte die Kommissarin nach.

»Na ja, es gab seinerzeit auch Schwierigkeiten in seiner Ehe«, gestand Frau Ludwig und verzog das Gesicht.

»Das kenne ich«, seufzte die Kommissarin, »aber diese Probleme scheint er ja dann überwunden zu haben.«

»Zum Glück. Wenn Sie mich fragen, hatte die ihn überhaupt nicht verdient«, zischte Frau Ludwig verstohlen, nahm im nächsten Moment aber demonstrativ die Hand vor den Mund. »Ich habe nichts gesagt, fragen Sie ihn lieber selbst, wobei er nicht gerne darüber spricht, wie Sie sich vorstellen können. Deshalb sind Sie jedoch nicht hier, nehme ich an?«

»Nein, sicher nicht«, sagte Julia. Das Klingeln des Telefons beendete den Dialog, und die beiden Kommissare begaben sich ins Wartezimmer. Der Raum war gemütlich eingerichtet, es gab eine Spielecke für Kleinkinder, und auf dem Tisch lagen stapelweise Zeitschriften. Eine ältere Frau saß stumm und mit leerem Blick in der hintersten Ecke, weiter vorn tippte eine höchstens Sechzehnjährige in engen Jeans und rosa Shirt emsig in ihr Smartphone. Julia schaute verstohlen auf den Bauch des Mädchens und anschließend zu Brandt, der offenbar denselben Gedanken gehabt hatte. Die Augen und Wangen der Kleinen waren leicht gerötet, das konnte aber der kalten Luft draußen und ihrer wenig angepassten Kleidung geschuldet sein. Schwanger sieht sie nicht aus, schloss Julia, und auch Peter schüttelte kaum merklich den Kopf.

Sie nahmen dem Mädchen gegenüber Platz, Peter erhaschte dabei einen kurzen Blickkontakt mit der Alten, die kurz die Nase rümpfte und danach wieder ins Leere sah. Ihre Missgunst, dass junge Mädchen heutzutage ungeniert ihren Spaß haben durften, sprach Bände. Darüber, dass junge Mädchen heute im Gegensatz zu früher meist völlig alleine dastehen, denkt sie sicher nicht nach, dachte Brandt.

Sarah und Michelle kamen ihm in den Sinn, die ja auch schon ihre Erfahrungen mit dem männlichen Geschlecht gesammelt hatten. Keine perfekten Partner, ganz im Gegenteil, aber konnten Töchter überhaupt jemals den Richtigen anschleppen, der in den Augen ihres Vaters gut genug war? Brandt konnte sich das kaum vorstellen. Er wollte sich gerade zu seiner Kollegin hinüberbeugen, um ihr etwas zuzutuscheln, als Frau Ludwig die Tür aufriss und auffordernd hinter sich deutete.

»Er hat jetzt Zeit. Aber machen Sie's kurz, gleich kommen die nächsten Termine, und dann wird's voll hier.«

Dr. Alexander Kühne war ein attraktiver Mann Mitte vierzig, sein Auftreten und Erscheinungsbild erinnerten Brandt ein wenig an seinen Chef, Bernhard Spitzer – allerdings vor mindestens fünfzehn Jahren. Bernie war ebenso wie er deutlich schneller gealtert, als Dr. Kühne es zu tun schien. Er hatte angenehm ausgeprägte Gesichtskonturen, weder kantig noch zu weich, und eine unversteifte, aufrechte Körperhaltung. Golfplatzhaltung und -teint, dachte Brandt bissig, obwohl er dem Arzt nicht von vornherein unrecht tun wollte. Doch nach allem, was er von Marion Kühne bislang gehört hatte, fragte der Kommissar sich, warum ein solcher Mann sich mit einem Mauerblümchen geschmückt hatte. Wenn der's drauf anlegen würde, könnte er die Kleine aus dem Wartezimmer abschleppen oder sich irgendwo anders eine Zwanzigjährige anlachen. Andererseits, die Ehe hatte ja auch nicht lange gehalten.

»Sie kommen von der Polizei?« Kühne kam direkt zur Sache und deutete auf die beiden Stühle vor seinem Schreibtisch.

»Kriminalpolizei«, nickte Brandt. »Frau Durant aus Frankfurt und ich aus Offenbach. Wir ermitteln gemeinsam.«

»Worum geht es?«

»Wir sind im Zuge einer Mordermittlung auf Ihren Namen gestoßen.« Brandt beobachtete genau, wie Kühne auf diese recht provokante Aussage reagierte, doch der Arzt verzog keine Miene.

»Mordermittlung?«, fragte er nur und neigte fragend den Kopf.

»Im Zuge dieses Falls, zu dem ich Ihnen keine Einzelheiten nennen darf, sind wir auf den Namen Kühne gestoßen.«

»Na ja, aber Kühne, die gibt's doch wie Sand am Meer«, erwiderte der Arzt mit einer ausholenden Handbewegung.

»Kohlberger aber nicht«, warf Brandt ein, und sofort versteinerte sich Kühnes Miene.

»Kohlberger?«, wiederholte er.

»Marion Kohlberger, um genau zu sein«, bestätigte Brandt und wartete gespannt auf Kühnes nächste Frage.

»Ist sie, also, ich meine, hat man Marion ...?« Kühnes Stimme klang besorgt, aber nicht übermäßig nervös.

»Nein, ihren Bruder«, gab Brandt nun preis.

»Ah.«

»Würden Sie uns bitte sagen, wo Sie in der Nacht von Samstag auf Sonntag waren?«

»Wie? Ich? Verdächtigen Sie mich etwa?« Kühne fuhr sich nervös über die Stirn.

»Standardfrage«, erwiderte Brandt, »die stellen wir jedem. Also?«

»Das ist einfach zu beantworten«, entgegnete Kühne und tippte auf einen flachen Wochenplaner, der vor ihm auf dem Tisch lag und mit zahllosen Bleistiftnotizen vollgekritzelt war. »Wir sind am Quartalsende, da verbringe ich das Wochenende meist hier am PC. Oder zu Hause. Ich war am Samstag lange hier, die genaue Uhrzeit können wir wohl dem Computer der Schließanlage entnehmen. Es war jedenfalls schon dunkel, als ich nach Hause fuhr. Den Rest des Abends war ich allein. Bezeugen kann das aber wohl niemand. Und jetzt sagen Sie mir endlich, was mit meinem Exschwager passiert ist.«

»Hatten Sie ein gutes Verhältnis zueinander?«, fragte Brandt unbeirrt weiter.

»Ich und Martin? Ähm, natürlich«, entgegnete Kühne, »immerhin war ich mit seiner Schwester verheiratet.«

»Das haben wir auch schon herausgefunden«, erwiderte Brandt. »Sie kannten Marions Bruder aber nicht erst seit Ihrer Hochzeit, nicht wahr?«

»Wie meinen Sie das?«

»Na, kommen Sie. Sie waren damals, vor der Jahrtausendwende, doch noch im Krankenhaus tätig.«

»Ja und?«

»Muss ich Ihnen das wirklich vorbeten? Marion Kühne war eine Patientin, ein nächtlicher Notfall, übel zugerichtet. Soll ich die Akte holen gehen? Ich hab sie unten im Wagen.«

»Nein, schon gut«, wehrte Dr. Kühne ab, dem das Unbehagen nun deutlich anzusehen war. Die Gegensprechanlage summte, er presste hastig auf einen der Knöpfe und bellte ein »Jetzt nicht!« ins Mikrofon.

»Sie haben Marion damals als Patientin kennengelernt, ist das so weit korrekt?«

»Ja. Ist das etwas Schlimmes? Jede dritte Ehe rührt aus einer Romanze am Arbeitsplatz her.«

»Wenn Sie meinen. Aber falls diese Statistik überhaupt stimmt, dann dürfte sich das vor allem auf Kollegen beziehen, also in Ihrem Fall vielleicht Frau Ludwig. Die haben Sie damals doch auch schon gekannt, stimmt's? Aber Arzt und Patient, na, ich weiß nicht.«

»Ist das relevant für Ihre Mordermittlung?« Kühne schien sich wieder gefangen zu haben, und er klang nun eisig und abweisend.

»Das wissen wir noch nicht«, antwortete Brandt unverbindlich. »Aber die Rolle Ihrer Exfrau ist in jedem Fall relevant für uns. Wissen Sie etwas über das Verhältnis zu ihrem Bruder?«

»Nicht wirklich«, murmelte Kühne. »Er ist einer dieser unnahbaren Typen, die aber stets über alles informiert sein wollen. Ein Kontrollfreak, wenn Sie mich fragen, aber er hat Marion wohl auch durch eine schwere Kindheit begleitet. Sie sind ohne Eltern aufgewachsen, Pflegefamilien, soweit ich weiß, und haben eine Art Symbiose gebildet. Sie waren zwar so unterschiedlich wie Tag und Nacht, aber konnten auch nicht ohneeinander.«

»Hm. Und dieser Vorfall damals?«

»Darüber darf ich nicht sprechen«, blockte Kühne ab. »Schweigepflicht verjährt nicht.«

»Vergewaltigung schon«, mischte sich Julia in Gespräch. »Sie dürfen uns Ihren Bericht von damals durchaus kommentieren, denn er ist in der Akte aufgeführt.«

»Es hat keine Anklage gegeben«, wich Kühne aus.

»Aber Sie haben ganz eindeutig einen sexuellen Übergriff gegen den Willen der Frau bescheinigt«, beharrte die Kommissarin. »Es handelt sich um Ihre spätere Ehefrau, bedeutet das Ihnen gar nichts?«

»Frau Durant, ich habe dazu nichts weiter zu sagen«, bekräftigte der Arzt und verschränkte die Arme. »Außerdem ist Marion ja nun nicht mehr meine Frau.«

»Ich habe sie gestern kennengelernt«, erwiderte Julia kühl. »Wenn Sie mich fragen, macht sie diese Geschichte von damals kaputt, und dass sie nun auch noch ihren Bruder verloren hat, wirkt sich auch nicht gerade förderlich auf ihr Befinden aus. Denken Sie mal darüber nach, was ihr jetzt helfen würde, auch wenn Sie nichts mehr für sie empfinden.«

»Dass ich nichts mehr für sie empfinde, habe ich nicht gesagt«, widersprach Kühne.

»Dann denken Sie bitte darüber nach«, forderte die Kommissarin, erhob sich und legte ihre Visitenkarte auf den Tisch. »Ich melde mich morgen bei Ihnen, es sei denn, Sie melden sich vorher. Als Nächstes werden wir Ihre Exfrau noch einmal besuchen, nur damit Sie Bescheid wissen. Es liegt bei Ihnen.«

»Sie legen ein ganz schönes Tempo vor«, kommentierte Peter Brandt den Verlauf und das abrupte Ende der Vernehmung des Arztes, als die beiden wieder im Auto saßen. »Nicht dass es mich stört, wir waren ohnehin an einem toten Punkt, aber ich lasse mir das Heft nur ungern aus der Hand nehmen.«

»Das habe ich mir auch gedacht, als ich übernahm«, gab Julia kleinlaut zu. »Aber gewisse Dinge bringen mich auf Hundertachtzig, und da gehört sexuelle Gewalt dazu. Ein Arzt, der zuerst eine Vergewaltigung diagnostiziert, dann schweigend erträgt, dass es keine Ermittlung gibt, und anschließend das Opfer heiratet, hm, das macht auf mich alles einen sehr suspekten Eindruck.«

»Nicht zu vergessen, dass er sich anschließend wieder hat scheiden lassen, aber trotzdem noch positive Gefühle für sie zu haben vorgibt«, murmelte Brandt und rieb sich die Schläfe. »Halten Sie ihn denn, so ganz allgemein, für glaubwürdig?«

»Fachlich bestimmt. Falls Sie die damalige Diagnose meinen. Sonst hätte er sie längst widerrufen oder zumindest zu relativieren versucht. Menschlich blicke ich da noch nicht so ganz durch, darüber muss ich in Ruhe nachdenken. Und Sie?«

»Ich stimme Ihrer Analyse zu. Warten wir ab, ob er sich meldet.«

»Oder ob er die Kühne informiert«, warf die Kommissarin ein, und Brandt nickte zustimmend, während er den Wagen startete.

»Das werden wir ja gleich sehen.« Er fuhr los und suchte mit den Fingern den Schalter des Radios.

»Haben Sie eigentlich CDs dabei?«, wollte Julia wissen. Die Kommissarin hörte nicht selten Radio, doch manchmal gingen ihr die Werbung und die Beiträge auf die Nerven, denn sie konnte nur bei Musik abschalten. Bei ordentlicher Musik.

»Im Handschuhfach dürfte eine CD von Michelle liegen, aber ich bezweifle, dass das Ihre Richtung sein wird«, grinste Brandt. »Wieso, sehe ich etwa aus, als würde ich nur auf Schlager und Klassik stehen?«, erwiderte Julia ebenfalls grinsend und öffnete die Klappe des Fachs. »Darf ich?«

»Nur zu.«

Sie griff zwischen Papieren und dem Serviceheft des Wagens hindurch, vorbei an einem Päckchen Taschentücher und zwei Kugelschreibern, und fischte zwei selbstgebrannte CDs in dünnen Plastikhüllen hervor, von denen eine unbeschriftet war und auf der anderen mit dickem grünem Edding »Summer 2009« in geschwungener weiblicher Handschrift stand. Die CD war leicht vergilbt, was nicht ungewöhnlich war, wenn sie schon seit über zwei Jahren hier im Auto lag.

»Nehmen Sie bloß nicht die andere«, mahnte Brandt mit einem kurzen kritischen Seitenblick, »es sei denn, Sie stehen auf Hip-Hop-Reggae-Techno.«

»Was denn nun?«

»Fragen Sie mich nicht nach Details, aber ich glaube, auf der 2009er ist etwas von Kid Rock, Deichkind, Lady Gaga oder Pink.«

»Hm, ich sehe, Sie kennen sich aus«, lächelte Julia anerkennend, »und solange es etwas Rockiges ist, bin ich nicht abgeneigt.«

»Immer noch eine Rockerbraut?«

»In Sachen Musik? Durch und durch. Ohne Guns N' Roses würde ich nie eine weitere Strecke fahren. Und Sie?«

»Hardrock ist okay, aber Norah Jones hat auch einen Platz in meinem CD-Regal. Das ist total stimmungsabhängig.«

»Und davon, ob Frau Klein in Reichweite ist, vermute ich«, zwinkerte Julia schelmisch.

»Kein Kommentar«, schmunzelte Brandt. »Aber wenn ich so über Ihren Musikstil nachdenke und über den momentanen Fall, dann drängt sich mir ein lustiges Bild auf.«

»Oje, ich ahne Schreckliches.«

»Sie in ausgefranster Jeansjacke auf einer Harley unterwegs zum Open Air in Wacken«, lachte Brandt. »Der Inbegriff einer Rockerbraut, finden Sie nicht?«

»Vorher friert die Hölle zu«, konterte Julia augenrollend, musste aber selbst lachen.

Peter Brandt wurde wieder ernst. »Wo wir gerade beim Thema Rockerbraut sind. Was erwartet mich denn nun bei Kohlbergers Schwester? Schüchtern und beinahe schon verklemmt, das zumindest habe ich noch im Ohr. Aber vielleicht mimt sie nur das Mauerblümchen und ist in Wirklichkeit eine verkappte Suzi Quatro, was meinen Sie?«

»Dieser Gedanke ist mir auch schon gekommen«, gestand Julia ein, »aber ich kann es mir beim besten Willen nicht vorstellen. Machen Sie sich selbst ein Bild.«

MONTAG, 16:20 UHR

Marion Kühne schien noch blasser als beim letzten Mal. Sie runzelte fragend die Stirn, als die Kommissarin ihr mit Peter Brandt bereits den dritten Partner vorstellte.

»Das muss auf Sie vielleicht etwas befremdlich wirken«, beugte Julia Durant einem entsprechenden Kommentar vor, »aber Herr Brandt ist ein Kollege aus Offenbach. Wir ermitteln in diesem Fall gemeinsam.«

»Verstehe«, erwiderte Frau Kühne leise und schlurfte in Richtung Küche. »Ich habe gerade Kaffee gekocht, möchten Sie? Oder dürfen Sie das nicht annehmen?«

»Wir dürfen, und ich für meinen Teil würde auch gern«, lächelte Peter Brandt mit warmherziger Miene, die er bei sensiblen Befragungen gerne verwendete, um das Eis zu brechen. Er musste sich dafür nicht verstellen, denn der Kommissar war ein empathischer Mensch, zu dem man in der Regel recht schnell Vertrauen aufbauen konnte, wenn man nicht gerade etwas Schlimmes zu verbergen hatte. Trotzdem arbeitete sein Verstand hinter der freundlichen Mimik messerscharf weiter. »Nur die Tassen, insbesondere wenn sie einen Goldrand haben, dürften wir nicht mitnehmen«, fügte er noch hinzu und zwinkerte. »Das würde dann in Richtung Bestechung gehen.«

Ein flüchtiges Lächeln huschte über Marion Kühnes Gesicht. »Wie? Ach, ich frage ja nur. Und für Sie?«

Sie blickte fragend in Julias Richtung, doch diese schüttelte den Kopf. »Danke, nein. Besser nicht. Ich hatte meine Tagesdosis bereits.«

»Ich sollte auch nicht mehr so viel davon trinken«, kommentierte Frau Kühne nachdenklich. »Verträgt sich nicht mit den Medikamenten. Aber dieser hier ist koffeinfrei.«

»Medikamente?«, wiederholte Brandt, ohne sein gewecktes Interesse allzu deutlich zu zeigen.

»Ja, hatte ich das nicht schon gesagt?«

»Nein«, antwortete Julia leise.

»Hm. Na, es ist wohl kein Geheimnis, das ich vor Ihnen bewahren müsste. Behandeln Sie diese Informationen eigentlich vertraulich?«

»Ja«, bestätigte Brandt, »jedenfalls, soweit es die Ermittlungen zulassen. Ihre Medikation dürfte dabei kaum von großem Interesse sein. Wenn Sie eine Panzerfaust im Schrank hätten, wäre das etwas anderes. Was nehmen Sie denn? Ich habe schon von Frau Durant gehört, dass Sie krankgeschrieben sind.«

»Das hat nur indirekt damit zu tun«, wich Frau Kühne aus und blinzelte in Julias Richtung. »Ich nehme Antidepressiva. Wie gesagt, ich dachte, das hätten Sie oder Ihr Kollege bei Ihrem letzten Besuch gesehen. Sie liegen im Wohnzimmer im Regal.«

Julia schüttelte schweigend den Kopf. Sie wollte ihrem Kollegen nicht wieder in die Befragung funken, zumal Brandt offenbar einen Draht zu Marion Kühne hatte.

»Sie sagten ›indirekt‹. Darf ich fragen, wieso?«, fuhr dieser fort.

»Na ja, wenn ich ein besonderes Tief habe, bekomme ich

schon mal eine Krankmeldung. Aber die lasse ich mir lieber von einem anderen Arzt geben, denn wenn der Psychiater mir einen gelben Schein ausstellt, wissen alle Kolleginnen sofort, was los ist. Daher indirekt.«

»Aber solche Informationen sind doch vertraulich.«

»Pf.« Marion winkte verächtlich ab. »Haben Sie eine Ahnung, wie es in pädagogischen Einrichtungen zugeht? Ich könnte Ihnen Dinge erzählen ... Haben Sie Kinder? Oder Sie?«

»Zwei Mädchen, aber beide schon erwachsen«, sagte Brandt.

»Nein«, antwortete Durant.

»Seien Sie froh. Ich habe hier in Frankfurt studiert, als es den guten alten Diplomstudiengang gab und die Fachhochschule noch ganz anders war. Eine echt gute Ausbildung, jede Menge Praxis, überhaupt kein Vergleich zu den heutigen Express-Studiengängen. Aber was hat's mir gebracht? Ich habe einen Teilzeitvertrag als Erzieherin, verdiene gerade genug, um über die Runden zu kommen. Als ich angefangen habe, waren wir ausschließlich berufserfahrene Kolleginnen, mindestens staatlich anerkannte Erzieherinnen. Mittlerweile geben sich Praktikantinnen und Berufsanfänger die Klinke in die Hand, keiner der Eltern weiß mehr, wer nun für sein Kind zuständig ist, aber Hauptsache, es ist billig und die Kleinen sind ruhiggestellt. Regelmäßige Teamsitzungen? Supervision? Dass ich nicht lache. Aber tratschen und sich gegenseitig ausstechen, das können alle gut, anstatt sich mal gemeinsam gegen die Arbeitsbedingungen aufzulehnen. So läuft es darauf hinaus, dass sich die Leitung resigniert in ihrem Kämmerchen verschanzt und sich im Zweifelsfall gegen ihr Team stellt, damit es nur ja keinen Konflikt mit der Geschäftsführung gibt. Hauptsache, die Beiträge kommen pünktlich und man steht nach außen hin gut da. Wer da aufmuckt, der wird herausgemobbt.« Marion Kühne stieß erregt ihren Atem aus und fuhr sich über den Mund, bevor sie etwas leiser weitersprach. »Nein danke, mit meinen persönlichen Dingen halte ich mich da zurück, sonst bin ich nur noch die Psychotante und habe binnen weniger Wochen eine Abmahnung oder gleich eine Kündigung im Fach liegen.«

Sie stand auf, suchte eine Schachtel Zigaretten und zündete sich mit zittrigen Fingern eine an. »Verzeihen Sie, jetzt haben Sie den ganzen Frust abgekriegt, aber das ist nur die Spitze des Eisbergs. Je länger ich darüber nachdenke, umso kränker wird es«, seufzte sie. »Und dafür habe ich studiert.«

»Klingt, als wäre die Zeit reif für einen Wechsel, oder?«, fragte Brandt teilnahmsvoll.

»Weiß nicht.« Sie zuckte mit den Achseln und nahm wieder Platz. »Es klingt vielleicht absurd, aber ich liebe meine Arbeit. Ich wollte nie etwas anderes, als mit Kindern zu arbeiten. Kinder sind unsere Zukunft, und es braucht Menschen, die sie vor der Willkür schützen. Bildungspläne für Kindergärten, prekäre Arbeitsbedingungen und all dieser unselige Schwachsinn, nein, ich kann das nicht einfach ignorieren. Unsere Einrichtung könnte eine Menge erreichen, wenn sich Leitung und Personal wieder am Wohl des Kindes ausrichten würden, anstatt sich gegenseitig das Leben schwerzumachen. Nein«, winkte sie ab, »noch bin ich nicht bereit, das Handtuch zu werfen.«

»Okay, das ehrt Sie. Und um ehrlich zu sein: Die Bedingungen bei der Kriminalpolizei sind auch nicht immer rosig«, lächelte Brandt. »Aber mal etwas anderes. Wir kommen gerade aus Sachsenhausen.«

Er pausierte, und tatsächlich kam nach zwei Sekunden ein gedehntes »Jaa?«.

»Bei Dr. Alexander Kühne«, fügte er hinzu und musterte die Frau mit leicht zusammengekniffenen Augen.

»Ich weiß. Er hat mich angerufen«, gestand Marion Kühne zur Verwunderung der Kommissare ein. »Wenn Sie die Telefonunterlagen überprüfen, finden Sie's doch ohnehin raus, oder? Dann sag ich es lieber gleich.«

»Wir dürfen nicht einfach an Ihre Verbindungsdaten«, erläuterte Brandt, was Frau Kühne zu irritieren schien. »Aber umso besser, dass Sie ehrlich sein wollen, das macht einen guten Eindruck«, ergänzte Brandt mit einem anerkennenden Nicken. »Was hat er denn gesagt?«

»Na ja, Sie haben diese alte Geschichte ausgegraben, richtig?« Julia Durant saß wie auf glühenden Kohlen. Am liebsten hätte sie Frau Kühne direkt damit konfrontiert und sie aufgefordert, alles zu berichten. Aber sie zwang sich zur Zurückhaltung, denn Brandt machte seine Sache hervorragend.

»Wenn Sie auf die Vergewaltigung anspielen«, sagte er ohne große Umschweife, »dann ja.«

»Hat er Ihnen gesagt, dass ich vergewaltigt wurde?«

»Was sagen Sie mir denn dazu?«

»Ich weiß nicht.« Marion Kühne stockte. »Ich möchte nicht darüber reden.«

»Nicht mit mir? Soll ich für einen Moment rausgehen?«

»Nein, darum geht es nicht. Ich möchte überhaupt nicht darüber reden, um ehrlich zu sein.«

»Hm.«

»Es spielt für Ihre Ermittlung doch überhaupt keine Rolle, mit wem ich verheiratet war oder was früher geschehen ist. Alexander und ich hatten eine schöne Zeit miteinander, ich war zum ersten Mal in meinem Leben finanziell nicht am Anschlag, und ohne ihn hätte ich das Studium überhaupt nicht erst begonnen. Aber das ist lange her und vorbei, es nützt keinem etwas, die alten Geschichten aufzuwärmen.«

»Nichts für ungut, aber das würden wir lieber selbst entscheiden«, erwiderte Brandt und zuckte mit den Schultern. »Das ist unser Job, verstehen Sie, wir können da nicht aus unserer Haut.«

»Aber wenn ich es Ihnen doch sage.« Frau Kühne klang nun beinahe flehend.

»Ein Vorschlag.« Brandt hob den Zeigefinger, als wäre ihm eben die ultimative Idee gekommen. »Sie berichten uns nur so grob wie möglich, welche Rolle Ihr Bruder damals gespielt hat, und ...«

»Martin? Wieso?«

»War Ihr Bruder nicht die einzige Person, die Sie im Krankenhaus besucht hat? Hat er Sie nicht sogar bei der Einlieferung begleitet?«

»Hat Alexander also doch ...«, stammelte Marion, verstummte abrupt, und ihre Pupillen weiteten sich vor Schreck. Aber es war zu spät, sie hatte sich längst verraten.

»Dr. Kühne hat überhaupt nichts verraten, nein«, sagte

Brandt. »Auf die Info über Ihren Bruder sind wir in der Ermittlungsakte gestoßen. Doch offenbar spielt Ihr Exmann ebenfalls eine Rolle.«

»Nein, verdammt«, wehrte Marion unwirsch ab. »Wie Sie richtig gesagt haben: Er ist mein Exmann. Aus und Ende. Das eine hat nichts mit dem anderen zu tun.«

»Würde er das genauso sehen, wenn wir ihn fragen?«

»Haben Sie das nicht längst?«

»Wie würde er die Dinge denn beurteilen?«

»Soll er Ihnen sagen.«

»Okay. Warum haben Sie sich getrennt?«

»Auseinandergelebt.«

»Hm. Wie war sein Verhältnis zu Ihrem Bruder?«

»Wieso?«

»Uns interessiert Ihre Einschätzung.«

»Darüber habe ich mir keine Gedanken gemacht«, wich Marion aus.

»Hatten die beiden ein enges Verhältnis? Immerhin waren sie Schwager.«

»Also besonders innig war es nicht, wenn Sie so fragen. Sie verdächtigen aber nicht Alexander, oder?«

»Sie?«

»Blödsinn. Alex ist ein guter Mensch. Zu gut, wenn Sie meine Meinung hören wollen, aber das ist seine Persönlichkeit. In meinem Job würde man sagen, er hat einen Helferkomplex. Ob es das bei Frauenärzten auch gibt, weiß ich nicht.«

»Und Ihr Bruder?«

»In der Hinsicht waren die beiden wie Feuer und Wasser. Aber sie sind auch gelegentlich zusammen ausgefahren.«

»Ach? Dr. Kühne fährt auch Motorrad?«, erkundigte Peter sich erstaunt.

»Ja«, lächelte Marion matt, »aber eine BMW. Das war zwischen den beiden immer ein Thema. Sportliche Maschine gegen schwerfälligen Chopper. Für Motorradfahrer eine der Glaubensfragen, glaube ich. Aber darüber hinaus hatten die beiden nicht viel gemeinsam.«

»Das ist doch recht ergiebig«, nickte Brandt, »vielen Dank. Es gab also seitens Ihres Ex keinerlei Animositäten gegen Ihren Bruder, korrekt?«

»Nein, keine.«

»Gut. Dann möchte ich noch auf einen weiteren Punkt zu sprechen kommen, nämlich den Mordfall Grabowski.«

Marion Kühne zuckte zusammen, und ihre Miene versteinerte.

»Haben Sie Grabowski gekannt?«

»Ja.«

»Wie gut?«

»Darüber habe ich doch schon Auskunft erteilt.« Sie nickte in Julias Richtung, sah aber weiterhin zu Peter.

»Sorry, mein gewohntes Befragungsschema«, zwinkerte er ihr zu, woraufhin sie sich etwas entspannte. »Also, zu Grabowski. Er wurde in der Nacht von Sonntag auf Montag ermordet, wie war noch gleich Ihr Alibi? Sie waren allein hier zu Hause?«

»Auch das habe ich bereits Ihrer Kollegin gesagt.«

»Frau Durant?« Brandt sah die Kommissarin fragend an, obwohl er die Antwort ja längst kannte, und diese nickte.

»Okay, dann haben wir jetzt eine widersprüchliche Aussage«, kommentierte er und schob nachdenklich die Unterlippe hervor.

»Wie?« Frau Kühne neigte verunsichert den Kopf.

»Unsere Kollegen waren bei einem Mann, der behauptet hat, die Nacht bei Ihnen verbracht zu haben.«

Schweigen.

»Das bedeutet, eine der beiden Aussagen ist falsch. Verraten Sie mir, welche?«

»Welcher Mann denn?«, fragte Marion.

»Kommen mehrere in Frage?«

»Nein, Scheiße«, entfuhr es ihr leise. »Okay, war es Lutz? Lutz Wehner? Dieser Blödmann.«

»Wieso haben Sie uns das nicht gleich gesagt?«

»Wir waren uns nicht sicher, wie Sie das bewerten«, antwortete Marion Kühne kleinlaut. »Immerhin waren weder Lutz noch Martin besonders gut auf Grabowski zu sprechen, und es sollte nicht so aussehen, als würden wir uns gegenseitig ein Alibi verschaffen. Deshalb haben wir uns drauf geeinigt, nichts zu sagen, aber ...«

»Solche Strategien funktionieren meistens nicht sonderlich gut«, unterbrach Brandt sie abwinkend. »Und leider ist das Alibi durch diese Taktik nicht unbedingt glaubhafter geworden. Wenn es also noch irgendwelche Details gibt, die wir wissen sollten, dann wäre es gut, wenn Sie uns nun darüber ins Bild setzen.«

»Hm. Was denn zum Beispiel?«

»Wann ist Herr Wehner gekommen, wann ist er wieder gegangen?«

»So genau weiß ich das nicht. Nach der Tagesschau, schätze ich, bis frühmorgens.«

»Sind Sie ein Paar?«

»Wie? Gott bewahre!«, rief Marion Kühne aus, und ihre Stimme hatte einen leicht hysterischen Klang.

»Entschuldigung, aber die Frage drängte sich auf. Immerhin war er die Nacht über bei Ihnen.«

»Aber nicht in meinem Schlafzimmer.«

»In Ordnung.«

»Okay, hören Sie, ich hatte Angst. Mir ist niemand eingefallen, den ich sonst hätte fragen können, also habe ich Lutz gebeten, hier auf der Couch zu schlafen. Latente Angstzustände sind Teil meiner Krankheit, in besonders stressigen Situationen werden diese Ängste stärker. Martin ist ja nun nicht mehr da.«

Sie schluckte und zog sich umständlich eine weitere Zigarette aus der Packung.

»Wann hat er die Wohnung wieder verlassen?«, wollte Brandt wissen.

»Zwischen halb sieben und sieben, schätze ich«, antwortete Marion nach kurzem Überlegen.

»War er mit dem Motorrad da?«, fragte Julia unvermittelt.

»Äh, kann sein«, sagte Marion irritiert, dann: »Ja, klar, er hatte seinen Helm dabei. Also wird es so gewesen sein.«

»Gut, danke.«

»Sehen Sie, das ist doch nun ein weitaus klareres Bild als vorher«, lächelte Peter Brandt und ließ seinen Notizblock, auf dem er einige Informationen vermerkt hatte, wieder im Inneren der Jacke verschwinden.

»Ich möchte Sie abschließend um dasselbe bitten, was wir auch Ihrem geschiedenen Mann gesagt haben«, fuhr er beim Aufstehen fort und legte seine Visitenkarte auf den Tisch.

»Was auch immer Sie uns an relevanten Informationen über diese Geschichte mit dem sexuellen Übergriff geben möchten, Sie erreichen Frau Durant oder auch mich jederzeit unter einer der Telefonnummern. Denken Sie bitte gut darüber nach. Das Gleiche gilt übrigens auch für das Verhältnis zwischen Ihnen, Ihrem Bruder, Ihrem Ex und Herrn Wehner.«

»Wie oft soll ich das denn noch wiederkäuen?«, stöhnte Frau Kühne und fuhr sich hastig durch die Haare. Dabei fiel die Aschespitze von ihrer Zigarette auf ihre Schulter. Leise fluchend schüttelte sie den Kopf und wischte die Reste mit einer fahrigen Handbewegung hinunter.

»Sind Sie denn gar nicht daran interessiert, dass wir den oder besser die Mörder Ihres Bruders finden?«, fragte Julia mit einem frostigen Unterton, den sie sofort bedauerte. Deshalb ergänzte sie schnell: »Wer einen anderen Menschen umbringt, verdient es nicht, frei herumzulaufen, oder? So sehe zumindest ich das, und zwar nicht nur, weil das mein Job ist.«

»Es macht ihn aber nicht wieder lebendig«, murmelte Marion mit versteinerter Miene.

»Das ist leider wahr«, sagte Brandt. »Ein Grund mehr für uns, wenigstens alles zu tun, was in unserer Macht steht. Es kann also durchaus sein, dass wir uns nicht zum letzten Mal an Sie gewandt haben. Ich möchte Sie also explizit dazu ermutigen, sich an uns zu wenden, mit allem, was Ihnen einfällt, auch wenn es auf den ersten Blick nebensächlich erscheint. Umso schneller können wir damit aufhören, in alten Wunden herumzustochern.«

»Hm.«

Die drei schritten langsam durch den Flur, als der Kommissarin ein Foto ins Auge fiel, auf dem Marion, ihr Bruder Martin und im Hintergrund zwei Motorräder zu sehen waren. Beide trugen Lederkleidung, und beide hatten einen Helm unter dem Arm geklemmt. Durant verharrte und suchte dann den Blickkontakt zu Frau Kühne.

»Sagen Sie, fahren Sie auch?«, fragte sie und deutete auf das in einen schlichten Glasrahmen gefasste Bild.

»Nein.«

»Aber Sie sind einmal gefahren.«

»Mitgefahren, ja, bei Martin.«

»Ist das nicht Ihre Maschine?«, bohrte Julia weiter.

»Nein, die BMW gehörte meinem Ex. Er hat auch das Foto gemacht. Warum sollte ich ein Motorrad haben, ich besitze ja nicht mal einen Führerschein. Auto schon«, korrigierte sie dann schnell, »mit dem darf man aber höchstens auf Motorroller steigen.«

»Schon kapiert«, nickte Julia. »Ich kam nur drauf, weil die Maschine Ihres Bruders laut Fahrzeugbrief auf Ihren Namen registriert ist. Können Sie mir das erklären?«

»Wie? Ach so«, keuchte Marion. Irgendetwas schien sie plötzlich zu beunruhigen.

»Nun?«

»Das ist so eine Club-Sache«, sagte sie und wedelte mit der Hand, »total verquer und kompliziert, also fragen Sie mich bitte nicht nach Details. Wer zu den *Mogin Outlaws* kommt, überschreibt seine Harley dem Club. Das ist angeblich auch bei anderen Clubs gang und gäbe, es soll die Bereitschaft zeigen, seine wertvollste Habe der Gemeinschaft zu geben, auch wenn man faktisch natürlich der Besitzer bleibt. Niemand würde es wagen, die Maschine eines anderen anzurühren, aber der Hintergedanke ist einfach: Wer den Club verrät, geht ohne sein Gefährt.«

»Verstehe«, kommentierte Brandt, obgleich er in Wahrheit nur die Worte aufgenommen hatte und über den Sinnzusammenhang noch einmal in aller Ruhe nachdenken wollte. Er musste bei Gelegenheit einmal mit Dieter Greulich darüber sprechen, außerdem könnte er die Lebensgefährtin Grabowskis fragen, ob es in dem Frankfurter Club ähnlich zuging.

»Im Klartext bedeutet das, dass man dem Teufel seine Seele verkauft«, durchbrach Marion das Schweigen, und die beiden Kommissare tauschten einen fragenden Blick, woraufhin sie fortfuhr: »Wissen Sie, wie viel Martins Harley gekostet hat?«

»Nein.«

»Keinen blassen Dunst.«

»Fast fünfzehntausend Euro. Zuzüglich einiger Umbauten, also rechnen Sie noch mal ein paar Scheine drauf. Mit einer japanischen Maschine – es gibt eine ganze Menge billiger Harley-Kopien – braucht man sich im Club gar nicht erst blicken zu lassen. Wenn man beitritt, dann in dem Bewusstsein, dass es eine Entscheidung für immer ist. Denn nur wenn man dem Club auf ewig treu ist, behält man das Recht, seine überschriebene Maschine zu fahren.«

»Hm. Das bedeutet ja im Umkehrschluss, dass Ihr Bruder irgendwie auf Nummer sicher gehen wollte oder seine Absichten nicht clubkonform waren«, kombinierte Julia Durant.

»Nein. Es bedeutet nur, dass er seine uralte Harley vor Jahren dem Club überschrieben hat. Eine reicht«, sagte Marion Kühne achselzuckend, »zumindest hat er das mir gegenüber so behauptet, als ich den Kaufvertrag für die neue auf meinen Namen abgeschlossen habe. Genügt Ihnen das?«

»Es klingt zumindest plausibel«, nickte Brandt, »vielen Dank.«

Kaum dass die Tür hinter den beiden Ermittlern ins Schloss gefallen war, schälte sich ein Schatten aus dem Treppenaufgang. Er gab sich keine besondere Mühe, auf leisen Sohlen zu treten, sondern stapfte in gleichmäßiger Schrittfolge und ohne Hast die Stufen hinauf. Oben angekommen, klopfte er mit dem Knöchel auf Marion Kühnes Türblatt. Diese hatte sich gerade in der Küche ihre Zigaretten und einen Kaffee geholt und wollte hinüber ins Wohnzimmer gehen, als sie das dumpfe, beharrliche Pochen vernahm. Marion zog die Augenbrauen zusammen und fragte sich, ob diese Durant am Ende noch weitere Fragen ersonnen hatte, mit der sie ihr nun auf den Geist gehen wollte. Drei Mal hatte sie ihr bereitwillig Auskunft gegeben. Heute, in Gegenwart dieses freundlichen Kollegen, war sie mit den Kommissaren sogar ein wenig warm geworden. Sie erledigten nur ihren Job, das gestand sie ihnen zu, so wie sie den ihren verrichtete und es überhaupt nicht schätzte, wenn andere ihr reinreden wollten. Widerwillig entschied sie also, die Tür erneut zu öffnen. Sie wissen ohnehin, dass du zu Hause bist, dachte sie, während sie die Sicherheitskette aus der Metallschiene zog und die Klinke hinabdrückte. Sofort schob sich ein dunkler Arbeitsstiefel und eine hellblaue Jeans durch den Türspalt, eine kräftige Hand mit dunkel unterlaufenen Fingernägeln zwängte sich zwischen dem Holz hindurch, und mit stockendem Atem blickte Marion in das zu einem teuflischen Grinsen verzogene Gesicht von Lutz Wehner.

»Du?«, hauchte sie in tonlosem Entsetzen.

»Wer denn sonst?«, erwiderte dieser höhnisch und lachte kehlig. »Die Bullen sind jetzt lang genug hier herumgehangen, so toll hast du's hier ja auch wieder nicht. Oder erwartest du 'nen Lover, von dem ich nichts weiß?« Ein weiteres gutturales Lachen, welches Marion mehr wie ein Bellen vorkam, und der muskulöse Körper des Mannes, dem sie um Längen unterlegen war, stand in ihrem Flur und drückte die Wohnungstür zu.

»Nein«, erwiderte sie unsicher und versuchte, seinem bohrenden Blick auszuweichen.

»Natürlich nicht«, knurrte Lutz. »Ich würde auch keinen Nebenbuhler dulden, das solltest du mittlerweile wissen. Schlimm genug, dass du damals diese Hühnerbrust im Arztkittel angeschleppt hast, aber den Zahn haben wir dir ja gezogen.« Er kicherte hämisch und zog seine Jacke aus.

Marion Kühne musste schlucken, denn die beiden Polizisten hatten Alexanders Namen vorhin ebenfalls erwähnt. Fieberhaft überlegte sie, ob sie das Thema ansprechen oder ob sie Lutz darüber im Ungewissen lassen sollte, gelangte jedoch zu keiner Entscheidung. In diesem Moment läutete das Telefon, und beide zuckten zusammen. Instinktiv setzte sie sich als Erste in Bewegung, denn es gellte lautstark durch den engen Flur und hörte auch nicht nach zwei Signalzeichen wieder auf.

»Halt!«, zischte Lutz und sprang mit einem großen Satz auf den Apparat zu. »Ich mache das.«

»Aber du kannst dich doch nicht einfach melden.«

»Muss ich ja nicht. Wenn's die Bullen sind, gut, dann haben sie gleich einen Beweis für das Alibi. Du hast es ihnen doch bestätigt?«, hakte er misstrauisch nach, und Marion nickte schnell.

»Ich warne dich, Mädchen, wenn du lügst …« Er riss vielsagend die Augen auf und fuhr sich mit dem rechten Zeigefinger langsam über die Kehle. Dabei öffnete er den Mund und hob die Zunge leicht an. Mit der anderen Hand nahm er den Hörer ans Ohr, stumm, ohne einen Laut von sich zu geben. Marion Kühne lief es eiskalt den Rücken hinunter. Ihr Herz pochte bis zum Hals, sie spürte kalten Schweiß, stand aber angewurzelt und regungslos da wie das sprichwörtliche Kaninchen vor der Schlange. Schreien, weglaufen, all die rationalen Reaktionsmuster, die es in dieser Situation gab, sie war zu nichts fähig. Lutz Wehners Bann konnte sie nicht entfliehen, so sehnlich sie es sich auch immer wieder wünschte. Angestrengt versuchte sie zu erkennen, ob sich am anderen Ende der Verbindung jemand meldete, dem starren Blick von Lutz war nichts zu entnehmen. Dann aber begann dieser leise zu sprechen.

»Marion ist nicht zu sprechen, nein. Nicht jetzt und auch nicht später. Und es wäre besser für dich, wenn du das kapierst.«

Sie fröstelte erneut, beobachtete, wie er mit Bedacht das Telefon ablegte und dann wieder seine Augen langsam über ihre Hüften und ihren Ausschnitt nach oben wandern ließ.

»Wann wolltest du mir von ihm erzählen?«, raunte er.

»Von wem?«, stammelte Marion, die eine ungute Ahnung beschlich.

»Verkauf mich nicht für dumm!«, presste Lutz zwischen zusammengebissenen Zähnen hervor und trat direkt vor die Frau, die gut einen halben Kopf kleiner war als er.

»War es Alexander?«, versuchte sie sich zu retten, denn die Flucht nach vorn schien ihre einzige Hoffnung zu sein.

»Dein kleiner Doktor-Ficker!«, spie Lutz, und einzelne Speicheltröpfchen rieselten auf Marions Wange. »Da bin ich ja wohl mal wieder gerade noch rechtzeitig gekommen.«

»Die Polizei war heute bei ihm«, keuchte sie, »vermutlich hat er deshalb bei mir angerufen. Das ist alles.«

»Lügen!« Lutz winkte verächtlich ab. Mit der anderen Hand griff er nach Marions Kehle. »Nichts als Lügen, du kleine Hure. Du lernst es einfach nicht, wie?« Er schob sie vor sich her, drückte kurz etwas fester zu, als sie sich ihm entgegenstemmte, und sofort ließ ihr Widerstand nach.

»Dieses Spiel hatten wir doch schon, aber anscheinend brauchst du eine kleine Auffrischung, wie?«

»Nein, bitte, ich schwöre«, wimmerte Marion und rang nach Luft.

»Schwören«, lachte Lutz verächtlich, »als ob du das überhaupt begreifst. Zum Schwören braucht man Ehre, etwas, das einem heilig ist. Das Grab der Eltern, die eigenen Kinder oder meinetwegen irgendein Gott im Himmel. Doch so was hast du nicht, keins davon, du hast nur mich. Ich würde auf dich schwören, nur damit du's mal weißt, aber dir ist ja nichts und niemand heilig.«

»Bitte«, versuchte sie es ein weiteres Mal, als Lutz mit

dem Fuß an ihr vorbeistieß und die Tür zum Schlafzimmer aufkickte.

»Hör auf zu winseln, du bist kein Hund.«

Marion taumelte schluchzend, stolperte und kippte mit dem Oberkörper zur Seite. Ein plötzlicher Schmerz in ihrer Schulter ließ sie aufschreien. Es war der beinahe zwei Meter hohe und vierzig Zentimeter schmale Spiegel, der neben der Schlafzimmertür im Flur hing. Knackend, dann mit lautstarkem Klirren zerbrach das Glas in unzählige Scherben. Sie verzog das Gesicht, presste die Augenlider aufeinander, spürte, wie zwei kühle Glasfragmente ihre Schulter hinabrutschten, und vernahm das Geräusch, wie sie zu Boden fielen.

Danach wieder Stille, aber nur für eine bedrohliche Schrecksekunde, denn sofort stieß Lutz ruppig ihren Körper zur Seite, klopfte sich leise fluchend mit der Rechten den Oberkörper ab und drückte Marion durch den Türrahmen hindurch in Richtung Bett. Sie landete auf der Bettdecke, die säuberlich auf der Matratze ausgebreitet war. Der Stoffteddy am Kopfende purzelte zu Boden, und aus seinem Bauch erklang ein empörtes blechernes Brummen. Der Lattenrost ächzte, schnell drehte sie sich auf den Bauch, kroch zum Kopfende und wollte den Kopf in das breite Kissen vergraben, als die beiden stählernen Hände sich um ihre Knöchel schlossen und diese festhielten.

»Runter mit dem Fetzen«, hörte sie Lutz schwer atmend keuchen, doch sie zog sich das Kissen über den Kopf und vernahm seine Stimme nur noch gedämpft.

Marion Kühne spürte, wie er ihr die Hose auszog, den Slip hinabstreifte und überall dort, wo es nicht schnell genug ging, kräftig und schmerzhaft zerrte. Dann drangen seine rauhen Hände unter ihr Hemd, begrapschten grob ihre Brüste und kneteten schmerzhaft die Brustwarzen. Auf ihrem Gesäß spürte sie sein Gewicht ruhen, die ungewaschene Jeans, darin die harte Schwellung seines Glieds. Nach einigen Augenblicken entfernten sich seine Hände, sein Oberkörper rieb sich kurz über ihren Rücken, er stöhnte laut, und dann verriet das Beben der Matratze und die Berührung der kalten Gürtelschnalle ihr, dass er nun seine Hose auszog.

Marion Kühne stopfte sich eine Ecknaht ihres Kopfkissens in den Mund, sie würgte kurz, zog wieder ein Stück heraus und biss dann fest auf den kühlen Baumwollstoff, gerade rechtzeitig, um den grausamen Schmerz zu ertragen, als er grob ihre Beine spreizte und von hinten, lauthals und gierig aufstöhnend, in sie eindrang.

MONTAG, 19:47 UHR

Julia Durant presste den Daumen auf den silberfarbenen Knopf ihres Notebooks und sah ihm beim Herunterfahren zu. Als der Bildschirm schwarz geworden war und nur noch die grüne Leuchtanzeige darauf verwies, dass das Netzkabel eingestöpselt war, hob sie ihn von der niedrigen Tischplatte und schob ihn in das darunterliegende Ablagefach. Sie hatte ihre E-Mails gelesen und beantwortet, unter anderem eine Mail von Susanne, ihrer engsten Freundin, die sich derzeit auf der anderen Seite des Globus vergnügte. Nur allzu gerne hätte Julia sie jetzt angerufen, aber sie musste sich damit abfinden, dass das nun mal nicht ging. Die Internetrecherche, die sie nach dem Schließen des E-Mail-Programms lustlos betrieben hatte, war wenig zufriedenstellend verlaufen.

Missmutig, mit Wollstrümpfen und einer bequemen Jogginghose bekleidet, denn an den Waden und den Füßen fror sie, während der Rest ihres Körpers zu glühen schien, kauerte die Kommissarin nun in ihrem Wohnzimmer. Allein, auf dem Tisch vor sich eine leergetrunkene Dose Bier und ein Teller, auf dem bis vor wenigen Minuten noch zwei Scheiben Brot gelegen hatten. Auf etwas Warmes hatte sie heute keine Lust, bloß keine heiße Suppe, die ihr noch mehr einheizte. Zögerlich tippte sie nach einem prüfenden Blick auf die Uhr die Kurzwahltaste auf ihrem Telefon an und wartete, bis das Freizeichen ertönte. Sie ertappte sich bei dem Gedanken, dass sie darauf hoffte, er möge nicht zu Hause sein oder wenigstens nicht abnehmen, doch nach nur kurzem Tuten meldete sich die ihr wohlbekannte Stimme.

»Durant?«

»Hi, Paps, ich bin's.«

»Julia, das ist aber schön«, freute sich ihr Vater, und sein Tonfall, der immer häufiger müde klang, erhellte sich spürbar. Er war evangelischer Pastor im Ruhestand, mittlerweile knapp achtzig Jahre alt, aber wann immer Not am Mann war dazu bereit, verhinderte Kollegen auf der Kanzel zu vertreten.

»Das Los unseres Berufsstandes«, sagte er dazu stets, wenn Julia ihm ihr Missfallen darüber ausdrückte, dass er sich so selbstlos aufopferte. »Sorg dich doch nicht so sehr um mich. Den Katholiken geht's noch viel schlechter. Wir haben immerhin noch ein paar rüstige Pastorinnen, und Frauen werden ja im Schnitt älter als Männer«, hatte er bei Julias letztem Besuch augenzwinkernd gesagt.

»Ich dachte, ich ruf mal an«, sprach sie in den Hörer.

Seine nächste Frage kam rundheraus: »Was bedrückt dich denn, mein Kind?«

»Vor dir kann man auch nichts verbergen«, sagte Julia, die sich insgeheim etwas einleitenden Smalltalk erhofft hatte, auch wenn sie sonst nicht unbedingt der Typ für nichtssagende Floskeln war.

»Ich bin und bleibe eben dein Vater. Wenn ich das Gefühl habe, dass meine Tochter etwas bedrückt, dann bin ich ganz Ohr. Das ist doch das mindeste, immerhin bin ich es für die Gemeinde ja auch. Also sag schon.«

»Ach, es ist ein blödes Thema«, wich Julia zuerst aus, fuhr dann aber fort, »es geht um Mama.«

»Hm?«

Herr Durant sagte nichts weiter, obwohl er mit Sicherheit nicht mit diesem Thema gerechnet hatte. Julias Mutter war an Krebs gestorben, und trotz Glaube, trotz Gemeinde, trotz vieler Freunde und trotz unglaublich großer und intensiver Anteilnahme, hatte ihr Tod eine nicht zu schließende, schmerzhafte Lücke hinterlassen. Obwohl ihr Tod schon viele Jahre zurücklag, konnte auch Julia diese letzten Bilder nicht vergessen. Eine vormals starke Frau, die an den Folgen ihres starken Nikotinkonsums zugrunde gegangen war. Lungenkrebs, ein teuflischer Kreislauf aus dem Verlangen, immer wieder eine Zigarette zu entzünden, und zugleich die permanente Luftnot, das Ringen um Sauerstoff, besonders nachts, und die bläulich grauen Nuancen, die die Gesichtsfarbe annahm.

»Kannst du dich erinnern, wann bei Mama diese, hm, na die Wechseljahre begonnen haben?«

»Wie?«

»Sorry, Paps, ein blödes Thema, ich weiß. Darüber möchte man mit seinem Vater auch nicht wirklich reden, genauso wenig wie damals über die Pubertät. Aber du bist nun mal der Einzige.«

»Oje«, grübelte Pastor Durant, »darüber müsste ich nachdenken. Warte mal. Aber weshalb möchtest du das wissen?«

»Ach, nur so.«

»Verstehe. Völlig ohne Grund sprichst du mit deinem alten Herrn über Frauengeschichten.«

»Ich fühle mich in den letzten Tagen so elend, aber nur zeitweise«, erklärte Julia daraufhin. »Heiß und kalt, als wenn es einen aus heiterem Himmel überläuft oder man plötzlich eine Tasse kochendes Wasser im Bauch hätte. Schwer zu beschreiben, aber als Frau kurz vor der Fünfzig versetzen plötzliche Hitzewallungen einen nun mal in äußersten Alarmzustand.«

»Hm, verstehe. Aber das liegt fünfundzwanzig Jahre zurück, deine Mutter war damals selbst nur wenig älter«, überlegte Herr Durant.

»Ja, eben«, unterbrach Julia ihn. »Im Internet steht, man solle in seiner Familie nachforschen, zum Beispiel, wann die eigene Mutter in die Wechseljahre gekommen ist. Dieses Alter ist angeblich ein guter Indikator. Bevor ich zum Arzt gehe, dachte ich, frag ich mal. Albern, oder?«

»Nein, im Gegenteil. Wir haben viel zu lange nicht mehr über Mama gesprochen. Aber ich glaube nicht, dass ich dir da weiterhelfen kann«, seufzte ihr Vater dann und klang plötzlich traurig. »Wenn ich mich richtig entsinne, blieb ihr diese Lebensphase wohl erspart. Zumindest erinnere ich mich nicht, dass es zwischen uns Thema war.«

»Ich auch nicht«, murmelte Julia. Allerdings war sie zum Zeitpunkt des Ablebens ihrer Mutter Mitte zwanzig gewesen und hatte ihre Gedanken überall sonst, aber nicht bei den Wechseljahren gehabt. »Kann ja ein gutes Zeichen sein. Wenn sie sie mit Mitte oder Ende vierzig nicht gehabt hat, dürfte ich mit ein wenig Glück auch noch etwas verschont bleiben.«

»Ich drück dir die Daumen«, sagte Herr Durant. »Und ansonsten?«

»Viel Arbeit, wir haben zwei ziemlich obskure Mordfälle. Motorradszene, nicht gerade ein angenehmes Umfeld. Außerdem muss ich mich mit diesem Brandt aus Offenbach zusammenraufen.«

»Mit dem hattest du doch schon öfter zu tun, oder?«

»Einmal im größeren Sinne, ansonsten eher am Rande«, bestätigte die Kommissarin. »Zugegeben, es ist gar nicht so schlimm, aber ich arbeite nun mal lieber mit meinen eigenen Leuten.«

»Verstehe. Ist bei Frank und den anderen alles in Ordnung? Was macht diese Sabine?«

»Das hat Brandt mich heute auch gefragt. Aber bei dir ist's ja was anderes, mit dir kann ich darüber reden. Du wohnst weit genug ab vom Schuss.«

»Danke, wie nett!«

»War doch nicht abwertend gemeint. Also: Sabines Mutter hat wieder eine psychotische Krise, einen Schub oder wie auch immer man das nun medizinisch korrekt nennen mag. Das heißt, sie hockt zu Hause, Bettlaken und Deckenbezüge vor den Fenstern, lässt niemanden rein, vernachlässigt ihre Ernährung und Hygiene, und keiner kann so genau sagen, wie lange diese Phase andauert. Ihre Medikamente nimmt sie dann natürlich auch nicht, und das macht den Teufelskreis perfekt.«

»Teufelskreis«, wiederholte der Pastor, und Julia ergänzte schnell: »Entschuldige, ich weiß, du hast mir beigebracht, die Namen Gott und Satan nicht ständig in die Alltagssprache einzubauen. Aber manchmal passiert das einfach.«

»Mein Gott«, erwiderte ihr Vater. Julia konnte das Augenzwinkern und Grinsen förmlich durchs Telefon hören. »Es gibt Schlimmeres, aber schön, dass von meiner Erziehung etwas hängengeblieben ist.« Dann wurde er wieder ernst. »Schlimme Sache mit deiner Kollegin, wie?«

»Ganz ehrlich? Ich weiß nicht, wie lange sie das noch stemmen kann«, seufzte Julia. »Sie geht innerhalb des engsten Teams relativ offen damit um, Berger ist auch sehr verständnisvoll, obwohl er manchmal ein echter Griesgram ist. Aber ob das K 11 auf Dauer das Richtige ist, wer weiß das schon. Zum Glück hat Sabine ein paar gute Leute an der Hand, denn mit psychisch kranken Angehörigen ist es unglaublich schwer. Und dann ist da ja noch Michael Schreck, ein Kollege aus der Computerforensik. Der stützt sie, so gut es geht.«

»Sei einfach für sie da, wenn sie eine Schulter braucht«, riet Julias Vater ihr, »das ist wohl das Einzige, was du für sie tun kannst.«

»Ja, leider.«

»Aber wir wollen jetzt nicht den ganzen Abend am Telefon Trübsal blasen, oder?«, versuchte er die Stimmung etwas aufzumuntern. »Sag, solltest du um diese Zeit nicht lieber mit Claus telefonieren oder wenigstens in Gedanken bei ihm sein, anstatt mit deinem alten Herrn die Zeit zu vertrödeln? Außerdem fängt die Tagesschau an, eines der wenigen Rituale, die ich mir nur ungern nehmen lassen würde, auch nicht von dir, sosehr ich dich liebe«, scherzte er.

»Ich hab schon kapiert«, gab Julia lachend zurück, und tatsächlich, wie auch immer ihr Vater das stets schaffte, waren ihre Sorgen größtenteils verflogen. Nicht für immer, aber für den Augenblick. »Claus steht als Nächstes auf der Liste, ich wollte nur diese Sache geklärt haben.«

»Freut mich, wenn ich helfen konnte, auch wenn's mich zuerst gewundert hat, warum du nicht mit Susanne darüber sprichst oder mit dieser anderen Freundin, wie heißt sie doch gleich? Alina?«

»Ja, Alina Cornelius. Sie ist von diesem Thema Lichtjahre entfernt, und Susanne jettet gerade durch die Weltgeschichte. Jetzt aber genug gejammert, ich bekomme das schon in den Griff, keine Sorge. Die blöde Witterung wird schuld sein. Der Herbst macht mir schon jetzt zu schaffen.«

»Das kannst du laut sagen.«

»Mach's gut, Paps. Bis bald wieder, okay?«

Die beiden verabschiedeten sich, und Julia legte auf. Danach stand sie auf, ging hinüber ins Bad und überlegte kurz, ob eine heiße Wanne ihr guttun würde. Ein schöner Gedanke, sagte sie sich, doch bloß keine Hitze. Stattdessen entschied sie sich für ein weiteres Bier und bog auf dem Rückweg in Richtung Küche ab. In diesem Augenblick klingelte das Telefon. Die Kommissarin hastete zur Couch, angelte sich den Apparat und fragte sich währenddessen, ob Claus etwa Gedanken lesen konnte.

Claus Hochgräbe war Kommissar bei der Mordkommission in München, Julia hatte ihn vor eineinhalb Jahren bei einem Fall kennengelernt, der beide Präsidien betroffen hatte. Sie waren in Kontakt geblieben, hatten daraufhin einige gemeinsame Tage in München verbracht, und daraus war eine Romanze geworden. Für Julia Durant war es die perfekte Beziehung: eine gewisse Distanz, aber sie stand nicht alleine da, jeder hatte seine Privatsphäre, und wann immer ihnen der Sinn danach stand, konnten sie diese teilen. Mehr Zugeständnisse an einen Mann fielen der Kommissarin schwer, doch Claus erwartete auch nicht mehr von ihr. Hochzeit mit Kutsche und Schleier, Traumschloss, ein halbes Dutzend Kinder – aus diesem Alter waren beide heraus. Dennoch gab es Abende, vor allem, wenn die Wochen arbeitsreich waren und das Wochenende Rufbereitschaft bedeutete, an denen Julia sich genauso einsam fühlte wie in ihrer Zeit als überzeugter Single. *Offensichtlich geht es ihm ebenso*, lächelte sie, als sie das Telefon an sich nahm. Umso ernüchternder fiel ihre Reaktion aus, als sie auf der Digitalanzeige sah, um wessen Nummer es sich tatsächlich handelte.

»Berger hier.«

»Ach, Sie sind's. Hallo, Chef.«

»Hoppla, da klingt aber jemand enttäuscht. Tut mir leid, Ihnen den Abend zu verderben.«

»Schon gut, ich hatte nur einen anderen Anruf erwartet. Was gibt's?«

»Frau Durant«, druckste Berger, was überhaupt nicht seine Art war, »ich muss Sie um einen Gefallen bitten.«

»Dienstlich oder privat?«, fragte sie skeptisch.

»Beides, wenn Sie so wollen. Es geht um Michael Cramer.«

»Michael Cramer?« Julia runzelte die Augenbrauen, doch sie konnte den Namen nicht zuordnen.

»Es handelt sich um den Sohn von Herbert Cramer, na, klingelt's da bei Ihnen?«, fragte Berger.

»Herbert Cramer, unser Vizepräsident?«, fragte die Kommissarin ungläubig.

»Genau den meine ich. Sein Sohn steckt in, hm, Schwierigkeiten, und es wäre mir sehr viel daran gelegen, wenn Sie sich der Sache annehmen würden.«

»Wieso? Hat er jemanden umgebracht?«

»Nein, das wohl nicht ...«

»Warum dann die Mordkommission?«

»Nicht die Mordkommission«, widersprach Berger, »sondern Sie. Julia Durant. Ausgezeichnete Ermittlerin. Vertrauensperson. Verstehen Sie?«

»Nein«, gestand Julia ein. »Was hat er denn nun ausgefressen?«

»Es ist kompliziert. Es wäre am besten, wenn wir uns dort treffen könnten. Heute noch.«

»Heute?«

»Ich würde Sie nicht damit behelligen, wenn es nicht wirklich wichtig wäre«, sagte Berger etwas ungehalten.

»Ja, schon gut. Aber vorher will ich wissen, was Sie sich

davon erhoffen. Steckt der Junge in Schwierigkeiten, wird er das Süppchen auch auslöffeln müssen, das steht hier hoffentlich nicht zur Debatte.«

»Nein, natürlich nicht.«

»Wir haben es oft genug mit Fällen zu tun, wo prominente und geldschwere Familien ihre Sprösslinge freikaufen. Jetzt gerade, wo ich mit Brandt zusammen ermittle, kommt mir da ein sehr passender Fall im Sinn. Ich lasse mich nicht dazu benutzen, für irgendwen den Karren aus dem Dreck zu ziehen, nur weil es zufällig der Sohn des Polizeichefs ist.«

»Das verlange ich auch nicht von Ihnen, ganz im Gegenteil«, sagte Berger schnell. »Ich möchte Sie dabeihaben, weil ich von Ihnen weiß, dass Sie sich von solchen Dingen nicht in Ihrem Urteil beeinflussen lassen. Die Familie hat sich an mich gewandt, aber wir sind viel zu gut befreundet, als dass ich mich da alleine heranwagen möchte. Dafür ist's mir zu heiß, ich will nicht übernächstes Jahr abtreten mit dem Ruf, Vetternwirtschaft oder Strafvereitelung betrieben zu haben, verstehen Sie?«

»Nein, um ehrlich zu sein, verstehe ich noch gar nichts«, erwiderte Julia. »Aber ich vertraue Ihnen und Ihrem Urteilsvermögen, deshalb bin ich mit im Boot.«

»Dafür haben Sie was gut bei mir«, murmelte Berger dankbar. »Ich hole Sie in zehn Minuten ab, in Ordnung?«

»Meinetwegen. Sagen wir besser fünfzehn.«

Julia Durant plazierte das Telefon in der Ladestation im Flur und tippte eilig eine knappe SMS an Claus Hochgräbe, dass sie unerwartet wegmüsse und sich, falls es zu spät würde, erst am nächsten Tag melden würde. Danach eilte sie ins Bad, betrachtete ihr Spiegelbild und trug mit routinierten Handgriffen etwas Puder auf und fuhr sich mit einem dezenten Schminkstift über die geschürzten Lippen. Alles in allem, dachte sie, sieht man dir das Alter nun wirklich nicht an. Für Wechseljahre und solchen Kram bist du jedenfalls noch nicht bereit, schloss sie dann mit einem grimmigen Grinsen und machte sich auf ins Schlafzimmer, wo sie den Garderobenschrank inspizierte. Sie entschied sich für eine dunkelblaue Jeans und eine helle Bluse, die ihre Weiblichkeit nicht übermäßig betonte. Herbert Cramer stand in dem Ruf, ein Schürzenjäger zu sein, wenngleich Julia Durant von keinem konkreten Fall wusste. Möglicherweise nur ein Gerücht, dachte sie, aber du musst dich nicht präsentieren, wie manch andere Kolleginnen es tun. Das Gleiche gilt für seinen halbstarken Sohn. Sie griff nach einer Weste aus dunklem Stoff, die gut zu der Jeans passte und die sie seit langem nicht mehr getragen hatte.

Sie warf einen Blick auf die Uhr. Höchste Zeit, dachte sie und entschied sich, draußen vor der Tür auf Berger zu warten.

MONTAG, 21:10 UHR

Das Haus der Cramers lag in einem ruhigen Wohnviertel Mörfeldens, das Rauschen der Autobahn im Hintergrund und die Betriebsamkeit des nur einen Steinwurf entfernt gelegenen Flughafens fielen hier, zu dieser Stunde zumindest, kaum auf. Es hatte zwei Etagen, Julia vermutete, dass das Objekt ursprünglich für zwei Familien vorgesehen gewesen und nun entsprechend umgestaltet worden war. Helle, offene Bauweise, schräg abfallendes Flachdach, zur Straßenseite hin wenige schmale Fenster, aber nach hinten, wo sich eine beleuchtete Gartenanlage mit starkem Grenzbewuchs eröffnete, waren zwei große Panoramagläser eingelassen. Eine offene Holztreppe führte nach oben, von wo gedämpfte Musik aus einem der verschlossenen Räume klang. Doch Herbert Cramer, der Berger und Durant mit einem matten Lächeln empfing, wies mit der Rechten hinter sich in Richtung Wohnzimmer, zu dem zwei Marmorstufen hinabführten. Auf einem cremeweißen Ledersofa mit eckigen Polstern und niedriger Lehne saß eine Frau, die Julia auf Anfang fünfzig schätzte. Mit nervöser Anspannung blickte sie in das flackernde Feuer, welches in warmen Orangetönen aus dem gemauerten Specksteinofen schien. Die Kommissarin vermeinte die Hitze bereits zu spüren und schlüpfte rasch aus ihrem Mantel.

»Bitte, meine Frau erwartet Sie bereits«, raunte Cramer, während er Durants Mantel an die Garderobe hängte. Herbert Cramer musste in Bergers Alter sein, hatte sich aber erstaunlich gut gehalten, war eins fünfundsiebzig groß, hatte dunkle, graumelierte Haare, und außer einem kleinen Bauchansatz wirkte er gut trainiert. Cramer hatte sich als Jurist im Rhein-Main-Gebiet früh einen gewissen Ruf erarbeitet, einige Veröffentlichungen, meist Kommentare zu Gesetzestexten, vorzuweisen und war schließlich vor vier Jahren zum stellvertretenden Polizeichef ernannt worden. Auf die Frage, ob er das Amt des Polizeipräsidenten anstrebe, hatte er stets verschmitzt lächelnd die Antwort verschwiegen. Von Berger wusste Julia, dass Cramer mächtige

Freunde hatte, darunter auch auf der Ebene des LKA und des BKA.

»Entweder«, so hatte Julias Chef gemunkelt, »sitzt er auf dem Absprung in eine andere, noch bessere Position in Wiesbaden, oder aber er sägt klammheimlich am Stuhl des Präsidenten.«

»Warum fragen Sie ihn nicht, wenn Sie so dicke Freunde sind?«, hatte die Kommissarin zurückgefragt.

»Solche Dinge würde er nicht einmal seiner Frau erzählen«, hatte Berger kopfschüttelnd geantwortet, »und mir schon gleich gar nicht. Trotzdem, bitte bilden Sie sich eine möglichst ungetrübte Meinung. Er ist alles in allem ein recht umgänglicher Mensch.«

Julia hatte daraufhin nichts mehr gesagt.

»Meine Frau Elisabeth«, stellte Cramer nun die Frau auf der Sitzgarnitur vor. Sie blieb sitzen, reckte sich aber und lächelte müde. Sie schien vor nicht allzu langer Zeit geweint zu haben. »Verzeihen Sie, wenn ich sitzen bleibe«, erklang eine zarte, verschüchterte Stimme, deren feiner Klang Julia überraschte. Sie hätte der stattlichen, jedoch nicht fülligen Frau mit den langen, dunkelblond gelockten Haaren einen kräftigen Alt zugetraut, mit rauchiger Nuance vielleicht, aber zumindest mit einem beachtlichen Stimmvolumen. Doch was sie vernahm, war mehr ein kraftloser Sopran. Elisabeth Cramer hatte das Haar mit einem Tuch zu einem losen Pferdeschwanz zusammengebunden, der über der rechten Schulter lag. Ihre Beine waren angewinkelt, sie hatte allerdings die Füße, die in leichten Wollslippern steckten, beim Eintreten der Kommissarin rasch vom Polster hinabgenommen.

»Ich habe etwas eingenommen, bitte«, sprach sie weiter, doch Herbert Cramer unterbrach sie sofort.

»Meine Frau ist mit den Nerven ziemlich runter, ein befreundeter Arzt hat ihr vorhin etwas zur Beruhigung gegeben.«

»Sollten wir uns dann nicht besser woanders unterhalten?«, erkundigte sich Julia zweifelnd.

»Nein, bitte«, flüsterte Elisabeth und deutete auf die reichlich vorhandene leere Fläche des Sofas. Es mochte ein Fünf- oder Sechssitzer sein, in der Mitte abgewinkelt, und bot daher mehr als genug Platz für die drei Stehenden.

»Elisabeth möchte dabei sein«, bekräftigte Herbert und wies ebenfalls in Richtung des riesigen Möbels. »Bitte sehr.«

Julia Durant war zwar nicht überzeugt, entschied sich aber dazu, nichts weiter zu sagen. Rasch, bevor Berger und der Hausherr sich bewegten, schritt sie zu dem Sitzplatz, der am weitesten von den lodernden Flammen des Kamins entfernt war, und sank in das unerwartet weiche Leder.

»Mein Name ist Julia Durant, ich komme von der Frankfurter Mordkommission«, sagte sie mit einem knappen Lächeln. Berger tuschelte etwas, das Julia nicht verstehen konnte, in Cramers Richtung und tätschelte dann, bevor er sich neben die Kommissarin setzte, Elisabeths Schulter.

»Hallo, Elisabeth«, raunte er ihr zu, und diese nickte und blinzelte ihm zu. Offenbar waren sie vertraut miteinander, oder aber sie spielten ihr hier etwas vor. Dieses ganze Ambiente, das heimelige Kaminfeuer, die warme Atmosphäre, das war doch nicht echt. Wenn es in diesem ehrenwerten Haus nicht ein dunkles Geheimnis gäbe, hätte Berger sie nicht abends hierherzitiert.

»Okay, ich will ja nicht unhöflich erscheinen, aber ich würde es nun sehr zu schätzen wissen, wenn Sie mir den Grund verraten, warum ich bei Ihnen bin.« Den fragenden Blick Cramers in Bergers Richtung bemerkend, setzte sie hinzu: »Außer einem kurzen Anruf von meinem Chef habe ich bislang keinerlei Informationen erhalten. Bitte setzen Sie mich also ins Bild.«

»Sie kommen direkt zur Sache, wie?« Herbert Cramers Stimme war klar und kräftig, die Aussprache der Worte deutlich, aber mit einem unverkennbar südhessischen Dialekt. Nicht so ausgeprägt wie seinerzeit bei Günther Strack, aber gewisse Vokale und Endungen hatten ihren ganz speziellen Klang. Julia versuchte sich zu erinnern, wann sie ihn beim letzten offiziellen Anlass gesehen hatte, doch es fiel ihr nicht ein. Es ist wie immer, dachte sie, man merkt sich die Auftritte des Präsidenten, nicht aber die des zweiten Mannes.

»Das ist mein Job, ja«, erwiderte sie knapp.

»Gut, das sehe ich ein. Zunächst einmal möchte ich betonen, dass wir Ihnen für Ihr Kommen sehr dankbar sind und Ihre Diskretion zu schätzen wissen.«

»Ein wichtiger Punkt, den Sie da ansprechen.« Julia Durant beugte sich leicht nach vorn, so dass beide Cramers sie sehen und hören konnten. »Was auch immer ich hier heute Abend erfahre, ich habe bereits Herrn Berger gesagt, dass es für mich weder eine Rolle spielt, wo ich mich gerade befinde, noch, welche Konsequenzen daraus erwachsen könnten. Auch für mich«, betonte sie und deutete sich dabei in Richtung Brust.

»Um Gottes willen, wir werden nichts Unrechtes von Ihnen verlangen«, wehrte Cramer hastig ab. »Im Gegenteil. Es geht darum, Unrecht zu vermeiden, das geschehen könnte, wenn vorschnell gehandelt wird.«

»Ich bin ganz Ohr«, nickte die Kommissarin und lehnte sich zurück.

Nervös rieb sich der Vizepräsident die Hände, stand dann auf und eilte zu einer Glasvitrine, in der verschiedene Karaffen standen.

»Einen Drink?«, fragte er, während er mit schweren Kristallgläsern klapperte. »Ich habe einen hervorragenden irischen Whiskey, Single Cask Malt, praktisch unbezahlbar. Nicht dass Sie das als Bestechungsversuch werten …«

»Danke, für mich nicht«, lehnte Julia ab. Cramer war in nervöses Plappern verfallen, ein untrügliches Zeichen dafür, dass die Wahrheit nicht mehr weit entfernt lag.

»Ich nehme einen, aber nur wenig, bitte«, lächelte Berger.

Cramer warf einen flüchtigen Blick in Richtung seiner Frau, diese schüttelte schweigend den Kopf, danach kehrte er mit einem recht vollen und einem zwei Fingerbreit gefüllten Glas zurück.

»Eigentlich fast zu schade zum Trinken, aber viele machen den Fehler zu denken, ein zehn Jahre alter Whiskey würde in der Flasche, wenn er da noch mal so lange steht, zu einem zwanzigjährigen heranreifen. Völliger Blödsinn«, brabbelte er und setzte sich wieder. »Aber was rede ich, wir sind ja nicht wegen meines Irish hier.«

»Es geht um Ihren Sohn, wenn ich das richtig verstanden habe«, hakte Julia ein und warf einen fragenden Blick in

Richtung Zimmerdecke. »Sollte er nicht dabei sein, wenn wir über ihn sprechen?«

»Später«, antwortete Cramer. »Er weiß aber, dass Sie hier sind.«

»Hm.«

»Er hat mich sogar darum gebeten, Ihnen das ganze Drumherum schon einmal zu schildern. Dann muss er nachher nicht bei null anfangen.«

»Aber befragen darf ich ihn schon, hoffe ich?«, erwiderte Julia argwöhnisch. »Wenn er etwas angestellt hat, sollte er auch dazu stehen. Wie alt ist er, siebzehn?«

»Neunzehn.«

»Fast zwanzig«, wisperte Frau Cramer und klang fast ein wenig vorwurfsvoll. Womöglich unterstellte sie ihrem Ehemann, nicht einmal zu wissen, wie alt genau sein Sohn war, dachte Julia, um im nächsten Moment insgeheim den Kopf über sich zu schütteln. Da ging sie in ihrer Interpretation wohl eindeutig zu weit.

»Stimmt, nächste Woche hat er ja Geburtstag«, sagte Cramer lächelnd, »also dann eher zwanzig als neunzehn.«

»Alt genug also, um in den Erwachsenenvollzug zu kommen«, konstatierte Julia provokant. »Nun gut, dann beginnen Sie am besten ganz von vorn. Darf ich mir Notizen machen oder soll ich lieber Zwischenfragen stellen?«

Die Eheleute wechselten einen Blick, dann sagte Cramer: »Fragen Sie besser hinterher. Es dauert auch nicht lange, ich fasse mich kurz. Von Notizen halte ich nicht sonderlich viel, denn das, was wir hier besprechen, soll das Haus besser nicht verlassen.«

Obwohl der Kommissarin erneut auf der Zunge lag, dass

sie sich nicht für eine Strafvereitelung hergeben würde, nickte sie schweigend und signalisierte damit dem Vizepolizeichef, mit seiner Schilderung zu beginnen.

MONTAG, 20:55 UHR

Die Nachrichten unterbrachen das Musikprogramm auf FFH, welches aus den Boxen des kleinen, batteriebetriebenen Radios quäkte und sich gegen die dumpfen Bassschläge der Anlage im Inneren des Hauses durchzusetzen versuchte. Mit hochgekrempelten Ärmeln seines Kapuzenpullis, den er unter einer löchrigen, ölverschmierten Latzhose trug, stand Lutz mürrisch brummend über den Motorblock eines VW Polos gebeugt.

»Scheißkiste«, schimpfte er und hieb mit einem großmäuligen Gabelschlüssel auf die nächstbeste Metalloberfläche. Dann drehte er sich zu seinem Nebenmann um, der rauchend und gleichgültig in den Nachthimmel glotzend neben dem Flutlicht stand, das auf einem Dreifuß montiert den Bereich in grelles Licht tauchte. Doch Lutz' wahrer Frust galt nicht dem Kleinwagen, dessen halbes Innenleben auf dem Boden um ihn herum verstreut zu liegen schien.

»Wo bleibt der kleine Wichser denn?«, knurrte er. »Haben wir acht oder neun Uhr?«

»Neun.«

»Verdammt. Den sehen wir heute nicht mehr, hat wahrscheinlich die Hosen gestrichen voll.«

»Hat er was ausgefressen?«

Lutz hätte sich am liebsten auf die Zunge gebissen. Verdammt. So simpel gestrickt sein Handlanger auch war, er musste ihm nicht alles auf die Nase binden. Mochte zwar sein, dass er die Bullen ebenso verabscheute wie jeder hier auf dem Platz, aber wenn es hart auf hart kam, knickten die Dummen als Erstes ein, und dann wäre das Drama groß.

»Er ist einfach nicht bereit für uns«, wich Lutz aus. Seine Hand war bis übers Gelenk schwarz verschmiert. Dann, wie beiläufig, fragte er: »Hat denn mittlerweile mal jemand seine Bude gecheckt?«

»Heute?«

»Nein, du Idiot, ich meine generell.«

»Ist halt eine WG oder so«, kam es zurück. »Ein Mehrfamilienhaus, keine Ahnung, wer von den Typen, die da rumhängen, da wirklich wohnt oder wer nur zum Kiffen kommt. Der Kleine ist drinnen verschwunden, mehr weiß ich nicht. Aber im Gegensatz zu den anderen war er der am wenigsten Verwahrloste.«

»Hm.«

Lutz überlegte, ob er selbst einmal nach dem Rechten sehen sollte. Nach einem weiteren Abend mit Saufen und abgetakelten Tussis stand ihm ohnehin nicht der Sinn, ganz im Gegenteil zu seinem Kumpanen, der bereits mehr als ein Mal sehnsüchtig hinüber zum Haus geblickt hatte.

»Na hau schon ab«, winkte er gönnerhaft. »Aber gib mir noch die Adresse von dem Jungen. Ich schau mir das nachher an.« Sichtlich erleichtert trottete der andere in Richtung der lauten Musik. Lutz erledigte noch einige Handgriffe und knallte dann die Motorhaube des Polos zu. Mistkarre. Bei Tempo hundertzwanzig auf der A5 hatte es im Innenraum plötzlich nach verbranntem Gummi gerochen, wohl eher danach geschmeckt, wenn er der Erzählung Glauben schenkte, die ihm vor ein paar Tagen zugetragen worden war. Ein bitter schmeckender öliger Film auf der Zunge, ein übler Nachgeschmack im Mundraum, ja, er kannte es selbst. Reifenqualm verursachte das oder ein berstender Schlauch der Klimaanlage, aus dessen Innerem sich unter hohem Druck stehendes Kältemittel entlud und eine ölige Wolke mit sich brachte. Doch weder die Zylinder noch die Klimaanlage des Wagens hatten einen Schaden, dafür wies die Isoliermatte unterhalb der Motorhaube eindeutige Brandspuren auf. Was auch immer diese Hitze und den Gestank erzeugt hatte, Lutz konnte es nicht finden. Er zog den Stecker des Scheinwerfers aus der Kabeltrommel, schob beides unter das Blechdach des benachbarten Schuppens und sammelte die herumliegenden Teile vom Boden auf. Er verstaute sie in einem Pappkarton im Wageninneren, schloss die Tür ab und ließ den Schlüssel in der Brusttasche seiner Latzhose verschwinden. Danach ging er ebenfalls zurück zum Haus und betrat es durch die Metalltür, durch die er auch Hellmer und Kullmer hineingelassen hatte. Lutz verspürte nicht den geringsten Elan, durch den Clubraum zu traben, sich anquatschen zu lassen oder an der Bar hängenzubleiben. Später vielleicht.

Es war heute nicht zum ersten Mal geschehen, dass Mike sich verspätete, der Junge war in vielerlei Hinsicht nachlässig und ungehobelt. Wäre er tatsächlich ein Kandidat für einen Motorradclub, ein ernsthafter Anwärter, so hätte er es sich spätestens heute endgültig verscherzt. Doch andererseits kam er immer wieder. Lutz kannte diese Art von jungen Kerlen, er war einst selbst einer von ihnen gewesen. Raus aus der Pubertät, noch nicht bereit für die biedere Gesellschaft, Zoff mit dem Elternhaus oder, was noch öfter der Fall war, es gab überhaupt keine Familie, die sich für einen interessierte. All das vor der Kulisse der Großstadt, in der Konsum und Erfolg das oberste Gebot waren. Doch es gab das eine nicht ohne das andere, und wie sollte ein orientierungsloser Jugendlicher Zugang zum Erfolg finden, wenn er das System, das ihm diesen Zugang verschaffen konnte, doch abgrundtief verachtete? Seine erste Messerstecherei hatte Lutz mit dreizehn Jahren gehabt, in einer kühlen Nacht unweit der Zeil, als er seine sturzbetrunkene Mutter mal wieder nach Hause hatte zerren müssen. Zwei düstere Gestalten hatten ihnen aufgelauert, Lutz hatte sich mit Händen und Füßen gewehrt, doch am Ende waren sie stärker gewesen. Dem einen hatte er das Messer irgendwo in die Hüfte gerammt, so viel wusste er noch, doch alles andere hatte er verdrängt. Das klagende Stöhnen der Frau, die für ihn wie eine Fremde war, wenn sie sich besinnungslos gesoffen hatte, hatte er gelegentlich noch im Ohr, doch zum Glück nur noch selten. Sie hatte kaum etwas mitbekommen, als die Männer über sie hergefallen waren, und Lutz hatte sie nicht beschützen können. Hure! Verächtlich rief er sich ins Gedächtnis, dass sie ihren Körper mehr als nur ein Mal bereitwillig feilgeboten hatte, um einen Schuss oder eine Flasche zu bekommen. Oder eine Dose Ravioli für ihr Kind.

Zwanzig Minuten später, Lutz hatte seine Arbeitskluft ausgezogen und sich die Hände mit Waschpaste gereinigt, steuerte er seinen auffälligen Opel Calibra in die

Taunusstraße, nahe dem Offenbacher Hafen. Angestrengt suchte er die richtige Hausnummer, entschied sich aber dann, den auffälligen Wagen nicht direkt vor der gesuchten Adresse abzustellen. Viele der geparkten Fahrzeuge hatten Frankfurter Kennzeichen, die meisten waren jedoch um einiges schäbiger als Lutz' aufgemotztes Gefährt, und er wollte kein Risiko eingehen. Er stieg aus, sah sich prüfend um, nahm aber außer einer alten Frau, die ihren ebenso gebrechlichen Pudel Gassi führte, niemanden wahr. Lutz näherte sich dem leicht renovierungsbedürftigen, aber nicht heruntergekommenen Haus, an dessen Eingangsportal eine breite Front von Briefkästen und Klingelschildern zu erkennen war. Mit zusammengekniffenen Augen studierte er die Namen und stellte fest, dass die Übereinstimmung auf den Klingelschildern und den Briefkästen nicht sonderlich groß war. Gemeinsam hatten die Klappen nur, dass fast überall schwarz-weiß-rote Aufkleber prangten mit dem Hinweis »Stopp – keine Werbung«. Dennoch ragten aus nicht wenigen Briefkästen Wurfsendungen heraus.

Er begann seine Suche noch einmal von vorn, doch auch der zweite Durchlauf brachte keinen Erfolg. Wo auch immer sich Mikes WG befand, anhand der Namensschilder würde er es nicht herausfinden. Mit geneigtem Kopf lauschte er. Er filterte den Straßenlärm heraus, das ferne Grummeln eines Lkw, außerdem lautes Keifen in einer ihm unbekannten Sprache, das aus einem der Nachbarhäuser drang. Spielte in einem der oberen Stockwerke Musik? Und kam diese überhaupt aus diesem Haus? Unschlüssig hob er den Finger in Richtung der Klingelknöpfe. Es gab keine Gegensprechanlage. Würde ihm jemand öffnen, wenn er wahllos auf ein halbes Dutzend Tasten drückte? Plötzlich vernahm er Stimmen, heiseres Lachen und polternde Schritte. Sekunden später wurde die Haustür aufgerissen, und drei junge Männer blickten recht perplex in Lutz' Gesicht. Sie hielten kurz inne, dann wollten sie an ihm vorbei.

»Wohnt ihr hier?«

»Äh, klar.«

»Ich suche einen Kumpel von mir, wo muss ich denn klingeln, wenn ich seine WG suche?«

»Pff, WGs gibt's hier drei Stück. Welcher Stock denn?«

»Keinen blassen Schimmer. Er heißt Mike, es müsste sich um einen Studenten handeln ...«

»Mike?«, fragte einer der Jungs hellhörig, und sofort stach ihm ein anderer mit dem Ellbogen in die Seite, was Lutz nicht entging.

»Ah, ihr kennt ihn also«, sagte er schnell. »Ist es eure WG?«

»Wer will das wissen?«

»Na ich. Keine Angst, ich bin kein Undercover-Bulle oder so.« »Siehst auch nicht so aus«, kam es sofort zurück und: »Warum sollten wir Angst vor den Bullen haben?«

»Mir doch egal, aber wäre ich ein Bulle, müsste ich mich jetzt ausweisen«, antwortete Lutz. Ob das tatsächlich stimmte, wusste er nicht so genau, doch im Club hieß es, dass ein nichtuniformierter Beamter sich auf die Frage hin, ob er ein Polizist sei, eindeutig zu erkennen geben musste. »Ich such nur meinen Kumpel Mike. Wir waren verabredet.«

»Mike ist nicht da.«

»Und wo ist er?«

Gleichgültiges Schulterzucken. »Kein Plan. Wird schon wieder auftauchen.«

Damit war das Gespräch beendet, und lachend und lärmend entfernten sich die drei.

Verdammt, dachte Lutz. Wenn ich wenigstens wüsste, aus welchem Nest sie gekommen sind. Aber das Risiko, in die falsche Wohnung einzubrechen, mochte er nicht eingehen. Noch nicht, beschloss er, auch wenn er innerlich vor Wut kochte. Er würde dem Kleinen gehörig die Leviten lesen für diesen versauten Abend.

Etwa zur selben Zeit tauchte in Fechenheim Marion Kühne bis zur Nasenspitze hinab in heißes, dampfendes Badewasser. Der Badezimmerspiegel war angelaufen vom Dunst, der noch immer tief unter der Decke hing. Sie hatte die Scherben aufgelesen, erst die wenigen großen, anschließend die unzähligen kleinen. Den Rest hatte Marion mit einem feuchten Fensterleder entfernt, war auf nackten Knien durch den Flur gerutscht, die bald von den messerscharfen Kanten mikroskopischer Splitter wundgescheuert gewesen waren. Aber keine Spur des Schmutzes sollte länger als unbedingt nötig in ihrer Wohnung oder an ihrem Körper sein.

Wie lange sie auf ihrem zerwühlten Bettlaken verharrt hatte, hätte sie nicht zu sagen vermocht. Lutz war wortlos verschwunden, nachdem er sich an ihr vergangen hatte, und sie hatte nicht einmal die Decke über sich gezogen. Es war heute nicht zum ersten Mal geschehen, und es würde wieder geschehen, darüber machte Marion sich längst keine Illusionen mehr. Aus jenem vielsagenden »Du gehörst zu mir« aus ihren Jugendtagen hatte sich rasch ein

»Du gehörst mir« entwickelt, welches Lutz Wehner bedingungslos einforderte, wann immer ihm danach war. Er hatte diese unbeschreibliche Macht über Marions Seele, der sie sich nicht entreißen konnte, sosehr sie es auch anstreben mochte. Im Grunde genommen war Lutz für die meiste Zeit ihres Lebens nicht einmal die schlechteste Wahl gewesen, die sie hätte treffen können. Mitbewerber gab es derzeit auch nicht viele. Keine, wenn man es genau nahm. Aber Lutz hatte sich verändert. Dort, wo früher wenigstens ab und an das Gefühl der Fürsorge entstanden war, waren heute nur noch Besitzansprüche und rohe Gewalt. Der Preis dafür, nicht völlig einsam zu sein?, dachte Marion verzweifelt. Nicht einmal mein Bruder ist mir noch geblieben. Sie spürte den schmerzhaften Kloß, der sich in ihrem Hals festgesetzt hatte und sich nicht lösen wollte. Langsam griff sie nach der dolchförmigen Scherbe des Flurspiegels, die neben ihr auf einem Handtuch lag, und hielt sie prüfend vor ihr von Hitze, Dampf und Tränen verquollenes Gesicht.

MONTAG, 21:34 UHR

»Jedenfalls hat Michael uns jetzt endlich ins Vertrauen gezogen«, schloss Herbert Cramer seinen Bericht.

Julia Durant und Berger saßen stumm auf dem Sofa und sinnierten über das eben Vernommene nach. Die Kommissarin hatte sich als Erste so weit gesammelt, um eine Frage zu stellen. Cramers Bericht war kurz und prägnant gewesen, sie hatte sich weder etwas notiert noch zwischendurch nachhaken müssen. Ein Jurist durch und durch, der es gelernt hatte, Sachverhalte knapp und unmissverständlich darzulegen, dachte sie und räusperte sich.

»Danke für diese schonungslose Schilderung«, begann sie, »ich möchte das aber bitte noch mal durchgehen. Sie sagen, Ihr Sohn habe sich seit geraumer Zeit abgekapselt und sich mit mutmaßlich Kriminellen herumgetrieben. Können Sie das zeitlich eingrenzen?«

»Schätzungsweise zwei Jahre«, seufzte Cramer, und Julia warf einen forschenden Blick in Richtung seiner Frau. Diese nickte. »Gut. Er geht in Frankfurt zur Schule, wieso Frankfurt?«

»Wir haben dort gelebt, als er aufs Gymnasium kam. Zeitweise zumindest«, erklärte Cramer. »Er hatte keinen leichten Start in die Pubertät, da wollten wir ihn nicht auch noch aus seinem Freundeskreis reißen.«

»Aber offenbar hat er ja nun ganz andere Freunde«, warf Julia ein.

»Sicher keine Gymnasiasten, das stimmt«, knurrte Cramer, und seine Frau ließ ein leises, aber empörtes »Herbert!« verlauten.

»Wieso? Ist doch wahr«, rechtfertigte er sich. »Alles hat mit dem Sitzenbleiben in der Elf begonnen. Das hätte nicht passieren dürfen.«

»Michael hat eine Ehrenrunde gedreht?«

»Nein, sitzengeblieben ist er. Das hat nichts mit Ehre zu tun, sondern mit Faulheit. Da gibt es auch nichts zu beschönigen.«

»Hm, okay. Ist er noch auf der Schule?«

»Er wollte es im Sommer hinschmeißen, aber wir haben

ihn, nun ja, dazu bewegen können, das Abitur doch noch anzustreben«, erklärte Cramer umständlich.

»Geld?«, fragte Julia argwöhnisch.

»Ja. Das ist leider das Einzige, mit dem man ihn momentan zu fassen bekommt. Rat und Tat stehen nicht sonderlich hoch im Kurs, dabei ... Ach, nicht so wichtig.«

»Schildern Sie nun bitte Ihr Verhältnis«, forderte die Kommissarin. »Ich möchte mir gern ein Bild der Persönlichkeit Ihres Sohnes machen, bevor ich mit ihm spreche.«

»Da gibt's nicht viel zu sagen«, wehrte Cramer abwinkend ab. »Er hat hier alles, was das Herz begehrt, und könnte mit allem zu uns kommen. Nur Leistungsbereitschaft und Ehrlichkeit erwarte ich, das ist doch wohl nicht zu viel verlangt.«

»Warten wir ab, wie er dazu steht. Scheinbar hat er sich ja darauf zurückbesonnen, immerhin hat er Sie aufgesucht. Können Sie sich vorstellen, weshalb?«

»Vermutlich, bevor es noch schlimmer wird«, seufzte Cramer und fügte kopfschüttelnd hinzu: »Falls das überhaupt geht.«

»Er hat Ihnen gesagt, dass er an einem Überfall beteiligt war und Zeuge einer Schießerei wurde. Darüber hinaus hat er explizit betont, niemanden verletzt zu haben. Glauben Sie ihm denn?«

Herbert Cramer schwieg einige Sekunden, lange genug, um seiner Frau ein forderndes und missbilligendes »Herbert!« zu entlocken.

»Ja, na ja«, erwiderte er dann unschlüssig, »natürlich möchte ich ihm das glauben. Als Vater stellt man sich doch vor sein Kind. Kennen Sie diesen alten Ohrwurm ›Der Papa wird's schon richten‹?«

Julia neigte fragend den Kopf.

»Nun, ich kann doch nicht Verrat an meinem eigen Fleisch und Blut begehen«, redete Cramer zunehmend hektisch weiter, »vor allem nicht, wenn es um Kapitalverbrechen geht. Deshalb habe ich mich ja an Ihre Abteilung gewandt, bevor es eine offizielle Ermittlung gibt. Was sollen wir denn bloß tun? Ich bin stellvertretender Polizeipräsident, stellen Sie sich nur mal vor, wenn herauskommt, dass mein Sohn ... oh Gott, ich glaube, ich brauche noch ein Glas.«

Mit diesen Worten erhob er sich und lief hinüber zu seinem Alkoholvorrat.

»Herr Cramer, Sie haben meine Frage noch nicht beantwortet«, sagte Julia, als dieser mit einem randvoll gefüllten Glas zurückkehrte, das beim Laufen zweimal überschwappte. »Glauben Sie Ihrem Sohn, dass er sich keines Gewaltverbrechens schuldig gemacht hat, zumindest nicht direkt?«

»Als Vater möchte ich ihm natürlich glauben«, nickte Herbert Cramer leise, »aber als Polizei-Vize kann ich nur zu Gott beten, dass er auch wirklich die Wahrheit sagt. Genügt Ihnen das?«

»Fürs Erste schon.«

Julia Durant wechselte einen stummen Blick mit Berger, dann sprach sie weiter: »Herr Cramer, ich würde mich nun gerne mit Ihrem Sohn unterhalten. Am liebsten zunächst unter vier Augen, wenn das für Sie in Ordnung ist.«

»Ich denke schon. Er wartet oben, meinetwegen gehen Sie rauf. Es ist das Zimmer mit der unerträglichen Musik.«

»Herbert!«, sagte Elisabeth Cramer leise, aber mit vorwurfsvollem Ton.

Durant erhob sich und schritt dann in Richtung Treppe. Bedächtig durchquerte sie im Obergeschoss eine Art Galerie, von der sie hinab in den Flur und in einen Wintergarten blicken konnte. Das Dach war verglast, darüber erstreckte sich der sternenklare Nachthimmel. Noch immer drang laute Musik aus dem Zimmer am hinteren Ende, und die Kommissarin ballte daher ihre Rechte zu einer Faust, um kurz darauf mit den Knöcheln kräftig auf das hölzerne Türblatt zu klopfen. Innen regte sich nichts, zumindest konnte Julia keine verräterischen Geräusche ausmachen, was aber hauptsächlich daran lag, dass die Musik unverändert laut weiterhämmerte. Nach einigen Sekunden klopfte sie erneut, noch etwas kräftiger, und drückte dann die Klinke hinunter. Sofort sprang im Inneren jemand auf, ein Stuhl fiel um, und ein gehetztes »Hee!« ertönte. Doch als der Junge den Kopf der Kommissarin sah, griff er umgehend zur Fernbedienung und schaltete die Anlage leise. »Dachte, es wäre mein Alter.«

»Darf ich reinkommen?«

»Klar.« Er zuckte lax mit den Achseln und hob seinen Drehstuhl auf, den er beim Aufspringen umgeworfen hatte. Julia nutzte die Gelegenheit, ihren Blick durch das geräumige Zimmer wandern zu lassen. Ein Bett, ein Schreibtisch, ein Kleiderschrank, der unter der Dachschräge eingebaut war. Poster von Slipknot, Korn und Limp Bizkit hingen an der breiten Wand am Fußende des Bettes, oberhalb des Fernsehers, auf dessen Bildschirm sie die eingefrorene Szene eines Ballerspiels erkannte. Die Bandnamen sagten der Kommissarin allesamt etwas, wobei der Musikstil ihr eindeutig zu hart war. Sie musste unwillkürlich an Peter Brandt und Norah Jones denken, und ihr Mundwinkel zuckte amüsiert.

»Das kann man nur laut hören, wie?«, sagte sie.

»Nichts für Sie, oder?«

»Nein«, lächelte Julia, »alles, was nach Bryan Adams kam, ist mir irgendwie zu hart. Aber ich lasse mich immer gern eines Besseren belehren.«

»Hm.« Michael Cramer zog sein T-Shirt zurecht, welches knittrig über dem Bund einer Baggyhose hing, die so tief saß, dass die Hälfte seiner Boxershorts herausschaute. Offenbar bemerkte er Julias Blick, zog die Hose nach oben und griff sich in die Tasche. »Ich darf doch rauchen, oder?«

»Meinetwegen. Ich habe selbst lang genug geraucht. Darf ich mich setzen?«

»Äh, klar.« Michael eilte zum Bett, rollte die Decke beiseite und wollte gerade darauf deuten, als er sich anders entschied und selbst Platz nahm. »Nehmen Sie den Stuhl.«

»Okay, danke. Herr Cramer, ich ...«

»Mike. Bitte nur Mike.« Mit der Handfläche fuhr er sich über das kurzrasierte Kopfhaar, das bestenfalls zwei Millimeter maß und oberhalb der Ohren sogar völlig kahl geschoren war. »Ist okay für mich«, nickte Julia, »also Mike. Nennen dich deine Kumpels im Club so?«

»Was für ein Club?«

»Reden wir nicht über den Motorradclub, bei dem du in letzter Zeit so häufig abhängst?«

»Nein.« Mike runzelte, offenbar empört, die Stirn.

»Aber es geht doch um einen toten Motorradfahrer, wenn ich vorhin bei deinen Eltern auf der Couch nicht Tomaten auf den Ohren gehabt habe.«

»Ja, das schon«, erwiderte Mike gedehnt.

»Aber?«

»Nichts aber.« Mike zog an seiner Zigarette, beobachtete nachdenklich die Glut und schwieg.

»Gut, dann lassen wir das mal beiseite«, setzte Julia erneut an und fragte lässig: »Worüber reden wir denn dann? Ich hatte mir den Abend nämlich auch ein wenig anders vorgestellt, um ehrlich zu sein. Ein Bier, ein paar Salamibrote, eine Dosis Guns N' Roses«, zählte sie an den Fingern auf und lächelte schief.

»Bier und Guns N' Roses?«, fragte Mike ungläubig zurück.

»Klar, wieso nicht?«

»Hm.«

»Also. Warum bringen wir es nicht schnell hinter uns und reden über den Überfall auf die junge Frau und die Schießerei bei Bonames?«

»Hat mein Vater Ihnen alles erzählt?«, erkundigte Mike sich kleinlaut.

»Ja. Er hat gesagt, das wäre mit dir so abgesprochen.«

»Abgesprochen ist gut«, kam es verächtlich zurück. »Ich hatte ja kaum eine Wahl.«

»Dein Vater setzt sich mir und meinem Vorgesetzten gegenüber aber sehr für dich ein, das solltest du wissen.«

»Der? Für mich? Im Leben nicht! Alles, was für ihn zählt, ist seine Karriere.«

»Immerhin hat er Berger um Rat gebeten.«

»Ja, weil er mich rauspauken will und dann für den Rest des Lebens ein Druckmittel hat.«

»Möchtest du denn nicht rausgepaukt werden?«, fragte

Julia direkt, und ihre Blicke bohrten sich tief in Mikes zunehmend verunsicherte Augen.

»Na doch, schon«, entgegnete dieser kleinlaut. »Ich hab auch nichts wirklich Schlimmes getan. Aber bevor etwas wirklich Schlimmes passiert, war mein Vater das kleinere Übel. Dieser Typ, mit dem ich das durchgezogen habe, versteht keinen Spaß. Ich hab 'ne Scheißangst, nur damit Sie's wissen, sonst säßen wir nicht hier.«

»Das ist doch ein guter Anfang. Wovor oder vor wem hast du denn Angst? Kannst du das für mich ein wenig präzisieren?« »Wenn Sie so fragen«, begann Michael zögerlich und kratzte sich unterhalb des Kinns, »macht mir nur einer von denen richtig Angst. Der Rest der Jungs ist, glaube ich, ganz okay, aber Lutz ... Nein, der war mir von Anfang an nicht geheuer.«

»Wir reden von Lutz Wehner?«, hakte die Kommissarin nach, obwohl sie die Antwort längst kannte.

»Kann sein, ja, ich glaube, so heißt er. Nachnamen spielen da keine Rolle. Er ist Lutz, ich bin Mike, von den anderen heißt einer Zange, ein anderer Bärtsche. Das bedeutet aber nicht, dass das ihre Familiennamen sind. Der Erste hat Hände wie Schraubschlüssel und der andere immer einen dunklen Fleck unter der Nase.« Michael lächelte freudlos, stieß ein kurzes Kichern aus. »Seine Nasenspitze ragt tief hinab, und die anderen sagen, wenn er sich wäscht, bleibt immer ein dunkles Hitlerbärtchen zurück. Daher Bärtsche. Aber das sind alles nur Handlanger«, schloss er wieder ernst.

»Handlanger eines verbotenen Motorradclubs«, konstatierte Julia und hob dabei die Augenbrauen.

»Nein, was haben Sie immer mit einem Motorradclub?«

»Der Verdacht drängt sich uns auf. Aber wenn du das anders siehst, dann erzähl erst mal weiter. Lutz und du, ihr habt vergangene Woche diesen Laden überfallen. Das kann ich mir auch aus den Akten heraussuchen, es gab dazu sicher eine Anzeige, oder?«

»Na ja, aber höchstens gegen unbekannt, denke ich«, erwiderte Michael. »Wir waren maskiert, Lutz hat Schmiere gestanden.«

»Was habt ihr erbeutet?«

»Gar nichts.«

»Wie, gar nichts?«

Michael rutschte auf der Matratze hin und her, stemmte die Arme tief in das Schaumgummi und wippte.

»Es war mehr so eine Art ... Mutprobe«, erklärte er.

»Eine Mutprobe? Um was zu beweisen?«

»Na Mut eben. Was denn sonst?«

»Ihr Vater hat aber auch einen körperlichen Übergriff gegen die Verkäuferin erwähnt«, formulierte Julia betont sachlich. Sie wollte Michaels Redebereitschaft nicht mit Vokabular wie »sexuelle Nötigung« oder gar »versuchte Vergewaltigung« bremsen, obgleich sie die Dinge üblicherweise gern beim Namen nannte.

»Ja, das war ja der Sinn der Sache«, murmelte Michael betreten, und Julia richtete sich ruckartig auf.

»Wie bitte? Ich höre wohl nicht richtig.« Sie konnte ihre Empörung nicht länger verschweigen.

»Es ist ja nichts passiert.«

»Das hat vorhin aber ganz anders geklungen, aber okay, ich höre mir gerne auch deine Version an. Du warst immerhin live dabei, sozusagen, aber ich erwarte die absolute Wahrheit.«

»Schon klar. Ich will's auch nicht zweimal erzählen müssen.« Michael räusperte sich. »Es war abgemacht, dass ich reingehe, in die Kasse greife und … na, eben dass ich das Mädchen rannehmen soll. Aber ich schwöre bei Gott, dass ich ihr nichts getan habe, jedenfalls nicht *das*.«

»Hm. Was hast du stattdessen getan?«

»Ich habe sie vor mir liegen sehen, da unten auf dem Boden, und sie war so hilflos und irgendwie panisch. Wer macht denn so was, ich könnte das überhaupt nicht, mir wurde plötzlich kotzübel, und ich hätte nicht im Traum daran denken können, sie in diesem Moment anzugrapschen. Zum Glück hatte ich kein Viagra intus, das wollte Lutz mir nämlich andrehen. Er hat gesagt, das habe bei ihm auch geholfen. Ich bin heilfroh, dass er nicht mit drinnen war, wer weiß, was noch passiert wäre.«

»Warum bist du mit dieser Geschichte denn ausgerechnet jetzt zu deinen Eltern gegangen?« Julia wies mit dem Finger schräg in Richtung des Korkbodens, dorthin, wo sie Berger und die Cramers im Erdgeschoss vermutete.

»Ich hab was Dummes gemacht, aber im Nachhinein betrachtet war es wohl ganz gut so«, erklärte Michael. »Lutz wurde ungeduldig, da bin ich schnell nach draußen. Vorher habe ich aber noch in einem schwachen Moment mein Messer dagelassen. Um ehrlich zu sein, hat mir das eine riesige Panik verursacht, als mir bewusst wurde, dass es übersät mit meiner DNA oder Fingerabdrücken sein musste. Ich besitze das Messer ja schon, seit ich vierzehn bin.«

»DNA und Fingerabdrücke erweisen sich aber nur als dienlich, wenn Vergleichsmuster vorliegen«, warf die Kommissarin ein. »Gibt es denn so etwas von dir?«

»Hm.« Michael blickte zu Boden. »Zählen Verkehrskontrollen?«

»Nein.«

»Auch nicht mit Blutprobe?«

»Ähm, auch nicht.«

»Aber falls ein Gegenstand auftaucht mit einer Vergleichsspur, dann schon, richtig?«

»Hm. Spielst du auf etwas Bestimmtes an?«

»Ja. Aber ich bin mir nicht sicher, wie Sie darauf reagieren werden.«

»Das Risiko musst du wohl eingehen«, sagte Julia mit geneigtem Kopf. Ihre schulterlangen Haare fielen nach vorn, und sie schüttelte sie wieder nach hinten. »Jetzt aber los. Meine Couch wartet. Bringen wir das mal hinter uns.«

»Nun, es geht um die Schießerei«, begann Michael Cramer bedächtig und schilderte den Abend von Grabowskis Tod, beginnend mit der Abfahrt in Lutz' Calibra, bis hin zu ihrer Begegnung in dem einsamen Wendehammer.

»Es war alles glasklar zwischen uns. Rankommen lassen, Knarre raus und ein paar Schüsse in die Brust«, schloss er. »Bei Lutz klingt das alles so einfach, aber verdammt, das ist etwas anderes, als auf Verkehrsschilder zu ballern. Mir wäre fast das Herz stehengeblieben, als ich abgedrückt hatte. Und ich schwöre bei allem, was mir heilig ist: Ich habe in die Luft gezielt. Mein Arm wurde von der Wucht noch weiter nach hinten gerissen, ich bin getaumelt, und vor mir ging der Typ zu Boden. Als Nächstes erinnere ich mich, dass Lutz mich von der Seite angemacht hat mit irgendeinem coolen Spruch. Völlig unpassend, aber da bin ich endlich aufgewacht. Ich bin losgerannt, querfeldein durch die Büsche, ein paarmal hingefallen, aber immer weiter. Bloß weg. Dieser ganze Scheiß von wegen Gemeinschaft und ›etwas für die Gruppe tun‹ war mir plötzlich so was von egal. Ich bin erst wieder zum Stehen gekommen, als ich auf der alten Rampe war. Die frühere Ausfahrt von Bonames, bevor das Industriegebiet gebaut wurde. Ist völlig zugewuchert, da kommt keiner hin. Ich hatte eine Heidenangst, dass Lutz mich suchen würde. Keine Ahnung, wie lange ich mich da aufgehalten habe, jedenfalls muss es eine ganze Weile gewesen sein, denn ich hatte am Ende allen Tabak aufgeraucht, und mein Herzschlag war wieder unter hundert. Dann bin ich quer durch die Stadt zurück in die Bude, um mir neue Klamotten zu holen. Seitdem hab ich mich da nicht mehr blicken lassen.«

»Noch mal, bitte. Eine Bude in der Stadt?«

»Ja, eine Art WG in Offenbach. Nicht offiziell, ich hab da ein paar Sachen rumfliegen, wenn mir hier die Luft zu stickig wird. Kumpels sind Mieter, und ich gebe denen einen Anteil in bar.«

»Deine Eltern wissen wohl nichts davon, schätze ich?«

»Um Gottes willen, bloß nicht. Aber das ist jetzt wohl unvermeidlich.«

»Abwarten.« Julia wippte mit der Hand. »Was ist mit der Waffe geschehen? Ich nehme an, es handelt sich dabei um besagten Gegenstand.«

»Sie sind sehr scharfsinnig«, sagte Michael, und seine Augen spiegelten Anerkennung wider.

»Das ist mein Job.«

»Ich habe die Waffe irgendwann fallen lassen. Ein Kanal, ein Schacht, das versuche ich mir krampfhaft in Erinnerung zu rufen, aber die Bilder sind nur flüchtig.«

»So wie Facetten? Oder Standbilder?«

»Ja, irgendwie beides.«

»Das ist eine Stressreaktion, nicht ungewöhnlich«, erklärte Julia rasch. »Man könnte es mit Tiefenentspannung oder Hypnose versuchen, aber ich denke, das ist bei dir nicht nötig. Du hast ja eine relativ präzise Ortsangabe gemacht. Würdest du die Kollegen bei der Spurensicherung denn nötigenfalls begleiten wollen? Das würde sich bestimmt gut machen und die Suche beschleunigen. Nicht auszudenken, wenn Kinder die Waffe finden.«

»Und was ist mit der Ballistik?«

»Das untersuchen wir im Anschluss. Wieso fragst du? Du hast doch gesagt, du hast den Mann nicht erschossen.«

»Ehrlich gesagt, glaube ich momentan gar nichts mehr. Was ist, wenn es doch eine meiner Kugeln war?«

»Michael, das sehen wir dann«, seufzte Julia. »Ich kann dir da keine Versprechungen machen. Aber ich werde alles in meiner Macht Stehende tun, dass dir deine bisherige Kooperation nicht zum Nachteil gereicht. Vorausgesetzt, deine Angaben sind so wahrheitsgetreu, wie du behauptest.«

»Warum sollte ich etwas erfinden, was mich belastet?«, fragte Michael gekränkt zurück.

»Menschen lügen aus den unerfindlichsten Gründen«, konterte Julia. »Aber ich sage ja nicht, dass ich dir nicht glaube. Mir ist nur noch immer nicht ganz klar, weshalb du dich gerade jetzt an deine Eltern gewandt hast. Euer Verhältnis scheint mir doch recht, hm, belastet zu sein. Dein Vater führt ein strenges Regiment, wie?«

»Kaum auszuhalten«, murmelte Michael und nickte.

»Aber Lutz macht mir mehr Angst. Bekomme ich Polizeischutz?«

»Kennt er denn diese Adresse?«

»Nein. Zumindest glaube ich nicht, dass er sie kennt. Ich habe mich immer nur mit Mike anreden lassen, und als Nachname irgendwann mal Krämer genannt. Den gibt's wie Sand am Meer, und ich konnte das auch den Jungs in der WG glaubhaft verkaufen. Von Cramer zu Krämer ist's nicht weit. Ich habe gesagt, das sei, damit meine Eltern mich nicht ausfindig machen können und so. Na ja, es hat letztlich niemanden interessiert. Aber diesem Lutz traue ich alles zu, der kennt genügend Leute. Also was ist mit dem Polizeischutz?«

»Darüber rede ich mit meinem Chef, und der soll mit deinem Vater was aushandeln«, wich Julia aus. »Aber wir können nicht gleichzeitig diskret vorgehen und eine Überwachung rund um die Uhr in die Wege leiten. Unser zentrales Interesse sollte darauf gerichtet sein, die Waffe zu finden und zu klären, welcher Schuss denn nun tödlich war. Umso schneller erhalten wir einen Haftbefehl für Lutz Wehner, und dann kann er dir gar nichts mehr. Du wirst jedoch aussagen müssen, und wenn du irgendeine Idee hast, wo er seine Waffen versteckt, könnte uns das enorm weiterhelfen. Er scheint ja im Moment nichts davon zu ahnen, dass du dich jemandem anvertraut hast und wir nun in seine Richtung ermitteln. Oder denkst du, er rechnet damit?«

»Nein, er weiß ja nicht, wer ich bin«, murmelte Mike, »jedenfalls hoffe ich das.«

»Dann besteht für dich oder deine Familie auch keine

akute Gefahr. Wir können trotzdem die Polizeipräsenz hier im Viertel erhöhen. Okay so weit?«

»Hm, denke schon.«

»Hast du denn eine Idee, weshalb Wehner diesen Mord begangen haben könnte?«

»Nö.«

»Hat er nicht vorher oder auf der Fahrt etwas dazu verlauten lassen? Ein Nebensatz vielleicht, eine Anmerkung, irgendwas?«

»Bedaure. In meinen Augen war es nichts weiter als eine dieser beknackten Mutproben. Und davon, dass auf jemanden geschossen wird, haben wir unterwegs ja noch nicht gesprochen.«

MONTAG, 22:05 UHR

Peter Brandt saß frisch geduscht mit einigen Papieren und Michelles neuem Laptop auf dem Sofa, die Beine angewinkelt, eine Flasche Wasser neben sich auf dem Tisch. Der Fernseher lief stumm geschaltet im Hintergrund, und es lag nur an Peters Bequemlichkeit, dass nicht stattdessen eine CD oder das Radio etwas Musik spielte. Er war völlig vertieft in das, was er auf dem Bildschirm las, und griff nur ab und an zu Zettel und Kugelschreiber, um sich etwas zu notieren.

Zweieinhalb Stunden vorher hatte er ein kurzes Telefonat mit Elvira Klein geführt, dienstlich und privat vermischt, etwas, was Brandt überhaupt nicht mochte. Doch die Zeit war knapp bemessen, auf die Staatsanwältin wartete ein abendliches Symposium, und für den Kommissar galt es, die Ergebnisse der Ermittlungen auszuwerten.

»Soll ich später zu dir kommen?«, hatte Elvira ins Telefon gewispert, kurz bevor sie das Gespräch unterbrechen musste, denn sie stand bereits inmitten von Kollegen und konnte kaum mehr ihr eigenes Wort verstehen.

»Ich würde liebend gerne ja sagen, aber um ehrlich zu sein, ich wäre dir heute wohl keine gute Gesellschaft«, hatte Brandt geantwortet. »Auf mich wartet ein Stapel Papier, ein Dutzend Mails, und ich muss mich für morgen vorbereiten. Zwei Morde«, seufzte er, »du weißt ja.«

»Du Armer. Aber morgen dann, und wenn ich dich mit einer dienstlichen Ausrede aus Spitzers oder Durants Fängen zu mir zitieren muss«, lachte sie. Dann verabschiedeten sie sich, und Brandt setzte Nudelwasser auf, welches er großzügig salzte, danach verschwand er im Bad und schlüpfte nach einer regenerierenden Dusche in bequeme Kleidung. Er wechselte einige Worte mit Michelle, die sich den Rest des Abends mit Fachbüchern vertreiben wollte, ein Unterfangen, welches ihr Vater um keinen Preis behindern wollte.

»Darf ich mir deinen Laptop borgen?«, hatte er im Hinausgehen gefragt. »Dann kann ich mich langmachen, ich möchte nur ein wenig googlen, wie man so schön sagt. Kein Herumschnüffeln, Indianerehrenwort, aber ich habe einfach keine Lust, mich vor den lahmen PC zu hocken.«

»Schon gut, du hättest ihn auch so bekommen«, lächelte Michelle. »Ich hatte zwar später vor, mit Sarah zu skypen, aber das war ohnehin nicht ganz sicher.«

»Danke, du bist ein Schatz. Möchtest du wirklich nichts essen?«

»Glitschige Nudeln? Nein danke«, lachte Michelle und verzog das Gesicht.

»Nudeln müssen glitschig sein, sonst saugen sie die ganze Soße auf«, konterte Brandt.

»So ein Quatsch, das lass mal bloß nicht Oma hören!«

»Na gut, dann ess ich allein. Ich hätte auch lieber etwas bei deinen Großeltern schmarotzt, aber dafür bleibt mir leider keine Zeit.«

»Viel zu tun?«

»Hm.«

Michelle stand von ihrem blauen Gymnastikball auf, den sie gelegentlich als Sitzgelegenheit zum Arbeiten nutzte, und kam zu ihrem Vater. Sie umarmte ihn kurz, gab ihm einen flüchtigen Kuss auf die Wange und deutete dann auf das silberne Notebook, welches neben ihr auf einem niedrigen Tisch lag.

»Bedien dich, Papa, und Kopf hoch. Soll ich für dich nach den Nudeln sehen?«

»Nein, ich will dich nicht vom Lernen abhalten«, hatte Peter Brandt augenzwinkernd erwidert und sich den Laptop gegriffen.

Die Ausdrucke der E-Mails hatte der Kommissar sich noch im Büro erstellt, ebenso einige Nachrichten abgehört und kurze Rückrufe geführt. Die einzige Nachricht, die er unbeantwortet gelassen hatte, war eine kryptische Mitteilung von Dieter Greulich, dass er noch an diesem Abend angerufen werden wolle. Aber er betonte dabei explizit, dass Brandt dies von zu Hause aus tun solle. Es widerstrebte dem Kommissar zwar, sich von dem unliebsamen Exkollegen etwas vorschreiben zu lassen, aber er wird wohl seine Gründe haben, dachte er dann. Die anderen Meldungen des Tages waren größtenteils ernüchternd. Die Mitglieder der *Mogin Outlaws* gaben sich gegenseitig Alibis, beriefen sich allesamt darauf, im Club gewesen und nichts gesehen oder gehört zu haben. Ohne es zu artikulieren, hatten sie den Ermittlern unmissverständlich zu verstehen gegeben, dass man sich im Club selbst um Aufklärung und Vergeltung kümmern würde, wenn die Zeit dazu gekommen sei. Bullen brauche man dafür nicht.

Außerdem studierte Brandt die Obduktionsberichte von Kohlberger und Grabowski, die jedoch nichts Unerwartetes enthielten. Kohlberger war bei lebendigem Leib verbrannt, Grabowski durch ein Geschoss, welches das Herz gestreift und sich in die Lunge gebohrt hatte, gestorben. Das 9-mm-Projektil war aus nächster Nähe abgefeuert worden, hatte die Kleidung durchdrungen und war zwischen zwei Rippen hindurch in den Brustkorb gelangt. Dabei hatte es – vermutlich durch den Kontakt zur oberen Rippe – exzentrische Schwingungen aufgebaut und das innen liegende Gewebe förmlich zerfetzt. Trotz Andreas kühlen und sachlichen Formulierungen hatte Brandt ein grauenvolles Bild vor Augen. Es bestand für ihn kein Zweifel: Grabowski war ebenfalls hingerichtet worden. Nur dass es bei ihm ein schneller, unauffälliger Tathergang gewesen war. Rache? Oder gar eine Art Affekthandlung? Konnte es sein, dass der Offenbacher Motorradclub sich für den Tod seines designierten Vorsitzenden gerächt hatte?

Ein Blick auf die Uhr ließ Brandt davon Abstand nehmen, sofort zum Handy zu greifen und Julia Durants Nummer zu wählen. Es war immerhin keine neue Theorie, der Verdacht, dass es einen Zusammenhang zwischen den beiden Morden gab, war längst ausgesprochen worden. Aber bei einem anderen Kollegen hatte der Kommissar da weniger Hemmungen, genau betrachtet war es ja kein Kollege mehr, und während einer Mordermittlung musste man ohnehin rund um die Uhr mit Anrufen rechnen. Mit dem Daumen tippte Brandt Greulichs Nummer ein und wartete, bis dieser abnahm.

Der Kommissar kam gleich zur Sache: »Brandt hier. Ich war vorhin kurz im Büro und habe Ihre Nachricht abgehört. Was gibt es denn so Delikates, dass wir es nicht im Präsidium klären können?«

»Sind Sie zu Hause?«, fragte Greulich, der müde und unwirsch klang.

»Ja.«

»Allein?«

»Meine Tochter ist in ihrem Zimmer«, antwortete Brandt ungeduldig. »Warum diese Geheimniskrämerei?«

»Das erkläre ich Ihnen schon noch. Wir müssen uns morgen treffen. Allein. Kriegen Sie das hin?«

»Natürlich, aber ...«

»Wann?«

»Um halb neun ist Besprechung. Den Rest des Tages habe ich noch nicht verplant. Ich möchte nun aber endlich wissen, worum es geht!«

»Schon gut, ich komme ja gleich aufs Wesentliche. Aber ich muss mich unbedingt darauf verlassen können, dass die Angelegenheit unter uns bleibt.«

»Das entscheide ich, wenn ich weiß, worum es geht«, gab Brandt zurück, lenkte dann aber ein. »Wenn meine Diskretion angemessen ist, werden Sie sie natürlich auch bekommen.«

»Ich habe da jemanden, mit dem wir uns einmal unterhalten sollten. Mehr werde ich dazu am Telefon nicht sagen.«

»Geht es vielleicht noch etwas undeutlicher?«, kommentierte Brandt ungehalten.

»Nicht am Telefon«, wiederholte Greulich knapp. »Wenn Sie Interesse haben, vereinbaren wir ein Treffen. Falls nicht, auch gut. Ihr Problem.«

Brandt überlegte einen Moment. Greulich wirkte erregt, ohne Zweifel, und Brandt bedauerte, dass er ihm just in diesem Augenblick nicht gegenüberstand.

»Okay, meinetwegen«, gestand er ihm zu, »wie soll das ablaufen?«

»Wir fahren morgen zu ihm«, antwortete Greulich hastig und betonte dann mit Nachdruck: »Das Treffen muss aber geheim bleiben, verstehen Sie? Geheim. Kein Spitzer, keine Durant.«

»Wie gesagt, ich werde mir die Entscheidung darüber vorbehalten.«

Als Peter Brandt kurz darauf das Telefon zurück auf die Tischplatte legte, rasten seine Gedanken. Was bedeutete es, dass ausgerechnet Dieter Greulich ihn kontaktierte, um ein geheimnisvolles Treffen zu arrangieren? Hatte er einen Verdächtigen an der Angel? Dann bräuchte es kein heimliches Treffen. Oder hatte er einen Zeugen aufgetan? Wie auch immer, die ganze Angelegenheit hatte einen schalen Beigeschmack. Im Umgang mit Beteiligten einer Straftat hatte Greulich alles andere als eine lupenreine Vergangenheit, und auch wenn es in den letzten Jahren keine neuen Vorwürfe gegeben hatte, traute Brandt ihm nicht. Menschen änderten sich nicht, jedenfalls nicht potenziell gewaltbereite Typen wie Greulich, die von eisigem Kalkül angetrieben wurden. Oder tat er ihm unrecht?

Nein, es blieb ein ungutes Gefühl, und noch als er längst im Bett lag, wurde Peter Brandt das Gefühl nicht los, dass an dieser ganzen Greulich-Sache etwas oberfaul war.

MONTAG, 22:43 UHR

Al schob den Lederhandschuh einige Zentimeter zur Seite und warf einen prüfenden Blick auf die schwach leuchtenden Zeiger seiner Armbanduhr. Noch eine Viertelstunde, das dürfte genügen, dachte er, und ein grimmiges Lächeln umspielte seine Mundwinkel. Er schob das schwere Motorrad ächzend einige Meter in einen schmalen Waldweg hinein, wo er es zwischen den Büschen tarnte. Vor nächtlichen Spaziergängern brauchte er keine Angst zu haben, denn spätabends wählten Hundebesitzer einen möglichst kleinen Radius, und das Waldstück, in dem er sich befand, lag weitab von der nächsten Siedlung. Auch Hochsitze gab es hier nur wenige, möglicherweise, weil die Einflugschneise des Flughafens und der immerwährende Lärm der Autobahn den Forst nicht lebensfreundlich für Wildtiere gestalteten. Es gab kaum grüne Korridore, durch die sie in andere Waldgebiete gelangen konnten, und trotz seiner zentralen Lage war der Ort nachts völlig abgeschieden.

Al löste die Ledertasche aus ihrer Halterung und lief quer durchs Dickicht, überquerte eine Lichtung und näherte sich schließlich einem kleinen Waldparkplatz am Rande der Landstraße. Ein erneuter Blick auf das Zifferblatt verriet ihm, dass es beinahe elf Uhr war, der Himmel lag sternenklar über den Baumkronen. Die perfekte Nacht für seine düsteren Pläne. Wenige Minuten später erklang das ihm wohlbekannte Knattern eines Twin-Cam-Motors, und er atmete mit geschlossenen Augen dreimal tief durch. Die kühle Nachtluft schmeckte frisch, und Al bildete sich ein, es röche bereits nach Schnee. Dabei hatte er sich noch so viel vorgenommen, bevor die trübe und dunkle Jahreszeit begann, in der die teuren, schweren Maschinen vorzugsweise in der Garage stehen blieben. Ein Mal wenigstens wollte er mit seiner geliebten Frau, von der im Club niemand jemals erfahren durfte, hinunter in Richtung Alpen fahren. Das Stilfser Joch mit dem Beiwagen, sehr oft hatte er schon daran gedacht. Im Clubhaus stand sogar ein solcher Anbauwagen, der sicher ohne große Mühe an seine Harley passen würde, aber allein die Vorstellung an ein solches Unternehmen schien völlig absurd zu sein. Niemals, dachte er zähneknirschend, nicht mehr in diesem Leben ...

Al zwang sich zur Konzentration, und just in diesem Moment lenkte der sich nähernde Fahrer seine Maschine auf den Parkplatz. Der geschotterte Weg veranlasste ihn, sein Tempo mit der Motorbremse zu drosseln und die Füße bereitzuhalten, um ein Ausbrechen des Vorderrads abzufangen. Doch schließlich kam er elegant zum Stehen, und das laute Knattern des Motors erstarb.

»Ohne Navi hätte ich nie hergefunden«, erklang Ricos gedämpfte Stimme unter dem Helm hervor. Er öffnete mit der Linken das Visier, während seine rechte Hand den auf dem Tank befestigten Navigationscomputer abschaltete, dessen grün glimmendes Display daraufhin erlosch. »Hier bin ich im Leben noch nicht gewesen.«

»Sei dir da mal nicht so sicher«, sagte Al leise, dann, mit mehr Elan: »Lass uns ein Stück laufen, schieb deinen Bock da vorn auf den Weg.«

»Steht deiner auch da?«

»Nein, ich bin aus der anderen Richtung gekommen. Los jetzt«, drängte Al, »wenn man uns hier sieht, bräuchten wir uns nicht so weitab vom Schuss zu treffen.«

»Wundert mich eh, dass wir das nicht im Clubhaus besprechen können«, murrte Rico, noch immer den Helm auf dem Kopf, während er sein Motorrad in die von Al genannte Richtung schob. Wenige Meter vor ihnen tat sich ein schmaler Pfad auf, der zu einem Steg führte. Ein Waldsee, zur Hälfte überwuchert, glänzte still im fahlen Mondlicht.

»Hocken hier keine Angler?«

»Nicht nachts.«

»Und Jäger?«

»Nicht hier.«

»Also, dann schieß mal los. Warum sind wir hier?«, erkundigte sich Rico, nachdem er den Helm abgenommen und an die Lenkstange gehängt hatte.

»Hast du was zum Trinken dabei?«, fragte Al.

»Bedaure. Ich hätte höchstens ein paar Gramm Gras im Angebot.«

»Macht nichts, ich hab 'nen Flachmann. Der reicht für uns beide.« Al setzte die Tasche ab und entnahm einem kleinen Fach an der Seite eine kleine, aus gebürstetem Metall gefertigte Flasche, die kaum zwei Zentimeter hoch, aber dafür so lang und breit wie ein Taschenbuch war.

»Du hast mich aber nicht hierherzitiert, nur um einen zu heben, oder?«

»Nein. Aber säßen wir im Club, würden wir jetzt auf die Toten trinken, bevor wir zum Alltagsgeschäft oder zum Feiern übergingen. Was dagegen?«

»Quatsch. Auf Matty also.«

»Ja, trinken wir auf Mattys Tod«, murmelte Al, schraubte den Deckel ab, setzte die halb volle Flasche an den geschürzten Mund und hielt sie anschließend wie zum Salutieren in die Höhe.

»Gib mal. Auf den guten alten Matty«, sagte nun auch Rico, nachdem er die Flasche gegriffen hatte, und nahm einen Mundvoll. Es schmeckte nach Gin. Rico wusste, dass Al sich nicht viel aus Whiskey machte, zumindest nicht, wenn es einen vernünftigen Wacholderschnaps in Reichweite gab.

»Bah, ein Teufelszeug«, prustete er, und seine Wangen röteten sich leicht.

»Tanqueray«, kommentierte Al knapp.

»Für Matty nur das Beste, wie?«

»Für Mattys und für Hannos Ableben, ja.«

»Auf Hanno trinke ich nicht«, erwiderte Rico trotzig und mit schwerer Zunge. Er wollte noch etwas Abfälliges hinzufügen, kam aber nicht mehr dazu.

»Brauchst du auch nicht«, schüttelte Al mit einem müden Lächeln und schüttelte den Flachmann hin und her, in dessen Innerem es gluckernd schwappte. Er war nach Ricos Schluck deutlich leichter als zuvor. »Du hast so gierig hingelangt«, sprach Al weiter, »dass die Dosis hoch genug ist.«

»Wie?«, stammelte Rico, und trotz der Dunkelheit meinte Al, die Panik in seinen Augen zu erkennen.

»Dormicum«, erklärte Al knapp, »wahrscheinlich genügend, um ein ganzes Dutzend von euch einzuschläfern.«

Rico griff sich an den Hals und versuchte zu würgen, taumelte nach vorn und schob sich Ring- und Mittelfinger tief in den Rachen, um einen Brechreiz hervorzurufen. Doch es gelang ihm nicht, er hustete nur und spie mit hochrotem Kopf Spucke auf den Boden. Dann knickte ihm der stützende Arm weg.

»Wehr dich nicht dagegen«, sprach Al leise weiter, »es hat keinen Sinn. Das Mittel lähmt deine Muskeln, und dann wird dein Gehirn langsam zu Brei. Anstatt dagegen anzukämpfen, hör mir lieber zu, was ich dir zu sagen habe.«

Rico lallte etwas Unverständliches, versuchte erneut, sich hochzustemmen, was ihm aber nicht gelang. Daraufhin packte Al ihn am Kragen, zog ihn hoch, griff anschließend in seine Achselhöhlen und zog den zwei Zentner schweren, in Leder gekleideten Mann langsam in Richtung Ufer. Auf einem aus Beton gegossenen Überlauf, den eine rostige Metallplatte bedeckte, hielt er an und plazierte Rico so, dass er mit Blick auf den Tümpel am Rand saß, die Schulter an ein Eisenrohr gelehnt, das aus dem Beton ragte. Al setzte sich daneben, der Sockel war gerade hoch genug, dass die Männer die Beine hinabhängen lassen konnten, ohne nasse Stiefel zu bekommen.

»Du bist schon einmal hier gewesen«, murmelte Al nach einigen Minuten. Rico atmete langsam und schwer, sein Kopf hing schlaff zur Seite, die Zunge lag in seinem Mundwinkel. Speichel floss heraus, gelegentlich röchelte er leise. Alles an ihm war kraftlos und ohne Muskelspannung. Das Medikament wirkte besser und schneller als erwartet, wie Al zufrieden feststellte. Doch wenn er wollte, dass Rico von seinen Worten etwas mit hinüber ins Jenseits nahm, musste er sich beeilen, von daher verzichtete er auf umständliche Erklärungen.

Nur drei Minuten später, nicht einmal lange genug, um eine Zigarette zu rauchen, war Al am Ende seiner Predigt angelangt. Er legte den Arm um den Körper seines Kumpans, klopfte ihm erst sanft, dann kräftiger zwischen die Schulterblätter, so dass Rico schließlich vornüberklappte und mit einem lauten Platschen auf die Wasseroberfläche traf.

Zufrieden betrachtete Al die gespenstische Szene, wie aufs Stichwort vernahm er in der Ferne den Schrei eines Uhus, danach erhob er sich, reckte sich und schritt langsam zurück in Richtung seiner Ledertasche. Er entnahm ihr eine schmale, glänzende Metallkette, an deren Ende sich jeweils handtellergroße Schnappkarabiner befanden. An Ricos Motorrad klickte er einen davon unterhalb des Sattels in die freiliegende Sprungfeder und schob die Maschine anschließend in Richtung Ufer. Mit einem Ast angelte er nach dem regungslosen, mit dem Hinterkopf nach oben treibenden Körper, der noch immer unweit der Böschung trieb. Er zog

Rico weit genug heran, um den zweiten Karabiner durch eine der Ösen seiner Lederjacke zu stecken. Keuchend und schwitzend schob Al dann das Motorrad durch den Uferschlamm, bis er knietief im Wasser stand und die Maschine sich aus seinen Händen zu lösen begann, ein Stück nach vorn rollte, zur Seite kippte und gluckernd, mitsamt dem angeketteten Körper, unter der Wasseroberfläche verschwand.

DIENSTAG

DIENSTAG, 8:32 UHR

Polizeipräsidium Frankfurt. Lagebesprechung.

Außer Atem platzte Peter Kullmer in den Raum, und sofort richteten sich alle Blicke auf ihn. Doris Seidel war schon vor über einer halben Stunde in ihrem Büro gewesen, Frank Hellmer und Sabine Kaufmann waren vor einer Viertelstunde zum Dienst erschienen. Berger, der gerade gesprochen hatte, sah Kullmer fragend an.

»Na?«

»Entschuldigung.« Kullmer nickte kurz mit einem matten Lächeln zu Doris, sammelte noch ein wenig Atem und sprach dann weiter: »In Elisas Krippe hat es einen Verdachtsfall auf Hand-Fuß-Mund gegeben. Das Chaos könnt ihr euch wohl vorstellen.«

»Hand-Fuß-Mund?«, wiederholte Sabine Kaufmann stirnrunzelnd.

»Stimmt, du hast ja noch keine Kids«, grinste Hellmer. »Das ist ein Virus. Unangenehm, aber in unseren Breiten nicht sehr gefährlich.«

»Nur hochgradig ansteckend«, fügte Kullmer hinzu. »Na, es war dann wohl doch ein Herpes oder so, jedenfalls ist das betreffende Kind gar nicht erst rein in die Gruppe. Von daher dürfte nichts passieren. Der Kinderarzt hat gesagt, es ist keinem geholfen, wenn die Krippe nur auf Verdacht geschlossen werden würde.«

»Dann bin ich ja beruhigt«, lächelte Doris, die natürlich von Peter längst informiert worden war. »Und falls doch noch etwas kommt, werden wir hier entweder zu dritt aufkreuzen, und ihr dürft euch alle um Elisa kümmern, oder einer von uns bleibt zu Hause. Das ist dann Chefsache.«

Sie zwinkerte Berger zu, und dieser lächelte ebenfalls.

»Na, wir haben hier schon ganz andere Krisen bewältigt. Aber gibt es keine Impfungen gegen solche Kinderkrankheiten?«

»Gegen die Klassiker schon«, nickte Doris. »Aber nicht gegen alles, und bei HFK zum Beispiel nutzen nicht mal Antibiotika oder so. Muss aber auch nicht sein, unsere Kids werden ohnehin mit Chemie vollgepumpt. Die Standards sind mehr als genug.«

»Hm, dann hat sich in den ganzen Jahren tatsächlich nicht viel geändert«, murmelte Berger. »Okay, kommen wir zurück zu unseren Mordfällen.«

»Wo ist Julia?«, erkundigte sich Kullmer, während er sich setzte.

»Frau Durant ist drüben in Offenbach.«

»Sie vertritt unsere Interessen beim Feind«, scherzte Hellmer, und Kullmer lachte.

»Wenn Sie es so nennen wollen, meinetwegen, aber konzentrieren wir uns nun auch bitte wieder auf die besagten Interessen. Wo stehen wir?«

Hellmer schloss seinen Bericht von der Befragung Lutz Wehners, den er vor Kullmers Eintreffen begonnen hatte.

»War das aus deiner Sicht so weit stimmig?«, erkundigte er sich bei seinem Partner.

»Ja. Ich möchte jedoch noch einmal ausdrücklich betonen, dass mir dieser Typ suspekt ist. Ein unangenehmer Zeitgenosse, der – davon bin ich überzeugt – eine Menge verborgener Fäden zieht. Nicht nur in Sachen Motorradclub. Hast du das mit dem Logo der *Black Wheels* auch erzählt?«

»Klar«, nickte Hellmer.

»Das und die Geschichte mit dem Alibi«, fuhr Kullmer fort, »nehme ich Wehner nicht ab.«

»Ich bin ähnlicher Ansicht«, warf Sabine Kaufmann ein. »Frau Kühne hatte während unseres Besuchs mehr als nur eine Gelegenheit, zu erwähnen, dass Wehner bei ihr gewesen sein soll. Warum hat sie das nicht getan?«

»Vielleicht hat sie sich geschämt?«, überlegte Doris Seidel laut.

»Würde ich mich auch«, sagte Kullmer.

»Aber wer stellt seine Scham über die Notwendigkeit eines wasserdichten Alibis?«, gab Hellmer zu bedenken. »Lutz Wehner ist ja schließlich nicht gerade Quasimodo. Mir stellt sich da die Frage des Nutzens. Was passiert denn, wenn die Kumpels von Grabowski an Marion Kühnes Tür klopfen? Ehemalige Jungs von den *Black Wheels*, allesamt stinksauer, weil ihr Boss dran glauben musste. Dann steht ausgerechnet sein bester Kumpel vor der Tür, besser könnte sie es doch kaum treffen. Oder andersherum«, fiel ihm ein, »falls Wehner Dreck am Stecken hat, verkriecht er sich ausgerechnet bei der Schwester des Feindes. Die würde doch nicht für ihn lügen, wenn sie kein Verhältnis hätten. Versteht ihr? Die sichern sich gegenseitig ab.«

»Da ist mir noch zu viel Spekulation drinnen, aber es klingt zugegeben nicht abwegig«, kommentierte Berger.

»Ich habe noch einige Punkte beizutragen, die etwas mehr Licht ins Dunkel bringen könnten. Frau Durant weiß hierüber Bescheid, denn sie ist davon ebenfalls betroffen.«

»Betroffen wovon?«, erkundigte sich Hellmer argwöhnisch, dem ein gewisser Unterton nicht entgangen war.

»Was ich Ihnen nun berichte, wird eine von mir exakt bemessene Menge an Informationen sein. Quellen, Detailfragen und Hintergründe werde ich Ihnen so weit nötig darlegen, aber gewisse Umstände sind und bleiben vertraulich. Ich stehe in Wort und Ehre und erachte es nicht für notwendig, dies zu brechen.«

»Das scheinen die Brandt-Fälle wohl mit sich zu bringen«, entgegnete Hellmer mit einem provokanten Blick.

»Inwiefern?«

»Damals war es eine geheime Quelle aus der Staatsanwaltschaft, oder irre ich mich?«

»Eine Quelle, die maßgeblich zum Ermittlungserfolg beigetragen hat«, bekräftigte Berger.

»Hm. Und Julia stimmt der Sache zu?«

»Ich habe sie ins Boot geholt, weil es explizit erforderlich war. Unser Vorgehen ist abgestimmt. Ich möchte nicht den Chef raushängen lassen, aber Sie werden mir in dieser Sache vertrauen müssen.«

»Wenn Julia es tut, kann ich das wohl auch«, nickte Hellmer, »auch wenn ich von Geheimniskrämerei nichts halte.«

»Ich war selbst nicht begeistert«, gestand Berger ein, »aber hören Sie sich die Sache bitte erst einmal an, okay?«

Zustimmendes Raunen.

»Frau Durant und ich sind gestern Abend zu einem, hm,

gemeinsamen Bekannten gefahren. Dort lernten wir einen jungen Mann kennen, der angibt, Augenzeuge des Tötungsdelikts an Grabowski gewesen zu sein.«

Erstauntes Murmeln.

»Seine Kooperation hängt von diffizilen Umständen ab«, betonte Berger, »die derweil nichts zur Sache tun. Frau Durant wird nach ihrem Treffen in Offenbach einigen Hinweisen nachgehen, die uns möglicherweise noch im Verlauf des Tages Lutz Wehner als dringend Tatverdächtigen bestätigen werden. Bis auf weiteres muss ich leider darauf bestehen, die Identität des Zeugen nicht preiszugeben.«

Das Murmeln klang zunehmend ungehalten, und Hellmer setzte gerade an, etwas zu sagen, als Berger hinzufügte: »Ich kann verstehen, dass Ihnen das nicht schmeckt, und Sie werden den Namen auch erfahren. Nur eben noch nicht jetzt. Frau Durant wird die Sache alleine weiterverfolgen, bis wir Konkreteres haben.«

»Schmeckt mir tatsächlich nicht«, sagte Hellmer. »Wie viel wert sind denn diese Hinweise?«

»Mehr als bloß eine Zeugenaussage, falls Sie darauf anspielen«, antwortete Berger. »Mit etwas Glück haben wir Wehner für den Mord an Grabowski am Schlafittchen.«

»Das wäre ein Traum«, kommentierte Kullmer, »jedoch teile ich Franks Bedenken. Ich habe keine Lust, dass wir kurz vorm Ziel über einen ominösen Informanten stolpern und uns die Staatsanwaltschaft in der Luft zerreißt.«

»Es wäre nicht das erste Mal, das stimmt«, sagte Hellmer.

»Darüber brauchen wir uns keine Sorgen zu machen«, bekräftigte Berger. »Wenn die Sache nach hinten losgehen sollte, sind es nicht Ihre Köpfe, die in die Schusslinie geraten, das sei Ihnen versichert. Mehr kann und werde ich dazu nun wirklich nicht preisgeben.«

DIENSTAG, 8:36 UHR

Polizeipräsidium Offenbach.

»Das nenne ich aber mal eine illustre Runde«, schmunzelte Bernhard Spitzer, vor dessen Schreibtisch Julia Durant und Peter Brandt saßen. Die Kommissarin hatte ein Bein übers andere geschlagen und umklammerte mit der Hand den Porzellangriff einer zu drei Vierteln gefüllten Kaffeetasse. Ihr Kollege hatte seine Tasse bereits so gut wie geleert, und diese stand auf Spitzers Tischplatte, was diesen nicht zu stören schien. Brandt rieb sich den Nacken, er hatte ungünstig gelegen, und seine Halsmuskeln waren steif und schmerzten bei jeder Dehnung.

»Ich habe mit Berger vereinbart, dass wir uns hier treffen, zumal ich nachher noch Termine in der Gegend habe«, erläuterte Julia knapp. Auf der nächtlichen Heimfahrt mit ihrem Chef von Mörfelden waren sie zu diesem Entschluss gelangt, den sie Brandt am Morgen telefonisch angekündigt hatte.

»Welche Erkenntnisse gibt es denn aktuell zu teilen?«, erkundigte sich Spitzer und sah aus dem Fenster. Der Himmel war weitestgehend blau, nur vereinzelte Wolkenfetzen lagen oberhalb der Kondensstreifen der Flugzeuge scheinbar bewegungslos am Himmel. Peter Brandt warf Julia einen flüchtigen Blick zu, diese nickte, und er schilderte daraufhin in knappen Sätzen den Besuch bei Grabowskis hinterbliebener Verlobten und den beiden Kühnes. Spitzer stellte keine Zwischenfragen, eine Eigenschaft, die Julia zu schätzen wusste. Doch er notierte sich das ein oder andere, und nachdem Brandt geendet hatte, fragte er mit Blick auf seine Kritzeleien: »Inwiefern sollten wir die beiden Morde als unabhängig voneinander betrachten?«

»Das wüssten wir selbst gern«, gestand Brandt ein. »Dieser Dr. Kühne fährt ebenfalls Motorrad, wir haben es also zu hundert Prozent mit Bikern zu tun, kann man sagen. Dieses ganze Club-Tamtam ist die größte und bisher einzige Schnittmenge, die können wir nicht ignorieren. Aber Sinn macht das trotzdem keinen. Für mich erschließt sich nicht, wieso ausgerechnet jetzt und auf so unterschiedliche Weise getötet wird. War der erste Mord lange geplant und der zweite eine schnelle Racheaktion?«

»Oder fährt da jemand Huckepack?«, fragte Spitzer dazwischen. »Frau Durant, was meinen Sie?«

»Für mich sah das bislang eher so aus, dass es nach dem Prinzip actio und reactio geschah. Mord und die daraus resultierende Rache. Oder genauer: Der designierte Boss einer kriminellen Vereinigung wird ermordet, und stante pede rächt sich der Club am Leitwolf der rivalisierenden Bande. Typisch für einen Rockerkrieg? Ich weiß es nicht, zumal es den Frankfurter Club ja faktisch nicht mehr gibt.«

»Sie sagten ›bislang‹«, hinterfragte Brandt. »Hat sich daran etwas geändert?«

»Das wäre noch etwas zu früh«, antwortete Julia, »aber es verdichten sich Hinweise auf einen Tatverdächtigen für den

Mord bei Bonames. Möglicherweise wird die Ermittlung auch den Fall Kohlberger erhellen. Ich habe hier jedoch gewisse Verpflichtungen, Stillschweigen zu bewahren.«

»Oh Scheiße«, seufzte Brandt, »etwa das LKA?«

»Nein, im Gegenteil. Berger und ich wurden von einer Stelle ins Vertrauen gezogen, die im Gegenzug das LKA aus den Ermittlungen heraushalten wird.«

»Im Gegenzug wofür?«, fragte Brandt misstrauisch.

»Diese Antwort muss ich Ihnen leider schuldig bleiben. Vorläufig jedenfalls, bitte fragen Sie nicht weiter. Berger verantwortet dieses Vorgehen.«

»Na prima«, warf Peter mürrisch ein. »So viel zum Thema gemeinsam.«

»Lass mal«, entgegnete Bernhard Spitzer, »ich kenne Berger gut genug, um zu wissen, dass er solche Entscheidungen nicht ohne Grund trifft. Außerdem willst du mir schließlich auch nicht verraten, warum Dieter Greulich sich draußen herumdrückt und auf dich wartet, oder doch?«

»Nein, gewiss nicht. Selbst wenn ich es vorgehabt hätte«, er klang trotzig, »wäre mir die Lust jetzt vergangen, irgendetwas preiszugeben.«

Für einige Augenblicke herrschte eisiges Schweigen. Nur zu gerne hätte Brandt von Greulichs geheimnisvollem Anruf am Abend erzählt, doch er konnte nichts dagegen tun, sein gewisser Nerv war verletzt, jener hypersensible Sensor, der ihm anzeigte, wenn Frankfurt den langen Hebel gegenüber Offenbach ansetzte. Er wusste zwar insgeheim, dass es bei dieser Sache nicht um ein Kräftemessen ging, aber solange sein Nerv getroffen war, vermochte er nicht über seinen Schatten zu springen.

»Bedeutet das, Sie haben auch Neuigkeiten zu unserem Fall?«, fragte Julia und gab sich gleichgültig.

»Hm.«

»Na kommen Sie, wenigstens einen Wink können Sie mir geben. Ich gebe Ihnen ja auch meine Infos, nur eben die Quelle muss ich vorläufig geheim halten. Das ist doch nicht unüblich. Den Sittler-Fall haben wir damals auch recht elegant gelöst.«

»Das war aber, bevor alle Welt argwöhnisch auf V-Männer und innerpolizeiliche Verstrickungen geschaut hat«, erwiderte Brandt. »Ich habe eine Absprache mit Elvira Klein, dass sie uns den Rücken freihält. Diese Absprache haben wir lange vor Ihrer ominösen Quelle getroffen. Elvira erwartet von mir im Gegenzug absolute Offenheit, was also soll ich ihr sagen?« »Wegen meiner oder wegen Ihrer Geheimniskrämerei?«, konterte Julia augenzwinkernd, und Brandt fluchte leise.

»Verdammt.«

»Ich sehe es so, dass wir im selben Boot sitzen und alle Möglichkeiten nutzen müssen. Sie müssen weder lügen noch etwas verschweigen, wenn Sie nichts wissen. Gönnen wir uns doch gegenseitig diesen Vormittag«, schlug die Kommissarin vor, »und später, bei der nächsten Besprechung in Frankfurt, legen wir die Karten auf den Tisch. Damit wird auch Frau Klein leben können, einverstanden?«

»Ich denke schon«, murmelte Brandt zerknirscht. Er musste sich eingestehen, dass Julia Durant recht hatte, und das gefiel ihm nicht.

»Abgemacht«, lächelte Julia. »Noch etwas anderes: Diese

Kameras zur Verkehrsüberwachung, hat sich da eigentlich etwas Brauchbares ergeben?«

»Leider nein«, antwortete Spitzer. »Die Aufnahmen des Kreisels sind ein Witz. Wenn Sie mich fragen, die reine Geldverschwendung.«

»Würden die Leute endlich mal lernen, nach dem Reißverschlussprinzip zu fahren, würde der Berufsverkehr auch ohne hochtrabende Analysen funktionieren«, murrte Brandt.

»Das Problem ist doch eher die Überlastung«, hielt Spitzer dagegen. »Nichts gegen Sie, Frau Durant, aber es ist ja wohl kein Geheimnis, dass Offenbach ein Hauptlastträger des Frankfurter Berufsverkehrs ist. Solange die wohlhabende Lobby Ihrer Stadt sich gegen die Erweiterung der A66 sträubt, werden wir hier im Verkehr ersticken. Wie gesagt, nichts für ungut.«

»Ich nehme das nicht persönlich«, lächelte Julia kühl, »denn ich komme nicht aus Frankfurt, sondern lebe und arbeite nur da. Und ich gehe zu Fuß ins Präsidium, das nur nebenbei. Was ist denn nun mit den Aufnahmen?«

»Die Bilder vom Offenbacher Kreuz habe ich auf dem Computer, aber das bringt uns nicht weiter«, seufzte Spitzer. »Ausgerechnet der Verkehr, der von der Stadt auf die A3 fließt, liegt im ungünstigsten Winkel. Einen Lkw könnte man wohl identifizieren, aber alles andere ist unbrauchbar. Sehr ärgerlich.«

»Allerdings«, nickte die Kommissarin. »Dann bleibt es bei der einzelnen Zeugenaussage und der Fahndung nach einem dunklen Transporter. Sonst noch etwas?«

»Keine Aussagen der befragten Biker, unterm Strich kein

guter Ermittlungsstand. Wer immer diese Kohlberger-Sache geplant hat, war sehr umsichtig. Aber wir bleiben am Ball. Das Rauschgiftdezernat kann es kaum erwarten, mit einer Handvoll Durchsuchungsbeschlüssen loszuziehen. Vielleicht knacken wir einen der Jungs, wenn sie wegen Besitz von Betäubungsmitteln verhaftet werden und separiert sind.«

»Meine Hoffnung hält sich in Grenzen«, seufzte Julia und erhob sich. »Aber geben Sie Bescheid, ich wäre gerne dabei. Manchmal brechen auch die härtesten Burschen ein, und dann möchte ich sofort reagieren. Sie erreichen mich die ganze Zeit über Handy, falls sich etwas Wichtiges ergibt. Oder Hellmer«, lächelte sie und drehte den Kopf zu Peter Brandt. »Der kann Sie übrigens gut leiden, hat er durchblicken lassen. Er ist hochintelligent, also bilden Sie sich was drauf ein.«

»Schmieren Sie ihm bloß nicht zu viel Honig ums Maul«, lachte Spitzer und streckte der Kommissarin zum Abschied die Hand entgegen.

Brandt sah auf die Uhr, höchste Zeit. Er stand ebenfalls auf, doch Spitzer bedeutete ihm, noch zu bleiben.

Als Julia die Tür hinter sich geschlossen hatte, blickte er seinen Freund nachdenklich an. »Eine toughe Frau, wie?«

»Allerdings. Die lässt sich von nichts und niemandem beirren«, nickte Brandt.

»Sollen wir sie abwerben? Da sie keine eingefleischte Frankfurterin ist, hat sie vielleicht Lust auf unser schönes Offenbach.«

»Im Leben nicht, Bernie. Die hat ein eingespieltes Team

und ist leitende Ermittlerin. Willst du sie mir etwa als Vorgesetzte vor die Nase setzen?«

»Quatsch, ich mach doch nur Spaß«, lachte Spitzer. »Aber sag mal, kommt ihr miteinander aus?«

»Siehst du ja. Solange man sich ihr unterordnet.«

»Du gibst dich heute aber leicht geschlagen. Ist alles in Ordnung?«

»Hm.«

»Liegt es an Greulich?« Spitzer deutete in Richtung Tür.

»Kein Kommentar.«

»Na komm schon, spuck's aus. Was habt ihr beide denn schon wieder?«

»Ich darf es nicht sagen«, erwiderte Brandt und zuckte mit den Achseln. Dann aber machte er seinem Ärger Luft: »Ein Geheimnis hier, eine anonyme Quelle da, verdammt! Wie soll man so arbeiten? Und dann ausgerechnet dieser Typ. Ich war heilfroh, dass ich ihn nicht mehr wiedersehen muss, außer ab und zu in der Kantine oder auf dem Parkplatz. Und jetzt zieht der mich in seine krummen Touren.«

»Was sollst du machen?«

»Jemanden treffen.«

»Wen?«

»Ich hab nicht den blassesten Schimmer«, sagte Brandt leise. »Aber wir hängen nun mal alle zusammen in dieser Ermittlung drin. Was bleibt mir übrig? Genau das stinkt mir. Ich kann ja gar nicht anders, als mich darauf einzulassen.«

»Du hast auch die Möglichkeit, jederzeit auszusteigen«, schloss Spitzer und neigte den Kopf zur Seite. »Dieter Greulich hat in den vergangenen Jahren einige Erfolge erzielt und dabei eine reine Weste behalten. Es lohnt sich also, ihm ein Stück Vertrauen entgegenzubringen.«

»Aber nur so viel.« Brand hob die Rechte, deren Daumen und Zeigefinger er kaum einen Zentimeter auseinanderhielt.

DIENSTAG, 9:22 UHR

Michael Cramer schlurfte unschlüssig in seinem Zimmer auf und ab.

»Was ist, wenn einer von denen dort herumkurvt und mich erkennt?«, fragte er ängstlich.

»Hast du nicht eine Sturmhaube oder etwas in der Art? Ich dachte, das gehört zur Standardausrüstung beim Motorradfahren.«

»Motorradfahren?«, wiederholte Michael gedehnt. »Ich hab ja nicht mal 'nen Roller. Mein Alter hätte einen Aufstand geprobt, wenn ich ihm damit gekommen wäre.«

»Wie jetzt? Keine Maschine und trotzdem bei einem Motorradclub abhängen?«, fragte Julia ungläubig.

»Herrje!« Michael stöhnte genervt auf. »Wie oft soll ich Ihnen noch erklären, dass es kein Motorradclub ist? Okay, es stehen ein paar Maschinen rum, aber Lutz betreibt nichts weiter als eine Werkstatt. Reparatur, Schrotthandel, Aufmotzen, solche Dinge, aber kein Club. Klar?«

»Ja, okay, ich hab's kapiert«, blitzte Julia ihn angriffslustig an. »Du betonst das ziemlich rigide, wenn ich so darüber nachdenke. Gibt es dazu vielleicht noch etwas zu sagen?«

»Nö.«

»Gut, dann eben nicht. Aber Lutz Wehner hat nun mal eine Vergangenheit in einem verbotenen Frankfurter Club, und an seiner Bude auf dem Firmengelände ist ein verräterisches Symbol.«

Keine Reaktion.

»Dieser Club war ziemlich berüchtigt, aber damals dürftest du in einem Alter gewesen sein, in dem du noch für Dinosaurier geschwärmt hast. Das Verbot ist schon ein paar Jahre her, doch ich habe das Gefühl, du weißt darüber sehr gut Bescheid.«

»Wie kommen Sie drauf?«

»Weil Lutz Wehner laut meinen Kollegen diesen typischen charismatischen Charakter hat. Leitwolf, Gruppenführer, nenn es, wie du magst. Aber offenbar hat er genügend Macht über andere, um sie zu Dingen zu verleiten, auf die sie von selbst nicht kommen würden. Oder willst du mir erzählen, nur weil du am Computer gerne rumballerst, wolltest du schon immer einen Menschen erschießen?«

»Nein!«, sagte Michael entrüstet und hob abwehrend die Hand.

»Na siehst du. Und ich gehe jede Wette ein, dass Lutz die alten Clubgeschichten glorifiziert, um einen neuen Zusammenhalt zu schaffen. Gruppendynamik, das Gleichschalten von individuellen Gedanken, solches Zeug. Hast du in der Schule nicht *Die Welle* gesehen oder so?«.

»Ja, glaub schon.«

»Ob Mutprobe oder Aufnahmeritus, er hat dich in seinen Bann gezogen, und du wurdest sein Werkzeug, ob es dir gefällt oder nicht.«

»Ich bin niemandes Werkzeug!«

»Stimmt. Du bist rechtzeitig aufgewacht, das war dein Glück. Hoffen wir, dass diese Pistole auftaucht und dich entlastet, sonst dürfte eine erfolgreiche Verurteilung von Lutz Wehner ziemlich schwierig werden«, schloss Julia.

Zwanzig Minuten später, die blauweißen Hinweisschilder kündeten die Ausfahrt an, setzte Julia Durant am Bad Homburger Kreuz den Blinker und ordnete sich rechts ein.

»Aufgeregt?«, fragte sie und drehte den Kopf zur Seite.

»Schon.« Michael zuckte leicht mit den Schultern.

»Das Polizeiaufgebot ist aber nicht schlecht, es sind mindestens sechs Kollegen der Spurensicherung zugange, und ein Streifenwagen dürfte auch vor Ort sein. Ich habe der Waffe oberste Priorität gegeben, das ist der Luxus, den man sich erlauben kann, wenn man es mit Tötungsdelikten zu tun hat.«

»Wie viele Mörder erwischen Sie denn?«

»Bei weitem nicht alle«, seufzte die Kommissarin. »Aber frag doch mal deinen Vater, wenn du dich für Polizeiarbeit interessierst. Unsere Statistik könnte schlechter sein.«

»Nee, schon gut«, winkte Michael ab.

»Ist nicht leicht mit einem erfolgreichen alten Herrn, stimmt's?«

»Allerdings nicht.«

»Mein Vater ist Pfarrer«, fuhr Julia fort, »also auch nicht gerade eine wenig beachtete Persönlichkeit.« Das fragende Aufblitzen in Michaels Gesichtsausdruck registrierend, fügte sie rasch hinzu: »Evangelischer Pastor, kein Katholik.«

Michael grinste. »Ah, ich dachte schon ... Na ja, kommt beides vor.«

»Nicht selten, das stimmt«, nickte die Kommissarin. »Das ist aber ein Männerproblem, an dem System werde ich mit Sicherheit nichts ändern. Jedenfalls wollte ich nur sagen, dass ein erfolgreicher Vater nicht das Leben lang eine Konkurrenz für seine Kinder darstellen muss. Im Gegenteil. Ich hoffe, dass ihr eure Schwierigkeiten in den Griff bekommt. Die Tatsache, dass du ihn ins Vertrauen gezogen hast, war jedenfalls ein mutiger Schritt von dir.«

»Hm.«

»Ich schlage vor, wir parken in der Nähe der Werbetafel und laufen dann den Weg ab. Oder hast du eine bessere Idee?«

»Nein, klingt okay. Sieht bei Tag alles ganz anders aus.«

»Deshalb suchen wir auch in Laufrichtung«, erklärte die Kommissarin. »Ich habe das Team zwar von der alten Autobahnauffahrt losgeschickt, weil du ja nach deiner Aussage die Waffe die meiste Zeit in der Hand gehalten hast. Aber wir beide gehen die Strecke von vorn. Mal sehen, wer schneller ist«, zwinkerte sie dann, »die Jungs haben eine halbe Stunde Vorsprung.«

Julia Durant schloss den Peugeot ab, zog eine Jeansjacke über und gewährte Michael den Vortritt. Dieser stutzte kurz, als er die Tatortmarkierungen sah, am Boden einen dunklen Fleck, der nichts anderes war als eine in den Asphalt gesickerte Blutlache, und darüber die riesige Werbetafel, auf der eine junge Familie breit lachend ihre perfekten Zahnreihen zeigte. Es hatte etwas Surreales. Michael fröstelte. Er war sich sicher, in die Luft gezielt zu haben, oder spielte ihm seine Erinnerung einen üblen Streich? Schon allein bei dem Gedanken, dass vor seinen Augen ein Mensch getötet worden war, wurde ihm übel.

»Alles in Ordnung?«, erkundigte Julia sich und griff nach seinem Ellbogen.

»Ja, gehen wir«, gab er leise zurück und zog sich die Kapuze seines schwarzen Lonsdale-Sweatshirts über den Kopf.

»Stopp, nicht so hastig«, erwiderte die Kommissarin, und der Junge hielt inne.

»Was denn noch?«

»Ich möchte gerne den Tathergang rekonstruieren. Wollen wir das jetzt oder nachher machen?«

»Weiß nicht. Lieber nachher, glaube ich.«

Der Weg führte über taufeuchtes Gras, und Julia war heilfroh, ihre Sportschuhe angezogen zu haben, denn diese konnte sie ohne Bedenken in die Waschmaschine stecken. Hinter einem Drahtgitterzaun bewegten sich schwere Baumaschinen schwerfällig hin und her, und auf dem Nachbargrundstück rangierte eine Sattelzugmaschine rückwärts unter einen dunkelblauen, an den Ecken rostigen und verbeulten Schiffscontainer. Der Geruch von verbranntem Diesel lag in der Luft, im Hintergrund war das sonore Brummen der Autobahn zu hören. Mit einem Mal sehnte sich Julia nach der ländlichen Idylle ihres beschaulichen Heimatorts und erinnerte sich daran, wie störend sie früher die lauten Kirchenglocken und die vereinzelten Traktoren wahrgenommen hatte. Dann lieber den gleichmäßigen Sound der Großstadt, so zumindest hatte sie das früher betrachtet, aber der ländliche Frieden und die Luft ohne Feinstaub hatten nun einmal auch nicht zu leugnende Vorzüge.

Michael eilte zielstrebig auf einen schmalen, asphaltierten Weg zu.

»Hier entlang, da bin ich mir ganz sicher«, keuchte er und deutete vor sich. »Ich habe den Weg gekreuzt, das weiß ich genau, denn ich hatte mächtig Schiss, dass Lutz mit dem Auto hier entlangkommen könnte. Da vorn irgendwo bin ich dann querfeldein an einem Graben entlang weitergelaufen.«

Julia nickte und beschleunigte ihre Schritte. Auf eindeutige Fußspuren hoffte sie nicht, dazu war das braune Ufergras zu lang, und überall wucherte Wildkraut.

In der Ferne erkannte sie zwei Männer, deren helle, sich ähnelnde Kleidung sie vermuten ließ, dass es sich um Platzecks Leute handelte.

»Und du hast die Waffe hier sicher noch mit dir geführt?«, erkundigte Julia sich, als Michael an einer schmalen Stelle zum Sprung ansetzte und den Graben, der kein Wasser führte, überquerte.

»Ja, ganz sicher. Die Bilder kommen wieder. Hier irgendwo bin ich gestolpert, hätte die Knarre beinahe verloren, daran erinnere ich mich genau. Da wurde mir bewusst, dass ich sie noch habe.«

»Okay, warte kurz.« Julia musterte die Umgebung, erkannte einen niedrigen Durchlass unter einem kreuzenden Feldweg in zwanzig Schritten Entfernung und entschied sich, diesen Weg zu nehmen. »Ich gehe da vorn entlang, nur zur Sicherheit. Versuch dich bitte zu erinnern, was deine nächsten Schritte waren.«

»Ich mach die ganze Zeit nichts anderes«, entgegnete Michael und überlegte, ob er die kurze Pause dazu nutzen sollte, sich eine Zigarette zu drehen. Er entschied sich dafür, und als die Kommissarin zu ihm aufschloss, war er gerade damit fertig.

»Gute Idee«, grinste Julia. »Ein paar Meter Sport, und schon die nächste Dosis in die Lunge. Dann überhole ich dich nachher mit Leichtigkeit.«

»Ich hänge Sie dreimal ab«, protzte Michael mit einer entsprechenden Mimik und sah sich anschließend nachdenklich um. Die beiden Männer waren schätzungsweise hundert Meter entfernt, und auf halbem Weg zwischen ihnen erkannte er ein Gitter oder eine Art Geländer, das ihm auf seltsame Weise bekannt vorkam.

»Das sind sicher Ihre Typen?«, erkundigte er sich unsicher und deutete in Richtung der Spurensicherer.

»Ja, das sind sie. Definitiv.«

»Hm. Kann sein, dass da vorn, an diesem Geländer, ein Kanalschacht ist. In so ein Ding habe ich die Waffe versenkt, zumindest könnte es bei Tageslicht so aussehen.«

»Es gibt nur eine Möglichkeit, das herauszufinden«, erwiderte die Kommissarin auffordernd. »Los, weiter geht's.«

Nachdem Michael Cramer den ummauerten Wasserschacht und das graue Gestänge, das darüber in groben Beton eingelassen war, mit zunehmender Sicherheit als den Ort identifiziert hatte, wo er sich der Schusswaffe entledigt hatte, gesellten sich zu den beiden Kriminaltechnikern zwei weitere Kollegen hinzu. Michael beobachtete, wie sie offensichtlich Stein-Schere-Papier spielten. Danach stieg einer hinab und untersuchte den knöchelhohen, dünnflüssigen Schlamm, der den Boden bedeckte. Es war eine glatte, hellbraune Masse, die nur wenige Zentimeter von Wasser bedeckt war. Moos lag auf der Schachtwand, und es roch muffig. Schneller als erwartet förderte die Suche das gewünschte Ergebnis zutage.

Verschmiert und tropfend hielt nun einer der Männer die Pistole, von deren Metall kaum eine größere Fläche zu erkennen war, in Augenhöhe vor Michaels Gesicht und wartete, bis dieser nickte. Danach wurde sie in einen durchsichtigen Plastikbeutel gepackt, und Julia gab dem Team eindeutige Anweisungen darüber, wie ungemein wichtig eine rasche ballistische Untersuchung sei. Auf dem Rückweg zum Auto wandte sie sich an den schweigend neben ihr hertrottenden Jungen.

»Fühlst du dich in der Lage für eine Rekonstruktion der Schießerei?«

»Muss ja wohl«, murrte dieser.

»Nur wenn du bereit bist, dich anzustrengen. Aber wie gesagt, es liegt in deinem eigenen Interesse«, entgegnete Julia sanft, aber beharrlich.

»Schon gut. Hauptsache, es dauert nicht 'ne Ewigkeit.«

»Der Blutfleck beunruhigt dich, richtig?«

»Hm.«

»Wir stellen den Tathergang nach, danach gönnen wir uns einen Kaffee, und das war's. Ich habe genauso wenig Lust, mich hier länger als nötig herumzudrücken.«

Ein flüchtiges Lächeln huschte über Michael Cramers Lippen, und er nickte stumm.

Als sie die Werbetafel erreichten, deutete er zuerst auf die Stelle, wo Wehners Calibra geparkt hatte, verschwieg dabei geflissentlich den Joint und wies anschließend mit der Hand in Richtung des Straßenverlaufs.

»Er kam angefahren, drehte einen Bogen«, Michaels Hände folgten der Bewegung seiner Erzählung, »und kam dann direkt vor uns zu stehen.«

»Wo genau seid ihr gestanden?«

»Ich etwa hier«, Michael stellte sich in Position, »und Lutz direkt rechts von mir.«

Julia trat neben ihn. »So?«

»Etwas näher, glaube ich.«

»Hm. Und Grabowski?«

»Na dort.« Michael deutete vor sich, in Richtung des Blutflecks, wobei er es vermied, genauer hinzusehen. Julia wechselte ihre Position und trat direkt neben die dunkle Stelle.

»So?«

»Ja.«

»Saß er auf dem Motorrad oder stieg er ab?«

»Da muss ich nachdenken.« Michael grübelte kurz mit geschlossenen Augen. »Er hat den Helm aufgeklappt, aber abgestiegen ist er nicht.«

»Hatte er es vor?«

»Schon möglich. Aber ich erinnere mich nicht genau.«

»Okay, was ist dann passiert?«

»Na, den Rest kennen Sie doch schon. Wir zogen und drückten ab, ich hab die Knarre fast senkrecht hochgerissen und hatte eine Scheißangst. Na, und dann bin ich auch schon losgerannt, als wäre der Leibhaftige hinter mir her.«

»Kein Gespräch, nichts?«, bohrte die Kommissarin nach.

»Nichts Wichtiges jedenfalls. Ich glaube, er hat was vom Wetter gefaselt.«

»Hm. Dann war es das wohl fürs Erste. Aber ich würde dich gern auf dem Rückweg mit in die Pathologie nehmen.«

»Warum das denn?«

»Auch wenn ich meinen Jungs Dampf gemacht habe, wird die Untersuchung etwas dauern«, erklärte Julia geduldig. »Bis dahin möchte ich die Informationen abgleichen, die ich vorhin, beim Rekonstruieren der Schießerei, gesammelt habe.«

»Sie trauen mir also nicht.«

»Darum geht es nicht. Aber üblicherweise müssen wir bei einem Tötungsdelikt mit den Befunden der Rechtsmedizin arbeiten und vieles daraus ableiten. Gibt es aber Augenzeugen, bekommen wir ein weitaus besseres Bild. Je lückenloser das Puzzle ist, desto sicherer geht es dem Täter an den Kragen. Das müsste doch ganz in deinem Sinne sein. Andrea Sievers ist übrigens eine sehr nette Kollegin, mit der ich schon häufig zusammengearbeitet habe. Sie hat einen gewöhnungsbedürftigen Humor, aber du brauchst dich nicht zu sorgen. Ich vertraue ihr absolut, und wir müssen ihr auch nicht deine Identität preisgeben, wenn du das nicht möchtest.«

»Hm, in Ordnung. Ich habe ja wohl eh keine Wahl«, sagte Michael. »Aber den Kaffee holen wir vorher noch, ja?«

»Wenn's weiter nichts ist«, lächelte Julia, »ich brauche auch einen.«

DIENSTAG, 9:50 UHR

Dieter Greulich steuerte seinen schwarzen BMW 320i, der mit allerhand sportlichen Finessen ausgestattet war, zügig durch den abflauenden Stadtverkehr. Neben ihm, etwas verkrampft, saß Peter Brandt in dem Schalensitz, über der

Lederjacke spannten zwei gepolsterte Sportgurte, die wie Hosenträger auf ihm lagen, nur dass sie nicht elastisch, sondern unangenehm eng waren. Für seinen Geschmack fuhr Greulich zu ruckartig, zu impulsiv.

»Man muss nicht jede Ampel mit Gelb noch überfahren«, sagte er missmutig, doch Greulich grinste nur.

»Mein Auto, meine Regeln.«

»Na ja. Fahren Sie mit diesem Boliden auch auf Einsätze?«

»Wieso nicht? Was glauben Sie, wie viele Koks-Dealer im Umkreis genau das gleiche Auto fahren wie ich? Unauffälliger geht es doch kaum. Aber, ehrlich gesagt, nein. Dafür ist sie mir zu schade.«

»Sie?«

»Na, meine Lady.« Greulichs Hand, er trug dünne schwarze Lederhandschuhe, tätschelte den Schaltknauf und zwinkerte. Brandt verdrehte seufzend die Augen, danach beugte er sich leicht nach vorn und musterte die vorbeiziehenden Häuserfassaden.

»Keine schöne Ecke«, murmelte er nachdenklich.

»Hier würd ich nicht tot überm Zaun hängen wollen«, kommentierte Greulich.

»Treffen wir uns bei ihm zu Hause?«

»Nein, zu riskant. Wobei in diesen Wohnsilos üblicherweise keiner weiß, wie der eigene Nachbar aussieht. Misstrauen, Missgunst und Feindlichkeit hängen hier in der Luft, das schnürt einem den Atem ab, wenn man drüber nachdenkt. Aber Sie als wohlbehüteter ...«

»Moment mal«, unterbrach Brandt ihn unwirsch, »was soll das denn heißen?«

»Erzählen Sie mir nicht, Sie seien in einem Sozialbau groß geworden«, erwiderte Greulich mit ungläubigem Blick. »Ihr Vater ist doch schon bei unserem Verein gewesen.«

»Das bedeutet nichts«, sagte Brandt. »Polizisten haben damals genauso schlecht verdient wie heute, und meine Mutter ist von Italien eingewandert. Wir haben also nicht mit goldenen Löffeln gegessen ... ach, was red ich, das geht Sie überhaupt nichts an.«

»Dann sind wir uns ja doch nicht so unähnlich«, lächelte Greulich. »Ich jedenfalls habe in so einem Ghetto gehaust, es ist ein Wunder, dass ich da raus bin und von der Polizei noch etwas anderes mitbekommen habe, als im Streifenwagen hinten sitzen zu müssen. Vergessen Sie das nicht, wenn wir unserem Mann gleich gegenüberstehen.«

»Hm.«

Peter Brandt war in höchstem Maße gespannt, doch er versuchte, seine Neugier so gut wie möglich zu verbergen.

Ein in die Jahre gekommenes Parkhaus näherte sich, von außen verkleidet mit Waschbetonplatten, über die sich wilder Efeu rankte. Die Betonfassade war fast nahtlos mit schrillem Graffiti besprüht, die Zufahrtsschranke war nach oben geklappt. Ein in Klarsichtfolie an den Zahlautomaten geklebter Hinweis verriet, dass aufgrund einer technischen Störung das Parken bis Mitternacht kostenlos sei.

Greulich bremste stark ab, steuerte den BMW langsam über eine Kante und schob konzentriert den Unterkiefer nach vorn.

»Kommen Sie, so tief liegt er nun auch wieder nicht«, drängte Brandt.

»Ich mache das Ihrer Bandscheibe zuliebe«, konterte Greulich. »Die Federung ist nur was für harte Jungs.«

»Und hier im Parkhaus treffen wir uns nun also?«

»Ja, Ebene 4, direkt auf dem Dach neben dem Treppenhaus. War nicht meine Idee.«

Der Wagen schraubte sich über die enge, spiralförmige Zufahrt bis auf das dritte Stockwerk, in dem kaum ein Viertel der Parkplätze besetzt waren. Von dort führte eine sonnenbeschienene Rampe aufs Dach. Greulich, der mit der Örtlichkeit bestens vertraut schien, fuhr nach oben, setzte rückwärts in eine breite Lücke, bis ein helles Fiepen ihm signalisierte, dass die Stoßstangensensoren nur noch wenige Zentimeter von der Betonreling entfernt waren.

Brandt sah sich um, vernahm keine Regung. Um das Parkhaus herum standen Wohnhochhäuser und Gewerbegebäude, er erkannte einige Firmenlogos. Greulich knöpfte die silbernen Druckknöpfe auf, die seine Handschuhe auf der Oberseite am Ende des Handrückens verschlossen, erst links, dann rechts, und legte diese auf das Armaturenbrett. Brandt beobachtete ihn dabei, es wirkte wie ein Ritual. Endlich öffnete Greulich seine Tür und stieg aus, und der Kommissar tat es ihm gleich. Kaum dass sie den BMW verlassen hatten, schälte sich eine in Grau gekleidete Person aus einem schattigen Betonwinkel hervor, der gerade einmal einen Meter breit sein mochte. Ein Löschschlauch hing dort an der Wand, und ein paar zertretene Holzkisten lagen auf dem Boden.

Der Mann – größer als Peter Brandt und von durchschnittlicher Statur, soweit die formlose Kleidung das erkennen ließ – winkte ihnen zu.

»Kommen Sie rüber!«, rief er mit heiserer Flüsterstimme.

Brandt folgte Greulichs schnellen Schritten, sie überquerten das Oberdeck, welches an manch unebener Stelle mit spiegelnden Pfützen übersät war, ihre Schritte klangen dumpf, und Sekunden später huschten ihre Körper in den Schutz des Mauervorsprungs. Peter Brandt beäugte den Fremden genau.

Er trug eine schirmlose Dockermütze aus schwarzer Wolle, ein silbernes Kruzifix baumelte an seinem Ohrläppchen, und er hatte sich offenbar nicht rasiert. Seine kühlen Augen erwiderten den musternden Blick des Kommissars, dann aber hoben sich feine Fältchen in den Augenwinkeln, und sein Mund formte ein sanftes Lächeln.

»Peter Brandt, mein Gott.«

Peter stockte der Atem. Längst vergessene Bilder stiegen vor seinem geistigen Auge herauf, unscharf, verschwommen, es war nichts darauf zu erkennen, und doch wirkten sie vertraut. »Das ist jetzt nicht wahr«, hauchte er fassungslos.

»Ihr kennt euch?«, fragte Dieter Greulich irritiert und womöglich sogar etwas enttäuscht.

»Kennen wäre zu viel gesagt«, sagte Peters Gegenüber kopfschüttelnd. »Aber man weiß eben voneinander, nicht wahr? Oder wie schaut's aus, Herr Brandt? Alles roger?«

Er betonte die letzten Worte in amerikanischem Akzent und setzte ein breites Grinsen auf.

»Leander, ich glaub's noch immer nicht«, sagte Brandt, und die beiden tauschten einen kräftigen Händedruck aus. »Christopher Leander, er hat vor 'ner halben Ewigkeit mal zur Truppe gehört«, erklärte er dann. »Lange bevor ich zur Mordkommission ging.«

»Boah, bloß nicht Christopher, nennen Sie mich Chris. Ich mag diesen Namen nicht besonders.«

»Muss vor meiner Zeit gewesen sein«, warf Greulich ein, und die beiden Männer nickten. »Na, das ist ja prächtig, wozu reiß ich mir denn dann den Arsch auf? Sie hätten sich gleich an ihn hier wenden können.«

Doch Brandt schüttelte den Kopf. »Nein, wir kennen uns praktisch nur vom Sehen. Im selben Team waren wir nie. Wenn ich mich richtig erinnere, haben Sie damals mit Ewald zu tun gehabt.«

»Ewald, ja«, nickte Chris, »und später war ich in der Sitte, als die Abteilung umgebaut wurde. Ewig her. Aber es war Ewald, an den ich mich zuerst gewendet habe. Ich traue einigen der alten Kollegen nicht, und viele sind ohnehin nicht mehr übrig. Ewald hat mir dann geraten, dass ich mich mit Ihnen beiden treffe, da Sie die jeweiligen Dezernate koordinieren. Das ist nichts persönlich gegen Sie, nur damit wir uns verstehen, aber es war keine leichte Entscheidung für mich. Ich habe lange darüber nachdenken müssen.«

»Sie machen es ganz schön spannend«, entgegnete Brandt. »Welcher Abteilung gehören Sie denn nun an? Im Präsidium sind Sie nicht, so viel ist sicher.«

»Nein, nicht mehr. Schon lange nicht mehr«, bestätigte Chris. »Aber das zu erklären würde zu viel Zeit in Anspruch nehmen. Für Sie von viel größerem Interesse ist meine Zugehörigkeit zu einem ganz anderen Verein.«

»Nämlich?«

»Na, den *Mogin Outlaws*«, antwortete Chris schnell und nickte Greulich anerkennend zu. »Ich sehe, Sie haben Ihr Versprechen gehalten, ihm nichts zu sagen.«

»Ehrensache«, nickte Greulich, aber Brandt hakte sofort nach.

»Was weiß er denn, was mir vorenthalten wird?«

»Nicht die Welt, beruhigen Sie sich«, wehrte Chris ab, »nichts, was ich Ihnen nicht auch erzählen werde.«

»Dann bitte«, murmelte Brandt, »ich bin ganz Ohr. Aber ich behalte mir vor, Fragen zu stellen, denn diese Geheimniskrämerei geht mir gegen den Strich.«

»Nichts anderes erwarte ich«, lächelte Chris. »Das ist das Los von uns V-Männern. Keiner will uns, aber ohne uns geht's auch nicht.«

»V-Mann?« Brandt hob die Augenbrauen.

»Ja, so nennt man das doch gemeinhin. Jedenfalls mache ich das schon viel zu lange«, seufzte Chris, »oder lange genug, das ist Ansichtssache. Aber den Ausstieg hab ich nie geschafft, vor allem jetzt nicht.«

»Geht das etwas deutlicher, bitte?«

»Klar. Nach dem Tod zweier wichtiger Führungspersonen von den Mos bietet sich mir eine unerwartete Chance, im Club aufzusteigen.« Chris schnalzte mit der Zunge, und seine Augen funkelten. »Je höher der Rang, desto tiefer der Einblick.«

»Von welchen beiden Toten reden wir hier momentan?«, unterbrach Brandt ihn. »Grabowski hat doch einem anderen Club angehört, oder?«

»Ich rede von dem vermissten Präsidenten und von Matty Kohlberger.«

»Was hat es mit dem Vermissten auf sich? Haben Sie Beweise für seinen Tod?«

»Ich kann Ihnen den Sektor sagen, nur ausbuddeln müssen Sie ihn selbst«, erklärte Chris geduldig. »Das werden die Stadtväter aber nicht zulassen, denn auf den Fundamenten lagern tonnenweise Stahl, Glas und Beton. Betrachten Sie den Fall als abgeschlossen, auch wenn das formal schwierig sein dürfte. Den gräbt keiner mehr aus, nicht in den nächsten zweihundert Jahren, glauben Sie mir.«

»Hm. Und zu Kohlberger. Wer hat ihn ermordet?«

»Das weiß ich nicht. Aber keiner der Brüder, davon wüsste ich wohl. Schätzungsweise waren es Grabowskis Jungs, und zum Ausgleich dafür musste dann er sterben. Ich kann Ihnen Namen liefern, aber die Vereinsmitglieder haben Sie ja längst gefilzt. Inklusive mir«, zwinkerte Chris. »Das finde ich immer besonders amüsant, wenn ein junger Beamter, noch grün hinter den Ohren, mich über meine Rechte und Pflichten informiert.«

»Weiter im Text, bitte«, drängte Brandt. »Was wollen Sie von uns?«

»Zwei Dinge«, antwortete Chris, sofort wieder sachlich und mit einem bedrohlichen Unterton in der Stimme. »Finger weg von mir, Rico und einigen weiteren Jungs. Die Namen habe ich hier, ich gebe sie Ihnen aber nicht schriftlich.«

Er zählte drei Namen auf, die Brandt allesamt bekannt vorkamen von der Liste der *Mogin Outlaws*, keiner von ihnen schien eine besondere Rolle zu spielen.

»Es handelt sich dabei durchweg um lange, altgediente Member, die bereits in Frankfurt einen Rang und Namen hatten. So viel werden Sie schon selbst recherchiert haben oder beim näheren Betrachten herausfinden.«

»Ziemlich viel verlangt«, murmelte Greulich, »mindestens zwei davon werden im Laufe des Tages mit einer Hausdurchsuchung konfrontiert. Das lässt sich nicht mehr verhindern.«

»Nun gut, dann ist das so. Aber rücken Sie ihnen nicht mehr auf die Pelle als nötig, dann sitzen sie es auf einer Arschbacke ab. Sind ja alte Hasen«, erwiderte Chris.

»Erklären Sie uns auch den Grund für dieses Vorgehen?«, fragte Brandt. »Denn genau genommen setzen wir auf die Vernehmungen dieser Herren eine nicht unmaßgebliche Hoffnung. Zwei Menschen sind tot, da braucht es keine monatelange verdeckte Ermittlung, sondern eine handfeste Verhaftung.«

»Sie können vielleicht beides haben«, lächelte Chris, »wenn Sie mich fortfahren lassen.«

»Bitte.«

»Der zweite Punkt ist folgender. Lutz Wehner. Er ist mit neunundneunzigprozentiger Wahrscheinlichkeit direkt an der Tötung von Hanno Grabowski beteiligt. Meine Fühler nach Frankfurt reichen zugegeben nicht sehr weit, aber in der Szene spricht es sich herum, wenn jemand den großen Zampano mimt. Wehner hält sich auf der anderen Seite des Mains für das, was Kohlberger hier für uns war. Nehmen Sie ihn aufs Korn, und ich versorge Sie mit ausreichend Material, um ihm auch den Mord an Matty nachweisen zu können.«

»Welcher Gestalt wäre dieses Material?«, fragte Brandt misstrauisch.

»Fragen Sie lieber nicht«, schmunzelte Chris. »Aber Indizien können eine sehr eindeutige Sprache sprechen, und wenn einem der erste Mord bereits zweifelsfrei anhängt ... Sie verstehen?«

»Oh nein, darauf lasse ich mich nicht ein«, platzte es aus Peter Brandt heraus, und er drehte sich wutschnaubend um und verschränkte die Arme vor der Brust. Was zum Teufel dachte sich dieser V-Mann denn? Zugegeben, Illegalität gehört zum Geschäft, wenn man glaubhaft über einen längeren Zeitraum verdeckt in einer kriminellen Vereinigung ermitteln mochte. Aber alles hatte Grenzen. Oder war es am Ende eine Frage der Verhältnismäßigkeit?

Christopher Leander schien Peters Gedanken gelesen zu haben, denn als er sich ihm näherte und mit gedämpfter Stimme in sein Ohr sprach, argumentierte er genau nach diesem Prinzip.

»Herr Brandt, ich hänge da nun schon so lange drinnen, und glauben Sie mir, es ist hochgradig zermürbend, wenn man täglich damit konfrontiert wird, wie viele Delikte ungeahndet toleriert werden. Nein, toleriert werden müssen. Doch eines versichere ich Ihnen als Experte: Ziehen Sie diesen Wehner aus dem Verkehr, und es wird Ruhe in der Szene einkehren. Er hat seine Finger in mehr als nur diesen beiden Morden stecken, doch etwas anderes werden Sie ihm niemals nachweisen. Aber wenn die Öffentlichkeit erfährt, dass Sie bei Grabowski auf einen Vergeltungsmord ermitteln, dann treten Sie eine Welle los, die eine ganze Menge weiterer Leichen anspülen wird. In null Komma nichts haben Sie Ihren Bandenkrieg, und auch mein Arsch ist dann in höchster Gefahr. Was glauben Sie, warum ich mich heute auf ein Treffen mit Ihnen eingelassen habe? Sicher nicht aus Spaß am Risiko.«

»Wenn Sie sich derart bedroht fühlen, warum steigen Sie dann nicht aus?«, fragte Brandt unwirsch.

»Dafür stecke ich viel zu tief drinnen«, antwortete Chris, und seine Stimme hatte einen melancholischen Klang. »Tiefer, als mir lieb ist.«

DIENSTAG, 10:53 UHR

Andrea Sievers erwartete die Kommissarin bereits. Einen Pappbecher in der Hand und eine Zigarette in der anderen lehnte sie an der Hausecke und ließ sich die wärmende Sonne auf die Nase scheinen. Die Pathologin hatte kaum ihren vierzigsten Geburtstag hinter sich, sah unglaublich gut aus, und Julia Durant vermutete, dass das zum Teil daran lag, dass es einen neuen Mann in ihrem Leben gab. Ob das stimmte und wer der Glückliche war, sie hatte keinen blassen Schimmer. Bei Gelegenheit würde sie Andrea einmal auf den Zahn fühlen, aber nicht jetzt, sondern erst wenn der laufende Fall abgeschlossen war. Um nichts in der Welt wollte die Kommissarin gegenüber Peter Brandt in Verlegenheit kommen, denn obgleich er eine augenscheinlich glückliche Beziehung mit Staatsanwältin Klein führte, war seine umso unglücklichere Trennung von Andrea ein düsteres Kapitel, in das Julia nicht hineingezogen werden wollte. Auf meiner Main-Seite gibt's genug zwischenmenschliche Probleme, dachte sie resigniert, als ihr Sabine Kaufmann in den Sinn kam. Sabine und ihre betreuungsintensive Mutter, die sich permanent im Strudel tiefgreifender Psychosen befand. Ob das noch lange gutging?

»Das ist sie?«, wisperte Michael, und Julia nickte.

»Ja. Ich habe doch gesagt, sie ist eine ganz Sympathische.«

»Hey, da seid ihr ja«, winkte Andrea und versenkte ihre Zigarette zischend in dem Kaffeebecher, den sie anschließend im Papierkorb entsorgte. »Sievers, Rechtsmedizin«, fügte sie hinzu und reichte Michael die Hand.

»Mike Cramer.«

»Schön, dass du mir mal zur Abwechslung einen Typen anschleppst, der noch laufen kann«, scherzte Andrea, und Julia bemerkte sofort Michaels befremdeten Blick.

»Andrea!«, zischte sie grinsend.

»Na, was denn, stimmt doch«, beharrte diese und zwinkerte. »Die meisten liegen regungslos und blass in einer Zinkbüchse, bestenfalls am Stück. Da bildet unser junger Freund hier doch mal eine angenehme Abwechslung. Hast du ihn schon vorbereitet?«

»Falls du auf deinen morbiden Humor anspielst, dann ja«, bestätigte die Kommissarin schmunzelnd. »Den Rest überlasse ich dir.«

»Okay, dann Folgendes.« Andrea Sievers blickte Michael prüfend an, und ihre Miene war nun vollkommen ernst. »Schon mal einen Toten gesehen?«

»Ähm, nein.« Er schüttelte den Kopf. »Nicht in echt.«

»An und für sich nichts Ungewöhnliches, ganz im Gegenteil«, sagte die Rechtsmedizinerin. »Wenn du *CSI* oder so etwas gesehen hast, kennst du ja die Schnitte, die am Körper durchgeführt werden. Unser Mann hat zudem ein intaktes Gesicht, das ist für die meisten das Wichtigste, denn dann kann man seiner Psyche vorgaukeln, dass der Tote nur schläft. Wenn wir da jetzt reingehen, genügt ein kurzer

Blick. Er ist zugedeckt bis zur Brust, die Augen sind geschlossen. Schau ihn dir an, dann gehen wir weiter, und hinterher sagst du uns, ob es der Mann ist, der dir an besagtem Abend gegenübergestanden ist. Bekommst du das hin?«

»Weiß nicht.« Michael schluckte. »Ich hab von seinem Gesicht nur einen kleinen Teil gesehen«, ergänzte er leise, und seine Stimme bebte leicht.

»Wir versuchen es trotzdem, okay?«

»Hm.«

Sie betraten den Raum, es roch nach Zitronenspray, was Julia sehr zu schätzen wusste. Üblicherweise verwendete Andrea keinen Lufterfrischer, sie hatte es also nur wegen des Jungen gemacht. Auf einer Metallbahre ruhte der leblose Körper von Johannes Grabowski, wie angekündigt lag ein türkisfarbenes OP-Tuch auf ihm, welches von den Waden bis über die Brustwarzen reichte. Das Kinn ragte erhaben nach oben, vom Gesicht war noch nichts zu sehen, während sie den Tisch umrundeten. Julia beobachtete, wie Michael tapfer, aber äußerst angespannt, den Blick gebannt auf den Toten richtete. Als er die Schultern passierte, hielt er kurz inne, seine Hand wanderte vor den Mund, und Andrea zuckte erschrocken, offenbar in Sorge, dass Michael sich auf den Körper erbrach. Doch er hauchte nur ein leises »Oh Gott« und schritt weiter. Die beiden Frauen folgten ihm, sie betraten ein kleines Büro, von dem aus man den Vorraum einsehen konnte. Julia wandte sich daher um und drückte mit der Ferse gegen das Türblatt, welches daraufhin zuglitt und klickend ins Schloss rastete.

»Es überwältigt einen doch, wie?«, brach Andrea einfühlsam das Schweigen, und Michael nickte stumm.

»Handelt es sich denn um den besagten Motorradfahrer?«, fragte die Rechtsmedizinerin nach einigen Sekunden.

»Ja, ich denke schon.«

»Danke. Können wir dich kurz allein lassen?«

»Klar.«

»Komm noch mal mit, bitte«, wandte Andrea sich an die Kommissarin, und die beiden gingen erneut hinaus zu Grabowskis Leiche.

»Du hast meinen Bericht gelesen?«, fragte die Rechtsmedizinerin, als sie außer Hörweite waren.

»Ja, allerdings nur überflogen«, gestand Julia ein.

»Warum ich dich sehen wollte, ist Folgendes«, setzte Andrea mit ernstem Tonfall an. »Der tödliche Schuss hat eine Rippe sowie das Herz gestreift und ist dann in die Lunge eingedrungen. Das ist unstrittig und bedeutet im Klartext, dass der Mörder dem Opfer nur in einem bestimmten Bereich gegenübergestanden haben kann.«

»Vom Opfer aus betrachtet links«, sagte Julia nach kurzem Überlegen.

»Korrekt«, nickte Andrea. »Aber nicht bis in alle Unendlichkeit, sondern, gerade wenn der Schütze Rechtshänder gewesen ist, nur in einem relativ engen Korridor. Die Entfernung war nicht weit, maximal eins fünfzig, aber trotzdem.«

»Okay, und was bedeutet das deiner Meinung nach?«, fragte Julia argwöhnisch. »Der Junge stand auf der anderen Seite, das haben wir nachgestellt.«

»Und das Opfer saß noch auf dem Motorrad? Oder haben die beiden gewartet, bis er abgestiegen war?«, fragte Andrea unbeirrt weiter.

»Er muss abgestiegen sein«, antwortete die Kommissarin unsicher, »oder er war zumindest im Begriff, das zu tun.«

»Sagt wer, der da?«, wisperte Andrea und nickte verstohlen in Richtung des kleinen Raumes, in dem Michael sich aufhielt.

»Seine Erinnerungen setzen sich erst nach und nach zusammen, er scheint einiges verdrängt zu haben. Bislang habe ich keine Anhaltspunkte, um seinen guten Willen in Frage zu stellen.«

»Wie auch immer«, winkte Andrea ab, »da rede ich dir nicht rein. Sei nur bitte auf der Hut, denn es ist durchaus möglich, dass der Schuss aus der anderen Hemisphäre kam.«

»Kannst du das präzisieren?«

»Natürlich. Wie lange benötigst du, um deine Dienstwaffe zu ziehen?«

»Berufsgeheimnis«, zwinkerte Julia schelmisch, dann, wieder ernst: »Schneller als das Gegenüber jedenfalls, kommt drauf an. Eine Sekunde? Maximal zwei.«

»Ist auch nicht so wichtig. Fakt ist, dass du trainiert bist, und dieser Junge und sein Begleiter sind das nicht. Nicht professionell zumindest, nehme ich an. Vom Ziehen der Schusswaffe bis zum Abfeuern verging meiner Meinung nach genügend Zeit, um beim Opfer, ob noch im Sattel oder bereits auf dem Asphalt stehend, einen Schutzreflex auszulösen. Ducken, wegdrehen, Abwehrhaltung; jeder reagiert anders, aber eines hat unsere Spezies gemeinsam: Die Reflexe kann man so gut wie unmöglich unterdrücken. Profis mal außen vor, aber wir reden hier immerhin von Motorradrockern und nicht von Elitesoldaten.«

»Gut, kapiert, aber was bedeutet das für uns?«, drängte Julia. »Angenommen, Grabowski realisierte die Gefahr und hat sich zur Seite gedreht«, erklärte Andrea sachlich und ging mit dem Oberkörper mit in eine entsprechende Bewegung, »dann könnte der letale Schuss durchaus auch von dem rechts gegenüberstehenden Schützen gekommen sein. Das solltest du im Hinterkopf behalten.«

»Scheiße«, murmelte Julia Durant leise, denn obgleich Michael Cramer für sie noch lange nicht als Verdächtiger ausgeschlossen war, hatte sie insgeheim die Hoffnung, dass er tatsächlich nur ein Mitläufer war, ein geblendeter junger Mensch, der gerade noch rechtzeitig aufgerüttelt worden war, um auf den richtigen Weg zurückzufinden. Doch wenn die Dinge so lagen, wie die Rechtsmedizinerin eben dargestellt hatte, war der Junge längst verloren.

Im Inneren der Kommissarin lieferten sich ihre Intuition und Menschenkenntnis auf der einen Seite und nüchterner, mahnender Ermittlungsgeist auf der anderen einen aufreibenden Kampf, als sie Michael zurück zum Auto begleitete und ihn, größtenteils schweigend, zurück nach Hause fuhr. Alle Hoffnungen und Ängste lagen nun auf der ballistischen Untersuchung, die allerdings frühestens am Nachmittag Ergebnisse zu liefern versprach.

DIENSTAG, 12:10 UHR

Im Büro von Elvira Klein klappte diese mit erwartungsvollem Lächeln den Deckel des oben liegenden Pizzakartons auf. Der Duft von Salami, geschmolzenem Käse und auf

Holzkohle gebackenem Hefeteig stieg ihr in die Nase, und sie schenkte ihrem Gast ein herzliches Lächeln.

»Genau dafür liebe ich dich.«

»Für den Pizza-Service?«, flachste Brandt und zwinkerte schelmisch.

»Dafür, dass wir solche Dinge tun. Einfach mal eine Pizza ins Büro holen und für eine halbe Stunde die Füße hochlegen. Das meine ich, und das weißt du auch ganz genau.«

Sie beugte sich nach vorn, zog den Kommissar, der noch nicht einmal seine Jacke abgelegt hatte, zu sich und küsste ihn mit ihren weichen Lippen auf den Mund. Er erwiderte den Kuss, und ein angenehmer Schauer durchlief ihn. Peter Brandt liebte Elvira, auch wenn er ihre erbitterten Kämpfe in der Vergangenheit wohl nie vergessen würde. Heute scherzten sie darüber, denn letzten Endes waren die meisten Gerangel nur deshalb entstanden, weil die beiden sich so ähnlich waren.

»Und weil du schlussendlich vernünftig geworden bist«, sagte Brandt gelegentlich im Scherz zu ihr, was ihm nicht selten einen sanften Ellbogenstubser in die Rippen einbrachte.

»Komm endlich«, sagte die Staatsanwältin ungeduldig und ging hinüber zu ihrem Schreibtisch, den Karton vor sich balancierend. Peter zog die Lederjacke aus, warf sie über eine Stuhllehne und griff sich ebenfalls seine Pizzapackung.

Es war vor etwa einer Stunde gewesen, als sein Handy sich gemeldet hatte. Zuvor waren zwei SMS eingegangen, die er jedoch überhört haben musste, doch Elviras Klingeln entging ihm nie.

»Treffen wir uns zum Essen?«

»Gerne, aber ...«

Brandt hatte sich darauf berufen wollen, dass er Unmengen an Arbeit hatte. Das Treffen mit dem V-Mann beschäftigte ihn, vor allem, da er gegenüber der Staatsanwältin nicht darüber sprechen durfte. Doch Elvira war alles andere als dumm, sie würde sofort merken, wenn er ihr etwas so Wichtiges verheimlichen wollte, und im Laufe der Ermittlung würde es früher oder später ohnehin ans Licht gelangen. Elvira Klein ist nicht mehr deine schärfste Konkurrentin, dachte er, deine Feindin, die auf ihren Paragraphen reitet und dir aus persönlichem Affront das Leben zur Hölle machen will. Wir sind ein Paar, von dem jeder gegenseitige Ehrlichkeit und Vertrauen erwartet. Du kannst dich heute nicht mit Elvira treffen, beschloss er instinktiv, doch Elvira durchschaute seine Gedanken wie so oft und überholte ihn mit ihrem Vorschlag.

»Die Arbeit, wie?«, fragte sie. »Dann komm einfach rüber zu mir, und wir bestellen eine Pizza. Auch ich ersticke hier in Papierkram, aber du kennst ja den Spruch aus der Werbung: Etwas Warmes braucht der Mensch.«

Überrumpelt. Dem Kommissar fiel nichts ein, was er ihrer Einladung spontan entgegensetzen sollte, zudem hatte er ebenfalls sowohl Hunger als auch Sehnsucht nach ihr.

»Okay, überredet«, gab er zurück und versuchte, fröhlich und ausgelassen zu klingen, was ihm aber nicht gelang.

»Alles in Ordnung bei dir?« fragte Elvira besorgt.

»Wie gesagt, die Arbeit. Aber ich komme.«

Schweigend aßen sie das erste Achtel ihrer Pizza, Peter war zuerst fertig und griff sofort nach dem nächsten. Er vermied eine tiefergehende Konversation, was Elvira natürlich nicht entging. Die Staatsanwältin musterte den Kommissar mit zusammengekniffenen Augen.

»Sag mal, du warst auch schon einmal enthusiastischer, wenn ich dich um ein Treffen gebeten habe.«

»Kann ich mir nicht vorstellen«, wich Peter mit einem Grinsen aus. »Ich habe es früher gehasst, hierherzukommen, es sei denn, ich hatte ein Ass im Ärmel, womit ich dich beeindrucken konnte.«

»Ich glaube, du weißt ziemlich genau, dass ich nicht auf früher anspiele«, erwiderte Elvira mit einem angriffslustigen Funkeln. »Ich vermute daher, es hat mit der laufenden Ermittlung zu tun?«

»Hm.«

»Hey, komm schon. Wir können doch offen miteinander reden, oder? Machen dir die Frankfurter Ärger?«

Plötzlich hatte Brandt eine erhellende Eingebung. Julia Durant, dachte er. Wenn er es geschickt anstellte, konnte sie sein Ausweg sein.

»Wir kommen gut miteinander aus, das ist es nicht. Aber sie hat offenbar einen Augenzeugen aufgetan, der anonym bleiben möchte.«

»Und?«

»Sie hat sich schon zweimal mit ihm getroffen und betont einerseits, dass seine Informationen von höchster Relevanz sein könnten, aber andererseits lässt sie uns über sämtliche Hintergründe im Dunkeln.«

»Und das stört dich?«, hakte Elvira nach und strich sich ein Stückchen Käse aus dem Mundwinkel.

»Würde dich das nicht stören?«

»Es würde mich fuchsen, wenn einer meiner Ermittler auf Extratour geht, allerdings«, schmunzelte sie dann. »Kennst du diesen Kommissar Brandt, ich glaube, aus Offenbach …«

»Das ist nicht witzig, Elvira«, unterbrach Peter sie kühl. »Wenn ich mal einen Alleingang gemacht habe, dann hatte ich meine guten Gründe dafür.«

»Und diese Kompetenz gestehst du Julia Durant nicht zu?«

»Doch, schon.«

»Na also. Ich erwarte schließlich auch nicht, über jedes winzige Puzzleteil sofort informiert zu werden, solange ich das Gesamtbild im Blick habe.«

»Das hast du mir gegenüber aber früher anders gesagt«, warf Brandt ein.

»Früher musste ich dich ja auch auf Schritt und Tritt kontrollieren«, lachte Elvira.

»Von wegen.« Brandt lächelte und sah in sich gekehrt aus dem Fenster. Er fühlte sich schlecht dabei, der Frau, die er liebte, nicht die volle Wahrheit zu sagen. Doch wie so oft ließ sie ihm keine Gelegenheit, die Faktoren gegeneinander abzuwägen, und wartete schon mit ihrer nächsten Frage auf.

»War es das?«

»Ja, ich denke schon«, log er und griff sich ein weiteres Pizzastück, von dem er nachdenklich die Oliven herunterschnippte.

Sabine Kaufmann und Doris Seidel übernahmen zur gleichen Zeit die Befragung von Sybille Hausmann. Die beiden Ermittlerinnen hatten sich ausgewiesen und saßen nun auf einem grün-rosa geblümten Sofa in der Nordweststadt, genauer gesagt im Stadtteil Praunheim.

Ihnen gegenüber kauerte eine schmale Zwanzigjährige, deren dürre Oberarme die kugelförmigen Ellbogengelenke ungesund hervorstechen ließen. Unter ihrem bauchfreien Shirt lugte ein Nabelpiercing hervor, im Gesicht hingegen trug das Mädchen keinen Metallschmuck. Ihre lockigen Haare fielen weit über Schultern und Brüste hinab und waren ungekämmt. Offenbar war sie erst vor kurzer Zeit aufgestanden.

»Was genau wollen Sie denn von mir?«, fragte sie leise, nachdem Sabine sie begrüßt und darüber informiert hatte, wer sie waren.

»Wir haben noch offene Fragen bezüglich des Überfalls auf das Ladenlokal, in dem Sie arbeiten«, erklärte die Kommissarin geduldig.

»Aber dabei wurde doch keiner ermordet«, beharrte die Kleine.

»Manchmal überschneiden sich Ermittlungen, besonders bei Eigentumsdelikten mit Gewaltverbrechen.«

»Gewalt?«, wiederholte Sybille gedehnt.

»Wie würden Sie die Ereignisse des besagten Abends denn beschreiben?«

»Na, hm, ich weiß nicht. Ladendiebstahl war es ja keiner. Ein Überfall halt, im Fernsehen nennen die das meist vereitelt oder so. Ja, ein vereitelter Überfall.«

»Vereitelt von wem?«

Sybille überlegte kurz und zuckte dann unschlüssig mit den Schultern. »Keine Ahnung, wie ich es besser nennen soll. Ist doch auch egal, oder?«

Sie blinzelte unschuldig mit ihren langen Wimpern über den rehbraunen Augen.

»Fänden Sie es in Ordnung, wenn wir jedes vereitelte Verbrechen, wie Sie es eben nannten, nicht ahnden würden?«, stellte Doris als Gegenfrage. »Ich habe lange bei der Sitte gearbeitet, glauben Sie mir, dann hätten wir den Laden da auch gleich dichtmachen können.«

»Aber es wurde nichts geklaut, und ich bin unverletzt«, beharrte Sybille.

»Im Bericht steht, Sie wurden von Ihrer Mutter gefunden, die zugleich die Geschäftsinhaberin ist, während Sie gerade im Begriff waren, sich die Handgelenke mit einem Messer freizuschneiden. Selbst ohne eine blutende Wunde oder einen vollzogenen sexuellen Übergriff wurden Sie doch von jemandem gegen Ihren Willen in diese Lage gezwungen.«

»Wenn aber doch nichts passiert ist ...«

»Dann passiert es beim nächsten Versuch einer anderen«, unterbrach Doris sie. »Haben Sie schon darüber nachgedacht? Und was sagt Ihre Mutter überhaupt zu der ganzen Sache?«

»Ach die. Lassen Sie bloß meine Mutter da raus«, seufzte Sybille.

»Wo ist sie überhaupt, ist sie im Geschäft?«, erkundigte sich Sabine.

»Hm.«

»Nun gut. Einmal angenommen, wir befragen sie im Anschluss, was, glauben Sie, würde sie uns sagen?«

»Ach herrje, die würde zetermordio schreien, und die Welt ist ja so schlecht. Dann würde sie sich in die Kirche knien und ein paar Rosenkränze beten und im Endeffekt mir die Schuld geben, weil ich mich wie eine Nutte kleide. Verstehen Sie? So tickt meine Mutter. Es ist schon anstrengend genug, hier zusammenzuleben, also tun Sie mir den Gefallen und bringen Sie sie nicht zusätzlich in Rage.«

»Kommt darauf an, wie offen Sie zu uns sind«, lächelte Sabine und zog kurz die Augenbrauen hoch.

»Ja, okay. Was wollen Sie denn wissen?«

»Leben Sie beide hier allein?«

»Hm.«

»Ihr Vater?«

»Kein Plan. Auf und davon. Ist mir aber egal.«

»Was genau ist an dem Abend geschehen, als Sie überfallen wurden?«

Mehr oder weniger detailliert berichtete Sybille im Folgenden von den Ereignissen, die sich zwischen dem Betreten und dem Verlassen des Geschäfts durch Michael Cramer abgespielt hatten.

»Na, und draußen hat einer Schmiere gestanden«, schloss sie, »der wohl auch das Sagen hatte. Als er ungeduldig wurde, hat er den anderen total aus der Fassung gebracht. Der hat dann was gerufen, was genau weiß ich nicht mehr, ist aufgestanden und hat mir das Messer zugeschoben, mit dem ich mich schließlich befreien konnte. Gott, ich habe um mein Leben gefürchtet, aber irgendwie auch in seinen Augen erkannt, dass er das gar nicht will.«

»Hat er Ihnen das gesagt, oder ist das tatsächlich eine Wahrnehmung, die Sie in der Gefahrensituation hatten?«, hakte Doris nach.

»Das weiß ich nicht mehr. Als ich da auf dem Boden lag,

hatte ich ’nen Tunnelblick oder so. Aber da war auch irgendetwas, das mir sagte, dir wird nichts passieren. Hm. Wunschdenken vielleicht, aber es hat sich ja schlussendlich auch erfüllt.«

Ihre dünnen Finger wanderten unwillkürlich zu einem silbernen Kruzifix, welches sie aus dem V-Ausschnitt ihres Shirts nach außen beförderte, kurz umklammerte und sich anschließend zwischen die Lippen steckte. Sie spielte mit dem Metall, sah eine Weile ins Leere und fügte nachdenklich hinzu: »Vielleicht hat meine Mom doch recht mit diesem ganzen Bibelkram.«

»Möglich ist vieles«, erwiderte Sabine einfühlsam, »aber so ungern ich das auch sage, wenn Sie mit sich selbst nicht im Reinen sind, werden Ihnen wohl weder Gott noch Ihre Mutter da heraushelfen können.«

»Sind Sie Atheistin?«

»Nein, aber ich habe meine eigenen Erfahrungen mit, hm, komplizierten Verhältnissen. Doch das tut hier nichts zur Sache«, sagte Sabine schnell. »Wir sind hergekommen, um über Ihre Wahrnehmung der Ereignisse zu sprechen. «

»Das bedeutet also, dass Sie mir helfen wollen, wie?«, erwiderte Sybille schnippisch.

»Helfen ist ein ziemlich weitreichender Begriff. Aber ich bin davon überzeugt, dass, wenn Sie uns zu verstehen helfen, was genau vorgefallen ist, die Dinge auch für Sie klarer werden können. Unserer Erfahrung nach funktioniert das in den meisten Fällen ganz gut, vielleicht vertrauen Sie uns ja so weit.«

»Aber da gibt es nichts zu *sehen*«, wehrte sich Sybille noch immer. »Mir ist nichts passiert, nichts Schlimmes jedenfalls.«

»Hm. Stehen Sie mit dem oder den Tätern in Kontakt?«

»Nein. Na ja, nicht mehr jedenfalls.«

»Wie meinen Sie das?«

»Dieser junge Kerl, ich glaube, der ist jünger als ich, hat mir eine Mail geschrieben und sich entschuldigt.«

»Eine E-Mail? Dürfen wir die sehen?«

»Nein.« Sybille schüttelte energisch den Kopf. »Keine richtige E-Mail, über Facebook. Aber ich habe sie längst gelöscht.«

»Schade. Was stand denn in dieser Mail?«, fragte Sabine weiter.

»Es sei alles aus dem Ruder gelaufen, er schäme sich, wollte hören, ob es mir wieder gutgehe und so. Er hat betont, dass er selbst Angst habe und ich die Unterhaltung unbedingt löschen solle. Das habe ich dann getan.« Sie zuckte mit den Schultern.

»Und das war's?«

»Ja, schon.«

»Kein weiterer Kontakt?«

»Nicht direkt, nein.«

»Also kam noch irgendetwas?«, bohrte Sabine beharrlich weiter.

»Hm. Irgendwer hat mit meiner Mutter gesprochen, dann haben sie mich dazugerufen. Es ging um diesen anderen, aber den habe ich ja nicht gesehen. Angeblich hat der sogar schon jemanden umgebracht, na ja, meine Mom hat das ganz schön aufgewühlt, aber der Mann hat ihr versichert, dass die Sache bald überstanden sei. Es dürfe nur keine Anklage gegen den Jüngeren geben, damit dieser ein glaubhafter Zeuge sein kann. Dann haben wir über das Messer gesprochen und darüber, dass ja theoretisch viel Schlimmeres hätte passieren können. Der Jüngere hat sich mit dieser Aktion sogar in Lebensgefahr gebracht, so zumindest klang das Ganze.«

»Eine recht gewagte Betrachtungsweise, finden Sie nicht?«, schaltete sich Doris ein.

»Irgendwie schon, aber irgendwie stimmt es ja auch wieder, oder?«

»Nun ja, wenn der Überfall erst gar nicht stattgefunden hätte, wäre es zu dieser ›Rettungstat‹ überhaupt nicht erst gekommen.«

»Hm. Aber was habe ich denn davon, wenn ich ihn jetzt anschwärze und der andere dafür ungeschoren davonkommt?«

»Das ist Ihre Entscheidung«, gab Sabine zu bedenken, »aber Sie müssen sich damit wohl fühlen, damit auch in ein paar Monaten noch klarkommen können. Diese Entscheidung können wir Ihnen nicht abnehmen. Ich versichere Ihnen jedoch eines: Wenn Sie sich in irgendeiner Form zu einer Aussage zugunsten des Jüngeren genötigt fühlen, sollten Sie das genau abwägen.«

»Es hat mich keiner bedroht«, beteuerte Sybille, aber Sabine schüttelte sanft den Kopf und lächelte.

»Drohungen sind nur eine Möglichkeit. Es geht auch subtiler. Trat der Mann selbstsicher auf, war er autoritär, hat er Ihnen eine finanzielle Offerte gemacht oder darauf angespielt, dass Sie gegen ihn ohnehin keine Chance hätten? Eine ganze Palette von Möglichkeiten. Hat der Mann sich eigentlich vorgestellt?«

»Nein, jedenfalls nicht mir. Aber er muss mit dem Jungen in Verbindung stehen.«

»Kennen Sie eigentlich seinen Namen?«, fragte Doris mit zusammengekniffenen Augen. »Wegen Facebook, meine ich. Da muss man sich doch anmelden.«

»Da kann man alles Mögliche reinschreiben«, sagte Sybille. »Und nein, ich kenne den Namen nicht, und auf dem Profil sind auch keine Fotos. Vielleicht hat er es sich nur zugelegt, um mich zu kontaktieren.«

»Okay, danke«, entgegnete Sabine und wechselte einen Blick mit Doris, in dem die beiden sich darauf verständigten, vorläufig am Ende ihrer Befragung zu sein. Die beiden standen auf, Sybille tat es ihnen gleich.

»Treffen wir Ihre Mutter im Geschäft an, wenn wir jetzt direkt dorthin fahren?«, fragte Doris.

»Warum müssen Sie denn jetzt auch noch mit ihr reden?«, fragte Sybille erschrocken.

»Nur der Vollständigkeit halber. Immerhin hatte sie ja einige Minuten länger mit dieser Person zu tun, die Sie aufgesucht hat. Das müssen wir schon prüfen, aber wir gehen behutsam vor«, versicherte Sabine.

»Bitte kündigen Sie uns nicht an, um sie nicht noch mehr zu erschrecken«, fügte Doris hinzu.

Sobald die Haustür geschlossen und sie außer Hörweite waren, sagte Sabine grinsend zu ihrer Kollegin: »Du bist ja fies. Als ob es einen Unterschied macht, ob sie ihre Mutter vorwarnt oder nicht.«

»Ja, aber wer sich so besorgt gibt«, konterte Doris, »den muss man doch ernst nehmen. Ich wette, sie sitzt jetzt grübelnd auf der Couch, das Telefon in der Hand, und zermartert sich den Kopf, was sie tun soll.«

DIENSTAG, 15:25 UHR

Julia Durant machte vor ihrer Rückkehr ins Präsidium in ihrer Wohnung unweit des Holzhausenparks halt. Schief, mit dem Hinterrad auf dem Bordstein, parkte sie den Peugeot in der einzigen Parklücke. Egal, ich bleibe ja nicht lange, dachte sie, als sie den Wagen verriegelte und in Richtung des hübsch anzusehenden Altbaus eilte. Sie holte die Post aus dem Briefkasten und nahm sie beim Hinaufeilen der Treppe hastig in Augenschein. Doch wie so oft war nichts Wichtiges dabei. Julia nahm ein Infoschreiben ihrer Versicherung zur Kenntnis, interessierte sich jedoch nicht sonderlich für den Inhalt. Die Tarife würden nicht billiger werden, und niemand würde sich darüber beschweren, wie üblich. Einen Brief von der GEZ, der auf den Namen Julia Döring ausgestellt war, aber die korrekte Anschrift trug, öffnete sie gar nicht erst, sondern ärgerte sich lediglich darüber, weil sie solche Fehler für vermeidbar erachtete. Seit Jahren war sie registriert und zahlte die Gebühren, auch wenn sie sich nicht selten fragte, wofür. Die Kommissarin schloss die Wohnung auf, schob sich in den Flur und kickte die Tür mit dem Absatz zu. Sie warf im Vorbeigehen ihre Tasche auf die Couch und ging zielstrebig zum Kühlschrank, dabei beförderte sie den Großteil des Briefkasteninhalts in den Mülleimer. Sie schmierte sich zwei Scheiben Brot mit Butter, verteilte großzügig sechs Salamischeiben darauf und hätte beinahe zwei weitere gegriffen, bremste sich dann jedoch. Wenn du mal wieder die zehn Kilometer Jogging schaffst, dachte sie bei sich, kannst du dir das auch wieder gönnen. Stattdessen griff sie das Gurkenglas und balancierte es mitsamt dem Brotteller in Richtung Wohnzimmer. Wie so oft in den zurückliegenden Stunden zog Julia das Handy aus ihrer Tasche und betrachtete prüfend das Display. Doch es gab keine neue Nachricht, und so lehnte sie sich für einige Minuten zurück, um zu Kräften zu kommen und ihre belegten Brote zu essen. Dabei dachte sie unentwegt an Michael Cramer, Marion Kühne und Lutz Wehner. Log die Kühne, um Wehner ein Alibi zu verschaffen? War Michael tatsächlich ein verunsicherter junger Mann, dem die Gewaltspirale über den Kopf gewachsen war und der nun die Notbremse gezogen hatte, oder handelte er aus eiskaltem Kalkül? Diese Frage drängte sich in den Vordergrund, und sosehr sich die Kommissarin auch darum bemühte, an ein Abschalten war nicht zu denken. Michaels Vater war zudem ein einflussreicher Mann. War es denkbar, dass er das Mädchen unter Druck gesetzt hatte? Oder deren Mutter? Es wäre schließlich nicht das erste Mal, dachte sie grimmig. Dann endlich meldete sich das Handy, doch die angezeigte Nummer gehörte nicht, wie erhofft, zu Platzeck.

»Claus«, begrüßte Julia ihren Gesprächspartner leise und versuchte krampfhaft, weder enttäuscht noch müde zu klingen.

»Na, meine Liebe«, meldete sich der Münchner Kommissar, »da klingt aber jemand ganz schön groggy.«

»Bin ich auch, tut mir leid«, antwortete Julia und biss sich auf die Unterlippe. »Dir entgeht aber auch gar nichts.«

»Berufskrankheit, wie?«, scherzte er. »Steckst du in einem Fall?«

»In zweien, um genau zu sein. Und du?«

»Es hält sich in Grenzen. Aber deshalb rufe ich nicht an.

Ich hatte mich gefragt, ob du das Wochenende über vielleicht spontan nach München kommen willst. Es ist traumhaftes Wetter, ich könnte ab Freitag freinehmen, und wir hätten in die Berge fahren können. Aber wenn ich dich so höre, ist das wohl kein guter Zeitpunkt, schätze ich.«

»Leider hast du da recht, im Moment ist noch kein Ende in Sicht«, sagte Julia zerknirscht. »Wie spontan könnten wir das denn machen?«

»Donnerstagnachmittag würde genügen«, kam es sanft zurück, »und wer weiß, vielleicht spornt es dich ja an.«

»Der Gedanke an ein ganzes Wochenende mit dir, na ja, ich weiß nicht«, scherzte Julia. »Mal abwarten, was der Tag uns noch so bringt. Ich bin übrigens zu Hause, wir können über Festnetz telefonieren, wenn du möchtest.«

»Erwartest du einen Anruf, oder denkst du dabei an meine Telefonkosten?«, fragte Claus mit betont argwöhnischem Klang in seiner Stimme.

»Beides«, schmunzelte Julia, »aber ich würde einen Anruf auch so mitbekommen.«

»Wollte nur sichergehen, dass ich in den Terminplan passe, du weißt, ich kenne das Tagesgeschäft eines Kriminalbeamten nur zu gut.«

»Flüchtig, ja«, grinste Julia und säuselte anschließend: »Dann bis gleich, Herr Kollege.«

Eine Viertelstunde später, Julia hatte sich gerade aus der Parklücke gezwängt und war im Begriff, zurück ins Präsidium zu fahren, ging der herbeigesehnte Anruf ein. Der tödliche Schuss auf Johannes Grabowski war nicht aus der Pistole abgegeben worden, mit der Michael Cramer geschossen hatte.

DIENSTAG, 16:30 UHR

Polizeipräsidium Frankfurt, Konferenzzimmer. Lagebesprechung.

»Wir haben Lutz Wehner«, kam Julia Durant direkt zur Sache, und Peter Brandt pfiff durch die Zähne.

»Freut mich zu hören«, nickte er anerkennend, fügte dann jedoch mit zweifelndem Tonfall hinzu: »Und wofür genau?«

»Für das Tötungsdelikt an Grabowski«, erläuterte die Kommissarin, »doch ich beginne am besten von vorn. Jetzt spricht wohl nichts mehr dagegen, oder?« Sie warf Berger einen rückversichernden Blick zu, woraufhin er ihr zunickte.

»Okay, dann mal Tacheles. Gestern Abend hat sich der Vater eines jungen Mannes an Berger gewandt, und dieser rief im Anschluss mich an«, begann Julia ihren Bericht, in dem sie die Ereignisse mit Michael Cramer von ihrem ersten Treffen bis zum Auffinden der Waffe knapp zusammenfasste, ohne dabei den Namen zu nennen. »Die Untersuchung des tödlichen Projektils heute Nachmittag hat eindeutig ergeben, dass es sich nicht um die Pistole des Jungen gehandelt haben kann«, schloss sie. »Im Umkehrschluss gehen wir also davon aus, dass der zweite Schütze den letalen Schuss abgefeuert hat, und auch die Schilderung des Tathergangs seitens unseres Tatbeteiligten ist schlüssig. Ich sehe wenig Anlass, ihm nicht zu glauben, denn er hat sich mit seinen Aussagen immerhin auch selbst belastet. Dennoch ist er gegen gewisse Zugeständnisse bereit, gegen Lutz Wehner auszusagen. Diese Details sind aber noch nicht ausgehandelt. Denn bis zur ballistischen Untersuchung hat noch die Möglichkeit bestanden, dass der tödliche Schuss von ihm hätte abgegeben sein können.«

»Puh, das ist aber schon eine hanebüchene Geschichte, findet ihr nicht?«, schaltete sich Frank Hellmer dazwischen, und auch die anderen nickten.

»Die Familie des Zeugen ist glaubwürdig«, warf Berger ein, »das müssen Sie mir unbesehen glauben, ich werde den Namen noch nicht preisgeben. Aber es bestand für sie ein weitaus höheres Risiko, sich an mich zu wenden, als einfach Stillschweigen zu bewahren und die Sache auszusitzen.«

»Ich widerspreche nur ungern«, erwiderte Julia, »aber ich sehe das weniger optimistisch. Immerhin dürfte an dem Messer ausreichend DNA zu finden sein. Die Unsicherheit, ob nicht doch eine Verhaftung anstünde, sollten wir also nicht unterschätzen. Sie hat den Jungen zumindest sehr beschäftigt.«

»Aber er ist nirgendwo aktenkundig, das wäre aller Wahrscheinlichkeit nach im Sand verlaufen«, widersprach Berger.

»Moment«, platzte es nun aus Peter Brandt heraus, »bitte mal von vorn und zum Mitschreiben: Wer hat wem ein Messer gegeben und was hat die Geschichte mit unseren beiden Toten zu tun? Setzt mich mal jemand ins Bild?«

Durant und Berger wechselten einen raschen Blick, dann hob die Kommissarin verteidigend die Hand: »Sorry, Herr Brandt, das habe ich nicht bedacht. Ihnen fehlt ja ein Puzzlestück, mein Fehler.«

»Hm«, sagte dieser ungehalten und verschränkte die Arme. »Ich bin ganz Ohr.«

»Dieser Zeuge, von dem wir hier sprechen, war in zwei Gewaltdelikte verwickelt. Beide Male schien Lutz Wehner der Hintermann zu sein, möglicherweise eine Mutprobe oder ein Test, das erschließt sich mir noch nicht so ganz.«

»Initiationsriten bei Motorradclubs sind ja nicht unüblich«, murmelte Kullmer, doch Brandt zog noch immer seine Augenbrauen zusammen. »Weiter bitte«, forderte er, und Julia nickte und fuhr fort.

»Der erste Überfall hat sich vergangene Woche ereignet«, fuhr sie fort. »Wehner nötigte den jungen Mann, in ein Geschäft einzudringen, etwas zu stehlen und die Verkaufsangestellte zu vergewaltigen. So zumindest wurde es mir von der besagten Person berichtet.«

»Und hat er?«

»Nein, er hat gesagt, im entscheidenden Moment habe er Panik bekommen und gespürt, dass es nicht richtig sei, was er vorhabe. Er ließ Wehner in dem Glauben, es zumindest versucht zu haben, und plazierte sein Messer in Reichweite des weiblichen Opfers, damit diese sich befreien konnte.« Julia wandte sich an Doris und Sabine. »Ist diese Version nach eurem Besuch bei dem Mädchen denn noch schlüssig?«

Die beiden Kommissarinnen wechselten einen flüchtigen Blick, nickten dann, und Sabine sagte: »Jedenfalls haben wir nichts Gegenteiliges. Aber wir sollten im Anschluss unbedingt noch darüber sprechen.«

»Okay, so weit jedenfalls zu diesem Messer«, schloss Julia Durant, »den Rest der Geschichte kennen Sie bereits.«

»Hm.«

Peter Brandt wusste nicht, was er von der ganzen Sache

halten sollte, entschied sich aber, vorläufig nichts weiter zu sagen.

Durant gab daraufhin Sabine Kaufmann ein Zeichen, und diese begann: »Doris und ich haben Sybille Hausmann vernommen und anschließend noch deren Mutter besucht. Bei der Gelegenheit haben wir auch gleich diesen Laden in Augenschein nehmen können.«

»Wie sind die beiden Frauen so drauf?«, wollte Julia wissen.

»Die Mutter hat auf mich einen eingeschüchterten Eindruck gemacht, aber das kann täuschen«, antwortete Sabine, und Doris Seidel nickte zustimmend.

»Typisches Duckmäusertum, wenn ihr mich fragt«, fügte sie hinzu, »bloß keinen Skandal, bloß keine Schande über die Familie bringen. Sie trägt ihre Nöte sonntags in die Kirche und versucht an den restlichen Tagen, nicht weiter aufzufallen. Aber wie gesagt, das ist nur unser erster Eindruck.«

»Im ersten Eindruck steckt nicht selten die meiste Wahrheit«, warf Hellmer ein. »Was genau wolltet ihr da denn eigentlich in Erfahrung bringen?«

»Es ging primär darum, weshalb der Überfall auf das Ladengeschäft nicht angezeigt wurde«, erläuterte Julia, »vor allem, weil es sich ja dem ersten Eindruck nach um eine versuchte Vergewaltigung handelte.«

»Das hat Sybille Hausmann auch nicht direkt abgestritten«, sagte Sabine Kaufmann, »allerdings bewertet sie die Reue des Täters und die Tatsache, dass er ihr das Messer zugeschoben hat, weitaus höher.«

»Andererseits«, ergänzte Doris, »hat jemand aus dem Umfeld des Täters die Familie aufgesucht und möglicherweise unter Druck gesetzt.«

»Möglicherweise?«, hakte Durant nach.

»Nun, Mutter und Tochter berichten übereinstimmend, dass der Täter ihnen gegenüber glaubhafte Reue gezeigt habe. Druck ausgeübt habe niemand auf sie, sondern lediglich an ihr christliches Verständnis von Reue und Vergebung appelliert. Eindringlich appelliert, will ich meinen«, betonte Sabine. »Mehr war nicht aus den beiden herauszubekommen. Es sei übrigens der Vater des Jungen gewesen, das hat uns Frau Hausmanns Mutter verraten. Das Mädchen hat dies entweder nicht gewusst oder vor uns verheimlicht.«

Herbert Cramer, dachte Julia Durant im Stillen. Davon hat er uns kein Sterbenswort gesagt. Also hat er nicht postwendend zum Telefonhörer gegriffen, sondern zuerst versucht, die Sache selbst zu handeln. Sie hob ihren Blick langsam in Bergers Richtung, und dieser erwiderte ihn. Aus seinem Gesichtsausdruck schloss die Kommissarin, dass auch er überrascht war.

»Wenn ich da mal etwas dazu sagen darf«, meldete sich nun Peter Brandt zu Wort, dem die ganze Geschichte überhaupt nicht schmeckte, »das klingt mir alles ganz schön abgekartet. Wenn wir die Anklage gegen Lutz Wehner einzig und allein auf diesen Zeugen stützen, zerreißt man uns vor Gericht in der Luft. Ganz zu schweigen von Staatsanwältin Klein, der wir die Hintergründe irgendwann einmal offenlegen müssen. Vergessen Sie bitte nicht, dass sie uns den Rücken freihält, aber dafür erwartet sie von uns zu Recht, dass wir uns nicht auf Mauscheleien einlassen. Was ist außerdem mit der Beteiligung des Jungen an zwei Kapitalverbrechen? Und was bedeutet der Begriff ›Junge‹ überhaupt? Wie alt ist er denn? Welche Konsequenzen hat er zu erwarten, doch nicht etwa Straffreiheit?«

»Nein, um Gottes willen«, unterbrach Durant ihren aufgebrachten Kollegen und machte eine beschwichtigende Geste. »Aber damit möchte ich mich erst befassen, wenn wir uns um die Hintermänner gekümmert haben. Befragen wir Lutz Wehner und wirbeln weiterhin Staub in der Szene auf. Oder haben Sie eine bessere Idee?«

»Leider nein. Jedenfalls keine, die sich nicht ebenfalls wie ein Pakt mit dem Teufel anfühlt.«

»Wie meinen Sie das?«

»Können wir uns darüber unter vier Augen unterhalten?«

Durant warf einen prüfenden Blick in die Runde. Keiner schien Einwände zu haben, trotzdem sagte sie: »Ich vertraue meinen Kollegen bedingungslos. Wenn es etwas Vertrauliches gibt ...«

»Ja, ist es«, beharrte Brandt. »Und ich habe selbst gegenüber der Staatsanwältin Stillschweigen bewahrt, obwohl mir das überhaupt nicht passt. Also?«

»Nun gut. Gehen wir in mein Büro. Dann vertagen wir die Besprechung vorerst, wenn nichts mehr anliegt. Sind schon Beschlüsse für eine Hausdurchsuchung draußen?«

Kullmer nickte, und Julia fuhr fort, während sie an den Fingern abzählte: »Privatadresse, Schrottplatz und angemeldete Fahrzeuge, vor allem sein Opel Calibra sind von Interesse.

Ich möchte das volle Programm. Die KTU soll auch nach Spuren suchen, die die Anwesenheit des Jungen bestätigen können, damit seine Geschichte entsprechend untermauert werden kann.«

»Ist alles in Arbeit«, sagte Hellmer augenzwinkernd.

»Sorry, Frank«, lächelte Julia und neigte den Kopf. »Ich habe gerade ein wenig Schwierigkeiten damit, an zwei Fronten zu kämpfen. Nichts gegen eine dienststellenübergreifende Ermittlung, aber zwei Morde und diese ganzen Geheimnisse …« Sie seufzte und zuckte mit den Schultern. »Da vergesse ich manchmal, dass mein Lieblingspartner den Laden auch ohne mich ziemlich gut am Laufen hält.«

»Geh schon, du wirst erwartet«, gestikulierte Frank sie hinaus. »Wir nehmen Wehner jetzt in die Mangel, und du erfährst sämtliche Erkenntnisse in Lichtgeschwindigkeit.«

»Bist ein Schatz, danke.«

Julia Durant eilte aus dem Konferenzzimmer in Richtung ihres Büros, Peter Brandt folgte ihr. Vorher aber schritt er rasch zu Hellmer hinüber und raunte ihm mit geheimnisvoller Miene etwas zu. Die Kommissarin hielt inne und wartete.

»Ist noch etwas?«, fragte sie.

»Gleich«, antwortete Brandt, »wenn wir unter uns sind.«

Peter sah sich um, bevor er die Tür nach dem Eintreten schloss. Der graue, für seinen Geschmack viel zu monotone Gang war leer. Mit einem Kopfschütteln lehnte er den Stuhl ab, auf den die Kommissarin deutete.

»Ich darf mich nicht zu weit aus dem Fenster lehnen, denn wir haben ja selbst einen heiklen Fall am Start«, eröffnete Julia. »Aber Sie sollen wissen, dass mir sämtliche Geheimniskrämerei ganz massiv widerstrebt. Was haben Sie also zu berichten?«

»Ich hatte am Vormittag ein Treffen, das ich selbst noch verdauen muss«, antwortete Brandt. »Mein Kollege vom Rauschgiftdezernat hat den Kontakt zu einem V-Mann hergestellt, der offenbar seit Jahren bei den *Mogin Outlaws* ein und aus geht.«

»Ein V-Mann?« Julia verzog den Mund. »Unter wessen Führung? Hängt also doch das Landeskriminalamt mit drinnen? Das wäre eine Katastrophe. Wenn das rauskommt, ist der nächste Skandal vorprogrammiert. Während wir uns hier zusammenraufen, heißt es dann hinterher trotzdem nur wieder, dass eine Hand nicht weiß, was die andere tut.« Sie stöhnte und strich sich augenrollend eine Strähne aus der Stirn.

»Soso, wir raufen uns also zusammen«, schmunzelte Brandt.

»Bin ich so anstrengend?«

»Geht schon«, zwinkerte Durant zurück.

»Na danke. Sie sind aber auch nicht ohne.«

»Was hat dieser V-Mann denn erzählt?«, erkundigte sich die Kommissarin, wieder ernst.

»Er hat mir ein paar Namen genannt, die wir aus der Ermittlung raushalten sollen. Außerdem soll dieser Wehner, zumindest vorläufig, beider Morde beschuldigt werden.«

»Wieso das denn? War er es denn?«, fragte Julia irritiert.

»Nur in einem Fall bisher«, verneinte Brandt. »Ich habe Ihrem Kollegen Hellmer vorhin die Information gegeben, dass er bei der Vernehmung Wehners bei Bedarf gerne verlauten lassen darf, dass es neben Ihrem noch einen weiteren Zeugen gibt. Nicht mehr als das, aber wir werden vermutlich jeden Trumpf brauchen, um etwas aus ihm herauszubekommen. Was den zweiten Mord betrifft, so liegen die Dinge folgendermaßen: Es geht um den Frieden zwischen den beiden Clubs. Wenn Wehner beider Morde schuldig gesprochen wird, gäbe es seitens der Rocker wohl keinen Grund, einen Bandenkrieg zu entfachen, in dem es weitaus mehr Opfer geben könnte.«

»Hm. Klingt mir nach einem faulen Handel«, murmelte Julia Durant unschlüssig. »Ist durch einen Bandenkrieg auch die Identität dieses Informanten gefährdet?«

»Möglich ist vieles.« Brandt zuckte mit den Achseln. »Allerdings scheint Chris durch die jüngsten Ereignisse wohl in der Hierarchie nach oben gestiegen zu sein. Diesen Eigennutz kann ich nicht leugnen.«

»Und da sprechen Sie bei meinem Zeugen von einem Pakt mit dem Teufel«, sagte die Kommissarin nachdenklich. »Ein solcher Deal, nur um ein größeres Übel zu verhindern, würde bedeuten, dass wir einen Mörder davonkommen lassen. Mindestens einen«, fügte sie hinzu, »denn an dieser Inszenierung auf der Brücke waren zweifelsohne mehrere Personen beteiligt.«

»Aus diesem Grund wollte ich ja mit Ihnen vertraulich sprechen«, entgegnete Brandt leise. »Denn mir passt das aus einer ganzen Reihe von Gründen nicht. Erstens hintergehe ich Elvira, zweitens ist es das, was Sie sagen, nämlich ein Teufelspakt, und drittens stammt der Kontakt zu dem V-Mann von einem ehemaligen Kollegen beim K 11, der sich nicht immer durch lautere Methoden hervorgetan hat. Sie verstehen?«

»Ein korrupter Kollege?« Julia neigte argwöhnisch den Kopf.

»Ein latent gewaltbereiter Kollege«, brachte Brandt es auf den Punkt. »Zugegeben, es ist lange her, aber Menschen ändern sich nicht. Jedenfalls nicht grundlegend.«

»Hm. Ich sehe keine andere Möglichkeit, als mit dem LKA und Frau Klein in Verbindung zu treten«, schloss Julia Durant. »Oder zumindest müssen wir Berger und Ihren Chef mit ins Boot holen. Sonst wächst uns diese Sache über den Kopf.«

»Das sehe ich mittlerweile genauso«, murmelte Brandt. »Lassen Sie uns gleich für morgen früh einen Termin machen«, er sah auf seine Uhr, »oder besser gleich heute?«

»Nein, morgen genügt wohl.«

Das war Peter Brandt nur recht. Ihm gefiel der Gedanke an ihre Reaktion überhaupt nicht, aber er würde Elvira noch heute Abend ins Vertrauen ziehen. Besser so, als sie morgen früh vor vollendete Tatsachen zu stellen, dachte er und seufzte leise.

»Alles okay?«, fragte Julia mit besorgter Miene.

»Ja«, kam es sofort von Brandt zurück, dann aber korrigierte er sich selbst. »Nein. Es ist nicht okay. Ich habe vorhin mit Elvira gegessen, sie hat quasi darauf bestanden, denn immerhin habe ich ihr versichert, sie auf dem Laufenden zu halten.«

»Und?«

»Sie erinnern sich vielleicht, dass wir beide früher nicht gerade gut aufeinander zu sprechen waren«, begann Brandt umständlich.

Julia musste grinsen. »Nein, in der Tat. Sie waren wie Hund und Katze, wobei ich mir nicht sicher bin, wer von Ihnen dabei welche Rolle gespielt hat.«

»Es ist mir todernst, Frau Durant«, erwiderte Brandt. »Ich möchte nicht mein Seelenleben vor Ihnen ausbreiten, aber als ich in Elviras Büro saß und gewisse Informationen für mich behalten musste, hat es mich beinahe zerrissen. Ich lüge meiner Partnerin ins Gesicht, verstehen Sie das? Der Job endet nach Feierabend, eine Partnerschaft nicht. Je früher ich das wieder bereinigen kann, umso besser.«

Im Vernehmungszimmer befragten Frank Hellmer und Peter Kullmer kurze Zeit später Lutz Wehner, wobei Kullmer sich im Hintergrund hielt. Frank hatte die Videokamera und das Aufnahmegerät eingeschaltet, bevor er sich Wehner gegenübersetzte und ihn schweigend musterte. Er trug eine hellblaue Jeansjacke, eine gleichfarbige Jeans und ein weißes, fleckiges T-Shirt. Seine Hände waren dunkel; die Beamten hatten ihn verhaftet, als er bis zu den Ellbogen in dem Motorblock des VW Polos gesteckt hatte, und ihm nur eine kurze Wäsche gestattet.

»Möchten Sie etwas trinken?«, begann Hellmer schließlich.

»Rauchen ja. Trinken nein. Muss das mitlaufen?« Wehner deutete mit dem Zeigefinger auf das Gerät auf dem Tisch.

»Vorschrift ist Vorschrift. Das ist doch nichts Neues für Sie, Herr Wehner, oder?«

»Wieso, bin ich in Ihren Augen ein Schwerverbrecher?«

»Das haben Sie gesagt. Sind Sie denn einer?«

»Falls Sie auf den Mord an Hanno Grabowski anspielen: Nein«, beteuerte Wehner kopfschüttelnd. »Ich lasse mir nichts in die Schuhe schieben, außerdem sagte ich Ihnen bereits, dass ich ein Alibi habe.«

»Würden Sie das bitte noch einmal so präzise wie möglich wiederholen?«

»Was genau?«

»Datum, Uhrzeit Ihrer Ankunft und Abreise, die Adresse; eben alles, woran Sie sich erinnern, und das so exakt wie möglich.«

»Puh.« Wehner winkte ab. »Ich versuch's mal. Sonntagabend rübergefahren, wird gegen Abend gewesen sein, ja, es war noch hell. Welchen haben wir heute? Sonntag war der Dreiundzwanzigste, oder? Eine Uhrzeit habe ich nicht im Kopf, ich wusste ja nicht, dass ich ein Alibi brauche.« Er grinste schwach.

»Können Sie uns den Namen und die Adresse nennen bitte, nur fürs Protokoll.«

»Marion Kühne, Konstanzer Straße, Frankfurt-Fechenheim.«

»Wie lange sind Sie dort gewesen?«

»Hm. Montag früh, also ich war die Nacht über dort. Ich hab keine Uhr, sehen Sie?« Lutz Wehner winkte demonstrativ mit dem linken Handgelenk, und tatsächlich war dort weder eine Uhr noch eine entsprechende Bräunungslücke zu sehen.

»Schon in Ordnung. Waren Sie die ganze Zeit über beisammen?«

»Soll ich Ihnen jetzt mein Liebesleben ausplaudern? Vor laufender Kamera?«

»Nein, aber wann haben Sie zum Beispiel geschlafen? Oder waren Sie mal vor der Tür, haben Sie die Wohnung verlassen?«

»Weder noch. Gepennt haben wir vielleicht gegen Mitternacht. Ja, das Spätprogramm lief schon, es wird wohl nach Mitternacht gewesen sein.«

»Und wie war das in der Nacht zuvor, also Samstag, dem Zweiundzwanzigsten?«

»Muss ich das jetzt alles noch mal runterleiern?«

»Kommt drauf an. Wie war es denn da?«

»Boah, selber Ablauf, gleiche Uhrzeit. Am Abend zu Marion und am nächsten Morgen zurück.«

»Kann das jemand außer Marion Kühne bezeugen?«

»Nein, wir hatten schließlich keinen flotten Dreier«, grinste Lutz Wehner selbstsicher, doch Hellmer ließ sich durch nichts aus der Ruhe bringen.

»Das ist aber merkwürdig«, murmelte er leise und kramte betont umständlich einen zerknitterten Notizzettel hervor.

»Wieso?«

Hellmer konzentrierte sich mit allen Sinnen auf sein Gegenüber, einen Mann, der sich viel zu selbstsicher gab und sich trotz laufender Kamera und der Präsenz von zwei Kriminalbeamten auf seinem Stuhl aalte, als könne ihm nichts auf der Welt etwas anhaben. Du ziehst eine mächtige Farce ab, dachte Hellmer im Stillen, aber ich durchschaue dich. War eben, während das Papier in seinem Revers knisterte, ein flüchtiger Anflug von Nervosität über Wehners Gesicht gehuscht?

»Nun, einem Augenzeugen zufolge wurde Ihr Wagen am Sonntagabend zwischen 22 und 22 Uhr 30 im entgegengesetzten Stadtgebiet gesehen.« Hellmer deutete mit dem Daumen hinter sich.

»Wie? Ach das«, erwiderte Wehner schnell. Etwas zu schnell, wie Frank fand. »Die Karre kann jeder benutzen, keine Ahnung, wer damit unterwegs war. Ich hoffe, wir müssen jetzt kein Fahrtenbuch führen?« Schon war der überhebliche Tonfall wieder da.

»Solche Dinge interessieren uns nicht«, erwiderte Hellmer kopfschüttelnd. »Aber etwas anderes. Laut Zeugenaussage wurden auch Sie gesehen.«

»Wer sagt das?«, gab Wehner zurück, seine Miene hatte sich ganz plötzlich verfinstert, und die Augen blitzen angriffslustig.

»Das tut nichts zur Sache. Fakt ist nur, dass Sie gesehen und identifiziert wurden. Wie erklären Sie sich das?«

»Pah, das ist ja wohl Ihr Job!«, rief Wehner. »Mir etwas anhängen wollen, das ist das Letzte.«

»Von Anhängen kann keine Rede sein, denn ich sage es mal ganz offen: Die Zeugenaussage ist fundiert und ohne Ungereimtheiten, glaubhafter jedenfalls als Ihr Alibi, welches uns auch Frau Kühne nicht überzeugend bestätigen konnte.«

»Na und? Aussage gegen Aussage, da können Sie mir gar nichts!«

»Aber wir haben zwei Morde und zweimal das gleiche fragwürdige Alibi«, beharrte Hellmer gelassen, während sein Gegenüber zunehmend die Fassung zu verlieren schien. »An Ihrer Stelle würde ich mir darüber Gedanken machen, ob Sie mit uns kooperieren möchten, um wenigstens einen der Mordfälle baldmöglichst aufzuklären.«

»Sonst was? Drohen Sie mir etwa?«

»Nein, warum sollte ich. Aber ich sage Ihnen aus langjähriger Erfahrung, was andernfalls passieren wird«, antwortete Hellmer mit hartem Unterton und beugte sich nach vorn. »Die Staatsanwaltschaft wird es sich ganz einfach machen, so wie die Dinge liegen. Ist ein Alibi widerlegt, taugt das zweite, weil es identisch ist, auch nichts. Und schneller, als Sie sich's versehen, werden Sie für beide Morde angeklagt. Und das war's dann für Sie.«

»Damit kommen Sie nicht durch!«, keuchte Wehner. Er fuhr sich mit dem Handrücken über die Stirn, wo sich in den Geheimratsecken Schweißperlen gebildet hatten. Außerdem hatte sich seine Atemfrequenz hörbar erhöht. Sein vegetatives Nervensystem steht unter Stress, stellte Hellmer zufrieden fest.

»Wie ich da durchkomme, ist völlig unerheblich«, sagte er daraufhin und erhob sich achselzuckend. »Sie müssen durchkommen, nämlich durch Anklage, Verhandlung und Haft. Darüber würde ich mir an Ihrer Stelle weitaus mehr Gedanken machen als um mich.«

»Ist das Ihr Ernst?«, rief Wehner mit sich überschlagender Stimme. »Sie werfen mir einen Brocken vor die Füße und wollen mich jetzt schmoren lassen? Da hätte ich aber mehr von Ihnen erwartet!«

»Sie möchten noch mehr?«, fragte Hellmer völlig ruhig, stützte sich mit den Handballen auf der Tischkante ab und beugte sich so weit wie möglich in Lutz Wehners Richtung. Dieser zuckte leicht, hatte sich aber sofort wieder unter Kontrolle und blitzte Hellmer angriffslustig an.

»Komm nur her, ich hab schon ganz andere fertiggemacht«, zischte er.

»Nein, darauf stehe ich nicht«, erwiderte Hellmer und setzte ein müdes Lächeln auf. »Ich wollte das eigentlich für morgen aufsparen, aber meinetwegen bekommen Sie den nächsten Brocken, wie Sie das nennen, gleich dazu.«

»Hä?« Wehner schüttelte verwirrt seinen Kopf.

»Mein Kollege aus Offenbach möchte sich noch mit Ihnen unterhalten. Wissen Sie, was er mir vorhin zugeflüstert hat?«

»Was?«

»Er hat auch einen Zeugen«, sagte Hellmer und hob triumphierend die Augenbrauen, »und zwar einen eigenen. Das macht zwei zu eins, nicht schlecht, oder?« Er konnte förmlich dabei zusehen, wie Wehners Gesichtsfarbe um einige Nuancen heller wurde. Die Unterlippe zitterte, Wehner fuhr angestrengt mit der Zungenspitze darüber, fand aber offenbar keine Worte. Hellmer richtete sich wieder auf und nutzte die Stille, um hinzuzufügen: »Jetzt können Sie ein Weilchen schmoren, wenn Sie möchten, denn wir werden Sie keinesfalls auf freien Fuß setzen.«

DIENSTAG, 19:15 UHR

Julia Durant stand noch im Treppenhaus, als ihr Handy klingelte. Sie staunte nicht wenig, als die Männerstimme den Namen Kühne nannte. Mit einem Anruf des Frauenarztes hatte sie nicht mehr gerechnet.

»Sekunde«, keuchte Julia, denn sie schleppte eine braune Papiertüte mit Einkäufen und nestelte mit zwei Fingern den Wohnungsschlüssel hervor. »Ich stehe gerade vor der Tür, wenn Sie möchten, telefonieren wir in zwei Minuten via Festnetz.«

Sie verabredeten, dass die Kommissarin ihn in der Praxis zurückrufen solle. Sie eilte in die Wohnung, stellte die Einkäufe neben das Sofa und holte sich ihren karierten Collegeblock, von dessen achtzig Seiten bereits über die Hälfte beschrieben oder herausgetrennt war. Sie grub eine Viererpackung Joghurt, Butter und eine Packung Käse aus der Einkaufstüte und trug diese in den Kühlschrank, der Rest konnte warten. Auf dem Rückweg griff sie sich das schnurlose Telefon und wählte die Nummer der Praxis, deren eingängige Zahlenkombination sie sich gemerkt hatte. Anstelle der 0 als letzte Ziffer tippte sie die 21 ein, der direkte Draht zu Dr. Kühne, wie sie im Stillen dachte, während sie auf das weiche Polster des Sofas sank. Einmal mehr spürte sie, wie ihr Körper von einer inneren Hitze durchfahren wurde, als loderten Flammen direkt unter ihrer Haut, während es sie außen noch vor Sekunden gefröstelt hatte.

»Verrückt«, seufzte sie tonlos und schüttelte den Kopf, weiter kam sie nicht, denn es knackte im Lautsprecher, und der Arzt nahm das Gespräch entgegen.

»Herr Dr. Kühne«, sagte sie freundlich, »ich hatte nicht mit Ihnen gerechnet.«

»Aber Sie haben es mir doch so sehr ans Herz gelegt«, erwiderte dieser unverbindlich.

»Stimmt«, lenkte Julia ein, »die Entscheidung haben jedoch Sie getroffen.«

»Das liegt wohl im Auge des Betrachters. Denn ohne ein gewisses Ereignis hätte ich Sie wohl tatsächlich nicht kontaktiert. Bevor ich nun ins Detail gehe, wie ist es denn bei Ihnen mit der Verschwiegenheitspflicht?«

»Das ist abhängig von dem, was Sie mir erzählen wollen.«

»Hm. Wir Ärzte haben es da einfacher.«

»Das mag sein. Wenn Sie mir ein Verbrechen gestehen

oder anzeigen, muss ich dem nachgehen. Das ist unser Berufsethos, genau wie Ihr hippokratischer Eid.«

»Der streng genommen kein Eid ist«, warf der Arzt ein.

»Ja, ich weiß. Aber Sie verstehen, es gibt da keine Grauzonen für mich. Geht es um die Sache von damals?«

»Nein.«

»Nein?«, wiederholte die Kommissarin irritiert. »Reden wir nicht über Ihre Exfrau?«

»Ich möchte über Marion sprechen, aber nicht über damals, und ich möchte Sie eindringlich darum bitten, so wenig wie möglich davon publik zu machen. Es geht dabei nicht um mich, es geht einzig und allein um sie.«

»Ich muss mein Team einbeziehen«, sagte die Kommissarin, »aber ich werde die Informationen auf das Nötigste beschränken.«

»Das ist in Ordnung, denke ich. Marion und ich haben gestern Abend telefoniert. Ich mache mir große Sorgen um sie.«

»Ich wusste nicht, dass Sie überhaupt noch Kontakt haben. Hat Ihre Sorge einen bestimmten Anlass?«

Dr. Kühne schwieg einen Augenblick und räusperte sich. »Es ist so«, begann er dann zögerlich. »Wir haben doch über Lutz Wehner gesprochen.«

»Ja.«

»Dieser Wehner spielt eine ungesunde Rolle in Marions Leben, ich denke sogar, er ist eine Gefahr für sie. Frau Durant, mir ist das etwas unangenehm, weil da alte Wunden wieder aufbrechen, die damals nur äußerst langsam verheilt sind. Außerdem möchte ich nicht in Verdacht geraten, mich aus Rache oder Eifersucht gegen Lutz zu wenden. Doch es ist nun einmal alles miteinander, hm, verquickt.«

»Sprechen Sie von Lutz Wehner als Ihrem Nachfolger an Marions Seite?«, fragte Julia ganz direkt. »Oder sprechen wir hier über den unglücklichen Verlauf Ihrer Ehe oder das schwierige Verhältnis zu Marions Bruder?«

»Nein, nein, Sie verstehen das ganz falsch«, unterbrach Kühne sie hastig. »Natürlich hängt alles irgendwie zusammen, aber Matty und ich hatten keine Probleme miteinander, im Gegenteil. Ich glaube, er war heilfroh, als seine Schwester geheiratet hat. Als sie *mich* geheiratet hat, um genau zu sein.«

»Wieso heilfroh?«

»Weil er sich nicht permanent um sie kümmern konnte. Wissen Sie, wie Marions Leben ausgesehen hat, wenn ihr Bruder nicht alles für sie gemacht hat? Sie ist manisch-depressiv, aber nicht wie aus dem Lehrbuch, sondern das Ganze ist gepaart mit einer Art Borderline-Persönlichkeitsstörung. Kennen Sie sich damit aus?«

»Nichts, was ich nicht in Erfahrung bringen könnte«, antwortete Julia wahrheitsgemäß, »wobei ich von Borderline weiß, dass diese Diagnose bei jungen Frauen oft als Konsequenz von sexuellem Missbrauch gestellt wird.«

»Ja, aber nicht ausschließlich.«

»Ich erwähne es deshalb, weil Ihre Exfrau ja ein entsprechendes Erlebnis gehabt hat«, sagte die Kommissarin.

»Dazu möchte ich noch nichts sagen, jedenfalls nicht sofort«, wehrte der Frauenarzt ab. »Lassen Sie uns erst einen Blick zurück in die Vergangenheit werfen, sagen wir, zwanzig Jahre. Marion war ein junges Mädchen, verlassen von jeder Bezugsperson. Stellen Sie sich einen Teenager vor mit einer ganzen Reihe von Verhaltensauffälligkeiten, allerdings solche, die man nicht auf den ersten Blick wahrnimmt. Junge Männer richten ihre Aggressionen in der Regel nach außen, Mädchen hingegen ziehen sich in sich zurück, tragen die Konflikte in ihrem Inneren aus. Das hat fatale Konsequenzen, denn eine zerbrochene Scheibe oder ein paar blaue Flecke kann man behandeln, aber den inneren Kriegsschauplatz sieht keiner. Solche Mädchen klammern sich oftmals an starke, extrovertierte Jungen, die stellvertretend für sie zuschlagen.«

»Darf ich mal etwas zwischenfragen?«, unterbrach Julia den Redefluss des Arztes.

»Äh klar. Sie müssen ja denken, ich hätte den Beruf verfehlt, so wie ich ins Psychologische abdrifte.«

»Ganz so würde ich es nicht sagen, aber mir ging etwas in dieser Art durch den Kopf«, gestand sie ein. »Woher wissen Sie das alles?«

»Wir waren drei Jahre lang verheiratet. Lange genug, um einen Menschen kennenzulernen, finden Sie nicht?«

»Hm.«

»Außerdem habe ich drei Semester Psychologie belegt, bis ich herausfand, dass ich das beruflich nicht machen möchte. Nicht um alles in der Welt. Aber das Interesse ist da, und wenn man dann plötzlich mit einer derart belasteten Persönlichkeit liiert ist … Ich weiß, das klingt nicht nett, aber es ist nun mal ein Fakt, dass es Marion nicht gutgeht. Ganz im Gegenteil. Aber was ich noch erzählen wollte, bezüglich ihrer Vergangenheit: Da war also einst jenes zerbrechliche, wenn nicht sogar schon zerbrochene Wesen, welches nie eine gesunde Bindung erfahren hat. Und sie trifft auf Lutz Wehner, er war das Yin für Marions Yang, er war die starke, dominante Persönlichkeit, an die sie sich fortan band. Hieraus entwickelte sich eine Symbiose, und glauben Sie mir, es gibt keinen treffenderen Begriff dafür als diesen. Niemand konnte diese Verbindung je aufbrechen, weder Matty noch ich. Wenn Matty in der Nähe war, hielt Lutz sich zwar bedeckt, aber Marions Bruder hatte mit dem Club und seinen Jungs genug um die Ohren. Und dreimal dürfen Sie jetzt raten, warum unsere Ehe nicht gehalten hat.«

»Hat sie Sie mit Lutz ...«, begann Julia zögerlich, doch sofort lachte Dr. Kühne meckernd auf.

»Wie? Nein. Sie ist nicht mit ihm in die Kiste gehüpft, Gott bewahre. Ich glaube, die Jahre, in denen wir zusammen waren, dürften für Marion in dieser Hinsicht der reinste Erholungsurlaub gewesen sein.«

»Wie meinen Sie das?«

»Ich meine es nicht, ich sage es ganz konkret«, betonte der Arzt. »Wehner wollte Marion besitzen, er hat sie von sich abhängig gemacht, sie gedemütigt und, ja, er hat sie regelmäßig missbraucht. Anders kann man das nicht nennen, denn sie hatte ihm nichts entgegenzusetzen. Wenn ich zurückdenke, dann wundert es mich, dass es überhaupt zu unserer Hochzeit gekommen ist, aber Lutz saß damals für einige Monate im Knast.« Er lachte erneut, diesmal jedoch abfällig. »Sonst wäre das wohl überhaupt nichts geworden, nein, mit Sicherheit nicht. Als er rauskam, hat es nicht lange gedauert, und es ging los mit den Drohungen. Für eine Weile hat Matty den Daumen draufgehalten, aber irgendwann hat Lutz mich auf dem Weg zum Parkhaus abgepasst und mir klargemacht, dass Marion ihm gehöre. Ich solle mich entscheiden, ob meine Gesundheit, meine Praxis und mein Umfeld mir wichtiger wären als, ich zitiere, diese kleine Schlampe.«

»Und Sie haben nachgegeben?«

»Nicht sofort, nein«, beteuerte Dr. Kühne, »aber als mir klarwurde, dass ich meine Angestellten tagtäglich der Gefahr aussetze, einen Molotowcocktail in die Scheibe zu bekommen oder Schlimmeres, hielt ich dem Druck irgendwann nicht mehr stand. Keine Glanzleistung, das gebe ich zu, aber ich hatte nichts in der Hand, und Lutz Wehner hatte die ganze alte Gefolgschaft aus seinem Motorradclub auf seiner Seite.«

»Und Martin Kohlberger?«

»Keine Chance. Der Frieden zwischen den Clubs wog zu diesem Zeitpunkt mehr als das Schicksal eines Angeheirateten.«

»Aber es ging doch um seine leibliche Schwester«, erwiderte Julia energisch.

»Die aber lange vor mir mit Wehner zusammen gewesen war«, beharrte der Arzt. »Und ohne ihr jetzt den Schwarzen Peter zuschieben zu wollen, aber sie hat sich nicht gerade lautstark positioniert.«

»Bedeutet im Klartext?«

»Das bedeutet, dass sie sich ohne großen Widerstand dazu überreden ließ, die Ehe scheiden zu lassen, um wieder frei zu sein. Ihrem Bruder kam das sogar ganz recht, denn somit wurden er und der Club nicht in die Sache hineingezogen.

Marion hat das damals dann auch selbst gesagt, sehr kleinlaut allerdings. Es sei um des Friedens willen am besten so, sagte sie, aber ich wusste, dass sie das nicht ernst gemeint hat. Womit wir wieder beim Thema Symbiose wären. Dieser Wehner übt eine perfide Macht über diese Frau aus, gegen die man nicht ankommen kann.«

»Und deshalb haben Sie sich bei ihr gemeldet?«, fragte die Kommissarin mit bewusst eingesetztem Argwohn in der Stimme. Sie ärgerte sich darüber, dass sie ihrem Gesprächspartner nicht gegenübersaß, ihm nicht in die Augen sehen und seine Gesichtsmuskeln und die Körperhaltung beäugen konnte. All die Dinge, die ein Mensch, besonders in emotionaler Anspannung, nonverbal kommuniziert. Doch Julia durfte nicht riskieren, das Gespräch in seiner jetzigen Dynamik auszubremsen, denn wer konnte schon wissen, ob der Mitteilungsdrang Alexander Kühnes von dauerhafter Natur war.

»Ich habe mich nicht bei ihr gemeldet«, widersprach der Arzt. »Das heißt, ich wollte es schon. Aber dann hat sie mich zuerst angerufen.«

»Können Sie sich erklären, warum? Ich hatte es so verstanden, dass zwischen Ihnen seit Ihrer Scheidung kein enger Kontakt mehr bestanden hat.«

»Das stimmt auch. Aber für Marion hat sich etwas Entscheidendes geändert.«

»Nämlich?« Julia Durant hatte durchaus eine Ahnung, aber sie wollte, dass Kühne es aussprach.

»Marion hat jetzt niemanden mehr«, antwortete dieser prompt. »Keinen, bei dem sie sich ausheulen kann, wenn Lutz sie misshandelt hat. Im Übrigen nur, um danach wieder zu ihm zu kriechen. Sie erinnern sich, was ich vorhin gesagt habe? Das ist diese typische Ambivalenz. Sie hat eine depressive Phase, vermute ich?«

Statt zu antworten, stellte Julia eine Gegenfrage: »Und Sie möchten diese Beschützerrolle übernehmen?«

»Ich habe ihr zugehört, weiter nichts«, erklang es kühl. »Sie wollten informiert werden, das habe ich getan. Aber ich lasse mir daraus keinen Vorwurf machen.«

»Das lag auch nicht in meiner Absicht. Ich frage Sie ohne jede Wertung: Haben Sie denn vor, künftig eine Rolle im Leben Ihrer Exfrau zu spielen?«

»Darüber habe ich noch nicht nachgedacht«, blockte Dr. Kühne ab, und Julia Durant begriff, dass das Gespräch für ihn damit zu Ende war. Sie verabschiedete sich, bedankte sich in aller Form für die sachdienlichen Hinweise, die der Arzt ihr zur Verfügung gestellt hatte, doch dieser gab sich nun distanziert und wortkarg. Nachdem die Kommissarin aufgelegt hatte, griff sie sich ihren Papierblock, auf dem sie sich Notizen gemacht hatte, und ergänzte einige Punkte. War es plausibel, dass man nach Jahren der Funkstille plötzlich Kontakt zu seinem Exmann suchte? Womöglich schon, schloss die Kommissarin, wenngleich ihr auf Anhieb drei Personen in den Sinn schossen, bei denen sie sich wohl eher die Hand abgehackt hätte, als noch einmal ihre Nummer zu wählen. Na ja, vielleicht nicht ganz so krass, dachte sie weiter, aber es gab in ihrer Vergangenheit nun mal keinen Mann, der nicht ohne Grund aus ihrem Leben verschwunden war. Solche Kontakte beendet man endgültig, bestätigte sie sich im Stillen, aber bei den Kühnes lagen die Dinge ja anders.

Lutz Wehner – Dr. Kühne hatte ihn als eifersüchtigen, besitzergreifenden Guru dargestellt – war ein Krimineller, ein berüchtigter Bandenchef. Es war also durchaus plausibel, dass er einen Nebenbuhler bedrohte, bis dieser klein beigab. Ich muss diesen Wehner unbedingt kennenlernen, schloss Julia, aber nicht mehr heute. Also sprang sie zum nächsten Punkt, der sie beschäftigte: Welche Ziele verfolgte Dr. Kühne bei seiner geschiedenen Frau? Waren diese Motive stark genug, um ihn zum Mörder werden zu lassen? Nein. Wehner hat Grabowski getötet, und der Mord an Kohlberger ist eine Gemeinschaftstat. Das traute die Kommissarin dem Frauenarzt keinesfalls zu. Dann wohl eher andersherum, nämlich dass Wehner Marions Bruder ermordet hatte. Er beseitigt den designierten Boss des Motorradclubs und inszeniert es als Auftakt eines Bandenkriegs, dachte Julia weiter, denn nur so wurde eine Hypothese daraus, die nicht vollkommen hanebüchen war. Dann tötet er Grabowski, streut das Gerücht, dass es sich um Vergeltung handelte, und lässt die sprichwörtlichen Hunde aufeinander losgehen. Doch es geschieht nichts, keine weiteren Toten, kein Bandenkrieg, nichts. Stattdessen vergnügt er sich mit Marion, denn niemand steht ihm mehr im Weg. Doch je länger die Kommissarin darüber nachdachte, umso klarer wurde ihr, dass diese Theorie bei weitem nicht so schlüssig war, wie sie sein sollte. Vor allem, weil der ominöse V-Mann Brandts ja bereits in diese Richtung gedrängt hatte. Julia Durants Blicke suchten die große runde Wanduhr, die noch immer wie ein Mahnmal über der Küchentür hing, obwohl sie sie längst hatte abhängen wollen. Über das aluminiumfarbene Ziffernblatt bewegten sich dicke schwarze Zeiger, ähnlich denen einer Bahnhofsuhr. Die Uhr war ein Relikt, einer der ersten eigenen Einrichtungsgegenstände, die Julia sich, nachdem sie flügge geworden war, für ihre Wohnung gekauft hatte. Da hing sie nun, in ihrem verstaubten Design, das vor zwanzig Jahren einmal modern gewesen war und es heute, in Zeiten der Retro-Möbel, wahrscheinlich wieder war. Ein tiefes Seufzen entfuhr Julia, als sie den Blick von den auf kurz vor acht Uhr stehenden Zeigern löste und für einen Moment den Kopf in den Nacken legte und die Stille und die Dämmerung genoss. Sie würde das alte Ding niemals abhängen, diese Gewissheit stieg in ihr auf, denn auf eine grausame Weise spiegelte die Uhr ihr wider, dass alles vergänglich ist, die Zeit gnadenlos voranschreitet und man nichts dagegen tun kann. Auch nicht, wenn man sich sämtlicher Uhren und Kalender entledigt, ganz im Gegenteil.

Julia fröstelte, hauchte sich warme Luft in die Handflächen und rieb diese dann fest aneinander. Sieh es positiv, dachte sie mit einem unfrohen Lächeln. So unverrückbar wie dieses Unikum bist auch du, was auch immer passiert. Die Zeit ist zu kostbar, um zu leiden, besonders in der zweiten Hälfte des Lebens. Ruckartig schnellte ihr Oberkörper nach vorn, sie klatschte in die Hände und griff anschließend erneut zum Telefon.

DIENSTAG, 19:55 UHR

Elvira Klein war vor einer Viertelstunde bei Peter Brandt in der Elisabethenstraße eingetroffen. Der Kommissar hatte sie bereits erwartet, obgleich er auf sie wirkte, als sei er selbst noch nicht lang zu Hause. Tatsächlich hatte er ihr nach einer innigen Umarmung, aus der er sich nur widerwillig und langsam löste, erzählt, dass er eine Extrarunde im Präsidium eingelegt hatte.

»Abends, wenn kaum mehr jemand da ist, kann ich einfach am besten denken«, sagte Peter Brandt immer, und die Staatsanwältin, der es ähnlich ging, konnte das nur allzu gut verstehen. Als Brandt endlich daheim angekommen war, hatte er eine kurze Notiz vorgefunden, auf der Michelle ihm mitteilte, dass sie mit einer Kommilitonin verabredet sei, und es spät werden könne. Außerdem habe Sarah angerufen. Zerknirscht, denn er hatte schon viel zu lange nicht mehr mit seiner älteren Tochter telefoniert, geschweige denn, sie gesehen, hatte Brandt den Notizzettel beiseitegeschoben und sich an die überfällige Hausarbeit gemacht. Gleich halb acht, er seufzte, denn jeden Moment würde Elvira Klein vor seiner Haustür stehen. Er eilte ins Badezimmer, vernahm das schwingende Brummen des Wäschetrockners und musste grinsen. Hast du deinen beiden Mäusen doch etwas mit auf den Weg gegeben, stellte er freudig fest, denn Michelle hatte sich bereits um die Wäsche gekümmert, und auch das geflieste Sims unter dem Spiegel wirkte aufgeräumt und abgewischt. Nur um das leidige Abstauben und Saugen werde ich wohl nicht herumkommen, dachte Peter Brandt resigniert, aber das kommt auf einen Tag nicht an. Obwohl, wie er insgeheim konstatierte, zwei Stunden monotone Hausarbeit unterm Strich weniger anstrengend sein dürften als das Donnerwetter, mit dem er rechnete, wenn er der Staatsanwältin von den beiden zwielichtigen Baustellen berichten würde, die sich in der laufenden Ermittlung aufgetan hatten. Brandt beugte sich vor den Spiegel und zog die Stirn in Falten, musterte seine müden Augen, unter denen sich bald ein deutlicher Schatten abzeichnen würde, wenn er noch ein, zwei Nächte Schlafdefizit anhäufen würde. Mit seinen Fingern spielte er nachdenklich an den bunten Schraubdeckeln des halben Dutzends Tiegeln mit Gesichtscreme herum, die Michelle fein säuberlich in eine Reihe sortiert hatte. Doch damit fängst du gar nicht erst an, dachte Brandt grimmig und zog seinem Spiegel-Ich eine Grimasse. Dann hatte es an der Haustür geläutet.

Sie saßen bei einer halb geleerten Flasche Rotwein, Elvira hatte die Beine angewinkelt und die Füße unter einer Wolldecke verborgen. Sie lehnte an Peters Schulter und lauschte der leisen Musik. Es handelte es sich um einen Sampler, die melodischen Klänge erinnerten an ein Kuschelrock-Album, genau das Richtige, um den anstrengenden Bürotag hinter sich zu lassen. Doch sie spürte, dass ihr Partner noch nicht so weit war, denn er saß verspannt neben ihr und rieb nervös mit dem Daumennagel über eine Unebenheit am Fuß seines Weinglases.

»Schatz, was bedrückt dich denn?« Elvira fuhr Peter mit ihrer Rechten durch die Haare am Hinterkopf. Ein tiefer Seufzer erklang, und er beugte sich nach vorn, um das Glas auf den Tisch zu stellen. Danach wandte er sich ihr zu und bedachte sie mit einem festen Blick. Der Moment der Wahrheit, dachte er und hüstelte kurz, bevor er zu sprechen begann.

»Hör mal, ich habe dir heute Mittag nicht alles erzählt, was den Fall betrifft.«

»Das weiß ich«, erwiderte sie und schenkte ihm mit ihren vollen, dezent geschminkten Lippen eines jener Lächeln, derer Brandt sich momentan überhaupt nicht würdig fühlte.

Er nickte und fasste sich mit einer Hand ans Kinn, was er immer tat, wenn er nachdachte.

»Soso«, murmelte er, um die unangenehme Stille zu durchbrechen.

»Hey, ich bin Staatsanwältin, schon vergessen?«

Brandt schüttelte den Kopf. »Wie könnte ich das?«

»Na, siehst du. Ich bin nichts anderes gewohnt, als trägen Ermittlern sämtliche Details aus der Nase ziehen zu müssen und es Tag für Tag als gottgegeben hinzunehmen, dass ich trotzdem über gewisse Dinge im Dunkeln gelassen werde. Erinnerst du dich an diesen Hauptkommissar?« Sie schmunzelte und kratzte sich an der Schläfe. »Na, du weißt schon, er kommt hier aus Offenbach, eine Art Vorstadt-Columbo, aber mit den hübschesten Augen, die ich bei einem Mann je gesehen habe.«

»Ach hör auf«, winkte Brandt ab, der ebenfalls grinsen musste. »Wieso, ich sage nur die Wahrheit. Schätzungsweise wirst du mir jetzt ein paar Dinge auftischen, die ich sowieso irgendwann erfahren hätte, und du schämst dich in Grund und Boden, weil du mir etwas vorenthalten hast. War das der Grund, warum du dich heute Mittag gegen ein gemeinsames Essen gesträubt hast?«

»Hm.« Peter Brandt sah zu Boden, denn Elvira hatte ihn offenbar vollkommen durchschaut. Den beruflichen Scharfsinn und ihre Schlagfertigkeit, die er, als er sie vor einigen Jahren kennengelernt hatte, ehrfürchtig verabscheut und nicht selten sogar inniglich gehasst hatte, legte die Staatsanwältin nur selten ab.

»Wir können wohl beide nicht aus unserer Haut, wie?«, fragte er.

»Das stimmt wohl. Erinnerst du dich an diese Fernsehserie? Oh Gott, das ist schon eine halbe Ewigkeit her. *Die Staatsanwältin und der Cop* hieß die, glaube ich.«

»Nein, da klingelt nichts«, erwiderte Brandt.

»Es ging um eine taubstumme Staatsanwältin, und den Polizisten hat der Darsteller gespielt, der heute der Chefermittler bei Navy CIS ist. Aber egal«, sie winkte ab, »ist nicht so wichtig. Du wolltest mir etwas erzählen, oder soll ich beichten sagen?«

»Nein, nein«, entgegnete Peter, durch Elviras Haltung wieder etwas selbstsicherer geworden. »Wie du bereits gesagt hast, wir stecken nun mal in unserer Haut. Du warst lange Anwältin und ich noch viel länger Kommissar, bevor wir uns, hm, ineinander verliebt haben.«

»Ja, und schon vom ersten Tag an hast du mir bei jeder Gelegenheit relevante Informationen vorenthalten«, warf Elvira ein und setzte grinsend hinzu: »Warum sollte das also heute anders sein? Und jetzt rück schon raus damit, denn ich schätze, du bist nur die Vorhut von dem, was Frau Durant uns morgen früh bei der Besprechung offerieren wird.«

»Ja, aber ich habe sie explizit darum gebeten, dich vorab informieren zu dürfen. Da ich dir bedingungslos vertraue, hätte ich das gleich von Anfang an tun sollen.«

»Dann raus damit«, sagte Elvira und deutete auf die Weinflasche. »Ich möchte die gerne noch leeren und wenigstens für acht Stunden den Job außen vor lassen, okay?«

Brandt berichtete ihr von Greulich, nicht ohne dabei zu erwähnen, was damals vorgefallen war und dass ihr Verhältnis nicht das allerbeste war. Er kam auf Chris Leander zu sprechen und darauf, dass er ein ehemaliger Kollege im Präsidium war, aber längst den Job an den Nagel gehängt hatte. So zumindest war Brandts Stand der Dinge.

»Wenn er nicht mehr im offiziellen Polizeidienst ist, verdient er seine Brötchen etwa ausschließlich durch Informantentätigkeit?«, erkundigte sich Elvira ungläubig.

»Das habe ich leider nicht in Erfahrung bringen können. Er hat seinen Dienst vor Jahren quittiert, eine persönliche Geschichte, aber das steht auf einem anderen Blatt. Was seither geschehen ist, darüber konnte oder wollte mir niemand etwas sagen, weder Ewald vom Rauschgiftdezernat noch sonst wer. Ich glaube, die wissen das selbst nicht so genau, möchten ihr Unvermögen aber nicht preisgeben. An das LKA wollte ich mich nicht ohne Rücksprache wenden, denn ich habe ihm ja Stillschweigen zugesichert.«

»Gut, das leiern wir morgen früh einmal an. Ich nehme das in die Hand, denn dass ich mich als Staatsanwältin bei der Landespolizei erkundige, ob es V-Männer in der Szene meines Bezirks gibt, ist bei zwei Toten völlig legitim. War das schon alles?«

»Nein. Lutz Wehner ist inhaftiert wegen des Mordes an Grabowski. Chris forderte uns recht unverblümt auf, Wehner auch das Tötungsdelikt an Kohlberger anzulasten, und hat uns im selben Atemzug ein paar Personen genannt, die wir nicht behelligen sollen. Er begründet das damit, dass nur auf diesem Weg ein offener Krieg zwischen den Offenbachern und den Frankfurtern vermeidbar sei.«

»Das alte Lied«, stöhnte die Staatsanwältin und verdrehte die Augen. »Frankfurt gegen Offenbach, und wenn es nicht die Polizeipräsidien oder unsere Fußballfans sind, dann auch noch die Motorradgangs. Ich halt's nicht aus.«

»Was kann ich dafür?«, verteidigte sich Brandt. »Ich gieße schließlich kein Öl ins Feuer.«

»Ja, sorry, war nicht so gemeint. Was hältst du denn von diesem Chris? Ist er glaubwürdig?«

»Als Exkollege schon irgendwie«, antwortete Brandt und rieb sich erneut das Kinn. »Es ist jedenfalls plausibel, dass er Angst vor dem Auffliegen hat, denn Polizisten und Biker vertragen sich nicht. Das steht angeblich sogar in den Statuten jeder Motorradgang, die etwas auf sich hält. Keine Bullen im Club. Na, zumindest bei denen, die gegen die gesellschaftlichen Normen rebellieren wollen.«

»Du hast eifrig recherchiert, wie ich sehe.«

»Was bleibt mir anderes übrig? Aber ich möchte mich nicht mit fremden Federn schmücken. Dieter Greulich verfügt über profunde Kenntnisse, das muss der Neid ihm lassen.«

»Stimmt, ich kenne ihn zwar nicht gut, aber seit Jahren kommen immer mal wieder kleinere Erfolge aus dem Sitten- und Rauschgiftdezernat gegen diese Outlaw-Typen. Leider trifft es dabei stets nur die kleinen Handlanger«, seufzte Elvira und zuckte resigniert die Schultern.

»Summa summarum haben wir dem Club in den letzten fünfzehn Jahren keinen nennenswerten Schaden zugefügt«, bestätigte Brandt zerknirscht, »deshalb bin ich ja auch geneigt, zunächst einmal Leanders Rat zu folgen. Vorläufig, versteht sich, denn ich will natürlich am Ende alle Täter hinter Gittern haben. Was meinst du dazu?«

»Wie gesagt, ich werde mich mit dem LKA in Verbindung setzen und mal hören, was bei denen läuft. Es gab weiß Gott genügend Vorfälle im Rhein-Main-Gebiet, in die Ermittler aus Wiesbaden involviert waren. Leider haben sie sich nicht gerade mit Ruhm bekleckert, von daher könnte es schwierig werden, auf allzu euphorische Kooperationsbereitschaft zu stoßen. Aber das lass mal meine Sorge sein.«

Elvira zwinkerte spitzbübisch, nippte an ihrem Weinglas und stellte es auf den Tisch. Peter schenkte zuerst ihr, dann sich selbst noch etwas ein. Er überlegte einige Sekunden lang mit zusammengekniffenen Augen und sagte dann: »Es besteht natürlich die Möglichkeit, dass Wehner die beiden Morde tatsächlich begangen hat. Selbst wenn nicht, könnte es sich als taktisch sinnvoll erweisen, einen zweiten Mörder in Sicherheit zu wähnen. Okay«, schloss er und nickte heftig, »dann lass uns sehen, was die Besprechung morgen früh ergibt.«

»Treffen wir uns in Frankfurt?«, vergewisserte die Staatsanwältin sich.

»Ja, wo sonst. Die bewegen sich doch niemals freiwillig nach Offenbach«, sagte Peter, meinte es jedoch weitaus weniger ernst, als er klang.

»Oh, du Armer«, lachte Elvira, »meinst du wirklich, dass die Kommissare allesamt einen Groll gegen Offenbach hegen? Von wie vielen des K 11 sprechen wir denn?«

»Mal sehen, außer Durant sind es Berger, Hellmer, Kullmer, Seidel und Kaufmann ... ein halbes Dutzend«, zählte Peter schnell auf, grinste und fügte hinzu: »Ich hatte es aber nicht so gemeint. Es wäre tatsächlich logistisch etwas unpassend, wenn ich mir sechs Beamte ins Präsidium kommen lasse, während ich mutterseelenallein bin.« Mitten im Satz hatten Brandts Worte ihre Beschwingtheit verloren und einen melancholischen Klang bekommen.

»Du denkst an Nicole, hm?«, wisperte Elvira, und Peter spürte ihre Hand in seinem Nacken.

»Ja«, flüsterte er und nickte langsam.

»Es tut immer noch sehr weh, oder?«

»Hm. Bernhard drängt mich, mir einen neuen Partner zu suchen. Wir haben ein paar gute Kollegen, aber er meint jemand ganz Neues. Unsere Abteilung ist ohnehin schon knapp besetzt.«

»Ist doch gut, dass er dich mitreden lässt«, erwiderte Elvira. »Sieh es mal von der Seite, denn das läuft andernorts selten so.«

»Ja, du hast wohl recht.« Peter seufzte. »Aber das hat Zeit bis nach dem Fall, und vor allem bis nach dieser Flasche«, fügte er hinzu und schwenkte den Rotwein am Flaschenhals auffordernd hin und her.

»Hör auf zu schütteln«, lachte Elvira. »Wenn das dein Vater wüsste!«

»Ich verrat's ihm nicht«, gab Peter zurück.

»Ich auch nicht.«

»Und du bist mir nicht böse oder enttäuscht, weil ich dir heute Mittag nicht alles erzählt habe?«

»Warum sollte ich? Erstens hast du es ja nun ausgeplaudert, und zweitens war es unglaublich süß, wie du dich vorher deshalb gewunden hast. Das entschädigt für alles«, sagte Elvira lachend und knuffte ihn in die Seite.

»Hauptsache, du hattest deinen Spaß«, erwiderte Peter lapidar.

»Nein, so meine ich das doch nicht. Aber nur weil wir

jetzt miteinander gehen, bedeutet das doch nicht, dass wir unsere Professionalität über Bord werfen müssen. Sag«, sie kratzte sich am Kopf, »hatten wir dieses Gespräch nicht längst hinter uns gebracht?«

»Manchmal muss man Dinge eben wiederholen«, schmunzelte Brandt, »und sag: Wie hast du das eben bezeichnet? Miteinander gehen?« Er lachte glucksend.

»Ja, wieso nicht?«

»Das habe ich seit meiner Schulzeit nicht mehr gehört.«

»Die liegt bei mir ja weitaus weniger lang zurück als bei dir«, stichelte Elvira und schmiegte sich an ihn. »Es ist schon ein Kreuz mit euch alten Kerlen.« Und bevor Peter protestieren konnte, drückte sie ihm einen langen, intensiven Kuss auf die Lippen. Der Duft ihres Haares stieg ihm wohlig in die Nase, und er spürte, wie Elviras Hand sich den Weg von der Brust hinab in Richtung Bauch bahnte.

Bloß nicht anhalten, schoss es ihm durch den Kopf, und er spannte die Bauchdecke an, denn Peter Brandt schämte sich dafür, dass er sich im Gegensatz zu seiner Herzensdame, die er über alles liebte, einfach nicht in Form bekam. Zugegeben, er versuchte es mittlerweile wenigstens wieder, hatte das Phlegma durchbrochen, gegen das er seit der Trennung von Andrea ohne Aussicht auf Erfolg angekämpft hatte. Doch der Job und das Privatleben gestatteten ihm nicht, die notwendige Menge Sport zu treiben, die sein Körper brauchte, um das überschüssige Fett zu verbrennen, das sich an den Hüften und im Gesicht festgesetzt hatte. Elvira Klein hingegen war gerade vierzig Jahre alt und konnte es rein optisch locker mit so mancher Frau Anfang dreißig aufnehmen. Sie schien ihren Körper absolut unter

Kontrolle zu haben. Doch konnte es eine bessere Motivation geben als eine solche Partnerin, um die es sich bis zum letzten Atemzug zu kämpfen lohnte? Du bleibst am Ball, schwor sich Peter verbissen, und wenn es nur fünf Kilo werden, aber du bekommst das irgendwie hin. Bevor er im nächsten Gedankengang darüber sinnieren konnte, wie utopisch doch fünf Kilo waren, spürte er Elviras Hand über seinen Hosenbund gleiten, und sie hauchte ihm ins Ohr: »Michelle?«

»Unterwegs«, presste er erregt hervor. »Kann spät werden.«

Ein gutturales Glucksen drang aus Elviras Kehle. Sie liebten sich, und für eine Weile verschwanden sämtliche Sorgen und trübsinnigen Gedanken aus Brandts Kopf. Das Liebesspiel dauerte nicht lang, aber umso intensiver waren die Momente, in denen sie miteinander verbunden waren und den anderen innig spürten, mit ihm verschmolzen, als könne nichts auf der Welt sie jemals wieder trennen. Danach lagen sie noch einige Minuten beieinander, bis das Sofa ihnen zu unbequem wurde und sie sich ins Schlafzimmer begaben. Eng umschlungen legten sie sich hin. Wie so oft schlummerte Elvira längst, als Peter noch dem gleichmäßigen Rhythmus ihres Atems lauschte. Er zwang sich dazu, keine belastenden Gedanken aufkommen zu lassen, und versuchte, seinen Brustkorb in derselben Frequenz zu heben und zu senken, wie Elvira es tat. Bald darauf schlief auch er.

DIENSTAG, 20:02 UHR

»Störe ich dich gerade bei irgendetwas?«, erkundigte Julia Durant sich schuldbewusst, denn sie hatte das Telefon lange läuten lassen, dabei legte sie normalerweise bereits nach vier, maximal fünf Freizeichen auf. Es rauschte leise in der Leitung, doch dann übertönte Alina Cornelius' angenehm helle Stimme die Störgeräusche.

»Nein, überhaupt nicht«, erwiderte sie freundlich, »du hast mich nur aus dem Bad geholt. Hätte ich den Föhn noch angehabt, hättest du wohl Pech gehabt. Hast du es schon mal probiert?«

»Nein.«

Julia war in gewisser Weise erleichtert, dass ihrer Freundin das penetrante Klingeln nicht aufgefallen war. Alina Cornelius hatte Julia vor sechs Jahren im Verlauf einer Ermittlung kennengelernt. Sie war einige Jahre jünger als die Kommissarin und unterhielt eine florierende psychologische Praxis, was damit zusammenhängen mochte, dass in diesem neuen, hektischen Jahrtausend beinahe jedermann einen Supervisor, Coach, Lebensberater oder Therapeuten zu brauchen schien. Und die Personen, die es wirklich nötig hätten, gingen meistens nicht hin, ahnte Julia. Nach ihrem Telefonat mit Dr. Kühne wollte sie unbedingt einige Punkte geklärt wissen, wobei sie wenig Lust auf ein weiteres Gespräch mit zwischen Schulter und Ohr geklemmtem Apparat hatte, zumal Alina nur einen Steinwurf von ihr entfernt wohnte.

»Wenn du gerade aus dem Bad kommst, steht dir der Sinn vermutlich nicht mehr nach einem spontanen Treffen, wie?«, fragte sie freiheraus.

»Um ehrlich zu sein, fühle ich mich ziemlich gerädert. Sonst immer gerne, das weißt du ja. Ich schätze, ich brüte etwas aus. Mir fehlt gerade jedes Quentchen Elan«, seufzte sie. Oh, das kann ich dir nachfühlen, hätte Julia am liebsten geantwortet, doch sie sagte nur: »Herrje, dann wünsche ich dir, dass es glimpflich vonstattengeht. Ich wollte dich auch nicht überfallen ...«

»Schon okay, es ist ja kein Weltuntergang. Gibt es denn einen bestimmten Grund für deinen Überfall, wie du es nennst, oder hast du nur Sehnsucht nach einer eleganten, gutaussehenden Begleiterin?« Alina klang entspannt und unbeschwert, man hörte ihr nicht an, dass etwas nicht in Ordnung war. Ob das bei mir auch so ist?, fragte sich Julia insgeheim.

»Ich hätte Lust auf ein wenig Gesellschaft gehabt, aber wie so oft wäre auch eine dienstliche Komponente dabei gewesen«, gestand sie ehrlich, »die ich lieber mit dir als mit unseren Kollegen aus dem Präsidium besprochen hätte. Nichts gegen die Polizeipsychologen, aber bei dir bin ich mir einfach sicher, dass du mich sofort verstehst.«

»Der Weg des geringsten Widerstands, ich verstehe dich besser, als dir lieb ist«, scherzte Alina. »Höchste Zeit, dass du dich mal wieder bei mir auf die Couch legst, ich hänge dir zuliebe das Porträt von Dr. Freud auf.«

Sie lachten beide, dann fuhr die Psychologin ernst fort: »Okay, zurück zum Geschäftlichen. Wo drückt der Schuh?«

»Ich möchte dich nicht überstrapazieren«, zögerte Julia.

»Tust du nicht. Die Tagesschau ist jetzt ohnehin vorbei, und im Anschluss läuft nur Mist. Also können wir auch ein Weilchen reden, vielleicht reicht es ja auch noch für ein wenig Tratsch.«

»Hm, okay. Ich wollte zuerst dich fragen, bevor ich morgen früh mit Halbwissen aus dem Internet in die Befragung gehe.«

»Eine überaus weise Entscheidung«, kommentierte Alina.

»Danke. Es geht um eine Person mit manisch-depressiver Erkrankung, zumindest wird das vermutet, und, was wohl wichtiger ist, mit einer Borderline-Störung.«

»Oha«, reagierte Alina, deren Aufmerksamkeit sofort geweckt war. »Beides bei einer Person? Wer hat diese Diagnose denn gestellt?«

»Es ist mehr eine Vermutung«, stellte Julia rasch klar, »sie stammt von einem Gynäkologen. Aber er hat das nicht in seiner Eigenschaft als behandelnder Arzt geäußert.«

»Sondern?«

»Nennen wir es Fach- und Menschenkenntnis«, erklärte Julia. »Er hat sich einerseits wohl mit der Diagnostik auseinandergesetzt, und zum anderen war er einige Zeit mit ihr verheiratet.«

»Mit seiner Patientin?« Alina klang erstaunt. »Na gut, das ist sekundär, aber er kennt sie demnach recht gut, will man meinen. Das ist wichtig zu wissen, denn bei beiden Krankheitsbildern handelt es sich um völlig verschiedene, aber in zahlreichen Symptomen auch deckungsgleiche Störungen. Die zaubert man nicht einfach mal so aus dem Hut. Vor allem bei der Diagnose Borderline bin ich etwas empfindlich, weil sie sehr häufig wie eine Schublade verwendet wird, in die man eine Patientin einordnen kann, wenn sie bestimmte Verhaltensweisen an den Tag legt.«

»Kannst du mir das noch ein bisschen näher erläutern?«, fragte Julia, »ich erzähle dir später, falls nötig, noch weitere Details.«

»In Ordnung. Fangen wir zunächst damit an, dass Borderline eine typische Modediagnose für junge Mädchen ist, leider«, seufzte Alina. »So wie ADS bei Kindern. Deshalb läuten bei mir immer die Alarmglocken, wenn jemand damit kommt. Dem gegenüber steht die manisch-depressive Erkrankung, also eine bipolare Störung. Extreme Stimmungsschwankungen in scheinbar willkürlichen Rhythmen. Himmelhoch jauchzend und zu Tode betrübt, kennst du dieses geflügelte Wort?«

»Ja klar, von *Pur*«, antwortete Julia schnell, »aber es ist ursprünglich von Goethe.«

»Wow, Kompliment.«

»Na hör mal, immerhin ist Frankfurt Goethes Heimatstadt«, setzte Julia nach, »aber ich wusste das schon in der Oberstufe, um ehrlich zu sein. Keine Ahnung, warum ich's mir behalten habe.«

»Jedenfalls gibt es kaum eine bessere Umschreibung«, fuhr Alina fort. »Weder der Patient und schon gar nicht dessen Umfeld können sich erklären, woher die plötzlichen Stimmungswechsel kommen und weshalb man, obwohl man doch gerade noch die verrücktesten Pläne im Kopf hatte, nun am liebsten sterben möchte. Extrem ausgedrückt, aber so nimmt das die Umwelt eines solchen Menschen oftmals wahr. Gesteigerter Antrieb, gehobene Stimmung, überhöhte Kommunikation werden ganz plötzlich von völliger Abkapselung abgelöst. Das Dramatische dabei ist, dass Manisch-Depressive in ihren Hochs dazu neigen, Dinge ins Rollen zu bringen, denen sie in einem Tief nicht mehr gewachsen sind. Medikamente können da helfen, zeigen aber auch, was das Problem bei bipolaren Störungen ist:

Geht es einem gut, setzt man die Tabletten ab, weil man sich ja übermächtig und gesund fühlt. Der Wirkstoffspiegel sinkt, und wenn das Tief vor der Tür steht, sind die Reserven verbraucht, und es nimmt einen noch mehr mit. Hat deine Kollegin nicht auch mit solchen Erfahrungen zu kämpfen?«

»Sabine?« Julia erinnerte sich, dass Sabine Kaufmann vor einiger Zeit mit Alina in Kontakt getreten war. »Ja, richtig.«

»Sie hat mir erzählt, dass sie dich informiert hat, aber das nur am Rande. Fakt ist, dass die auffälligen Verhaltensmuster bei einer bipolaren Störung denen einer Borderline-Störung ähnlich sein können. Ohne die Patientin persönlich kennengelernt zu haben und eine eingehende Diagnostik würde ich mich niemals festlegen. Der Grund, warum das trotzdem immer wieder so leichthin getan wird, ist, dass die unvorhersehbaren, launen- oder sprunghaften Verhaltensweisen für Borderline ebenfalls charakteristisch sind. Erzähl mir doch einmal bitte von der Frau.«

Julia fasste zusammen, wie sie Marion Kühne wahrgenommen hatte und was sie über ihre Vergangenheit erfahren hatte, ohne ihren Namen oder den Kontext des Falles zu erwähnen. Als sie mit ihrer Beschreibung geendet hatte, dauerte es einen Augenblick, bis die Psychologin antwortete.

»Hm«, räusperte Alina sich schließlich, »das ist eine ungute Verkettung. Nichts Ungewöhnliches, leider, aber diese Symbiose scheint krankhafte Dimensionen zu haben. Dazu kommt, dass sie ein Familienmitglied verloren hat. Du hast gesagt, die Frau habe den Tod ihres Bruders einigermaßen gefasst hingenommen, ihn aber bei eurem ersten Besuch noch geleugnet.«

»Richtig. Sie hat sich an den Strohhalm geklammert, dass es ja nicht sein Körper sein müsse, den wir gefunden haben. Er war ... ziemlich entstellt.«

»Ich frage nicht, keine Sorge«, sagte Alina, und Julia meinte, ihr Grinsen durch die Leitung zu hören. Beinahe hätte sie sich verraten, hätte sie von einer Brandleiche gesprochen oder das Motorrad erwähnt. Letztlich wäre dies auch nicht dramatisch, denn die Kommissarin vertraute ihrer Freundin bedingungslos, aber es gab nicht ohne Grund klare Grenzen und Richtlinien.

»Danke.«

»Sie hat sich also, solange es ging, durch Leugnen geschützt und sich falsche Hoffnungen gemacht, womöglich, um sich der Last der Wahrheit nicht zu stellen. Das ist allerdings ein Verhalten, welches man auch als normale Selbstschutzfunktion bezeichnen kann. Wie war das mit der Krankmeldung? Sie sagte, sie leide unter Depressionen? Ist sie deshalb zu Hause? Nimmt sie Medikamente?

»Ja, korrekt.«

»Nun ja, es könnte durchaus eine depressive Phase sein, in der sie sich befindet. Etwas Manisches sehe ich da aber noch nicht. Weiter. Sie hat diesem Jugendfreund, wie du ihn nanntest, ein Alibi gegeben, obwohl sie vorher ausgesagt hat, alleine gewesen zu sein?«

»Hm.«

»Das heißt, sie könnte für ihn lügen. Und sie hat sich scheiden lassen, weil sie von ebendiesem Typen nicht losgekommen ist?«

»Das zumindest behauptet der Exmann.«

»Nun, also nach allem, was du mir erzählt hast, und wenn

die Dinge tatsächlich so liegen, wie der Ex behauptet, kann ich zumindest verstehen, weshalb sein Verdacht auf Borderline fiel. Ob das jedoch tatsächlich zutrifft, kann ich nicht beurteilen. Borderline diagnostiziert man sich auch nicht selbst, beziehungsweise man nimmt sich nicht selbst als krankhaft gestörte Persönlichkeit wahr. Depression hingegen ist eine Volkskrankheit mit zunehmender sozialer Akzeptanz. Damit gehen Betroffene eher offen um, natürlich besteht auch hier eventuell ein gesteigerter Hang, sich an eine dominante Persönlichkeit zu binden. Doch bei den Bindungsverlusten im Kindes- und Jugendalter und der Erfahrung von sexueller Gewalt tendiere ich im Zweifelsfall zu BP. Hast du Akteneinsicht in die Unterlagen der Jugendhilfe?«

»Nein, das ist ja schon Ewigkeiten her«, gestand Julia ein. »Außerdem habe ich die meisten Dinge gerade erst erfahren. Wir sollten das aber ins Auge fassen.«

»Ja, vielleicht gibt es dort aufschlussreiche Informationen, ist nur so eine Idee. Der sexuelle Übergriff mit siebzehn muss ja nicht der erste gewesen sein. Mir fällt gerade noch etwas ein, was die Sache vielleicht etwas mehr abrundet. Moment.« Es raschelte im Hintergrund, dann sprach Alina weiter, offensichtlich zitierte sie eine Textpassage: »Borderline-Patienten hassen sich selbst und andere zugleich, während sie sich in ihrem Kern nach Liebe, Zuwendung und Anerkennung sehnen.«

»Klingt zutreffend«, murmelte Julia. »Vielleicht erklärt das auch, warum sie in einem sozialen Beruf arbeitet.«

»Unbedingt! Leider sind Sozialberufe ein Sammelbecken für junge Menschen mit eigenen Sozialisationsschwierigkeiten. Sie möchten anderen gegenüber die Dinge besser machen, die bei ihnen selbst schiefgelaufen sind, doch diese Art der Selbsttherapie funktioniert leider nicht immer.«

»Für morgen früh steht eine weitere Befragung dieser Frau an«, sagte Julia zögernd. »Ihr Freund ist inhaftiert, das dürfte sie doch beeinflussen. Wie soll ich deiner Meinung nach damit umgehen?«

»Fass sie nicht mit Glacéhandschuhen an, denn das würde sie dir nicht abkaufen. Sei du selbst, also bleib in der Rolle der Ermittlerin, die sich primär für den Fall interessiert und nicht für das Seelenheil der Menschen. Das klingt pathetisch, aber ganz gleich, welche Symptome sie nun hat, solche Menschen sind hochgradig sensibel. Wenn ihr euch einigermaßen sicher seid, dass dieser Jugendfreund seine nächsten Jahre im Kittchen verbringen wird, solltest du diese Karte ruhig ausspielen.«

»Und dann?«, fragte Julia, die noch nicht ganz überzeugt davon war, warum sich das als eine sinnvolle Strategie erweisen sollte.

»Sieh es einmal so: Sie ist krankhaft an diesen Mann gebunden, obwohl sie es in ihren guten Phasen überhaupt nicht will. Aber sie braucht ihn, um sich Bestätigung zu holen. Es ist wie Drogensucht, in vielen Bereichen zumindest. Sobald du ihr diesen Zwang durch höhere Gewalt wegnimmst, nämlich die Staatsgewalt, die ihn einbuchtet, wird sie nach der neu gewonnenen Freiheit greifen.«

»Hm, das hat ja sogar schon einmal geklappt«, murmelte die Kommissarin. »Das erste Mal, als der Typ im Gefängnis gesessen hat, heiratete sie prompt. Leider war beides nicht von Dauer.«

»Umso glaubhafter muss es also jetzt sein«, betonte Alina, »denn solange sie davon überzeugt ist, dass ihr Retter und Feind, was dieser Mann ja gleichermaßen verkörpert, wiederkehren könnte, kann sie sich von ihren Zwängen nicht befreien. Das wahre Gefängnis ist ihre Seele, die es verlernt hat, auf eigenen Füßen zu stehen, vergiss das nicht.«

»Das klingt, als könne es funktionieren, auch wenn es natürlich ein Risiko ist. Aber ich denke da noch an eine weitere Möglichkeit«, gab Julia zu bedenken. »Scheidet die Frau selbst für dich als Verdächtige aus?«

»Als Mordverdächtige? Tendenziell schon«, kam es zögerlich, »wobei sich das nun wirklich nicht am Telefon beurteilen lässt. Ist sie denn tatverdächtig?«

»Immerhin fehlt ihr für beide Abende ein Alibi. Mein Gefühl sagt mir zwar etwas anderes, aber ich habe es so verstanden, dass Menschen in einer Manie dazu neigen, Dinge zu tun, die ihnen im Normalfall niemand zutrauen würde. Oder anders gesagt: Es könnte ja auch Kalkül sein. Auch wenn das zugegebenerweise recht vage ist, denn mir erschließt sich noch kein Motiv. Ich muss nur alle Richtungen prüfen.«

»Diese Möglichkeit kannst du getrost hintanstellen, denke ich. Wenn sie tatsächlich in einer depressiven Phase ist, könnte sie jedenfalls kaum manische Handlungen vollziehen, denn dann wäre sie vom ganz normalen Alltag bereits hinlänglich überfordert. Und das Hin- und Herschalten kann ein Mensch nicht steuern, das ist ja das Teuflische an dieser Erkrankung. Depressive Personen fügen sich eher selbst Schaden zu, weil sie ihrer Verzweiflung nicht mehr gewachsen sind. Dasselbe postuliere ich übrigens auch für den Fall, dass sie am Borderline-Syndrom leidet. Der Hass auf sich selbst treibt diese Menschen an, nicht der Hass auf andere.«

»Klingt einleuchtend, wobei ich es trotzdem nicht gänzlich außer Acht lassen darf«, sagte die Kommissarin.

»Schau mal auf ihre Unterarme«, riet Alina. »Vielleicht entdeckst du alte Narben vom Ritzen. Sie können überall sein, von Handgelenk bis Armbeuge. Nur so eine Idee. Ich nenne das gerne Borderline-Stigmata.«

»Wie bitte?«

»Ach, weil viele junge Mädchen sich diese Selbstverletzungen zufügen und von vorschnellen Kollegen, leider in der Regel von Männern, in die Borderline-Schublade gesteckt werden«, seufzte Alina.

»Aber irgendetwas stimmt ja trotzdem nicht mit ihnen«, warf Julia ein, »also besser, als es zu ignorieren, oder?«

»Mag sein. Aber Borderline ist eben keine klinische Erkrankung, eine manische Depression hingegen schon. Früh genug erkannt, kann man Jugendliche auf Medikamente einstellen und die Symptome abfangen. Es sind natürlich Hammermedikamente, aber wenn man die Lebensqualität dagegen aufwiegt, die durch eine Ausgeglichenheit der extremen Phasen erreicht werden kann ... Nun ja, das führt jetzt aber wirklich zu weit.«

»Ich finde es hochinteressant, zumal ich noch immer nicht ganz verstehen kann, warum diese Frau mir gestern noch zu verstehen gab, sie habe Depressionen, aber dann im gleichen Atemzug ein offensichtlich falsches Alibi strickt.«

»Das ist ja diese teuflische Ambivalenz«, erwiderte Alina, »die sich offenbar jeder Logik entzieht. Glaub mir, der Umgang mit Manisch-Depressiven, aber noch mehr mit Borderlinern, ist zermürbend. Sie hat dich ein Stück weit in ihr Leben blicken lassen, weil es ihr in den Kram passte. Morgen früh schlägt sie die Hand, die du ihr entgegenstreckst, möglicherweise schallend zurück. Von daher rate ich dir, bleib bei der Strategie, die wir besprochen haben. Wenn sie tatsächlich am Boden ist, wird sie den Strohhalm greifen und nicht mehr loslassen. Das ist eure Chance. Aber gleichzeitig wird sie dich zutiefst hassen, weil du ihre symbiotische Beziehung zerstörst.«

»Danke für die Vorwarnung«, sagte die Kommissarin, stieß den Atem aus, den sie gespannt angehalten hatte, und fügte hinzu: »Aber sie wird jetzt nicht ausrasten oder Amok laufen, oder?«

»Nein, wohl kaum. Ein hysterischer Anfall ist das Schlimmste, was passieren dürfte, danach bleibt nicht viel mehr als ein Häufchen Elend übrig«, beschwichtigte Alina sie. »Achte aber bloß darauf, dass sie sich hinterher nichts antun kann. Selbstgefährdung ist sowohl bei BS als auch bei MD weitaus wahrscheinlicher als die Gefährdung Dritter.«

»Und es gibt tatsächlich Menschen, die ihren Lebensunterhalt damit verdienen, solche Patienten tagtäglich zu behandeln?«, murmelte Julia und kratzte sich zweifelnd am Kopf.

»Mehr, als du denkst«, lachte Alina, »außerdem sind ja nicht alle so extrem. Abgesehen davon solltest du bei deinem Job mal ganz leise sein. Wer möchte sich schon tagein, tagaus mit Mördern herumschlagen?«

»Touché«, gestand Julia ein. »Danke für deinen Rat.«

»Immer gerne, ruf mich also wieder an, wenn du für den

Fall noch weitere Infos brauchst. Und verweise die Frau bitte unbedingt an einen professionellen Kollegen oder, noch besser, an eine Kollegin. Nicht dass ich etwas gegen Männer hätte«, sie gluckste leise und kicherte, »aber, na ja, du weißt schon.«

Auch Julia musste unwillkürlich schmunzeln, denn sie verstand nur allzu gut, worauf ihre Freundin anspielte. Alina Cornelius hatte sich vor Jahren für das weibliche Geschlecht entschieden, wenn es um die Wahl ihrer Sexualpartner ging. Sie trug diese Vorliebe nicht zur Schau, im Gegenteil. Alina wusste durchaus, wie sie sich Männern gegenüber zu verhalten hatte, denn nur wenige ihrer Patienten hätte sie wohl als Therapeutin akzeptiert, wenn sie nicht insgeheim ihre erotischen Phantasien bilden konnten. Ein völlig normaler Vorgang, was man als Therapeutin wissen und akzeptieren musste, und dieser sensible intime Prozess durfte auch nicht durch Zurückweisung gestört werden. »Psychotherapeutische Prozesse gehen nur selten ohne eine Phase vonstatten, in der ein Patient seinen Psychologen nicht vergöttert«, hatte Alina einmal erklärt. »Und je nach Symptomatik muss man diese Phase stillschweigend aussitzen oder bei Bedarf gegensteuern. Aber niemals so stark, dass der Patient sich abgewiesen oder durchschaut fühlt, denn dann macht er sofort wieder dicht.«

»So betrachtet bekommt die Psychologie für mich einen ziemlich sexistischen Beigeschmack«, hatte Julia daraufhin gesagt.

»Zum Teil ist es ja auch so, wobei man die Psychoanalyse und die Psychologie an sich nicht verwechseln darf. Jedes Verhältnis von Ärzten und Patienten ist von ungleicher

Machtstruktur, aber unser ganzes Leben ist nach diesem Muster gestrickt. Schule, Beruf, Familie – überall. Unser Problem ist, dass wir es mit labilen Persönlichkeiten zu tun haben. Es ist ein doppelt ungleiches Spiel, und deshalb hat ein Therapeut auch diese übermäßige Macht gegenüber seiner Klientel. Mit dieser Verantwortung sollte man entsprechend umgehen. Und wegen dem Sexismus, nun ja, abgesehen davon, dass Sigmund Freuds Theorien fast ausschließlich auf der Arbeit mit jungen, attraktiven Frauen basieren, wirf einmal ein Blick in seine Texte. Das stößt bitter auf, wenn man in dieser Richtung empfindlich ist. Aber andererseits findet man dort eben auch eine Menge äußerst brauchbarer Ansätze.«

Nach dem Telefonat machte Julia Durant sich noch einige Notizen, bevor sie sich ihrer Müdigkeit bewusst wurde. Daraufhin stand sie auf, ging ins Bad, wusch sich, putzte sich die Zähne und registrierte mit einem kraftlosen Seufzer, dass sie dringend eine Maschine Buntwäsche anstellen musste. Doch morgen war auch noch ein Tag.

Im Bett begannen all jene Gedanken, die sie nicht mehr hatte niederschreiben können, in ihrem Kopf zu rotieren wie ein immer schneller werdendes Karussell. Keuchend und in kurzen Stößen atmend lag sie mit geschlossenen Augen da und sehnte sich danach, endlich einzuschlafen. Ihre Hand wanderte hinab auf ihren Solarplexus, und sie zwang ihre Atmung hinab in den Bauch. Bebend hob sich das Zwerchfell unter ihrer Linken, senkte sich wieder, der zweite Versuch gelang ihr bereits etwas gleichmäßiger.

Du hättest mit Alina über deine Wechseljahre sprechen

sollen, rügte sie sich und überlegte, ob sie noch einmal aufstehen und zum Telefon greifen sollte. Doch insgeheim war Julia längst klar, dass sich ihre Kurzatmigkeit, die Hitze und jene beklemmende Enge in ihrem Brustkorb nicht mit dem Alter begründen ließen. Du hast eine Panikattacke, meine Liebe, sagte sie sich, und das hast du dir selbst zuzuschreiben. Viel zu lange frisst du schon wieder alles in dich hinein und schaltest zwischen Frankfurt und München hin und her, als gäbe es nichts Einfacheres als das. Und stets gute Miene zum bösen Spiel, Julia Durant, die Unantastbare, die Kaltschnäuzige, die Hypermega-Kommissarin, der niemand an den Karren fahren darf. Scheiße.

Als Julia sich endlich so weit beruhigt hatte, dass sie einschlafen konnte, war es längst Mitternacht, und selbst dann war ihr Schlaf nur oberflächlich und von mehreren Wachphasen unterbrochen.

MITTWOCH

MITTWOCH, 9:20 UHR

Julia Durant und Peter Brandt hatten sich vor Marion Kühnes Wohnung getroffen, Brandt war als Erster da gewesen und saß, die *Offenbach Post* übers Lenkrad gelegt, in seinem Alfa Romeo.

»Erster«, grinste er, als er die Kommissarin erblickte, deren toughe Art ihm durchaus gefiel, wenngleich sie ihn manchmal an eine gewisse kratzbürstige Staatsanwältin aus seiner Vergangenheit erinnerte, mit der er so häufig und verbissen aneinandergeraten war. Aber du siehst ja, wie viel mehr in einem Menschen steckt, dachte er und faltete die Zeitung zusammen.

Julia erwiderte die Begrüßung und öffnete ihrem Kollegen die Tür. Brandt klopfte sich einige Krümel von seinem Hemd, überlegte kurz, ob er seine Lederjacke anziehen sollte, ließ sie aber dann auf dem Beifahrersitz liegen. Die Morgensonne strahlte mit ganzer Kraft, wie an so vielen Tagen des Altweibersommers, der für den kühlen, verregneten Sommer zu entschädigen wusste.

Marion Kühne ließ die Kommissare stirnrunzelnd hinein, dabei fiel Julia Durant auf, dass sie sich etwas verkrampft zu bewegen schien. Als sie den Flur durchquerten, meinte die Kommissarin noch eine Veränderung zu spüren, konnte dieses Gefühl jedoch nicht festmachen.

»Frau Kühne, wir kommen erneut zu Ihnen, um über Ihre Aussage zu sprechen, die Sie bezüglich Samstag- und Sonntagnacht gemacht haben.«

Als diese nicht reagierte, fuhr Julia fort: »Vielleicht sollte ich Ihnen daher gleich zu Beginn mitteilen, dass wir gestern Abend Herrn Wehner vorläufig festgenommen haben.«

»Sie haben was?«, fragte Marion mit gepresster Stimme.

»Ich denke, Sie haben mich gut verstanden«, erwiderte Julia, schlug das eine Bein übers andere und faltete die Hände über dem Bauch. Während der folgenden unangenehmen Stille, die ihr Gegenüber nur schwer auszuhalten schien, musterte sie die Frau unentwegt. Als Marion es nicht mehr ertragen konnte, brach sie das Schweigen mit erregter Stimme.

»Und jetzt? Was passiert denn als Nächstes?«

»Interessiert es Sie nicht, weshalb wir ihn verhaftet haben?«, konterte die Kommissarin.

»Ja, doch, natürlich.«

»Er wird beschuldigt, am Tod von Herrn Grabowski beteiligt gewesen zu sein.«

»Oh Gott.« Marion legte sich die Hand vor den Mund.

»Ja, das sind schwere Anschuldigungen«, nickte Julia, »zumal er laut eigener Aussage bei Ihnen war. Haben Sie uns hierzu etwas zu sagen?«

»Nein, das heißt, ich weiß es nicht. Ich glaube, ich möchte mir erst einen Anwalt suchen.«

»Ach kommen Sie, Frau Kühne«, warf Brandt ein, »wir sind hier nicht in einer amerikanischen Krimiserie. Es ist uns gelinde gesagt ziemlich wurscht, ob Sie uns im Vorfeld etwas verschwiegen haben oder nicht, aber beziehen Sie jetzt endlich einmal Stellung. Ist er nun bei Ihnen gewesen oder nicht?«

»Kein Kommentar«, murmelte Frau Kühne trotzig.

»Wir haben einen Augenzeugen, der aussagt, Herrn Wehner am Tatort gesehen zu haben«, übernahm Julia wieder und nickte Brandt zu, »und zwar zur Tatzeit. Was glauben Sie, wie wird Herr Wehner reagieren, wenn er erfährt, dass sein vermeintliches Alibi nichts mehr wert ist?«

Sofort versteifte sich Marion Kühne und wurde bleich.

»Sie ... Sie dürfen ihm nicht sagen, dass ich seinem Alibi widersprochen habe«, stammelte sie mit panischem Gesichtsausdruck. »Denn das habe ich nicht.«

»Das brauchen Sie auch nicht, denn es gibt ja einen Zeugen«, erwiderte Brandt aufgesetzt gleichgültig. »Aussage gegen Aussage würde ich sagen, und der Zeuge hat sich bislang als sehr kooperativ erwiesen, oder, Frau Durant?«

»Zumindest verheimlicht er nichts«, nickte Julia langsam. »Na, und dann haben wir schließlich auch noch Ihren Zeugen. Das sollte die zweifelhafte Aussage des Herrn Wehner doch überstimmen, oder?«

Brandt nickte und sah, wie Marion Kühne aschfahl wurde.

»Hören Sie, Frau Kühne, ich weiß, dass Lutz Wehner ein langjähriger Freund von Ihnen ist.« Er wechselte in einen warmen, verständnisvollen Tonfall. »Korrigieren Sie mich, wenn ich das falsch verstanden habe, Sie kennen sich seit Ihrer Jugend, richtig?«

»Hm.«

»Sie möchten ihm nicht in den Rücken fallen, auch das verstehe ich. Aber Sie helfen ihm nicht, wenn Sie ihm ein falsches Alibi verschaffen. Und, um ehrlich zu sein, für Sie kann das auch rechtliche Konsequenzen haben. Ist es das wert?«

Marion Kühne kratzte sich so heftig an der Wange, dass rote Streifen entstanden, und blickte zu Boden. Nach einigen Sekunden flüsterte sie: »Sie haben doch überhaupt keine Ahnung.«

»Dann reden Sie mit uns«, beharrte Julia in einem ebenfalls sehr ruhigen, aber bestimmten Ton.

»Ich, ich weiß nicht«, murmelte Marion, und ihr Blick huschte scheu von der Kommissarin in Brandts Richtung und zurück. Julia glaubte zu verstehen und räusperte sich.

»Möchten Sie eventuell mit mir nach nebenan gehen?«

»Ja«, antwortete Frau Kühne leise und blickte verlegen zu Boden, um Brandts Blick nicht zu begegnen. Dieser erhob sich, legte eine Hand auf Julias Schulter und sagte mit gedämpfter Stimme: »Bleiben Sie nur hier, ich gehe nach unten.«

»Danke«, wisperte die Kommissarin zurück. Brandt nickte stumm in Marions Richtung, die ihren Blick wieder langsam anhob, und verließ die Wohnung.

»Nichts gegen Ihren Kollegen«, murmelte Marion, und sofort schüttelte Julia energisch den Kopf.

»Kein Problem. Er nimmt es nicht persönlich, aber bei einem Gespräch unter Frauen haben Männer nun mal nichts verloren. Glauben Sie mir, ich weiß das nur allzu gut.«

»Hm. Ein Gespräch unter Frauen?«, wiederholte Frau Kühne unentschlossen.

»Wie auch immer Sie es bezeichnen wollen. Ich habe das

Gefühl, Ihnen lastet etwas auf der Seele. Etwas, das schwerer wiegt als eine normale Depression.«

»Mag sein.«

»Oder könnte es sogar sein, dass es etwas ist, was schon vor Ihren Depressionen bestand? Ein Auslöser, der kausal verantwortlich ist für Ihre derzeitige Befindlichkeit?«

Den fragenden Blick von Marion registrierend ergänzte Julia: »Ich habe gestern mit Ihrem Exmann gesprochen, ein zweites Mal. Vielleicht hilft Ihnen diese Information, Ihre Hemmschwelle zu überwinden. Beginnen Sie einfach mit dem, was Ihnen am wichtigsten ist. Den Rest kann ich ja immer noch erfragen.«

»Was hat Alexander Ihnen erzählt?«

»Was glauben Sie denn, was er mir erzählt haben könnte?«

Marion Kühne schien sich gegen das Unausweichliche zu wehren, ihre Gesichtsmuskeln waren angespannt, ebenso die Wirbelsäule von Hals bis Becken, und ihre Arme zuckten nervös. Endlich, Julia Durant wollte gerade ansetzen, Lutz Wehners Namen erneut zu erwähnen, gab sie ihrer Anspannung nach. Sie japste nach Luft, Tränen quollen aus ihren Augen und ergossen sich über ihre Wangen, die sich sofort wieder röteten. Keuchend und schluchzend schüttelte sie immer wieder den Kopf, vergrub das Gesicht zwischendurch in den Handflächen, und endlich – Julia hätte nicht zu sagen vermocht, wie viel Zeit vergangen war – durchlief ein erlösendes Zittern ihren Körper, der in den folgenden Sekunden kraftlos in sich zusammensackte.

Die Kommissarin sah sich verzweifelt nach der Kleenex-Box um, die bei ihrem ersten Besuch noch auf dem Tisch gestanden hatte. Schließlich entdeckte sie den Karton im

Regal, stand langsam auf und huschte hinüber, während Frau Kühne ihrer Verzweiflung freien Lauf ließ. Julia musste an das Gespräch mit Alina denken. Eine solch heftige Reaktion hatte sie nicht erwartet, einen verhaltenen Ausbruch der Erleichterung vielleicht oder ein niedergeschlagenes Geständnis, aber keinen Zusammenbruch. Andererseits: Konnte man so etwas spielen? Waren Borderliner zu derart geschickter Manipulation fähig? Julia wusste es nicht.

Als sie der Frau einige Papiertücher reichte, die sie hastig aus der Öffnung gezogen hatte, blickte diese kurz auf, bedankte sich, schneuzte, erhob sich schließlich und lief ziellos im Raum hin und her. Noch immer ging ihr Atem stoßweise, Weinkrämpfe durchzuckten sie, aber ihre Tränen schienen versiegt. Julia Durant ließ sie geduldig gewähren, erst als sie hinter ihrem Rücken das Rascheln der Zigaretten und das ihr wohlbekannte Klicken eines Piezo-Feuerzeugs vernahm, entschloss sie sich, das Gespräch wieder aufzunehmen. Doch Marion Kühne war schneller.

»Er hat mich vergewaltigt.«

»Wie bitte?« Ungläubig fuhr Julia herum, ärgerte sich sogleich über ihre Reaktion, denn eigentlich hatte sie sich vorgenommen, jeder Eventualität dieser Befragung mit dem nötigen Abstand zu begegnen.

»Na, vergewaltigt. Oder wie würden Sie es nennen, wenn man Sie auf die Matratze presst und ohne zu fragen in Ihren Hintern eindringt?«

Marions Stimme hatte einen gleichgültigen Klang, der nicht zum Inhalt des Gesagten passte, manche Silben betonte sie mit einem gewissen Sarkasmus. Es schien, als wollte sie die Kommissarin provozieren. Julia musste sich eingestehen, dass sie nicht wusste, ob sie ihr glauben sollte oder nicht.

»Wer hat Ihnen das angetan?«, fragte sie daher zunächst zurückhaltend.

»Lutz, wer sonst?« Marion lachte kurz auf, ein hysterisches Gackern, dann umrundete sie das Sofa und stellte sich in Julias Sichtfeld, sog an ihrer Zigarette und pustete eine voluminöse Rauchschwade aus.

»Wann ist das passiert?«

»Vorgestern.«

»Warum haben Sie nicht ... Ach nein, ignorieren Sie das bitte«, unterbrach sich Julia rasch abwinkend.

»Warum *was?*«, fragte Marion jedoch sofort schnippisch. »Warum ich die liebe gute Polizei nicht gerufen habe? Nein, Frau Durant, das mache ich nicht noch einmal mit.«

»Sie sprechen von dem Vorfall damals mit siebzehn, richtig?« »Sie wissen davon?«

»Frau Kühne, wir sind Kriminalermittler. Natürlich wissen wir davon. Wir hatten nur beim letzten Mal keine Gelegenheit mehr, mit Ihnen darüber zu sprechen.«

»Hm.«

»Möchten Sie darüber sprechen?«

»Das ist Schnee von gestern. Längst vergessen.«

»Aber nicht vergeben, oder?«

»Wie?«

»Ihre Reaktion vorhin sagt mir das. Glauben Sie mir, ich kann Ihnen das sehr gut nachempfinden, solche Dinge kann man nicht einfach unverdaut in sich ruhen lassen. Das dringt immer wieder nach oben ...«

»Pah! Sie können gar nichts nachempfinden«, lachte Marion bitter. »Das ist eine billige Floskel, die man immer dann verwendet, wenn man nicht weiß, was man sonst sagen soll.«

»Nein«, erwiderte Julia ruhig, aber bestimmt. »Ich meine das ganz genau so, wie ich es sage.«

Ungläubig neigte ihr Gegenüber den Kopf zur Seite und musterte die Kommissarin. Es vergingen einige Sekunden, in denen sie nicht einmal ihre Zigarette zum Mund hob, dann endlich antwortete sie im Flüsterton: »Im Ernst?«

»Im Ernst«, nickte Julia, machte eine kurze Pause und fuhr dann fort: »Aber das ist eine andere Geschichte. Erzählen Sie mir Ihre, von Anfang an, wenn Sie möchten, oder nur von Montag.«

»Was gibt's da groß zu erzählen?«

»Was ist Ihnen wichtig?« Julia spürte, dass Frau Kühne sich wieder zu verschließen drohte.

»Er kam zu mir, wie immer unangemeldet, aber das war zwischen uns nie ein Problem. Wissen Sie«, Frau Kühne senkte ihre Stimme, »Lutz war mein erster Freund. Wir kennen uns schon ewig. Stimmt es, was man über die erste Liebe sagt? Ich weiß es nicht.«

»Jedenfalls sollte es nicht so ablaufen, oder?«

»Hm.«

Frau Kühne zuckte unschlüssig die Achseln, nahm wieder auf dem Sofa Platz und drehte ihren Zigarettenstummel langsam auf einem kleinen Unterteller aus, auf dem bereits einige zerdrückte Filter lagen. Dann fuhr sie fort: »Ich war vielleicht zu abweisend, aber ...«

»Frau Kühne!«, intervenierte Julia energisch. »Niemand hat das Recht, so etwas zu tun. Egal, wie unfreundlich man sein mag. Abweisung oder Zurückweisung hat man zu akzeptieren, auch wenn das dem starken Geschlecht nicht immer leichtzufallen scheint, aber wir leben hier schließlich nicht unter Tieren.« Nach einer kurzen Pause ergänzte sie leise: »Zumindest sollte man das gemeinhin annehmen dürfen, auch wenn ich genügend Negativbeispiele kenne.«

»Lutz ist kein schlechter Mensch«, widersprach Marion und verschränkte die Arme, »und erst recht kein Tier. Er war für mich da, als keiner es war.« Sie schluckte und verstummte abrupt.

»Aber?«

»Wie?«

»Sie betonten Ihren Satz so, als käme da eine Einschränkung in der zweiten Hälfte«, erklärte Julia und schaute ihr Gegenüber fragend an.

»Nicht übel«, lächelte Marion müde. »Können Sie Gedanken lesen?«

»Berufskrankheit. Was wollten Sie denn noch hinzufügen?«

»Ich werde Lutz weder anzeigen noch gegen ihn aussagen, so viel schon einmal vorab. Er hat mich sehr verletzt, und das nicht zum ersten Mal, aber er hat mich auch viel zu oft beschützt.«

»Hm. Vor wem?«

»Vor meinem letzten Pflegevater, vor meinem Bruder, vor der Rockerbande, suchen Sie sich jemanden aus«, lachte Marion kehlig und hob dabei ausladend die Hände.

»Moment, soll das heißen, dass all diese Menschen ...«

»Nein, Blödsinn«, unterbrach Marion. »Die haben mich nicht alle gefickt, aber einige von denen hätten's wohl gern. Mein Pflegevater hat uns verdroschen, ich bezeichne dieses versoffene Arschloch auch nur so, weil es die Amtsbezeichnung ist. Mit einer Vaterfigur hatte der in etwa so viel zu tun wie ein Fisch mit einem Fahrrad, ein besserer Vergleich fällt mir gerade nicht ein. Beim Jugendamt die Mutter vorschieben und gute Miene machen, aber zu Hause nur rumhocken und einen bei jeder Gelegenheit spüren lassen, dass man weniger wert ist als die eigene Brut. Gegen meinen Bruder konnte er irgendwann nichts mehr ausrichten, aber der hat sich dann verpisst. Matty hat mich auch nicht angetatscht, aber er hat eben auch damals nichts getan, um mich zu schützen. Erst später wieder, aber zwischendurch gab es eben schon Lutz. Wir sind zusammen abgehauen, ich hielt mich unter dem Radar, und so richtig geschert hat's in der Familie ja auch keinen.«

»Ich habe Sie so verstanden, als hätte Herr Wehner Sie auch vor Ihrem Bruder schützen müssen«, hakte Julia nach.

»Schützen ist relativ. Matty hat mich irgendwann versucht von Lutz wegzureißen. Er hatte plötzlich eine Menge Geld, mietete diese Wohnung, drängte mich dazu, eine Ausbildung zu machen. Ich ging ins Berufsvorbereitungsjahr und quälte mich durch Sozialassistenz und Erzieherinnenausbildung. Sechs Jahre«, sie pfiff durch die geschürzten Lippen, »das war kein Zuckerschlecken. Lutz fand das sinnlos, aber Matty hielt ihn unter Kontrolle, ich glaube, er hat mir diesen Freund nie gegönnt.«

»Vielleicht hat er ihn anders gesehen als Sie?«

»Mag sein. Das Gleiche hat sich dann während des Studiums fortgesetzt. Lutz fand das alles nutzlos, wahrscheinlich, weil er selbst keine ordentliche Ausbildung hatte. Aber Matty hat in dieser Beziehung auf mich aufgepasst, nun ja«, seufzte sie, »dafür hat er es nie geschafft, sich zwischen Lutz und mich zu stellen. Egal, wie schlimm es war.« Ihr Blick wurde leer.

»Damals, der Vorfall, als Sie siebzehn waren«, begann Julia nach einigen Sekunden der Stille vorsichtig, »war das auch Herr Wehner?«

»Humbug!« Frau Kühne schüttelte energisch den Kopf. »Wie kommen Sie denn darauf?«

»Er hat es immerhin vorgestern getan, und ich hatte das Gefühl, als würde er diese Grenze zwischen Ihnen schon sehr lange nicht mehr akzeptieren.«

»Da liegen Sie aber total daneben«, kicherte Marion freudlos und noch immer sanft mit dem Kopf wippend. »Ich möchte das nicht aufwärmen, außerdem habe ich irgendwann einmal gelernt, dass es Unglück bringt, schlecht über Tote zu reden.« »Moment, bedeutet das, der Vergewaltiger von damals ist ...« »Tot, ja. Mausetot«, nickte Marion mit zufriedenem Gesichtsausdruck. »Und es gibt genau drei Menschen außer mir, die wissen, was er damals getan hat.«

»Darf ich davon ausgehen, dass Ihr Bruder einer der drei Mitwisser war?«, fragte die Kommissarin leise. Alles in ihr sträubte sich gegen die Vermutung, dass Kohlberger der damalige Täter war.

Marion Kühne nickte und wischte sich mit dem Handrücken über die Augenwinkel. Julia nutzte die Stille, um einen Gedanken zu Ende zu denken, der sich ihr immer stärker aufdrängte. Sie kratzte sich nachdenklich am Kinn.

Frau Kühne hatte mit keiner Silbe verlauten lassen, wie lange der Täter schon tot war. Konnte es überhaupt sein, oder war es völlig abstrus? Julia Durant entschied, den Vorstoß zu wagen.

»Sprechen wir gerade von Johannes Grabowski?«

Marion Kühne nickte schweigend.

MITTWOCH, 10:58 UHR

Hastig verließ Peter Brandt das Büro von Bernhard Spitzer, den er rasch auf den neuesten Stand gebracht hatte. Vor kaum einer halben Stunde hatte sich sein Handy gemeldet, während Julia Durant ihn vor Marion Kühnes Haus von dem Vieraugengespräch berichtet hatte. Es war Dieter Greulich.

»Was gibt's?«, fragte Brandt unwirsch.

»Kommen Sie heute noch mal im Präsidium vorbei?«

»Nicht zwingend. Haben Sie was?«

»Wir sollten über die Vernehmungen sprechen, die wir in den vergangenen Tagen geführt haben. Es zeichnet sich womöglich etwas ab, aber das möchte ich Ihnen gern persönlich zeigen. Kann schließlich auch sein, dass ich mich irre«, erläuterte Greulich, »obwohl, andererseits«, fügte er salopp hinzu, »kann ich mir das nicht vorstellen.«

»Ja, schon gut.« Brandt warf einen Blick auf die Uhr. »Elf Uhr?«

»Meinetwegen. Früher geht's nicht?«

»Ich versuche es. Bei Ihnen?«

»Ja bitte. Dann bereite ich die Papiere entsprechend vor.«

Kommissar Brandt verabredete mit seiner Frankfurter Kollegin, sich um halb zwei zur Dienstbesprechung im Frankfurter Präsidium einzufinden. Er entriegelte das Wagenschloss und stieg ein. Im Kopf ging er bereits den Weg durch, der ihn am schnellsten über die nächstliegende Mainbrücke nach Offenbach bringen würde, leider war es zu knapp für einen Zwischenstopp bei Schorschi, was er ausgesprochen bedauerte. Stattdessen hoffte Peter auf einen Kaffee in Bernies Büro und formulierte bereits einige Sätze, mit denen er seinen Vorgesetzten effizient ins Bild setzen konnte.

Naturgemäß hatte Spitzer am Ende dennoch ein paar Fragen, und es hatte nur für eine hastig hinuntergekippte halbe Tasse gereicht, aber Brandt wollte nicht zu spät kommen. Je eher wir eine Spur haben, desto schneller komme ich zu einem freien Wochenende mit Elvira, dachte er sich, während er die Gänge durchquerte, um schließlich keuchend vor Greulichs Dienstzimmer zum Stehen zu kommen. Pünktlich, dachte er triumphierend, atmete tief durch und trat ein.

Dieter Greulich trug wie gewöhnlich Kleidung, für die er mindestens fünfzehn Jahre zu alt war. Manchmal waren es bunte Turnschuhe oder Hosen, die kaum ein Mensch jenseits der fünfundzwanzig freiwillig tragen würde, heute war es das enge und viel zu kurze Hemd. Kurzärmelig, tailliert und, was am schlimmsten war, leuchtend orange. Zwei dunkle, handbreite Streifen schienen die Leuchtkraft der Farbe noch zu verstärken.

»Sind Sie von der Disco zum Dienst gekommen?« Brandt konnte sich den Kommentar beim besten Willen nicht verkneifen und unterstrich ihn mit einem entsprechend skeptischen Gesichtsausdruck.

»Schick, nicht wahr?«, grinste Greulich und tippte auf ein Emblem am Oberarm. »Markenkleidung aus den USA, von Harley Davidson, so etwas trägt man unter der Lederjacke.«

»Aber Sie fahren doch überhaupt kein Motorrad, oder ist mir da etwas entgangen?«

»Sind Sie Cowboy, nur weil Sie eine Jeans tragen? Oder reitet die Klein, nur weil sie manchmal diese sexy Lederstiefel trägt?«

Für den letzten Kommentar hätte Brandt dem Widerling am liebsten eine verpasst, doch er biss sich auf die Zähne und ließ sich nichts anmerken.

»Was wollten Sie mir denn nun zeigen?«

»Kommen Sie rum«, winkte Greulich einladend, und Brandt umquerte drei U-förmig aufgestellte Tische, deren Oberfläche fast vollständig mit Papier bedeckt waren.

»Verdammt, was ist das alles?« Brandt kniff die Augen zusammen. Er erkannte Laufmappen aus abgegriffener Pappe, offizielle Formulare, Standardtextfelder sowie jede Menge Unterschriften und Stempel. An einigen Dokumenten hafteten neongrüne Klebezettelchen und leiteten das Auge gezielt auf bestimmte Textpassagen. Der Kommissar hob wahllos die nächstbeste Akte an, es war eine Aussage von einem Piet Kowalsky. Brandt erinnerte sich, dass es einer der Namen auf Greulichs Liste von Bikern gewesen war. Er las einige Sätze, griff zu einem anderen Papier und betrachtete dort ebenfalls die markierte Passage. Danach eine weitere, Bernd Hufenstuhl, ein nicht alltäglicher Name, an den er sich deshalb sofort erinnerte.

»Da brat mir doch einer 'nen Storch«, murmelte er schließlich und pfiff durch die geschürzten Lippen. »Das klingt mir verdammt nach einem Spitzel.«

»Das bedeutet also, Sie sehen die Sache genauso wie ich?«, vergewisserte sich Greulich.

Brandt überflog die drei Tische und schätzte die Anzahl der grünen Marker, die ihm nun wie Leuchtsignale zuzuwinken schienen, auf ein gutes Dutzend. Er deutete über die vor ihnen liegende Fläche und fragte: »Alle gekennzeichneten Aussagen enthalten dasselbe?«

»Sinngemäß ja«, bestätigte Greulich und griff sich wahllos einen der Texte. »Ich zitiere: *Keine Ahnung, wer uns verpfiffen hat.* Später: *Das konnte keiner von euch Bullen wissen.* In zahlreichen anderen Protokollen taucht darüber hinaus auf, dass die Befragten oder Festgenommenen schockiert, überrascht oder sogar fassungslos waren. Diese habe ich allerdings nicht markiert, denn wenn wir bei Rauschgift- oder Sittlichkeitsdelikten jemanden hochnehmen, zeigt der nur selten eine intelligente Miene. Die kleinen Fische jedenfalls nicht, na ja, und die anderen lassen sich ohnehin nicht hinter die Kulissen schauen.«

»Gut, aber welche Schlüsse dürfen wir ziehen, wenn in einem Stapel von hundert Kriminalakten in fünfzehn Stück Hinweise auf einen Informanten zu finden sind?«, relativierte Brandt Greulichs Enthusiasmus.

»Dreiundachtzig«, betonte dieser, »und neunzehn Marker. Das ist fast jeder vierte Fall.«

»Sie scheinen eine konkrete Ahnung zu haben. In Ordnung, ich lasse mich darauf ein«, räumte Brandt ein. »Welchen Zeitraum bilden die Fälle ab?«

»Drei Jahre.«

»Und es handelt sich ausschließlich um *Mogin Outlaws?*«

»Prinzipiell ja. Clubmitglieder und Supporter.«

»Supporter?«, wiederholte Peter stirnrunzelnd.

»Ich glaube, es ist an der Zeit für ein wenig Vokabeltraining«, grinste Greulich, »aber eins nach dem anderen. Als Supporter bezeichnen wir diejenigen Personen, die dem Club zuarbeiten. Es ist eigentlich Biker-Jargon, und jeder Club handhabt das etwas anders, denn hauptsächlich sind damit befreundete, aber verhältnismäßig unbedeutende Clubs gemeint, die Dinge für den supporteten Club erledigen. Unterstützung aller Art eben, von der Organisation eines Festes bis hin zur Reparatur der Motorräder. Wir schließen außerdem die Dealer, Geldeintreiber und Scheinfirmen mit ein, die mutmaßlich mit dem Club in Verbindung stehen. Der Vorteil bei solchen Personen ist meist, dass sie ihr Schweigegelübde nicht so lange und verbissen aufrechterhalten wie ein eingeschworenes Clubmitglied.«

»Verstehe.« Brandt fuhr sich über die Stirn. »Und gibt es Hinweise auf die Art des Lecks? Ist es Chris Leander, der uns die Informationen zugespielt hat, und ahnt am Ende im Club jemand davon?«

»Das ist ja das Suspekte dabei«, antwortete Greulich kopfschüttelnd.

»Wieso das?«

»Chris Leander hat nachweislich mit keinem dieser Fälle etwas zu tun.«

MITTWOCH, 13:35 UHR

Peter Brandt stand vor dem breiten Whiteboard im Konferenzzimmer des Frankfurter Präsidiums und notierte mit einem schwarzen Marker einige Begriffe neben einem Schaubild. Nachdem sie eine Weile über die Möglichkeiten diskutiert hatten, welcher Art die undichte Stelle bei den *Mogin Outlaws* sein könnte, hatte ihn Greulich noch über die Clubgeschichte und einige Hintergründe aufgeklärt. Je weiter man in der Zeit zurückging, so stellte Brandt fest, desto enger waren die Personen und das Clubgeschehen miteinander verwoben. Diese Informationen wollte er mit seinen Frankfurter Kollegen teilen und ärgerte sich, dass er dem nicht früher die angemessene Beachtung geschenkt hatte. Als er den letzten Schriftzug getan hatte, trat er einen Schritt zurück und warf einen prüfenden Blick auf das Board und seinen Notizblock, den er in der Linken hielt. Er nickte zufrieden, wenngleich er beim Betrachten seiner Skizze feststellen musste, dass er einfach nicht dafür geschaffen war, auf senkrechte Flächen zu schreiben.

»Bitte verzeihen Sie mir meine Sauklaue«, sagte er und hob mit einem schiefen Lächeln die Schultern, »aber ich denke, man erkennt das Nötigste, oder?«

Zustimmendes Murmeln und Nicken.

»Okay«, fuhr er fort und deutete auf die rechte Spalte, wo er die Begriffe untereinandergereiht hatte. »Halten wir das knapp, aber wir kommen nicht umhin, uns kurz über den Biker-Jargon zu unterhalten, bevor wir ins Detail gehen. Wenn man die Polizeiberichte und Zeitungsartikel zum Thema liest, tauchen oftmals dieselben Anglizismen auf.

Scheinbar wird das mittlerweile als Allgemeinwissen vorausgesetzt, falls einer von Ihnen das also schon kennen sollte, darf er mich gerne ergänzen oder ein paar Minuten auf Durchzug schalten.«

Kullmer lachte leise und murmelte etwas zu Seidel, was Brandt allerdings nicht verstand. Unbeirrt las er den ersten Begriff vor:

»*Chapter:* Das ist die Bezeichnung für den Ortsverein eines Motorradclubs. Wenn ein Club landesweit agiert, hat er also in Großstädten oder Landkreisen kleinere Abteilungen, die in der Regel autark sind. Das bedeutet, sie haben einen eigenen Präsidenten, eigene Finanzen et cetera. Sie müssen allerdings ihrem Dachverband – bitte verzeihen Sie, aber eine bessere Vergleichsbezeichnung fällt mir nicht ein – Rechenschaft ablegen. Außerdem unterliegen sie natürlich gewissen Statuten. Die Mitglieder kennzeichnen sich durch sogenannte *Patches.* Das sind die Aufnäher auf den Lederwesten oder Kutten. Wird ein Mitglied verbannt oder steigt aus, muss es diese Clubkennzeichen restlos beseitigen. Die großen Clubs, deren Mitglieder nicht selten tätowiert sind, verlangen angeblich sogar, dass die Tattoos entfernt werden. Im Idealfall werden sie geschwärzt, aber irgendwo im Norden ist es wohl schon einmal vorgekommen, dass die Hautstellen einfach mit einem Bügeleisen verbrannt wurden.«

»Autsch«, entfuhr es Sabine Kaufmann.

»Diese Qualen möchte ich nicht durchstehen«, nickte Hellmer. »Es könnte aber erklären, wieso wir bei Kohlberger nichts in dieser Richtung gefunden haben, oder?«

»Ja und nein«, fuhr Brandt fort. »Wenn Kohlberger rausgeworfen wurde, kann das natürlich sein, aber warum sollte der Club seine Maschine zerstören? Die Praxis, dem Club das Motorrad zu überschreiben, von der Frau Kühne ja berichtet hat, ist übrigens nicht nur bei den *Mogin Outlaws* gang und gäbe. Das wäre also unlogisch. Es gibt aber in Sachen Patches noch eine weitere Regel: Man hat auf sie zu achten. Der Verlust seiner Kutte ist eine der größten Schanden, die man über sich und den Club bringen kann. Vielleicht weht daher der Wind? Kohlberger als designierter Bandenchef, tot auf seiner Harley, plaziert an der Reviergrenze und mit Kleidung ohne Insignien? Demütigender ginge es wohl kaum noch. Aber ich möchte zuerst noch rasch die weiteren Punkte durchgehen, bevor wir spekulieren. *Prospect*. Bevor Sie sich wundern: Den Begriff möchte ich nur kurz erläutern, aber die dahintersteckende Rolle dürfte sich als durchaus relevant erweisen. Es ist die Bezeichnung für Anwärter, also in der Regel junge Männer, auf die Motorradclubs ja abzielen. Doch anstatt jeden aufzunehmen, gibt es ein langwieriges und erniedrigendes Aufnahmeverfahren, etwa so, wie wir es aus Filmen über amerikanische Studentenverbindungen kennen. Haben Sie *The Skulls* gesehen?«

Brandt blickte fragend in die Runde. Durant, Hellmer und Kaufmann nickten, Kullmer runzelte nachdenklich die Stirn.

»Wie auch immer.« Brandt winkte ab. »Es geht hier um Mutproben, entwürdigende Tätigkeiten oder auch um die Ordonnanz der Führungsriege. Und natürlich Kleinkriminalität und alles, was sich an illegalen Aktivitäten rund um das Clubgeschehen abspielt. Für die ranghohen Clubmitglieder ist es eine bequeme Möglichkeit, jedwede Drecksarbeit von anderen machen zu lassen, und für die jungen Kerle, die sich eine Hand abhacken lassen würden, bloß um dazuzugehören, scheint keine Demütigung zu abschreckend zu sein, um ihre Loyalität unter Beweis zu stellen. Dabei merken sie überhaupt nicht, wie sehr sie sich dem guten Willen und den kriminellen Strukturen des Clubs unterwerfen – bis hin zur völligen Abhängigkeit. Kommt uns da nicht sofort eine gewisse Person in den Sinn?«, betonte Brandt mit bohrendem Blick. »Ich kenne den jungen Mann ja nicht, aber nach allem, was ich bisher mitbekommen habe, passt diese Rolle ganz hervorragend zu jenem geheimnisvollen Mitläufer, von dem Frau Durant mir berichtet hat.«

Julia Durant zuckte zusammen. Verdammt, Brandt hat recht, dachte sie. Der Verdacht, dass Lutz Wehner Mike zu den beiden Verbrechen gezielt aufgefordert hatte, und ein entsprechender Kommentar von dem Jungen, der ihr gegenüber von einer ›Mutprobe‹ gesprochen hatte, fügte sich jedenfalls hervorragend ins Bild ein. Ihr Blick wanderte suchend zu Berger, doch dieser wich ihr aus, so als wüsste er längst, dass es allerhöchste Zeit war, den Namen des Zeugen preiszugeben, wolle es aber noch hinauszögern.

»Herr Berger«, sagte Julia hartnäckig, »wir dürfen auf die Identität der Familie nicht länger Rücksicht nehmen. Wir können hier nicht aus Rücksichtnahme die ganze Zeit von Mister X sprechen, wenn wir uns in die Psyche des Jungen eindenken wollen.«

Berger schüttelte energisch den Kopf. »Noch nicht, Frau Durant«, beharrte er, »denn das Spekulieren über die Psyche bringt uns momentan nicht weiter. Lutz Wehner sitzt in

Untersuchungshaft, er kennt den Zeugen ja selbst nicht unter dessen richtigem Namen, und die Beteiligung der Familie des Jungen klären Sie später am Tag vor Ort. Benutzen wir der Einfachheit halber den falschen Namen, unter dem der Junge überall aufgetreten ist. Michael Krämer.«

So gerne die Kommissarin Berger widersprochen hätte, sie hatte seiner Argumentation nichts entgegenzusetzen.

»Meinetwegen«, sagte sie. »Aber ich werde nicht zulassen, dass etwas vertuscht wird oder im Sande verläuft. Das war das Fundament meiner Zustimmung, die Sache auf Ihre Weise anzugehen.«

»Steht alles nicht zur Diskussion«, beruhigte Berger sie. »Aber vorerst scheint das Thema Wehner / Krämer ja keine neuen Fragen aufzuwerfen. Die Motivation des Jungen ist durch Herrn Brandts Erklärung bekräftigt worden. Die Frage ist jetzt nur, welchem Club Wehner angehört. Die *Black Wheels* sind verboten, die anderen haben kein Chapter in Frankfurt.«

»Weder die *Mogin Outlaws* noch die *Black Wheels* haben jemals weitere Chapter unterhalten«, warf Brandt ein, der den Schlagabtausch zwischen Durant und Berger vor dem Board stehend mitverfolgt hatte. Er deutete mit dem Zeigefinger hinter sich auf die schematische Darstellung und fuhr fort: »Möglicherweise, aber das ist reine Spekulation, gab es Mitte der Neunziger Bestrebungen, ein offizielles Offenbach-Chapter zu gründen. Es gibt entsprechende Hinweise in den alten Akten, auch wenn es in der Clubszene natürlich auch stets eine Menge Falschinformationen und Gerüchte gibt. Das ist immerhin bald zwanzig Jahre her«, seufzte er. »Fakt ist, dass es 1998 zur Gründung der *Mogin Outlaws* kam. Besonders interessant dabei ist, dass Kohlberger und einige andere hochrangige Mitglieder der *Black Wheels* federführend mit dabei waren, genau jene Personen, die wohl auch ein Chapter mitbegründet hätten; stattdessen kam es zu einer Abspaltung und Neugründung. Die Reaktion der *Wheels* kann man sich vorstellen, es gab einige gewaltige Konfrontationen auf beiden Seiten des Mains, aber vieles davon wurde dem normalen Wahnsinn zugeschrieben, der sich damals in der Offenbacher und Frankfurter Rotlichtszene abgespielt hat. Leider«, fügte er etwas leiser hinzu, »aber nicht mehr zu ändern. Es gab einfach zu viele Pannen, unter den Auswirkungen leidet die Ermittlung gegen die kriminell organisierten Clubs noch heute. Diese Banden hätten sich niemals so unbemerkt viral ausbreiten dürfen, aber es ist müßig, sich darüber zu ärgern. Ich habe versucht, eine Art Zeitschema zu erstellen, damit wir die Entwicklungen und die bekannten Namen im richtigen Kontext sehen«, schloss er. »Aber das Wichtigste wissen Sie ja nun bereits.«

»Vielen Dank«, sagte Berger, und auch die Kommissare nickten Brandt anerkennend zu.

»Eins noch«, sagte Brandt. »In den Ermittlungsakten der vergangenen Jahre gibt es Hinweise auf einen Informanten, denn von manchen Club-Aktivitäten konnten die Kollegen des Rauschgiftdezernats nichts wissen. Wir sind nicht sicher, ob es reines Ermittlungsglück war oder eine konkrete Person dahintersteckt. Daraus ergibt sich die Frage, wer das sein könnte und wo derjenige jetzt in diesem Augenblick steckt.«

»Vielleicht in einer der Kühlkammern bei Andrea?«, warf Hellmer ein, und ein leises Kichern war zu vernehmen.

»Das wäre natürlich einfach«, nickte Brandt. »Ein Spitzel fliegt auf und wird beseitigt. Doch falls dem so ist: Wer von beiden soll es gewesen sein? Diese Hypothese wirft mehr Fragen als Antworten auf.«

»Welche Optionen gibt es noch?«, fragte Julia Durant und überlegte, ob Brandt auf den Informanten hinauswollte, von dem er ihr unlängst unter vier Augen erzählt hatte. Sie entschied sich, nicht konkret danach zu fragen, sondern abzuwarten.

Aber Brandt antwortete nur: »Keine, die uns Aufschluss bringt. Wir bleiben an der Sache dran, aber vorerst ist es nur eine weitere Sackgasse.«

Er nahm auf einem freien Stuhl neben Julia Durant Platz.

»Weshalb erwähnen Sie Ihren Kontaktmann nicht?«, fragte diese ihn im Flüsterton.

»Weil er den Akten nach nicht damit in Verbindung steht. An ihn hatte ich natürlich zuallererst gedacht, aber mein Kollege hat das vehement verneint.«

»Glauben Sie ihm?«

»Ich habe kaum eine Wahl«, seufzte Brandt, »doch ich habe Elvira um Schützenhilfe gebeten. Sie klemmt sich dahinter, und das muss mein Kollege ja nicht mitbekommen.«

Brandt zwinkerte und grinste schief.

»So einer sind Sie also«, gab Julia mit einem Lächeln zurück. »Aber gute Arbeit da vorn«, flüsterte sie und deutete in Richtung Whiteboard.

»Ich schmücke mich nicht gern mit fremden Federn, obwohl ich's in diesem Fall lieber täte.«

»Wieso?«

»Weil ich die Lorbeeren dafür abtreten muss«, erklärte

Brandt. »Ohne jenen Kollegen, der mir dieses Wissenspaket zusammengestellt hat, hätte ich das nicht so schnell und kompakt hinbekommen. Es ist dieser Greulich, von dem ich Ihnen, glaube ich, schon mal erzählt habe. Seine Abteilung hat jede Menge Erfahrung mit dem Bikermilieu.«

»Das hat man gemerkt. Ich verrat's nicht weiter«, grinste Julia, und Peter lächelte schweigend zurück.

Die Kommissarin setzte sich auf. »Wenn's recht ist, mache ich weiter«, sagte sie in die Runde. Da niemand widersprach, begann sie, von ihrem Besuch bei Marion Kühne zu berichten. Als sie zum letzten Teil kam, deutete sie ebenfalls auf das Whiteboard und tippte mit dem Finger auf die Jahreszahl, die als Gründungsjahr der *Mogin Outlaws* angegeben war.

»1998. Zufall oder nicht?«, warf sie auf und fuhr mit dem Finger in Richtung eines Namens. »Nur ein paar Monate nach dem sexuellen Übergriff auf Marion Kühne. Ihr Bruder und einige Rockerkollegen verlassen den Club und gründen einen eigenen. In Frankfurt verbleibt Hanno Grabowski mit seinen Getreuen, und im Folgenden gibt es Krieg. Ich gebe euch Brief und Siegel darauf, dass es da einen Zusammenhang gibt.«

»Aber welchen?«, fragte Doris Seidel. »In der Ermittlungsakte steht doch, dass Anklage erhoben wurde. Frau Kühne, nein, damals hieß sie ja noch Kohlberger, hat ausgesagt, es handele sich nur um ein Missverständnis.«

»Dem ihr behandelnder Arzt, mit dem sie immerhin einmal verheiratet war, jedoch widersprochen hat«, entgegnete Hellmer.

»Nicht nur er, auch sie selbst«, ergänzte Julia Durant.

»Frau Kühne hat mir heute früh in groben Zügen berichtet, was sich damals zugetragen hat, wenn auch lückenhaft. Eines vorab: Es war nicht Lutz Wehner, über dessen krankhaftes Verhältnis zu ihr ich euch ja eben schon ins Bild gesetzt habe. Es war niemand anderes als Grabowski.«

»Nein!«, entfuhr es Kullmer, während die anderen verblüfft schwiegen.

»Doch. Es war auf einer dieser Clubpartys, Lutz Wehner war an diesem Abend nicht dabei, Marion Kühne bereits damals seine Freundin. Ich bezeichne es der Einfachheit halber mal so, die beiden sind ja nicht gerade das klassische Pärchen, aber gut. Jedenfalls ist es nach reichlich Alkohol wohl zur Sache gegangen, auf diesen Rockergelagen treiben sich ja immer eine Menge junger Mädchen herum. Grabowski hat sich im Laufe des Abends an Marion vergangen, und zwar heftig, wenn man dem Befund von damals nachgeht. Kohlberger muss ihn in flagranti erwischt und schwer vermöbelt haben. Das hat die Kühne mit einer gewissen Genugtuung erzählt. Der Notarzt musste kommen, das Clubhaus wurde abgeriegelt, und von den Partygästen bekam niemand mit, was genau geschehen war. Grabowski und Frau Kühne wurden medizinisch behandelt, doch damit fing der Stress erst an. Niemand, und da gibt es in den Statuten keine Ausnahme, hat das Recht, seinen Clubpräsidenten anzugreifen. Egal, weshalb. Grabowski hätte das ›Recht‹ gehabt«, Julia setzte das Wort mit den Fingern in Anführungszeichen, »Kohlberger zum Abschuss freizugeben. Mutmaßlich kam es zu einer Einigung der beiden, denn die Geschwister Kohlberger hatten ihn mit der Vergewaltigungsanzeige natürlich ihrerseits in der Hand. Die

Polizei hat den Vorfall im Krankenhaus aufgenommen, das verdanken wir Dr. Kühne, der sofort sexuelle Gewalt diagnostiziert hat. Doch auf Drängen ihres Bruders, so berichtete Frau Kühne, habe sie die Anzeige zurückgezogen, und trotz hitzigen Widerstands ihres Arztes verleugnete sie die Vergewaltigung fortan. Meine Hypothese dazu dürfte auf der Hand liegen: Die Freundschaft zwischen Kohlberger und Grabowski zerbrach an dieser Geschichte, und einige Zeit später gingen die beiden dann in ihren Clubs getrennte Wege, ja, wurden zu Todfeinden. Laut Marion Kühne wurde über diese Hintergründe niemals offen gesprochen.«

»Harter Tobak«, kommentierte Kullmer Durants Ausführungen. »Klingt aber schlüssig. Die Frage ist nur, wo kommt Lutz Wehner ins Spiel?«

»Dein Job, das aus ihm herauszukitzeln«, antwortete Julia, »auch wenn das kein Leichtes sein dürfte. Es dürfte für einen Kontrollfreak wie ihn unerträglich gewesen sein, an dem Abend nicht an Marions Seite gewesen zu sein und auch den Täter nicht zu kennen. Denn die Geschichte wurde ja totgeschwiegen.«

»Wenn die Dinge tatsächlich so liegen, kommt er jedenfalls als Täter für beide Morde in Frage«, warf Hellmer ein. »Mal angenommen, er hat die Sache herausgefunden und tötet nun die beiden Männer, die seine Freundin all die Jahre unter der vertuschten Vergangenheit leiden ließen?«

»Ich weiß nicht, Frank«, widersprach Sabine Kaufmann, »warum ausgerechnet jetzt, und wieso vergewaltigt er sie dann nach getaner Arbeit selbst? Das passt irgendwie nicht.« »Wir sollten versuchen, Wehner und die Kühne nicht zwingend nach logischen Mustern beurteilen zu wollen«, gab Julia mahnend zu bedenken, »denn nach allem, was ich über Frau Kühne weiß, ist das, was die beiden haben, weit von einem normalen Verhältnis zueinander entfernt. Ich gebe dir jedoch in der Sache recht, dass Wehner als Tatverdächtiger noch viele Fragen aufwirft. Wie schätzt ihr ihn denn ein, Frank? Peter?« Kullmer und Hellmer wechselten einen Blick, dann ergriff Frank das Wort: »Er wäre schon der Typ, der sich bei seiner Freundin damit brüstet, zwei Menschen getötet zu haben. Seine Strategie könnte ja auch gewesen sein zu sagen, dass er es für sie getan habe und sie ihm nun auf ewig zu Dank verpflichtet sei. Sexuelle Gefälligkeiten eingeschlossen.«

»So sehe ich das auch«, nickte Kullmer.

»Sexuell unterwürfig war sie ihm aber sicher schon vorher«, gab Julia zurück. »Doch mittlerweile reden wir von brutaler Vergewaltigung. Ich habe Alina Cornelius den Fall geschildert, anonym, versteht sich. Sie hält die Kühne für eine Kandidatin, die an einer BPS leiden könnte. Borderline-Persönlichkeitsstörung. «

»Borderline?«, wiederholte Sabine nachdenklich. »Hm.«

»Kennst du dich damit aus?«, wollte Hellmer wissen.

»Nur oberflächlich. Aber abwegig ist es sicher nicht, wenn Alina das für möglich hält. Das erschwert unsere Arbeit ungemein, denn auf BP-Frauen kann man sich in einer Anklageführung schwerlich verlassen. Die ändern ihre Meinung, wenn's sein muss, sekündlich«, seufzte sie.

»Das muss uns aber kein Kopfzerbrechen bereiten«, erwiderte Julia, »denn Marion Kühne wird keinesfalls gegen Wehner aussagen. Den Widerruf seiner beiden Alibis ist alles, was wir von ihr zu erwarten haben. Der Rest liegt bei uns.«

»Wir sollten uns diese Ruslana Mitrov noch einmal vorknöpfen«, warf Brandt ein, »vielleicht weiß sie ja etwas über die alten Geschichten.«

»Sie meinen, dass Grabowski sie eingeweiht hat?« Kullmer verzog skeptisch das Gesicht.

»Ich glaube auch nicht dran«, stimmte Doris Seidel zu, »obgleich wir Frauen in der Regel weitaus mehr über unsere Männer wissen, als sie ahnen«, zwinkerte sie in Kullmers Richtung, und dieser winkte lässig ab.

»Das mag sein, aber so wie ich die Frau einschätze, vergöttert sie ihren Retter, denn so scheint sich ihr ach so heiliger Hanno ihr gegenüber aufgespielt zu haben«, widersprach Brandt kopfschüttelnd. »Wenn ich sie nun damit konfrontiere, dass er eine Minderjährige vergewaltigt hat, könnte sie womöglich einknicken. Denn er wäre damit kein Deut besser als alle anderen Typen des Clubs. Zugegeben, die Chancen stehen fiftyfifty, aber reden müssen wir in jedem Fall noch mal mit ihr.«

»Warum das?«, erkundigte Berger sich nachdenklich.

»Weil Grabowski einen hohen Rang bekleidet hat, auch wenn die *Black Wheels* längst der Vergangenheit angehören mögen. Scheinbar formiert sich auf Lutz Wehners Schrottplatz ja ein neuer Verein, oder zumindest hängen einige der Typen noch dort herum und huldigen den alten Vereinsinsignien. Wenn die Mitrov so innig an Grabowskis Seite stand, wie sie das behauptet, muss sie eine Menge mitbekommen haben. Sie gibt nichts preis, was dem Andenken an ihren Verlobten schaden könnte, trotzdem sollten wir noch mal an ihre Verantwortung appellieren. Und, noch etwas«, Brandt beugte sich nach vorn und hob den Zeigefinger, »wir müssen Wehner abschotten. Wenn eine der beiden Gruppen – egal, ob es nun von der Mitrov oder von den *Outlaws* ausgeht – seinen Kopf zum Abschuss freigibt, ist er auch in Haft nicht sicher.«

»Reichen die Verbindungen dieser Typen wirklich so weit?«, wollte Berger zweifelnd wissen. »Trotz allen Aufsehens ist es doch ein verhältnismäßig unbedeutender Club.«

»Nicht in Offenbach«, erwiderte Brandt mürrisch, bedauerte seine Reaktion allerdings sofort, als Berger ihn etwas irritiert ansah, und ergänzte rasch: »Laut der anderen Dezernate sind die Clubmitglieder längst mafiös strukturiert. Die Staatsanwaltschaft hat einen ganzen Schrank voller Akten, die Vorgänge dokumentieren, von denen das meiste ohne Verurteilung vonstattenging. Wir sollten von daher die Möglichkeiten der *Mogin Outlaws* lieber nicht unterschätzen und uns hinterher Vorwürfe machen.«

»Hm.« Berger wiegte den Kopf. »Wenn Sie und Frau Klein der Meinung sind, vertraue ich darauf. Der Club scheint also besser vernetzt zu sein, als wir es ahnen.«

Jedenfalls besser als wir, hätte Brandt um ein Haar darauf geantwortet, schwieg aber. Wie auf Kommando vibrierte sein Mobiltelefon, und er stand auf und entschuldigte sich. Es war Elvira Klein. Brandt warf einen prüfenden Blick auf die Uhr und nahm das Gespräch an, sobald er auf dem Gang stand.

»Hey, ist das wieder eine bezaubernde Essenseinladung?«, säuselte er sanft.

Die Staatsanwältin räusperte sich und antwortete: »Ähm, sorry, nein. Hatten wir das etwa vorgehabt?«

»Nein, nein. Ich dachte nur, ich hätte meine etwas spärliche Begeisterung vom letzten Mal wiedergutzumachen.«

»Ach Quatsch, längst vergessen. Aber wir müssen uns unbedingt unterhalten, am liebsten persönlich. Schaffst du es, zeitnah in mein Büro zu kommen?«

»Dürfte klappen, und meine Linie wird es mir danken, wenn ich eine Mahlzeit sausen lasse«, sagte Peter. »Ich bin gerade hier im Frankfurter Präsidium.«

»Das trifft sich gut, dann bringe Frau Durant doch am besten gleich mit.«

»Ehrlich?« Brandt war enttäuscht, obgleich er natürlich wusste, dass er nicht erwarten durfte, Elvira bei jeder Gelegenheit für sich allein zu haben. Doch vielleicht lag es an dem Fall, jedenfalls hätte er im Moment viel dafür gegeben, sich für einen Moment in ihrer Umarmung verlieren zu dürfen.

»So gern ich dich auch allein sehen würde«, sprach sie weiter, denn natürlich war der aufmerksamen Frau nicht entgangen, was Brandt auf der Zunge gelegen hatte, »aber es gibt eine neue Entwicklung, über die wir uns schleunigst unterhalten müssen. Stichwort LKA«, schloss sie geheimnisvoll, und Brandt ächzte.

Verdammt.

MITTWOCH, 14:45 UHR

Büro von Elvira Klein.

Brandt schlüpfte an Durant vorbei ins Vorzimmer und begrüßte Frau Schulz, eine ältere Dame mit dauerhaft mürrischem Gesichtsausdruck, die wie ein Wachhund vor dem Zimmer der Staatsanwältin postiert war.

»Sie schon wieder«, begrüßte sie den Kommissar naserümpfend. Es war kein Geheimnis, dass die beiden einander nicht mochten. Die Antipathie reichte zurück bis zu Brandts erstem Besuch in Elviras Büro. Zu jener Zeit hatte er Elvira noch als Erzfeindin betrachtet und sie ihn nicht minder: Mein Gott, das fühlte sich an, als wäre seitdem eine Ewigkeit vergangen.

»Werte Frau Schulz, ich komme nur Ihretwegen, das wissen Sie doch«, säuselte Brandt und wies dann mit der Handfläche auf seine Begleiterin. »Das ist übrigens Frau Durant, Sie kennen sich sicher?«

»Hm.«

Insgeheim hatte Peter Brandt gehofft, dass seine Beziehung zu Elvira auch das Verhältnis zu ihrer Sekretärin beeinflussen würde. Doch leider hatte der positive Effekt sich nicht eingestellt, im Gegenteil, Frau Schulz schien ihn noch mehr zu verachten als zuvor. Es schien beinahe so, als werfe sie ihm vor, die Beziehung zu Elvira nur eingegangen zu sein, um ihr eins auszuwischen. Blanker Unsinn natürlich, das wusste der Kommissar, aber er hatte es mit Blumen, Charme und Höflichkeit versucht, einmal, an Weihnachten, sogar mit italienischen Pralinen aus dem Piemont. Doch jede Entspannung ihres Verhältnisses war nur von flüchtiger Natur gewesen, und mittlerweile hatte Brandt sich damit abgefunden.

»Frau Klein hat einen vollen Terminplan heute«, sagte sie spitz.

»Na, dann wollen wir sie nicht länger warten lassen, denn ich bin einer dieser Termine«, grinste er und trat auf die Bürotür der Staatsanwältin zu, ohne einen weiteren Kommentar abzuwarten.

»He!«, empörte sich Frau Schulz und wollte gerade aufstehen, als Julia neben sie trat und beruhigend raunte: »Frau Klein hat uns kurzfristig herbestellt.«

Mit einem verächtlichen Schnauben nahm Frau Schulz wieder Platz und begann emsig, den vor ihr liegenden Posteingangsstapel zu sortieren.

»Hier macht ja ohnehin jeder, was er will«, hörte die Kommissarin sie murmeln, bevor sie die Tür hinter sich schloss.

Peter und Elvira begrüßten sich distanziert, was Julia zunächst etwas albern fand. Andererseits, dachte sie dann, würde ich mit Claus wohl auch nicht Händchen haltend durchs Präsidium schlendern. Staatsanwältin Klein trug einen eleganten, vorteilhaft geschnittenen Blazer, obgleich sie keine Problemzonen zu haben schien, die es zu kaschieren galt. Im Gegenteil, der Blazer schien ihrer Attraktivität nur den entsprechenden Rahmen zu verleihen. Dazu – etwas gewagt, aber irgendwie auch eine gute Kombination ergebend – trug sie eine Jeans.

»Ich habe schon gewartet«, kam sie ohne Umschweife auf den Punkt und verzog dann die Lippen. »Heute ist es mal wieder eine echte Katastrophe mit den Terminen.«

Sie drückte eine Taste auf ihrem Telefon und informierte Frau Schulz darüber, dass sie für die Dauer des Treffens für niemanden zu sprechen sei. Als sie aufgelegt hatte, richtete sie ihren prüfenden Blick auf Brandt und fragte argwöhnisch: »Ich schätze mal, du hast sie mal wieder bezirzt ... oder auf hundertachtzig gebracht. So genau weiß man das bei dir ja nie.«

Peter hob verteidigend die Hände und grinste schief. »Ich bin mir keiner Schuld bewusst.«

»Nun gut, dann los.« Die Kommissare setzten sich ihr gegenüber, während Elvira fortfuhr: »Ich hatte vorhin ein äußerst interessantes Telefonat mit einer ehemaligen Kommilitonin, die in Wiesbaden tätig ist. Sie hat für mich Informationen beschafft, an die ich über den Dienstweg wohl nicht so schnell gelangt wäre. Dank ihr habe ich gewusst, bei wem ich gezielt nachhaken kann. Und jetzt passt auf: Es gibt im gesamten LKA keine Abteilung, für die Christopher Leander undercover tätig ist.«

»Wie viel Bedeutung misst du dieser Aussage denn bei?«, erkundigte sich Brandt und rieb sich mit zweifelndem Blick die Wange. »Leugnen ist einfach, vor allem am Telefon, wenn man seinem Gegenüber nicht in die Augen sehen muss.«

»Ich habe mich nicht mit einem simplen Nein abspeisen lassen, mein Lieber«, erwiderte Elvira spitz, »sondern mich unter anderem präzise danach erkundigt, ob es finanzielle Zuwendungen gab. Oder Spesen für geheime Treffen. Irgendetwas, denn man kann nicht jahrelang als Informant tätig sein und völlig außerhalb der Erfassung bleiben. Irgendwo müsste etwas zu finden sein, glaub mir, auch das LKA ist ein bürokratisches System, nicht weniger als wir alle.«

»Hm, okay. Was bedeutet das für uns?«

»Wenn Leander behauptet hat, er sei V-Mann für das Landeskriminalamt, dann lügt er.«

Brandt versuchte sich das Gespräch auf dem Parkdeck in Erinnerung zu rufen. Hatte Chris das derart explizit gesagt?

Nein. Und Greulich? Auch nicht. Deshalb hatte er Elvira ja hinzugezogen.

»So richtig gesagt hat das wohl keiner«, antwortete er. »Aber welche Möglichkeiten bleiben denn noch? Verfassungsschutz? BKA? Doch was wollen die von so einem unbedeutenden Verein wie den *Mogin Outlaws?* Unseren Abteilungen jedenfalls, und das hat mir Dieter Greulich klipp und klar gesagt, arbeitet er nicht zu. Nicht gegen Geld jedenfalls, denn das war auch mein erster Gedanke.«

»Also hat Greulich dir dasselbe gesagt wie mein Kontakt im LKA«, wiederholte Elvira, »und mangels widersprechender Unterlagen haben wir keinen Grund, das nicht zu glauben, oder?«

Brandt musste sich geschlagen geben und nickte stumm.

»Haben Sie denn die Möglichkeit, diesen Leander noch einmal zu kontaktieren?«, erkundigte sich Julia Durant. »Er ist doch im Club aktiv, das reine Aufspüren dürfte also das geringste Problem sein.«

»Diese Idee kam mir auch gerade«, antwortete der Kommissar. »Ein Treffen mit ihm und vor allem ohne Greulich. Ich möchte es mir zwar mit seinem Dezernat nicht verscherzen, denn die Infos über die *Mogin Outlaws* waren ausgesprochen hilfreich, aber hier geht es noch immer um eine laufende Mordermittlung.«

»Sehe ich auch so«, kommentierte Elvira.

»Das größte Problem dürfte sein, ein Treffen zu arrangieren, ohne seine Tarnidentität zu gefährden«, sprach Brandt weiter. »Denn wenn der Club Verdacht schöpft, könnte Leander der Nächste sein, der brennend auf einer Brücke steht. Nach allem, was ich an Material gesichtet habe, ist denen so viel Kaltblütigkeit zuzutrauen.«

»Fingerspitzengefühl hast du ja, wie Frau Schulz mir zweifelsohne bestätigen würde«, flachste Elvira, »aber es sollte nicht zu lange dauern.«

»Natürlich nicht. Ich kümmere mich sofort darum.«

»Kommst du denn ohne Greulich an ihn heran?«

»Wenn ich das bloß schon wüsste«, sagte Brandt mürrisch. »Bislang ist mir noch niemand eingefallen, den ich fragen könnte.«

»Aber dieser Leander muss doch eine Kontaktperson haben, irgendwo offiziell registriert sein oder sonst was«, entgegnete Elvira mit zusammengekniffenen Augen. »Oder arbeitet er etwa unentgeltlich und ehrenamtlich?«

»Kann ich mir beim besten Willen nicht vorstellen, aber wer weiß. Mittlerweile halte ich fast alles für möglich. Leider kenne ich Christopher Leander auch nur flüchtig, und das ist Jahrzehnte her.«

»Schon allein deshalb sollte dieser Leander nicht der einzige Informant sein, auf den sich die Ermittlung stützt. Nachdem wir diesen Punkt nun geklärt haben, komme ich auf den anderen«, leitete die Staatsanwältin über und erntete erwartungsvolle Blicke der beiden Kommissare. Elvira beugte sich nach vorn und schob mit dem Zeigefinger einen kleinen Notizzettel über den Schreibtisch, der sich raschelnd seinen Weg durch die größeren Papiere bahnte.

»Säßen wir beim Pokern, hätte ich nun den sprichwörtlichen Trumpf aus dem Ärmel gezaubert.« Sie setzte ein selbstsicheres Grinsen auf, welches sich im nächsten Augenblick zu einer ernsten, fast düsteren Miene verwandelte.

»Diese Information ist Dynamit, so viel dazu, denn auf offiziellem Weg würden Sie niemals daran gelangen. Ich habe sämtliche Beziehungen zum LKA bis aufs Äußerste ausgereizt, also behandeln Sie die Sache mit dem angemessenen Respekt.«

Julia Durant nahm das quadratische Papier in die Hand, las es und reichte es weiter an Peter Brandt.

»Ruben Boeckler«, las dieser laut und grub einen Moment in seinem Gedächtnis. Zeitgleich mit ihm ereilte auch Julia Durant die überraschende Erkenntnis.

»Der Präsident der *Mogin Outlaws!*«, rief sie und klatschte sich auf die Oberschenkel. »Sagen Sie bloß, Sie wissen, wo er ist? Oder seine Leiche? Reden Sie schon, Frau Klein, spannen Sie uns nicht auf die Folter.«

»Schon gut«, entgegnete Elvira und neigte den Kopf. »Ich verwahre mich zwar offiziell dagegen, dass Sie diesen Hinweis von mir haben, aber jetzt, wo wir schon mal davon reden ...«

»Ja?«, drängte Peter.

»Als die Tagespresse seinerzeit von Boecklers Verschwinden berichtete, kamen relativ rasch Vermutungen auf, dass er Opfer einer Rocker-Fehde wurde und sein Leichnam vermutlich niemals auftauchen würde.«

»Wäre ja nicht der erste Fall«, murmelte Brandt, woraufhin Julia gebannt den Finger vor die Lippen legte, um ihm zu signalisieren, dass er die Staatsanwältin nicht unterbrechen sollte.

»Das stimmt wohl«, fuhr Klein fort, »aber hier liegen die Dinge anders. Seitens der Behörden hat es keine tiefergehende Ermittlung gegeben, und ich verrate Ihnen auch, warum. Dass die Öffentlichkeit Boeckler für tot hielt oder irgendwo am anderen Ende der Welt wähnte, kam einigen sehr gelegen. Denn in Wirklichkeit«, und Elvira senkte nun verschwörerisch ihre Stimme, »ist Ruben Boeckler bei den Kollegen des LKA in Personenschutz gegangen.«

»Wow!«, sagte Peter.

»Ich glaub's nicht!«, setzte Julia nach. »Was ist da für ein Deal abgelaufen?«

»Ich kenne die Akten nicht. Ich vermute, dass für Boeckler das Eis recht dünn wurde, denn diverse Verhaftungen und aufgeflogene Deals bei seinem Club haben ihn nicht besonders gut dastehen lassen. Er dachte sich wohl, bevor er als Präsident die Verantwortung übernehmen muss, packt er lieber selbst aus und handelt sein Strafmaß herunter. Gegen Boeckler liegen nämlich, das habe ich mal recherchiert, eine ganze Menge Anschuldigungen vor. Gut möglich, dass er sein Kartenhaus bedrohlich wackeln sah, aber das ist natürlich nur eine Hypothese.«

»Okay, gehen wir ihn einfach fragen«, sagte Brandt enthusiastisch, »dann wissen wir mehr.«

»Völlig ausgeschlossen«, verneinte Klein mit Vehemenz.

»Wie bitte?«, fragte Durant entgeistert.

»Ein Treffen kommt nicht in Frage«, wiederholte die Staatsanwältin beharrlich. »Ich kann versuchen, Antworten zu bekommen, Fragen zu stellen. Kurz, ich kann als Schnittstelle fungieren. Selbst das ist nicht ganz koscher. Boeckler ist Sache des LKA. Was mit den beiden Morden ist, bleibt abzuwarten. Einen Ermittlungserfolg haben Sie ja bereits zu verbuchen, Lutz Wehner. Genau genommen wäre es das Eleganteste, den Fall abzugeben und den Rest ...«

»Nein, verdammt!«, unterbrach Peter sie zornig. »Ich bleibe dabei, die Morde sind keine Club-Sache, sondern persönlicher Natur. Boeckler hin oder her, ich werde nicht aufhören, bis ich etwas Brauchbares herausbekomme.«

»Ich werde euch zu nichts drängen«, versicherte Elvira den beiden Kommissaren in völlig ruhigem und sachlichem Ton. »Aber die schlafenden Hunde sind nun geweckt. Ihr solltet euch beeilen.«

MITTWOCH, 16:33 UHR

»Was erhoffen Sie sich überhaupt von einem weiteren Besuch bei der Mitrov«, erkundigte sich Julia Durant, als sie zu Brandt in den Wagen stieg, um hinüber in den Rotlichtbezirk zu fahren.

»Mittlerweile hoffe ich gar nichts mehr. Wir bekommen ja ohnehin bloß irgendwelche Appetithappen hingeworfen, die uns allesamt nicht weiterbringen. Oder sehen Sie das anders?«

»Nein, Sie haben vollkommen recht, aber was bleiben uns für Alternativen?«

»Auf den Busch klopfen, wo es geht. Daher ist die Mitrov jetzt dran und meinetwegen auch noch mal dieser Dr. Kühne. Alle Personen wissen etwas von damals, jeder kennt Lutz Wehner, jeder kannte Grabowski, da muss es doch irgendeinen gottverdammten Zusammenhang geben.«

»Mein Vater wäre not amused«, schmunzelte Julia.

»Was?«

»Sie fluchen ja besser als Frank. Ich halte ihm dann gelegentlich vor, dass ich eine Pastorentochter bin.«

»Oh. Habe ich?« Brandt klang etwas verunsichert.

»Ja, aber ich kann damit leben. Nur früher war das manchmal schwer, denn Floskeln wie ›mein Gott‹ oder ›um Gottes willen‹ wurden zu Hause nicht gern gehört. Ebenso wie ›verdammt‹. Denn streng genommen sind es ja keine Floskeln, im Gegenteil.«

»Solche Gedanken wären mir nie gekommen, und das, obwohl meine Mutter katholisch ist«, erwiderte Brandt. »Italienerin und katholisch«, betonte er. »Aber wo waren wir gerade stehengeblieben?«

»Bei Ruslana Mitrov.«

»Rosi«, korrigierte Brandt lächelnd, dann seufzte er: »Ein weiteres Beispiel dafür, dass jemand nicht gern in der Vergangenheit gräbt. Aber wir versuchen es trotzdem.«

Eine Viertelstunde später saßen die beiden im Hinterzimmer des Ladens, ihnen gegenüber eine noch üppiger geschminkte und gestylte Ruslana Mitrov.

»Ich habe heute viel zu tun«, eröffnete sie mit einer gequälten Miene. »Also können wir das bitte so schnell wie möglich erledigen?«

»Wir dachten, die lückenlose Aufklärung des Mordes an Ihrem Verlobten sei Ihnen wichtig«, gab Brandt zurück, und Julia schluckte. Ob das eine gute Strategie war?

»Ähm, natürlich«, erwiderte Frau Mitrov hastig. Das glitzernde Perlenarmband klimperte, als sie verteidigend die Hand hob und daraufhin ihre Aufmerksamkeit ganz den beiden Ermittlern schenkte.

»Bevor wir auf die Gegenwart zu sprechen kommen«, fuhr Brandt fort, »sagt Ihnen der Name Ruben Boeckler etwas?«

»Die Rübe Boeckler?«, schnaubte Rosi spöttisch.

»Ihre Reaktion werte ich jetzt einmal als Ja.«

»Natürlich. Rübe war sein Spitzname. Und ja, ist das so ungewöhnlich? Sein Konterfei kennt ja wohl jeder.«

»Weil ein Kopfgeld auf ihn ausgesetzt wurde?«

»Wenn Sie meinen«, wich Mitrov aus, »aber ich habe Ihnen schon beim letzten Mal zu verstehen gegeben, dass ich die Jungs aus dem Club nicht belaste.«

»Sie haben sich dabei aber ausschließlich auf Ihren Verlobten bezogen«, wandte die Kommissarin ein.

»Unter anderem, ja. Aber Club und Führungsriege sind nun einmal eins, das wissen Sie so gut wie ich. Gibt mir das Rechtssystem nicht die Möglichkeit, mich nicht selbst belasten zu müssen? Wenn dem so ist, würde ich das ja möglicherweise auch tun, wenn ich den Club belaste. Es fällt immer etwas auf den Einzelnen zurück, und immerhin bin ich die Frau des Chefs.« Sie schluckte und setzte leise nach: »Ich meine, ich war ...«

»Ohne Ihnen zu nahe treten zu wollen«, sagte Brandt einfühlsam, »aber Ihrem Hanno kann von unserer Seite her nichts mehr geschehen. Wäre es nicht edelmütiger, diese Gelegenheit zu nutzen, um weiteres Unrecht aufzuklären? Ihnen selbst ist doch Schlimmes widerfahren, waren Sie da nicht auch dankbar für jede Hilfe?«

Rosi zuckte zusammen, als die Erinnerung an längst verdrängte Peinigungen für einen kurzen Moment an die Oberfläche drang. Gut gemacht, Herr Kollege, dachte Julia

Durant anerkennend, denn offenbar hatte er bewusst auf die emotionale Seite der Frau gezielt.

»Hmm, na ja«, antwortete diese unentschlossen, »fragen Sie halt einfach. Ich überlege mir dann, worauf ich antworten möchte.«

»Bleiben wir doch einmal bei Ruben Boeckler«, setzte Brandt erneut an. »Kennen Sie ihn persönlich?«

»Nicht wirklich.«

»Also ja oder nein?«

»Nein.«

»Aber von einem Abschussbefehl wissen Sie.«

Es war mehr eine Feststellung denn eine Frage, doch das bemerkte Ruslana erst, nachdem ihre Augen die Antwort bereits verraten hatten.

»Davon weiß jeder«, wich sie aus.

»Also ja?«

»Hm.«

»Wissen Sie, was mit Boeckler geschehen ist, nachdem er verschwand?«

»Na, tot wird er wohl sein«, murmelte Rosi trotzig, »aber das hängen Sie keinem von uns an. Suchen Sie lieber drüber bei den *Mogin Outlaws*. Immerhin ist er deren Präsident gewesen.«

»Es hat also keine Animositäten zwischen ihm und den Mitgliedern der *Black Wheels* gegeben?«, hakte Brandt nach.

»Nicht dass ich wüsste«, erwiderte Rosi achselzuckend.

»Was muss man denn tun, um auf die schwarze Liste des Clubs zu kommen?«

»Welche Liste? Sie meinen, wann man aus dem Club fliegt?«

»Ich meine, wenn man als Renegat oder sonst was behandelt wird. Rauswurf allein interessiert uns nicht, aber die Tatsache, dass jemandem eine Zielscheibe am Rücken haftet, umso mehr. Also, wessen hat er sich schuldig gemacht?«

»Er hat den Club verraten, mit den Bullen kooperiert, solche Dinge eben«, antwortete Frau Mitrov nach einigen Sekunden zögerlich. Dann, etwas selbstsicherer: »Jedenfalls wäre das ein plausibler Grund. Wie gesagt, es betrifft ja seinen Club, nicht Hannos. Dabei war Rübe einst der schlimmste Finger im Rotlichtdistrikt. Aber das interessiert ja niemanden mehr, das ist lange her.«

»Die Vergangenheit scheint immer wieder eine große Rolle zu spielen«, warf Durant ein, und Rosi sah sie daraufhin mit großen, fragenden Augen an.

»Wie meinen Sie das?«

»Nehmen wir doch nur einmal das Verhältnis zwischen den Herren Grabowski, Kohlberger, Boeckler und Wehner«, setzte die Kommissarin an.

»Ja?«, kam es mit kehliger Stimme zurück, und Frau Mitrov lehnte sich zurück und legte sich die Hände in den Nacken. Mit den Fingerspitzen, soweit die langen, manikürten Nägel das zuließen, massierte sie sich in kreisenden Bewegungen die Halswirbel.

»Beginnen wir mit Lutz Wehner«, forderte Julia sie auf. »Was gibt es da aus der Vergangenheit Markantes zu berichten?«

Rosi schürzte die Lippen und pfiff. »Das ist eine ganze Menge«, sagte sie dann.

»Eine Hand wäscht die andere«, lächelte Brandt. »Erzählen Sie uns etwas, was wir nicht wissen, dann erzähle ich Ihnen etwas, von dem Sie noch nichts wissen.«

»Sie zuerst«, lächelte Rosi kokettierend, doch Brandt schüttelte den Kopf.

»Nun gut. Hanno und Lutz konnten sich an und für sich nie so recht leiden. Es war ein permanenter Kampf zwischen ihnen, deshalb haben sie den Club faktisch zusammen geleitet, auch wenn Hanno das wohl nie so ausgedrückt hätte. Lutz hätte es niemals zum Präsidenten gebracht, er hatte keinerlei diplomatisches Geschick, und Organisieren war auch nicht seine Stärke. Aber haben Sie sich einmal mit ihm unterhalten? Der könnte Ihnen die Alte Oper verkaufen, und das, obwohl Sie genau wüssten, dass sie überhaupt nicht zum Verkauf steht. So einer ist Lutz. Darum hat Hanno ihn immer beneidet, denn er war ein echtes Organisationsgenie, aber ihm fehlte die Fähigkeit, für seine großen Ideen Begeisterung zu wecken. Wann immer eine Veränderung anstand, hat er Lutz sie anpreisen lassen und sich hinterher um die Durchführung gekümmert. Die beiden waren also in gewisser Weise voneinander abhängig, aber das Ganze hatte auch seine Schattenseiten.«

»Und die wären?«

»Lutz Wehner ist eine Schlange, ein durch und durch böser, von niederen Instinkten getriebener Mensch. Anders kann ich das nicht ausdrücken. Wann immer wir in einem Raum waren, hat es mich kalt überlaufen. Ich kenne solche Typen zur Genüge«, sie stockte kurz, »aber Schwamm drüber. Jetzt sind Sie an der Reihe.«

»Lutz Wehner ist festgenommen worden«, verkündete Brandt ohne Umschweife.

»Ach ja?«

»Ja. Wir verdächtigen ihn des Mordes an Ihrem Verlobten.«

Von einem Moment auf den anderen schien Rosi zu erstarren, sie atmete nicht mehr, ihre Pupillen fixierten einen imaginären Punkt in der Ferne, und sämtliche Körperfunktionen wirkten wie von einem unsichtbaren Hauptschalter außer Kraft gesetzt. Im Nachhinein hätten weder Brandt noch Durant zu beurteilen vermocht, ob es nur eine Sekunde oder gar eine halbe Minute gewesen war, die sie so verharrte, dann aber bohrte sich der entsetzte Blick in die Augen des Kommissars. »Was sagen Sie da? *Wehner?*«

Rosis Frage war kaum mehr als ein ungläubiger Hauch, doch sofort bejahte Brandt.

»So lautet unser Verdacht. Bevor Sie es aus der Presse erfahren ...«

»Wehner.« Rosis Stimme wurde lauter, sie wiederholte den Namen zwei weitere Male, und ein Vibrato war darin zu vernehmen, das ihre innere Spannung nach außen trug. »Dieses gottverdammte Schwein!«

Dazwischen vernahm Brandt ein leises »swolotsch«, zumindest verstand er es so, denn er hatte dieses gängige Schimpfwort bereits öfter gehört.

»Frau Mitrov, es ist eine vorläufige Festnahme«, meldete sich Julia zu Wort.

»Bedeutet das, Sie lassen ihn wieder frei?«, erwiderte Rosi mit einem gefährlichen Blitzen in den Augen, das wenig Hehl daraus machte, was sie mit Lutz zu tun gedachte, falls er je wieder auf freien Fuß käme.

»Nicht, wenn wir es verhindern können. Wir ermitteln noch, die Anklage fiele derzeit allerdings noch recht dürftig aus. Wissen Sie, wo Herr Wehner eine Waffe verstecken würde oder wer eventuell gegen ihn aussagen könnte?«

»Das ist nicht Ihr Ernst, oder? Ich sage alles aus, was sein muss, hier und jetzt, nur zu!«, keuchte Rosi aufgebracht und zu allem entschlossen.

»Nein, so läuft das nicht bei uns. Wir suchen nach der Wahrheit«, betonte Brandt. »Wer war denn seinerzeit Waffenmeister bei den *Black Wheels?* Oder gibt es sogar Verstecke, die Sie kennen?«

»Der Waffenmeister. Der Waffenmeister ist tot«, murmelte Rosi, »zumindest heißt es so. Er war zuletzt Präsident bei den *Mogin Outlaws.*«

»Verdammt. Und irgendwelche Geheimverstecke?«

»Nichts, von dem ich heute noch wüsste. Aber eine Mordwaffe würde ohnehin nicht aufbewahrt werden, die wandert sofort in den Main. Einer der vielen Vorteile, wenn man einen Schrottplatz in Ufernähe besitzt.«

»Das befürchten wir auch«, nickte Brandt. »Doch es würden auch Waffen und andere illegale Gegenstände, zum Beispiel Drogen, genügen, um die Anklageführung gegen Wehner zu untermauern.«

»Super!« Rosi lachte höhnisch. »Und dann sitzt er ein paar Jährchen ab und steht irgendwann mit einer Knarre vor meiner Haustür. Nein danke.« Sie schüttelte energisch den Kopf, und damit war das Gespräch beendet.

»Was halten Sie davon?«, wandte Durant sich einige Minuten später an ihren Offenbacher Kollegen, nachdem sie draußen einige Schritte gelaufen waren.

»Instinktiv glaube ich ihr wohl, aber ich möchte noch einmal in Ruhe darüber nachdenken. Sie war jedenfalls ziemlich aufgebracht, das war nicht geschauspielert.«

»Denke ich auch. Leider bringt uns das nicht weiter. Ich habe zudem nicht die geringste Hoffnung, dass Wehners Waffe noch auftauchen wird.«

»Auftauchen ist gut«, schmunzelte Brandt. »Ich schätze auch, sie dürfte längst im Mainschlamm versunken sein. Alles andere wäre unlogisch. Vielleicht sollten wir zwei Taucher losschicken.«

»Ist nicht Ihr Ernst, oder?«

»Quatsch.« Brandt schüttelte heftig den Kopf und setzte leise nach: »Obwohl es im Fernsehen immer funktioniert.«

»Bekommen Sie Frau Klein nicht eventuell doch dazu, uns mit diesem Boeckler zusammenzubringen?«, fuhr Julia fort, und in ihrer Stimme lag ein leiser Klang von Hoffnung. »Von den Clubmitgliedern werden wir niemanden zum Reden bewegen können, die beiden Frauen helfen uns auch nicht wirklich weiter, und außer Ruben Boeckler findet sich wohl keiner, der uns tiefer reichende Einblicke verschaffen könnte. Wenn wir ein Motiv in der Vergangenheit suchen, dann kennt er es womöglich.«

»Sie glauben also noch immer nicht an einen Rockerkrieg?«, versicherte Brandt sich mit leicht geneigtem Kopf.

»Nein, Sie etwa?«

»Ich war fast bereit, es noch einmal in Erwägung zu ziehen, aber dann kam Elvira mit diesem Boeckler. Wenn es damals keinen Bandenkrieg gab, als der Präsident der *Mogin Outlaws* in den Medien für tot erklärt wurde«, fuhr er mit erhobenem Zeigefinger fort, »warum sollte es dann jetzt einen geben?«

»Gutes Argument«, lächelte die Kommissarin anerkennend, »also führt kein Weg an ihm vorbei.«

»Ich kann mein Glück ja mal versuchen«, antwortete Brandt, »aber versprechen Sie sich nicht zu viel. Elvira und ich haben uns früher gerne das eine oder andere Machtspielchen geliefert, aber wenn sie heute nein sagt, dann nur, wenn es auch dabei bleibt.«

»Versuchen Sie es bitte trotzdem.«

»Klar. Vorher kümmere ich mich jedoch um Greulich respektive Chris Leander. Die beiden verfügen ja auch über nicht unwesentliches Insiderwissen. Was machen Sie?«

»Ich habe noch einen Höflichkeitsbesuch bei unserem jungen Zeugen vor mir«, sagte Julia.

»Ah, Herr Krämer.« Brandt betonte den Nachnamen und setzte ihn mit den Fingern in Anführungszeichen. »Vielleicht sollten wir diese Geheimniskrämerei endlich einmal überwinden.«

»Sie haben Berger ja gehört«, wandte Julia ein, obgleich sie in diesem Moment nichts lieber getan hätte, als sich dieser Anweisung zu widersetzen.

MITTWOCH, 18:40 UHR

Frank Hellmer legte den Hörer zurück auf die Gabel und versuchte dabei, das verwickelte Spiralkabel halbwegs zu entwirren. Er schaltete den PC aus und schob einige Papiere auf der Schreibtischunterlage hin und her.

»Ich dachte, die Befragung dieser geheimnisvollen Familie hättest du längst mit Brandt erledigt«, murmelte er geistesabwesend.

»Das wollten wir auch«, erklärte Julia, »aber dann ist ihm ein Anruf dazwischengekommen. Er muss sich mit diesem ehemaligen Kollegen treffen, der mal beim K 11 tätig war, den er aber nicht leiden kann. Den würde ich ja zu gerne kennenlernen.«

»Was bringt's? Wir haben genügend eigene olle Kamellen hier im Präsidium, da brauchen wir nicht auch noch die Offenbacher Geschichten, oder?«

»Nein, aber mich interessieren die Erkenntnisse, die das Rauschgiftdezernat im Laufe der Jahre gesammelt hat. Und zugegeben«, schmunzelte Julia dann, »ich würde gerne einmal einen Blick auf Brandts Erzfeind werfen. Man sagt dem Kommissar ja schon nach, dass er sich gerne mal mit dem Holzhammer durchschlägt und sich dabei auch auf die Füße anderer stellt.«

»Da kenne ich noch jemanden«, grinste Frank breit.

»Was soll das denn bitte heißen?«, empörte sich Julia, konnte sich ein Lächeln jedoch nicht verkneifen.

»Kein Kommentar. Aber Brandt hat dir eins voraus«, neckte Hellmer weiter.

»Und das wäre?«

»Mit einer seiner ehemaligen Feindinnen geht er mittlerweile ins Bett.«

»Blödmann«, sagte Julia. »Ich überlege mir gerade, ob ich dich wirklich mitnehmen möchte zu den, ähm, Krämers.«

»Das bleibt dir überlassen«, wandte Hellmer ein und deutete in Richtung des Ganges. »Aber du wirst wohl niemand anderen mehr finden. Doris und Peter haben schon Feierabend, denn irgendwann am Tag braucht die Kleine ja auch mal ihre Eltern. Nun, und Sabine ist auf Abruf, aber da scheint wieder etwas vorgefallen zu sein mit ihrer Mutter«, seufzte er.

»Ja, sie hat vorhin eine SMS geschickt.« Julia presste die Lippen aufeinander. In Momenten wie diesen wusste sie noch mehr als sonst zu schätzen, einen für sein Alter noch verhältnismäßig rüstig aufgestellten Vater zu haben und darüber hinaus keine familiären Verpflichtungen. Die Kommissarin hätte alles dafür eingetauscht, noch einige weitere Jahre mit ihrer Mutter verbringen zu dürfen, darüber gab es nichts zu diskutieren. Aber eine psychisch kranke Mutter zu pflegen, deren neueste Posse es war, ihren Betreuer des Sozialdienstes spätabends anzurufen und ihn zu fragen, ob er mit ihr schlafen wolle, konnte und wollte die Kommissarin sich nicht einmal vorstellen. Sabine trug diese Bürde mit Fassung, doch man spürte, wie viel Kraft die junge Frau an manchen Tagen aufbringen musste, um Beruf und Privates unter einen Hut zu bringen.

»Hat sie dir die Geschichte mit dem Typen von der Caritas erzählt?«, fragte Hellmer und hob die Augenbrauen.

»Ich dachte, er käme von der Diakonie«, antwortete Julia, »aber ja. Sabine hat es mit Humor genommen, und der junge Mann offensichtlich auch, na ja, wer weiß, was er sonst mit den Patienten erlebt, die in der Tagesklinik ein und aus gehen. Leider taucht Sabines Mutter dort ja nur unregelmäßig auf.«

»Bewundernswert jedenfalls«, erwiderte Frank, und Julia wusste, dass er in diesem Moment seine eigene Situation mit der Sabine Kaufmanns verglich. Frank Hellmers Tochter Steffi war schwerstmehrfachbehindert, wie der Fachjargon dafür lautete, und würde ihr ganzes Leben auf die Hilfe Dritter angewiesen sein. Und doch wirkte es weniger seltsam als der Umstand, als Kind seine Mutter pflegen zu müssen, während diese sich eigentlich um die Belange ihres Kindes hätte kümmern müssen.

»Wie auch immer«, kürzte Julia ihre Gedanken ab, »Sabine hat meine volle Unterstützung, was auch immer sie braucht. Das ist das mindeste, was wir tun können, denn wenn sie sich hier einbringt, gibt sie immer hundert Prozent.«

»Hast du etwa Angst, dass Brandt sie abwirbt?«, flachste Hellmer. »Bei denen ist eine Stelle vakant, wie man hört.«

»Du hörst auch das Gras wachsen, wie?«

»Möglich.«

»Ein weiterer Grund, weshalb ich dich unbedingt zu den Cramers mitnehmen möchte«, gab Julia zurück und zuckte augenblicklich zusammen. Doch es war zu spät.

»Cramer?«, fragte Hellmer langgezogen.

»Scheiße«, flüsterte die Kommissarin kopfschüttelnd, dann erklärte sie ihrem Kollegen: »Na, ich hätt's dir draußen ohnehin sagen müssen, oder spätestens, wenn wir dort vorgefahren wären. Mir geht die ganze Geheimniskrämerei ohnehin auf den Keks.«

»Und wir reden von *dem* Cramer, ja?«, erkundigte Hellmer sich argwöhnisch.

»Ja, verdammt, und es schmeckt mir überhaupt nicht. Berger und er sind offenbar befreundet, jedenfalls gehen sie sehr vertraut miteinander um.«

»Was nicht verwerflich ist«, gab Hellmer zu bedenken.

»Nein, natürlich nicht. Ich möchte unserem Boss auch nicht unterstellen, dass er sich auf krumme Touren einlassen würde, nur um einen Freund zu schützen, aber ich denke, ihm fehlt dennoch der objektive Blick. Wenn es später darum geht, bei der Staatsanwaltschaft in die Bresche zu springen, kann er meinetwegen tun, was er für richtig hält. Aber die Ermittlung möchte ich mit jemandem führen, dem ich in dieser Hinsicht vertrauen kann. Außerdem«, Julia zwinkerte verstohlen, »haben wir im laufenden Fall bisher kaum zusammengearbeitet.«

»Gib's ruhig zu, dir geht der Porsche ab«, lachte Hellmer.

»Brandts Alfa ist gar nicht übel.« Julia tat völlig unbeeindruckt. »Porsche fährt ja mittlerweile fast jeder.«

»Seit es den Boxster gibt, ist es zumindest deutlich mehr geworden«, nickte Hellmer. »Aber schon gut, ich habe verstanden. Dir geht es nicht um das Auto, sondern um meinen messerscharfen und einzigartigen Verstand. Prima. Den stelle ich dir hiermit gerne zur Verfügung, aber fahren müsstest du dann halt selbst.«

»Wie?«

»Spaß beiseite, ich will im Anschluss gerne möglichst

ohne Umwege nach Hause. Direttissima, wie die Italiener sagen.« Hellmer machte jene typische südländische Geste mit der rechten Hand, in der Daumen und Zeigefinger aufeinander lagen und das Handgelenk im Takt der Worte hin und her wippte.

»Das geht klar. Ich möchte nur einen Mann mit im Boot haben, falls Michael mir gegenüber dichtmacht. Bei diesem Vorfall mit der Hausmann spielte möglicherweise ganz profanes sexuelles Versagen eine Rolle. Bisher hat er sich da stets elegant darumgewunden, aber jetzt müssen wir möglicherweise konkret darüber sprechen.«

»Kein Problem. Wie ist der Junge denn so drauf?«

»Nun ja, nach außen hin ein wohlbehütendes Elternhaus, aber es gibt einen Vaterkonflikt, die Mutter scheint teilnahmslos, vielleicht hat sie resigniert«, fasste die Kommissarin knapp zusammen. »Was sich sonst noch abgespielt hat, weiß ich nicht, aber der Junge wird schon seit geraumer Zeit auf der Suche nach Ersatzidolen gewesen sein. Also jemand, der äußerst empfänglich für Demagogen wie Lutz Wehner gewesen sein dürfte.«

»Der Wehner soll ein Demagoge sein? Na, ich weiß nicht.«

»Für eine bestimmte Klientel schon«, beharrte Julia. »Vielleicht finde ich einen passenderen Begriff, aber Wehner ist ein Mensch, der Autorität ausstrahlt.«

»Das kann eine Vaterfigur auch«, warf Hellmer ein.

»Stimmt. Nur leider nicht automatisch auch beim eigenen Sohn. Wehner hat die Gabe, Menschen in seinen Bann zu ziehen. Manche Menschen zumindest«, ergänzte sie dann, »denn bei uns wird ihm das nicht gelingen.«

Zwanzig Minuten später erreichten sie im Konvoi Mörfelden-Walldorf. Nur allzu gerne hätte Hellmer seinem Porsche auf dem nur mäßig befahrenen, vierspurig ausgebauten Autobahnabschnitt die Sporen gegeben, doch er nahm Rücksicht auf die begrenzte Leistung des kleinen Peugeots seiner Kollegin. Julia Durant allerdings fuhr für die wenigen PS einen recht sportlichen Stil, im Autoradio dröhnte Meat Loaf, dessen ›I would do anything for love‹ sie ganz offensichtlich beflügelte, obgleich sie derzeit überhaupt nicht in Stimmung für schwermütige Balladen war. Doch sie brachte es auch nicht über sich, einen anderen Sender einzustellen.

Hellmers Reaktion auf Mike Cramers Identität und die Position seines Vaters im Präsidium war weniger überrascht ausgefallen, als sie es erwartet hatte.

»Hab mir schon gedacht, dass da irgendeine Mauschelei im Gange ist«, hatte er gemurmelt, »und wenn nicht unser Vize, dann ein Bürgermeistersöhnchen oder jemand, der mit einem Staatsanwalt Tennis spielen geht. Ist doch immer das Gleiche.«

»Das habe ich Berger auch gesagt«, war Julias Antwort gewesen, denn sie konnte Hellmers Unmut absolut nachvollziehen. »Aber er meinte, der Junge sei zur Sühne bereit, sonst hätte er sich niemals an seinen Vater gewandt. Die beiden haben nicht das innigste Verhältnis. Leider konnte ich bisher nur einen oberflächlichen Blick hinter die Kulissen werfen. Die Mutter scheint sich aus der Realität verabschiedet zu haben. Und der Vater ist ein typischer Karrieretyp, der von seinem Sohn erwartet, ebenso zu funktionieren, und dabei seine eigene Sturm-und-Drang-Zeit längst vergessen hat. Das alleine macht ihn natürlich nicht zu einem schlechten Vater, aber für Mike dürfte es der einfachere Weg gewesen zu sein, sich andernorts einen Zufluchtsort zu suchen. In seinem Fall war das wohl diese WG, in der er mit gefälschtem Nachnamen gelebt hat.«

»Hm, na ja, recht extrem, oder? Andererseits, wenn er das nötige Kleingeld dazu hat …«

»Mach dir am besten dein eigenes Bild. Ich muss Berger zugutehalten, dass er mir von Anfang an den Freiraum gelassen hat, die Situation sachlich zu beurteilen. Er hat mich nicht als seine Untergebene konsultiert, deren Ermittlungsergebnisse er dann im Schreibtisch verschwinden lassen möchte, sondern er möchte eine korrekte Handhabung. Das beinhaltet auch die Möglichkeit, Familie Cramer in einen riesigen Skandal zu verwickeln.«

»Gleichzeitig gibt es Cramer die Möglichkeit, sich nach außen hin abzusichern. Er kann sich, wenn es hart auf hart kommt, jedem Ausschuss gegenüber darauf berufen, aus eigener Intention heraus auf lückenlose Aufklärung hingewirkt zu haben. So ticken die da oben nämlich. Wenn er allerdings tatsächlich Sybille Hausmanns Mutter unter Druck gesetzt hat, war es ein übles Eigentor.«

Herbert Cramer trug einen dünnen grauen Rollkragenpullover, der lediglich am Bauchansatz ein wenig spannte. Eine Stoffhose und schwarze Slipper rundeten die elegante Erscheinung ab. Offensichtlich hatte er seine Tageskleidung gewechselt, zog aber auch zu Hause einen gewissen Stil vor, wie Julia schweigend registrierte. Nicht ungewöhnlich, schloss sie weiter, denn auch ihr Vater würde sich selbst in den eigenen vier Wänden nie in knittrigem Outfit zeigen. Als Pastor einer dörflichen Gemeinde konnte man nie wissen, ob nicht unangemeldeter Besuch kommen würde. Doch soweit sie wusste, arbeitete Cramer nicht zu Hause, empfing keine Klienten oder führte Dienstgespräche in seinem Bürozimmer. Vielleicht wäre eine dreckige Jeans und ein Werkzeugkoffer im Gartenhäuschen schon genug gewesen für seinen heranwachsenden Sohn, oder eine Jogginghose und ein Basketballkorb.

»Guten Abend, Frau Durant«, unterbrach Cramers Stimme – rhetorisch geschult und stets korrekt, höflich, unverbindlich und doch mit dem nötigen Maß an Vertrautheit – ihre Gedanken. »Und Herr Hellmer«, fügte er hinzu und zog die Stirn kurz in Falten.

Die Kommissare erwiderten die Begrüßung, und Julia Durant erklärte in knappen Worten, dass es noch einige Dinge zu klären gäbe und Frank Hellmer über die Situation informiert sei. »Dann darf ich also davon ausgehen, dass Sie nicht noch weitere Kollegen involvieren?«, vergewisserte sich Cramer, während sie in Richtung Wohnzimmer gingen. Hellmer musterte die Inneneinrichtung, die zwar nicht seinem Stil entsprach, aber angenehm überraschte. Wenig Prunk, eher ein dezentes Ambiente mit ausgewählten Kunstgegenständen. Nicht überheblich, doch alles andere als schlicht. Protzig wirkte nur das riesige Ölgemälde einer Seeschlacht, dessen kühle Grau- und Blautöne nicht zu den warmen Holzfarben passten. Drei Segelschiffe waren zu sehen, eines davon mit gebrochenen Masten, im Hintergrund verbargen Rauchschwaden ein weiteres. »Die Schlacht von Trafalgar«, kommentierte Cramer, der Hellmers prüfenden

Blick bemerkt hatte, und hielt kurz inne. »Eine Ölreplik?«, erkundigte sich Hellmer, denn er hatte auf den ersten Blick einen Kunstdruck vermutet, doch dann die unebene Oberflächenstruktur erkannt.

»Eine sehr alte, ja«, nickte Cramer. »Unbekannter Künstler, schätzungsweise um 1955, also dem hundertfünfzigsten Jahrestag der Schlacht. Kennen Sie sich aus?«

»Ein wenig«, murmelte Hellmer und sinnierte krampfhaft, wie der originale Künstler des weltbekannten Motivs hieß.

»Crepin. Das Original hängt im Louvre«, erklärte Cramer, der scheinbar Gedanken lesen konnte oder Hellmers suchenden Blick nach einer Signatur registriert hatte. »Bevor Sie es sagen: Der kühle Grünstich ist ein echtes Manko. Aber er macht das Bild zu einem Unikat. Es zeigt die letzte große, dramatische Seeschlacht des Segelzeitalters, und entsprechend verehrt wird Lord Nelson auch von den Briten.«

»Dabei hat es ihn gleich zu Beginn tödlich erwischt, wenn ich mich recht entsinne«, murmelte Hellmer mit zusammengekniffenen Augen. »Aber wir sind nicht hergekommen, um über Kunst oder Geschichte zu sprechen«, fuhr er sogleich fort.

»Natürlich nicht. Bitte.« Cramer wies mit der Rechten zum Sofa. »Machen Sie es sich bequem. Darf ich Ihnen etwas anbieten?«

»Danke«, verneinte Julia.

»Für mich auch nicht«, antwortete Hellmer.

»Ist Ihre Frau zu Hause?«, erkundigte sich die Kommissarin weiter.

»Hm. Sie hat sich hingelegt, und ich würde sie nur ungern stören. Migräne.«

Cramer machte ein mitfühlendes Gesicht und zuckte mit den Achseln.

»Nun gut, aber wir behalten uns vor, sie später hinzuzuziehen.«

Julia und Frank nahmen nebeneinander Platz, Herbert Cramer setzte sich ihnen schräg gegenüber. Ohne Umschweife kam die Kommissarin auf den Punkt.

»Herr Cramer, wir haben mit Frau Hausmann gesprochen, das heißt, mit beiden von ihnen«, eröffnete sie. Julia und Frank beobachteten den Mann, der Autorität und Gelassenheit ausstrahlte. Tatsächlich meinten beide ein leichtes Zucken der Augenwinkel wahrzunehmen, mehr aber auch nicht. »Natürlich haben Sie das.«

Cramers Antwort war so ziemlich das Letzte, was Julia erwartet hätte, üblicherweise reagierten Befragte mit einer Gegenfrage, etwa mit: »Was haben Sie?« Oder gleich mit einer verteidigenden Aussage wie: »Und was hat das mit mir zu tun?« Herbert Cramer allerdings gab sich vollkommen unbeeindruckt, doch auch Julia Durant blieb hartnäckig am Ball.

»Wir haben uns ein wenig darüber gewundert, was Frau Hausmann, die Mutter, uns berichtet hat.«

»Und das wäre?«

»Sie haben ihr einen Besuch abgestattet. Haben Sie sie unter Druck gesetzt?«

»Hat sie das gesagt?«

»Sagen Sie es uns.«

Herbert Cramer lächelte schief und beugte sich nach vorn. »Hören Sie, Frau Durant«, begann er geduldig. Noch immer wirkte er vollkommen gelassen. »Mein Sohn hat sich mir nach Monaten des Grabenkriegs anvertraut. So eine Situation ist nicht gerade klassisch, immerhin hat er mir schlimme Dinge berichtet. Viel größer als seine Angst vor der Polizei war seine Reue und die Angst um das eigene Leben, verstehen Sie? Das Einzige, was ich tun konnte, war, ihm wenigstens das Damoklesschwert einer Verhaftung zu nehmen. Sie wissen doch selbst, wie es in den Gefängnissen zugeht. Mit Erpressung hatte das nicht das Geringste zu tun.«

»Wie ist dieser Besuch denn stattdessen abgelaufen?«, fragte Julia knapp, ohne auf das Gesagte einzugehen.

»Ich habe an Frau Hausmanns Verständnis appelliert, ihr die Situation erläutert. Wussten Sie, dass ihre Tochter an diesem Tag nicht einmal Dienst im Laden gehabt hätte? Sie hat ihre Mutter nur vertreten. Frau Hausmann hat sich plötzlich riesige Vorwürfe gemacht, wir haben uns die meiste Zeit darüber unterhalten, wie viele Dinge wir in der Erziehung falsch gemacht haben. Völlig absurd, aber so und nicht anders ist das Gespräch verlaufen.«

»Mir erschließt sich noch immer nicht, weshalb sie die Anzeige zurückgezogen haben«, murmelte Julia stirnrunzelnd.

»Na ja, ich habe schon ein wenig gepokert«, gestand Cramer ein.

»Inwiefern? Haben Sie ihr Geld angeboten?«

»Nein. Hat sie das etwa behauptet?«

»Was dann?«

»Ich habe ihr gesagt, dass Michael in die Fänge eines gefährlichen Rädelsführers geraten ist, der, wenn wir ihn nicht zur

Räson bringen, mit solchen Überfällen nicht aufhören würde. Ich habe es dabei unter Umständen wohl so formuliert, dass auch ihr eigener Laden davon betroffen sein könnte.«

»Was völlig an den Haaren herbeigezogen ist«, warf Hellmer ein.

»Ist es das? Können Sie das beschwören?«

»Nun«, sagte Julia, »Sie haben die Wahrheit sehr zu Ihren Gunsten verdreht, da gibt es nichts zu beschönigen. Wie wären Sie in Ihrer Laufbahn als Jurist mit einem solchen Fall umgegangen? Hätten Sie das einem Angeklagten durchgehen lassen?«

»Nein, natürlich nicht«, stimmte Cramer ihr zu. »Aber können Sie ausschließen, dass der Laden Ziel weiterer Überfälle sein könnte?«

Anwalt vom Scheitel bis zur Sohle, dachte Julia verbissen und antwortete kühl: »Nein. Aber solche Gedankenspiele bringen uns nicht weiter. Haben Sie Frau Hausmann darüber hinaus Zugeständnisse gemacht?«

»Außer dem Ehrenwort, dass Michael Verantwortung für seine Tat übernehmen würde, nein«, erwiderte Cramer kopfschüttelnd. »Ich habe ihr angeboten, mich zu kontaktieren, nicht im Büro, versteht sich, aber sie wollte keinen weiteren Kontakt. Und auch sonst nichts, bevor Sie fragen«, fügte er rasch hinzu.

»Hm. Haben Sie denn auch bereits eine Idee, wie diese Verantwortung aussehen soll?«, erkundigte die Kommissarin sich.

»Um ehrlich zu sein, nein. Kommt auf den Deal an, den die Staatsanwaltschaft mit Michael wegen der Schießerei machen wird. Er ist ja praktisch Kronzeuge.«

»Na, so einfach ist das nicht«, warf Hellmer ein. »Immerhin war er bereit, seine Waffe gegen einen Fremden zu richten, unabhängig davon, was danach geschah.«

»Aber Wehner hat ihn doch dazu ...«

»Nein, Michael kann sich nicht mit Wehner rausreden«, unterbrach Julia ihr Gegenüber. Cramer war mittlerweile weitaus unsicherer als zu Beginn, seine Hände huschten permanent hin und her, mal kratzte er sich an der Nase, mal zupfte er an seiner Hose, mal fuhr er sich durchs Haar. »Sie kennen das Gesetz wahrscheinlich besser, als wir es aus dem Stegreif zitieren könnten. Sie wissen also, dass die Aussage Ihres Sohnes juristisch betrachtet nichts weiter ist als die Wahrnehmung von Tatsachen. *Seine* Wahrnehmung. Ob das Gericht ihm Glauben schenken wird, bleibt abzuwarten, denn seine Aussage ist nicht nur belastend gegenüber einem anderen, sondern vor allem auch entlastend gegenüber ihm selbst. Weder Wehner hat bislang ausgesagt, noch können die Indizien zweifelsfrei belegen, wie stark er durch Wehner fremdgesteuert wurde. Ich kann es nur wiederholen: Abgedrückt hat Michael immer noch mit eigener Hand. Warum ist er nicht vorher weggelaufen?«

»Mit einem bewaffneten Mann neben sich?«, gab Cramer zurück.

»Bewaffnet war Wehner auch noch, als das Opfer am Boden lag«, entgegnete Julia. »Aber mit all diesen Fragen wird er sich konfrontiert sehen, und er wird sich auch dem Vorwurf stellen müssen, dass er von seiner Aussage als Einziger profitiert. Er hat sich ja nicht aus reiner Bürgerpflicht an Sie gewendet, nicht wahr?«

»Wer würde das schon.«

»Ich erwarte jedenfalls von Ihnen, Herr Cramer, dass Sie keinen Druck auf die Staatsanwaltschaft ausüben. Ihre Position erlaubt es Ihnen, Ihren Sohn aus allem herauszupauken, und glauben Sie mir, das bekäme ich mit. Dafür habe ich mich nicht von Berger vor den Karren spannen lassen.«

»Das habe ich überhaupt nicht vor«, beharrte Cramer und ging hinüber zum Spirituosenschrank, wo er sich ein Glas Whiskey einschenkte, es zur Hälfte leerte und sofort wieder füllte. Dabei sprach er weiter: »Michael soll eine Konsequenz tragen, alles andere wäre pädagogisch und psychologisch völliger Blödsinn. Er leidet darunter, haben Sie das nicht gesehen? Ohne eine Form der Sühne kann er dieses Kapitel nicht abschließen.« Er kehrte zu seinem Platz zurück. »Aber es darf keine Klage wegen eines Sexualdelikts geben, außerdem soll kein Exempel an ihm statuiert werden, nur weil er der Sohn eines Polizeifunktionärs ist. Im Gegenzug ist er zu fast allem bereit, oder haben Sie da einen anderen Eindruck?«

»Ist er bereit, oder projizieren Sie das von sich selbst auf Ihren Sohn?«, hakte Hellmer nach. Cramer nippte erneut an seinem Glas, diesmal aber nur einen kleinen Schluck.

»Wahrscheinlich von beidem etwas«, murmelte er schließlich. »Aber Michael ist sich darüber im Klaren, dass er das nicht hier zu Hause aussitzen kann.«

»Er soll auch nicht auf Biegen und Brechen in Haft, verstehen Sie uns nicht falsch«, gestand Julia ein. »Doch als wir von Ihrem Besuch bei Frau Hausmann erfuhren, ahnten wir nichts Gutes. Was ist denn mit dem Kontakt zwischen Michael und dem Mädchen? Da gab es doch einen ersten Vorstoß seinerseits. Möglicherweise bietet sich ja eine geeignete Form des Täter-Opfer-Ausgleichs an.«

»Hm. Das ist bei Sexualdelikten eher unüblich, oder? Darüber muss ich nachdenken.«

»Tun Sie das.« Julia Durant erhob sich. »Aber finden Sie eine adäquate Lösung, wir behalten die Sache im Auge. Jetzt möchten wir uns noch alleine mit Michael unterhalten, in Ordnung?«

Cramer nickte.

Frank Hellmer stand ebenfalls auf und beugte sich in seine Richtung. »Auch ich habe Kinder«, raunte er ihm zu, »und selbst eine ellenlangen Liste von Versäumnissen, die ich mir vorwerfe. Wenn sich einem eine Chance bietet, etwas geradezubiegen, sollte man sie, ohne zu zögern, ergreifen. Beziehen Sie Ihren Sohn mit ein, setzen Sie sich zusammen und zeigen Sie ihm, dass Sie seine Meinung respektieren.«

Die Tür zu Michaels Zimmer öffnete sich bereits, als die Kommissare noch die Treppe erklommen.

»Meine Unschuld ist bewiesen, ich bin verdammt froh«, begrüßte der Junge sie strahlend, »vielen Dank.«

Er stand im Türrahmen seines Zimmers in der oberen Etage, und sein verklärtes Lächeln glich dem eines Kindes, so ehrlich trug er seine Erleichterung zur Schau.

»Das tödliche Projektil stammt zumindest nicht aus der Pistole, die wir im Schlamm gefunden haben«, relativierte Julia Mikes Enthusiasmus behutsam, »leider beantworten sich hierdurch nicht automatisch alle Fragen zum Tathergang.«

»Ich habe Ihnen doch alles berichtet.«

»Das ist richtig, aber solange wir von Lutz Wehner keine

übereinstimmende Aussage dazu erhalten oder einen weiteren Augenzeugen finden, bleibt es eine unsichere Angelegenheit«, erklärte Julia. »Übrigens, das ist Frank Hellmer, ein Kollege bei der Mordkommission«, stellte sie ihren Partner vor. Michael nickte.

»Ich bin Mike.«

Er streckte Hellmer die Hand entgegen, dieser erwiderte den Gruß.

»Wollen wir hineingehen?« Julia deutete ins Innere des Raumes.

»Äh, klar. Aber warum kommen Sie heute mit Verstärkung?« Mikes Erleichterung war einer spürbaren Unsicherheit gewichen, die er, so gut es ging, mit lässigen Körperbewegungen zu überspielen versuchte.

Sie nahmen allesamt Platz, dann ließ Julia ihren Blick über die Poster wandern und sagte wie beiläufig: »Abgesehen vom Mord an dem Motorradfahrer gibt es ja noch diese andere Sache, über die wir sprechen müssen.«

»Die Kleine im Laden, hm?«, murmelte Mike und sah betreten zu Boden.

»Korrekt.«

»Aber ich habe Ihnen den Ablauf doch schon letztes Mal geschildert. Lutz hat mich dazu genötigt. Ist Nötigung nicht auch strafbar? Im Internet ...«

»Moment, Moment«, fiel Hellmer ihm ins Wort. »Nötigung und Nötigen im Sinne von Anstiften sind zwei Paar Schuhe. Laut Protokoll stand Wehner draußen, und du warst drinnen zugange. Verzeihung, ist ›du‹ okay? Du hast dich mir mit Vornamen vorgestellt, also bin ich davon ausgegangen.«

»Mike und du, klar. Sie kennen das Protokoll?«

»Natürlich. Aber keine Sorge, in dem Bericht von Frau Durant tauchen keine Namen auf, wie vereinbart. Über die inhaltlichen Fakten müssen die ermittelnden Beamten aber allesamt informiert sein«, erklärte Hellmer geduldig.

»Hm, okay.« Mike kratzte sich unschlüssig hinterm Ohr und wartete offensichtlich darauf, dass der Kommissar erneut eine Frage stellte.

»Also noch mal«, fuhr dieser fort. »Du hast den Überfall im Laden faktisch alleine durchgezogen, das mit der Anstiftung ist da erst einmal ganz nebensächlich. Wir haben daraufhin natürlich auch mit dem Opfer gesprochen.«

»Sie haben was?« Michael Cramers Stimme zitterte, als er Hellmer mit weit aufgerissenen Augen unterbrach.

»Wir haben mit dem Mädchen gesprochen«, wiederholte Julia Durant die Worte ihres Kollegen. »Und natürlich auch mit ihrer Mutter.«

»Aber warum?« Mikes Augen bekamen einen feuchten Schleier und huschten rastlos hin und her. »Ich habe Ihnen doch alles gesagt.«

»Das konnten wir aber nicht wissen«, erwiderte Julia mit sanfter Stimme und einer beschwichtigenden Handgeste.

»Was beunruhigt dich denn so?«

»Wie? Äh, nichts, nein«, wehrte Mike kopfschüttelnd ab.

»Hm, und ich dachte schon, es könnte mit diesen Facebook-Nachrichten zusammenhängen«, übernahm Hellmer wieder und nickte Julia kaum merklich zu.

Mike schien für einen Augenblick zu erstarren, er fasste sich aber sofort wieder und hauchte mit leerem Blick: »Scheiße.«

»Was ist denn scheiße?«

»Können Sie sich ja denken, oder?«

»Nein, eigentlich nicht. Erklärst du es uns?«

»Weiß nicht.«

»Hör zu, Mike«, sagte die Kommissarin, die zu spüren meinte, dass Michael sich abzuschotten begann, »wir haben die Nachrichten noch nicht gelesen, aber das, was das Mädchen davon berichtet hat, ist keine Schande. Im Gegenteil. Ich kenne nur wenige junge Männer deines Alters, die sich so etwas getraut hätten.«

»Sie haben es nicht gelesen?«, wiederholte Mike argwöhnisch und kniff die Augenlider zusammen.

»Nein. Aber wir würden gerne, wenn du uns lässt. Und wenn du das lieber mit einem von uns alleine machen möchtest, ist das auch okay.«

»Mit ihm vielleicht.« Achselzuckend nickte Mike in Hellmers Richtung.

»Natürlich.« Julia erhob sich ächzend, denn sie hatte ihren Rücken beim Sitzen ungünstig verdreht. Sie streckte sich, nickte den beiden zu und verließ das Zimmer. Draußen entschied sie sich, wieder hinunter zu Mikes Eltern zu gehen. Von dem Chat allerdings würde sie nichts erzählen.

Eine knappe halbe Stunde später verließen die beiden Kommissare das Haus der Cramers, und Hellmer zog seine Zigarettenschachtel aus der Brusttasche seines Hemdes. Julia, die neben ihm her zu seinem Porsche trottete, sog zweimal lautstark Luft in die Nase und sagte dann: »Schon wieder?«

»Wieso wieder?«, grinste Hellmer unschuldig, der genau

wusste, dass seine Partnerin den frischen Rauch an seiner Kleidung gerochen hatte.

»Jungs, ihr sollt doch nicht heimlich im Zimmer rauchen«, scherzte Julia mit erhobenem Finger und stieß Frank sanft in die Seite. »Wenn das der Herr Vizepolizeichef wüsste.«

»Es war Mikes Idee.« Hellmer zuckte mit den Schultern und hob verteidigend die Hände. »Ich habe nur alles getan, um eine entspannte Basis für die Kooperation des Zeugen zu schaffen.«

»Haha, so könnte man es auch nennen. Mensch, Frank, das habe ich vermisst.«

»Die Zigaretten?«, gab Frank schlagfertig zurück. »Vorhin war's noch der Porsche.«

»Nein, Quatsch, das meine ich doch nicht.« Julia hakte sich bei ihm ein, obwohl sie den Wagen nur wenige Schritte später erreichten. »Die Arbeit mit Brandt läuft viel runder als erwartet, aber mein Herz schlägt nun mal für dich.«

»Achtung, verheirateter Kommissar.«

»Blödmann. Ich mein's ernst.«

»Ich hör ja schon auf«, erwiderte Frank, »obgleich ich grad etwas auf dem Schlauch stehe. Was willst du mir denn mitteilen?«

»Nichts Bestimmtes, nur einfach mal so«, murmelte Julia unentschlossen. »Ich wollte dich wissen lassen, dass ich den Job ohne euch, aber insbesondere ohne dich, nicht machen wollte. Das liegt mir schon eine ganze Weile auf der Seele, aber irgendwie kriegt man das im Alltag nie so gesagt.«

»Ach, das weiß ich doch auch so«, lächelte Hellmer. »Du hast einen verdammt weichen Kern und zeigst ihn eben nicht gerne. Das ist im Grunde auch gut so, denn eine harte Schale schützt am besten vor Verletzungen.«

»Mag sein, aber man vergisst darüber auch manchmal seine Menschlichkeit. Davor habe ich Angst.«

»Angst wovor? Zur Maschine zu werden?«

»Als Maschine wahrgenommen zu werden.«

»Na, da mach dir mal nicht allzu viele Sorgen«, grinste Frank, schnippte seine Zigarette weg und trat näher an Julia heran. Er umarmte sie kurz, aber fest. Dabei murmelte er: »Nein, wirklich nicht. Du fühlst dich nicht wie eine Maschine an. Außerdem«, er löste sich wieder, »wärst du wohl als Montagsgerät längst zurückgerufen und demontiert worden.«

Er lachte schallend, und Julia stemmte empört die Fäuste in die Hüften. »Was soll das denn heißen?«

»Nichts Bestimmtes«, zwinkerte Hellmer, »aber nobody is perfect, damit musst wohl auch du leben. Wollen wir jetzt noch eine Runde kuscheln, oder darf ich dir endlich von unserem Gespräch unter Männern berichten?«

»Ja, mach mal«, murmelte Julia, während Hellmer mit der Funkfernbedienung seinen Wagen entriegelte.

»Drinnen, okay? Es wird mir hier draußen zu kalt.«

Nur zögerlich ließ die Kommissarin sich hinab in die tiefliegenden Sportsitze sinken, und erneut durchzuckte ein unangenehmes Ziehen ihre untere Wirbelsäule. Während sie sich ein Ächzen verkniff, zog ihr Partner zwei doppelt gefaltete, knittrige DIN-A4-Seiten aus der Tasche und entblätterte sie. Es war der Farbausdruck eines Messenger-Fensters, in dem sich offensichtlich zwei Personen via Chat unterhalten hatten. Die Liste zeigte die Nachrichten versetzt untereinander, in verschiedenfarbigen Textfeldern, neben denen außerdem Zeitstempel vermerkt waren.

Die Begrüßungsnachricht war von Mike Cramer.

»hi«
»kennen wir uns?«
»ich dich schon«

Der Zeitindex verriet an dieser Stelle, dass bis zur Antwort von Sybille Hausmann zwei Minuten vergangen waren.

»keiner meiner freunde kennt dich und fotos hast du auch keine«
»zweitaccount :-)«
»ok und wer bist du?«
»weiss nicht ob ich das sagen will«
»wieso?«
»angst dass du mich auf igno setzt«

Julia überlegte kurz. »Igno« meinte die Ignorier- bzw. Blockierfunktion, mit der man sich vor unerwünschten Benutzern schützen konnte. Michael Schreck, der IT-Experte, hatte unlängst über Facebook und die Kriminalität in sozialen Netzwerken referiert.

»mach ich auch so, wenn du's mir nicht sagst;-)«
»ich wollt mich bei dir entschuldigen«
»wofür?«
»versprichst du mir nicht offline zu gehen?«
»mal sehen«

50 Sekunden Pause.

»ich war der typ«
»was für'n typ?«
»im laden«

30 Sekunden lang keine Reaktion.

»?????«
»im laden. der typ mit der maske«

Keine Reaktion. Mike hatte daraufhin erneut getextet:

»hallo?«

Und dann:

»noch da???«

Doch erst nach einer halben Stunde hatte Sybille sich wieder gemeldet:

»was willst du von mir?«

Umgehend schrieb Mike zurück:

»mich entschuldigen«
»wofür, dass du keinen hochbekommen hast??!!
»nein, dich um verzeihung bitten. EHRLICH.«

Zwei Minuten Funkstille.

»du arsch«
»ich hab keinen hochbekommen weil ich das nie wollte«
»aber du hast es versucht«
»ja, weil mich einer gezwungen hat«
»der andere typ?«
»jop«
»warum?«
»ist kompliziert«

30 Sekunden.

»weisst du eigentlich wie beschissen es mir geht???«
»glaub schon. mir auch«
»toller trost«
»sorry, war nicht so gemeint«
»waren die bullen schon bei dir?«
»jein«
»??«
»hab quasi nen bullen im haus«
»und jetzt die hosen voll oder wie??«
»schon«

40 Sekunden.

»ich weiss nicht was ich davon halten soll«
»der typ hat noch ganz andere sachen gemacht. alter schwede«
»aber er ist nicht im laden vor mir gestanden«

»ich weiss. aber er hätte vielleicht, deshalb das mit dem messer«
»ja, habs in deinen augen gesehen, dass du voll die panik hattest«
»wenn die bullen zu mir kommen, kann ich ihn verpfeifen«
»und weiter?«
»hab ne scheissangst davor«
»die hatte ich auch«
»ich darf keine anzeige bekommen. wenn der und ich in den knast gehen, bin ich tot.«
»und das soll ich jetzt entscheiden??«
»scheint so«
»ironie des schicksals«
»jop«
»muss ich drüber nachdenken«
»meldest du dich wieder?«

Sekunden später fragte Mike erneut:

»bitte meld dich wieder«

Eine Minute verging, bevor Sybille antwortete:

»joa denk schon. aber du bist trotzdem das letzte. ich will dir niemals wieder begegnen, nur damit du's weisst!«

Damit endete die Konversation.

»Der Rest lief dann über Mikes Vater und Frau Hausmanns Mutter«, schloss Hellmer. »Der Account bei Facebook ist gelöscht, diesen Ausdruck hier hat der Junge in einem seiner Verstecke im Bücherregal gehortet. Rate mal, wo«, grinste Hellmer. »Ich weiß nicht«, murmelte Julia und schob grübelnd ihre Unterlippe hervor. »Im ausgehöhlten Katechismus vielleicht? Da hat ein Mitschüler früher seine Zigaretten gehortet, kein Scherz«, bekräftigte sie.

»Nicht übel.« Hellmer nickte anerkennend. »Das Papier hat in einer Schulbibel gesteckt.«

»Im Ernst?«

»Wenn ich's dir doch sage. Hinten, bei den Johannesbriefen.«

»Zufällig oder absichtlich?«

»Das kann ich nicht genau sagen, aber einige Textpassagen sind mit gelbem Textmarker hervorgehoben. Das ist in einer Schulbibel wohl gang und gäbe, oder?«

»Mein Vater hätte mir das nicht erlaubt«, murmelte Julia.

»Hast du die Passagen angeschaut?«

»Ja, es geht um Schuld und Sühne. Aber du bist die Bibelfeste von uns beiden. Geht es darum nicht überall dort?«

»Nicht permanent, *doch* schon häufig. Möglicherweise hat Michael sich mit dem Thema auseinandergesetzt. Was hältst du von diesem Dialog?« Julia raschelte mit dem Papier.

»Wirkt ehrlich auf mich«, antwortete Hellmer. »Ich hätte zu gern die Antwort von Sybille Hausmann erfahren.«

»Michael sicherlich auch«, stimmte Julia nachdenklich zu, »aber Herr Cramer senior wollte wohl nicht abwarten, nichts dem Zufall überlassen.

»Unter uns gesagt, ich finde ihn zum Kotzen«, wisperte Hellmer.

»Schön, dass das zuerst von dir kam«, lächelte die Kommissarin müde. »Ich denke da nämlich ähnlich, aber das werde ich Berger nicht auf die Nase binden.«

Die beiden verabschiedeten sich voneinander, und Julia machte sich bereit, zu ihrem Peugeot zu laufen, als sie sich noch einmal umdrehte.

»Ach, Frank?«

»Hm?« Hellmer zog fragend die Augenbrauen zusammen.

»Noch etwas«, sagte sie und klang dabei betont sachlich, »ich bin an einem Dienstag auf die Welt gekommen. Von einem Montagsgerät kann also nicht die Rede sein ...«

MITTWOCH, 19:45 UHR

Vor dem Clubhaus der *Mogin Outlaws* parkten nur wenige Motorräder. Brandt zählte drei, etwas weiter hinten, aufgebockt und ohne Hinterräder, stand eine vierte Maschine. Er erinnerte sich an seine Jugend, damals, als es das Allergrößte gewesen war, mit einem stinkenden Fünfzig-Kubik-Motor durch die Straßen zu knattern, im T-Shirt, ohne Helm und mit ölverschmierten Händen, weil man permanent an den Mopeds herummontierte. Und er erinnerte sich an die amerikanischen GIs, die stets die besseren, stärkeren und schnittigeren Maschinen besessen hatten. Apropos Amerikaner. Er rief sich zur Ordnung und entschied, seinen Alfa demonstrativ auf die geschotterte Parkfläche zu stellen, obwohl ein unübersehbares Schild am Gittermattenzaun darauf hinwies, dass das Parken *Members only* vorbehalten war.

Harley Parking only prangte von einem zweiten Schild, das unmittelbar danebenhing und mit grünem Zaundraht an den silbernen Doppelstäben fixiert war.

Dieter Greulich war nicht erreichbar gewesen, und Brandt war nicht einmal unglücklich darüber. Wahrscheinlich hätte er tausend Einwände vorgebracht, Chris auf direktem Weg zu kontaktieren, aber darauf konnte der Kommissar keine Rücksicht nehmen. Wenn auch nur die geringste Chance bestand, über Chris' Insiderwissen dem Mörder von Kohlberger einen Schritt näher zu kommen, würde er sie ohne weitere Verzögerungen nutzen.

Der Schotter knirschte unter seinen Schritten, und Brandt überkamen die ersten Zweifel. Drei fahrbereite Motorräder, das bedeutete, im Inneren des Clubhauses erwarteten ihn mindestens drei bullige Typen, die sich allen Medienberichten und Klischees zufolge nicht von einem mittelgroßen Kriminalbeamten beeindrucken lassen würden. War es tatsächlich eine kluge Idee gewesen, ohne Unterstützung hierherzufahren? Brandts Überlegungen wurden jäh unterbrochen, als er nur noch wenige Meter von der Tür entfernt war, diese plötzlich aufflog und Chris ihm entgegentrat.

»Schau an, die Bullen!«, polterte er laut, und obwohl Brandt keine weiteren Personen wahrnahm, begriff er, dass Chris offensichtlich ganz bewusst handelte.

»Brandt, Kripo Offenbach«, erwiderte er, ebenfalls laut und deutlich. »Ich habe einige Fragen.«

»Hier gibt es keine Antworten. Haben Sie einen Beschluss oder Haftbefehle?«

»Nein.«

»Dann darf ich Sie bitten, das Gelände zu verlassen. Ich zeige Ihnen den Weg.«

Noch immer laut sprechend hatte Chris nun offenbar das Interesse der anderen Rocker geweckt, denn im Halbdunkel des Innenraums erschienen zwei schemenhafte Gesichter. Einer erkundigte sich mit rauher Stimme, ob er rauskommen solle.

»Quatsch, das Männchen hier pack ich grad noch alleine!«, rief Chris mit Spott in der Stimme zurück, und drinnen ertönte ein höhnisches Lachen.

»Raus auf den Parkplatz«, zischte er in Brandts Richtung und trat auf ihn zu. Sie schritten um die Ecke, und sobald sie aus dem Sichtfeld des Eingangs waren, blitzte Chris den Kommissar wütend an: »Ich habe euch doch Namen gegeben, von denen ihr euch fernhalten solltet«, zischte Chris wütend. »Einer davon war meiner, das gilt besonders dann, wenn ich mich im Clubhaus befinde. Du setzt mit dieser Aktion meine jahrelange Tarnidentität aufs Spiel. Kannst du nicht abwarten?«

»Kunststück«, erwiderte Brandt, »wenn ich niemanden zu greifen bekomme. Dieser Rico beispielsweise ist unauffindbar, und selbst wenn ich ihn fände, soll ich mich ja von ihm fernhalten. Und du selbst bezeichnest dich zwar als V-Mann, aber es gibt bei uns im Haus keine Instanz, die dich zu kennen scheint, geschweige denn, dass jemand Informationen von dir bekommt.«

»Und deshalb kommst du ausgerechnet hier rausgefahren?«, schnaubte Leander. »Frag mal Dieter, wie viele Verhaftungen in den vergangenen Jahren wohl *ohne* meine Hilfe über die Bühne gegangen wären. Soll ich's dir vorrechnen?«

»Nicht eine weniger«, gab Brandt sofort zurück und versuchte, selbstsicher zu klingen. »Ich habe die Akten gesehen. Keinerlei Hinweis auf dich.«

»Und warum ist das wohl so?«, kam es höhnisch zurück.

»Erklär's mir.«

»Es gibt überall schwarze Schafe, das solltest du ja am besten wissen. Mein Job ist es, in der Szene aufzuräumen, was mit herkömmlicher Ermittlungsarbeit streng nach Vorschrift niemals gelänge. Dafür hat Väterchen Staat viel zu lange untätig zugesehen und die ganzen Banden groß werden lassen. Ich stecke bis hierhin drinnen«, er deutete sich an die Unterkante des Kinns, »und wir stehen ganz kurz davor, den Club in die ewigen Jagdgründe zu schicken, und zwar inklusive seiner Seilschaften in der Umgebung. Ein, zwei Wochen, dann stehe ich an der Spitze, aber das wird nicht geschehen, wenn mir ständig einer von euch auf den Fußspitzen steht.«

»Tut mir leid, wenn ich das nicht ad hoc für bare Münze nehme«, erwiderte Brandt, nachdem er einige Sekunden verharrt und über Leanders Worte nachgedacht hatte. Die Augen seines Gegenübers waren unstet und von einem geheimnisvollen Glanz erfüllt, den er vorher nicht wahrgenommen hatte.

»Was brauchst du denn noch? Lebenslauf, Führungszeugnis und Anstellungsvertrag? Damit kann ich leider Gottes nicht dienen.«

»Stehst du mit dem LKA in Verbindung?«

»Und wenn's so wäre?«

»Beantworte mir nur diese eine Frage bitte.«

»Okay. Nein.«

»BKA? Verfassungsschutz?«

»Das waren zwei neue Fragen.«

»Hast du ein Problem damit, sie mir zu beantworten?«

»Nein. Und nein.« Chris schüttelte den Kopf. »Du kennst mich aus einer ganz anderen Zeit, Peter, als unsere Karrieren noch ungeschrieben waren. Du hast den geradlinigen Weg gewählt, wie viele andere. Das ist auch gut so, denn die Polizei braucht Leute wie dich. Aber ich konnte das nicht. Mein Vater hat uns sitzenlassen und ist zurück in die USA gegangen. Meiner Mutter blieb nichts weiter als dieser bekloppte Familienname und mir ein Vorname, der mir nichts bedeutet, weil er mich tagein, tagaus an ihn erinnert. Ich habe den Ausbruch aus meinem Viertel geschafft, was allzu vielen nicht gelungen ist, und meine Freiheit bedeutet mir viel. Beamter auf Lebenszeit? Das wäre nur ein neuer Käfig für mich. Ich strecke die Nase gern in den Wind, das kann ich hier tun, und gleichzeitig sorge ich auf meine Weise für Recht und Ordnung. Ist das so schwer nachzuvollziehen?«

»Nein, jedem das Seine«, murmelte Brandt, »aber wir brauchen keinen *Lonesome Ranger* im Revier. Wenn du der Sitte oder dem Rauschgiftdezernat zuarbeitest, dann meinetwegen, doch aktuell stehen zwei Mordfälle auf der Agenda, und das ist mein Ressort. Was auch immer du darüber weißt, diese Informationen gehören mir. Ich werde hier nicht mit leeren Händen wegfahren, darauf kannst du dich verlassen.«

»Hm.« Chris Leander verzog den Mund. »Was möchtest du wissen?«

»Hat Wehner Grabowski erschossen?«

»Ja.«

»Warum?«

»Vielleicht hat er herausgefunden, dass es Grabowski war, der damals sein Mädchen gefickt hat.«

Brandt zwang sich zu einem Pokerface, welches seine Verwunderung verbergen sollte. Offenbar gelang es ihm auch, denn Chris ließ sich nichts anmerken.

»Woher hat er diese Information bekommen und warum ausgerechnet jetzt?«

»Keine Ahnung. Aber der alte Konflikt mit den ehemaligen *Black Wheels* ist in den letzten Wochen wieder hochgekocht.« »Gibt es irgendwelche Beweise gegen Wehner?«

»Nicht dass ich wüsste.«

»Okay. Und was ist mit Kohlberger?«

»Dazu habe ich bereits alles gesagt.«

»Ganz im Gegenteil«, empörte sich Brandt, »du hast uns gesagt, wir sollen diesen Mord Wehner anhängen.«

»Kann doch sein, dass er beide Male am Drücker war.«

»Oh nein, damit ziehst du dich nicht aus der Affäre. Ich weiß, dass da mehr dahintersteckt.«

»Wenn ich dir etwas anderes sage, setze ich hier alles aufs Spiel«, wehrte Chris ab.

»Dann ordere ich jetzt zwei Funkstreifen und mische den Club auf«, gab Brandt achselzuckend zurück. »Such's dir aus.«

»Verdammt«, knurrte Leander, »aber behalt's bloß für dich, solange ich hier nicht aus dem Schneider bin.«

»Wir werden sehen.«

»Matty stand in Verdacht, der Verräter zu sein, verstehst du? Einer, der für die fehlgeschlagenen Geschäfte in der Vergangenheit herhalten musste und dem man vorwerfen konnte, den Präsidenten verschwinden zu lassen.«

»Verdammt«, entfuhr es Brandt. »Hat er?«

»Nebensache«, wehrte Leander ab. »Er soll sogar mit den alten Kameraden der *Wheels* in Verbindung gestanden haben, es gab jedenfalls jede Menge Verdachtsmomente. Genügend, um ... hm, Maßnahmen zu ergreifen. Am Wochenende hat es ihn dann erwischt, besoffen im Scheißhaus, nun, den Rest kennst du ja.«

»Warst du daran beteiligt?«

»Ich war überhaupt nicht da«, kam es prompt. Etwas zu schnell, für Brandts Geschmack, und er vermutete, dass es eine Lüge war. Doch was sollte Chris anderes sagen? Wenn das, was er soeben berichtet hatte, auch nur im Entferntesten stimmte, dann war er der größte Nutznießer dieser Entwicklung. War das nun die schlichte Wahrheit oder eiskaltes Kalkül? In Peters Kopf begann sich ein unaufhaltsames Karussell zu drehen, schnell und lärmend, und es ließ sich weder ignorieren noch zum Stillstand bringen.

»Verstehst du jetzt, wieso ich nicht freiheraus darüber reden konnte?«, durchbrach Chris' leise Stimme sein inneres Chaos. »Ich bin plötzlich zum Verdächtigen ersten Ranges aufgestiegen, das hatte ich weiß Gott nicht vor. Parallel dazu eröffnet sich mir nun die Möglichkeit, die Führung des Clubs zu übernehmen. Aber selbst in die Hand genommen habe ich diese Entwicklung nicht, das darfst du mir glauben. Die Chance allerdings, diesen Haufen ein für alle Mal dingfest zu machen, ist auch nicht zu verachten, findest du nicht?« In seiner Stimme schwang etwas Flehendes, beinahe so, als erwarte er von Brandt eine Art Absolution.

»Das habe ich nicht zu entscheiden«, sagte Brandt, »aber

ich werde darüber sehr genau nachdenken. Weiß Greulich davon?«

»Nein. Keiner außer uns«, versicherte Leander ihm. Und Brandt war geneigt, ihm zumindest das zu glauben.

MITTWOCH, 19:58 UHR

Julia Durant hatte sich in ihren Peugeot gesetzt, für einige Sekunden die Augen geschlossen und sich den Nasenrücken massiert. Es war spät, höchste Zeit für eine heiße Badewanne und ein wenig seichte Berieselung im Fernsehen. Hellmers Motor dröhnte auf, und der Porsche schob sich an ihrem Wagen vorbei, die Bremslichter flammten kurz auf, danach zweimal der Warnblinker. Offensichtlich hatte er ihn betätigt, um sie zu grüßen, Julia zog daraufhin kurz an ihrem Fernlichthebel, lächelte müde. War zwischen ihnen alles wieder geradegerückt? Eigentlich nicht, denn sie hatten zwar ein wenig gealbert und einige nette Worte gewechselt, doch von ihren Sorgen und Ängsten hatte Julia ihm nicht erzählt. Das Gespräch hatte sich spontan und eigendynamisch entwickelt, und das, obwohl der Bordstein vor dem Haus des Vizepräsidenten beileibe nicht der passende Rahmen dafür gewesen war. Sie schuldete Hellmer noch immer eine Erklärung dafür, dass sie ihn manchmal ausklammerte, wenn es um gewisse Themen ging. Eine Entschuldigung wäre wohl angebracht, aber darin war Julia nicht besonders gut. Sie nahm sich fest vor, das nicht auf die lange Bank zu schieben. Nach dem Fall, eins nach dem anderen, dachte die Kommissarin und wollte gerade den Zündschlüssel umdrehen, als ihr etwas in den Sinn kam.

Sie stieg wieder aus und eilte noch einmal hinüber zum Haus der Cramers. Aus der Gegensprechanlage ertönte nach einem leisen Knacksen eine Frauenstimme, die ein inbrünstiges »Ah!« von sich zu geben schien. Elisabeth Cramer, wer sonst, schloss die Kommissarin. Vermutlich hatte sie die Sprechtaste zu spät gedrückt und zugleich den Mund viel zu nah an das Mikrofon gehalten.

»Hier ist noch einmal Durant«, meldete sich die Kommissarin.

»Sie schon wieder? Moment.«

Ein weiteres Knistern, dann herrschte einige Sekunden absolute Stille. Julia vermutete, dass Frau Cramer ihren Mann herbeirief, und wunderte sich, weshalb er nicht gleich an die Tür gegangen war, wenn seine Gemahlin doch Migräne hatte. Sollte es nur eine Ausrede gewesen sein? Mit echter Migräne jedenfalls, das wusste die Kommissarin – wenn auch Gott sei Dank nicht aus eigenem Erleben –, dürfte einem nämlich herzlich gleichgültig sein, ob jemand vor der Haustür stand. Schwungvoll und mit einem sanften Luftsog wurde im nächsten Augenblick die schwere Tür nach innen gezogen, und Michaels Kopf lugte dahinter hervor.

»Wir haben gerade von Ihnen gesprochen«, sagte er und zog verschwörerisch die Augenbrauen nach oben.

»Hoffentlich nur Gutes«, lächelte Julia. »Mir ist noch etwas eingefallen, was ich mit deinem Vater besprechen müsste. Darf ich noch mal kurz reinkommen?«

»Klar. Wir sind im Wohnzimmer.«

»Alle?«

»Nur wir beide. Mama liegt oben, sie war nur eben kurz in der Küche.«

»Mal unter uns«, wisperte Julia und hielt Mike am Arm seines Kapuzenpullovers zurück.

»Hm?«

»Was hat deine Mutter denn genau? Muss man sich Sorgen machen?«

»Ach, nur Migräne«, winkte der Junge ab.

»Nur ist gut«, warf Julia ein. »Ich kenne jemanden, der liegt mitunter drei Tage in völliger Dunkelheit und Stille, wenn's hart auf hart kommt.«

»Nein, bei Mom ist es normalerweise nur kurz. Meistens kommt es, wenn's vorher Stunk gab, und in den letzten Tagen war hier nicht gerade eine Bombenstimmung.«

»Das kann ich mir denken. Und jetzt?«

»Der Alte, ähm, ich meine, mein Vater hat mich eben zu einem Männergespräch überredet. Ich glaub, das letzte, was wir geführt haben, war in der Grundschule oder so. Beim Pilzesammeln.« Michael lachte verächtlich und winkte ab. »Na ja, er ist heute auch anders drauf als in den letzten Jahren. Vielleicht tut sich ja was.«

»Es gehören immer zwei dazu, vergiss das nicht«, nickte Julia. »Du hättest dich auch abschotten können, aber hast es nicht getan. Ich find's jedenfalls gut, dass ihr miteinander redet. Doch erwarte nicht zu viel vom ersten Versuch, okay?«

»Hm.«

Sie gingen zu Herbert Cramer, und Julia kam gleich zur Sache. »Mir ist noch etwas eingefallen, und ich war mir nicht sicher, ob Sie morgen im Präsidium sind.«

»Nein, mit Sicherheit nicht. Meine Familie hat nun Vorrang«, antwortete Cramer großmütig und wollte seinem Sohn die Schulter tätscheln, doch dieser wich ihm aus.

Wieder ganz der Politiker, dachte die Kommissarin im Stillen. »Mir ist noch etwas eingefallen, bei dem ich Ihre Kontakte zum Landeskriminalamt gebrauchen könnte.«

»Soll ich rausgehen, eine rauchen?«, fragte Michael unsicher.

»Du weißt, was deine Mutter vom Rauchen hält«, antwortete Cramer unwirsch.

»Ich bin alt genug, das selbst zu entscheiden«, kam es trotzig zurück.

»Meinetwegen kann Michael dabeibleiben«, schaltete sich Julia schnell dazwischen, »dann können Sie Ihr Gespräch im Anschluss fortsetzen.«

»Ich lauf schon nicht weg«, sagte Mike, »aber ich geh jetzt 'ne Runde vor die Tür.«

Bevor Herbert Cramer erneut widersprechen konnte, deutete Durant auf den Schrank, in dem er seinen Whiskey lagerte, und sagte: »Haben Sie in dem Alter nicht auch alle möglichen Dinge ausprobiert? Im Vergleich zu den aktuellen Problemen sollte das Thema Rauchen derzeit jedenfalls keine Konflikte auslösen, finden Sie nicht? Ich für meinen Teil würde jetzt einen Ihrer edlen Tropfen versuchen, aber bitte nur eine kleine Portion.«

Etwas überrumpelt füllte Cramer zwei schwere Kristallgläser mit derselben Marke, die er schon bei ihrem ersten Treffen getrunken hatte. Währenddessen sprach die Kommissarin weiter: »Das mit dem Rauchen werden Sie ohnehin nicht ändern, das kommt und geht von ganz alleine.

War bei mir nicht anders, ich verrate Ihnen jedoch lieber nicht, wie lange es gedauert hat.«

»Ich weiß, ich weiß, aber es sind genau solche Peanuts, an denen sich immer wieder alles hochschaukelt. Da hat man überhaupt keine Chance, mal über die wirklich wichtigen Dinge zu sprechen.«

»Sie bekommen das schon hin«, nickte Julia aufmunternd, »und wenn nicht, holen Sie sich jemanden mit ins Boot. Aber deshalb bin ich nicht zurückgekommen.«

Cramer stellte die Gläser auf den Tisch und schob eines in Julias Richtung. Sie bedankte sich, hob es auf und betrachtete den Schliff des Glases sowie den breiten silbernen Rand. Dann kostete sie von dem goldbraunen Inhalt, dessen intensiver Geschmack ihre Zunge für einen Moment pelzig werden ließ. Malz, Röstaromen, eine bittere, schwere Süße; sie wusste nicht, inwiefern diese Begriffe auch nur annähernd korrekt waren, jedenfalls stellte die Kommissarin insgeheim fest, dass Whiskey wohl niemals ihr Lieblingsgetränk werden würde.

»Und?« Herbert Cramer musterte sie aufmerksam.

»Das Silber irritiert ein wenig an den Lippen«, wich Julia aus und nippte erneut.

»Platin«, korrigierte Cramer. »Es sind Imperial-Gläser, ich habe nur zwei Stück von dieser Sorte. Kosten ein Heidengeld, aber ich sage immer, ein teures Glas macht einen mittelmäßigen Whiskey nicht besser. Schmeckt er Ihnen denn?«

»Um ehrlich zu sein, bin ich mehr der Bier- und Wein-Typ«, lächelte Julia unverbindlich. »Aber ich probiere gern mal was Neues.«

das Gespräch an. Er wird doch nicht in seinem Arbeitszimmer sitzen und seine nur allzu gütige Ehefrau Marcia alleine vor dem Fernseher gelassen haben? Doch während Berger zur Begrüßung Julias Namen aussprach, den er im Display des Telefons erkannt hatte, vernahm sie die typischen Geräusche einer Krimiserie, erregte Stimmen, dramatische Hintergrundmusik, Schüsse; es war ein Konglomerat aus diesen Elementen, jedenfalls klang es nicht nach Büroarbeit.

»Entschuldigen Sie die späte Störung, aber ich muss Sie informieren, bevor es jemand anderes tut«, eröffnete Durant das Gespräch, bereit, direkt zur Sache zu kommen.

»Na, da bin ich aber gespannt«, sagte Berger, der von seiner besten Ermittlerin schon einiges gewohnt war, und sich längst damit abgefunden hatte, dass sie ihn stets aufs Neue zu überraschen wusste.

»Ich habe mit Cramer einen Deal auf kurzem Dienstweg geschlossen. Er verschafft mir Kontakt zu einem ehemaligen Mitglied des Rockerclubs, der Mann ist in einer Zeugenschutzmaßnahme.«

»Darauf hat er sich eingelassen? Kompliment«, erwiderte Berger anerkennend. »Cramer ist ein harter Hund, das will was heißen. Sie müssen ihn beeindruckt haben.«

»Kann sein, ist mir aber egal. Er ist uns einen Gefallen schuldig, daran musste ich ihn auch nicht lang und breit erinnern. Wir alle wissen, dass sein Sohnemann längst in U-Haft sitzen müsste. Von daher war es nicht allzu schwer, ihn zu überreden.«

»Was versprechen Sie sich vom LKA? Ich dachte, Sie wollten den Fall möglichst fern von denen halten?«

»Mich interessiert das Insiderwissen, über das der Mann verfügt«, wandte Julia ein. »Was die in Wiesbaden damit anstellen, tangiert mich nur peripher. Aber womöglich ist das der einzige Rocker weit und breit, der mit uns kooperieren wird.

Von diesem Leander jedenfalls halte ich nicht viel, auch wenn Brandt das anders sehen mag.«

»Nun gut, wann treffen Sie sich?«

»Morgen im Laufe des Tages. Ich warte noch auf Uhrzeit und Adresse.«

»In Ordnung. Wir sehen uns morgen früh zur Besprechung, da können wir …«

»Nicht darüber sprechen, bitte«, fiel Durant ihm ins Wort. »Ich werde Brandt mitnehmen, denn er ist von uns allen der am besten Informierte. Ansonsten möchte ich das alleine durchziehen. Je weniger Personen davon wissen, desto besser.«

»Begeistert bin ich nicht davon«, warf Berger ein, »aber Sie haben nicht unrecht. Die Einmischung in eine geheime LKA-Sache ist zu heikel, um es an die große Glocke zu hängen.«

Nach ihrem Telefonat scrollte Julia zu Brandts Nummer in der Wahlwiederholungsliste ihres Handys, um auch ihn zu informieren. Danach suchte sie das Ladekabel, zuerst unter der Tischplatte des Couchtisches, dann neben dem Fernseher und im Flur. Sie fand es schließlich, zunehmend verzweifelt, hinter ihrem Nachttisch, wohin es offenbar nach dem letzten Laden heruntergefallen war. Aus dem Bad dampfte feuchtgesättigte, heiße Luft und Julia regulierte den Wasserstrahl auf ein Minimum. Sie tastete mit dem

Finger nach der Temperatur, viel zu heiß, wobei die Grenze zwischen kühlem und scheinbar siedendem Wasser ein äußerst schmaler Grat war. Erneut regelte sie den Zufluss, sofort beschlug die Armatur, als nur noch Kaltwasser aus ihr strömte, dann schlüpfte Julia seufzend aus ihrer Kleidung, öffnete ihren BH und warf ihn auf den Wäschestapel, dessen sie sich längst hatte annehmen wollen. »Morgen«, seufzte sie, als sie endlich, abgeschminkt und mit einer kalten Dose Bier zur Hand, in das Badewasser stieg.

MITTWOCH, 21:20 UHR

Peter Brandt zerdrückte die Plastikverpackung des Sandwiches, das er an einer Tankstelle gekauft hatte. Die Brotscheiben waren feucht, das Salatblatt schmeckte wie aufgeweichter Gummi, und der Thunfisch hatte eine unnatürliche Braunfärbung. Angeekelt hatte der Kommissar sein Abendessen nach nur wenigen Bissen in den Papierkorb befördert und war umso erleichterter, dass er zwei Riegel Mars zum Preis von einem dazugekauft hatte. Er hatte gerade den ersten der beiden geöffnet und die Hälfte davon in den Mund wandern lassen, da meldete sich sein Mobiltelefon.

»Frau Durant«, schmatzte er.

»Ich wollte Sie nicht beim Essen stören, Verzeihung.«

»Polizistendinner«, erklärte Brandt, der hastig heruntergeschluckt hatte, »ich wälze noch einige Akten. Eigentlich wollte ich längst zu Hause sein, aber auf mich wartet heute niemand. Das ist das Kreuz, wenn man erwachsene Kinder hat.«

»Hm.« Julia wusste nicht, was sie darauf antworten sollte, außerdem war sie ein wenig heiser von dem vielen Reden und nicht mehr zu langatmiger Konversation aufgelegt. »Ich rufe an, weil es etwas Neues in Sachen Ruben Boeckler gibt.«

»Echt? Das wäre mir neu, denn vorhin, als ich mit Elvira gesprochen habe ...«

»Nicht seitens der Staatsanwaltschaft«, unterbrach die Kommissarin ihn ungeduldig. »Ich bin einen anderen Weg gegangen, Dienstgeheimnis sozusagen, aber es sieht so aus, als dürften wir uns morgen einmal mit ihm treffen.«

»Treffen mit Boeckler, wow!«, gab Brandt aufrichtig erstaunt und beeindruckt zurück. »Melden Sie sich einfach, ich erwarte Ihr Signal.«

»Okay, aber bitte weihen Sie niemanden ein«, betonte Julia nachdrücklich. »Bei uns wissen auch nur Berger und ich davon.«

»Kein Problem«, erwiderte Brandt, und die beiden verabschiedeten sich voneinander.

Mit dem zweiten Mars in der Hand lehnte der Kommissar sich anschließend in seinem Bürosessel zurück und kaute es in kleinen Bissen mit geschlossenen Augen. Schmerzlich kam ihm in den Sinn, dass er seit über zwei Stunden zu Hause sein wollte, aber nun war es zu spät, sich darüber zu grämen. Plötzlich fuhr er auf, als ihm ein Gedanke in den Kopf schoss. Verdammt! Es musste gegen achtzehn Uhr gewesen sein, er hatte gerade mit Elvira telefoniert. Brandt versuchte fieberhaft, das Gespräch zu rekonstruieren.

»Hi, mein Schatz ...« Unwichtig.

»Wegen diesem Boeckler …« Hatte er seinen Satz so begonnen? Peter wusste es nicht mehr, sosehr er sich auch anstrengte. Hatte er stattdessen nicht nur »Um noch mal auf vorhin zurückzukommen« gesagt?

Elvira hatte ihm freundlich, ja sogar liebevoll zu verstehen gegeben, dass es ihrerseits völlig ausgeschlossen sei, einen Informationsaustausch zwischen dem K II und Ruben Boeckler zu organisieren. Ja, sie hatte den Namen Boeckler benutzt, aber Elvira saß ja auch kilometerweit weg im Schutze ihres Büros. Aber er, hatte Brandt den Namen laut ausgesprochen? Denn falls ja, hatte er ungewollt eine große Unvorsichtigkeit begangen. Im selben Augenblick, als er das Telefonat mit Elvira beendet hatte, war die Tür seines Büros aufgegangen, und Dieter Greulich war eingetreten.

»Na, Kollege, worum geht's?«, hatte er gefragt und dabei sein unsympathisches, schiefes Lächeln aufgesetzt, aus dem jene Überheblichkeit sprach, die Brandt so verachtete.

»Recherche«, hatte der Kommissar abgewiegelt, doch Greulich hatte daraufhin eine seltsame Miene aufgesetzt, die im Nachhinein betrachtet zwar alles bedeuten konnte, aber die Ungewissheit wurmte Brandt. Er konnte Greulich leider nicht darauf ansprechen, also würde er damit leben müssen. Verdammt, sagte er sich noch einmal, warum muss ich mich auch von allen Kollegen ausgerechnet mit diesem Arschloch herumärgern?

DONNERSTAG

DONNERSTAG, 10:14 UHR

Der Vormittag zog sich zäh und ergebnislos dahin. Julia Durant hatte sich gemeinsam mit Doris Seidel die Informationen über Marion Kühnes Zeit als Heranwachsende angesehen. Eine weitere traurige Vita eines jungen Menschen, dessen biologische Erzeuger nicht willens oder nicht in der Lage gewesen waren, die Verantwortung zu übernehmen. Kleinkriminalität, Erziehungshilfemaßnahmen, dann die Trennung von ihrem Bruder, der mit Erlangen seiner Volljährigkeit die letzte Pflegefamilie verlassen musste.

»Ein Wunder, dass sie ihren beruflichen Werdegang durchgezogen hat«, waren Doris' anerkennende Worte gewesen. »Sie hat ja praktisch nie einen Menschen gehabt, der ohne Eigennutz für sie eingetreten ist. Nicht einmal ihr Bruder.«

»Da steige ich auch nicht durch«, hatte Julia geseufzt. »Einerseits ist er von Kindesbeinen an mit ihr zusammen gewesen, aber nie schien er die Beschützerrolle innegehabt zu haben, die ihr eigentliches Idol übernahm.«

»Du redest von Lutz Wehner?«

»Klar.«

»Aber ein Idol? Ich weiß nicht.« Doris hatte eine skeptische Miene aufgelegt. »So wie er sie behandelt hat?«

»Er war sich seiner Macht eben sehr früh bewusst«, bekräftigte Julia ihre Einschätzung. »So konnte er sie kontrollieren, kujonieren, was auch immer. Der Wechsel von sexueller Unterwürfigkeit bis hin zur Vergewaltigung mag sich erst später entwickelt haben. Laut Alina ist ein hohes Maß an Hörigkeit bei Frauen, die von einer BPS betroffen sind, durchaus normal. Die Angst, seine Bezugsperson zu verlieren, ist viel zu groß. Aggressionen werden dann auf Umwegen abgeführt, treffen also oftmals völlig Unschuldige. Damit verprellt man die wenigen Personen, die einem wohlgesinnt sind, und steht am Ende so isoliert da, dass man sein Bedürfnis nach Nähe nur bei dem Peiniger stillen kann. Eben ein Teufelskreis«, seufzte sie achselzuckend.

So wenig Klarheit ihr die Gutachten und Diagnosen der alten Akten auch verschafft hatten, immerhin bestätigten sie die Einschätzungen von Alina Cornelius und Alexander Kühne.

Apropos.

»Wer hat sich um das Alibi von Dr. Kühne gekümmert?«, erkundigte sich die Kommissarin, und Doris verzog nachdenklich den Mund.

»Sabine, glaube ich.«

»Wo ist sie?«

»Sie ist ab heute Nachmittag wieder im Dienst. Aber ich habe vieles mitbekommen, worum geht's denn genau?«

»Kühne hat davon gesprochen, sich mit den Quartalsabrechnungen beschäftigt zu haben«, erwiderte Julia und runzelte die Stirn. »Betraf das nun eine Nacht oder alle beide? Und konnte sich das irgendwie bestätigen lassen?«

»Ja und nein«, seufzte Doris Seidel. »Wir haben Protokolle der Schließanlagen von Haus und Praxis. Das Problem dabei ist nur, dass es dazu keine Videoaufzeichnungen gibt. Es hätte also jede x-beliebige Person bedienen können, vorausgesetzt, sie verfügte über einen Schlüssel oder eine PIN.«

»Er ist alleinstehend«, überlegte die Kommissarin laut, »wer bleibt? Marion? Oder diese Sprechstundenhilfe? Das ist Blödsinn, oder?«

»Weit hergeholt zumindest«, bestätigte Seidel. »Hat er denn ein Motiv? Genau betrachtet hätte er eher von Wehners Ableben profitiert, oder?«

»Guter Ansatz, doch überleg mal ...«, antwortete Julia pfeilschnell und erhob den Zeigefinger. »Tötet er Wehner selbst, riskiert er, dass Marion ihn hasst. Schiebt er ihm aber ein, zwei Morde in die Schuhe, ist sein Widersacher weg vom Fenster. Hat ja so in der Art schon mal funktioniert. Okay«, räumte sie sofort ein, »das ist arg konstruiert. Aber wir dürfen diese Hypothese nicht ignorieren, auch wenn ich Dr. Kühne nicht als dermaßen abgebrüht einschätzen würde.«

»Versteh einer die Männer«, grinste Doris und winkte lässig ab. »Meiner will plötzlich einen Motorradführerschein machen.«

»Warum ausgerechnet jetzt, doch nicht wegen der Ermittlung?«

»Wer weiß. Wenn dem allerdings so ist, wär's mir lieber, wenn Kohlberger und Grabowski die Chefs zweier Tennisclubs gewesen wären.«

— DONNERSTAG, 13:22 UHR

Ungeduldig sah Julia Durant bereits zum dritten Mal in den vergangenen fünf Minuten auf ihre Armbanduhr. Ihr Herz pochte spürbar, und sie hoffte inständig, dass sie unter ihrem Blazer und der Jeans nicht auch noch zu schwitzen begann.

Die Kommissarin stand vor den wie Tapetenbahnen an der Wand des Konferenzzimmers angebrachten Papierbögen, auf denen die Namen sämtlicher Beteiligter in verschiedenen Farben notiert waren. Pfeile, Verbindungslinien sowie gelbe Haftzettel mit ergänzenden Notizen machten das Ganze einerseits zu einem bunten Durcheinander, aber zugleich spiegelte das Bild auch den unbefriedigenden Stand der Ermittlung wider. Julia nutzte die Stille und ließ ihre Erkenntnisse und Theorien noch einmal Revue passieren.

Marion Kühne (geb. Kohlberger):

- symbiotisches Verhältnis zu Wehner
- Biographie deutet darauf hin, dass sich kein gesundes Verhältnis zu männlichen Bezugspersonen entwickeln konnte
- Bruder: Beschützer, aber auch Störfaktor in der Symbiose zu L.W.
- ggf. manisch-depressiv oder Borderline-Persönlichkeitsstörung; Manie, die sie zum Mord an Kohlberger verleitet? Eher unwahrscheinlich
- kein Alibi, aber auch kein erkennbares Motiv (materieller Nachlass des Bruders dürfte Ermordung nicht rechtfertigen)

- Mord an Grabowski: Motiv vorhanden, da er sie als junge Frau vergewaltigt hat. Alibi keins, diesen Mord beging aber nach derzeitigem Ermittlungsstand Lutz Wehner
- Wehner als Kühnes Handlanger?

Nein, dachte die Kommissarin, die Kühne hat einfach nicht die Persönlichkeit dazu. Sämtliche Recherche sowie das Telefonat mit Alina Cornelius zum Thema Borderline und manischer Depression sprachen ihrer Meinung nach gegen diese Hypothese. Warum sollte sie außerdem all die Jahre warten und dann plötzlich Rache wollen?

Alexander Kühne:
- behandelnder Arzt von M. Kühne als Opfer sexuellen Übergriffs
- wurde mutmaßlich von Kohlberger zu Stillschweigen genötigt
- hielt Kontakt zu M. K., verliebte sich eigenen Angaben nach und heiratete sie. Heutige Beziehung unklar, gibt vor, sich um sie zu sorgen
- Motive: Rache an Grabowski (er wusste aber angeblich nicht Bescheid); keines gegenüber seinem Exschwager
- Alibis scheinen stimmig zu sein
- Wehner: Rivale. Grund fürs Scheitern der Ehe (?)

Wenn man sich die Sache so ansieht, dachte Julia Durant, hätte alle Welt ein Motiv gehabt, diesen Wehner zu beseitigen. Hierzu solltest du diesen Kühne doch noch einmal befragen, beschloss sie und zog den dunklen Ärmel des Blazers hoch, um erneut auf die Uhr zu sehen. Sie erwartete Peter Brandt, der sich für halb zwei angekündigt hatte.

Noch zwei Minuten, Zeit genug, um rasch zur Toilette zu eilen.

Vor dem rahmenlosen Spiegel überprüfte Julia ihr Make-up, besonders ihren sparsam aufgetragenen Puder oberhalb der Nase und der Stirnpartie. Doch die Poren waren trocken, es bestand kein Grund zur Sorge, auch ansonsten fühlte sie sich weniger unbehaglich als vorher. Die Kommissarin hatte am Abend noch einmal im Internet recherchiert, eine Tätigkeit, die ihr zunehmend leichter von der Hand ging, seit Michael Schreck, einer der Computerforensiker, ihren Laptop »entrümpelt« hatte, wie er es bezeichnete. Der Browser und das E-Mail-Programm, die beiden einzigen Dinge, die Julia neben einem Schreibprogramm regelmäßig nutzte, waren nun wesentlich einfacher zu bedienen, zumindest erschien es ihr so, und wenn sie ehrlich war, machte ihr das Surfen im Internet, bequem auf dem Sofa liegend und etwas zu trinken in Griffweite, manchmal auch Spaß. Lediglich aufs Chatten, was ihre Freundin Susanne nur allzu gerne ab und an mit ihr gemacht hätte, oder auf Skype mochte sie sich noch nicht einlassen.

Hitzeschübe, Herzrasen, kalter Schweiß oder generelles übermäßiges Transpirieren ohne erkennbaren Grund, so hatte Julia herausgefunden, waren allesamt typische Symptome für einsetzende körperchemische Veränderungen. Sie konnten einzeln oder kombiniert auftreten, manchmal tagelang gar nicht und dann scheinbar dauerhaft, aber auf die eine oder andere Weise traf es jeden. Nein, jede. Wieder einmal, so hatte sie zerknirscht gedacht, trägt das weibliche Geschlecht eine Bürde, und das männliche muss Verständnis aufbringen. Ausgerechnet das, wozu den Männern üblicherweise die Ausdauer fehlt, dachte sie ein wenig zynisch. Doch sogleich kam ihr Claus in den Sinn, der die Ruhe und Güte in Person zu sein schien, und sie nahm ihn in Schutz. Du kannst heilfroh sein, hatte sie sich gesagt, als sie den Computer abschaltete. Daraufhin hatte sie das Telefon zur Hand genommen und seine Nummer gewählt, denn sie hatte sich nach seiner Nähe gesehnt und zumindest dem Klang seiner Stimme lauschen wollen.

Das Scharnier der Toilettentür knarrte, als Julia sie mit dem Ellbogen aufschob. Sie spähte durch den Türspalt und erblickte Brandts Lederjacke. Als sie sich räusperte, wandte er sich um, in der Rechten hielt er einen Kaffeebecher aus dem Automaten, das Gesicht war frisch rasiert.

»Ah, da verstecken Sie sich«, grinste er.

»Wieso verstecken? Sehe ich so schrecklich aus?«

»Noch schlimmer als sonst.«

»Na danke. Wollen wir gleich los?«

»Wegen mir gerne. Wie lange brauchen wir bis Wiesbaden?«

»Wir können es in einer halben Stunde schaffen, denke ich«, antwortete die Kommissarin. »Es ist ja nicht direkt in der Stadt. Erbenheim, ein Stadtteil von Wiesbaden.«

»Hm. Kenne ich aus den Nachrichten«, murmelte Brandt. »Da ist doch die große Air Base.«

»Genau. Aber welche Nachrichten meinen Sie?«, erkundigte sich Durant.

»Die Bevölkerung hat wohl auf einen Abzug der amerikanischen Truppen gehofft, stattdessen wird der Flugplatz ständig erweitert. Lesen Sie denn keine Zeitung?«, fragte Brandt ein wenig irritiert. »Wiesbaden ist jetzt das europäische Hauptquartier der US Army, vor ein paar Wochen wurde das überall breitgetreten.«

»Natürlich lese ich Zeitung«, entgegnete Julia unterkühlt. »Aber ich habe derzeit andere Dinge, die mich beschäftigen. Der Besuch bei Ruben Boeckler beispielsweise.«

»War ja nicht als Vorwurf gemeint«, sagte Brandt. »Doch während der Europameisterschaft und dem Sommerloch musste man sich die interessanten Artikel der Presse manchmal mit der Lupe suchen. Sonst hätte ich es wohl auch überlesen. Mir reicht schon unser eigener Flughafen. Drei Bundesländer nutzen ihn als Sprungbrett, aber wenn es ums Landen geht, donnert jede zweite Maschine über Offenbach. Okay, Themawechsel«, er winkte missmutig ab und deutete in Richtung Fahrstuhl. »Ruben Boeckler. Ich bin bereit.«

Julia Durant öffnete die Beifahrertür ihres Peugeots, klappte den Sitz nach vorn und verstaute ihren Mantel auf der Rückbank. Nach einem prüfenden Blick, ob Brandt sie beobachtete, was er nicht tat, wischte sie mit der Handfläche einige Krümel von dem Bezug in Richtung Fußmatte und ging hinüber zur Fahrerseite. Für den Frühjahrsputz des Innenraums, den Julia monatelang vor sich hergeschoben hatte, war es längst zu spät. Sechs, maximal acht Wochen noch, auch wenn das Wetter momentan überhaupt nicht danach aussah, dann wurde es bereits wieder Zeit, um an die Winterreifen zu denken. Vielleicht sollte ich den Kleinen einfach mal zu einer Pflegefirma geben, dachte die

Kommissarin, denn diese gab es in Frankfurt wie Sand am Meer. Neununddreißig Euro für eine Innenraumpflege waren auch wirklich nicht zu viel Geld, weitaus angemessener jedenfalls, als sich tagtäglich darüber zu ärgern.

Das Handy klingelte just in dem Moment, als sie den Wagen startete. Sabine Kaufmann.

»Julia«, kam es erregt aus dem Lautsprecher. »Gut, dass ich dich gleich erreiche.«

»Ich bin gerade am Losfahren«, erwiderte die Kommissarin mit ungutem Gefühl, denn sie hatte momentan tatsächlich nicht die geringste Kapazität für das, was sie bei ihrer Kollegin vermutete. Ihr Verdacht bestätigte sich sofort, als Sabine weitersprach: »Verstehe, sorry. Ich wollte nur schnell Bescheid geben, dass ihr den Rest des Tages nicht mit mir rechnen dürft. Mama«, sie schluckte schwer. »Ach, ruf mich einfach an, wenn du ein wenig Luft hast.«

»In Ordnung«, versprach Julia zerknirscht, denn sie wollte Sabine nicht einfach so abwiegeln. »Ich melde mich, versprochen. Tut mir leid, dass es gerade nicht geht.«

Sie beendete das Telefonat und warf Brandt einen vielsagenden Blick zu. Dieser nickte nur schweigend.

»Konzentrieren wir uns erst mal auf Boeckler«, sagte die Kommissarin und fuhr los. An der Ausfahrt des Präsidiums verlangsamte sie den Peugeot, suchte den Schleifpunkt der Kupplung, während sie den Verkehr prüfte, und bog anschließend rechts ab in Richtung Adickesallee.

Den dunklen Wagen, der sich langsam aus einer Parklücke schälte und ihnen folgte, nahm sie in dem belebten Verkehr auf einer der Hauptschlagadern der Stadt nicht wahr.

DONNERSTAG, 14:07 UHR

»Durant und Brandt vom K 11 in Frankfurt und Offenbach«, stellte die Kommissarin sich und ihren Kollegen den beiden zivilen Beamten vor, die sie im Inneren eines hohen Flures einer alten Villa empfingen. Der größere von ihnen, ein bulliger, kurzgeschorener Typ mit grimmigem Blick, nahm die Ausweise an sich und betrachtete sie genau. Der andere, einen Kopf kleiner und damit auf Augenhöhe der beiden Kommissare, hatte strohblondes Haar und dazu rehbraune Augen und weiche Gesichtszüge. Er musterte sie mit geneigtem Kopf, ohne eine Miene zu verziehen.

»Okay«, sagte der Hüne mit kehliger Stimme, »gehen wir.«

»Wie viele Beamte sind zu Boecklers Schutz abgestellt?«, erkundigte sich Julia, während sie eine knarrende Treppe hinaufstiegen.

»Momentan wir beide«, kam es zurück, »aber der Personenschutz beschränkt sich in der Regel auf einen Mann, der draußen postiert ist. Wenn Sie mich fragen«, er hielt kurz inne, drehte sich um und sprach mit gesenkter Stimme weiter, »ist das Ganze eine Farce.«

»Weshalb?«, fragte Brandt.

»Weil der Club, gegen den Boeckler aussagt, ein völlig überschätzter Verein ist, nichts für ungut. Der Präsident macht sich auf Staatskosten ein angenehmes Leben, die Anklagen gegen ihn werden weitestgehend reduziert, doch am Ende wird es nichts bringen. Sie sind doch der Offenbacher?« Er nickte Brandt zu.

»Ja.«

»Dann frage ich Sie: Wenn Sie eine Bande dingfest machen, deren Aktivitäten sich um Waffen-, Drogen- oder Menschenhandel drehen, was passiert im Anschluss?«

»Falsche Abteilung, ich bin bei der Mordkommission«, warf Brandt ein, obwohl er sich denken konnte, worauf das Gespräch hinauslief.

»Macht nichts, dazu braucht man kein Polizist zu sein«, sagte der andere. »Ich sag's Ihnen: Das Netzwerk bleibt bestehen, und ein anderer übernimmt die Kontrolle, so einfach ist das. Das war in Frankfurt so, das läuft in allen anderen Großstädten ähnlich, egal, ob es nun um Rocker oder Russenmafia geht. Unsere Häuptlinge streben ein Clubverbot an, na wunderbar, der Kopf der Bande steigt aus, der Vize ist tot, und die Frankfurter lachen sich ins Fäustchen. Seit Boecklers Abtauchen gab es nicht eine einzige verdächtige Bewegung vor dem Haus. Warum auch? Keiner wird den Abgang der *Mogin Outlaws* bedauern, der ganze Zeugenschutz ist ein einziger Witz.«

»Harte Worte«, kommentierte Julia den Monolog, in dessen Verlauf sich der Beamte zunehmend echauffiert hatte.

»Harte Tatsachen«, knurrte er dann, »aber was bringt's uns, darüber zu jammern. Weshalb sind Sie eigentlich hier?«

»Nutzloses Insiderwissen«, erwiderte Durant trocken, und Brandt grinste hinter vorgehaltener Hand.

Ruben Boeckler war unrasiert, eins fünfundsiebzig groß und brachte schätzungsweise zwei Zentner auf die Waage. Er trug ein weißes T-Shirt mit dem ausgeblichenen Emblem des Hard Rock Café Berlin, darüber eine Jeansjacke mit abgetrennten Ärmeln, von deren Nähten helle Fransen baumelten. Außer einem silbergrauen Metallbutton waren weder Aufnäher noch Schmuck angebracht. Die Unterarme waren tätowiert, und in beiden Ohrläppchen waren schwarze Flesh Tunnels angebracht, runde Piercings von etwa einem Zentimeter Durchmesser, in deren Mitte ein Loch klaffte. Über den beiden buschigen Augenbrauen thronte eine glänzende, flaumlose Glatze. Alles in allem entsprach er dem typischen Bild eines Motorradrockers, wie Julia im Stillen konstatierte, obgleich sie es sich längst abgewöhnt hatte, Menschen in Schubladen zu kategorisieren. Aber manchmal ...

»Ich rede nicht mit herkömmlichen Bullen«, polterte Boecklers Stimme unwirsch, und seine Miene verfinsterte sich.

»Herkömmlich im Sinne von ...«, erwiderte Brandt sogleich.

»Bullen halt.« Boeckler winkte verächtlich ab. »Zu viele schwarze Schafe.«

»Deshalb haben Sie sich also ans LKA gewandt, wie?«, fragte Durant.

»Wiesbaden ist halt nicht Offenbach.«

»Dem habe ich nichts entgegenzusetzen«, erwiderte Brandt.

»Aber wir sind auch nicht hergekommen, um Ihnen ans Bein zu pinkeln, nur weil Sie der Drahtzieher einer kriminellen Vereinigung waren. Wir interessieren uns für Einzelfälle, genauer gesagt für zwei Tötungsdelikte. Alles andere können Sie weiterhin mit dem LKA ausmachen.«

»Von Morden weiß ich nichts.«

»Na, jetzt machen Sie aber mal halblang«, gab Brandt mit erhobener Stimme zurück. »Der Vize geht drauf und beinahe zeitgleich der Boss Ihrer Erzfeinde – und davon wollen Sie nichts mitbekommen haben?«

»Erzfeinde? Dass ich nicht lache. Woher haben Sie das denn?«, schnaubte Boeckler.

»Wie würden Sie es bezeichnen?«

»Die Sache zwischen Matty und Hanno war in erster Linie persönlich. Spätestens, seit die *Black Wheels* durch ihr Verbot aufgelöst waren, herrschte Funkstille.«

»Da haben wir anderes gehört. Bitte erzählen Sie uns das etwas detaillierter«, warf Julia Durant interessiert ein. Langsam, sehr langsam, schien sich die Atmosphäre im Raum ein wenig zu entspannen.

»Was gibt's da groß zu erzählen? Matty gründet seinen eigenen M.C. und nimmt eine Handvoll guter Männer mit. Mich zum Beispiel«, er grinste breit, »aber das ist auch etwas Persönliches. Ich habe nichts gegen Hanno, hatte ich nie, doch dieser Wehner ... ein Kotzbrocken, wie er im Buche steht. Egal. Hanno wettert natürlich gegen Matty, neben dem Verrat an die Bullen gibt es nichts Schlimmeres, als abtrünnig zu werden und sich abzuspalten. Doch der Main zieht eine natürliche Grenze, an die man sich mit der Zeit hält. Außer ein paar üblen Schlägereien zwischen Clubmitgliedern hat es nie größere Aktionen gegeben, schon gar keine gezielten Angriffe auf Einzelpersonen. Das muss man Hanno zugutehalten, niemand in der Szene hätte es ihm übelgenommen, wenn er ein Kopfgeld auf Matty ausgesetzt hätte. Wir ticken da anders, aber das könnt ihr Bullen nicht verstehen. Das kann keiner.«

»Was ist mit Wehner und Kohlberger?«, fragte Durant.

»Eine Hassliebe«, lachte Boeckler abfällig. »Matty war weiß Gott kein Ehrenmann, jedenfalls nicht so sehr wie Hanno. Aber er stand loyal zum Club und loyal zu seiner Schwester. Es hat ihn übel angepisst, dass Lutz seine Schwester fickt, aber was sollte er machen? Als Lutz in den Bau ging und sie diesen Doktor geheiratet hat, war er heilfroh, doch das wusste Lutz ja wieder auseinanderzubringen. Sie mussten sich arrangieren, Familie gegen Club, aber Wehner war auf unserer Seite des Mains nicht gerne gesehen. Hat er sich auch nur selten getraut, wenn ich mich recht erinnere.«

»Wer, glauben Sie, hat Grabowski und Kohlberger ermordet?«

»Ich war's jedenfalls nicht. Fragen Sie meine Wachhunde«, erwiderte Boeckler und deutete in Richtung Tür.

»Deshalb sind wir nicht hier«, erwiderte Brandt. »Fragen wir so: Wer hatte ein Motiv?«

»Hanno oder Matty?«

»Fangen wir bei Kohlberger an.«

»Hm, da fällt mir keines ein. Matty ist mein Nachfolger, er hat von meinem Verschwinden unterm Strich profitiert«, überlegte Boeckler laut und rieb sich das von dunklen Stoppeln überwucherte Kinn.

»Könnte er geahnt haben, dass Sie wohlauf sind?«

»Wohlauf nennen Sie das?« Boeckler klang empört. Er stand auf, lief einmal quer durch den Raum, die Blicke der beiden Kommissare folgten ihm. Schmale Rundbogenfenster, zwei Rosetten aus Stuck an der vier Meter hohen Decke. Lange Kabel hingen daraus herab, an denen Glühlampenfassungen mit Energiesparbirnen angebracht waren. Die Glasscheiben waren dumpf, man blickte hinab in einen verwilderten Garten, an Mobiliar gab es neben einer Sitzecke und einem Fernseher kaum etwas. Eine offen stehende Tür führte in einen Nebenraum, wo ein Tisch und ein Bett zu erkennen waren.

»Es ist ein Käfig, nicht einmal ein goldener, denn in dieser Bruchbude funktioniert überhaupt nichts«, erläuterte Boeckler, noch immer aufgebracht, als er zurückkehrte. »Wenn ich diesen Scheiß hinter mir habe, will ich von diesem Staat nichts mehr sehen!«

»Erwartet Sie vorher noch eine Haftstrafe?«

»Hm.« Boeckler zuckte mit den Achseln, wollte aber offenbar nichts weiter dazu sagen.

»Kommen wir bitte auf Kohlberger zurück«, sagte Brandt, dem das Gespräch mit Chris Leander plötzlich wieder sehr präsent wurde. »Wollte vielleicht jemand seinen Rang einnehmen und die Gelegenheit nutzen, in der Hierarchie aufzusteigen?«

Durant schien zu verstehen, worauf er hinauswollte, sie neigte den Kopf und musterte Boeckler interessiert. Dieser überlegte kurz, dann allerdings schüttelte er den Kopf.

»Kann ich mir nicht vorstellen«, murmelte er, »wer soll das denn sein? Etwa Al, dieser Hänfling? Oder Rico?«

»Sagen Sie es uns«, beharrte Brandt, der sich zwingen musste, nicht direkt nach dem V-Mann zu fragen.

»Nein, so abgebrüht ist keiner von denen«, antwortete Boeckler, »das kann ich mir nicht vorstellen.«

»Al, Chris, Rico – niemand?«, nutzte Brandt die Chance, als Boeckler husten musste und pausierte. Er nannte die

Namen schnell hintereinander, ohne einen davon besonders zu betonen.

»Wer?« Ruben Boeckler legte die Stirn in Falten.

»Egal wer«, wich Brandt aus, »nennen Sie mir jemanden, der von Kohlbergers Tod profitiert.«

»Wie gesagt, Al und Rico kämen als Nachfolger in Frage, aber das kann ich mir nicht vorstellen. Bei den *Black Wheels* wäre das gut möglich gewesen, Hanno und Lutz waren ständig auf den eigenen Vorteil aus, vor allem Lutz, weil er ja nur die zweite Geige spielte. Aber bei uns ... Nein.«

»Bedauerlich«, fuhr Durant fort, »denn Kohlberger bereitet uns das meiste Kopfzerbrechen. Was fällt Ihnen denn zu Grabowski ein?«

»Eigentlich nur Wehner«, sagte Boeckler, »aber genau genommen kommt das Jahre zu spät.«

»Weshalb?«

»Weil es keinen Club mehr gibt, von dem er Präsident sein könnte. Außerdem hat Lutz ja ohnehin die Strippen gezogen, warum also seine Position aufgeben? Sie sehen es ja an mir, als Mann an der Spitze hat man drei Möglichkeiten.« Boeckler zählte an den Fingern ab, als er weitersprach: »Erstens, man wird abgeknallt, warum auch immer, oder man wird verhaftet und hält seinen Kopf für den Club hin. Oder drittens«, setzte er langsam nach, »man steigt aus und versucht, den Hals aus der Schlinge zu ziehen. Für einige endet das wie bei Punkt eins.«

»Hat Grabowski etwa gegen jemanden aussagen wollen?«, fragte Brandt.

»Unsinn, so hab ich das nicht gemeint«, polterte Boeckler und winkte mit einem Lachen ab, »doch nicht Hanno.

Seit der Trennung unserer Clubs war er ein richtiges Weichei, warum sollte er Aufsehen erregen? Hat sich mit seiner Russenschlampe ein Nest gebaut und alles andere Wehner überlassen.«

»Was wäre dann aber Wehners Motiv?«, beharrte Brandt.

»Gerüchten zufolge wollte Wehner die Gruppe straffen, neu formieren, wie auch immer. Also eine Art Neugründung, ob offiziell oder im Untergrund, weiß ich nicht. Dazu hätte er an Hanno vorbeigemusst, wer weiß, ob der nicht genau das Gegenteil wollte. Etwas anderes fällt mir dazu nicht ein.«

»Hm. Keine alten Dreiecksgeschichten zwischen den beiden Ermordeten und Wehner?«, fragte Julia nun ganz direkt.

»Dreiecksgeschichten?« Boeckler kratzte sich an der Wange. »Nein, kein Plan, was Sie meinen.«

Sein Gesichtsausdruck und die Körperhaltung ließen die Kommissarin glauben, dass er tatsächlich nichts wusste. Marion Kühnes Vergewaltigung schien entgegen ihrer Annahme ein noch immer wohlgehütetes Geheimnis zu sein. Aber etwas anderes kam ihr in den Sinn.

»Sie haben vorhin den Arzt erwähnt, Kohlbergers Exschwager. Wie war sein Verhältnis zu den beiden Opfern?«

»Wie? Ach dieser Gyni, der sich den ganzen Tag über an Muschis aufgeilt«, grinste Boeckler und räusperte sich dann. »Nichts für ungut. Hanno hatte nichts mit dem zu tun, und mit Matty kam er gut aus. Die sind gelegentlich zusammen gefahren, aber vom Club wollte der nichts wissen. Marion übrigens auch nicht, obwohl sie früher, in den Anfangsjahren, immer mit von der Partie war.«

»Und dann?«, hakte Julia sofort nach.

»Weiß nicht. Sie hat dann ja studiert.« Boeckler verzog den Mund. »Wahrscheinlich waren wir ihr irgendwann zu primitiv. Aber es gab auch ohne sie immer genügend Schnallen, die ihre Nase nicht so hoch trugen«, zwinkerte er, »abgesehen davon, war die Schwester des Vize ohnehin tabu.«

Er schien tatsächlich nichts zu wissen.

»Nicht für Wehner«, warf Brandt ein.

»Wehner, Wehner«, äffte Boeckler ihn nach. »Wehner hatte sie ja auch schon vorher. Und Lutz ist ohnehin eine Kategorie für sich. Wann wollten Sie mir eigentlich sagen, dass Sie ihn längst verknackt haben?«

»Sie wissen davon?«, fragte Brandt verwundert.

»Kam heute in den Nachrichten«, grinste Ruben Boeckler breit. »So ganz hinterm Mond lebe ich also nicht.«

»Da Sie es bereits wissen, muss ich es Ihnen ja nicht sagen«, gab Brandt schlagfertig zurück. »Wehner wird mit einem der beiden Morde in Verbindung gebracht.«

»Gut so. Er hat es verdient.« Boeckler wirkte äußerst zufrieden.

»Umfasst Ihre Kooperation mit dem LKA auch seine Person?«, wollte Durant wissen.

»Sie wissen doch«, lachte Boeckler hämisch, »über laufende Ermittlungen darf ich nicht sprechen.«

»Sehr amüsant. Ein einfaches Ja oder Nein würde mir vollkommen genügen«.

»Und wir würden es vollkommen vertraulich behandeln«, bekräftigte Brandt.

»Gegen Wehner habe ich nichts vorzubringen«, erwiderte der Rocker schließlich leise, »aber wenn ich was hätte, ich würde es ausplaudern. Das würde mir leichter fallen als manch anderes, glauben Sie mir.«

Die Kommissare verabschiedeten sich, und im Hinausgehen informierte Julia Durant den kleineren der beiden Beamten, dass es möglicherweise einen weiteren Kontakt geben würde. »Wir sind hier«, entgegnete dieser gleichgültig.

Sobald sie auf der Straße außer Sicht- und Hörweite waren, blieb Julia stehen und wandte sich an Brandt: »Was halten Sie von der Sache? Ihre düstere Miene spricht ja förmlich Bände.« »Mir will eine Sache nicht aus dem Kopf gehen«, murmelte Brandt und knetete die Haut seines Kinns so stark, dass weiße und rote Abdrücke entstanden. »Als ich die Namen der Rocker nannte«, fuhr er fort, »was ist Ihnen da aufgefallen?«

Durant überlegte kurz. »Al, Rico und Chris meinen Sie? Er scheint seiner Sache sicher zu sein, dass Kohlbergers Tod kein, hm, Mord aus Machtgier war.«

»Er fragte ziemlich irritiert: ›Wer?‹, als ich die Namen wiederholt habe. Ist Ihnen das aufgefallen?«

»Ja. Vermutlich, weil es ein für ihn absurder Gedanke ist.«

»Das ist eine von zwei Möglichkeiten. Ich habe versucht, den Namen unseres Informanten möglichst dezent einzubringen. Er hatte zuvor nur Rico und Al erwähnt, also die beiden anderen Personen, die auf Chris' Liste von Rockern standen, die wir unbehelligt lassen sollen. Den dritten Namen, also Chris, habe ich wie beiläufig eingestreut.«

»Und?«

»Irgendwie hatte ich das Gefühl, als sage ihm der Name überhaupt nichts.«

»Ziemlich weit hergeholt«, zweifelte Julia. »Die beiden müssen sich kennen. Immerhin geht dieser Leander dort schon seit Jahren ein und aus. Ich glaube eher, man redet sich im Club ausschließlich mit skurrilen Rufnamen an.«

»War auch nur so ein Gefühl«, erwiderte Brandt. »Lassen Sie uns irgendwo etwas zu essen auftreiben, ich bin am Verhungern.«

DONNERSTAG, 16:30 UHR

Michael Schreck kam ihr entgegen, in der Hand zwei prall gefüllte Mülltüten, als Julia Durant in Bad Vilbel parkte. Sie hatte Sabine nicht erreichen können, das Handy war entweder abgeschaltet oder der Akku leer, also war sie kurzentschlossen die kurze Strecke vom Frankfurter Norden, an der Friedberger Warte vorbei, in die Nachbarstadt hinübergefahren.

Sabines Mutter wohnte in einem tristen, zweistöckigen Reihenhaus, grau in grau, in der Alten Frankfurter Straße. Simple, klobige Bauweise, mit fleckigen, verbeulten Müllcontainern am Rand des Zugangswegs, deren Deckel Schreck gerade naserümpfend aufschob, um die Beutel darin zu versenken. »Willkommen im Chaos«, begrüßte der Computerforensiker Julia Durant mit einem schiefen, freudlosen Lächeln. Seit zwei Jahren stand er Sabine zur Seite, als Freund und als Partner, obgleich sie ihn anfangs aus gewissen Bereichen ihres Privatlebens herauszuhalten versucht hatte. Sabine

Kaufmann schämte sich nicht für ihre Mutter als Person, aber sie schämte sich dessen, was ihre Krankheit mit ihr anstellte, und sie hasste es, dass die Krisen sie zielstrebig immer dann heimzusuchen schienen, wenn es gerade etwas harmonisch zuging in ihrem Leben. Und irgendwann war Michael Schreck Teil des Ganzen geworden, hatte sich mit ihr gemeinsam Zugang zur Wohnung von Frau Kaufmann verschafft, die dort, von einem schweren psychotischen Schub gefangen, hinter heruntergelassenen Rollläden und abgedunkelten Lampen hauste und seit Tagen weder ihre Kleidung gewechselt noch die Toilettenspülung betätigt hatte.

»Wie schlimm ist es?«, fragte Julia leise.

»Das Übliche«, erwiderte Schreck sarkastisch, dann sprach er in besorgtem Tonfall weiter: »Zumindest behauptet Sabine das. Aber ich glaube, sie ist drauf und dran zu resignieren. Lange geht das nicht mehr gut.«

»Soll ich mit ihr reden?«

»Versuchen Sie's mal. Aber seien Sie nicht allzu schockiert, sie sieht total fertig aus.«

»Was ist mit ihrer Mutter?«

»Krankenhaus«, antwortete Schreck knapp. »Sie hat sich von vergammelten Vorräten ernährt, wie immer, wenn sie sich tagelang einschließt. Schimmliger Toast, abgelaufene Wurst, sie muss sich den Magen verdorben haben, überall war Erbrochenes. Deshalb haben die Sanitäter sie auch mitgenommen.«

Sabine kauerte auf einem Tritthocker zwischen einem Wäscheberg und der weit geöffneten Balkontür und blickte ins Leere. Ihre Augen waren verquollen. Als sie Julia erblickte, vergrub sie schluchzend den Kopf zwischen den Händen. Julia näherte sich bedächtig, um nicht irgendwo hängenzubleiben oder draufzutreten, denn das Zimmer war völlig überfüllt mit Pappkartons, Kleidung und allem möglichen Kitsch. Sie trat hinter ihre Kollegin, legte ihr sanft den Arm um die Schulter und schwieg. Irgendwann, es mochten eine Minute oder auch zwei vergangen sein, von Michael Schreck war außer einem entfernten Rascheln und Klappern nichts zu hören und zu sehen, hob Sabine den Kopf aus der Versenkung.

»Danke, dass du gekommen bist«, flüsterte sie mit belegter Stimme.

»Tut mir leid, dass es erst jetzt ging«, gab Julia zurück.

»Macht doch nichts. Hast du etwas erreichen können?«

»Der Fall ist jetzt nicht so wichtig.«

»Doch«, widersprach Sabine kehlig und richtete sich auf. Sie schneuzte ihre Nase und wischte sich die Tränen aus den Augenwinkeln, dann funkelte sie Julia an. »Der Fall ist immer wichtig, das ist es ja, und trotzdem bekommt jeder sein Leben drum herum irgendwie in den Griff. Nur ich nicht ...«

»Ach, Sabine«, erwiderte Julia, noch etwas überfahren von dem plötzlichen Stimmungswechsel, und wollte gerade weitersprechen, als Sabine fortfuhr: »Doch, doch, da gibt's auch nichts dran zu rütteln. Selbst Peter und Doris mit ihrem Kleinkind scheinen flexibler zu sein als ich.«

»Weil sie einen Babysitter und eine gute Krippe haben«, warf Julia ein.

»Schade, dass es das nicht für Erwachsene gibt«, knurrte Sabine und deutete in die Wohnung hinein. »Sieh dich doch nur mal um«, seufzte sie dann.

»Eben«, nickte die Kommissarin. »Du darfst deine Situation nicht mit anderen vergleichen.«

»Das macht's nicht gerade besser«, entgegnete Sabine kleinlaut.

»Soll es auch nicht. Aber der Job ist nicht daran schuld. Jede andere Tätigkeit von acht bis siebzehn Uhr wäre da genauso ungünstig. Und für die Erkrankung deiner Mutter kannst du schließlich nichts. Das sind zwei verschiedene Baustellen, vergiss das bitte nicht.«

»Für mich ist das eine Baustelle zu viel«, murmelte Sabine. »Es wird von Mal zu Mal schlimmer, jetzt haben sie sie sogar wegen einer Lebensmittelvergiftung mitnehmen müssen.« Ein schwerer Seufzer entfuhr ihrer Kehle, und sie stützte sich auf das Balkongeländer und betrachtete nachdenklich die Straße und die umliegenden Häuser.

»Julia«, fügte sie schließlich tonlos, aber bestimmt hinzu, »ich weiß nicht, wie lange ich noch die Kraft habe, das alles durchzustehen.«

DONNERSTAG, 20:38 UHR

Für Ruben Boeckler endete ein weiterer sinnloser Tag, obgleich sich im Gegensatz zu den meisten anderen Tagen heute wenigstens etwas Außergewöhnliches ereignet hatte. Der Besuch der Kriminalkommissare war völlig unerwartet geschehen, ohne Vorankündigung, so wie die meisten Kontakte, die er hatte. Niemand schien es für nötig zu halten, ihm Bescheid zu geben, warum auch? Er fristete seine Tage in einer hundert Jahre alten, heruntergekommenen Bruchbude, notdürftig instand gesetzt, damit das denkmalgeschützte Gerippe nicht verfiel, und offenbar gerade richtig, um einem unter Personenschutz stehenden Mann Asyl zu gewähren, bis eine endgültige Bleibe gefunden war.

Nach dem Gespräch hatte er sich auf das fleckige Sofa gelegt, den Fernseher eingeschaltet und sich durch das Nachmittagsprogramm gezappt. Sozialschmarotzer und Inzest, klassische Nachmittagsthemen der privaten Sender, und eine Talkshow, in der eine verzweifelte Vierzehnjährige, die mit verheulten Augen, welche aus üppig aufgetragener Schminke hervorquollen, dem abfällig lachenden Publikum vorjammerte, warum sie eine gute Mutter für ihr ungeborenes Kind sein würde und dass das Jugendamt und ihr leiblicher Vater sie am Arsch lecken könnten. Oh Gott, dachte Boeckler angeekelt, obgleich die Kleine ihm oberhalb des prallen Bauches eigentlich recht gut gefiel. Ihre Nippel zeichneten sich unter dem Oberteil ab, welches durch den Braten in der Röhre sichtlich aus der Form gezogen wurde und einen Blick auf die Träger ihres BHs preisgab. Die Körbchengröße hatte seit der Schwangerschaft sicher zugenommen, Ruben entsann sich an einige sechzehnjährige Schlampen, die er auf den zahllosen Clubpartys gevögelt hatte, in deren Shirts weitaus weniger zu finden gewesen war. Sein Blick wurde lüstern, während er an die guten alten Zeiten dachte, in denen nicht alles schlecht gewesen war, vor allem die Partys und natürlich sein Bike. Doch er dachte nicht ans Motorradfahren, als er seine Hüfte leicht anhob, sich die Hose aufknöpfte und masturbierte.

Um sechzehn Uhr, so viel Disziplin hatte er sich auferlegt, unter anderem, weil vorher gelegentlich ein Anwalt aufkreuzte und sinnlosen Papierkram anschleppte, war die Zeit gekommen, ans Saufen zu denken. Von Schlafmitteln hielt er nichts, Alkohol und Nikotin waren die einzigen Mittel, die er brauchte. Eine gepflegte Tüte, danach sehnte er sich gelegentlich, und er hatte diesem kleinen Scheißer seines Bewacherduos vor einigen Tagen ein entsprechendes Angebot zugeflüstert. Doch der Beamte war geschult, sein Gehirn gewaschen mit der medizinisch unsinnigen Behauptung, dass Cannabis schädlich sei, und außerdem illegal. Keine Chance, damit musste er sich abfinden. Also beschränkte er sich auf Menthol-Zigaretten und billigen Whiskey, denn Wodka war ein Russengesöff, und Osteuropäer hasste Boeckler noch mehr als alles andere.

Um halb neun lag er dann benebelt da, der Fernseher dudelte noch immer, und seine Arme waren träge und schwer. Er war nicht betrunken, aber in seinem Kopf spielte sich alles langsamer ab, die auditiven und visuellen Reize wurden nur verzögert verarbeitet, und die Grenze zwischen Einbildung und Wahrheit stand kurz davor, zu einer schwammigen Grauzone zu werden. Er wollte gerade zur Flasche greifen, wollte eine weitere Zigarette aus der Packung ziehen, doch zwischen dem Wunsch und seiner ersten Bewegung vergingen lange Sekunden des Nichtstuns. Dumpfe Schritte drangen aus dem Fernseher, untermalt von der Musik einer Hundefutterwerbung, und erst viel zu spät realisierten die trägen Synapsen seines Gehirns, dass die Schrittgeräusche nicht aus den Lautsprechern, sondern vom Treppenhaus hergekommen waren.

Bevor er sich der Gefahr bewusst wurde, legte sich ihm eine Hand unter das Kinn, der Daumen presste schmerzhaft die Backenhaut in sein Zahnfleisch, und die andere Seite der in einem dunklen Lederhandschuh steckenden Hand drückte seinen Kehlkopf nach innen. Röchelnd begann er um sich zu schlagen, doch ruckartig packte nun auch die andere Hand zu und beförderte ihn in einer Drehbewegung vom Sofa. Dumpf knallte der schwere Körper aufs Parkett, und als Nächstes spürte Boeckler, wie seine Hände, begleitet von einem metallischen Klicken, in kalte Handschellen gefesselt wurden. Dann riss der Fremde ihm das Kinn nach oben und stopfte ihm einen Stofffetzen so hart und tief in den Rachen, dass er unwillkürlich würgen musste. Erbrochenes schoss ihm brennend durch die Speiseröhre, und er spie es prustend mitsamt Knebel aus.

»Drecksau«, zischte der Angreifer und stieß Boecklers Kopf angewidert mit der Schläfe auf den Boden. Der Schlag raubte ihm fast die Besinnung, erneut schob sich der säuerlich schmeckende Lappen in seinen Mund, und dann riss der muskulöse Fremde ihn zur Seite.

»Auf die Couch«, befahl er. Boeckler versuchte mit verschwommenem Blick den Mann zu identifizieren. Es gelang ihm nicht, er trug eine Sturmhaube, wie sie auf Motorradfahrten in den Übergangsjahreszeiten üblich war. Das Kinn bedeckt, ein schmaler, geöffneter Schlitz über dem Mund, Löcher rund um die Nasenpartie, wie bei der alten Eishockeymaske, die er aus *Freitag der Dreizehnte* kannte. Lediglich die kalten, von eisigem Hass sprühenden Augen lagen frei und schienen ihn wie Dolche durchbohren zu wollen.

»Hnnn!«, presste er, sich wütend gegen die Machtlosigkeit aufbäumend, hervor.

»Maul halten. Jetzt rede ich«, erwiderte der Unbekannte mit monotoner Stimme und nahm einen flachen Rucksack ab, den er eng anliegend auf dem Rücken getragen hatte. Er öffnete den Reißverschluss, entnahm dem Inneren einen metallenen Schlagring, einen Elektroschocker und einen Schlagstock und legte die Gegenstände fein säuberlich nebeneinander auf den Couchtisch. Lächelnd beantwortete er den panischen Blick Ruben Boecklers, griff die Fernbedienung und schaltete den Fernseher aus. Dann sprach er weiter: »Ich sehe es als Fügung des Schicksals, dir heute noch mal zu begegnen. Göttliche Fügung, Kismet, Massel, mir ist dieser ganze Scheiß herzlich egal, denn nur irdischer Schmerz befriedigt den Geist.«

Ruben Boeckler begann zu ahnen, worum es sich handelte. Die Rache seiner Clubkameraden, der Todesengel der *Mogin Outlaws*. Mit der Zunge versuchte er, den ekelerregenden, speicheldurchtränkten Knebel aus seinem Mundraum zu schieben, doch bevor er dazu kam, lähmte die bitzelnde, auf seinem Hals brennende Entladung des Elektroschockers seine Muskeln.

»Jahrelang habe ich auf diesen Tag gewartet«, hörte er die Stimme aus der Ferne, während seine Magengrube von zwei harten Faustschlägen getroffen wurde.

Dann, einige Minuten später, als er sich sicher sein konnte, dass Ruben weder schreien noch sich durch gezielte Bewegungen zur Wehr setzen konnte, nahm der Fremde seine Maske ab und enthüllte seine Identität. Und Ruben wurde gewahr, dass er den heutigen Abend nicht überleben würde.

FREITAG

FREITAG, 8:27 UHR

Polizeipräsidium Frankfurt.

Der Anruf erreichte Julia Durant während der Besprechung. Sie befanden sich in Bergers Büro, als dessen Telefon zu läuten begann und er mit gedämpfter Stimme das Gespräch entgegennahm. An seiner Miene, die von einem Augenblick auf den anderen zu versteinern schien, erkannte die Kommissarin, dass etwas nicht stimmte, und ihre Gedanken rasten:

Marion Kühne hat sich umgebracht.

Michael Cramer ist von Wehners Handlangern aufgespürt worden.

Schreckliche Bilder, derer sie sich nicht zu erwehren vermochte, aber auch völlig abstruse Ideen huschten an ihrem geistigen Auge vorbei, bis Berger endlich den Hörer zurücklegte und mit bleierner Stimme verkündete: »Es gab einen Überfall auf Boeckler.«

»Wie bitte?« Julia richtete sich kerzengerade auf. »Ist er …«, murmelte sie, »ich meine …«

»Starke innere Blutungen, schweres Kopftrauma, er ist mehr tot als lebendig, aber das ist keine medizinische Einschätzung«, fasste Berger knapp zusammen, noch immer mit versteinerter Miene.

»Wer hat ihm das angetan?«

»Unklar. Der diensthabende Beamte wurde erst auf den Überfall aufmerksam, als er eine verdächtige Gestalt aus dem Haus kommen sah. Er konnte den Täter jedoch nicht erkennen.«

»Mist! So viel zum Thema, dass kein Personenschutz notwendig sei«, sagte Julia.

»Wie meinen Sie das?«

»Boeckler hat gesagt, die Maßnahmen seien recht lax, aber er gilt ja schließlich auch als untergetaucht. So etwas in der Art hat auch einer der Beamten gestern gesagt, in der ganzen Zeit hat es niemals verdächtige Aktivitäten rund um seine Unterbringungsorte gegeben.«

»Jedenfalls nicht, bevor Sie dort waren«, entgegnete Berger, und Julia spürte den Vorwurf, der in seiner Stimme mitschwang, und er behagte ihr überhaupt nicht.

»Was hat das denn mit uns zu tun?«, fragte sie kühl.

»Das weiß ich nicht, aber Cramer wird mir binnen der nächsten Stunde genau diese Frage an den Kopf werfen.«

»Ist Boeckler vernehmungsfähig?«

»Nein, und das wird er auch nicht so schnell wieder sein. Er liegt im Koma, gut möglich, dass sein Angreifer ihn für tot gehalten hat.«

»Verdammt!«, zischte Julia. »Ich muss Brandt informieren, Scheiße, wir müssen jeden befragen, den Notarzt, die Sanitäter, den Beamten ...«

»Informieren Sie Brandt«, unterbrach Berger ihre Aufzählung, »der Rest ist nicht unsere Sache.«

»Weshalb? Ich höre wohl nicht richtig!«

»Doch, und nun kommen Sie mal wieder runter. Wiesbaden ist weder unser Gebiet, noch steht der Fall in offizieller Verbindung zu uns. Ich stelle mich vor Sie, keine Frage, aber ich muss Ihnen ganz eindeutig untersagen, die Sache weiterzuverfolgen. LKA, wir verstehen uns? Wahrscheinlich übernehmen die den ganzen Rest gleich mit, und wir werden uns um des Friedens willen auch nicht dagegen wehren. Betrachten Sie das als Weisung, auch wenn ich Ihnen gerne etwas anderes sagen würde.«

Nicht einmal zwanzig Minuten später stürmte die Kommissarin außer Atem in das Vorzimmer von Staatsanwältin Klein. Unmittelbar nach dem Gespräch mit Berger hatte sie Brandt angerufen, der deutlich gefasster auf die Neuigkeit reagierte, als sie es getan hatte. Wie sich dann herausstellte, hatte Elvira Klein ihn zuvor bereits ins Bild gesetzt.

»Kommen Sie bitte rüber in die Staatsanwaltschaft«, hatte er sie mit einer ruhigen, ehernen Stimme gebeten, welche sämtliche Emotionen unterdrückt hielt.

»Gehen Sie nur durch«, nickte Frau Schulz der Kommissarin entgegen, »Sie werden bereits erwartet.«

Julia bedankte sich und trat ein.

»Frau Durant«, nickte das ungleiche Pärchen, hier die adrette Karrierefrau und dort der verknitterte, etwas eigenbrötlerische Polizist, und in jedem anderen Moment hätte die Kommissarin diese Momentaufnahme mit einem amüsierten Lächeln bedacht. Doch nicht heute, nicht jetzt, nicht nach dem, was geschehen war.

»Ich gehe davon aus, Sie verfügen über dieselben Informationen wie wir«, eröffnete Elvira das Gespräch und wies mit der Handfläche auf den freien Stuhl neben Peter, auf dem Julia nickend Platz nahm.

»Berger hat mich informiert.«

»Wir können drei Kreuze schlagen, dass Boeckler noch am Leben ist«, fuhr die Staatsanwältin fort, »nicht auszudenken, was sonst hier los wäre.«

Doch Julia Durant hatte während ihrer rasanten Autofahrt durch die Innenstadt, die unzählige Male vom stockenden Berufsverkehr ausgebremst worden war, noch einmal über alles nachgedacht und nahm unwillkürlich eine ablehnende Haltung ein.

»Frau Klein, nicht wir haben Herrn Boeckler zusammengeschlagen, das sollten wir bei aller Bestürzung nicht außer Acht lassen. Für den Personenschutz verantwortlich waren die Kollegen ...«

»... des Landeskriminalamts, sehr richtig«, schnitt Elvira ihr mit tadelnder Stimme den Satz ab. »Genau aus diesem Grund habe ich Ihnen auch den Kontakt zu Boeckler untersagt.«

»Sie haben uns Ihre Kooperation verweigert, aber nicht verboten, eigene Wege zu gehen«, beharrte Julia.

»Das ist Haarspalterei, verdammt!« Elvira blitzte die Kommissarin mit einem durchdringenden Blick an. »Ich habe den Namen ausgegraben, und alles, was hierdurch losgetreten wurde, ist eine wahre Katastrophe!«

»Darf ich mal etwas sagen?«, murmelte Brandt geradezu kleinlaut, denn ihm missfiel, dass die beiden Frauen sich an Vorwürfen und Selbstvorwürfen hochzuschaukeln schienen. Er hatte sich in den vergangenen Minuten das Hirn zermartert, immer wieder darüber sinniert, ob er nun Gespenster sehe oder tatsächlich reale Verdachtsmomente bestünden, die seine gewagte Theorie untermauern konnten.

»Was?«, schnaubte Elvira, und in ihren feurigen Augen erkannte Peter nur Sekundenbruchteile später ein Bedauern. Doch sie schwieg, zwang lediglich ihre Gesichtsmuskeln zu etwas Entspannung und hoffte, dadurch weniger bedrohlich zu wirken.

»Ich wollte das nicht zweimal erzählen, und möglicherweise sitze ich auch einem fatalen Hirngespinst auf. Aber wir kommen aus dieser Sache nur halbwegs heil heraus, wenn wir den Täter stellen, der Boeckler das angetan hat.«

»Nicht unsere Baustelle«, widersprach Klein sofort, doch Brandt gab ihr mit einer Geste zu verstehen, dass er noch nicht fertig war.

»Folgendes«, fuhr er fort, »wir haben doch vorgestern Abend telefoniert, so gegen sechs, erinnerst du dich?«

»Hm.«

»Ich habe dich gefragt, ob es bezüglich Ruben Boeckler etwas Neues gäbe. Kannst du dich erinnern, ob ich seinen Namen erwähnt habe?«

»Oh Gott«, seufzte Elvira, »hast du eine Ahnung, wie viele Telefonate ich seither geführt habe?«

»Versuch dich bitte zu erinnern«, beharrte Peter.

»Nein, das kann ich nicht, bedaure. Was hat das Ganze für eine Bedeutung?«

»Kaum dass ich aufgelegt hatte, kam Greulich in mein Büro, und ich hatte tatsächlich danach den ganzen Abend lang so ein mulmiges Gefühl. Du weißt, wie ich zu ihm stehe, aber er hat uns in dieser Ermittlung auch viele nützliche Infos gegeben.«

»Und?«

»Kommt es euch nicht spanisch vor, dass monatelang kein Hahn nach Boeckler kräht, er aber urplötzlich, kaum dass wir dorthin fahren, krankenhausreif geprügelt wird? Von uns dreien war's ja wohl keiner, wer bleibt denn da noch übrig?«

»Sie wollen doch nicht etwa sagen ...« Julia Durant runzelte ungläubig die Stirn, wenngleich sie schon Absurderes erlebt hatte als das.

»Bleiben wir bei den reinen Fakten«, fuhr Peter fort. »Dieter Greulich verfügt über profunde Kenntnisse der Szene, seine Abteilung gerät seit Jahren regelmäßig mit den *Mogin Outlaws* aneinander, und er verdankt seine Ermittlungserfolge – und ja, dessen bin ich mir sicher – zum Großteil Christopher Leander.«

»Das klang beim letzten Mal aber noch anders«, wandte Julia ein.

»Deshalb habe ich Leander auch einen Besuch abgestattet und ihn direkt damit konfrontiert«, erklärte Brandt geduldig, »und obgleich ich beide Männer nicht durchschauen kann, neige ich eher dazu, Chris zu glauben. Alles spricht dafür, dass er der Informant ist, immerhin ist das seit Jahren sein, hm, Job. Aber weiter im Text. Ich gehe davon aus, jeder ist über Greulichs Dienstakte einigermaßen im Bilde?«

»Ich nicht«, verneinte Julia Durant.

»Ach verdammt, sorry«, gab Brandt zurück, »für einen Augenblick habe ich vergessen, dass Sie nicht zum Inventar gehören. Bei uns weiß es jeder.«

Julia wollte etwas einwenden, entschied sich dann aber, Brandts Eifer nicht zu bremsen, und bedachte seinen Kommentar lediglich mit einem kurzen Schmunzeln. Als er fortfuhr, lauschte sie ihm wieder mit ernster Miene.

»Dieter Greulich ist dafür bekannt, sich bei Verhören nicht immer an die vorgeschriebenen Grenzen zu halten. Ich drücke es jetzt mal sehr gelinde aus, aber es hat vor etwa zehn Jahren mal einen Fall gegeben – mein lieber Scholli. Das ist einer der Hauptgründe, warum ich ihn damals aus dem Team haben wollte. Seither scheint er sich halbwegs gesittet zu verhalten, aber niemand weiß, was ein gewaltbereiter Ermittler außerhalb seiner Dienstzeit anstellt.«

Elvira Klein räusperte sich und plusterte angestrengt die Backen auf. »Verdammt.« Sie schnaufte angestrengt. »Aber glaubst du tatsächlich, dass ...«

Brandt zuckte mit den Achseln und zog die Mundwinkel breit. »Das ist für mich keine Glaubensfrage mehr.«

Julia Durant pfiff durch die geschürzten Lippen und murmelte: »Ich sag's nicht gerne, aber völlig abwegig klingt das wirklich nicht.«

»Okay, dann reden wir nicht weiter drum herum«, sprach Elvira hastig, fuhr sich durchs Haar und breitete die Hände aus. »Wie willst du vorgehen?«

»Ich statte ihm umgehend einen Besuch ab«, knurrte Brandt entschlossen, »und er wird mir die Wahrheit sagen, darauf könnt ihr euch verlassen.«

»Keinen Alleingang!«, mahnte Elvira scharf. »Frau Durant? Fahren Sie mit?«

In den Augenwinkeln beobachtete die Kommissarin, dass Brandt keine Reaktion zeigte. Er starrte lediglich mit zusammengekniffenen Lidern in die Tiefe des Raumes. Sie entschied, nicht nach seinem Blick und einer Zustimmung zu heischen, sondern nickte deutlich in Elviras Richtung.

»Das versteht sich von selbst, ich bin dabei.«

FREITAG, 9:58 UHR

Polizeipräsidium Offenbach, Rauschgiftdezernat.

»Dieter ist nicht da«, gab Hauptkommissar Ewald mit einem gleichgültigen Schulterzucken bekannt. »Was wollen Sie denn von ihm?«

Er schien sich nur wenig darüber zu wundern, dass ein keuchender, aufgebrachter Ermittler der Mordkommission in sein Büro gestürmt war, eine nicht minder angespannte Kollegin im Schlepptau, und sich nach Greulich erkundigte.

»Wo ist er?«, schnaufte Brandt, denn er hatte die Treppen im Laufschritt genommen und rang noch nach Luft. Mit seinem Ärmel fuhr er sich über die Stirn, während sein messerscharfer Blick auf seinem Gegenüber ruhte. Ewald reckte den Hals, um an Brandt vorbei einen Blick auf die Wanduhr zu werfen. Danach lehnte er sich nach vorn auf die Schreibtischplatte und antwortete: »Greulich dürfte nun am Flughafen sein. Das hoffe ich jedenfalls für ihn.«

»Wie bitte? Flughafen?« Brandt zuckte zusammen. Seine Gedanken begannen sofort wieder Karussell zu fahren. Doch dann unterbrachen Ewalds Worte ihn abrupt.

»Netzwerktreffen verschiedener Abteilungen, dort laufen

Veranstaltungen, an denen Drogenermittler unterschiedlicher Standorte teilnehmen. Aber das ist eigentlich völlig unerheblich. Also noch mal bitte, was ist hier los?«

Brandt fluchte leise und wollte auf dem Absatz kehrtmachen, aber Durant raunte ihm etwas zu, woraufhin er sich nach draußen begab und die Kommissarin alleine im Raum zurückließ.

»Irre ich mich, oder ist Brandt heute leicht angespannt?«, sprach Ewald mit gedämpfter Stimme und winkte die Kommissarin näher. »Übrigens: Ewald mein Name, sind Sie nicht …«

»Durant, K 11 Frankfurt«, erwiderte Julia schnell. »Es tut uns leid, aber die Zeit drängt. Wir müssen uns umgehend mit Dieter Greulich treffen, er steckt womöglich in Schwierigkeiten.«

»Schwierigkeiten? Pah!«, lachte Ewald. »Welcher Art sollten diese denn sein?«

»Mir sind diverse Übergriffe aus Greulichs Vergangenheit durchaus bekannt, also lassen wir bitte die Spielchen«, entgegnete Julia kühl.

»Übergriffe?«, wiederholte dieser zweifelnd, formte eine Faust und streckte den rechten Daumen demonstrativ in die Luft. »Wenn wir von derselben Situation sprechen, dann war das eine einzige Vernehmung, und der Zeuge war ein Kotzbrocken, wie er im Buche steht, das können Sie mir glauben. Ich werde das weder gutheißen noch zu rechtfertigen versuchen, und Dieter hat das auch nicht getan. Er weiß sehr wohl, dass sein Verhalten damals nicht korrekt gewesen ist. Aber wie gesagt, das war *ein* Vorfall, und der ist Ewigkeiten her.«

»Es gibt Verdachtsmomente, bedaure. Wir müssen ihn befragen.«

»Was werfen Sie ihm denn konkret vor?«

»Schwere Körperverletzung bis hin zu versuchtem Totschlag«, seufzte Julia leise. »Das wird sich zeigen. Momentan können wir nur hoffen und beten, dass es nicht noch schlimmer wird. Der Mann liegt im Koma, wie man uns mitteilte, alles Weitere wird sich in den kommenden Stunden ergeben.«

»Und das soll Dieter gewesen sein? Wann überhaupt? Und wer ist das Opfer?« Ewald geriet ins Stottern.

Julia beobachtete diese Reaktion genau. Kamen ihm tatsächlich Zweifel? Oder hielt er den Gedanken für absurd? Sie konnte ihren Gedanken nicht zu Ende denken, denn Brandt betrat das Büro.

»Uns sitzen zwei Morde in der Bikerszene im Nacken, das dürften Sie mitbekommen haben«, sagte er ruhig, doch Julia spürte die Spannung, die in jeder Sehne seines Körpers lag, und es musste ihn eine Menge Kraft kosten, diese zu unterdrücken. »Ein Ermittlungserfolg gegen diese Bande wäre für Ihre Abteilung sicher das höchste der Gefühle, von daher können Sie den Verdacht nicht von der Hand weisen, zumindest nicht die Tatsache, dass jemand wie ich einem solchen Verdacht nachgehen muss, nein, *werde*«, fügte er hinzu. »Wir haben gestern eine neue, hm«, er stockte kurz, »Quelle ausfindig gemacht, von deren Existenz nur wenige Personen wissen. Er ist eine davon.«

»Sie meinen, er hat versucht, Informationen aus Ihrer Quelle herauszuprügeln?«, fragte Ewald und legte die Stirn in tiefe Falten.

»Das soll er mir beantworten. Nennen Sie uns also den genauen Tagungsort?«

»Ich stelle mich nicht quer, keine Angst«, sagte Ewald, »aber ich habe das Gefühl, als würden Sie sich in etwas verrennen. Wann genau hat sich die Tat denn ereignet?«

»Unsere Befragung war am frühen Nachmittag, alles andere geschah dann am Abend«, antwortete Durant. »Einem Augenzeugen zufolge hat eine verdächtige Person das Gebäude gegen 21:10 Uhr verlassen. Der Rest muss sich vorher abgespielt haben.«

»Warum haben Sie das denn nicht gleich gesagt?«, platzte es mit einer unerwartet entspannten, beinahe fröhlichen Miene aus Ewald heraus. Er kratzte sich hinterm Ohr und suchte mit der Linken raschelnd seine Unterlagen ab, fand aber offenbar nicht, wonach er suchte.

»Ich verstehe nicht ganz«, sagte Julia irritiert.

»Gestern Abend haben Dieter, ich und ein Dutzend weitere Drogenfahnder im Druckwasserwerk zusammengesessen. Kennen Sie das Lokal? Es liegt auf Ihrer Mainseite, nicht allzu weit vom Hauptbahnhof.«

Julia überlegte kurz und nickte dann. Ein altes Teilgebäude des Heizkraftwerks war zu einem Restaurant ausgebaut worden. Roter Backstein, hohe Räume, Industrieflair, ja, sie erinnerte sich, davon gelesen zu haben.

»Und Sie sind den ganzen Abend dort gewesen?«

»Na klar, gegen halb acht sind wir dort aufgeschlagen und wurden so gegen Mitternacht quasi herausgekehrt«, grinste Ewald. »Das gesellige Beisammensein«, erklärte er dann, wieder ernst, »die Tagung ging doch schon gestern los. Ich habe die Karte gerade nicht zur Hand, aber Sie können jeden einzelnen der Kollegen befragen, die Namen werde ich Ihnen zusammenstellen. Und eines versichere ich Ihnen: Dieter saß mir schräg gegenüber, und wenn er nicht gerade mal kurz pinkeln war, weilte er den ganzen Abend über bei uns.«

»Verdammt«, fluchte Brandt, der in diesem Augenblick nicht sicher war, ob er erleichtert oder erschüttert sein sollte, denn er konnte Greulich nicht ausstehen und würde sich keine Sekunde schämen, ihm jene Brutalität zugetraut zu haben. Viel schlimmer war jedoch etwas ganz anderes: »Wenn er es nicht war, wer zum Teufel war es dann?«

»Fragen wir ihn, aber bitte lassen Sie uns das gemeinsam und in aller Ruhe erledigen«, wandte Ewald ein. »Ich rufe ihn an, die hocken irgendwo im Conference Center, er soll uns draußen treffen. Von hier aus über die A3 schaffen wir den Weg in einer Viertelstunde, wollen wir?«

»Okay«, nickte Julia nach einem raschen Blickwechsel mit Brandt, und Minuten später steuerte dieser seinen Alfa kräftig beschleunigend vom Parkplatz.

»Wieso sind Sie eigentlich nicht dabei?«, erkundigte sich Julia und wandte den Kopf nach hinten, wo Ewald zwischen Brandts Lederjacke und einer dunkelblauen Esprit-Jacke, die Michelle dort hatte liegenlassen, hockte und den Kopf einzog.

»Bei der Konferenz? Einer muss ja die Stellung halten, ich war gestern mit von der Partie, als wir in der Asservatenkammer waren. Und abends, da tauscht man sich ja auch aus. Und auf das Steak hätte ich ungern verzichtet«, grinste er. »Den Rest dürfen meine Ermittler mir dann in komprimierter Form berichten. Aber sehr spannend, vor allem, was über den Luftweg eingeschleust wird. Die Zeiten von verschluckten Gummiballons sind längst vorbei, auch wenn es sie natürlich noch gibt. Die Methoden sind seither weitaus perfider geworden, aber die Aufspürmöglichkeiten glücklicherweise auch.«

»Wo treffen wir Greulich?«, erkundigte sich Brandt, als sie das Frankfurter Kreuz passiert hatten.

»Da vorne raus, ich weise Sie dann ein«, antwortete Ewald.

Dieter Greulich ahnte nicht, worum es ging, das hatten die beiden Kommissare mit seinem Vorgesetzten vereinbart. Ungeduldig von einem Fuß auf den anderen tretend, denn es war ungewohnt kühl und windig, stand er mit hochgeklapptem Kragen seiner Jeansjacke, den er vorn zusammenhielt, auf dem Parkplatz. Brandt kam direkt neben ihm zu stehen.

»Sie vermasseln mir die einmalige Gelegenheit, neben der Gruber vom Zoll zu sitzen«, begrüßte Greulich Brandt mürrisch und hielt sich beide Hände vor die Brust, um die beachtlichen Rundungen zu betonen, die jene Unbekannte zu haben schien. »Ein Hammer-Gerät, so was sollten wir uns auch mal zulegen«, grinste er an Brandt vorbei in Ewalds Richtung. Dann entdeckte er Julia Durant und nickte unverbindlich lächelnd.

»Sie erinnern sich an vorgestern?«, fragte Brandt, und Greulich neigte den Kopf zu Seite und blickte ihn fragend an.

»Hä?«

»Gegen Dienstschluss, Sie sind zu mir ins Büro gekommen, als ich mit der Staatsanwältin telefonierte.«

»Wusste ich's doch, dass ich die beiden Turteltäubchen gestört habe«, grinste Greulich schief und fuhr sich dann mit zwei Fingern über die Lippen, als schlösse er dort einen Reißverschluss. »Aber keine Angst, ich schweige wie ein Grab.«

»Wir sind nicht hergekommen, um herumzualbern«, mischte sich Durant ins Gespräch. »Es geht um den Inhalt jenes Telefonats. Das war alles andere als privater Natur.«

»War es das?« Greulich fuhr sich nachdenklich übers Gesicht. »Ich habe einen Namen erwähnt, und Sie haben doch darauf reagiert, schon vergessen?«, fragte Brandt, während er Greulich nicht aus den Augen ließ.

»Ach, Boeckler, nicht wahr?« Greulich lachte kurz. »Boeckler ist Geschichte, das hätte ich Ihnen auch sagen können.«

»Wie meinen Sie das?«, fragte Brandt hellhörig.

»Weg vom Fenster, das meine ich. Ist bei Nacht und Nebel abgehauen, als ihm der Boden unter den Füßen zu heiß wurde. Gerüchten zufolge glaubte Kohlberger, dass er gegen ihn aussagen wolle, aber es kam ja nie etwas, und jetzt ist Matty tot. Den anderen im Club war das relativ schnell scheißegal, die haben sich nicht vor Boeckler gefürchtet, im Gegenteil. Genau genommen war Ruben Boeckler aus den Augen, aus dem Sinn, das zumindest sagt Chris zu der Sache.«

»Moment, Chris?«, fragte Durant. »Sie haben mit Ihrem Informanten darüber gesprochen?«

»Musste ich doch«, verteidigte sich Greulich achselzuckend, »denn Kollege Brandt hat mich ja abgewimmelt, als ich zu ihm ins Büro wollte. Warum muss ich mich hier eigentlich rechtfertigen? Chris ist immerhin *mein* Spitzel, ich brauche wohl keine Erlaubnis, um …«

Brandt trat einen Schritt auf Greulich zu und funkelte ihn an, bis dieser eingeschüchtert verstummte. »Wann hast du mit Leander gesprochen und worüber genau? Ich will den Wortlaut und die Uhrzeit wissen, aber pronto.«

»He, langsam«, keuchte Greulich verärgert, dessen Hände reflexartig in Abwehrhaltung gegangen waren, und er trat einen Schritt zurück. »Chris und ich hatten ein Treffen, weil ich nach Rico suche. Er entzieht sich den Ermittlern permanent, und in seiner Spielhölle hat man ihn auch seit Tagen nicht gesehen.«

»Weiter!«

»Wir kamen ganz beiläufig drauf, einer von uns sagte ›wieder einer, der sich abgesetzt hat‹ oder etwas in der Art. So kamen wir auf Boeckler, dann muss ich erwähnt haben, dass auch Sie seinen Namen genannt haben. Ja.« Greulichs Blick erhellte sich. »Genauso war es. Urplötzlich wurde Chris ganz aufmerksam und hat nach Details gefragt, aber ich wusste ja nicht viel.«

Brandt überlegte kurz. Hatte er seine Pläne, ein Treffen zu organisieren, am Telefon erwähnt? Irgendetwas in der Art musste es wohl gewesen sein.

»Haben Sie etwas ausgeschmückt oder dazuerfunden?«, fragte er argwöhnisch.

»Quatsch.«

»Etwas von einem Treffen gesagt?«

»Nein, na ja, höchstens indirekt«, gestand Greulich. »Vielleicht habe ich es so formuliert, dass Sie sich für Ruben interessieren, aber nicht an ihn rankommen. Aber da Sie die

Staatsanwältin vögeln ... Ach, vergessen Sie's. Warum ist das überhaupt wichtig?«

»Ruben Boeckler wurde vergangene Nacht überfallen und fast zu Tode geprügelt. Mehr möchte ich dazu nicht sagen«, erläuterte Brandt knapp und monoton.

»Und das soll Chris getan haben?«

»Viele Möglichkeiten bleiben uns nicht«, wich Brandt aus, »denn außer Frau Durant, mir, Frau Klein und Ihnen kannte niemand seinen Aufenthaltsort.«

Dieter Greulich wurde merklich blasser, er schluckte schwer und hauchte dann tonlos: »Scheiße.«

»Geht das auch etwas präziser?«, mischte Ewald sich ein. Sein Tonfall war fordernd, und er ließ seinen Ermittler nicht aus den Augen.

»Ich erinnere mich, dass es Chris damals schwer getroffen zu haben schien, als Boeckler sich förmlich in Luft auflöste. Er hat damals schon nachgebohrt, und wenn ich's genau betrachte, hat er sich seitdem irgendwie verändert«, begann Greulich. »Verändert? Inwiefern?«, fragte Brandt.

»Ich kann es nur schwer beschreiben«, antwortete Greulich und schien mit sich selbst zu hadern, »denn oft haben wir uns ja nicht getroffen. Aber er hatte plötzlich so etwas Düsteres in seinem Wesen, so wie der Held in irgendwelchen Katastrophenfilmen, der sich selbst opfert und den Planeten rettet. Armageddon, Space Cowboys, etwas Besseres fällt mir jetzt auch nicht ein.«

»Und wie erklären Sie sich diese Wandlung?«, erkundigte Durant sich naserümpfend. In ihren Augen entwickelte sich die Person Christopher Leander immer weiter zum Mysterium. Eine Entwicklung, die ihr überhaupt nicht schmeckte.

Dann ergriff Ewald das Wort, der während des Wortwechsels zunehmend in sich gekehrt dagestanden hatte.

»Verdammt, mir kommt da so eine Ahnung«, eröffnete er, und aller Augen richteten sich blitzschnell auf ihn. Er wandte sich an Peter Brandt: »Sie kennen Leander doch auch noch von früher, nicht wahr?«

»Kennen wäre zu viel gesagt«, murmelte Brandt und wiegte unschlüssig den Kopf. »Wir waren junge Anwärter, jede Menge Flausen im Kopf, wie das eben so läuft. Aber was hat das mit heute zu tun?«

»Das werde ich Ihnen sagen«, begann Ewald mit versteinerter Miene.

FREITAG, 12:58 UHR

Al hatte es sich in dem mit grünem Plüsch bezogenen Ohrensessel bequem gemacht, dessen Armlehnen und Kopfbereich abgenutzt und von einem fettig glänzenden Braunton durchzogen waren. Ein Spitzendeckchen kaschierte dies an der Kopflehne üblicherweise notdürftig, aber er hatte den mattweißen Stofffetzen nie leiden können und ihn daher in die nächstbeste Schublade verbannt. Das Radio spielte leise, denn im Gegensatz zu als sonstiger Vorliebe für die Stille und Abgeschiedenheit, die einen angenehmen Kontrast zum Stadtleben und dem lärmenden Alltag der Rockerbande bildete, war er heute angespannt und rastlos. Selbst einfache Handgriffe gingen ihm nicht ohne eine gewisse Schwermut von der Hand, er hatte seine Bude gesaugt, ja, selbst sein Motorrad mit einigen gezielten Handgriffen auf

Hochglanz gebracht, wenn auch nur halbherzig, denn ihn verband nichts mit dieser Maschine. Herbstputz, hatte er zynisch gedacht, während das Fensterleder mit seiner Spucke leise fiepend über den verchromten Luftfilter rieb. Die anderen Biker würden es ihm in Bälde gleichtun, ihre Harleys auf Vordermann bringen und sie dann aufgebockt mit entlasteten Reifen unter einer Plane überwintern zu lassen. Obwohl die Luft draußen noch nach Sommer schmeckte, war der herannahende Winter bereits zu spüren, die Nächte wurden von Tag zu Tag ein wenig länger und kälter. Dann kommt der Frost und die Finsternis, beendete Al seinen düsteren Gedankenzyklus, als er draußen vor dem Fenster einen bunten Schmetterling flattern sah, gierend nach einem der dürftigen Sonnenstrahlen, die das Blattwerk durchdringen ließ.

»Nimm mit, so viel du kannst«, brummte er. Ob der Schmetterling sich dem herannahenden Ende bewusst war? Doch selbst wenn, so würde ihn der Frost, wenn er denn kam, urplötzlich überraschen.

Einem Impuls folgend legte Al die Luger aus der rechten Hand und erhob sich. Er schritt in Richtung Fenster und zog den knackenden, von unzähligen Farbschichten bedeckten Hebel nach unten. Er nahm die rosa-weiß glänzende, kitschige Porzellanballerina, die alle zwanzig Zentimeter ihres barbiehaften Körpers auf der Zehenspitze balancierend gen Himmel reckte, von der schmalen Fensterbank und riss den Flügel nach innen auf. Zufrieden beobachtete er den hektisch flatternden Falter, der vom plötzlichen Luftsog nach innen gezogen wurde.

»Draußen verreckst du«, murmelte er, während er das

Fenster wieder schloss. Er stellte die Tänzerin an ihren Platz zurück, mittig, denn er wusste, dass seine Frau Leonie die Ordnung der Dinge liebte und ein Auge für solche Details hatte. Verdammt, dachte er dann, du trödelst hier herum. Er zog den Vorhang gerade, wollte bereits losgehen, da fiel ihm noch etwas ein. Al drehte die Porzellanskulptur um hundertachtzig Grad, so dass die Ballerina nach draußen blickte. Die Wohnung dürfte sie nach siebzig Jahren ohne nennenswerte Veränderung wohl zur Genüge kennen, dachte er grimmig, und Leonie wird es schon recht sein. Dann kehrte er zurück zu dem Ohrensessel, neben dem eine doppelläufige Flinte mit dem Schaft nach oben lehnte, und hob die Pistole wieder auf, die er abgelegt hatte. Er betrachtete den Lauf, dessen Metall stumpf glänzte und nach Ballistol roch, denn Al hatte die Waffe vor einigen Tagen gereinigt und poliert. Der untypische Winkel, in dem der Griff weit nach vorn reichte, während der Lauf beim Zupacken einige Zentimeter über der Hand lag, und der Kniegelenkverschluss, dessen Bewegung Al immer wieder zu faszinieren vermochte, machten die Waffe zu etwas Besonderem für ihn. Nicht dass er ein Waffenexperte war, aber er kannte die üblichen Pistolen, und sie erschienen ihm im Vergleich zu seiner uralten Luger langweilig und ohne Charakter. Er wog sie prüfend, trotz ihrer verhältnismäßig geringen Größe wirkte sie ungewöhnlich schwer. Keine Plastikverschalung, alles deutsche Qualität, kam ihm mit einem grimmigen Lächeln in den Sinn.

»Mit dieser Waffe«, so hatte er seines Großvaters Worte in den Ohren, »haben wir nicht wenige dieses Packs erwischt.« Nicht ohne Stolz und sehr zum Leidwesen seiner

Mutter hatte der alte Jäger seinem Enkel die Schusswaffen vorgeführt, die er im Schuppen des Jagdhauses hortete.

»Was denn?«, hatte Al ihn einmal zu ihr sagen hören, als die beiden zum ersten Mal auf einer Lichtung zusammen geschossen hatten und Mutter daraufhin höchst aufgebracht mit Großvater diskutiert hatte. »Das gehört zu unserer Geschichte, wir haben uns nur verteidigt. Und wenn es einen dieser Bastarde erwischt hat, dann ist das nur recht und billig, denn du siehst ja, zu was sie nütze sind.«

Ohne Zweifel spielte Großvater auf als Erzeuger an, von dem er außer einem verwaschenen Schwarzweißfoto nichts kannte. Doch ihn hatten weder seine Familiengeschichte noch die seines Landes je wirklich interessiert. Und das Leben hat mir recht gegeben, sagte er sich stets, denn Familie war vergänglich, das hatte er schmerzlich erfahren müssen, und das Land veränderst du nicht.

Zwei Patronen, das genügt, sagte sich Al in dem Versuch, seine Gedanken nicht weiter abschweifen zu lassen. Seine Augen suchten den Schmetterling, den er schließlich auf dem Lampenschirm entdeckte, wo er seine rostroten Flügel aufspannte, die von einer schwarzen Maserung durchwachsen waren und an den Spitzen jeweils zwei blau-weiße, runde Flecken aufwiesen, die an Pupillen erinnerten. Wenn sie starben, büßten sie nichts von ihrer Pracht ein, sie waren selbst im Tod noch schön. Ihm kamen die unzähligen aufgespießten Falter im Senckenberg-Museum in den Sinn, seit Jahrzehnten tot, aber noch immer von zeitloser Anmut und Perfektion.

Er fasste einen Entschluss, stand erneut auf, griff das Schrotgewehr und verstaute es in einem schmalen Schrank in der Garderobe. Ein sauberer Schuss mit der Luger, kein Blutbad. Mit ein wenig Geschick würde das Loch im oberen Hinterkopf unter den Haaren kaum auffallen. Besser als ein zur Hälfte zerfetztes Gesicht, denn so stellte Al sich die Wirkung der Flinte vor, wenngleich sie seiner Überzeugung nach das sicherere Tötungsinstrument war. Doch dieses Risiko war er bereit einzugehen.

Zeit zu gehen, dachte er. Langsam durchschritt er die Küche, stieß die Tür zu einer Holztreppe auf, die hinab in den Hinterhof führte. Nicht zu schmal und nicht zu steil, aber es war Millimeterarbeit gewesen, diese Konstruktion zu bauen. Wieder erwies es sich als Segen, dass das Haus so abgeschieden und versteckt zwischen den Bäumen lag. Kaum jemand verirrte sich hierher. Das dahinterliegende Grundstück war groß genug und von einer breiten, hoch wuchernden Hecke gesäumt, dass kein Mensch einen Blick darauf ergattern konnte, und auch die innerhalb wachsenden Sträucher und Bäume waren seit vielen Jahren kaum gestutzt worden. Eine Bretterwand schied außerdem den Hinterhof und einen Holzunterstand vom Rest des Gartens. Al überquerte den mit grauen Waschbetonplatten ausgelegten Boden und erreichte nach wenigen Metern die matt silbrige Isoliertür eines Kühlhauses. Das klobige Aggregat, welches auf schweren Metallkonsolen stand, schüttelte sich mit schweren, metallischen Schlägen, und der Lüfter sprang klappernd an. Im Schauglas der Rohrleitung stieg klare, durchsichtige Flüssigkeit nach oben, und immer schneller und kleiner werdende Bläschen perlten darin, bis das Glas sich nach einer halben Minute völlig gefüllt hatte. Das dröhnende Brummen des

Kompressors versetzte den zwölf Quadratmeter großen Kühlraum, dessen Wände aus zwanzig Zentimeter dicker, mit Aluminium überzogener Isolierung bestanden, in spürbare Vibration. Al drückte den langen Edelstahlgriff zur Seite, zog die ebenso dick isolierte und schwere Tür nach außen und fröstelte. Die Wände waren kahl, an einigen Stellen, wo die Feuchtigkeit sich sammelte, wucherten Eiswülste. Mattsilbernes Gestänge, an dem vereinzelte Fleischerhaken hingen, zog sich an der Decke entlang bis zum gegenüber der Tür liegenden Verdampferkasten, aus dessen reifbeschlagenen Lamellen ein eisiger Luftstrom blies und von dessen Abfluss aus an der Rückwand entlang ein dicker Eiszapfen gewachsen war, der bis zum Boden reichte. Vor Als innerem Auge stiegen Erinnerungen an den Hirsch auf, das aufgeschlitzte Wildschwein und unzählige andere Tiere, die im Laufe der Jahre hier gehangen hatten, bis sein Großvater eines Tages tot in seinem selbstgezimmerten Hochsitz gesessen hatte. Seit damals hatte die Anlage geruht, das Gas war nach und nach aus einer undicht gewordenen Verschraubung entwichen, die sich schließlich durch einen breiten Ölfilm verraten hatte, und die Inbetriebnahme hatte ihn eine Menge Geld gekostet. Doch was tut man nicht alles, seufzte Al und rang sich ein Lächeln ab.

»Hallo, Schatz«, sagte er zu seiner Frau, die ihn in derselben Garderobe und Körperhaltung erwartete, in der er sie verlassen hatte. Selbst der Gesichtsausdruck war gleich, es war dieselbe Haltung, die Leonie immer hatte, wenn er sie besuchte.

FREITAG, 13:04 UHR

»Sind Sie sich auch sicher?«, erkundigte Durant sich zweifelnd, als Brandt mit beinahe unvermindertem Tempo in den Waldweg preschte.

»Ganz sicher«, gab dieser mit fester Miene zurück, denn seine Aufmerksamkeit galt gänzlich der immer holpriger werdenden Fahrspur. Als diese sich nach einiger Zeit zu einem Trampelpfad verengte, brachte Brandt seinen Alfa zum Stehen und stieß die Tür auf. »Kommen Sie«, er deutete geradeaus, »dort müssen wir lang.«

Julia erkannte zuerst den hölzernen Jägerzaun, dessen Oberfläche mehr grün als braun schien, denn das Moos hatte hier längst die Oberhand gewonnen. Auch der Anstrich, die Fensterläden, sogar das ausgeblichene Geweih über der Eingangstür – all das vermittelte nicht den Eindruck, dass hier in den letzten Jahren jemand gelebt hätte. Vermutlich hielten nur die beiden verbeulten Blechschilder, die auf Alarmsicherung und eine Selbstschussanlage hinwiesen, ungebetene Gäste ab.

»Sollen wir da rein?«, fragte sie unsicher und deutete auf die Warnung.

Bevor Brandt etwas erwidern konnte, vernahmen die beiden ein schweres, dumpfes Geräusch, so, als fiele ein großes Holzscheit zu Boden ... oder gar ein menschlicher Körper? Brandt stieß das Tor auf, und sie huschten die Treppe in Richtung Haustür hinauf. Vorsichtig drückte Brandt die Klinke hinunter. Nicht abgeschlossen. Bedächtig, mit beiden Händen, bewegte er das Türblatt nach innen, jeden Zentimeter ein Knarren oder Quietschen erwartend und in sofortiger Bereitschaft, seine Handlung zu unterbrechen. War da im Hausinneren eine Tür ins Schloss gefallen? Brandt kniff die Augen zusammen und versuchte, die akustische Quelle zu orten. Er entschied sich für den Korridor, der in Richtung Küche zu führen schien, doch bevor er Julia Durant signalisieren konnte, was er vorhatte, schob sich die Tür am gegenüberliegenden Ende des Raumes auf, und eine Fußspitze, die auf einem metallenen Trittbrett ruhte, kam zum Vorschein. Brandts Atem stockte. Wie in Zeitlupe schob sich die Tür weiter auf, und dann sah er ihn, hinter dem Rollstuhl, in dem der leblose Körper einer Frau ruhte. Als Al den Kommissar erblickte, fuhr er erschrocken zusammen und verharrte mitten in der Bewegung.

»Brandt!«, hauchte er schließlich, nach einem nicht enden wollenden Moment der von Entsetzen erfüllten Stille.

»Christopher Leander«, stieß der Kommissar tonlos hervor.

»Chris, nicht Christopher«, knurrte Leander, »oder meinetwegen auch Al. Lassen Sie mich die Sache zu Ende bringen.«

»Zu Ende?«, wiederholte Durant und trat neben ihren Kollegen.

»Im Wohnzimmer liegt meine Knarre, ich warte seit Tagen auf diesen Moment«, entgegnete Leander mit einem Kopfnicken in Richtung des Nachbarraums, in dem die Kommissarin eine Essecke, einen Ohrensessel und ein Sofa erkannte. Ein Schmetterling flatterte durch den Raum, was sie ein wenig irritierte. »Seit Wochen sogar«, hauchte Leander, und Julia fröstelte es, als ihr Blick zurück auf ihn wanderte und danach auf die vor ihm sitzende Frau, deren Haare einen feuchten Glanz hatten und an deren Kleidung und Augenbrauen sie Raureif zu erkennen glaubte. Das Gestänge des Rollstuhls war angelaufen, die bleichen Hände ruhten friedlich auf den mit blauem Kunststoff überzogenen Armlehnen. Absolut ruhig saß sie da, weder ein Muskelzucken noch Atembewegungen, und obwohl von ihr kein Leichengeruch ausging, war Julia auf den ersten Blick klar, dass die Frau tot war. Die Leiche wirkte gepflegt, sie war ordentlich angezogen und wies auch keine Kampfspuren auf.

Die surreale Szene ließ die Kommissarin frösteln, dann jedoch schoss ihr pfeilschnell in den Sinn, was Leander kurz zuvor gesagt hatte. Sie eilte impulsiv ins Wohnzimmer, wo sie auf dem Esstisch eine alte Faustfeuerwaffe der Marke Luger sicherstellte. Das Radio spielte leise, sie drehte den Regler, bis dieser knacksend einrastete und die Musik erstarb.

»Erklären Sie uns das!«, brach Brandt nebenan das Schweigen.

»Bitte, unter Kollegen«, versuchte Leander es erneut, und die Kommissarin meinte, Verzweiflung aus seiner Stimme zu hören, »lassen Sie mich. Geben Sie Leonie und mir fünf Minuten, es muss doch keiner erfahren. Was machen Sie überhaupt hier?«

»Eine weitere Tötung verhindern, so wie's aussieht«, erwiderte Brandt. »Bedaure, Kollege hin oder her, aber wir werden nicht rausgehen und uns taub und blind stellen.«

»Ich werde nicht fliehen«, winselte Leander, »ich gehe zu Leonie.« Er grub die Fingerspitzen tief in die Schultern seiner Frau, als fände er nur dort Halt, und klammerte sich verzweifelt an ihr fest.

»Keine Chance«, murmelte Brandt verbissen. »Oder hätten Sie Ihren Opfern den Wunsch nach Gnade erfüllt, so wie Sie es nun von uns erwarten?«

»Das *können* Sie überhaupt nicht verstehen«, erwiderte Leander abfällig und sah hinab auf seine Frau.

»Erklären Sie es uns«, schlug Durant vor, die mit verschränkten Armen im Rahmen des Wohnzimmerdurchgangs stand. »Keine Schusswaffen zu sehen, wir können hier auf die Kollegen warten«, schlug sie Brandt und Leander vor.

»Aber sie bleibt bitte draußen«, murmelte Brandt, als er Christopher Leander am Arm nahm und den Mann, dem plötzlich jede Entschlossenheit und jede Körperspannung zu fehlen schien, an dem Rollstuhl vorbeizog und zur Couch geleitete.

»Wie haben Sie's rausgefunden?«, fragte Leander einige Minuten später leise. Julia hatte etwas zu trinken und einige Gläser aufgetrieben, angeekelt hatte sie dabei überprüft, in welchem Jahr das Etikett des Mineralwassers gestempelt war, und sogar daran gerochen. Die Gläser hatte sie gegen das Licht gehalten und nach Staub und Rändern abgesucht. Alles in diesem Haus war modrig, alt und leblos. Außerdem war da noch die Tote, die der ganzen Szenerie einen makabren Anstrich verlieh.

»Um ehrlich zu sein, hat Kommissar Zufall mitgeholfen«, gestand Peter Brandt ein. »Und auch wenn es Ihnen sauer aufstoßen wird, letztlich sind wir über Dieter Greulich auf Sie gekommen.«

»Warum sollte mir das aufstoßen?«, gab Leander gleichgültig zurück. »Sie sind doch der, der ihn nicht leiden kann.«

»Stimmt, mir passt es nicht, aber damit muss ich allein klarkommen«, murmelte Brandt.

»Greulich hat mich vorgestern angerufen, als ich mich gerade auf den Weg hierhermachen wollte«, begann Leander zu erklären, »und er hat sich nicht abwimmeln lassen. Faselte etwas von Ruben Boeckler, dessen Namen ich schon seit 'ner halben Ewigkeit nicht mehr gehört hatte. Hätte er das nicht getan, wäre alles gut«, seufzte er schwermütig, »dann wären Leonie und ich längst wieder vereint. Muss sie eigentlich da draußen alleine stehen?« Er hob die Hand und deutete in Richtung Flur.

»Ja«, nickte die Kommissarin entschlossen.

»Hm.«

»Was ist nach diesem Telefonat geschehen?«, fragte Julia schnell weiter, um Leander zurück zum Thema zu lenken.

»Na, was glauben Sie denn?«, erwiderte dieser und kippte ein Glas Wasser in einem Zug hinunter, verzog danach das Gesicht, als hätte er lieber etwas Härteres in seinem Rachen gespürt, und fuhr sich über den Mund. »Ich war mit einem Mal völlig aufgewühlt. Ruben Boeckler, der verschollene Leitwolf, jener Boss, der schon seit Jahren an der Spitze des Rudels fährt. Als ich auch nur die geringste Chance spürte, ihn zu fassen zu kriegen, verwarf ich sämtliche Pläne. Zuerst dachte ich, die Jungs sollen sich um ihn kümmern, aber das wäre lange und zäh geworden. Ich war mir auch nicht sicher, wie schnell und zuverlässig das gewesen wäre. Außerdem«, fügte er grimmig hinzu, »war es mir ein ganz besonderes Vergnügen, ihm das Lebenslicht auszublasen.« Seine Augen bekamen einen wahnhaften Glanz, gierig, verklärt, Julia Durant fand keine passenden Worte dafür, aber er bereitete ihr höchstes Unbehagen.

»Aber warum das Ganze?«, fragte Brandt. »Das will mir nicht in den Schädel.«

»Ein volles Geständnis lege ich nur ab, wenn ich nach nebenan gehen und etwas holen darf«, forderte Leander kühl.

»Damit Sie sich abknallen können?«, erwiderte Brandt kopfschüttelnd. »Abgelehnt.«

»Damit ich Ihnen etwas zeigen kann«, beharrte Leander. »Keine Tricks, Sie können gerne mitkommen.«

»Meinetwegen«, stimmte Brandt nach einem raschen Blickwechsel mit Julia zu, und die beiden Männer verließen das Zimmer. Die Kommissarin folgte ihnen und ließ Chris Leander keine Sekunde aus den Augen. Der lief zielstrebig auf eine Schublade zu und griff nach dem Knauf. Sofort legte Peters Hand sich auf seine. »Ich erledige das.«

»Es liegt obenauf.«

Die Schublade öffnete sich schabend, Leander gab Brandt zu verstehen, was er herausnehmen sollte, dann kehrten die drei ins Wohnzimmer zurück. In Brandts Hand befand sich ein dicker Schnellhefter, und darauf lag ein weißer, vergilbter Briefumschlag mit abgenutzten, gelb verfärbten Ecken, dessen Lasche lose nach innen gesteckt war. Leander nickte auffordernd, der Kommissar legte den Hefter beiseite und entnahm dem Kuvert ein laminiertes Bild, das auf den ersten Blick wie ein Polaroid aussah und auch dieselbe Größe hatte.

»Erkennen Sie das wieder?«, fragte Leander leise. »Sie dürften das doch auch noch in Erinnerung haben.«

»Ist eine Ewigkeit her«, hauchte Brandt, der längst erkannt hatte, dass es sich um eine Ultraschallaufnahme handelte. In der oberen Ecke erkannte er eine Jahresangabe, 1998, dazu die Schwangerschaftswoche, 21. SSW. Die Aufnahme war, wohl durch das Laminieren, vor altersbedingtem Verfärben und Ausbleichen weitestgehend geschützt gewesen, wie Brandt nachdenklich feststellte. Die Aufnahmen von Sarah und Michelle, vorn in ihren Babyalben, sahen bei weitem nicht mehr so unversehrt aus. Er entschied, sich bei Gelegenheit einmal darum zu kümmern, bevor sie noch unkenntlicher wurden. Schweigend reichte er das Ultraschallbild an Durant weiter, während Leander langsam zu sprechen begann.

»Leonie und ich sind im Autokino gewesen, es war Sommer, ich hatte gerade eine Beförderung in der Tasche, und der Kontrollbesuch beim Frauenarzt lag zwei Tage zurück. Wir wollten die Gelegenheit nutzen, bevor ihr Bauch zu dick wurde«, er lächelte schwermütig, »und hatten einen zauberhaften Abend. Es war ein Donnerstag, die Straßen waren leer, weil die meisten ja früh rausmussten. Wir fuhren durch ein Waldstück, die genaue Stelle könnte ich Ihnen heute noch Zentimetergenau zeigen, als sich wie aus dem Nichts eine Motorradbande näherte. Sie fuhren auf beiden Spuren, blendeten uns, rasten auf uns zu, und Leonie war plötzlich wie versteinert. Sie hat nicht einmal mehr geschrien, als die erste Maschine an uns vorbeischrammte, so nah, dass ich das Kreischen von Metall auf Metall zu hören glaubte, doch hinterher stellte sich heraus, dass das wohl nur Einbildung gewesen sein konnte. Aber sie war verdammt nah, laut und schnell, und eine weitere kam frontal auf uns zu. Ich riss das Lenkrad herum, der Wagen kam von der Fahrbahn ab, und das Nächste, woran ich mich erinnere, sind die Stimmen eines Sanitäters im flackernden Schein des Blaulichts, der mir aus der Ferne zuruft, ob ich ihn hören kann, und dann ein anderer, der ruft, dass die Frau schwanger sei und aus dem Unterleib blute. Hier steht alles drinnen.« Er deutete auf den Hefter, in dem große und kleine Zeitungsausschnitte auf Papierbögen klebten. Brandt blätterte kurz darin, fand neben den chronologisch sortierten Artikeln auch den Polizeibericht und einige handschriftliche Notizen. Auf einer der Seiten entzifferte er, obgleich die Schrift krakelig war, den Nahmen Kohlberger, darunter das Kennzeichen, unter dem er an jenem Abend gefahren war. Es entsprach dem Nummernschild, das an seiner Harley angebracht gewesen war, die auf der Kaiserleibrücke gebrannt hatte.

»Wie ging es weiter?«, fragte Durant leise.

»Das hier«, Leander deutete mit zitterndem Finger auf das Ultraschallbild in Julias Händen, »ist unsere Tochter. Die einzige Aufnahme, die von ihr existiert.« Er schluckte schwer. »Wir durften sie zunächst einmal nicht einmal begraben, weil sie am Unfallort totgeboren wurde und das lebensfähige Alter und Gewicht noch nicht erreicht hatte. Das zumindest hatte man uns gegenüber behauptet, aber ich habe nicht lockergelassen, und schließlich hat man mir ihren gebrochenen Körper zur Bestattung überlassen. Ich habe sie, während Leonie noch auf der Intensivstation lag, im Familiengrab beisetzen lassen, um einen Ort zum Trauern haben zu können. Dass Leonie nie wieder Kinder bekommen, geschweige denn laufen können würde, wusste ich seinerzeit bereits. *Halsabwärts*«, schnaubte er verächtlich. »Das dürfte eines der niederschmetterndsten Worte sein, die es im Krankenhausjargon gibt. Halsabwärts, Scheiße, was ist das denn für ein Leben? Und ein prima Gefühl, wenn Pfleger oder Schwestern mitleidigen Blickes oder geheimnisvoll tuschelnd an einem vorbeieilen, während man selbst von offizieller Seite nur große Reden zu hören bekommt. Geben Sie die Hoffnung nicht auf, Ihre Frau braucht Sie jetzt, Scheiße noch mal! Ich habe das Leiden jeden gottverdammten Tag in ihren Augen sehen müssen, es war kaum zu ertragen.«

»Und dann haben Sie angefangen zu recherchieren?«

»Ich habe mich in die Arbeit gestürzt, doch die Pflege hat mich vollkommen aufgerieben. Also raus aus der Polizei, aber ich wusste genau, dass niemand den Unfall mit derselben Akribie verfolgen würde wie ich selbst. Ja, ich habe recherchiert. Ich habe sämtliche Fakten zusammengetragen, darunter auch das Bild eines Logos, das ich auf der Jacke des ersten Fahrers zu erkennen geglaubt habe. Ein brennender Reifen, das Zeichen der *Black Wheels*, außerdem ein Teil eines Kennzeichens. Martin Kohlberger, Sie hatten die Seite vorhin kurz aufgeschlagen«, sprach Leander in Brandts Richtung. »Der Rest ist schnell gesagt.«

»Schnell würde ich das nun nicht nennen«, warf Brandt ein, »immerhin reden wir von vierzehn Jahren.«

»Das stimmt. Aber in dieser Zeit ist auch eine Menge geschehen. Das Verbot der *Wheels*, die Neuformierung der *Mogin Outlaws*, der Wechsel einiger Clubmitglieder und, na ja, meine Haupttätigkeit bestand in den ersten Jahren immerhin darin, für Leonie da zu sein. Sie hatte zum Glück Geld auf der hohen Kante, dazu kam das leerstehende Jagdhaus. Das Einzige, was meine Familie mir an Brauchbarem hinterlassen hat«, fügte er trocken hinzu. »Sonst hätte das alles überhaupt nicht funktioniert, denn auf staatliche Hilfe kann man sich ja leider nicht verlassen, so viel ist sicher. Sie werden vier dicke Aktenordner finden, allesamt prall gefüllt mit Schriftverkehr zwischen Krankenversicherung, Pflegediensten, Ärzten und all jenen, die mitreden wollen, wenn es ums Verteilen lachhafter Leistungen geht. Aber das ist eine andere Geschichte. Vor einigen Jahren, als sich hier alles eingependelt hatte, soweit man das so nennen kann, fasste ich den Entschluss, die Bande hochzunehmen. Ein Clubverbot der *Outlaws*, die führenden Köpfe im Knast, oder, noch besser, sie gehen sich alle selbst an die Gurgel. Das war mein Ziel.«

»Doch dann stellten Sie fest, dass die Loyalität untereinander alle Versuche, dem Club zu schaden, wirkungslos erscheinen ließ«, dachte Brandt laut und schenkte sich ebenfalls ein Glas Wasser ein.

»Dann starb meine Frau«, erwiderte Leander trocken, und in diesem Moment ertönten Schritte, dann wurde die Tür geöffnet, und zwei uniformierte Beamte machten sich durch Rufen bemerkbar.

FREITAG, 15:50 UHR

Christopher Leander saß zusammengesunken da, in seinen Schuhen fehlten die Schnürsenkel, sie hatte gehört, wie Brandt die Kollegen noch vor dessen Abtransport aus dem Jagdhaus darauf hingewiesen hatte.

»Ich habe schon mal einen Mann in Haft verloren«, hatte der Kommissar ihr erklärt, »und dabei war dieser nicht einmal der gesuchte Mörder. Jahre her, aber das prägt.«

Als Leander aufblickte, sah Julia, dass seine Augen gerötet waren, offenbar hatte er geweint. Wie so oft überkam sie aufrichtiges Mitgefühl, denn der Mann mochte zwar ein kaltblütiger Mörder sein, aber seine Motivation war von solch einer tiefen Verzweiflung getrieben, die sie einfach nicht ausblenden konnte. Dennoch rief sie sich schnell zur Räson, drei Menschen waren tot, und es entsprach weder der irdischen noch der himmlischen Rechtsauffassung, dass ein jeder Rache und Vergeltung nach eigenem Gusto verüben durfte. Auch wenn es weltweit so praktiziert wurde.

»Sie haben mir noch immer nicht verraten, wie Sie auf mich gekommen sind«, kam Leander leise, aber direkt zur Sache.

»Zuerst war es kaum mehr als ein Impuls«, verriet die Kommissarin. »Wir hatten eine Theorie, die sich als abwegig erwies, und beim erneuten Durchdenken kamen wir dann auf Sie. Das erschien auf den ersten Blick nicht weniger abwegig, aber dann warteten die Offenbacher Kollegen mit dieser alten Geschichte auf.« Sie vermied es, Greulich und Ewald, von dem sie das meiste erfahren hatten, noch einmal namentlich zu benennen. »Mein Mitgefühl für diese Schicksalsschläge«, fügte sie etwas leiser hinzu. »Sie rechtfertigen zwar nicht Ihre Selbstjustiz, aber einen Verlust, wie Sie ihn erlitten haben, sollte niemandem widerfahren.«

»Können Sie mir vielleicht etwas zu trinken organisieren?«, wechselte Leander unvermittelt das Thema.

»Sie meinen …«, begann Julia, doch Leander fiel ihr ins Wort und brachte es auf den Punkt: »Ich meine etwas Härteres als Sprudelwasser, ja.«

»Tut mir leid«, verneinte Durant.

»Zigaretten?«

»Auch nicht.«

»Ach kommen Sie, denken Sie etwa, ich braue mir aus dem Tabak und dem Schnaps einen Schierlingsbecher?«

»Was ich denke, tut nichts zur Sache. Später dürfen Sie rauchen, aber Alkohol ist tabu. Momentan sind mehr als ein Snickers oder ein belegtes Brötchen und ein Pappbecher Kaffee nicht drin. Dafür würde ich mich einsetzen, wenn wir fertig sind.«

»Hm. Was erwarten Sie als Gegenleistung?«

»Den Rest Ihrer Geschichte.«

Und Christopher Leander erzählte, er verlangte dabei weder nach einem Anwalt, noch machte er eine Pause. Vielleicht hat er sich danach am meisten gesehnt, schloss sie, als sie eine Stunde später zur Besprechung ins Präsidium ging. Nach einer Person, die ihm zuhört, und zwar so, wie Leonie es bis zu ihrem Tod getan hatte … und genau betrachtet sogar noch darüber hinaus.

FREITAG, 17:50 UHR

Polizeipräsidium Frankfurt, Abschlussbesprechung.

»Leander hatte sich vorgenommen, die Beteiligten an seinem Unfall, die er als Mörder seiner ungeborenen Tochter betrachtet, nacheinander zur Rechenschaft zu ziehen«, fasste Julia Durant vor versammelter Mannschaft, zu der auch Brandt, Greulich und Spitzer gehörten, zusammen. »Dieses Vorhaben hat sich über mehrere Stufen entwickelt, am Anfang hatte noch der Entschluss gestanden, alle Personen für kriminelle Vergehen in Haft zu bringen. Damit scheiterte er, weil die Szene einfach zu eingeschworen ist. Doch allen Rachegelüsten zum Trotz ist Christopher Leander letztlich doch ein Polizist gewesen, jemand, der nicht selbst Unrechtes tun wollte, um anderes Unrecht zu sühnen. Also hat er weiterhin Material gesammelt und geduldig auf einen geeigneten Moment gewartet. So zumindest sieht die ganze Sache aus, denn Geduld hat er, das muss man ihm lassen. Es hatte ihn Monate gekostet, bis er alle Motorradfahrer ermittelt hatte, die damals involviert waren. In seinen Aufzeichnungen ist das alles akribisch vermerkt. Neben drei inhaftierten Kleinkriminellen, die mittlerweile nichts mehr mit dem Club zu tun haben, waren das Matty, Hanno, Ruben, Rico und noch ein weiterer Mann, der jedoch schon seit Jahren tot ist. Motorradunfall, keine Fremdeinwirkung. Definitiv«, betonte die Kommissarin.

»Höhere Gewalt«, murmelte Hellmer, und ein Raunen ging durch den Raum.

»Darüber erlaube ich mir kein Urteil«, wandte Julia ein, »meiner persönlichen Einschätzung von Gott entspricht das jedoch eher nicht. Aber wer weiß, was Leander ihm angetan hätte.«

»Was hat ihn letzten Endes so verändert, der Tod seiner Frau?«, erkundigte sich Doris.

»Ja, zumindest deutet sein Verhalten darauf hin«, nickte Brandt. »Ich war gerade noch einmal bei ihm, und wir haben uns lange unterhalten. Chris ist sich darüber im Klaren, dass er gescheitert ist. Er leugnet nichts, weicht nicht aus, und in seiner Stimme liegt eine bedrückende Ruhe. Für ihn scheint es nichts mehr zu geben, was von Bedeutung ist. Nur als ich das Gespräch auf seine Frau gelenkt habe, zeigte er mit einem Mal eine tiefe Trauer – und verschloss sich. Er wollte ihren Tod nicht wahrhaben, konnte es nicht. Denn solange sie lebte, konnte er sie pflegen und hatte den Antrieb, Vergeltung zu üben an den Männern, die für all das verantwortlich waren. Ordnungsgemäße Festnahmen, darum ging es ihm für lange Zeit, zunächst war es nicht mehr als das. Seine schrittweise Entwicklung, selbst kriminell zu werden, ist dramatisch, aber letzten Endes nicht ungewöhnlich. Ich muss immer an Nietzsche denken, auch wenn's abgedroschen klingen mag. Sie alle kennen doch das Zitat mit dem Abgrund, der in jemanden zurückblickt, wenn man nur lange genug hineinsieht, oder? Wer sich so lange auf die falsche Seite begibt, der muss irgendwann selbst abrutschen, das ist meine Überzeugung. Und als seine Frau schließlich starb, bekam er Panik, irgendetwas in ihm tickte aus, denn plötzlich schien das gesamte Lebenswerk, wenn ich es so nennen darf, wie ein Kartenhaus in sich zusammenzufallen.«

»Ich sehe das ähnlich«, nahm Julia den Faden wieder auf. »Wer so lange in einer kriminellen Vereinigung mitwirkt, auf den färbt das Ganze irgendwann ab. Außerdem gab es die eigenen Dämonen, gegen die Leander tagtäglich zu kämpfen hatte, und ausgerechnet denselben Fratzen sah er sich immer wieder aufs Neue auch in der Realität gegenüber. Kohlberger zumindest, Grabowski war ja auf unserer Main-Seite. Als er merkte, dass er mit passiver Ermittlung nichts erreichte, begann er verstärkt, Informationen zu streuen und Unfrieden zu stiften. Doch als Boeckler plötzlich ausstieg und kurze Zeit später auch noch seine Frau starb, wurden Leanders Rachepläne durchkreuzt. In diesem Moment müssen einerseits die qualvolle Trauer und andererseits die Panik, dass die Täter ungeschoren davonkommen könnten, eine blinde Wut entfacht haben. Das Leben, das er all die Jahre in hingebungsvoller Pflege und angetrieben durch die Aussicht auf Vergeltung geführt hatte, hatte seinen Sinn verloren. Leander sehnte sich nur noch danach, im Tod mit seiner Frau wieder vereint zu sein, und seine Existenz galt lediglich noch der raschen Vollendung seiner Rache. Er setzte das Gerücht in die Welt, Kohlberger sei ein Verräter, und spielte dem Club entsprechende Hinweise zu. Kurz bevor er Kohlberger auf der Brücke in Brand setzte, flüsterte er ihm zu, weshalb er sterben müsse, obwohl Kohlberger das dem Obduktionsbericht nach kaum mitbekommen haben dürfte. Ein ähnliches Spiel zog er mit Wehner und Grabowski durch, nur dass er Grabowski nicht mitteilte, warum er sterben musste. Das ließ sich scheinbar nicht anders bewerkstelligen, denn es sollte ja wie ein angehender Bandenkrieg aussehen, und die Zeit drängte. Also hetzte er Wehner auf, indem er Gerüchte streuen ließ, dass Grabowski ihn aus seiner Gruppe herausdrängen wolle. Außerdem wusste er von der Vergewaltigung, das allein genügte bereits, um Wehners Fass zum Überlaufen zu bringen. Mit Rico rechnete er dann wieder im Stillen ab, dafür ließ er sich viel Zeit. Rico war damals wohl der Fahrer, der frontal auf Chris' Wagen zuraste, und Leander hat ihn in die Nähe der damaligen Unfallstelle gelockt und ihn dort ertränkt, nachdem er seine wahre Identität und Beweggründe offenbart hatte. Ricos Leiche zu finden ist nur eine Frage der Zeit«, schloss die Kommissarin.

»Wie hat Leander darauf reagiert, dass Boeckler seinen Angriff überlebt hat?«, erkundigte sich Greulich, der bislang außer einer knappen Begrüßung weder etwas gesagt noch jemandes Blickkontakt gesucht hatte.

»Niedergeschlagen, ja, so würde ich es bezeichnen«, antwortete Durant, und Brandt nickte zustimmend.

»Wir müssen höllisch auf ihn aufpassen«, gab er zu bedenken. »Chris Leander hat nichts und niemanden, was ihn am Leben hält, und nicht einmal die Hoffnung, nach seiner Haftzeit in geordnete Verhältnisse zurückzukehren.«

»Suizidal?« Julia Durant hob den Kopf. »Ja, das denke ich auch. Er wird sich früher oder später etwas antun wollen. Höchste Aufmerksamkeit ist also angesagt in puncto Haftbedingungen, denn er wird geduldig auf eine Gelegenheit warten, ganz gleich, wie lange es dauert.«

»Das befürchte ich auch«, seufzte Brandt. »Hoffentlich findet er dann seinen Frieden.«

FREITAG, 19:50 UHR

Peter Brandt schloss mit klirrendem Schlüsselbund die Haustür auf, von innen drang laute Musik an sein Ohr. Michelle, dachte er erfreut und musste schmunzeln. Vor einigen Jahren, als seine Töchter fünfzehn und siebzehn gewesen waren, war kaum ein Tag ohne Diskussionen darüber vergangen, welcher Lautstärkepegel noch als Zimmerlautstärke galt und welcher nicht. Mittlerweile war Brandt eher froh, wenn er einmal nicht in schwermütige Stille heimkehrte. Er hängte seine Jacke an die Garderobe, plazierte den Schlüsselbund im Schlüsselkästchen und zog seine Schuhe aus. Danach trabte er in Richtung Badezimmer, wo er Michelle vor dem Spiegel stehend vorfand.

»Hi, Papa«, begrüßte sie ihn, ohne sich umzudrehen, denn sie fuhr sich gerade hochkonzentriert mit einem dunklen Stift über die Augenbrauen.

»Kriegsbemalung?«, kommentierte Brandt grinsend und wartete geduldig, bis seine Tochter ihre Arbeit vollendet hatte und sich ihm zuwandte. Sie umarmte ihn kurz, dann wanderte ihr Blick auf die Uhr.

»Mist, ich bin spät dran«, murmelte sie. »Macht es dir was aus …«

»Nein, ist schon in Ordnung«, gab Brandt zurück, »ich wollte eigentlich nur aufs Klo und unter die Dusche. Ich bin schlagskaputt.«

»Fünf Minuten«, lächelte Michelle augenzwinkernd, und Peter wusste nur allzu gut, dass er die nächste Viertelstunde nicht mit einem frei werdenden Badezimmer zu rechnen hatte. Zeit für einen überfälligen Anruf, dachte er und griff sich das Telefon. Er wählte Elviras Nummer und wartete, bis sie das Gespräch annahm. Sie verabredeten sich, und obwohl Freitagabend war, entschieden sie sich einfach nur für eine DVD und eine Flasche Wein.

»Bei mir oder bei dir?«, raunte Elviras Stimme lasziv in Peters Ohrmuschel.

»Ich habe sturmfreie Bude«, gab dieser verschwörerisch zurück.

»Wunderbar, dann besorge ich unterwegs noch was zu knabbern. Halbe Stunde?«

»Ich freue mich auf dich, ciao.«

Oh, wie sehr er diese Frau liebte. Es waren Momente wie diese, völlig unscheinbare Augenblicke, belanglose Konversationen oder einfach nur Gesten, in denen dieses heiße Kribbeln von seinem ganzen Körper Besitz ergriff und ihn durchströmte wie Lava. Ebenso plötzlich und unvermittelt kam Peter Brandt ein Gedanke in den Sinn, den er während der laufenden Ermittlung stets zu unterdrücken gewusst hatte.

Er sinnierte ein Weilchen, dann sprang im Bad der Föhn an.

Julia Durant stand in ihrem Schlafzimmer, der Koffer lag aufgeklappt auf dem Bett, und einige Kleidungsstücke lagen darin. Aus dem Wohnzimmer ertönte der seit Jahrzehnten unveränderte Gong der Tagesschau, die sie eigentlich hatte sehen wollen, doch die Kommissarin entschied sich stattdessen, mit dem Packen fertig zu werden.

»Ich bleibe wach«, hatte Claus Hochgräbe ihr versprochen, »egal, wann du hier eintriffst.«

Noch auf dem Heimweg vom Präsidium hatte Julia ihn angerufen, nachdem sie mit Berger geklärt hatte, dass sie ab Montagvormittag wieder zur Verfügung stünde. Bis dahin jedoch müsse er auf sie verzichten. Berger war sofort einverstanden gewesen. Zwar stand natürlich noch eine Menge Arbeit an, aber manches konnte warten, und manches andere erledigte sich von selbst. Schließlich war Durant nicht seine einzige Ermittlerin. Um die Sache mit den Cramers würde Berger sich selbst kümmern, das vereinbarte er mit

Durant. Er hatte ihr zugesichert, dass Herbert Cramer sich nicht aus der Affäre ziehen könnte, indem er die Sache im Sand verlaufen ließe. Berger würde dafür Sorge tragen, dass Michael eine adäquate Wiedergutmachung leisten würde, auch wenn er noch keine konkrete Idee dazu hatte, welcher Gestalt diese sein sollte.

Während sie packte, meldete sich das Telefon, und Julia seufzte. So werde ich nie fertig, dachte sie, als sie ins Wohnzimmer eilte, wo sie das Mobilteil vermutete und bei dieser Gelegenheit den Fernseher auf stumm schaltete.

»Durant.«

»Peter Brandt hier«, meldete sich die mittlerweile wohlvertraute Stimme, und Julia hob verwundert die Augenbrauen.

»Was verschafft mir das Vergnügen?«, fragte sie. Offenbar hörte man ihrer Stimme eine gewisse Rastlosigkeit an, denn Brandt antwortete mit der Gegenfrage: »Störe ich Sie? Falls ja ...«

»Schon in Ordnung, ich bin nur gerade auf dem Sprung, ich fahre nach München.«

»Ach so. Dann viel Vergnügen, ich schätze, es ist nicht dienstlich?«, fragte er schmunzelnd.

»Definitiv nicht. Dann schießen Sie mal los, stört es Sie, wenn ich Sie auf Lautsprecher stelle und weiterpacke?«

»Nein, überhaupt nicht, solange Sie alleine sind. Es geht um eine persönliche Angelegenheit.«

»Außer mir ist weit und breit keine Menschenseele«, erwiderte Julia und kehrte ins Schlafzimmer zurück, wo sie das Telefon laut stellte und direkt neben dem Koffer plazierte. »Wie kann ich helfen?«

»Es ist ja nicht so, dass es mir an weiblichen Bezugspersonen mangelt«, begann Brandt umständlich, »aber meine Älteste lebt in Spanien, meine Exfrau scheidet aus, und das Gleiche gilt natürlich auch für Andrea Sievers. Und mit meiner einundzwanzigjährigen Tochter möchte ich nicht darüber sprechen, noch nicht, ebenso wenig mit meiner Mutter.«

»Verstanden«, erwiderte Julia geduldig. »Aber worüber denn nun?«

Brandt räusperte sich und druckste einen Moment herum, dann gab er sich einen Ruck. »Es geht ums Heiraten«, platzte es aus ihm heraus, und Julia ächzte.

»Herrje, und da fragen Sie ausgerechnet mich?«

Julia nahm den Hörer wieder auf und ließ sich auf die Matratze sinken. Sie zog langsam, unnötigen Lärm vermeidend, den Reißverschluss des kleinen Rollkoffers zu und konzentrierte sich auf ihren Gesprächspartner, der zögerlich weitersprach.

»Sie sind die einzige Frau, die nicht direkt involviert ist, aber auch eine gewisse Kompetenz hat. Oder irre ich mich da etwa?«

»Nein, na ja, wie man's nimmt«, antwortete Julia unschlüssig. »Meine Erfahrungen in diese Richtung waren eher negativer Natur. Das Thema Heiraten ist für mich jedenfalls Geschichte.«

»Für Ihren Partner auch?«

»Ich denke ja. Er ist verwitwet, hat das also auch schon einmal hinter sich. Einmal genügt doch, oder?«

»Hm. Wenn Sie mich vor ein paar Jahren gefragt hätten, wäre ich wohl derselben Meinung gewesen«, murmelte Brandt.

»Hat sich daran etwas geändert?«

»Kann sein. Vielleicht ist es aber auch nur Wunschdenken. Vor ein paar Tagen im Restaurant kamen wir auf das Thema, beiläufig, im Scherz, aber irgendwie ...« Er machte eine kurze Pause. »Ach, ich weiß nicht. Vermutlich nur ein Hirngespinst. Aber ich hätte ein ungutes Gefühl, wenn Elvira jetzt darauf warten würde, dass ich das Thema noch mal aufgreife.«

»Verständlich«, sagte Julia und überlegte kurz, doch noch bevor sie weitersprechen konnte, übernahm Brandt wieder.

»Sollte ich das Thema Ihrer Meinung nach noch einmal aufgreifen, um zu klären, ob eine Heirat kategorisch auszuschließen ist oder um zu sondieren, ob sie überhaupt Wünsche in diese Richtung hegt?«, dachte er laut.

Julia fiel ihm lachend ins Wort: »Noch komplizierter geht es wohl nicht, oder? Wenn Sie die Sache so angehen, reden Sie sich um Kopf und Kragen, und hinterher ist alles noch unklarer als vorher. Reden Sie nicht wie Ermittler und Anwältin, hören Sie einfach auf Ihr Herz. Wenn sie die Richtige ist, fragen Sie sie einfach, aber das ist nur mein persönlicher Rat, und er beruht leider nicht auf persönlichen Erfolgserlebnissen.«

»Danke«, antwortete Brandt. »Sie haben was gut bei mir.«

EPILOG

Gegen Lutz Wehner wurden keine belastenden Beweisstücke gefunden, dennoch gelang es der Staatsanwaltschaft, eine Anklage wegen Mordes zu führen, in der Michael Cramer als Hauptbelastungszeuge auftrat. Es wurden außerdem Klagen wegen weiterer Vergehen angestrengt. Marion Kühne verweigerte zunächst die Kooperation mit den Ermittlungsbehörden. Erst ein halbes Jahr nach Wehners Verhaftung ließ sie sich von einer Aussage gegen ihn überzeugen, und der Tatbestand der Vergewaltigung wurde der Anklage hinzugefügt. Im Gegenzug setzte sich Julia Durant dafür ein, dass aus ihrer ursprünglichen Lüge in Bezug auf Wehners Alibi keine Konsequenzen folgten. Im Übrigen war es niemand anderes als Dr. Kühne, der Marion zu einer Aussage vor Gericht hatte bewegen können. Ganz behutsam und allmählich hatten die beiden in den Wochen nach Lutz Wehners Verhaftung wieder Kontakt zueinander aufgenommen und waren sich ohne dessen störenden Einfluss nähergekommen. Im Mai des darauffolgenden Jahres heirateten sie erneut. Eine Therapie allerdings lehnte Marion rigoros ab, denn durch den Tod Grabowskis und den endgültigen Bruch mit Lutz Wehner waren ihrer Ansicht nach alle Dämonen der Vergangenheit besiegt. Ihrer Arbeitsstelle kehrte sie den Rücken und bewarb sich in einer Einrichtung, die mit essgestörten Jugendlichen arbeitete.

Ohne dass Marion es jemals zugegeben hätte, war das für sie ein Arbeitsbereich, aus dem sie auch für sich selbst therapeutischen Nutzen ziehen konnte.

Ruben Boeckler erholte sich im Laufe der Wochen und Monate von seinen schweren Verletzungen, die Christopher Leander ihm zugefügt hatte. Sein Gesundheitszustand verzögerte die Arbeit des Landeskriminalamts und letztlich auch den Beginn der in Frankfurt stattfindenden Prozesse. Die Medien berichteten lauthals und wortgewaltig, wie so oft lag ihr Fokus jedoch auf den bundesweiten Ermittlungen gegen die größeren Banden, auf den Pannen, die im Laufe der Beweisführung passierten, und nur selten wurde objektiv berichtet oder auf die Schicksale von Opfern und Angehörigen eingegangen.

In den Augen der Öffentlichkeit waren die Morde an Hanno Grabowski und Matty Kohlberger nichts weiter als Kollateralschäden, die unausweichlich sind, wenn zwei Rockerbanden ihre Revierkämpfe austragen.

Das Verfahren gegen Christopher Leander führte nicht zu einer Verurteilung, da er sich noch in der Untersuchungshaft das Leben nahm. Wenige Tage nach seiner Verhaftung fanden ihn die Aufseher am frühen Morgen, er hatte sich mit seiner Hose erdrosselt. Ewald und Spitzer bemühten sich darum, dass sein Leichnam gemeinsam mit seiner Frau in der Nähe des Familiengrabs bestattet wurde. Über die im Grab von Leonies Eltern beerdigten Überreste des ungeborenen Kindes verlor niemand ein Wort. Man hätte dort nach dieser Zeit ohnehin nichts mehr finden können.

Kommissariatsleiter Berger trug sich sehr schwer, eine geeignete Lösung für Michael Cramer zu finden, aber er wusste, dass er schon allein Julia Durant gegenüber verpflichtet war, rasch und angemessen zu reagieren. Herbert

Cramer war ihm dabei keine große Hilfe, denn er war Jurist, und sein Fokus war schon viel zu lange einzig auf die beiden Optionen Verurteilung oder Freispruch verengt. Außerdem war er in höchstem Maße voreingenommen. Er schlug vor, einen befreundeten Jugendgerichtshelfer einzuspannen, doch Berger lehnte ab. Er beriet sich zunächst mit seiner Tochter Andrea, die Kriminalpsychologin war.

»Es werden derzeit recht erfolgreiche Gruppenprogramme mit jungen Sexualstraftätern durchgeführt«, kam ihr sofort in den Sinn, doch Berger wehrte ab.

»Er ist längst volljährig, außerdem hat er die Tat erstens nicht durchgeführt und war zweitens nicht triebgesteuert.«

»Eben«, erwiderte Andrea knapp und lächelte vielsagend.

»Worauf willst du hinaus?«

»Nach allem, was du mir von dem Fall berichtet hast, stand der junge Mann, angestiftet und unter Druck gesetzt von einem anderen, Auge in Auge mit seinem potenziellen Opfer. Die Frau lag am Boden, das Unvermeidliche stand unmittelbar bevor, und dann obsiegte letzten Endes doch die Psyche über die Physis.«

»Etwas pathetisch«, antwortete Berger, »aber im Grunde genommen hast du recht. Und jetzt?«

»Anstelle studierter Therapeuten jenseits der vierzig wäre dein junger Mann förmlich prädestiniert, um sich einer Gruppe von pubertierenden Jungs zu stellen, findest du nicht? Männlich, nur ein paar Jahre älter, also genau richtig, um von Heranwachsenden akzeptiert zu werden. Ein Versuch wäre es wert, meine ich. Ein verhinderter Täter, davon gibt es leider nicht viele.«

»Verhindert durch seine Impotenz, vergiss das nicht«, warf Berger ein, obwohl die Worte seiner Tochter durchaus Sinn ergaben.

»Das stimmt. Aber der Auslöser war die Psyche, und bis zu diesem Moment kämpfte das Gewissen gegen den äußeren Zwang, dem es unterworfen wurde. Darüber soll er berichten, über sein Innenleben, seine Ängste und vor allem das letzten Endes dominante Mitgefühl. Und über seine Kontaktaufnahme zum Opfer. Denn auch Opferverständnis ist bei Dreizehnjährigen, die nicht einmal ihre eigenen Gefühle verstehen, ein zäher Prozess.«

»So jung sind die mittlerweile?«, stöhnte Berger.

»Im Durchschnitt sogar noch jünger«, bestätigte Andrea. Gemeinsam mit Herbert und Michael Cramer veranlasste Berger alles Notwendige, parallel dazu erklärte Mike sich bereit, in einer Therapie das Durchlebte zu thematisieren. Als schließlich Julia Durant davon ins Bild gesetzt wurde, war sie mit diesem Vorgehen einverstanden. Sie drängte noch darauf, Familie Hausmann einen Täter-Opfer-Ausgleich anzubieten. Doch Sybille lehnte jegliche Begegnung mit Mike Cramer kategorisch ab. Sie wollte ihn niemals wiedersehen, geschweige denn, von ihm hören oder lesen.

Zu einer formellen Anklage gegen Michael Cramer kam es nie.

Die Mordkommission in Offenbach erhielt im Dezember Zuwachs, eine neue Ermittlerin, auf die Peter Brandt sich schließlich einzulassen entschied. Er trug noch immer schwer am Verlust von Nicole Eberl, aber er wusste natürlich, dass Bernie recht hatte. Nicole würde in Peters Herz allezeit ihren Platz einnehmen. Deshalb hatte er sich beim Sichten der Kandidaten zunächst ausschließlich auf männliche Kollegen konzentriert. Schlussendlich aber wurde es eine junge, straff organisierte und nicht auf den Mund gefallene Ermittlerin, die Nicole in vielen Bereichen ähnlich war. Doch das stritt Brandt gegenüber Spitzer natürlich vehement ab. Einem klärenden Gespräch mit Dieter Greulich wich Peter Brandt wochenlang aus. Natürlich begegneten die beiden sich in dieser Zeit – wie immer, wenn man sich lieber aus dem Weg gehen will – scheinbar permanent. Es war längst zu Greulich durchgesickert, dass Brandt ihn der Misshandlung Boecklers verdächtigt hatte. Ende Oktober schließlich fuhren die beiden zusammen mit dem Fahrstuhl, und zu allem Übel auch noch alleine. Nach unerträglich langen Momenten des Schweigens, in denen die Luft nach Brandts Empfinden von purer Elektrizität geladen schien, gab er sich einen Ruck und räusperte sich.

»Ich habe die Fakten damals möglicherweise etwas voreilig zusammengefügt«, begann er etwas unbeholfen, und Greulich runzelte fragend die Stirn. Erst nach einigen Sekunden dämmerte ihm, worauf Brandt anspielte.

»Ach, Sie reden von der Geschichte mit Boeckler?«, grinste er, und prompt lag diese unerträgliche Überheblichkeit auf seinem Gesicht. »Schwamm drüber, Herr Kollege.«

»Ich wollte das nur klarstellen.«

»Das ehrt Sie, aber für mich ist schon allein die Tatsache Gold wert, dass der große Peter Brandt einen Irrtum eingestehen muss.« Greulich zuckte mit den Augenbrauen und wandte sich der Fahrstuhltür zu, die soeben aufglitt. Im Hinausgehen fügte er noch hinzu: »Ein innerer Reichsparteitag.«

Er ist und bleibt eben ein Arschloch, dachte Brandt, als die Kabine sich ruckartig in Bewegung setzte, aber wenigstens war die Angelegenheit nun aus der Welt.

Mit Elvira Klein verbrachte Peter Brandt einen zweiwöchigen Urlaub auf Teneriffa. Da es während des Semesters war, lehnte Michelle die Einladung ab, sich ihnen anzuschließen, und insgeheim waren die beiden auch nicht böse drum. Doch Brandt hätte es sich nie verzeihen können, seine Tochter nicht gefragt zu habe. Die Staatsanwältin hatte sich für Gran Canaria ausgesprochen und sofort eine ganze Litanei an Sehenswürdigkeiten aufgezählt, die sie schon lange einmal hatte besuchen wollen. Doch Peter hatte sie schließlich davon überzeugen können, dass Teneriffa die schönere Insel sei und es dort ebenso viel zu entdecken gäbe. Den wahren Beweggrund, nämlich, dass er mit Andrea Sievers einmal auf Gran Canaria Urlaub gemacht hatte, verriet er ihr erst, nachdem sie beharrlich nachgehakt hatte. Schließlich hatte er es mit einer gewieften Staatsanwältin zu tun, vor der er ohnehin kaum etwas verheimlichen konnte.

Lediglich sein Grübeln übers Heiraten konnte Peter erfolgreich vor Elvira verbergen. Heimlich beschäftigte dies ihn seit jenem Abendessen, obgleich es damals wohl kaum mehr als ein Scherz gewesen war. Elvira erwartete keinen Antrag von ihm, dessen war er sich mittlerweile ziemlich sicher. Aber wer konnte schon wissen, was die Zukunft bringen würde?

Die Urteilsverkündung gegen Lutz Wehner erging im März 2013 und lautete auf lebenslänglich, außerdem wurde auf Sicherheitsverwahrung plädiert. Den beiden Hauptanklagepunkten – Mord aus niederen Beweggründen und schwere

Vergewaltigung – standen nicht wenige Anklagen zur Seite, die von der Verteidigung geschickt niedergeschmettert wurden. Doch das änderte nichts an dem Höchststrafmaß für die beiden Vergehen, die für Staatsanwaltschaft und Richter durch Aussagen und Indizien hinlänglich bewiesen galten.

Gegen ehemalige Mitglieder der *Black Wheels* laufen keine Prozesse mehr. Durch den Verlust beider ehemaliger Rädelsführer verloren sich die letzten Strukturen des Clubs. Die, wie sich herausstellte, hoch verschuldete Werkstatt von Lutz Wehner im Hafenviertel steht derzeit zur Zwangsversteigerung ausgeschrieben.

Verschiedene Prozesse gegen Mitglieder der *Mogin Outlaws* wurden im Laufe der Monate angestrebt, ein Verbot des Clubs wurde allgemein erwartet. Durch die lange Zeit, in der Ruben Boeckler nicht vernehmungsfähig war, verlief sich die Aufmerksamkeit der Medien jedoch noch vor dem ersten Prozesstag im Sand. Außerdem fanden sämtliche Verfahren unter hohen Sicherheitsvorkehrungen und unter Ausschluss der Öffentlichkeit statt. Es sollte fast ein Jahr dauern, bis es endlich so weit war, dass der eingetragene Verein mit sofortiger Wirkung verboten wurde. Doch an seiner Stelle wird sich ein neuer finden, so war es immer, und so wird es immer bleiben.

Julia Durant nahm sich noch während ihrer Autofahrt nach München, die lange genug dauerte, um über vieles nachzudenken, vor, ihre Ängste künftig nicht mehr zu ignorieren. Seit ihrer halbherzigen Therapie, die sie mit Alina begonnen hatte, war eine Menge Zeit vergangen. Zu viel Zeit. Es waren keine Wechseljahrbeschwerden, die Julia heimsuchten, es waren die Gespenster der Vergangenheit. Davon war sie mittlerweile überzeugt

»Du kannst sie nicht vertreiben und schon gar nicht vor ihnen fliehen«, hatte Alina sie gemahnt, »aber ich werde dir helfen, ihnen die Stirn zu bieten.«

Darauf konnte die Kommissarin sich einlassen, und sie tat das nicht einmal widerwillig, denn insgeheim war sie vor allen Dingen erleichtert, dass das Thema Wechseljahre für sie noch keine Rolle zu spielen schien.

Am 5. November 2013 feierte Julia Durant dann ihren fünfzigsten Geburtstag. Es war die erste richtige Party, wenn man es so nennen wollte, die sie in ihrer Wohnung gab, in der sie immerhin seit 2007 lebte und die sie dennoch gelegentlich als »meine neue Wohnung« bezeichnete. Sogar Susanne Tomlin reiste aus Südfrankreich an, und natürlich kam auch Claus Hochgräbe. Frank und Nadine Hellmer waren da, ebenso Alina Cornelius, Doris Seidel und Peter Kullmer. Selbst Peter Brandt gab sich an diesem Abend kurz die Ehre, was Julia Durant sehr freute. Auch Julias Vater hatte sich kurzentschlossen dazu bereit erklärt, noch einmal die Reise nach Frankfurt anzutreten. »Für einen hochbetagten Mann fast eine Weltreise«, hatte der Pastor scherzhaft zum Besten gegeben, und ein wenig schwermütig musste Julia sich eingestehen, dass er tatsächlich in den vergangenen Jahren unglaublich schnell gealtert war. Doch hochbetagt? »Du übertreibst mal wieder maßlos«, lächelte sie.

Die Einzige, die Julia Durant an jenem Abend vermisste, war Sabine Kaufmann.

IN EIGENER SACHE

Wie es in den anderen Bänden rund um Julia Durant und Peter Brandt üblich war, habe ich natürlich auch hier reale Elemente und Fälle einfließen lassen. Dabei war es nicht immer ganz leicht, die nötige Distanz zwischen Realität und Phantasie walten zu lassen, denn ganz plötzlich berichteten die Medien – scheinbar pausenlos – über große Rockerprozesse, Ermittlungspannen, V-Leute und Clubverbote.

Aus den USA erreicht uns derzeit eine recht erfolgreiche Serie rund um einen fiktiven Biker-Club, bei dem es selbstverständlich um alles andere als ums Motorradfahren geht. Hierzulande erlangte das Thema V-Leute zum wiederholten Mal eine wenig glorreiche Berühmtheit.

Diese Dinge beeinflussten natürlich auch meine Recherchearbeit, denn es schien beinahe, als würde ein jeder sofort alarmiert aufhorchen, sobald ich die Begriffe »Biker«, »Rocker« oder »Undercover« in den Mund nahm. Von daher kann ich allen Quellen, die sich mir öffneten, nur herzlich danken und denen, die sich nicht äußern wollten, mein Verständnis aussprechen.

Nicht jeder schweigt zu diesem Thema. Parallel zum Tagesgeschehen veröffentlichen derzeit Aussteiger, Ermittler und Kronzeugen ihre persönlichen Erfahrungen mit dem Milieu der Motorradbanden. Sie zeichnen ein düsteres Bild von organisierter Kriminalität, Gewaltorgien, und es hat den Anschein, als hätten diese Strukturen sich über Jahrzehnte hinweg nahezu unbeachtet entwickeln können.

Daher betone ich an dieser Stelle mit Nachdruck: *Teufelsbande* ist ein Roman. Die in diesem Buch agierenden Personen sind allesamt erfunden, und jede Ähnlichkeit mit lebenden oder verstorbenen Personen wäre rein zufälliger Natur.